朱寿桐 著

汉语新文学通论

生活·讀書·新知 三联书店

Copyright © 2018 by SDX Joint Publishing Company
All Rights Reserved.
本作品版权由生活·读书·新知三联书店所有。
未经许可，不得翻印。

图书在版编目(CIP)数据

汉语新文学通论/朱寿桐著.—北京：生活·读书·新知三联书店,2018.3
ISBN 978-7-108-06026-6

Ⅰ.①汉…　Ⅱ.①朱…　Ⅲ.①中国文学—文学研究　Ⅳ.①I206

中国版本图书馆 CIP 数据核字(2017)第 196718 号

责任编辑	王秦伟　陈丽军
封面设计	米　兰
责任印制	黄雪明
出版发行	生活·讀書·新知 三联书店
	(北京市东城区美术馆东街 22 号)
邮　编	100010
印　刷	常熟文化印刷有限公司
排　版	南京前锦排版服务有限公司
版　次	2018 年 3 月第 1 版
	2018 年 3 月第 1 次印刷
开　本	720 毫米×1020 毫米　1/16　印张 34.25
字　数	549 千字
定　价	98.00 元

目 录

绪论 1

内 涵 论 1

第一章 汉语新文学的概念建构 3
    一 "新文学"的学术张力 4
    二 汉语新文学的理论优势 9
    三 汉语新文学学术实践的价值 14
    四 "汉语新文学"概念唤起的学科审视 19

第二章 "汉语新文学"概念的学术优势 31
    一 "汉语新文学"概念的学术整合力 31
    二 理论比较中的"汉语新文学"概念 36
    三 学术呈现及其可能的尴尬 44

第三章 汉语文学与汉语新文学的学术维度 49
    一 面向古典文学的"中国"理解 49
    二 面向少数民族的中华论域 52
    三 面向世界文学的汉语语种 55
    四 面向汉语新文学的学术掘进 58

第四章 汉语新文学的文化伦理意义 60
    一 "汉语新文学"的引申义 60

二　文化伦理的理论范式 …………………………………… 62
　　　三　文化伦理与心理情结 …………………………………… 65
　　　四　汉语新文学研究的文化伦理意识 ……………………… 68

第五章　汉语新文学的世界性意义 …………………………………… 73
　　　一　新文学世界性倾向的本然意识 ………………………… 73
　　　二　世界性倾向与汉语新文学的自我定位 ………………… 76
　　　三　汉语新文学：世界性取向的表达 ……………………… 81

第六章　汉语新文学的文化归属感 …………………………………… 85
　　　一　"汉语新文学"概念对"国族文学"概念的弥补 ……… 85
　　　二　汉语新文学的故国归属感及其必然性 ………………… 88
　　　三　汉语新文学文化归属感的学术意义 …………………… 91
　　　四　汉语文学、汉语新文学与世界华文文学 ……………… 95

范　畴　论 ……………………………………………………………… 101

第七章　汉语新文学的语言学矢向 …………………………………… 103
　　　一　废灭汉字：关于新文学世界性的表层反思 …………… 104
　　　二　拼音化：关于汉语现代化的顶层设计 ………………… 108
　　　三　全与美：汉语新文学表现的深层构架 ………………… 111

第八章　汉语人文学术的原语价值与汉语文学研究规范 …………… 115
　　　一　汉语人文学术与西方人文学术 ………………………… 115
　　　二　汉语学术与汉语语言优势 ……………………………… 120
　　　三　汉语人文学术的原语价值分析 ………………………… 126

第九章　翻译文学与汉语新文学 ……………………………………… 137
　　　一　翻译作为传播方式，其文本重构的意义 ……………… 138
　　　二　翻译作为资源凭借，重新编码与定型 ………………… 142
　　　三　翻译作为语言创造的途径，变革汉语新文学文本 …… 147
　　　四　汉语新文学对于"中国现代翻译文学"的包容性 …… 152

第十章　汉语新文学的"雅""俗"分野 …………………………… 155
　　　一　"雅"与"俗"的相对与互涵 ………………………… 155
　　　二　雅俗文学与汉语语言 …………………………………… 158

三　雅俗分野与汉语文化伦理 …………………………………… 160
第十一章　汉语新文学的空域背景及其文学史意义 ……………………… 162
　　一　汉语新文学家的空域意识 ……………………………………… 163
　　二　汉语新文学空域背景的独特性 ………………………………… 168
第十二章　汉语新文学的评论形态与当代意义 …………………………… 174
　　一　文学评论的文明建构 …………………………………………… 174
　　二　文学评论的功能价值 …………………………………………… 177
　　三　汉语新文学评论文体的多样化 ………………………………… 180

传　统　论 ……………………………………………………………………… 185

第十三章　"五四"新文化与汉语新文学传统 ……………………………… 187
　　一　"五四"新文化运动与汉语新文学的思想传统 ……………… 187
　　二　"五四"新文化运动与汉语新文学传统的复杂性 …………… 198
第十四章　汉语新文学传统建设中的科学因素 …………………………… 209
　　一　科学：外在于新文学传统建设的"理想类型" ……………… 210
　　二　"科学"概念在新文学传统运作中的漫漶与变异 …………… 215
　　三　科学与新文学传统的理论关系 ………………………………… 220
第十五章　汉语新文学传统建构中的古典主义影迹 ……………………… 226
　　一　工具理性的克服 ………………………………………………… 227
　　二　价值理性的引退 ………………………………………………… 232
　　三　意念理性的建构 ………………………………………………… 237

存　在　论 ……………………………………………………………………… 243

第十六章　鲁迅对汉语新文学的多面体贡献 ……………………………… 245
　　一　作为创作主体的鲁迅 …………………………………………… 245
　　二　作为文学行为主体的鲁迅 ……………………………………… 249
　　三　鲁迅传统中的批评本体意义 …………………………………… 253
　　四　鲁迅论战传统中的意气因素 …………………………………… 263
第十七章　从鲁迅到王蒙：汉语新文学中的文学存在 …………………… 273
　　一　从鲁迅到王蒙：文学存在的意义 ……………………………… 273

二　发现文学存在主体：汉语新文学"创研率"命题及学术意义 … 280
　　三　文学存在传统的断裂：批评本体写作的暗昧 ……………… 283
　　四　文学的全与美：王蒙之于汉语新文学的意义 ……………… 291
　　五《闷与狂》等系列自传作品的汉语新文学意义 ……………… 294

第十八章　莫言的文学存在及其汉语文学意义 ………………………… 306
　　一　社会拥有与文学存在 ………………………………………… 306
　　二　莫言与诺贝尔文学奖 ………………………………………… 311
　　三　莫言文学：历史的哈哈镜 …………………………………… 313
　　四　莫言文学之于汉语新文学的意义 …………………………… 317

第十九章　"汉语新文学"概念与金庸研究 ……………………………… 320
　　一　中国现代文学史学评价中的意义张力 ……………………… 320
　　二　汉语新文学视角对意义张力的规避 ………………………… 323
　　三　汉语新文学之于金庸研究的可能性 ………………………… 327

文　体　论 …………………………………………………………………… 331

第二十章　"汉语新文学"学术概念的延展性及文体呈现 ……………… 333
　　一　"新文学"概念文体延展的优势与劣势 …………………… 333
　　二　"汉语新文学"概念的延展性与文体应用 ………………… 336

第二十一章　汉语新文学与文学炫张体征 ……………………………… 343
　　一　当代汉语小说的炫张体征及其理论思考 …………………… 343
　　二　汉语新文学中的小说操作 …………………………………… 362

第二十二章　汉语新文学与汉语新诗的学术辩证 ……………………… 378
　　一　汉语新文学中的汉语新诗 …………………………………… 378
　　二　汉语新诗主体地位的必然性 ………………………………… 382
　　三　"常""变"逻辑关系中汉语新诗的价值审视 …………… 385
　　四　汉语新诗的倡导及创作实践 ………………………………… 388
　　五《当代诗坛》：汉语新文学世界的诗梦 ……………………… 393

第二十三章　郭沫若的汉语诗性与文体传统 …………………………… 405
　　一　汉语新文学论题中的郭沫若 ………………………………… 405
　　二《女神》风格与汉语新诗传统的开辟 ………………………… 406

	三 郭沫若的诗性与诗兴的文体传统	414
第二十四章	戏剧本质体认与汉语新剧的经典化运作	430
	一 汉语新剧经典化要素中的戏剧本质体认	431
	二 面对传统：汉语新剧本质体认的偏颇与回归	436
	三 走出经典：戏剧本质的反思与影响	444

外 延 论 453

第二十五章	汉语新诗发展格局中的香港新诗	455
	一 汉语新文学中新诗运作机制的完备	455
	二 现代主义汉语诗歌的复兴基地	458
	三 都市诗歌与南国情愫	461
	四 走向世界的汉语新诗	463
第二十六章	汉语新文学视阈中的澳门文学	467
	一 从"澳门文学"概念说起	467
	二 引进汉语新文学视野	471
	三 汉语新小说最初的澳门面影	472
第二十七章	汉语新文学与民族语文学	476
	一 民族文学的论述层次	476
	二 "民族语文学"概念的优势	479
	三 汉语文学与民族语文学	482
	四 民族语文学的可能性	485

结语：21世纪文学的平庸化走势与汉语新文学的可能 488

附录：汉语新文学对话录 493

一 汉语新文学与中国文学的宏观认知 495
二 汉语新文学视野中的台湾文学 509
三 翻译文学之于汉语新文学建构的意义 516

后记 521

绪 论

"汉语新文学"作为学术概念,自有其学术优势,也有其学理缺陷,最鲜明的缺陷或许是其作为概念延展性不够强。在延展性方面,"中国文学"这样的概念显然更有优势,可以从中延展出"中国古代文学""中国现代文学""中国当代文学"以及各自领属的问题概念,如"中国现代小说""中国古代戏剧"等。"汉语新文学"概念在表述上缺少延展性,这是一个值得重视的问题,需要我们作进一步的学术思考。任何学术概念都有其局限性,这种局限性甚至会伴随其整个使用过程而得不到有效地纠正,在这样的情形下,唯一可行的纠正办法便是,清楚地意识到这样的学术局限性,进而揭示出来引起讨论。

此外,作为概念术语的延展性与这个概念本身的学术优势未必完全相斥。概念的延展性属于形式范畴,而概念的学术优势属于内容范畴。延展性不强的学术概念并不意味着学术优势的就此丧失。事实也正是如此,"汉语新文学"概念给中国现当代文学研究带来了一种有价值的学术视角,有助于这一学科研究的深入。

一

"汉语新文学"的学术文化优势在于,它能有效地避免政治区域意义上的国体概念(中国)必然导致的人为区隔和自我设限的某种尴尬。"中国文学"以及"中国现当代文学"之中的"中国"固然是严正的国体概念,也是不容置疑的政治区域概念,它在空间范围内包括中国大陆以及台港澳地区。问题在于,"中国现当代文学"一词固有的政治命意和不言而喻的地理概念对于文化和文学而言容易成为一种硬性的区隔划分,最直接的弊端是不得不将离散于世界各地的汉语写作俗称"华文文学"的那一部分摒除于我们的"中国现当代文学"之外,同时也将其他国家和地区的汉语文学生硬地割离汉语文学的母体与主体,将汉语文学与汉语新文学这样原本有统一传统、统一目标、统一气派的文化整体人为地分割成许多碎片。这种碎片化的学术把握在学术伦理和文化伦理上有过多欠缺,但人们却觉得非常习惯。学术研究特别是学术探索的本原意义应该是向习惯发起挑战,我们需要对我们的研究对象尽可能进行整体把握,而不应心安理得地按照习惯性的认知慵懒地维持学术碎片化的现状。

如果说在国体概念的统属意义上,完全可以将台港澳文学纳入中国现当代文学的学术范畴,那么,这种以国体为核心概念的"中国"现当代文学学术概念自然就无法将海外华文文学涵盖进去。无论白先勇、洛夫、聂华苓、高行健的文学创作如何有成就,如何有影响,也无论这样的创作者如何渴望与中国文学界和学术界进行对话、交流甚至在某种意义上交融,但它们都属于海外华文文学,甚至于按照一些学者的安排,它们都分别属于所属国度的少数族裔文学。这样的安排固然非常简单,就是简单地从现在国籍论文学,但对于处身于"中国"的研究者来说,很难心安理得地接受这样的简单,至少在文学国族的认知方面有违于一种文化伦理。我们早已进入"地球村"时代,人们的迁徙,包括国际化的迁徙,变得越来越频繁、便利,也越来越显得普通、俗常,以一个作家的居住地或所属国为文学隶属的依据,会越来越显示出某种缺陷。例如白先勇,他出生于大陆,曾在香港接受教育,成长和成名于台湾,长期的职场和学术写作地在美国,大部分作品发表并产生影响于台湾,在大陆也发表过许多作品并享有崇高的地位,晚年又常住台湾,经常在大陆活动,可能也常常回到美国。这样的生存和写作状态,如何以哪一个国家或地区的文学加以界定,加以框定,加以限定?即便是以海外华文文学来概括白先勇的文学,也是不周密的,因为他的大量作品发表于台湾和大陆,也在那里发生影响并拥有主流读者,应该属于中国当代文学。但考虑到他的"国籍",那又是一个非常尴尬的概括。

因此,我们必须考虑在国体概念和国族属性之外,在跨越性的意义上寻找能够涵盖所有汉语写作的继承和发扬新文学传统的文学作品和文学现象的富有概括力的概念。汉语写作和新文学传统理应成为这个概念的核心内容,"汉语新文学"的概念应声而出,也应运而生。

"汉语"作为这一概念中的一个中心词,很可能引起一些争议。出于近30年使用"华文文学"的学术习惯,许多人更倾向于接受"华语""华文",而不愿意较为顺当地使用约定俗成且由来已久的"汉语",尽管人们所熟知的英文"Chinese"的主要对应项肯定是"汉语"而不是"华语"或"华文"。我们不倾向于将讨论的汉语新文学或汉语文学换作"华语新文学"或"华语文学"的表述,倒不仅仅是因为听起来有些别扭,更是因为它们所指称的内涵存在着意义上的某种歧误以及认知习惯上的某种障碍。

"华语"或"华文"顾名思义是中华语言文学。它们不仅包括汉语,还包括蒙古语、维吾尔语、藏语、满语、朝鲜语、壮语、苗语……既然标明为"华语文学",则毫无疑问对几乎所有隶属于中华民族的各民族语言文学都应担负起研究的责任。事实上,我们这类学术探讨和研究不言而喻都在汉语文学范畴进行,参与这类探讨和研究的学者大多无法介入汉语以外的其他"华语文学"。这是一种无法否认的历史,更是一种无法改变的现状,甚至是一种相当一段时间内无法变动的学术结构。在这样的学术情境下,使用汉语文学或汉语新文学的概念意味着一种实事求是的学术态度,意味着一种承认历史承认现实的低调风格。当然,如果有学者既能够从事汉语新文学的研究,又能够展开一定少数民族语言文学的研究,从而将研究的触角真正伸入了"华语文学"世界,那是十分令人欣慰的事情。只有这样的研究者形成一定规模,抵达一定层次,广泛意义上的"华语文学"才可能名副其实。

至于"华文文学",相当长时间以来的使用习惯已经坐定了它的指涉,那就是海外的汉语文学。不知道从什么时候起,"华人"习惯上是指"中国"以外的"中国人",同样由"华"字按字义上外化的构词法所构成的词语还有"华侨""华裔""华商"等,这里的"华"已经是指直接与"非华"相区别。于是,"华文文学"和"华语文学"一样,不可能用来涵盖中华本体文化范围内的中国文学,而只能指中国文学以外的汉语文学。

于是,"汉语新文学"或"汉语文学"是可以用来涵盖和整合"中国现当代文学""台港澳文学"和"海外华文文学"等概念并使之一体化的最具可能性的学术概念。"汉语文学"既可以将海外华文文学纳入其中,又可以将习惯上的"中国文学"涵盖在内。

相对于"汉语文学","汉语新文学"作为学术概念的现实性在于,它能够对于学术研究对象进行实事求是的整合和甄别。

"汉语新文学"将习惯上的"中国现当代文学""台港澳文学"和"海外华文文学"等概念整合在一起,从统一的新文化和新文学传统及其发展的意义上整合为一,使得在这个巨大的汉语语言、汉语文化平台上的所有文学创作和文学现象,地不分海内海外,时不分现代当代,政治不分国共,社会不分"社""资",人不分南北,文不分类型,都可能实现整体性的学术和文化融合,以整一的形态、统一的结构和总体的力度,面对世界文学格局中的其他语种的文学类型,如英语文学、法语文学、德语文学、俄语文学等,这些都是超越国界超越民族的世界大语种文学,我们的汉语文学应该毫无愧色地跻身于这些大语种文学之中,成为世界文学的一个不可分割的组成部分。

在"汉语文学"概念之外强调汉语新文学,是因为中国现当代文学作为学术传统和学术习惯,其研究的对象主要是新文学,是新文学的传统及其发展形态。进入当代学术体制的台港澳文学与海外华文文学,一般来说可以视为中国现当代历史时期乃至当下的旧体文学创作,既然这些巨大的、庞杂的传统文学和旧体文学都难以纳入我们的学术研究范畴,为什么不老老实实地将我们的研究范围明确地标示为汉语新文学?无疑,这是最简洁的概括,最没有歧义的概括。

在我们的阐论中,汉语文学和汉语新文学经常联系在一起。不言而喻,"汉语新文学"是"汉语文学"这一大概念之下的一个属种概念,也是汉语文学这一大范围中的一个有机组成部分。汉语新文学是汉语文学在现代历史条件下的新质、新态的体现,是汉语文学的发展和延伸的必然结果。

汉语文学作为世界文学家族中的一个大语种文学,具有十分悠久的历史、非常丰厚的积累和卓越辉煌的记忆,借助于新文化的精神资源,汉语新文学为汉语文学注入了新的质量和活力,使得汉语文学在相对于世界其他大语种文学的意义上拥有无限的发展前景。

"汉语文学"概念不仅能够全方位地承载起"中国文学"概念所应该承载的中华民族文化主体艺术形态及其精神质量,而且,它还能承载起"中国文学"所不便承担的辐射中华以外并对周边其他国家和民族产生影响的学术表述的责任。中华文学对于周边世界的影响力巨大而深刻,东亚及东南亚各国的传统文学中,常常不可避免地存在过一段或长或短的使用汉字进行表述的历史,这样的历史如果被表述为这些国度的"中国文学"时期,显然事涉敏感,多有不便,因此,周边各国对这样的历史所采取的态度常常犹抱琵琶,欲说还休。如果采用"汉语文学"概念,则会理所当然地免除各国文史研究者在这方面的某种国族戒备心理,让他们非常爽快地承认汉语被用于他们的文学与文化的历史,这对于整个中华文化辐射圈的历史研究和学术建设都具有一定的促进作用。

"汉语文学"概念的引起关注,应该归功于国学大师程千帆先生。程先生晚年与他的高足程章灿教授合著《程氏汉语文学通史》①,在主体概念上就勇敢地放弃了自己适应了一辈子的"中国文学"而改用"汉语文学"。程氏改用"汉语文学"的理由非常充分:"中国"作为国族概念和国体概念使用,已经是很后的事情,在习惯上表述为中国文学历史的绝大部分时间内,"中国"的所指都不是我们今天所理解的国族和国体,我们没有充分的理由将那么悠久的历史中不应该称为"中国"的各朝各代的文学叫作"中国文学"。这是资深的中国文学研究者的一种可贵的学术发现,也是杰出的中国文学研究者的一种深刻的学术自觉。有人认为程氏使用"汉语文学"的概念,不过是避免涉及汉语写作以外的"中国语言文学",也就是说在"中国语言文学"的大概念中取一区块,这样的理解其实并未理解程氏的学术深意。

但"汉语文学"概念也的确具有这种范围上的廓清功能:在我们面对的中华民族源远流长的文学历史上,大多数研究者所能面对的只是汉语文学。虽然各种非汉语文学在我们讨论的历史上,在我们习惯于认知的这块版图上长期存在,只是因为我们的研究力量不够才未能进行必需的学术揭示;长期以来,我们的中国文学研究实际上主要局限于汉语文学的研究,对于绝大多数文学研究者而言,我们实际上难以承担起对于中华民族所有语言文学的研究之重任,在这样的学术背景下,与其名实不符地张扬中国文学的宏大旗帜,还不如实事求是地固守汉语文学的有限版图。

汉语文学的主体部分和核心板块当然是习惯上被称为"中国文学"的这一部分,它构成了"中国文学"的基本内涵、基本质量,展现了"中国文学"的基本历史、基本走向。然而,它与其他民族的语言文学构成了复杂的语际关系和文化关系,而不是像以前人们所理解的那样完全是同一关系。一个多民族的国家,一个拥有多民族语言文化创造力的国家,其文学和文化形态的丰富、复杂,应该超乎我们的日常理解;不同民族由于不同的文化所造成的差异性,在文学上的反映应该最为直接也最为深刻,理应成为文学研究者和文学史家特别关注的内容。"汉语文学"概念的

---

① 辽海出版社,1999年。

运用，表面上对被习惯性地认知为统一的"中国文学"进行了人为区隔，即将汉语文学与其他民族语言文学分割开来，影响了在大一统思维模式下的文学认知，影响了在这种认知基础上的学术把握，甚至在某些人看来，缩小了中国文学研究的应有范围，但实际上它在相对意义上建立了与其他民族文学和文化的学术关系，还原了文学与文化意义上汉语与其他民族文学语言的关系历史，为原本范围内的中国文学研究增加了有价值的学术内涵，为中国文学研究拓展了有效的学术空间，同时也强化了中国文学历史研究和规律研究的学术含量。此后，在传统的中国文学学术范畴内，不同民族语言文学之间的关系研究会成为一个重要课题，可以化育为一个堪与比较文学相媲美，至少可与比较文学相通的一个新兴学科。

"汉语文学"概念可以在很大程度上解除东亚和东南亚汉语文化覆盖圈国家对中国的戒备心理，坦然地面对汉语文学对各国传统文学具有实质性影响的基本史实，使汉语文学的国际影响力得到充分的学术确认。历史上的日本、韩国、越南等国，历史和现实中的新加坡等国，都广泛使用汉语作为文学语言，在文化属性和文明观念方面也往往祖述汉语文化与汉语文学，从而构成了远远超越于中国范围的汉语文学和文化辐射带。这是世界文学和文化格局中一个富有特色且不可小视的文化辐射带。由于种种文化的心理的原因，这种汉语文学和文化辐射带的研究基本上还没有展开，一些学者从海外汉学的角度研究日本、韩国、越南的汉语写作，取得了相当优异的成果，但这些成果都聚焦于这些国家一定时代的汉语写作或汉语文化，未能在汉语文学的国际性拓展与影响这样的宏观视野进行把握，更未能在汉语文学一体化的意义上对这些文学现象进行学术整合，于是很难有整体性的学科性的突破。汉语文学是世界文学中的一个巨大的整体，它归属于源远流长的汉语文化，其历史形态承载起东亚文明的审美特性与风格本质，更不用说其现实形态，包容着多国"华文文学"的丰富内涵。汉语文学以其历史和现实，以其中国本土形态和异彩纷呈的异国形态的统一体呈现出与其他大语种文学相匹配的风采、魅力与活力。

事实上，反思"中国文学"概念的某种学科局限，在世界文学的参照意义上启用"汉语文学"概念，已经成为某种趋势，并正在为一些权威机构所采纳。中国现代文学馆是大陆体制内最有理由强调和坚守"中国文学"或"中国现代文学"的学术机构，可当他们意识到，这样的概念无法容纳广大的海外华文文学，而他们的学术胸怀又必须完成这样的容纳，就不得不接受和使用"汉语文学"的概念。

二

　　汉语新文学所倚重的"新文学"概念具有天然的不稳定性,而且具有历史的陈旧感。但是,"新文学"的概念毕竟一度显然是一个能够体现"正能量"的文化概念和学术概念。中国现代文学的先驱者,新文学的倡导者和最初的创造者们都非常乐意用"新文学"这个概念。从20世纪10年代中后期到20世纪20年代,也就是中国现代文学草创时期这十数年,文学界、评论界都将这时正在兴起的文学叫作"新文学"。

　　"新文学"除了与此相对的"旧文学"而外,没有任何其他概念能够与之匹敌。虽然胡适更愿意用"白话文学"来指称,但他的"白话文学"并非专门用于指称新文学,甚至主要不是用来指称新文学,而是指经讨"一千几百年历史进化的""国语文学"。① 据胡适自己说,"白话文学"的概念也不过是1917—1918年间流行起来的——他在1921年撰写《白话文学史》"引子"的时候,明确声明"白话文学不是这三四年来几个人凭空捏造出来的"。② 其实,"白话文学"作为概念比这个时间早得多,至少1915年8月胡适在为东美的中国学生会"文学科学研究部"撰写论文《如何可使吾国文言易于教授》时,就已经使用"白话文学"概念。显然,即便是如此钟情于"白话文学"概念并乐于使用此概念的胡适,也同样习惯于使用"新文学"概指他们努力倡导的白话文学。1916年4月,胡适写作《沁园春·誓诗》表达自己推动文学革命的决心,首次明确使用了"新文学"概念:"为大中华,造新文学,此业吾曹欲让谁?"③这也应该理解为"新文学"概念正式使用的肇始。鲁迅、周作人、陈独秀、李大钊、刘半农、钱玄同等新文学的倡导者、推动者、创造者,都习惯于用"新文学"这个概念。

　　"新文学"概念以鲜明的文化倾向性和先进意识的取向性,成为那个时代最有魅力的文化概念。10多年来,几乎所有新文学的参与者都没有想到用其他概念来取代这个概念。1935年《中国新文学大系》的隆重出版,将"新文学"在冠以"中国"这样严肃的国族领属之冕以后,成为一门学术、一种文明、一个学科的正式概念得

---

① 胡适,《白话文学史》,北京:东方出版社,1996年,第1页。
② 胡适,《白话文学史》,北京:东方出版社,1996年,第1页。
③ 胡适,《四十自述》,合肥:安徽教育出版社,2006年,第108页。

以确定。《中国新文学大系》既标志着中国新文学学术和学科概念的确定,也体现了中国新文学研究的集大成,体现着中国新文学研究的最高水平。在此前后,虽然"现代文学"之类的概念随着文化观念"现代化"的浪潮汹涌而时有闪现,但"新文学"和"中国新文学"一直作为主流的学术和学科概念引领着时代的学术和文学研究。直至20世纪50年代初期,新中国第一部新文学史专著——王瑶的《中国新文学史稿》①,所使用的仍然是"新文学"概念,尽管经过新民主主义历史观的陶冶,体现更缜密更政治化的历史分期标志性的"现代文学"概念已经占据上风。

"新文学"虽然是自外于传统中国文学(也就是"旧文学")的概念,但它的出现同时又自然地、自觉地使现代文学与中国文学之间形成一种割不断的文化勾连,既然是新文学,那就必然与"旧文学"处在相对的位置,但它们都属于"中国文学"。而"中国古代文学"与"中国现代文学"之间的断代则明显地弱化了这样的勾连。新文学在历史运作中拼命和中国传统文学也就是"旧文学"进行切割、分离,对之进行反抗、反叛,但越是反抗、反叛,越能显示出"新文学"实质上与"旧文学"有一种想割舍却难于割舍的联系。反叛性运作使得新文学非常自觉地把新的东西置之于与旧东西的比照之中,让自己挣不脱赖以形成新旧概念的原来的文化框架。所以,"新文学"兴起于对"旧文学"的反叛,但也同时显示着新的传统与旧的传统之间所难以摆脱的逻辑联系。当我们谈论"中国新文学",运用"中国新文学"概念时,与之相对、相通、相联系的自然是"中国文学"这个概念。但作为时代性标志的"中国现代文学",其所相对的就不一定是"中国文学",而是"中国古代文学"。中国古代文学与中国现代文学的区别性具有某种绝对性和决定性意义,它们之间发生的文化联系就不可能那么自然。

从这一历史状况来说,"中国新文学"和"中国文学"不是直接对阵的两极,"中国文学"可以涵容中国新文学。它们之间可以是对应关系,也可以是包容关系,当然,在一种特别的分析中可以是对立关系。新文学倡导者们把自己创造和推动的文学概括为"新文学",就实际上承认了"新文学"是"中国文学"这个庞大母体中的一种异数,其中被注入了新质。"中国现代文学"与"中国古代文学"所构成的仅仅是一种简单对应的关系。由此可见,"新文学"概念在当年的使用非常精彩,非常富有历史内涵。

---

① 上册由开明书店出版于1951年,下册则由新文艺出版社出版于1953年。

"新文学"概念随着"现代文学"概念的兴起逐渐处于退却状态,特别是在新民主主义历史观和无产阶级现代文化观成为主流意识形态的一部分之后,具有民主、科学思想内涵的"新文学"就处于节节退让的状态,"现代文学"作为学术概念经过20多年的跋涉,慢慢占据了文学研究的地盘,并且显示出比"新文学"概念更大的优势。当然,这样的优势是在与"新文学"概念的劣势相比照的意义上被凸显出来的。

"新文学"概念的时代色彩过于强烈,它天然地承载着新文学初倡时期的时代信息。新文学是胡适、鲁迅、陈独秀、周作人这一代人倡导起来的,凝聚着这一代人伟大的文学实践,鲜明地表现出这一个伟大时代的成就,时代的精神。新文学创造了一个时代,引领了一个时代。这个时代的成就太过突出,色彩太过强烈,以至于后来的时代在精神品貌方面与这个时代拉开的距离之大,会远远超过它们之间的时间差。这就意味着,那个伟大时代很容易被时间涂抹为一种鲜明的过往。历史正是如此,"方向转换"在20世纪20年代的初期就被新文学家挂在嘴上,许多当事人就在几年之后谈起"新文学"运动时,也会产生一种落寞、荒凉之感,唤起一种挥之不去的陈旧之感。人们还未来得及从"五四"时代走出,回眸"五四"则彷佛遭到了历史的定格,只能以令人追怀的但毕竟时过境迁的感兴打量和谈论那个时代。因此,"新文学"既然代表着它所特有的鲜明的时代性,那么随着时间的推移,它的辉煌和华美就将风华蜕变,将逐渐失去竞争力。现在,人们已经不习惯于使用具有特定时代标记的"新文学"概念,直至我们做"汉语新文学"的倡导。

"新文学"之"新"其实早已被文学革新者所征用。梁启超时代就已经普遍使用"新"概念,如"新小说""新文体"等。"新"代表着一种价值观,代表着时尚,代表着理想的文学形态。新文学时代所运用的"新"继承了这样的观念。所不同的是,新文学之"新"具有明确的思想和精神内涵,如民主与科学之类,这是梁启超文学改良时期所缺乏的明确、稳定的因素。

现在我们倡导使用"汉语新文学"这个概念,就应该设法把"新文学"所带有的特殊时代的历史感打磨掉。"新文学"是在新的文化传统、新的问题、新的艺术面貌、新的语言形态意义上,建构了新的思维体系和新的规范,这里的"新"是不断充实、不断壮大的新的思想和文化传统,是不断面临、不断克服的新的社会人生问题,是不断改进、不断创新的艺术方法及其承载形态,是不断新变、不断进化的语言表述和语言审美。这样的"新"不应该停留在"新文学"诞生的那个历史原位,它应该是"与时俱新"之"新"。

要倡导"汉语新文学"学科和名称，就务必阐释好新文学的"新"义。这种"新"还须与传统、与文明的积累和文学所有的成就紧密联系在一起。这样才是有纵深感和有力度的"新"。"汉语新文学"概念可以使"新文学"免于成为被框定在特定历史时期的僵硬概念，可以使其褪下原来的历史时代色彩，再次启动它的生命力，使其在用于概括当代文学现象时依然保持文化的活力。

汉语新文学之"新"，与汉语的语言形态也同样有关。我们的民族语言中，汉语是主要的语言，但绝对不是唯一的语言。汉语新文学并不是要把其他的语言文学抛撇在一边，而是要在世界文学框架内强调我们民族文学的主体形态。汉语还是个流动性的概念，不同世代有不同的汉语形态，因而汉语新文学实际上是在倡导汉语的进取性，倡导在与别种语言文学交流中的不断改良、不断丰富、不断进步。

三

"汉语新文学"不单是指"五四"时代兴起的新的文体，而是指新文化传统中形成的，区别于旧的文学传统的新的文体和新的文学形态。它能够整合几乎所有相关的文学学术命题，如中国现代文学、中国当代文学、海外华文文学，甚至于中国近代文学等，而且基本上不会产生学术的歧义。但是，"汉语新文学"的学术延展力明显不够，这会导致学者在学术实践中使用这个概念时受到某种限制。比如说，对于不同的文体，"中国现代文学"概念其结构力就很强，延展性也同样很强。我们可以非常自然地将中国现代文学的文体形态分别表述为中国现代小说、中国现代散文、中国现代戏剧、中国现代诗歌等。但是，"汉语新文学"概念缺少这种结构力，也相对而言不具有这样自然的延展力。"新文学"已经成为一个内涵不稳定，但词语形态已经稳定的概念，可落实到不同的现代文体，情形就相当复杂了。

现代诗歌在"汉语新文学"概念框架中可以比较顺畅地称为"汉语新诗"，但现代散文就很难在这样的语态结构中得到顺利延展。现代小说在"汉语新文学"概念框架中称为"汉语新小说"，有些不够自然，但还勉强可行，因为梁启超时代就已经出现了"新小说"概念，他们还办过《新小说》杂志[①]，虽然他们的"新小说"不是我们所论述的"新文学"意义上的新小说，而是像当时的政治小说一类的东西。由于"新小说"概念没有取得自身的独立性，所以在与"汉语"相结合时，就显得不够自然。

---

① 创刊于1902年，梁启超的《论小说与群治之关系》即发表于此刊。

倡导"汉语新文学"概念就必须积极尝试使用"新小说"概念，也许这样的学术实践比墨守成规地使用"现代小说"概念更有学术意义。从"汉语新文学"的角度用汉语新小说解读小说作品，有时会产生很多意想不到的学术收获。例如对于金庸的武侠小说，我们可以进行这样的学术尝试。金庸用现代语言形态、现代人物刻画技巧甚至是现代人文价值观进行小说创作，使得这些作品理所当然地属于现代小说。正因如此，严家炎、钱理群教授等这样评价金庸："他是把武侠小说现代化了，使得武侠小说顺理成章地进入到现代小说的范畴。"在此意义上金庸被理解为现代小说的一位经典作家。在前些年现代作家排名热中，金庸因排在20世纪现代文学家的前五之内而引起学术热议。这样的热议说明，人们对金庸的认知千差万别。如果引进"汉语新文学"视野，就很容易理解这样的热议。且用"新小说"概念去审视、界定金庸的小说作品，会发现金庸小说虽然属于现代小说，但未必就是完整意义上的新小说。金庸的作品从使用的语言、运用的技巧、采用的价值理念等方面看属于现代作品，但现代作品未必就是"新文学"作品，作为汉语新文学的"新小说"不仅要求语言形态的现代感，不仅要求作品观念系统的新，而且要继承和发扬汉语新文学的新传统。从这样的意义上界定金庸的作品就出现了问题，因为金庸的武侠小说从构思方面言之，从创作旨趣言之，从文学面貌言之，从风格定位言之，都还与类似的旧小说保持更为密切的联系，它们的文体传统和新小说并不一样。武侠文学在汉语传统文学里有相当深厚的积累，金庸虽然从语言表述、写作技巧、文章结构，甚至人物性格、心理等方面都现代化了，但其文体传统还是原来的武侠小说的传统，因而文学面貌还不是新小说的类型。在这样的意义上，我们很自然地在文学感觉层面无法真正接受作为"新小说家"的金庸。

汉语新文学和汉语新小说带来了一种新的文体观照，一种以文学面貌和文体风格为主体的研究方法。在这种研究方法中，金庸的小说文体传统显然只能归类为源远流长的古代武侠传统。从现代小说的角度确实很容易将金庸的武侠小说现代化，但从汉语新小说的角度看，金庸的确成不了新小说的创作者。

这清楚地说明，"汉语新小说"比起"现代小说"概念来往往更有效率。它能够启发我们从文体传统的延续性或断裂感判断文学的新与旧。在倡导新文化和批判旧文学的"五四"时代，旧文学的僵硬的程序化作为古老的文体传统受到猛烈的批判。这样的批判对金庸这样的作家似乎并无多大的触动，他创作的武侠小说，其所进行的文学构思，其所运用的文学描写，其所设定的人物关系，其所渲染的人物动作,其所布置的场景设置等,都继承和发扬了传统武侠文学的模式。这时候我们应当清楚,新小说往往是在西方文体形态之上建立起来的小说文体传统,它和中国古老的文体传统有很大差异。"汉语新小说"强调的是新的文体传统和新的叙事传统,而如果沿用"现代小说"的思路,一些继承古老传统的新创作品也同样会被视为现代作品,因为它们确实是现代的作品。

可不可以使用"汉语新散文"这样的概念?这是一个更加令人尴尬的命题,因为"新散文"没有在历史的运用中获得价值独立。然而这样的思路同样可以有参考价值。

我们的现代散文跟古代散文相比有了显著的发展。在现代写作状态下,散文的种类已多到不可胜计,诗歌以外的几乎所有文体、所有写作都能在广泛意义上被称为散文。我们现在对散文的研究有限,比如对一些写作者创作的散文作品中的特殊类型,如鲁迅所擅长的杂文等,我们的文体认知还在较低的学术层次。对这些新散文不加以认真、仔细和有水平的研究,要研究总体上的现代散文是不可能的。这又形成了一种概念对峙的局面:现代散文与新散文的学术对峙。如果我们尝试使用"汉语新散文"的概念,就可以掌握这方面的学术主动权:可以从文体方面认定哪些属于"新散文",从写作传统方面分析哪些不属于"新散文",这样可以对各种"新散文"文体与写作传统进行别出心裁的界定。

现在散文研究较为薄弱,一方面是研究者少,形成的热点少,学术突破的可能性也较小。但更重要的还是对散文文体的把握软弱乏力,它常常被视为没有边际,没有边缘的特殊文体,因而当我们操弄散文研究概念时,会发现难以收拾,难以应付,从而使本来容易的散文研究变得很难。如果引进"新散文"概念,就有新的面貌,甚至触到"新散文"的边缘,这时候许多文学问题就容易得到克服。"新散文"的概念可以借助于"新文学"概念,进入我们的学术视野,再用这样一种学术概念对杂乱无章的散文进行总体把握、设计,建立自己的学术规范,在散文研究方面开出新的视野、新的天地。一开始说"汉语新散文",可能是生硬不自然的,而在确认它可以框定什么是散文之后,便可能让学术研究在散文领域得以成功开展。

散文研究和其他文体研究有什么不一样?关键是它可以不依赖于对外国文体传统的解读。从"汉语新小说"的角度我们应该明白,这样的文体形态基本来自国外,例如鲁迅指出,他所发表于《新青年》的《狂人日记》等作品之所以能激动当时青年人的心,是因为我们的读书界"怠慢了"外国文学的缘故,①言下之意,就是这样的新小说之"新"实际上来自于外国的文学文体,它们和古代小说的文体传统拉开了距离。"五四"新文化倡导中曾批评中国古代小说的文体传统为"某生体",即从介绍某人引入他家里有哪些人,发生了什么故事之类的创作套路。从《狂人日记》开始,新小说脱离了这样的构思传统和叙述传统,从新的文体传统出发创造出了新的文学形态。散文文体传统固然也有从国外引入的,但也保持着一些来自古代的文体传统,更多是现代作家自己的创造。由于散文没有传统的束缚,创作在散文领域非常活跃且有魅力,既能够凸显我们汉语语言的魅力,也能够解放我们的思维。鲁迅的散文诗集《野草》,很多篇章的文体风格都来自于自己的创造,既不依傍西方作家,也不依傍传统文体,而且呈现得非常美。所以,"汉语新散文"的视角可以让我们找到新散文所具有的文体传统的开放性以及现代创造性,这些都是现代散文研究所难以发现的学术问题。

  散文在作家心态自由时写就,作家的创造性处在很高的兴奋点上,随意的写作状态能够脱离各种文体传统,进行超越自我的创造。如果说什么样的文体是中国作家自身创造最多的,那便是散文。我们好的小说、诗歌拿出来,都可以在国外或古代的文体传统中找到可比较的东西,而散文并非如此。鲁迅写"一棵是枣树,另一棵也是枣树",一路写下去,这样一种描写方式、感情状态和语言形态,在国外和古代都很难找到。而鲁迅较好的小说,几乎每一篇都能从外国小说中找到可比较的东西。既脱离了中国古代,也脱离了西方,这样的写作状态使得散文创作呈现出最明显、最活跃、最充分的态势。因此,散文应该是中国现代文学研究最多最充分的文体,而学术研究所揭示的事实并非如此,特别是在汉语新散文的思路未引入之前。

  在"汉语新文学"的学术延展性在具体的文体分析上遇到麻烦的时候,我们必须勇敢地引入,哪怕是牛硬的"汉语新小说""汉语新散文"之类的命题,这样有助于选取新的研究视角打开新的研究路径。"汉语新散文"的学术理路促使我们可以迅速地建立鲁迅、周作人等人的新文章传统,确定他们的散文创作所开辟的文体传统及其意义,同时将过于传统、悖时的散文写作非常自然地排斥在"新散文"之外。建

---

① 鲁迅原文是:"然而这激动,却是向来怠慢了绍介欧洲大陆文学的缘故。"《〈中国新文学大系·小说二集〉序》,《鲁迅全集》(第6卷),人民文学出版社,2005年,第246页。

构和使用"汉语新散文"的概念，甚至可以对现在的散文研究进行一番改革，找到一种非常有效、便利的学术路数，使散文研究能够更多集中在新文学这一方面，集中在符合文学规范的层次。

当"汉语新诗"作为成熟概念被引入我们的汉语新文学研究之后，"汉语新小说""汉语新散文"的大胆使用可以克服许多学术障碍，在富有启发性的新的学术因素、新的研究方法、新的观察视角作用下，对新文学的研究因此可以打开新的局面。在这样的学术语境下可以再提"汉语新剧"。新剧指早期的话剧，最早产生于"文明戏"时代。"新剧"概念由于有"文明新戏"的铺垫，比较容易进入我们的学术表述。"新剧"，抑或"新戏剧"，可以成为汉语新文学直接征用的名词，用于现代戏剧的研究。

现代戏剧的研究者不少，成果也很多。但是，这样的研究往往会有遗憾，即对戏剧文学的研究和对戏剧艺术的研究经常脱节。戏剧是一门综合性的艺术，任何单纯的研究都难以抵达它所应有的学术目标。研究戏剧文学的人往往只是研究文学，而懂得导演、表演的人，又只是从戏剧艺术的角度介入研究，对文学、剧目不加涉及。这就使得我们戏剧研究的总体状态不太理想。

"汉语新剧"概念可以纠正这方面的缺憾。戏剧在我们汉语世界里是比较新的艺术样式，而在西方艺术世界里是最古老、最经典，甚至能体现西方文化原型的非常重要的艺术形态，西方文化的很多原型都来源于希腊悲剧。相比较而言，汉语戏剧比较"年轻"，却并不妨碍我们对汉语戏剧深入研究。

汉语的戏剧形态较为晚出，文学的积累很多，但没有成为我们民族文化的原型。假如引进"汉语新剧"概念，则可以克服现代戏剧常常只是指话剧的局限。20世纪新文学产生以后，戏剧创作主要集中在话剧方面，出现了一批杰出的剧作家，如田汉、曹禺、老舍、郭沫若、李健吾等。新文学运作使得话剧在文学创新的舞台上掀起一波又一波的高潮，引导我们的舞台剧向时代的深处走去。但是，如果我们把现代戏剧仅仅放在话剧上，就非常不公平，因为其他的戏剧也做出了很了不起的贡献。比如歌剧《白毛女》《洪湖赤卫队》等作品的创作水平都很高，20世纪30年代，田汉写过歌剧《扬子江上的风暴》，此后田汉还写过《白蛇传》。不同时代现代艺术家和文学家都曾对传统的京剧或其他戏曲节目进行改编、创造，成就不俗。所有这些都是汉语新剧，也是汉语新文学必然面对的对象。

引进"汉语新剧"概念，就可以接受这样的艺术事实：非话剧的戏剧创作同样可能达到很高的艺术水平,从而对汉语新剧和汉语文学做出不凡的贡献。现代戏剧这样的研究格局需要打破,需要从汉语新剧的角度进行学术操作,从而取得"新戏剧"的学术视野和学术理念,对"新戏剧"重新定位,以强调新文化传统中新的戏剧样态、新的戏剧传统。所以,作为"汉语新文学"概念的延展,汉语新剧同样能带给我们新的启发。

"汉语新文学"的学术延展在诗歌文体研究中最具可能性。汉语新文学进入诗歌后会自然变成"汉语新诗",这是个顺理成章的延伸。"新诗"在"五四"之后就被广泛使用(除了胡适使用"白话诗"),而且"新诗"概念一直没有被忘却和颠覆。现在仍然有人写旧体诗,"新诗"概念仍然在使用,而且没有变味。也有人倾向于把汉语新诗说成"现代汉诗",这显然不如"汉语新诗"科学和明确。"汉诗"既要包括旧体诗,也要包括新诗,但还是不能解决问题。而且"汉诗"也可以是"汉代诗歌"的简缩,"新诗"则没有这样的歧义。

在现代小说、诗歌、散文、戏剧中,对小说和诗歌的研究最充分,研究者最多,成果也最丰富。而引入"汉语新文学"概念后,它的学术可能性就存在于我们的学术实践和学术思考之中。我们用"汉语新文学"及其延展概念去分析、认定、评价汉语在新诗文体中的独特性和魅力,能够得到新的学术发现。在文学的各种体裁中,语言特性在诗歌中体现得最充分。只有诗的语言特性是其他民族语言所不具备的,相互之间不能替代。如不能拿汉语的韵脚跟其他语种进行交换。节奏也是如此,我们的语言节奏也不能和其他语种语言进行任何一种交换甚至比较。诗的语言特性在每个民族语言中都显得最为突出,且不能跟其他语种产生可比性。在这个意义上来说,从"汉语新文学"中延展出"汉语新诗",就能让我们的研究更多地接触到这一方面的内容。现代诗歌研究能关注到波德莱尔对李金发的影响,艾青如何受到法国象征派的影响等,还能够从诗歌主题、情感方式展开相关的研究,但不太注意从语言本身的艺术特性、民族特性和思维特性展开对新诗体格和个性的研究。

"汉语新文学"带着延展性不强或不自然的缺陷进入我们的学术研究,特别是像"汉语新小说""汉语新散文"这样尴尬命名影响了学术的发展。但是,引进"汉语新小说""汉语新散文""汉语新剧""汉语新诗"等概念,也会打开并解决一些以前没有被注意到的学术问题,从中得到很好的学术补偿。尤其是与我们更习惯的"现代文学"各文体研究进行比较时,就会发现"汉语新文学"的系列概念带来的学术可能性更多,能使以前被忽略的部分在新的学术视野中得到显现。所以,"汉语新文学"作为一个概念会受到很多挑战,面临许多问题,但它仍然是拓宽我们学术视野的一个比较有效、比较可取的概念。

内 涵 论

第一章　汉语新文学的概念建构

　　汉语文学研究有着悠久的历史和辉煌的积累,其中新文学的研究经过近百年的建构、开拓与发展,亦以其不断扩大的规模与日益充实的内蕴,成为文学研究学术格局中颇为活跃及颇具潜力的学科。不过这一学科从概念而言尚缺少有力的学术整合:明明都是以区别于传统文言作品的汉语各体新文学写作为内涵,却被习惯性地分为"中国现代文学""中国当代文学""中国现当代文学""台港澳文学""海外华文文学"等不同领域,各自凸显的乃是时代属性或地域属性,汉语新文学整体遭到了人为的切割且被切割得有些纷乱、错杂。"汉语新文学"的概念整合不仅能够在相关学科的设置上克服上述纷乱、错杂并奏删繁就简之效,而且有利于相关领域规范性的建设。汉语新文学研究者即使面对一些并不科学并不规范的学科概念也常常习惯于保持默认姿态,轻易放弃了汉语新文学名实关系的思索与论辩,其结果往往导致学科的纷乱与学术的失范;缺少明确、稳定和科学的学术内涵和外延的支撑,相应学科的学术规范性便会受到频繁的干扰。根据学术范畴的一般原理,学术活动乃由"构成性规则"和"范导性规则"所规范,而"构成性规则"是基础,也是核心。[①] 汉语新文学研究领域被长期分割成上述明显缺乏学术整合且相互之间夹缠含混的学科板块,正是其"构成性规则"相对紊乱的体现;而其"构成性规则"的紊乱直接导致"范导性规则"的薄弱,学科的规范性建设因而显得任重道远。

　　以白话文为主体语言写作的现代文学,从其诞生之时就被先驱者命名为"新文学","汉语新文学"概念的建构,从某种意义上是对新文学"名学"传统的恢复。新文学的命名体现着先驱者对所倡导和建设的文学性质、形态,特别是其所必然体现的新的文学传统的深刻认知与准确把握,从而构成了"汉语新文学"概念坚实的学

---

① 杨玉圣、张保生主编,《学术规范导论》,北京:高等教育出版社,2004年,第76页。

术基础。这一学术基础中的语言因素从一开始就得到了凸显,虽然它在后来的学术论辩中遭到了不应有的忽略,但现代文学和现代语言理论都聚焦于以语言界定文学的学术必然性,这使得"汉语新文学"概念取得了相对于"中国现代文学"等约定俗成概念的某种理论优势。各种文学史写作和文学研究的学术实践亦表明,这样的理论优势正在逐步得到学术现实的承认。

一、"新文学"的学术张力

"汉语新文学"概念的基本内核当然是"新文学"。至少在文学革命先驱者和新文学基本建设者的印象与习惯中,"新文学"比后来俗称也是通称的"现代文学"更易于接受,因为"新文学"概念全面地包含着与传统文言即所谓"旧文学"相对的白话写作,以及作为文学革命的积极成果这两层含义,而不是像后来的通称"现代文学"那样偏重于凸显其时代属性。同时,新文学概念反映出新文学家建构新文学传统的全部命意,而新的文学传统才是新文学全部根性与特征的典型体现。于是,以"新文学"统称区别于传统文言的所有汉语写作,具有深刻而充分的历史依据。

"新文学"一语的使用,或与梁启超时代的"新文体""新小说"诸说有密切的联系,但作为一种文学概念,则在文学革命运动中被赋予了特定的含义。"新文学"概念为胡适1916年《誓诗》中开始使用,此后他一直推广这一概念,并迅速得到了同道中人的响应。1917年2月1日陈独秀致陈丹崖信,在这封信的开头,陈独秀便对陈丹崖来书"详示对于新文学之意见"表示欢迎,可见那时候他们已经在书信讨论中较普遍地使用"新文学"概念。"新文学"概念的正式使用应该是胡适于1917年5月发表的《历史的文学观念论》,胡适以历史譬喻的方式将"新文学"作为白话文学和作为文学革命成果这两层含义表述得相当明确:"古文家又盛称韩柳,不知韩柳在当时皆为文学革命之人……其时白话之文未兴,姑韩柳之文在当日皆为'新文学'。"[1]作为白话文运动的发难者和文学革命的首倡者之一,胡适对"新文学"的这两层含义深有心得,在此后"提倡新文学"的一年时间内,他一直盼望着"有一种真有价值,真有生气,真可算作文学的新文学"来取代"桐城派"的古文、"《文选》派"的文学、"江西派"的诗、"梦窗派"的词以及"《聊斋志异》派"的小说等陈腐的旧文学。[2] 此后,

---

[1] 胡适,《历史的文学观念论》,《胡适文集》(第3卷),北京:人民文学出版社,1998年,第34页。
[2] 胡适,《建设的文学革命论》,《胡适文集》(第3卷),北京:人民文学出版社,1998年,第59页。

人们虽然不再像胡适那样强调文学语言的白话化以及文学革命的轰轰烈烈,但"新文学"概念逐渐为鲁迅、周作人、朱自清等新文学倡导者和实践者所一致认同并沿用成习。1935年《中国新文学大系》的出版是这一历史性认同的集中体现,而在此之前,20世纪20年代末30年代初,"中国新文学"已经作为学科名称出现在大学课堂,至少,朱自清在清华大学,周作人在辅仁大学都曾分别讲授过"中国新文学研究"和"中国新文学的源流"。① 此后"中国新文学"的概念一直被沿用不辍,即使在"中国现代文学"等概念后来居上并大有取而代之之势时,"新文学"概念仍被证明有其悠久的学术生命力。

从20世纪30年代中期开始,"现代文学"或"中国现代文学"概念逐渐露出了取代"新文学"概念的端倪,至50年代形成气候,这种将主题词由"新"到"现代"的转变,除了特定气候下的国体与时代因素的政治考量而外,一定历史时期的社会文化心理因素也相当关键。最初开始运作这样的概念更替之时,"中国新文学"概念也刚刚得到了普遍的学术确认,一些研究者便从反思乃至批判新文学的角度提出"现代中国文学"的概念,以示另辟蹊径,这方面最有代表性的成果乃是钱基博出版于1933年的《现代中国文学史》,这应该是"中国现代文学"概念的先行态。钱基博不满于新文学,不无偏执地将新文学视为"胡适之所以哗众取荣誉,得大名者"②,因而自然不同意将"民国纪元以后"的文学概称之为"新文学",而是认定"新文学"不过是其中的一个分支,主要成就还是这一时期的"古文学",它们都属于"现代文学家"的创作与操作。这样的概念把握虽然基于一种偏见,却较之后来的"中国现代文学"正统概念更显得健全与科学,因为后来的"中国现代文学"概念沿用者基本上都没有将现代历史时期的"古文学"视为自己的当然研究对象,直到近些年在黄修己主编的《20世纪中国文学史》等有限的几部文学史专著中,才部分地体现出类似的自觉。需要特别指出的是,20世纪30年代初期钱基博等人想到用"现代文学"概念冲击"新文学",并不是先知先觉地意识到"现代文学"概念在此后的文学学科发展中更具优势,而是体现了对那个时代特别流行的"现代"一词的敏感与呼应。那时正是中国在战乱频仍的短暂间隙中向世界现代化潮流大规模开放的辉煌时刻,特别是以上海为代表的都市文化生活直逼西方摩登时代的前沿风气,"现代"与其

---

① 均有讲义为证。朱氏讲义后人整理为《中国新文学研究纲要》,1982年刊载于上海文艺出版社出版的《文艺论丛》第14辑;周氏讲义仍以《中国新文学的源流》为题,1932年由人文书店发行。
② 钱基博,《现代中国文学史》,长沙:岳麓书社,1986年,第472页。

译音词"摩登"势已成为时代文化的关键术语,"现代文学"作为一个流行概念取代"新文学"一度已成必行之势。那时《现代》成为最具影响的文学刊物之一,更富有象征意味的是,《现代》的前身乃是《新文艺》。《新文艺》改为《现代》,作为关键词的"新"为"现代"所取代,正预示着"新文学"概念将让位于"现代文学"。虽然研究者仍习惯于沿用"新文学"概念,但"现代文学"作为学术概念和学科名称早已隐然成势。据称,杨振声在燕京大学开设的有关课程便称"现代文学"。①

"新文学"概念强调的是与"旧文学"的相对性,较多地融入了传统因素的考量,所揭示的仍然是文学的内部关系;而"现代文学"概念关注的是时代因素,无论是从政治内涵还是从摩登涵义来考察,都是将文学的外部关系置于特别重要的地位,相比之下,其所具有的历史合理性以及相应的学术含量都不如"新文学"概念。新文学倡导者无论如何偏激地反对旧文学,都是在价值观念上承载了旧文学传统的巨大压力,因而迫切地追求新的文学传统,铸成新文学,以求得解放与超脱。他们深知旧文学具有丰厚的文学传统,文学革命运动对于旧文学所反对的其实不是所有的文学家及其文学作品,而是其所体现的文学传统,即陈独秀所谓"陈陈相因"的文学"形体",以及"目光不越帝王权贵、神仙鬼怪,及其个人之穷通利达"的文学"内容";于是,在斥责贵族文学、古典文学与山林文学之余,并不回避对文起八代之衰的韩、柳、元、白以及"盖代文豪若马东篱,若施耐庵,若曹雪芹诸人"的称颂与赞赏。② 同样,胡适反对代表过去"时代"的旧文学,也不过因为旧文学所体现的"古典主义"传统"当废",③这并不影响他提倡整理国故。周作人、沈雁冰等在组建文学研究会时立意将建设新文学与整理旧文学联系起来,在改革《小说月报》时也承认给"旧有文学"以一席之地,以肯定其"对于将来亦有几分之贡献",都说明他们对于旧文学传统的价值承担。对于新文学倡导者和建设者而言,旧文学传统力量是那样地巨大而沉重,一般性地注入时代性因素难以形成克服乃至抵御的力量,于是,文学的"现代"内涵远没有文学的"新"传统的铸成更有力度也更加重要,这便是"新文学"作为概念远胜于"现代文学"的深层原理。

因此,作为新文学概念的"新"并不是像人们一般性地理解的那样,体现着新的

---

① 萧乾:《我的副业是沟通土洋》,《新文学史料》1992 年第 1 期。
② 陈独秀:《文学革命论》,《新青年》第 2 卷第 6 号。
③ 胡适:《寄陈独秀》,《新青年》第 2 卷第 2 号。

形式和新的内容等等,这种浅表层面的"新"确实可以用诸如"现代"或"当代"等时间概念来替代;"新文学"概念之"新"乃是吁求着新的文学传统的建立,尽管这种新文学传统在不同的新文学家的表述中有所参差:在胡适的表述中常有"真文学"与"活文学"之称,在周作人的表述中则为"人的文学"与"平民文学",在陈独秀、沈雁冰的表述中又成"写实文学"之类,在鲁迅和文学研究会诸君的表述中常是"为人生的文学"。这些都是先驱者试图建立新文学传统以摆脱旧文学传统的思想印痕。新文学家们在提倡新文学、抨击旧文学的同时,每每对新文学创作的成果多有不满,同时对传统的经典文学充满敬意,但他们之所以能在这样的心态下坚持新文学的方向,其奥秘乃在于对新文学传统的自信与坚持:惟有从新的传统的角度才能使新文学家充满面对旧文学的信心和勇气,任何别的因素,包括时代性因素都无法赋予他们这样的信心与勇气。尽管胡适一贯倡言"一时代有一时代之文学"的进化理论,正像他一贯力倡"白话文学之为文学之正宗",①但他们却并不十分强调"真文学""活文学"的时代因素,更不认同"人的文学"或"平民文学"的摩登色彩。相反,他们主张普通的抒情写世文学,表现人生之一般的文学,而不是成色十足地体现时代因素的文学,因而,"新文学"概念比"现代文学"概念更具有历史的合理性,更能体现文学发展的内在规律,也更具有文学理论的学术厚度。

　　热衷于"现代文学"乃至"当代文学"概念建设的人们无一例外地忽略了"新文学"概念的这种新文学传统命意。对于新文学传统的忽略使得"新文学"概念在时代因素特别是政治因素的强调中变得灰暗不堪。如果说以王瑶的《中国新文学史初稿》为标志,20世纪50年代的研究者还有可能在"新文学"概念与"现代文学"概念之间找到徘徊的余地,则"中国当代文学"概念的出现宣告了"新文学"作为学术和学科概念的历史性逊位。中国当代文学最初是以诸如"新中国文学"或"建国以来的文学"作表述,②内涵上体现出当代中国的某种政治强势,于是在50—60年代之交③突破了"中国现代文学"的既成格局,将汉语新文学从与传统文学的诸多纠结

---

① 胡适:《文学改良刍议》,《新青年》第2卷第5号。
② 这样的表述不时地出现在一些重要文章和专著之中,如邵荃麟:《文学十年历程》,《文艺报》1959年第18期;茅盾:《新中国社会主义文化艺术的辉煌成就》,《人民日报》1959年10月7日;还有中国科学院文学研究所编写组编著的《十年来的新中国文学》,北京:作家出版社,1960年,等等。
③ 一般认为以如下两部集体编著为标志:华中师范学院中文系编著《中国当代文学史稿》,北京:科学出版社,1962年;山东大学中文系编写组,《1949—1959中国当代文学史》,济南:山东人民出版社,1960年。

中攫拔出来，完全成了具有时代活力和影响力的批评概念和学科命题。作为"中国现代文学"与"中国当代文学"相整合的概念，一个叫作"中国现当代文学"的临时性学术概念和明显拼凑型的学科名称便就此出炉，并在相当长时期内成为汉语新文学领域最具权威性和最富引导力的概念，其影响正越出中国内地而辐射到港澳台乃至于国外的汉语文化圈。"中国现当代文学"作为正式的学术概念，无论是在内部关系还是在外部关系上都失去了概括力以及延展的张力。就内部关系而言，正如人们早已质疑过的，它号为"中国"现当代文学，却约定俗成地放弃了对汉语文学以外的中国其他民族语言文学的涵盖，同时在时间意义上也难以达到当年钱基博的认知水平，将这一时段的"古文学"涵括进来。从"中国现当代文学"的外部关系来探讨，正如人们尴尬地发现的，尽管台港澳从来就是中国不可分割的部分，可在中国现当代文学范畴内似乎并不能，也似乎从未打算理直气壮地包括台港澳文学的内容，在长期的理解习惯和学术实践中，台港澳文学在被边缘化的同时也似乎已经取得了相对于中国现当代文学的某种特殊性地位，这样的基本事实早已宣告了"中国现当代文学"作为学科名称的涵盖力受到了人为的限制。至于离散到海外的汉语文学写作，则无论从哪个角度说都更不能为这一学科概念所涵括。没有人怀疑海外汉语文学写作与中国现代文学传统之间的血肉联系，汉语新文学无论在中国本土还是在海外各地，其实都是一个分割不开的整体，但"中国现当代文学"作为正式概念，与继之而起的"海外华文文学"等概念构成合谋契约，人为设限、强拉硬拽地试图将它们拆卸为不同的板块。这样的学术尴尬只有通过强调新文学一脉相承的新传统来加以克服，任何时代性或地域性的分割与强调最终都必须让位于新文学传统的统驭。①

---

① 其实，中国现当代文学的研究者大多早已经意识到"中国现当代文学"这一"合法"概念的不合理，其相关的文学史著述往往一直处在左冲右突试图寻求概念突破的努力之中。一个最有说服力的现象是：较全方位地涉及中国现当代文学学科与课程方面的专书，例如文学史及各种资料集，在陈飞主编的《中国文学专史书目提要》所提供的目录中可搜得184部，其中以"现当代文学"为中心概念设计题名的仅有4部，其他，以"新文学"为中心概念的22部，以"现代文学"为中心概念的93部，以"当代文学"为中心概念的53部，即使是以"20世纪"或"百年文学"为中心概念的也有12部，在数量和比例上也远远高过以最为流行和最为正式的"现当代文学"作中心概念的专书。需要说明的是，这本书提供的资料并不完全，且有不少明显的错误，如，王宁主编、清华大学出版社出版的《新文学史》是对国际上"新"的文学史理论的系统译介，与《中国文学专史》所应收列的"新文学"书目并无紧密的联系，但编者也误将之收入书目之中。见陈飞主编《中国文学专史书目提要》，郑州：大象出版社，2004年，第2092—2106页。

"新文学"概念有着深刻而充分的历史依据。它不仅体现了"五四"新文学运动对白话文学的倡导与文学革命的成果这两层基本含义,而且也体现着新文学突破旧文学传统,建构新文学传统的根本诉求和本质命意。新文学家们在不同时代和不同区域致力于建立和发扬新的文学传统,这是整个汉语新文学界的统一的意志行动,也是汉语新文学内在统一的根本依据,这一根本依据最终将中止人为的学科分割,促进汉语新文学作为一个学术整体为历史所接受。近年来"汉语文学""20世纪汉语文学"或"中国现代汉语文学"等概念的陆续出现,①体现出学术界从概念上整合这一学术整体的跃跃欲试心理。

二、 汉语新文学的理论优势

"汉语新文学"的另一中心词自然是作为语言种类的"汉语"。新文学传统当然会通过各个时代的意识形态加以承载,然而在更沉潜更深入的意义上,乃是通过现代汉语得以风格化的呈现。这使得"汉语新文学"概念在理论上较之"中国现代文学"乃至"中国新文学"概念更具优势。

"中国现代文学"或"中国新文学"概念以国家、政体为依据界定文学版图,带着较为强烈的意识形态意味。意识形态因素和政治内涵有助于文学研究者更深刻地认知和更有倾向性地评价一定时代一定区域文学的精神价值,但把握不到位也会造成对学术理性的某种负面影响。因此,尽管"五四"新文化运动带有浓厚的意识形态色彩,可新文学传统强调的语言革新因素甚至思想革命因素远远超过对国家、政体因素的考量。新文学所开辟的新传统以现代汉语(通俗地说便是白话)为基础和基本载体,这就决定了汉语新文学作为学术概念对于国家、政体范畴的某种超越性,决定了它作为学术概念对各个时代各个不同区域的汉语文学所具有的高度涵盖力。

汉语新文学,从理论上说,就是以现代汉语所构成的"言语社团"所创制的文学样态,作为概念,它可以相对于传统的以文言为语言载体的汉语文学,也可以相对于以"政治社团"为依据划定的中国现代文学等。按照布龙菲尔德的语言学理论,

---

① 分别见朱寿桐《另起新概念:试说"汉语文学"》,《东南学术》2004年第2期;黄万华《中国和海外:20世纪汉语文学史论》,天津:百花文艺出版社,2006年;曹万生主编《中国现代汉语文学史》,北京:中国人民大学出版社,2007年。

"言语社团"即是指依靠同一种语言相互交往的族群,它显然与"政治社团"(国家之类)并不统一。① 文学是通过语言思维创造,也是通过语言载体呈现出来的艺术形态,无论从其创作活动的内部情形还是从其被接受的外部效应来看,文学的"言语社团"属性总是比其"政治社团"属性更大、更明显、更重要。文学接受的外部实践证明,一般情形下的文学诉诸接受者的首先不是作者的国籍或作品中的国族意识,而是它借助思维创造和呈现的语言及其所表现出来的语言风格;一个"言语社团"有可能贡献给世界一种独特的然而又是整体的语言风格。由此可见,作为学术概念的一门文学既可以以国家和政治社团为依据进行界定,也可以以"言语社团"为依据加以涵括。"汉语新文学"概念突出了"汉语"这一"言语社团"因素,在一定意义上可以弥补单纯从"政治社团"界定所可能带来的概念狭隘的欠缺。

汉语作为一种语言,天然地构成了一个无法用国族分别或政治疏隔加以分割的整体形态,这便是汉语的"言语社团"作为汉语文学"共同体"的划分依据。所有用现代汉语写作的文学,无论在祖国内地还是在台湾、香港、澳门等其他区域,无论是在中国还是在别的国家,所构成的乃是整一的不可分割的"汉语新文学"。汉语在文学表达的韵味、美感及象征意趣上的明显趋近,构成了汉语文学区别于其他语言文学的特色、风貌;这样的文学风格及其审美特性,往往比一般意义上的国度文学或民族风格更能对人类文明的积累做出实质性的和整体性的贡献。有些语言学家明确认为,一种语言的总体风格与操用这一语言的民族文化完全一致:"语言风格首先是指某一种语言在世界上全部语言的总体中,它所特有的全部区别特征的总和。这也可以叫作语言的民族风格。"②人类的审美经验和审美成果需要多种语言形态甚至需要所有语言形态加以体现,在这种丰富的积累之中,汉语文学客观上必然是以统一的文学方阵出现并区别于其他语种的文学。事实上,就新文学而言,全世界的汉语写作所承续和发扬的都是新文学的伟大传统,这一传统所带来并鲜活地体现的现代汉语巨大的审美表现力和逐渐成熟的表现风格,越来越明显地镶嵌在人类文明的审美记忆之中,参与其中的每一个区域的汉语写作者都程度不同

---

① 参见李开《现代结构主义的一颗明星——布龙菲尔德〈语言论〉导引》,南京:江苏教育出版社,1991年,第36页。
② 王希杰,《语言风格和民族文化》,程祥徽、黎运汉编《语言风格论集》,南京:南京大学出版社,1994年,第110页。

地做有贡献并与有荣焉。

总体上和整体上的汉语写作对于人类文明做出的贡献,无论被称作"中国气派"还是民族风格,其实都不过是中华文化原型的语言体现。任何种类的文化,特别是通过文学作品体现出来的群体文化,都主要通过语言的表述和写照加以传达;文化有国家的、民族的、社会的等各类形态,不过最切实的文化形态则是由同一种语言传达出来的"共同体"的兴味与情趣,即同一语言形成的文化认同,"语言和文化不仅仅是人们生活其中的社会环境的表象,而且还恰恰是人们认同的本质要素"[1]。而作为人们认同的本质要素的文化,也还是通过语言承载并体现出来的。因此,一个民族文化认同的本质体现最终会落实在语言方面。中国传统文明的许多非物质文化遗产在各种心态的驱使下经常被理解为或诠释成东亚各民族的共同遗产,但通过汉语表达并成为固定文本的精神文化遗产,则是任何使用其他语言的民族都无法强取豪夺的,有了汉语这一硬性的承载,诸如孔子学说这样的灿烂文化传统就不可能被涵括进别的文化系统之中。

汉语新文学在不同的地域可能表现不同的社会环境和人生经验,但以美学的方式处理这样的环境与经验,并对之做出价值判断的理念依据甚至伦理依据,却是与"五四"新文学传统紧密相连并在现代汉语中凝结为新文化习俗和相应的创造性思维。尽管异域文化和文学对新文化和新文学造成了不可磨灭的影响,可现代汉语及相应的现代汉语思维通过文学创作已经对之进行了无可否认的创造性转化,能够作为特定的精神遗产积淀下来的一定是为现代汉语所经典化、意象化的固定表达的成品。无论是在人物塑造、情节刻画还是在叙事策略和抒情风格上,外国文学通过译介所进行的创造性转化都可能积淀成汉语文学的精神遗产,而不经过这样的语言转化则无法取得这种精神遗产资格。早在20世纪80年代初,文学史家唐弢就对西方文学影响必须与中国人的语言方式相吻合的现象做过精辟论述:"西方思潮和外来形式在同中国人民的欣赏习惯和艺术趣味相结合时,尤其是同中国人民的语言格调和生活方式相结合时,有一个自然淘汰的过程……由于不能同中国语言或者中国生活相结合,因而遭到失败的结果,在文学史上是不乏先例的。"关于后者他列举了李金发食洋不化的象征诗歌以及一些人尝试着引进终归失败的

---

[1] Ross Poole, National Identity and Citizenship, *Identities: Race, Class, Gender and Nationality*, edited by Linda Martin Alcoff and Eduardo Mendieta, Blackwell Publishing Ltd. 2003, p. 270.

商籁体。①

　　由于语言对文学的文化品质,以及对不同语言的文学之间相互关系有着如此深刻而鲜明的决定性作用,当一种文学需要作为一门学术乃至一门学科进行界定的时候,理应首先作语言分类,在确定语言类别的前提下再顾及这种文学的其他品性。汉语新文学的首倡者胡适虽然未能证明他十分稔熟于这样的理论,但他当时的言论足以表明,他十分清楚这一类道理。他在文学革命期间最重要的论文之一是《建设的文学革命论》,这篇文章比《文学改良刍议》更加准确地切中了新文学建设的要穴:国语的要素。文章的副标题为《国语的文学——文学的国语》,相关论述虽未达到问题的"根本解决"的境界,但显然比一般性地提倡白话文学深刻得多,也本质得多:"我以为我们提倡新文学的人,尽可不必问今日中国有无标准国语……中国将来的新文学用的白话,就是将来中国的标准国语。造中国将来白话文学的人,就是制定标准国语的人。"②这实际上首次提出了以国语的白话(也就是现代汉语)构建新文学的本质命题。这是汉语新文学富有活力的品质,也是它与生俱来的使命。对于新文学的语言品质及其与使命的联系,先驱者貌似浅泛的认识却远远比后人所理解或批判的深刻得多。胡适的"国语的文学"观除了坚持文学语言的白话化以外还强调白话语言的普通化,这使得"汉语新文学"概念在语言规范上有了自明性的内蕴。

　　文学研究界不习惯于从语言本体看待新文学的诞生与新文学运动,导致了这样一个严重的历史事实被长期遮蔽:在文学革命的一系列论争之中,"新旧"两派的冲突其实更多地聚焦于废除文言的语言策略而不是开放与现代性的思想文化观念。首先站出来反对新文学的恰恰是身体力行地倡导文学和文化开放的先驱者严复、林纾,原因就在于此:他们并非质疑新文化倡导者的开放态度和现代意识,而是为了捍卫文言的正统以阻击引车卖浆之流所操持的语言对文学语言的侵袭。黄侃、刘师培等"国故派"以及章士钊的"甲寅派"攻击新文学的要害问题也在于白话文的提倡。特别是"学衡派",在文学上也持改良之论,其浓重的西学背景决定了他们不可能成为新文学的天敌,正如梅光迪所言"建设新文化之必要,孰不知之?"他

---

① 唐弢,《西方影响与民族风格——中国现代文学发展的一个轮廓》,《西方影响与民族风格》,北京:人民文学出版社,1989年,第22—23页。
② 胡适,《建设的文学革命论》,《胡适文集》(第3卷),北京:人民文学出版社,1998年,第64页。

们只是觉得文言和白话分别体现一定时期文学体裁的需要,不应偏废文言而独尊白话:"文学体裁不同,而各有所长,不可更代混淆,而有独立并存之价值。岂可尽弃他种体裁,而独尊白话乎?"[1]至于新文学同路人的一些议论争执,例如任叔永、朱经农等人的商榷意见,也都集中在对废除文言的某种偏激性言论的不满。这些关于汉语新文学语言的论争,在"五四"时代频度较高,它们不仅对现代汉语作文学表现的合法性的确立提供了主动的或事实上的帮助,而且也为新文学家在不断提高现代汉语表达的艺术性和精熟度方面提供了或正面或反面的激励与鞭策,从而加速了白话文学的成熟,提高了汉语新文学的总体水平。关于新文学语言的论争并非走出"五四"时代便已结束,在20世纪20年代末的白话"文学专制"论,20年代与30年代之交的"大众语"讨论,30年代的"拉丁化"运动,30年代与40年代之交的民族形式的探讨,如此等等,牵扯到文学语言的争议一直断断续续,若隐若现,即使似乎早已尘埃落定的文白之争,便是到了近些年也常有风生水起之兆,这些都足以说明,新文学从诞生到发展的各个阶段,都凝结着汉语语言的若干关键问题,新文学进化的每一个关键时段,其突出的矛盾都会通过语言问题彰显出来。汉语新文学发展至今,其在总体的文学表达和文学意象的创造方面所积累的每一个成就,所取得的每一个进步,都与不同时段不同内容的汉语语言问题在不同层面上的解决有直接关系。

汉语新文学在各个历史阶段的发展水平,特别是语言表现能力的发展程度,在各个区域都会大致持平,体现出共同的时代风貌。这样的现象可以归结为不同区域汉语新文学的相互影响,但更深刻的原因应归结为现代汉语的内在基质及其生长、成熟和发展频率的作用。后一种因素可以用来解释这样的文学史实:即便是大陆与台湾经历了30年的阻隔,当两岸文学可以彼此交流的时候,人们也还是能够不无惊讶地发现,虽然一些术语和表述习惯有了距离,但文学描写、文学表现的语言仍然是彼此相通,且基本处在同一个发展水平上。近些年两岸的汉语新诗都充斥着后现代的鼓噪,看看那些后现代的诗,汉语语言策略和语言秩序确实发生了某种变异,但这变异的趋向与幅度,无论在祖国大陆还是台港澳抑或是海外的华人世界,都相当接近。这便是汉语新文学整体性发展的一般情形与基本规律。

汉语新文学超越于国家和区域的整体性发展,需要学术界在重新认知汉语与新文学之间紧密关系的前提下,突破现有的各种以政治疆域为基本范畴的概念体

---

[1] 梅光迪:《评提倡新文化者》,《学衡》第1期。

系,建构或还原到以语言为本位的概念体系,实事求是地承认并使用"汉语新文学"的学术概念和学科名称。这一概念准确、全面地反映了汉语新文学整体发展的基本状貌,弥平了由政治板块、政治疏隔和地域分布带来的各种人为裂痕与人造鸿沟,在内涵与外延明确统一的学术前提下建构起和谐、整一、协调发展的汉语新文学学科,使得这一学科能够超越政治板块和地域分割,挣脱各种政治变数的制约,在未来的学术研究领域获得科学而稳定的发展空间。越来越多的新文学史研究者注意到弥平国家和区域分别,整一性地把握汉语文学的学术趋势,即就文学批评史而言,"90 年代以来,近、现、当代三个时期断代的文学理论批评史逐渐多起来;在地域上也有台湾、香港的当代文学理论批评史出版。而近几年来,更提出了撰写整体的、综合的 20 世纪文学理论批评史的要求,也就是说,这种文学理论批评史应该是着眼于文学现代化的全过程,将近、现、当代拉通,又涵盖着大陆、台湾、香港、澳门两岸四地的整个国家、整个民族的文学理论批评史。"① "整个民族"乃是一种习惯性的说法,按照新文学研究者的基本构成说,应为"整个汉民族"更确切;而说到整个汉民族,则无论如何不能忘记旅居国外的华人,因此最可靠的整合概念还是应以汉语言为中心,"汉语新文学"的概念在类似的学术吁求中呼之欲出。

三、 汉语新文学学术实践的价值

"汉语新文学"作为学术概念有着充分而深刻的历史依据,有着鲜明而强烈的理论意义,其作为学科概念,也体现着相当的现实趋势和实践价值。

这样的学术实践价值仍然首先体现在汉语之于新文学的本体意义上。在实践意义上,汉语对于中国文学家以及海外的华裔文学家来说就是文学的归宿,就是精神的家园,在特定的语境下,人们这种对于母语的文学情感甚至会冲淡、覆盖或代替原本应该十分敏感的政治意识和国家意识。20 世纪 50 年代,周策纵等在美国纽约的中国留学生组织了白马文艺社,在汉语新文学写作方面显得尤其活跃,胡适对此倍加赞赏,称"白马社是中国的第三文艺中心"②。另外两个中心则是在中国大陆与台湾。胡适当然不会真的将在美国发生的文学现象算作"中国的文艺",而且还是中心意义上的中国文学,他在这里想要表达的意思是,白马社是那个时代汉语新

---

① 黄曼君,《新文学传统与经典阐释》,武汉:湖北教育出版社,2005 年,第 86 页。
② 据周策纵回忆。见王润华:《被遗忘的五四:周策纵的海外新诗运动》,《文与哲》2007 年第 10 期。

文学写作的第三个中心,足以同中国大陆与台湾的文学界并列。当他将这样的意思表述为"白马社是中国的第三文艺中心"时,他的心目中的"中国"已经不是一个明确的国体概念,而只是汉语文化和文学的另指。对于身处海外的华裔文学家而言,当去国怀乡之思只能在异国异乡遥远地、凄楚地述说,由于地理的阻隔和国族的区分,客观上无法在中国文学大家族中占据自己的一席之地,其惟一的安慰便是,他们的作品毕竟还是汉语文学世界里的一个部分,正是在这样的意义上,聂华苓那句"汉语就是我的家"①才分外显得那么真挚和真实。

  并不单是汉语新文学所涵盖的文学现象适合于从语种的范围加以定义,通常意义上的中国古代文学,以及被中国学者习惯上笼而统之地称为外国文学的几乎所有文学现象,其实都适用于从语种而不是从国别进行定义,而且事实证明这种立足于语言范围的定义总是比立足于国族范畴的定义更科学,更准确,也更富有张力。鲁迅在厦门大学讲授过"中国文学史略"并编有讲义,到中山大学后旋即改题为《汉文学史纲要》,这里应该包含着从汉语语言角度命名中国文学史的卓越开创之功。中国古代文学资深学者程千帆与他的学生程章灿前些年合作撰著了一部别致新颖的文学史专著,对于学术概念的"一名之立"特别重视,不惜"旬日踟蹰"的程氏,在数以百计的《中国文学史》阵脚中终能别立一帜,以"汉语文学史"为中心概念,将这本专著命名为《程氏汉语文学通史》②,强调文学汉语范畴的"汉文学史"或"汉语文学史"概念比强调国族意识的"中国文学史"概念显然更准确,更科学,也更恰如其分,它谦逊而又实在地表明自己研究的不过是以汉语写作的古代文学史,而不能涉及中国历史上和中国范围内的其他民族语言的文学。当然,汉语文学史有可能部分地超出中国文学史的范畴,早在林传甲、黄人等还没有撰著《中国文学史》之前,德国学人、日本学者已经著有多部《支那文学史》之类的著作,连韩国学人都有类似的著作先后问世。日、韩学者的此类著述没有从汉语角度定义中国文学史,可能含有一定的文化防御成分。因为传统的日本、韩国文学有相当部分属于汉语文学,在他们有些人的心目中,本国语言文学是在与汉语文学的"斗争"中发展壮大起来的,确实有韩国人就是以"汉文文学/国文文学的斗争史"来写作一部本国的文学史。③

---

① 转引自饶芃子《海外华文文学与比较文学》,北京:中国社会科学出版社,2005年,第104页。
② 程千帆、程章灿,《程氏汉语文学通史》,沈阳:辽海出版社,1999年。
③ 参见[韩]柳浚弼《东亚视角的可能性——中日本国文学史叙述的产生、特点及其历史脉络之比较》,《新文学》第3辑,郑州:大象出版社,2005年,第81页。

在中国文学研究者特别是其中的文学教授心目中，世界各国的文学史都以国别史加以区分，如英国文学、美国文学、法国文学、俄国文学等。其实其间的情形特别复杂，而类似的命名往往还是以语种辨别为多，例如英语文学、法语文学、俄语文学等，因为以语种划定文学品类，才能厘清各种文学的传统，才能体现各种文学的整体风貌。一般理解的英语文学包括英国文学，也包括美国文学、加拿大文学和澳大利亚文学，以及一些英属殖民地的文学。在中国人的翻译和理解中，英语文学常常与英国文学相混淆，遂使其间的复杂性更显得恍惚迷离，例如中文翻译的美国约翰·阿尔伯特·梅西的《文学史纲》，在讲述英语文学的第 14 章所列的有关参考书目书名翻译就是如此，与英语文学或英国文学相关的书籍有：圣特博雷的《英语文学史精编》，高尔兰兹等参加编写的《剑桥英国文学史》，亨利·莫雷的《英语文学初编》，泰纳主编的《英国文学史》，F. 瑞兰的《英语文学编年史》，斯托福特·布洛克的《英语文学》，此外，作者特别提到，"与《剑桥英国文学史》有异曲同工之妙的还有理查德·加内特和爱德蒙·格斯主编的《英语文学史图解》"，"另外一部如百科全书式，比较有价值的书就是 B. E. K. 谭·宾克和 J. J. 朱塞朗德主编的《英语世界文学史》"。① 在这种混乱迷离之中应能看出作者和译者为准确地区分作为国别史的"英国文学史"和作为语种类别的"英语文学史"所做的艰辛努力，更应看到，所列举到的这一类专书以"英语文学"作为中心概念的占到 3/4，可见人们更习惯于使用"英语文学"而不是"英国文学"的概念。其实英语概念"English Literature"在更多语境下更妥当的翻译应是"英语文学"而不是"英国文学"，它常常包括美国等其他国家的英语写作。查尔斯·米尔斯·盖雷编著的《英美文学和艺术中的古典神话》原书名是"Classic Myths in English Literature and in Art"，译者注意到这里的"English Literature"不单是"英国文学"，于是翻译为"英美文学"，②殊不知这样还是不能涵盖书中的内容，应摈弃国别考量而进入语种界定，译为"英语文学"便顺理成章。同样的道理，"法语文学""俄语文学"这样的概念一般情形下都将比"法国文学""俄国文学"具有更大的涵盖力和更明确的内涵指向。有些跨国语种的文学从来就无法

---

① [美]约翰·阿尔伯特·梅西，《文学史纲》，原书名为 *A Story of the World's Literature*，1924 年出版。孙吉玥等译，西安：陕西师范大学出版社，2006 年，第 345—346 页。
② [美]查尔斯·米尔斯·盖雷，《英美文学和艺术中的古典神话》，北塔译，上海：上海人民出版社，2005 年。

用国别史来定义,如金克木著《梵语文学史》①,包括印度、巴基斯坦以及吠陀语、巴利语使用地区的文学现象,涉及佛教、耆那教、印度教、婆罗门教、伊斯兰教等宗教文化,其所包容的内涵根本无法以其中一两个国度的文学来定义。

以语种定义文学作为一种学术事实,也是一种学术趋势,体现着一种人们乐意承认的学术成果。面对这样的学术事实、学术趋势与学术成果,汉语文学理所当然地应与英语文学、法语文学、俄语文学、德语文学……相并列,从而取得历史的与世界的文学视野和巨大涵盖力;从汉语文学内部的发展势态以及创作者的时代差异和研究者的学术分工等实际情况出发,又有必要在相对于汉语文学的总体概念意义上定义出汉语新文学,它拥有相对于传统汉语文学的新风貌和新传统,并负有整合汉语世界新文学写作和运作的时代使命。不仅学术实践可以证明,学科建设的实践也已证明,以语种定位并弱化了政治意识的概念并不会产生任何负面效应:中国高等教育中的中文本科专业被定名为"汉语言文学"并应用了几十年,其所显示的准确性、科学性从未受到过任何质疑。"汉语新文学"作为分支学科的名称,纳入"汉语言文学"的学科序列之中应显得更加协调与吻合。

"汉语新文学"作为学术概念和学科名称的确立或运用,简洁明快地克服了原先各种概念和名称的混乱、夹缠和模糊,为这门学术和学科的未来发展争取了更多的理论空间。当然,这一概念的运用可能会带来一系列的理论与实践问题,用医学术语说可能有若干"预后"问题,不过这些"预后"问题仍可以通过对"汉语新文学"概念的准确理解和科学把握而逐个解决。

一个特别敏感的问题或许是,"汉语新文学"概念似乎削弱了中国本土文学的中心地位,但全面而科学的汉语新文学研究将会冲破这种想当然的妄测。汉语新文学概念无论是在学术主题还是在学术科目甚至是在学科意义上确立,并不应遮蔽或替代各个政治实体的文学板块和历史脉络的研究,也就是说,将共时态的汉语新文学整合为一体化进行研究,并不影响更不应阻止对各个条块的汉语新文学作任何国别的、区域的研究,正像约翰·阿尔伯特·梅西的《文学史纲》号称是"世界文学"(The World Literature)的故事,可他还是必须分列成英国文学史、法国文学史、德国文学史等板块进行分别阐述,尽管看得出来他并不十分愿意这样做。当研究者将中国新文学置于国际性的汉语新文学这一全视景屏之上时,会更加清楚地

---

① 金克木,《梵语文学史》,北京:人民文学出版社,1964 年。

发现,中国新文学相对于其他离散的汉语新文学,其传统辐射力、现实影响力及由此形成的中心地位将更加突出。

  从汉语的角度定义新文学的概念,并且从文学理论到文学实践论证汉语之于新文学建立与发展的主导性价值,是否会重蹈"语言决定论"的覆辙?这是运用"汉语新文学"概念之际可能会遭遇到的质疑。表面上看起来,由德国语言学家洪堡特和美国语言学家萨比尔等倡导的"语言决定论"[①]违反了社会存在决定社会意识和人类思维的唯物主义基本命题,但对于每个社会成员个体而言,他的语言不也是社会存在的一种体现?因此,"语言决定论"其实并不像人们想象的那么可怕,未必就是唯心主义的东西。更重要的是,"汉语新文学"概念确认并注重汉语对新文学概念的某种决定性,由此框定汉语新文学基本的内涵与外延,这只是概念建构过程中的学术论证和理论陈述,并不是对汉语新文学研究内容和方法的设计与规定;在承认"汉语新文学"概念的前提下,我们研究汉语新文学大可以沿着任何学术路径坦然前行,完全不必一定眷顾其中的语言因素。"汉语新文学"概念旨在拓展这门学术的研究路径,由此概念演绎出任何更觉限制的学术规定性,都可能是对它的一种误解。

  总之,有关"汉语新文学"概念的讨论,所涉及的乃是对汉语新文学传统的确认、对汉语新文学语言本体的认定以及与此相关的学术范畴与学科空间的拓展。这一概念与新文学和文学革命的历史形态相吻合,反映出新文学家建构新文学传统的全部用意,而新的文学传统才是新文学全部根性与特征的典型体现。"汉语新文学"概念突出了"汉语"这一"言语社团"因素,在一定意义上可以弥补单纯从"政治社团"界定所可能带来的概念狭隘的欠缺。以汉语语种定义文学已成为一种学术趋势,这一学术趋势使得汉语文学理所当然地取得了与英语文学、法语文学、俄语文学、德语文学相当的学术地位,而从汉语文学内部的发展态势以及创作者的时代差异和研究者的学术分工等实际情况出发,"汉语新文学"又在相对于"汉语文学"的总体概念意义上被定义出来;它拥有相对于传统汉语文学的新风貌和新传统,并负有整合汉语世界新文学写作和运作的时代使命。当然,"汉语新文学"只是中国现当代文学(包括台港澳文学)以及世界华文文学研究领域诸多整合性概念当中的一个,它带着明显的理论优势,同时也显露出一些难以圆转的理论缺陷,包括

[①] 参见常宝儒《汉语语言心理学》,北京:知识出版社,1990年。

上文提及的"语言决定论"的某种嫌疑。整合汉语新文学学术和学科是一项长期的艰巨的学术任务,需要在更加扎实的学术实践中积累经验,丰富理论,寻求新的有效的路径。

四、"汉语新文学"概念唤起的学科审视

由"汉语新文学"概念可以审视中国现代文学学科的"短板"。中国现代文学在正式的官方目录中叫作"中国现当代文学",看上去是一个非正式的、临时撮合的学科概念,认真考究起来也不甚严谨,因此除了极少部分文学史教材为了机械地配合官方学科目录而采用"中国现当代文学"而外,正式的学术著作一般不会采用这个只剩下官气却缺少严格的学术界定的概念。

人们较习惯于使用"中国现代文学"概念,是出于"约定俗成"的意味。习惯性的理解上,"中国现代文学"似可涵盖"中国当代文学"的内容,勉强从政治逻辑上推论,当然可以将台港澳文学包含其中,至于所谓"海外华文文学",则只能尴尬地置于此概念之外。

中国现代文学作为一门学科的历史相当复杂,对于其学科历史的阐析,会令人清晰地发现其中的若干"短板"效应。

1. 中国新文学与中国现代文学

中国现代文学本来被叫作"中国新文学",这一学术和学科概念从新文学尚未正式产生之日起到20世纪50年代之前,几乎是唯一的正式概念。之后,随着中国现代文学学科的正式建立,随着政治意识逐步渗入并且逐渐引领着这个新兴的然而本来也相当学术的学科,"中国新文学"概念逐渐隐退,"中国现代文学"和"中国当代文学"概念占据主流。这一历史情形揭示了"中国新文学"与"中国现代文学"概念的消长关系,同时也显示出中国现代文学学科的某种"短板"现象。

"中国新文学"作为概念起于何时,起自何处,起从何人,需要详加考证。不过至少在《文学改良刍议》发表的前一年,即1916年春,胡适便在一首《沁园春·誓诗》中表达了某种类似文学革命的"文章革命"的决心,并正式提出了"新文学"的命题:"为大中华,造新文学,此业吾曹欲让谁?"[1]如果说早在1915年的诗歌中胡适

---

[1] 胡适,《沁园春·誓诗》,1916年4月12日,《胡适文集》(第1卷),北京:人民文学出版社,1998年,第136页。

即有"文学革命"之倡——"神州文学久枯馁,百年未有健者起。新潮之来不可止,文学革命其时矣",①那么,胡适明确提出并倡导"新文学"概念应该是在这首《誓诗》之中。除了使用"新文学"概念概括或设计"革命"后的文学以外,胡适还常用"活文学"——1916年7月所撰《〈去国集〉自序》中便坦言:"胡适既已自誓将致力于其所谓'活文学'者",②有时候又用"真文学"——胡适在1917年所撰《历史的文学观念论》中认为经过改良之后的"今日之文学"应为"真文学",③不过他最热心使用的概念还是"新文学"。他以"提倡新文学的人"自诩或自许,认为"中国"应该"实行预备创造新文学",④在这里,"中国新文学"的正式命题已经呼之欲出。而早在1917年1月发表的那篇被称为"文学革命发难篇"的《文学改良刍议》中,胡适已将新文学即"白话文学"论证为"中国文学之正宗",⑤强调了中国新文学与中国文学之间的某种必然联系。周作人在那篇非常著名的《人的文学》中,同样将他们正在倡导的这种文学称为"新文学":"我们现在应该提倡的新文学,简单地说一句,是'人的文学'。"这种"新文学"在逻辑上又是属于"中国"的,因为"中国文学中,人的文学,本来极少……"⑥李大钊于1920年1月4日在《星期日》周刊的"社会问题"号上发表《什么是新文学》一文,表明这时候"新文学"已经成为一个通行的概念,只是面对一般读者需要提出更详实更权威的解释。1924年,胡毓寰在商务印书馆出版《中国文学源流》一书,有理由相信此书对周作人后来出版《中国新文学的源流》有一定的影响。关键是胡氏《中国文学源流》最后一章是《新文与新诗》,明确标明为新文学的史述,可以视为"中国新文学"作为正式概念的最初的学术显现。

"中国新文学"被约定俗成为专用名词和正式概念,是在20世纪30年代。这10年间出版的有影响的相关学术著作,大多采用"中国新文学"这样的概念。类似的专书计7种:周作人著《中国新文学的源流》⑦,王哲甫著《中国新文学运动史》⑧,

---

① 胡适,《送梅瑾庄往哈佛大学》,1915年9月17日,《胡适文集》(第1卷),北京:人民文学出版社,1998年,第124页。
② 原刊1920年3月上海亚东图书馆初版之《尝试集》,现参见《胡适文集》(第3卷),北京:人民文学出版社,1998年,第5页。
③ 原载《新青年》第3卷第3号,现参见《胡适文集》(第3卷),北京:人民文学出版社,1998年,第32页。
④ 胡适,《建设的文学革命论》,《胡适文集》(第3卷),北京:人民文学出版社,1998年,第64页、第75页。
⑤ 胡适,《文学改良刍议》,《胡适文集》(第3卷),北京:人民文学出版社,1998年,第28页。
⑥ 周作人,《人的文学》,《周作人经典》,海口:南海出版公司,2001年,第3页、第6页。
⑦ 北平人文书店,1932年。
⑧ 北平杰成印书局,1933年。

王丰园著《中国新文学运动述评》①,赵家璧主编《中国新文学大系》10卷本②,吴文祺著《新文学概要》③,霍衣仙著《最近二十年中国文学史纲》④,李何林著《近二十年中国文艺思潮论》⑤等,其中5种直接采用了"中国新文学"概念,只有2种采用了"近二十年中国文学"的计数法概念,"中国新文学"概念的专著采用率为70%。由于钱基博的《现代中国文学史》主要论述的是新文学以前的"现代"文学史,只是到了卷末才附论了新文学的历史,与胡毓寰的《中国文学源流》结构相似,因而在内容上不宜与上述中国新文学专题著作相提并论。

20世纪40至50年代,"中国现代文学"作为学术概念进入到中国新文学研究视野,但总休上尚不能取代"中国新文学"作为中心概念的优势地位。这期间出版的中国现代文学史研究专著和教材计有:李一鸣著《中国新文学史讲话》⑥,任访秋著《中国现代文学史》⑦,老舍、李何林、蔡仪、王瑶合著《中国新文学史研究》⑧,王瑶著《中国新文学史稿》⑨,蔡仪著《中国新文学史讲话》⑩,丁易著《中国现代文学史略》⑪,张毕来著《新文学史纲》⑫,刘绶松著《中国新文学史初稿》⑬,复旦大学中文系现代文学组编著《中国现代文学史》⑭,孙中田、何善周等著《中国现代文学史》⑮,吉林大学中文系中国现代文学史教材编写小组编著《中国现代文学史》⑯等。为了严格统计口径,其间出版的专题性文学史,如田仲济著《中国抗战文艺史》,蒋祖怡著《中国人民文学史》等,尽管影响很大,但未计入。上述11部著作中,以"中国新文学"作为主题和支撑概念的著作同样占大多数,为此类书出版总数的54%,数量

---

① 北平新新学社,1935年。
② 上海良友图书有限公司,1935年。
③ 中国文化服务社,1936年。
④ 广州北新书局,1936年。
⑤ 上海生活书店,1939年。
⑥ 上海世界书局,1943年。
⑦ 上卷,河南前锋报社,1944年。
⑧ 内附《〈中国新文学史〉教学大纲(初稿)》,新建设杂志社,1951年。
⑨ 上册:开明书店,1951年;下册:新文艺出版社,1953年。
⑩ 新文艺出版社,1952年。
⑪ 作家出版社,1955年。
⑫ 第1卷,作家出版社,1955年。
⑬ 作家出版社,1956年。
⑭ 上海文艺出版社,1959年。
⑮ 吉林人民出版社,1957年。
⑯ 吉林人民出版社,1959年。

过半,仍然可见"中国新文学"比起"中国现代文学"来,是更容易为人普遍接受的概念。

但是,20世纪40至50年代出现了5部以"中国现代文学"作为支撑概念的文学史专著。这是一个重要信号,表明"中国新文学"学科概念正面临着来自于"中国现代文学"学科概念的有力挑战,"中国现代文学"作为学科概念比例在迅速上升。尽管"新文学"概念已经拥有强大的历史惯性,让人们几乎是欲罢不能地沿用这个概念,但它所体现和继承的毕竟是新文化运动和新文学倡导的历史传统,而不是新民主主义革命的伟大传统,后一个传统以五四运动和中国共产党走上历史舞台为标志。于是,相对新潮的中国现代文学研究力量开始走出"中国新文学"的概念传统,而逐渐树立起"中国现代文学"的学术异帜。

2. "新文学"概念隐退所构成的"短板"效应

从"中国新文学"到"中国现代文学",这种学术和学科概念的历史转换,所反映的是这个学科由学术到政治的话语转换。"中国新文学"强调的是以白话文运动为中心、以新文化运动为基础的新文学传统,虽然上述运动都带着强烈的反传统意味,但"中国新文学"概念却是以传统的"中国文学"作为巨大参照,在学理逻辑上承认其与中国文学的内在联系。相比之下,"中国现代文学"则在概念内涵和外延两方面与中国传统文学进行了人为的区隔,与传统的中国文学组成了一种否定关系。人们在以政治的视角对"现代文学"进行学术认知的时候,所强调的可能是这种文学的"现代"性质,这样的"现代"性质通常以"新民主主义革命"理论加以概括,与传统中国文学的基本性质不仅完全不同,而且两相对立。"中国新文学"暗示着其与"中国文学"必然的历史联系、美学联系、文化联系和艺术联系,而"中国现代文学"则可以完全无视这种联系的必然性,特别是加入政治化的解读以后,以决绝的态度割断这样的联系变得稀松平常。从这一意义上说,"中国新文学"作为学术、学科概念,其学术合理性和文学本体性至少比"中国现代文学"更强。"中国现代文学"作为正式的学科概念,其形成过程其实也是相关学术话语政治化的过程。历史地看,这种政治化的方向是正确的,但它毕竟改变了"中国新文学"概念的学术合理性和文学本体性,存在着以政治话语取代文学话语和学术话语的潜在危险。

严酷的学术实践证明,这样的推断并非多虑。经过20世纪50年代的政治运作特别是政治对学术的整肃,中国大陆学界可以说完全放弃了对"中国新文学"学术概念的坚持,而几乎清一色地转向了"中国现代文学"的学科命名。尽管从学理上说,这时期的相关学科的正式名称本来应该是"中国新文学",因为1951年由老舍、李何林、蔡仪、王瑶联合编撰的《〈中国新文学史〉教学大纲》代表官方立场和言论,具有某种教育行政指导性的意义。不过,有迹象表明,是来自行政方面的意旨改变了这个学科概念。首先是另一个教学大纲的颁布,传达了非常明显的学术指令:将"中国新文学"的学术概念统一置换为"中国现代文学"。1957年,王瑶、刘绶松等编撰的《中国文学史教学大纲》①出版,这部大纲明确为教育部审定之综合大学中文系中国文学史教学大纲,这部官制大纲带有标志性地将原来的"新文学"置换为"现代文学",大纲的第9编标题就是"现代文学",这足以表明官方学科名称就此确定。其次,一个重要现象是,当时大学中文系普遍设立的相应学科其关键词是"现代文学"或"中国现代文学",这从复旦大学、吉林大学成立的两个"组"的组名即可看出。1961年中国人民大学出版的《中国现代文学史》,编撰集体也是"文学史教研室现代文学组"。显然,那时的大学中文系所设置的此一专题的教研机构一般都被称为"现代文学"机构,可见,当时该学科的正式名称已经是"中国现代文学"了。

文学史教材或专著的情形也是如此,20世纪60年代以后,不,严格地说应该是1957年王瑶、刘绶松等编撰的《中国文学史教学大纲》发布以后,出版的相关中国新文学史教材与专著,便以清一色的"中国现代文学史"呈现其专题与概念了,而且几乎是无一例外。至少是80年代以前,所有中国大陆出版的有一定学术知名度和影响力的"中国现代文学史"都突出了"中国现代文学"这一学术、学科概念,②同一时期"中国新文学"作为关键词的文学史只有在台湾和香港或有出现。③

台港学者之所以使用"中国新文学"概念,是因为他们没有经过50年代以后的学术、学科革命,可以借助于由来已久的习惯自然而然地使用这个相沿成习的概念。其实,即便是在中国大陆,许多老学者都习惯于使用"新文学"的概念。从那个时代出来的老先生一般不接受"现代文学"的概念,只习惯于"新文学"。我曾有一篇文章回忆已故的南京大学中文系老教授程千帆先生,他是国学泰斗,中国古典文

---

① 高教出版社,1957年。
② 20世纪60年代出版的《中国现代文学史》有北京大学中文系本,中国人民大学语言文学系文学史教研室现代文学组本;70年代(实际上集中在1978—1979年)出版的《中国现代文学史》有田仲济、孙昌熙主编本,唐弢、严家炎主编本,北京大学、南京大学等九院校编写组本,林志浩主编本,中南七院校中文系现代文学教研室本等。
③ 如周锦著《中国新文学史》,台北:台湾长歌出版社,1976年;司马长风著《中国新文学史》,香港:香港昭明出版公司,1975年。

学的学术权威,学名远播,很多人愿意将自己的著作赠送给他,倘有新诗集、当代散文集之类的书,他常常接到后就转送给我,说是自己很久不接触"新文学",这些书对他没什么用处,但对我的研究或许会有些帮助。① 由此可见,像程千帆先生这样的老人,即便一直处身于中国大陆,显然也亲历过那场学术、学科的革命,但由于不是直接浸身于"现代文学"之中,也会随着以往的习惯坚持使用"新文学"这个概念。

现在我们不得不接受"中国现代文学"这个并不规范的正式概念。由于这个概念对于"中国新文学"起到了革命、颠覆作用、替代作用,我们今天的学科建设、学术研究已经对"中国新文学"产生了习惯性的心理疏离,"新文学"从某种程度而言,已经成为对新文化时代文学现象的纪念,而不再有资格充任一种正式的学科概念。

其实,较之于"中国新文学","中国现代文学"不仅显示着以政治话语冲击学术话语的"短板",而且在学科命名的科学性上同样存在着"短板"。

首先,"现代"这个概念的多义性和歧义性。

"现代"作为一个文化概念,在时间上的指涉意义远比我们想象的丰富。我们现在对"现代"概念仅仅从"现代史"的意义上进行前后30年的时间把握,至多再融入"当代史"的概念,将1949年以后的时代也算作"现代"的延伸,这样的理解仍然显得相当狭隘。钱基博的《现代中国文学史》②将"现代"确定在清末民初,将这一历史转折时期的文学分为古文学(传统语体的文学)与"新文学"(现代语体的文学)两大系统,前一系统以王闿运、章太炎、刘师培、陈衍、王国维、吴梅村等为代表,后一系统以康有为、梁启超、严复、章士钊、胡适为代表。该书在编首论述了启"现代"文学之先声的上古文学、中古文学、近古文学和近代文学,为"现代中国文学"的前世今生做了翔实的学术寻证。这不仅是一部"通古今之变""兼新旧之长"的文学史教材,而且也是将"现代"文化概念把握得特别精准,理解得特别深透的学术专著。

钱基博的《现代中国文学史》,是在"中国新文学"的话语场中最早、最醒目地提出"现代文学"概念的专书,虽然以后出现了数以百计的文学史专著都沿用了"现代文学"这一关键词和核心概念,但几乎所有这些后来者在对于"现代"以及"现代文学"的概念把握上都难以望其项背。钱基博将清末民初理解为"现代"历史概念的

---

① 见《豪华的书籍》,莫砺锋主编《程千帆先生百年诞辰纪念文集》,南京:江苏古籍出版社,2013年。
② 世界书局,1933年。

开端,将包括当时文学在内的历史现象全都纳入到"现代"范畴,这是在可靠的学术认知基础上对"现代"观念进行最大限度拓展的结果。这种大"现代"概念不仅可以克服后来所习惯的"现代"概念的狭隘与偏执,而且对于认知中国现代文学的现代性起点与标志具有深刻的启发意义。毕竟,辛亥革命是中国历史上千古未见之大变局,从根本上变革了中国社会的政治结构,改变了中国历史的发展方向,这一事件对于文学和文化的影响应该具有划时代的深刻性。虽然将"现代文学"的发端置于"五四"时代或者置于五四运动时代各有其学术理据,但不可否认的是,钱基博以清末民初为"现代"历史的开端,为"现代文学"的滥觞,从历史学的角度来看学术理据更加充分,也更值得人们深长思之。

关键更在于,钱基博非常准确地将"现代"定位为历史时代概念,而不是像许多后来者那样,模糊了"现代"作为历史时代概念和作为文学性质概念之间不可含混的界限。大部分"中国现代文学史"的编撰者既将"现代文学"理解为具有现代历史时代的文学,同时又将它理解为具有现代品性的文学。这样的含混导致了中国现代文学研究人为地产生出许多模糊的学术地带,也导致了"中国现代文学"学术和学科概念不够严谨。钱基博认定"现代文学"就是"现代历史时期"的文学,这一历史时期的"新文学"固然应包含其中,即便是传统文体的"古文学",同样也应该涵括其中。在钱基博的《现代中国文学史》中,传统文体的"古文学"的学术阐论还占据着最重要的位置和较大篇幅。他的这种学术眼光和学术魄力远为后来研究"现代文学"的人们所不及,后者往往在"现代文学"中无视传统文体的"古文学"的存在,只是片面地研究新文学。这不光是研究者学术基础相对薄弱,面对"古文学"力不能逮的问题,更重要的还是在"现代文学"的学术概念把握上缺少眼光和魄力的问题。

的确,"中国新文学"作为概念,其指涉非常清楚,内涵和外延都容易把握,而且不会产生歧义,同时又符合新文学倡导者与最初建设者的认知和使用习惯。而"中国现代文学"单就"现代"的概念把握就存在着许多歧义,这样的歧义很容易导致学术的混乱。钱基博最初使用"现代中国文学"概念时认知非常清晰,准备也非常充分,这"现代"就是指历史时代,在这一历史时代中产生的文学,文体无论古今,文艺无论新旧,都是其合理的研究对象。如果对钱基博开辟的"现代文学"研究传统有准确的理解与把握,则以后的各种"中国现代文学史"都应该既研究"中国新文学史",也研究"现代"时期的"中国文学史"。许多学者做不到这一点,更多学者认识不到这一点,因而"中国现代文学"作为学术和学科概念的天然缺陷,至少相对于

"中国新文学"而言,就显得彰明较著。

在20世纪30年代,"现代"还包含与历史时代相联系但又不单是指历史时代的文化内涵,那就是被音译成"摩登"的那种意思。那时候的各种"现代"文艺,主要体现着文艺上的先锋意义和现代主义,诚如大型文学杂志《现代》所昭示的那样。《现代》杂志的前身是《新文艺》,创刊于1929年9月,戴望舒、施蛰存等编辑,本来就有追逐文艺新潮的意思。1932年5月,这批新潮文人借现代书局创办《现代》文艺月刊,所要突出的正是"现代"文化价值观:"《现代》中的诗是诗,而且纯然是现代的诗。它们是现代人在现代生活中所感受到的现代的情绪,用现代的词藻排列成的现代的诗形。"而"所谓现代生活,这里面包括着各种各样的独特的形态:汇集着大船舶的港湾,轰响着噪音的工场,深入地下的矿坑,奏着Jazz乐的舞场,摩天楼的百货店,飞机的空中战,广大的竞马场……"①这是一种典型的"摩登"时代的节奏和"摩登"生活的结构表述,呼唤着的当然也是"摩登"的文学:那不是一般的现代文学,而是与表现主义、立体主义、荒诞主义有关的新潮文学。30年代处于这种"现代"的文化语境,那时候产生的"现代文学"概念便多了一些非历史时代的成分,这也是后来运用"中国现代文学"概念的人们需要明白的历史情形。

当然在当时就有学者彷徨于"新文学"与"现代文学"之间,困惑于这两个概念形成的学术撕裂感和文化张力。他们中有人选择了用年代记数法表述这种学术和学科命题。李何林在1939年出版了一本研究新文学运动的专书,既不用"新文学"也不用"现代文学"作中心词,题为《近二十年中国文艺思潮论》。这个书名体现了当时学术界超越于"中国新文学"和"中国现代文学"之辩的学术用心。早在1930年,上海太平洋书店组织各方面的专家撰著一套总题为"最近三十年"的历史丛书,论述甲午海战至20世纪20年代末中国政治、文学、教育、军事、经济、外交、交通等领域的发展变化情形,陈子展为此丛书撰著了《最近三十年中国文学史》一种。显然,李何林那部《近二十年中国文艺思潮论》在命名思路上受到了这套丛书的影响,对于他所面临的这一段文学史采用了"近二十年"的纪年概数描述法。

3. 作为学科与课程的"短板"效应

从大学教学这一方面而言,"中国新文学"或"中国现代文学"学科走过了一条相当曲折的道路,最终,这一学科以令人难以想象的速度发展壮大,俨然成为中国

---

① 施蛰存:《又关于本刊的诗》,《现代》1933年第4卷第1期。

大陆大学中文专业最重要的学科之一。其间确实有学科自身克服"短板",蜕变演进的劳绩,但更多的则是借助于政治外力,取得了较为显赫的学科地位。一个学科如果不是凭着自身的实力、魅力和潜力赢得了崇高的学术地位,那么在大学教育发展的历史上,即便获取了辉煌,这辉煌也仍然会显示出自身发展的"短板"效应。

现代大学中文教育采用西方学术体制,在文学专业教学方面走出传统的经史子集教学模式,开始以文学史和作品选读等科目落实文学教学,这样的历史可谓相当短暂。北方有京师大学堂的林传甲,南方有东吴学堂的黄人,他们在20世纪初承担起"中国文学史"的教学和教材编写任务,实际上成了相应学科的中国开山人。中国新文学的课程则在新文学萌发以后的10年左右时间内,也即是在"中国文学史"进入中国大学课堂的20多年后,赫然以独立开课的方式进入大学中文系教学体系,这反映了这个非常年轻的学科所具有的生气与活力。

"中国新文学"最初进入大学课堂的现有记录是1929年,那年著名新文学家杨振声开始在燕京大学开设"新文学"课程。差不多同时,他以清华大学文学院院长兼中国文学系主任的身份支持朱自清开设"中国新文学研究"课程,此课的讲课提纲后来被后人整理发表在1982年上海文艺出版社出版的《文艺论丛》第14辑,题为《中国新文学研究纲要》。这是"中国新文学"作为独立课程在大学中文专业正式开设的最早的可靠记录。而周作人应沈兼士之约在辅仁大学开设相关课程,后来讲义结集为《中国新文学的源流》,虽有"新文学"作为关键词,但主要讲论的还是传统文学,"新文学"只不过是这门功课的附录部分,放在课程后面作为照顾性涉及的内容。这情形类似于陈子展从1928年起在南国艺术学院开设"中国近代文学"讲座,主要讲述《中国近代文学之变迁》的内容,末尾再附属讲论"十年来的文学革命运动"。这种以新文学附于传统文学之骥尾的学术操作方式被黄修己称为"附骥"式的学术结构。①

20世纪20年代末至30年代初,"中国新文学"走进大学专业课堂一时之间蔚然成风,除了上述大学开设的相应课程而外,苏雪林在武汉大学亦开设类似的课程。不过,这在当时毕竟是一门边缘课程,"中国新文学"或"中国现代文学"作为学科远未建立起来。一个中文系的教授最见功力也最显风采的主要不是"新文学"方面的建树,而是传统文学,甚至是考据学和文字学、音韵学之类。即便是文学大师

---

① 参见黄修己《中国新文学史编纂史(第2版)》,北京:北京大学出版社,2007年。

和学术大家开设的新文学课程,在各个大学的教学体制内也都没有放置在主干课范围内。这种边缘化的课程安排很难调动起学生选修的热忱和教师开课的积极性。有人回忆,虽然朱自清先生在清华大学开设的"中国新文学研究",至1934年还保留在大学的课程目录上,但实际上,朱自清先生已经有三四年未开设这门课了。这表明,即便是在现代文明气息非常浓厚的清华大学,即便是朱自清这样的文学大师开设这样的课程,中国新文学研究作为一个学科无论在学生方面还是在教授方面,都可能是灰溜溜的,尽管新文学创作在当时的文坛上仍然热热闹闹。

抗日战争开始以后,由于形势所迫,我国的大学课程建设显得非常蹇促,"中国新文学"这门边缘性课程很难得到进一步发展。新文学的创作和文学思潮、流派正在运作中,但是有关中国新文学史的教学工作没有明显进展。有资料表明,在西南联大,朱自清又恢复开设中国新文学研究课程,闻一多、沈从文都分别讲授过有关新文学的课程。但有关"中国新文学"或"中国现代文学"的学科建设与学术发展始终处于停滞状态。

新中国成立以后,中国现代文学的学科地位发生了翻天覆地的变化。随之,中国现代文学的学术重要性也得到了时代性的凸显。

中国共产党取得全国领导权以后,除了政治、军事、经济、行政体制的调整而外,比较用力的是高等教育体制的调整与设计。如果说全面开展于1952年的院系调整,是中国共产党将全国高等学校进行国有化、专业化调整和社会主义改造的巨大工程,那么,对于包括中国现代文学建设在内的高等学校文法各系专业设计与调整,则是以社会主义观念和方法灌注于意识形态教育体制的系统工程。院系调整的第一步是全面肃清帝国主义在中国进行"文化侵略"的高教机构,全面整顿教会大学;教会大学如燕京大学、辅仁大学、金陵大学、东吴大学、圣约翰大学等,有些被取消,有些遭合并。第二步将原来"出身不好"的大学,削减其实力和影响力,例如国民党时期的中央大学,原是当时全国规模最大、学科最齐全的大学。在院系调整中,有的学院发配到外地,有的学院独立办学,留在原校的只有文理学院,还被迁出中央大学原址,搬迁到金陵大学所在地,新成立南京大学。南京大学被定性为一般性的综合大学,直至1964年才被教育部列为全国重点大学。第三步是执行苏联高教模式,减少综合性大学的数量,建立各种各样的专科学院。这种模式在国家百废待兴,亟须建设的时候是非常适用的,它特别有利于一些专才的迅速养成。但这样的高教体制造成各学院学科单一,不符合培养复合型人才的要求。总的来说,高等教育院系调整是在特定历史条件下采取的必要而且合理的政治措施,它是中国共产党在上层建筑领域实行全面占领的必然举措。

但中国共产党更重视高等教育在意识形态领域的社会主义改造。早在1950年5月,发动院系调整的两年之前,政务院教育部就颁布了《高等学校文法两学院各系课程草案》,这说明中国共产党特别重视开展这些与意识形态密切相关的学科改造和学科建设工作。这次学科改造和学科建设就使得中国现代文学在中文系的学科群体中得以登堂入室,"中国新文学"立刻被宣布为重要学科,"中国新文学史"作为重要课程,其内容被规定为"着重在各阶段的文艺思想斗争和其发展状况",其由原来在高等教育的课程体制中处在边缘位置,现在急遽上升到学科主流甚至是领导地位。

政治干预导致中国现代文学课程地位急遽上升,在某种意义上它成为在文学和文学史的学术领域为新民主主义和社会主义做宣传的主干课程,成为文学门类中政治色彩最强烈,政治功能也最强势的领导学科。于是,在它正式成为主干学科的20世纪50年代,由什么样的教师来执教这个学科和课程,乃是高校基层党组织都要过问的事情,实际上类似于政治课,任课教师成了一种政治安排。许多在大学中文系执教的著名新文学家,如施蛰存、陈铨等,会由于各种政治原因与此课程无缘,而只能执教别的课程。有资格执教中国现代文学课程的多是被认为又红又专、政治履历清白的教授,或者是新中国培养起来的"根正苗红"的青年教师。

如果说20世纪50年代初期的文法学院课程调整是中国现代文学学科地位急遽上升的关键点,则50年代末期"中国当代文学"概念的出现,是这个后来并称为"中国现当代文学"学科迅速坐大的关键点。1957年左右,一些敏感的青年教师和大学生意识到新中国快要走过十年的辉煌历程,其文学已经形成不同于中国新文学或中国现代文学的崭新气象,这样的文学应该拥有相应的文学史概念和相应的学术命名。因此,山东大学、北京大学、华中师范学院等学校中的一些教师学生组成研究小组,利用建国十周年的契机,纷纷撰著"中国当代文学史",正式提出"中国当代文学"的概念。虽然严家炎、唐弢、施蛰存等专家就这样的文学史命名提出过质疑,但各学校当局都不约而同地支持"中国当代文学"的学术设想,并进一步支持这一专题的学科建设和课程设置,相当一段时间内,大学中文系往往是中国现代文学和中国当代文学两个教研室并存。无论是从业人员编制数量还是课程量的安排,中国现代文学和中国当代文学在大学中文系都成了最重要而且也是最大的学科。源远流长的中国古代文学在相当多的大学里课程设置、人员安排都与中国现当代文学平分秋色甚至稍逊一筹。中国现当代文学学科在中国高校教研体制中的做大做强，乃是过分地强调文学的政治属性，挟政治以令学术的结果，一定意义上说也是政治令学科布局失控的突出现象。政治力量既成为中国现当代文学学科凭借的某种优势，同时也成为它不正常发展和畸形壮大的某种短板。

中国现当代文学学科的种种"短板"效应，可以通过各方面的学科改革和学术建构加以弥补，但吸纳和沿用"汉语新文学"的学科概念，并相应地调整该学科的内涵与结构，也是其中一个有效的途径。"汉语新文学"作为学科概念的学术优势不仅仅在于可以唤起历史上"新文学"概念的学术文化氛围，还原"新文学"的历史状貌和现实品性，也不仅仅在于可以容纳台港澳文学以及海外华文文学，更重要的是它可以在疏离政治命定的意义上还原到汉语言的文化命意。

第二章 "汉语新文学"概念的学术优势

如果说"汉语新文学"能够作为一个相对具有严密逻辑性的概念存在,也是因为研究界已经付出了相当的学术努力以趋近于对它的确认。迄今最为趋近的确认是"汉语文学"概念的运用。杰出的中国古代文学研究者程千帆与他的高足程章灿在20世纪90年代末合作撰著了一部别致新颖的文学史专著,以"汉语文学史"为中心概念,将这本专著命名为《程氏汉语文学通史》[1]。2003年年底《东南学术》组织过一个书面的"圆桌"讨论,就"世界华文文学"的概念展开"开放的诠释",其中《另起新概念:试说"汉语文学"》一文[2]实际上是从"中国现当代文学"的外部关系探讨了使用"汉语文学"概念的可能性和必要性。当然这样的探讨仍未解决如何将汉语新、旧文学分开的问题,但已经触及对中国现当代文学及其与海外华文文学关系的反思与概念整合的关键。以上学术实践实际上形成了对汉语新文学概念的呼唤,并为进一步论证汉语新文学命题奠定了学术基础。

一、"汉语新文学"概念的学术整合力

无论是中国现代文学研究界、中国当代文学研究界,还是台港澳暨海外华文文学研究界,既然都是以汉语写作的,区别于传统文言作品的各体新文学作品为研究对象,可暂且不论在时代属性上是属于现代文学还是当代文学,也暂且不论在空域属性上是属于中国本土写作还是海外离散写作,都可以而且应该被整合为"汉语新文学"。汉语新文学研究领域被长期分割成诸如"中国现代文学""中国当代文学""中国现当代文学""台港澳暨海外华文文学"等明显缺乏学术整合且相互之间夹缠

---

[1] 程千帆、程章灿,《程氏汉语文学通史》,沈阳:辽海出版社,1999年。
[2] 朱寿桐:《另起新概念:试说"汉语文学"》,《东南学术》2004年第2期。

含混的学科板块,使得强势的学科管理体制面对这样的纷乱照样显得手足无措;得过且过地沿用其中一个临时撮合的概念充任官方目录的相关序列,便出现了以下的学术现状:与此学科相关的研究者和教学人员深陷于这样的嘈杂而显得无可奈何,大多数只得埋头于某个始终缺少学科归属感的学术领域作皓首穷经的搜求。当然,学科归属感与学术研究的成就感未必紧密相连,更不可能成固定比例,不过,就汉语新文学所对应的各个学科以及相应的学术领域而言,无论其学术积累如何丰厚,只要在学科内涵的把握上缺乏学术整合的力度与气派,在外延确认方面也常处于夹缠含混的状态,就很难将学科应有的发展潜力转变为富有冲击力和突破性的发展前景。为促进这一学术领域和学科健全、科学、有序地发展,有必要做出相应的学术努力,尽可能科学、缜密地进行这样的学术概念和学科名称建构,以便在明确学科构成性的前提下对应有的学术内涵与规范进行富有范导性的探索。

  汉语新文学的主体领域,从"五四"文学革命运动时期起,就被约定俗成地指称为"中国新文学",这一概念直接承续了新文化运动推倒旧文学建立新文学的宗旨,故为胡适、鲁迅、周作人、朱自清等新文学倡导者和实践者所一致认同并沿用成习。1935年《中国新文学大系》的出版集中地体现了这一概念历史性认同的辉煌成就。虽然此后"中国新文学"的概念一直被沿用不辍,但几乎是在此概念刚刚得到普遍的学术性认同的同时,就产生了以"中国现代文学"这一后被证明更易于被人接受的概念取代原有"中国新文学"概念的学术尝试。特别是到了新中国成立以后,"中国"的国体与时代被赋予了前所未有的政治象征性,新文学研究者很自觉地选择了"中国现代文学"这一既突出了国体又强调了时代因素的学术概念和学科名称,[①]进而将原可理解为与"中国新文学"相对应的"中国文学"改称为"中国古代文学"以及"中国近代文学"等。最初是由于社会文化心理的作用,后来更是由于政治意识表达的需要,从20世纪30年代初起便逐渐形成了将汉语新文学的主体领域称为"中国现代文学"的趋势,到50年代后期,"中国现代文学"相对于"中国新文学"的

[①] 这种以"中国现代文学"取代"中国新文学"的概念趋势确乎是在20世纪50—60年代逐渐形成的。以相关文学史专著的书名分析,据黄修已《中国新文学史编纂史》提供的资料统计,50年代前期出版的相关文学史专著计3部,全部以"新文学"概念出之,可1955年至1960年出版的8部相关文学史专著中,仅有3部沿用了"新文学"概念,其余5部均以"现代文学"命名,这就意味着有63%的专著选择了以"现代文学"取代"新文学";而到了60—70年代,包括台湾、香港出版的专著在内,共9部新学通史著作,只有司马长风的《中国新文学史》沿用了"新文学"概念,其余8部全都选择了"现代文学"概念。见黄修已《中国新文学史编纂史》,北京:北京大学出版社,1995年,第550—553页。

绝对优势得以形成。还是由于政治意识表达的需要，几乎在"中国现代文学"概念的优势得到历史性的肯定的同时，一种突破"中国现代文学"既有框架和指向的新概念——"中国当代文学"訇然登场，虽然最初是以诸如"新中国文学"或"建国以来的文学"作表述，①但借助于当代中国政治强势的"中国当代文学"概念，终于在50—60年代之交②突破了"中国现代文学"的既成优势，成为更具时代活力和影响力的批评概念和学科命题。显然，"中国当代文学"概念代表着一个具有思想和文学新质的时代，这种新质所具有的强势背景在特定的历史条件下足以使得任何文学研究者都无法以主体概念覆盖之，虽然作为主体概念的"中国现代文学"无论从内涵的明确性、外延的清晰性以及内容的重要性方面而言，都具有无可置疑的优势。如此优势的"中国现代文学"概念与如此强势的"中国当代文学"概念相持不下，而汉语新文学学科整合的要求义势在必行，于是经过学科管理者和教学科研人员的权衡、撮合，一个叫作"中国现当代文学"的临时性学术概念和明显拼凑型的学科名称便就此出炉，并在相当长时期内成为汉语新文学领域最具权威性和最富范导力的概念，其影响正越出中国内地而辐射到港澳台乃至于国外的汉语文化圈。

当然并不是拼凑型的概念就无资格成为一个严肃的学科名称，虽然拼凑型的概念本身往往更多地带有临时性和随意性的表述意味，无论是西方的"英美文学"还是中国的"现当代文学"。问题是，诸如"英美文学"这样的概念所指称的对象及其之间的关系，无论在哪种语言表述中都相当明确，而"中国现当代文学"则很难准确地换用别的语言特别是西语作准确的翻译与表述。翻译家们可以举出一些例句来说明，"Modern Chinese Literature"（"中国现代文学"）中的"Modern"在表达时间的近指义方面，事实上并不比"Contemporary Chinese Literature"（"中国当代文学"）中的"Contemporary"更弱，只要将"Modern"一词按照习惯的音译表述成"摩登"，其所表现"此在性"的能力立刻就能显示出来，而且似乎比"Contemporary"更"此在"。以这样两个区分性能很弱的词汇相并列，所拼凑出来的"现当代文学"概念自然很

---

① 这样的表述不时地出现在一些重要文章和专著之中。如邵荃麟，《文学十年历程》，《文艺报》1959年第18期；茅盾，《新中国社会主义文化艺术的辉煌成就》，《人民日报》1959年10月7日；还有中国科学院文学研究所编写组编著的《十年来的新中国文学》，北京：作家出版社，1960年；等等。
② 一般认为以如下2部集体编著为标志：华中师范学院中文系，《中国当代文学史稿》，北京：科学出版社，1962年；山东大学中文系编写组，《中国当代文学史（1949—1959）》，济南：山东人民出版社，1960年。

容易令外人费解。虽然一种学术概念和学科名称的命名并不首先服务于外人,不过从语言表述上同样可以借鉴这种翻译的尴尬来反推出这一概念或名称在组合上的勉强:"现代"与"当代"倘若不是因为习用已久的文学和历史概念形成了特指的语感,任何认真的语义分析都无法准确地揭示其中的时间性差异,也无法将它们视作两个自明性的时间段然后再并列地拼凑成"现当代"一词。中国现当代文学研究界的这种"现当代文学"合称概念已经约定俗成,而且,这一概念轻易统一了官方学科目录与研究者习语表述,同时对海外学界也造成了事实上的影响[①]。不过,如果以这样一个只能在约定俗成意义上运用于特定对象(也就是中国本土的汉语新文学)的概念推向别的对象甚至使用到外国文学领域,则显然属于粗暴地滥用话语权,至少显示出在概念把握上的稚拙与不严密。有些学者正是这样,在著述中将外国文学的相应阶段也用"现当代"来标示,编撰的书籍有了诸如《中外现当代女诗人诗歌鉴赏辞典》之类的题名。

"中国现当代文学"作为正式的学术概念,为学界所普遍使用并长期存在于官方学科目录,其所显露出来的是某种稚拙与不严密,这并不单是因为它在表述上来自于临时性的拼凑,更重要的是因为它无论是在内部关系还是在外部关系上都失去了概括力度以及延展的张力。就内部关系而言,正如人们早已质言过的,它号为"中国"现当代文学,却约定俗成地放弃了对汉语文学以外的中国其他民族语言文学的涵盖。中国从来就是一个多民族的国家,"中华民族的原本生存和发展状态,是多部族和民族(包括一批古民族和今存的56个民族)在数千年间不断地以各种态势和形式交兵交和、交恶交欢、交手交心、交通交涉,扮演着的一幕幕惊天动地、悲欢离合的历史壮剧,从而衍生出灿烂辉煌、多姿多彩的审美文化创造,并最终形成了一个血肉相连,有机共生的伟大的民族共同体",因此,无论是传统文学还是新文学,"对于中华民族的文学整体而言,汉语文学只是部分,尽管是主体部分"。[②] 中国现当代文学研究界长期以来以"中国"现当代文学研究之名行汉语新文学研究之实,自说自话地缩小了研究范围,典型地属于一种名不副实的学术操作。

[①] 例如王德威教授就接受了这一概念,他在《如此繁华》一书《序言》中指出:"城市与文学是现当代文学研究的重点之一。"上海:上海书店,2006年,第1页。
[②] 杨义,《通向大文学观》,合肥:安徽教育出版社,2006年,第17页。

"中国现当代文学"概念不仅在空间意义上难以完成对其他民族语言文学的涵盖,而且在时间意义上也难以达到当年钱基博的认知水平,将这一时段的"古文学"涵括进来,这是它在中国文学的内部关系上显示出的另一番名不副实的情形。综合这两方面名不副实的情形,从概念的严肃性和严密的逻辑性的角度进行顺理成章的提炼,则学术界正常采用和对待的"中国""现当代文学"不过是"汉语""新文学"。

其实,中国现当代文学的研究者大多早已经意识到"中国现当代文学"这一"合法"概念的不合理,其相关的文学史著述往往一直处在左冲右突试图寻求概念突破的努力之中。一个最有说服力的现象是:较全方位地涉及中国现当代文学学科与课程方面的专书,例如文学史及各种资料集,在陈飞主编的《中国文学专史书目提要》所提供的目录中可搜得184部,其中以"现当代文学"为中心概念设计题名的仅为4部,其他以"新文学"为中心概念的22部,以"现代文学"为中心概念的93部,以"当代文学"为中心概念的53部,即使是以"20世纪"或"百年文学"为中心概念的也有12部,在数量和比例上也远远高过以最为流行和最为正式的"现当代文学"作中心概念的专书。① 绝大部分专书选择"中国现代文学"或"中国新文学"以及其他中心概念作为题名。显然,大部分研究者在接受"中国现当代文学"这一官方概念的同时并非心安理得地乐于沿用这一概念,他们接受这一概念并在相当长时间内对之很少提出理论和逻辑方面的疑义,并不是因为他们从未意识到它的不妥当,而是因为他们有意保持一种故的缄默,或者刻意体现一种虔敬的服膺,当然还有粗略的疏忽。无论出于怎样的心态,客观上都导致了"中国现当代文学"这一学术概念和学科名称以一种不够严肃且缺少严密的逻辑性的样态得以长期尴尬地呈现并主导着相关的学术与学科,由此形成了一种似乎是积重难返的学术惰性。学术界应该勇敢地克服这样的惰性,以一种有错必纠、有枉必矫的严肃、认真和实事求是态度对待这门学术,对待这门学科,包括对待这门学术和学科的概念表述。

在与"汉语新文学"密切相关的学术概念和学科名称中,除了"中国现代文学"

---

① 需要说明的是,这本书提供的资料并不完全,且有不少明显的错误,如,王宁主编、清华大学出版社出版的《新文学史》是对国际上"新"的文学史理论的系统译介,与《中国文学专史》所应收列的"新文学"书目并无紧密的联系,但编者也误将之收入书目之中。见陈飞主编《中国文学专史书目提要》,郑州:大象出版社,2004年,第2092—2106页。

"中国当代文学""中国现当代文学""20世纪中国文学""现代中国文学""中国现代汉语文学""20世纪汉语文学"而外,"汉语新文学"还能成功地理顺其与"台港澳文学""海外华文文学""台港澳暨海外华文文学""世界华文文学"的概念关系。曾几何时,这些概念相当含混,之间关系错综纠结,其中的任何一个概念都不能够终结这样的含混与夹缠,因为它们都不具有综合概括其他所有概念又不会产生歧义的弹性与张力。或许"世界华文文学"能够差强人意地具有这方面的概括力,然而由于它的诞生"实际上并未脱离原先'台港澳暨海外华文文学'的研究框架和轨迹",①在语用层次上顿然失去了对于"中国现当代文学"主体领域的涵括能力。更何况,"华文文学"这一关键词仍未完成对区别于旧体文学(即"古文学")的新文学的必要强调。能够用来综合概括所有这些概念并在其能指意义上不会产生歧义的只有"汉语新文学",它从文学写作的基本语言状态出发,严格锁定新文学的品质特性,并不言而喻地呈现出其与汉语旧文学传统的联系与区别,以及相对于其他语言文学的影响关系与异质关系。

在人们习用的"中国现当代文学"概念的外部关系上,正如人们尴尬地发现的,尽管台港澳从来就是中国不可分割的部分,可在中国现当代文学范畴内似乎并不能,也似乎从未打算理直气壮地包括台港澳文学的内容,更勿论海外华文文学的内容。"汉语文学"概念旨在弥合这种由人为拆卸所造成的裂痕,不过没有观照到"汉语文学"不仅仅是"汉语新文学"的问题,因而用来向"中国现当代文学"概念发难,显然不如后者更有力度。至于后来出现的"20世纪汉语文学"或"中国现代汉语文学"等概念,②虽然充分意识到并体现出了"汉语文学"概念的原有张力,但在时间与空间上仍然存在着人为设限的现象,当然同时也显露出对其中应包含的"古文学"(其实是汉语旧体文学)未及关顾的缺憾,概念表述得不够简洁精练倒在其次。

二、 理论比较中的"汉语新文学"概念

以国家、族群为依据界定文学版图,往往体现为一种相当自然的学术选择。于

---

① 刘登翰,《华文文学:跨越的建构》,见蒋述卓主编《跨文化的诗学探寻——庆祝饶芃子教授从教五十周年论文特辑》,广州:暨南大学出版社,2007年,第325页。
② 分别见黄万华《中国和海外:20世纪汉语文学史论》,天津:百花文艺出版社,2006年;曹万生主编《中国现代汉语文学史》,北京:中国人民大学出版社,2007年。

是,上述有关"汉语新文学"的概念列举中,带着"中国"或其他政治体制字样的概念占绝大多数。如果不是由于政治、历史的原因使得其中的国家概念与区域概念构成了某种复杂关系,这些依据于国家或政体的文学版图界定几乎就具有自明性,无需作任何补充注解。然而,以国族或政体界定文学版图并形成概念的过程即便再自然,在此过程中意识形态因素隐退得再彻底,其作为学术概念和学科名称被确立以后,便不可避免地进入学术管理的体制化或高等教育的制度化运作之中,文学概念的学术预期并顺理成章地含有与此体制与制度的意识形态背景相一致的某种政治内涵。

文学创作的事实证明,只有在特定的历史情形下,比方说面临国破家亡山河易帜的巨大灾难时,文学家的创作才会很自然地唤起国家意识和政治情怀,一般情形下文学创作者很难直接诉诸这样的"宏大叙事",而是沉潜于一定社会生活的文化深蕴作时代化和个人化的审美经验的咀嚼与表现,这样的文学表现并不容易因国别或政治区域的不同而影响到同一个"言语社团"的整一性。其实即使是在国家意识和政治情怀高涨的写作年代,比方说中国的抗日救亡岁月,汉语新文学也还是没有明显的国别鸿沟或区域裂痕,无论是中国大陆还是台港澳,以及遥远的南洋,所有的汉语文学创作都同怀一腔热血,表现出来的仍然是汉语"言语社团"在文学贡献上的统一性。

"汉语新文学"概念与其他概念相比较,其优势正在于最大限度地超越乃至克服了国家板块、政治地域对于新文学的某种规定和制约,从而使得新文学研究能够摆脱政治化的学术预期,在汉语审美表达的规律性探讨方面建构起新的学术路径。社会学研究的成果表明,一个人的姓名往往会对他性格的养成起着某种暗示和矫正作用。学术概念和学科名称也是如此,一个深有影响的学术概念或学科名称都会通过它内含的关键词及其所具有的张力,暗示出甚至强调着其所要求的学术预期,从而对相应的学术研究起着一种不言而喻的范导作用。以"中国"为关键词的学术概念必然在学术预期中强化国家意识,以"现代"或"现当代"为关键词的学术概念必然引入时代政治内涵及历史变迁的考量;而"汉语""新文学"等关键词构成的学术概念则明显地弱化了这样的学术预期,引导着研究者沉潜到汉语审美表达的社会语言学、文化学和美学、文学的学术层面,在与汉语旧文学传统以及异质语言文学形态进行历时性和共时性的广泛比较中,全方位揭示汉语新文学的形成、发展的历史和现实、未来的生态。① 从学术着眼的人们常常对文学研究中挥之不去的意识形态因素啧有烦言，殊不知这样的因素并不全是政治布控的结果，它天然地包含在诸如"中国现当代文学"之类以国家意念为核心的学术概念之中。西方学者注意到，即使在那些号称学术文化已经避免了政治化的国度，学术概念和学科名称中的国族意识也会造成学术文化的政治化现象。提出了著名的"影响的焦虑"和"创造性误读"等文学批评概念的哈罗德·布鲁姆，严肃地指出了"在现今世界上的大学里文学教学已被政治化了"的严重事实，这还是以美国的教育情形为参照的结果。② 他这里的"政治化"便是国族意识的适当强化，在布鲁姆看来，没有国家和族域限制的经典叙述是如何畅快，他可以自由地叙说"丰富的西方文学传统中一再取得重大的原创性"的荷马、但丁、莎士比亚、塞万提斯与乔伊斯、贝克特、普鲁斯特、卡夫卡。③ 这位研究西方正典的当代学者悲哀地发现，以国族而不是文化现象划定的文学范畴，只能导致其实是最缺少文化内涵的国族意识支配本应最具文化力量的学术规范。阿尔都塞比布鲁姆更清晰地意识到，学术和教育的国家体制化将不可避免地导致观念文化包括文学研究的政治化，他在《意识形态的国家机器》中指出："在这个社会里，看上去像是观念的东西，都需要作为多种机制和官僚机构的基础结构（如大学）的信息而进行小心的解析。"詹姆逊对此分析道："阿尔都塞的结构概念往往似乎构成了对资产阶级学术科目的物化了的专门化的一种重新辩解，因此，在本质上是反政治的借口。"④他们针对的都是在理论上消解甚至讳言政治化的美国教育和学术体制，然而他们的批判或者辩解共同展示了这样的情形：一旦与国家体制联系起来，学术科目的物化都必然会呈现出某种意识形态的意味。在中国这样一个素来重视意识形态的政治空间更是如此，任何学术只要在概念上联系到国家体制，一定意味着必然的、合理的意识形态

---

① 一个有趣的历史现象是，"新文学"的概念在其诞生之时，是为了强调与传统文学之间的巨大区别，而现今运用此概念，令人很自然地想到的是它与传统文学的联系："新文学"之"新"需要引出其所相对的"旧"。"中国现当代文学"标明了国家理念，理应对与"中国"相关的所有文学包括传统文学负责，然而事实并不如此，这里的国家理念被"现当代"的时代概念及其所包含的政治内涵所重重包围，令人不暇顾及其本该具有的传统文学现象。因此，"汉语新文学"几乎是自明性地包含了汉语文学由旧体到新体的演变、发展的内容，而类似于"中国现当代文学"的概念则很自然地疏离了这样的内容。
② [美]哈罗德·布鲁姆，《西方正典·中文版序言》，江宁康译，南京：译林出版社，2005年，第2页。
③ [美]哈罗德·布鲁姆，《西方正典》，江宁康译，南京：译林出版社，2005年，第6页。
④ [美]詹姆逊，《论阐释：文学作为一种社会的象征行为》，《詹姆逊文集》（第2卷），北京：中国人民大学出版社，2004年，第163页。

价值内涵。特定的文学内容及其创作环境决定了所谓"中国现当代文学"研究无法逃避意识形态的价值判断,但这并不应成为意识形态干预文学研究的理由;避免强化文学研究的意识形态的方法固然很多,不过在学术概念或学科名称方面避开国度意识,尽可能从语言和文化角度进行学术概括和学术开掘,则可以减弱文学研究的意识形态色彩,至少可以弱化研究者在有关概念的暗示或要求下养成的意识形态化判断习惯。事实正是如此,一个即使没有任何政治准备的文学史家,如果意识到他所从事的文学史研究是以国度为界定标尺的,就很容易产生这样的理念:"一部某国的文学史,便是表达这一国的民族的精神上最崇高的成就的总簿。"①而涉及一个国家和民族"最崇高的精神",便不可避免地将学术的视角引向文学的外部,参与到某种意识形态的价值批判之中。这对于文学研究自然十分必要,但毕竟不是文学研究的全部,也不应是文学研究的唯一法门。更沉潜更深入的文学研究吁求着文学内部规律的揭示,作为语言艺术的文学其内部规律显然与语言形态特别是语言表述的审美形态及其发展有着更为密切的关系,这便是在反思若干凸显国族意识的概念前提下取用"汉语新文学"这一优势概念的学术理由。

　　文学是语言的艺术,一切文学问题都可以而且应该回溯到语言层面。新文学也是如此,对它的概念界定和学术阐论应能超出国族意识而进入汉语语言层面。周作人在《新文学的要求》一文中对理想的新文学作了界定,其中一条设想是:这种新文学"不是种族的,国家的,乡土及家族的",而应"是人类的,也是个人的"。② 这一论断的理论意义在于否认了文学类别的国族依据,尽管以人类通性和个人性来代替或冲淡文学的国族属性仍显得软弱无力。其实文学理论界越来越倾向于确认,一种文学的文化内涵往往比这种文学的国族意识具有更深刻的意义,不过文化学者常常忽略了另一个重要问题:任何一种文学所体现的文化都与一定的语言承载有超乎想象的密切关联。西方批评家早已分辨出,任何文学形态总体上而言都以文化与语言作为原型、传统或资源,而且文化与语言无论是作为原型还是作为传统与资源都无法分开;有的理论家,当然不是一般的理论家,"一方面是雄辩地宣称文化将代替语言成为我们关注的中心,另一方面却又是这样一种批评逻辑,它将文化和语言合在一起视同一个尚未充分分析的主题的变体",实际上陷入了一种批评

---

① 郑振铎,《插图本中国文学史》,北京:北京出版社,1999年,第5页。
② 见《周作人经典》,海口:南海出版公司,2001年,第16页。

逻辑的困顿。① 的确,文学的原型原本就不单单是文化的体现,它从来就离不开语言载体。一种文学中的文化原型必然与它借以承载的语言表述密不可分。在外语文学中沉淀、积累的文化原型总是与那种语言的经典表述紧密联系在一起,如果翻译为汉语,必须加许多注释才能理解,而且在这样的理解中文化原型的许多信息及其象征意义和审美韵味都会面临着破碎、残缺与流失。汉语文学中的文化原型之于外语读者来说同样如此。韦勒克曾经指出,"语言是文学的材料,但不同于石头和颜色,它不是惰性材料,而带有某一语种的文化传统"②,此一论述极为精当,也很鲜明精要地揭示了文化原型与文化传统必然凝结于语言的现象。由于一定的语言必然带着一定的文化传统信息和意象,不同语言间的高层次的文学交流就成了一个比日常理解复杂得多的问题,因此,所有那些关于"文学翻译的不可能"论虽然不无偏激但也不无道理。这样的道理延伸下来似乎就通向对于来自歌德的影响巨大的"世界文学"理论的挑战,不过即便涉嫌这样的挑战也并非等同于狂妄和大逆不道,斯洛伐克学者杜里申的专著《文学间进程理论》出版之后,超越语言规定性的"世界文学"论已开始受到越来越普遍的质疑,人们带着深厚的兴味关注着杜里申的"文学间性"理论,③而"文学间"的标志性分界当然是语言和文化。因此,汉语新文学研究者面临的"文学间性"问题首先不应看其是否属于"中国"现当代文学的范畴,而应是判断是否用汉语写作并是否表现汉语所承载的文化信息和文化特性。

　　文化原型与语言载体的如此紧密关系,构成了弗莱德的原型理论与阿尔都塞的"同源(homology)"("或同态,或结构的相似")理论在文学批评中的相洽关系,从而成为"目前在文学和文化分析中广泛使用的一个术语"④。也是在同样的意义上,德里达将包括文学创作在内的写作形态定义为以语言文字为载体的文化中心,并确认"后者无处不在地并总是控制着写作的概念"⑤。这是对文学内部规律的可靠

---

① [美]J. E. 艾略特,《从语言到媒介:为挑战文化研究之文化理论所作的一个小小的辩护》,王宁编,《新文学史》(第Ⅰ辑),北京:清华大学出版社,2001年,第109页。
② [美]韦勒克,《文学的本质》,见沈立岩主编,《当代西方文学理论名著精读》,天津:南开大学出版社,2005年,第6—7页。
③ [斯洛伐克]高利克:《世界文学与文学间性——从歌德到杜里申》,《厦门大学学报》2008年第2期。
④ [美]詹姆逊,《论阐释:文学作为一种社会的象征行为》,《詹姆逊文集》(第2卷),北京:中国人民大学出版社,2004年,第167页。
⑤ [法]德里达,《论文字学》,转引自J. E. 艾略特,《从语言到媒介:为挑战文化研究之文化理论所作的一个小小的辩护》,王宁编,《新文学史》(第Ⅰ辑),北京:清华大学出版社,2001年,第106页。

的学术揭示,它表明无论是文学的历史形态还是价值形态,语言总是充任某种决定性的因素。于是,不同类别的"文学间性"的区分,与其以国度或政治空间为架构,远不如以语言的种类为依据来得更为准确和深刻。其原因盖可以从天然语境、风格状貌和文化共同体等方面来分析。

同一种语言天然地构成了同一种语境,同一种语言所写作的文学作品,客观上构成了一个天然的、无法用国族分别或政治疏隔加以分割的整体形态;因此,同一种语言(也就是同一个"言语社团",而不是同一个国家或同一种政治抱负)成为同一种文学"共同体"的划分依据。所有用现代汉语创作的文学作品,无论在祖国内地还是在台湾、香港、澳门等其他区域,无论是在中国还是在别的国家,所构成的乃是整体的不可分割的"汉语新文学",只有在进行意识形态分析和地域色彩总结的批评语境下才需要从中作国别的或政治区域的划分,而且,对于一个汉语新文学研究者甚至哪怕对于一个中国人来说,这样的划分并不应具有情感上的快意,也不体现学术逻辑上的顺理成章。此外,同一种语言在文学表达的韵味、美感及象征意趣上明显趋近或竟一致,构成了这种文学区别于其他语言文学的特色、风貌;这样的文学风格及其审美特性,往往比一般意义上的国度文学或民族风格更能对人类文明的积累做出实质性的和整体性的贡献。因此,文学作为语言的艺术,其表现的是一个语言共同体的文化认同最生动、最鲜活的部分,文学中所体现的国族气派和文化风格,最终也还是落实在语言本身。这应该被视为以"汉语"命名我们所面对的新文学的理论依据。

"汉语新文学"作为学术概念固然有着相当的理论依据,其作为学科名称也有着充分的现实意义和实践价值。汉语新文学在最初的催生与倡导中,语言因素就得到了历史性的凸显,在其发生期内聚讼最多的实际上是文白之争。新文学的历史新质离不开现代汉语的审美建构。其实,以语言作为"文学间"的种类区分,在外国文学的概念设计和运用中已经相当普遍并证明行之有效,在中国的学术和教育实践中也不无先例而且被证明切实可行。用"汉语新文学"这一概念从语言角度整合中国本土与海外的汉语写作,既符合汉语新文学历史发展与当代文学发展的实际,又充分体现出华人世界文学写作者的共同情感,更重要的是,这一表述简洁的概念具有相当的学术张力,足以应对任何地域任何时代现代汉语写作的发展势态并将其整合为一个学术整体。

就理论层面而言,文学表现的文化原型由于与语言载体的不可分割,导致了不同种类文学(所谓"文学间")最可靠的判别依据应该是语言种类,于是"汉语新文学"理应成为整合祖国大陆以及台港澳和海外汉语世界的白话文学的基本概念;就事实层面而言,现代汉语之于新文学的产生与发展的决定性作用一直没有得到恰当的评估。从历时性方面看,新文学的实质性发展往往首先体现在现代汉语文学表现的艺术性和精熟度的提高,而这样的提高每每伴随着汉语语言问题的论争及论争频度的增高;从共时性方面看,不同区域哪怕是不同国度的汉语新文学,在同一时代汉语文学表现的语言策略和艺术水平大致相当。前一方面揭示了"汉语新文学"概念所蕴含的语言本质属性,后一方面显示了"汉语新文学"概念超区域甚至超国度的高度涵括力,两方面共同体现了"汉语新文学"概念的历史合理性与现实可能性。

新文学研究者应能看到,新文学的产生和最初发展主要以白话文运作为基本动因。经过"五四"新文化的运作,新文学从旧文学的固有阵势中脱颖而出,其最醒目地蝉蜕掉的便首先是根深蒂固的传统文言,代之以白话的表述。因此,新文学的诞生至少在外观形态上得益于语言革命的胜利。新文学之"新"其首要标志便是新的语言,因此胡适习惯于从白话文的贡献这一角度总结新文学的成就。固然,"改良思想是第一事"成为当时新文学倡导者的一般共识,但后者更明白,"改革思想"为什么"一定要牵涉到文学上"?"因为文学是传道思想的工具"。旧文学的内容裹挟在旧文言之中,因而有的新文学先驱者曾偏激地主张"废灭汉文",蔡元培认为"'废灭汉文'虽不易实现,而先废文言文,是做得到的事。"[①]要使人们接受新思想新观念,必须首先在语言上克服旧的文言习惯,稔熟充满着现代人生气息和世界文明信息的白话思维,于是改良思想改良社会必须建设新文学,而新文学必须依靠现代语言,也就是通俗意义上的白话。这是汉语新文学富有活力的品质,也是它与生俱来的使命。对于新文学的语言品质及其与使命的联系,先驱者貌似浅泛的认识却远远比后人所理解或批判的深刻得多。胡适一开始倡导白话,后来将白话提升到"国语"的层次加以讨论,将"文学的国语"与"国语的文学"在某种意识形态以及未来规范性的意义上等量齐观。显然,他的"国语的文学"观除了坚持文学语言的白话化以外还强调白话语言的普通化,这使得"汉语新文学"概念在语言规范上有了自明性的内蕴。他那著名的"一代有一代的文学"[②]的朴素的文学进化观,所指的

---

① 蔡元培,《总序》,《中国新文学大系·建设理论集》,上海:上海良友图书有限公司,1935年,第7页。
② 胡适,《文学进化观念与戏剧改良》,《新青年》第5卷第4号。

核心因素乃是语言,所关心的核心问题是文言向白话的进化并最终为白话所取代,他的《白话文学史》用他自己的话说,是从进化的观念揭示"古文是何时死的"这样一个质朴的学术问题。① 他一贯的观念宿命地界定了新文学的品性:"若要使中国有新文学,若要使中国文学能达今日的意思,能表今人的情感,能代表这个时代的文明程度和社会状态,非用白话不可。"②这实际上表述了新文学倡导者的普遍认知和共同自觉,并不是他一个人的思想表述和理论发现。一般以为胡适倡导白话文更加用力,他对于新文学的功绩在于文学的语言形式革新,而陈独秀更多强调的是文学内容的革命,殊不知汉语新文学的原初发动并没有也不可能将文学内容与语言形式分析得如此呆滞、生硬,陈独秀同样认为白话文与新文学无法分开,新文学就是"文学的白话文",③新文学建设的关键首先在于白话文的提倡,而且他这方面的态度比胡适激烈得多:胡适关于白话文的倡导意见还"伏惟国人同志有以匡纠是正之",④陈独秀却断然拒绝这样的态度:"独于改良中国文学,当以白话为文学正宗之说,其是非甚明,比不容反对者有讨论之余地。"⑤陈独秀倡导白话文的意志比胡适更坚定,倡导的热忱比胡适也不低,至少后者并没有创办过《安徽俗话报》这样的先驱性报纸,而前者倡导"国语教育"并将"国语"界定为"本国通用的俗话",⑥要比后者早10年之多。

　　文学固然有时候离不开思想意识形态的表现,但思想意识形态的内容毕竟不能决定文学的水准。文学创作水准的直接体现是语言对经验、思想、情感表现的艺术性和精熟度,而语言的这种艺术性和精熟度的提高,一方面伴随着文学家创作经验的不断积累,另一方面也得益于围绕文学语言展开的理论论争。现代汉语的文学操作在新文学初创时期以及20世纪二三十年代,除了个别贡献突出的语言文化大师而外,其总体水平大致处在所谓"新文艺腔"的建构以及逐渐克服阶段,抒情策略和叙事方法也随着白话文精熟度的增强而不断提高。这种不断提高的文学水准

---

① 胡适,《白话文学史》,北京:东方出版社,1996年,第1页。
② 胡适,《答黄觉僧君〈折衷的文学革新论〉》,《胡适文集》(第3卷),北京:人民文学出版社,1998年,第86页。
③ 陈独秀这样定义"德谟克拉西":"政治的民治主义,经济的社会主义,社会的平等主义,道德的博爱主义,文学的白话文。"《新文化运动是什么》,《新青年》第7卷第5号。
④ 胡适:《文学改良刍议》,《新青年》第2卷第5号。
⑤ 陈独秀:《通信》,《新青年》第3卷第3号。
⑥ 陈独秀:《国语教育》,《安徽俗话报》1904年第3期。

正与不断出现的汉语文学语言问题的一波接一波的频繁讨论密切相关。40—50年代,文学论争中的语言问题逐渐隐退,文学表现艺术水平的提高便显得相对缓慢。就汉语的文学表现艺术性和精熟度的提高而言,汉语新文学在20世纪20年代成就最为明显,30—40年代相对于20年代又有所进步并趋于稳定、成熟,40年代以后的发展一直趋于平缓。人们常常感叹,现今的文学写作最高水准未必比得上辉煌的30年代经典性作品,便是直觉性地揭示了这样的现象。这样的文学现象如果描绘成一个历史进程曲线,其与文学家对文学语言问题的关注力度正相吻合。

"汉语新文学"概念干净利落地抛撇了国族文学概念所缠带的一些令现有研究力量难以承担的文学现象,譬如"中国现当代文学"研究理应承担起来的少数民族文学研究;但同时它也招徕了另一些应该面对的文学现象,譬如少数民族文学家乃至外国文人用汉语撰著的新文学作品。幸好《台湾原住民族汉语文学选集》一书①以及诸如韩国汉语新诗诗人许世旭的论评皆可说明,这样的学术任务承担起来远比想象的容易。

三、 学术呈现及其可能的尴尬

当然,汉语新文学虽然是较具学术优势及合理性的概念,但毕竟只是诸多相关概念之一种而已。它所具有的优势与合理性只存在于与诸多现成概念的比较之中,一旦取消了这样的比较,将它当作唯一的概念,则这些优势与合理性便可能荡然无存。

有学者认为,"汉语新文学"是一个普通的概念。我觉得这个判断很准确。假设我们现在需要编一本书,这本书须考虑将原来意义上的中国现代文学、中国当代文学、台港澳文学和海外华文文学等都在新文学传统的意义上统一起来,凝成一体,应该怎样既明确又尽可能简洁地来为之命名?除了"汉语新文学",我觉得很难有更恰当的题名。也许可以叫作"现代汉语文学",对此,钱理群先生在2002年浙江师范大学召开的"中国现代文学研究学术生长点"研讨会上提出过,曹万生和黄万华先生都以此题名编撰过相关专书,我自己也曾在2004年撰文肯定过这样的说法②。但我觉得这样的指称仍然不及"汉语新文学"。倒不是因为它多出一个"新"

---

① 孙大川编,《台湾原住民族汉语文学选集》,台北:INK 印刻出版有限公司,2003年。
② 朱寿桐:《另起新概念:试说"汉语文学"》,《东南学术》2004年第2期。

字,而是因为:第一,"现代汉语"已经是一个非常稳固的专用名词和学科名称,我们的学科在人家的稳固名称上黏附一个"文学"的尾巴,好像充任着附庸的角色,感觉不是很顺;第二,如果将其结构解析为"现代"的"汉语文学",则汉语文学理应包括汉语白话文学和汉语文言文学,这就是说,现代历史时期内产生的文言作品也须纳入其研究范围,而这样的对象恰恰是"现代汉语文学"所没有准备研究的,与"现代汉语"文学也相抵触。显然,"汉语新文学"就避免了这样的歧误和纠结。

"汉语新文学"作为概念的可行性就在于,它不仅不令人费解,而且也不可能导致误解;它是一个有着深厚历史根底的指称,体现着异乎于传统文学的另一脉络;同时它在空间上作了超越各种政治区域,打通其间阻隔,将新文学的范围扩大到其所能及的最大域限。因此,"汉语新文学"其实就是明确了它的最大域限,而不是别出心裁重建文学史的范畴。有朋友对"汉语新文学"质疑:是不是有一个相对的范畴叫"汉语旧文学"?显然,在"五四"先驱者那里,"旧文学"固然常常被用来对应"新文学",但在正式的概念使用上,"中国新文学"对应的乃是"中国文学",所以,"汉语新文学"对应的其实是"汉语文学"而不是"汉语旧文学"。事实上,"新文学"这个概念经过"五四"时代和20世纪30年代文学家们的琢磨、砥砺、运用、争辩,已经凝结为一种稳固的结构,明确无误地是指用现代语言形态表达现代人思想、经验和感受的文学作品。直至王瑶先生1951年《中国新文学史稿》的诞生,文学界一直都更习惯于使用"新文学"这样的固定概念。只是,到后来,出于某种学科体制化要求,"现代文学"才开始全面取代"新文学"。应当说,在前景仍很漫远的汉语文学发展长途中,用"新文学"标示其独特的传统,标示其与传统文学的质的区别性,可能比"现代文学"更准确,也更趋于稳定("现代文学"的不稳定性,其实随着"当代文学"概念的出现就已经显露出来,而"当代文学"从诞生之日起就不具有这样的稳定性)。

"汉语新文学"最大限度地框定了新文学历史形态和现实形态的基本范围,并不是就此选取了一个单一的研究角度。有的学者认为,"汉语新文学"应该抛却一般文学史的研究方法,从汉语语言发展的节奏方面研究文学史。当然,"汉语新文学"可以而且应该——如果有兴趣有能力——从语言学以及其他学术角度开展其研究,但这样的研究绝对不应视为"汉语新文学"概念的必然要求或应有之义。"汉语新文学"只是从范围上框定了用汉语写的新文学作品以及其组成的文学史现象,至于从什么角度对这样的文学作品和文学现象进行研究,那是研究者自己各显神通的选择,也完全可以从最一般的文学史研究和写作的角度切入,写出的只是在空间范围上比一般文学史更大的文学史而已。诚如讨论中有学者指出的那样,如果从语言学的角度写一部文学史,那就不是"汉语新文学史",而是现代文学语言发展史。这是一个很吸引人的题目,也是一个很富于挑战性的题目,但不是"汉语新文学"应该承担的学术责任。同样,有学者提出,应该从中华文化共同体的角度研究汉语新文学,应该提出一个超越于语言的文化的华文文学命题。这样的见解不仅新鲜有力,而且非常尖锐深刻,一个文化共同体的学术构想显示出超越于文学研究的胸襟与气派。但是,这种新颖的学术角度与"汉语新文学"同样没有必然的联系,"汉语新文学"的倡导对此恐怕只能作一番兴叹。

之所以强调"汉语新文学"不过是对空间范围的拓展,是因为必须克服那种简单化的思维,以为"汉语新文学"的提倡必然通向对其他既定概念的否定和最终取代。"汉语新文学"仅仅就是一种研究范围的明确,并不是研究规范的重新确立。一个概念最本色的学术责任是明确其内涵与外延,从来就不应该指向"规范"。"汉语新文学"概念与其他已有的相关概念如"中国现代文学""中国当代文学""中国现当代文学""20世纪中国文学""台港澳文学""台港澳暨海外华文文学""世界华文文学""现代汉语文学"等,只是构成比较甚至互补的关系,而不应该构成否定与取代的关系。尽管必须承认自身的某种学术逻辑和语言逻辑上的优越性,但"汉语新文学"没有权力、没有力量也没有必要建构一种规范性的学术命题,并以此替代任何其他已有的甚至行将出现的相关概念。当然,任何一种学术研究都需要有明确的严格的规范意识,"汉语新文学"的研究应该遵守公认的学术规范,同时也不妨针对研究对象范围的扩大调整部分学术规范,但这样的调整仍然在公认合理的学术规范之内,并与其他概念下的规范性学术研究构成优势互补的学术格局。

"汉语新文学"作为概念,不仅并不意味着某种规范,甚至也并不意味着某种标准和品质。有学者从普世价值和人的心灵状态的表现研究整个汉语新文学,确实是有价值的建议,但并不能就此确立汉语新文学的标准。汉语新文学不过是一种空间拓展了的范围,它并不意味着任何标准和品质,也就是说,并非只有符合"汉语新文学"范围的文学才是有价值的文学,不在此范围内的文学都缺少了研究价值。讨论中有学者也曾提出,类似于林语堂等人用英语写作的文学,还有新近一批新移民文学家(如哈金、汤亭亭等)在海外用外文写作的作品问题如何来看。事实上,这个问题在"中国现当代文学""世界华文文学"那里同样存在,没有必要要求"汉语新文学"一定圆满地处理好这些。其实,当这些作家被当作汉语文学家乃至中国文学家进行研究的时候,人们自然会将他们的外语写作作为研究的必需资料,任何专题性研究都不可能忽略这些文本。目前林语堂的研究成果已经说明了这一点。一个概念既然其学术功能主要在于明确概念的外延,那么之外的话题自然就超出了它的学术旨向,"汉语新文学"真正应该负责任的,是被这一概念外延明确包含在内的所有现象,不要受其他如政治、种族等因素的干扰。这就是说,如果一个外国或别的族裔的作家,他用汉语写作新文学作品而且写得相当有水平,同样应该成为我们研究的对象。正是在这样的意义上,吕进教授较好地处理了对泰国著名汉语诗人曾心的学术定位,为汉语新诗的外国群落找到了文学史的相对位置。

《汉语新文学通史》设计了一套不同于任何一部现存文学史的编撰体例,这是我们的亮点,也是我们在"汉语新文学"概念的把握下的一种学术努力与学术自觉。有学者将此纳入"重写文学史"的历史框架,这当然是对我们创新意图的一种充分肯定,但我觉得这样的评价有些机械。如果说所有有创新意图的文学史专著都在"重写"的框架内,那么这个框架的历史性围墙就被永久地拆除了,以后所有的文学史都是"重写",不是"重写",那是什么?难道是"抄写"?有学者认为我们既然有这样的开放条件和思路,大可以打破现有的地域板块,将汉语新文学的历史真正当作一个文化共同体的整体。这意见非常精到,学术难度却非常之大,只能作为我们以后努力的目标。就目前而言,我们还不得不就汉语新文学的发展作庸常的板块划分,如台湾板块、香港板块、澳门板块、东南亚板块、大洋洲板块、美洲板块、欧洲板块等等,一进入文学史的操作立刻就能明白,这样的板块操作虽然不免简单化,但它也实在太管用。尤其是当我们将汉语新文学的发展序列和节奏用"从……到……"加以概括时,离开了板块,我们就会无所适从。尽管我们知道,一部文学史最好能尽量呈现不同板块各个区域不同时段的文学历史的整体,但我们面对的汉语新文学历史,由于不同板块的原因显得是那样的复杂,《汉语新文学通史》体制又是如此的庞大,以至于我们虽然对于不同区域、不同时代的文学都有所涉及,可无法做到将各个地区不同板块的文学从头到尾的历史现象全部阐述出来,而只能是选择其中对整个汉语新文学影响最大的现象进行阐述,只能选择该板块在一定时期内对汉语新文学做出最为突出贡献的部分进行分析,而对于其他部分则只能忽略。当然,这样的写法从任何一个板块和区域的文学历史来说,都会余留下以偏概全的缺憾,但如果要避免有闻必录、越写越庞大,也只有发扬这种敢于割舍的精神,尽可能让每个板块最能表现新文学发展显在层面的现象浮出历史的地表,而让其他部分从文学史的阐述中退隐。当然,这样做或许有诸多缺陷,甚至会有一些硬伤。

我非常乐于重申"汉语新文学"不过是一个普通的概念,虽然不少学者认为这样的概念和整合的努力反映了当代学术发展的趋势。对于这种趋势的认知,正如我在《"汉语新文学"概念建构的理论意义与实践价值》一文①所说,老一辈学者如程千帆先生等早就意识到了。程氏将他的最后一本文学史著作(与程章灿合著)命名为《程氏汉语文学史》,体现了对通过国族审视文学史的传统思路和习惯的放弃,这样的放弃是德高望重的学者苦苦思索的结果,也凝结着他进入新的学术思维的痛楚与决绝。老一辈学者的学术经验值得借鉴,《汉语新文学》的思考和概念把握所体现的学术思索,也许正吻合着老一辈学术反思的路数。

同时,"汉语新文学"又是一个带着天然缺陷的概念,这其中一个最为难堪的缺陷,就是它缺乏其他相近似的学术概念所具有的再植能力。"现代文学""当代文学"等都可以再植为不同体裁的延展性概念,如"现代小说""当代散文"之类,"汉语新文学"除了在诗歌方面可以延伸为"汉语新诗"外,面对新文学中的小说、散文、戏剧就失去了这样的概念再植能力。这是因为"新文学"作为概念过于专名化了,以至于很难被拆解开来作为概念再植的材料。不过,这是否也同样说明"新文学"这一核心概念的历史合法性?

---

① 朱寿桐:《"汉语新文学"概念建构的理论意义与实践价值》,《学术研究》2009年第1期。

第三章　汉语文学与汉语新文学的学术维度

"汉语新文学"的倡言在学术界引起一定反响之后①，不少学者积极响应，当然也有学者秉持质疑态度，但有一个现象不容忽视：越来越多的学者已经不安于传统的"中国现代文学""中国当代文学"乃至于"中国文学"等现成概念的使用，在各种学术发言的场合总是试图通过其他概念表述上述现成概念能指与所指的内容。这在文学研究特别是文学史研究领域已经体现为一种学术趋势，在各个层次的文学教育学科范畴内也出现了相应调整的势头。

"汉语文学"作为趋向于稳定的学术概念和学科概念，其自身的科学性仍处在不断的探讨和论证之中。固然，倾向于认同和使用"汉语文学"概念并不意味着就此放弃诸如"中国文学"这样明确标示文学的国族领属关系的传统概念，然而，"汉语文学"较之"中国文学"之类的传统表述，确实具有内涵更为精准、概括力更强且指涉范围更广的学理优势。如果将"汉语文学"及"汉语新文学"置于与传统中国文学、少数民族文学以及世界文学的关系中进行不同维度的学术审视，就更能凸显出在不同的学术论域中这一概念所具有的相当的理论内涵和强度。

一、面向古典文学的"中国"理解

最先明确使用"汉语文学"取代千篇一律的"中国文学"的，是程千帆及其弟子程章灿合著的《程氏汉语文学通史》，②尽管在该书中作者还是未能彻底贯彻汉语文学的学术构思，而经常将学术讨论在"中国文学"的传统框架中展开，如仍然做出诸

---

① 参见朱寿桐主编，《"汉语新文学"倡言》，北京：中国社会科学出版社，2011年。
② 程千帆、程章灿，《程氏汉语文学通史》，沈阳：辽海出版社，1999年。

如"《九歌》是屈原作品中,也是中国诗歌史上最美丽的篇章之一"①之类的学术判断,但本书已经非常注意从汉语文学的角度分析代表性的作家作品,并从汉语文化和汉语语种的角度论述一向被笼统地概述为中国文学的现象。许多精彩的学术议论和学术发现都是通过这样的途径创获并加以表述,例如第10章论述汉语骈化的根由,注意到"汉语言文字绝大多数一字一音、一音一义,可以在字义上、语法上、音节上用许多人为的方式来排列和组合,使骈偶成为可能",于是,《诗经》已经昭示"汉语文学"中出现"个别的骈偶句子",而"从东汉开始,文学语言开始在句意方面由单趋复,发展出骈偶的倾向"。② 这种从汉语语言规律出发审视中国文学的路数,正体现了以汉语文学为中国文学正名的内在学术必然性。

其实,用"汉语文学"替代传统的"中国文学"概念,除了便于从汉语语言特性的角度研究这种文学而外,其基本学理还蕴含在这样一种文化常识之中:以汉语承载的汉语文学已经存在发展了5000年,而"中国"作为完整的国族概念使用的历史据考才始于汉代。从逻辑上说,将未称为"中国"时代的文学追认为中国文学有违历史主义的严密和精准。

"中国"一词,有学者认为最初见于宝鸡出土的何尊,也有人认为在《尚书·周书·梓材》中最早出现:"皇天既付中国民,越厥疆土于先王。"《周礼·秋官·司寇》也有"反于中国""辨其中国"之说。《诗经》中的《大雅·民劳》更为明显:"民亦劳止,汔可小康,惠此中国,以绥四方。……民亦劳止,汔可小息,惠此京师,经绥四国。"这些"中国"多是指"国家的中心"方位,"惠此中国"与下文的"惠此京师"相仿。到战国时期,诸子书中的"中国"多用于指中原一带,仍然是方位名词,而不是国家名称。《孟子·滕文公上》:"陈良产地,悦周公仲尼之道,北学于中国";《庄子·田子方》:"中国之君子,明乎礼义而陋于知人心"。有人认为这里的"中国"所指的"中原",其空域并不像后来所指的中原那样广阔。但一般可以认定为古时华夏民族聚居的区域,乃是指黄河南北地带,相对于蛮夷之地而言。《史记·秦本纪》有"其玄孙曰费昌,子孙或在中国,或在夷狄",对比明显,正显示"中国"一词的这一意思。

---

① 程千帆、程章灿,《程氏汉语文学通史》,《程千帆全集》(第12卷),石家庄:河北教育出版社,2001年,第45页。
② 程千帆、程章灿,《程氏汉语文学通史》,《程千帆全集》(第12卷),石家庄:河北教育出版社,2001年,第127、128页。

当古人将"中国"理解为"帝王所都"之地之后，特别是将这一方位词在相对于蛮夷之地的意义上加以运用的时候，这一词语就很自然地被赋予了褒义，逐渐演化为国朝的美称，至少是本朝的近指。《史记·天官书》中有"其与太白俱出东方，皆赤而角，外国大败，中国胜"，以及"填星、岁星守之，中国之利，外国不利"之述，将"中国"与"外国"对举，体现了对"中国"一词的情感认同。但这种认同的结果仅仅意味着方位词在情感意义上的擢升和在象征意义上的运用，并不代表着正规的国家称谓或者是严格的朝廷范畴。正因如此，历史上曾经反复出现以"中国"宣示正统的政治情形，如南北朝时皆以"中国"自称，而将对方蔑称为"魏虏""岛夷"之类。辽和北宋、金和南宋之际，彼此也都自称"中国"。①

显然，即便是到了这个大家争相自号"中国"的时代，这些王朝及其所代表的历史都不适合概称为历史意义和时代意义上的"中国"，更何况"中国"概念还远远没有如此明确的上古甚至远古时期！将所有这样的时代都称为"中国"，将所有这些时代的文学都称为"中国文学"，不仅于史实大相径庭，于逻辑也颇有轩轾。于是，谨慎的学者即便如程千帆这样的大师，也意识到不应将古代文学贸然称为"中国文学"。无论怎样的时代，生存、发展在这一方土地上的历朝文人和民众，用汉语记录、传承了他们的歌吟和太息，就应该是汉语文学，至于它们是否隶属于严格意义上的"中国"，或者是否承认他们所自称的"中国"范畴，从文学史的角度而言，本来就没有多少考究的必要。

从这一意义上说，为我们所阅读、欣赏和研究的古代的所谓"中国文学"，是在"中国"概念并不十分确定的粗概命名的条件下，是在"中国"内涵既不明确，"中国"外延更相当模糊的意义上被认为确定的名词。有理由相信，"中国文学"作为一个完整概念并非衍生、形成于我国传统的学问体系，而是受外国学术影响、启发的结果。在中国学人如林传甲、黄人写出《中国文学史》之类的专著之前，俄国人瓦西里·巴甫洛维奇·瓦西里耶夫早已于1880年写出了《中国文学简史纲要》，日本人古城贞吉则于1897年写出了《支那文学史》。② 如果说林传甲等人出版于十余年之后的《中国文学史》在内容上对外国人的著作有多少借鉴尚需作细致的研究，他们在"中国文学"名目上对外国学术的借鉴则应是不争的事实。当然，外国学者从他

---

① 赵永春、李玉君：《辽人自称"中国"考论》，《社会科学辑刊》2010年第5期。
② 郭廷礼：《19世纪末20世纪初东西洋〈中国文学史〉的撰写》，《中华读书报》2001年9月19日。

者的角度有理由将"中国"看成一个在地理意义、政治意义、历史意义乃至民族意义上完全统一的文化整体，然而如果从上述历史情形出发，则我国学者在相关学术名目的选用方面应有更复杂的处理方略。即便是当年的中国文学研究的开拓者在筚路蓝缕之际疏失于这方面的检点，后来者完全可以加以正确的学术补救。程千帆先生用"汉语文学"而不沿袭"中国文学"成说，实在是哲人明智之举。

二、面向少数民族的中华论域

也许是当代一批学者已经意识到这一问题，他们别出心裁地选用"中华文学"概念取代"中国文学"。影响颇大的多卷本《中华文学通史》①就是这种学术认知的突出成果。不过，他们使用"中华文学"倒不是清醒地意识到"中国"概念不应具有那么悠远的历史覆盖功能，而是深感于"中国"无法像"中华"那样具有更加广泛的空间和民族指涉功能。"完整意义上的中华文学史应该是涵盖中华各兄弟民族的文学贡献的文学史"②，编撰者意识到，原来的"中国文学"往往并不能做到这一点，将许多少数民族文学弃置不顾或排斥在外，改用"中华文学"的概念似乎就会使得这样的文学史论述趋于完整。这样的学术努力和学术自觉相当可贵，然而也并非毫无商榷的余地。有一种学术观点便认为，"中华"实际上是"中国诸华"的意思，也有人理解为中国各脉圣人的后裔，有考证说此一语见于汉代高诱注《吕氏春秋·简选》。有人更指出"中华"之"华"即为华夏民族，相对于蛮夷而言。晋代桓温在《请还都洛阳疏》中有言："自强胡陵暴，中华荡覆，狼狈失据。"乃将"中华"与"强胡"相对，表述的仍是"中国"原意。唐永徽四年（公元653年）颁行，由长孙无忌等19人撰文的《律疏》（正式名称为《永徽律疏》，后称《唐律疏议》），在《名例》中对"中华"之名有这样的释文："中华者，中国也。亲被王教，自属中国。衣冠威仪，习俗孝悌，居身礼仪，故谓之中华。"这里的"中华"与桓温所用的一致，不仅完全等同于"中国"，而且蛮夷之属及少数民族并未包含其内。因此，将"中华文学"取代"中国文学"之后，便觉顺理成章地包含了少数民族文学，学理依据并不十分充足。

更重要的是，不同民族用于歌唱或叙事的语言文字未必都是汉语，那些用少数

---

① 张炯、邓绍基、樊骏主编，《中华文学通史》，北京：华艺出版社，1997年。
② 张炯、邓绍基、樊骏主编，《中华文学通史》，北京：华艺出版社，1997年，第6页。

民族语言文字记载的各个时代的文学作品,如果未被翻译成或者流传成汉语,则会与汉语文学和汉语读者形成天然的语言疏隔,不仅无法在汉语为主体的文学世界被阅读和欣赏,而且一般情形下也无法进入汉语文学研究的视野。从研究者一方而言,既然对于少数民族语言的文学无法浸染,而这些少数民族文学又毫无疑问属于"中国文学"或"中华文学"不可分割的组成部分,为什么不老老实实地将自己的研究范围框定在汉语文学之内?为什么一定要取用指涉宏大而内涵纠结的"中国文学""中华文学"名不副实地加之于"汉语文学"之上?

"汉语文学"较之"中国文学"乃至"中华文学",表面上看来似乎研究范围要缩小很多,其实这是一种想当然的忧虑。现实的中国虽然是由56个民族组成的大家庭,但汉语文学在这个文学世界中绝对不是1/56。事实上,历来的"中国文学"研究无力将少数民族语言的文学涵盖进自己的学术视野,久而久之也无意将这样的文学纳入研究的范畴。既然"中国文学"研究,特别是在汉族学术主体和汉语学术世界,几乎百分之百地在汉语文学领域内展开并呈现其学术成果,那么如果学术概念回归到朴实而无疑义的汉语文学方面,学术的"地盘"其实并无丝毫的损失或弃置。而如果进行学术的"换位思考",以汉语文学的概念和角度审视习惯上称之为"中国文学"的内容,则能最大限度地甚至是毫无顾忌地容纳以汉语流传的少数民族文学,并且能在汉语文学的文化整体性中确定其文学价值与历史地位。正因为有了汉语文学这样一种语种定位,以别种民族甚至是别一国度身份出现的文学也可以纳入其中进行学术论析和处理。于是,日本遣唐使阿倍仲麻吕(玄宗赐汉名晁衡)在唐都长安与诗人李白、王维、储光羲、包佶等人的交往唱和,特别是他的诗作如《衔命还国作》:"衔命将辞国,非才忝侍臣。天中恋明主,海外忆慈亲。伏奏违金阙,騑骖去玉津。蓬莱乡路远,若木故园林。西望怀恩日,东归感义辰。平生一宝剑,留赠结交人。"①已经收入《全唐诗》。对于围绕着阿倍仲麻吕的文学现象以及他的诗歌作品,各种版本的"中国文学史"只能在唐代的对外关系这样的篇目下,进行另类的学术论述,因为这位晁衡毕竟是"日本晁卿",纳入"中国文学"之中显然不合适。然而这的确是汉语文学的历史现象和诗歌作品,在"汉语文学"的概念之下,类似于晁衡这样来自"下国"的"上才"都理所当然地成为学术论述的对象,甚至还能成为汉语文学发展的一个重要景观

---

① 参见郭祝崧:《评〈望乡诗——阿倍仲麻吕与唐代诗人〉》,《日本研究》1997年第1期。

和重要个案。

对于外国背景的汉语文学家是如此,对于少数民族文学的汉化成果更是这样。"汉语文学"的学术视阈完全可以弥补"中国文学"的局限,抵达"中华文学"所刻意追求的那种将不同民族的汉语文学创作融于一炉的学术境界。"中华文学"的倡导者注意到:《诗经》"作为古代的第一部诗歌总集,其中《国风》的部分便收有周代十五国的民歌,它的产地就超出原华夏族的地区。而我国的第一个伟大的诗人屈原是楚国人,当时楚国被中原华夏视为'南蛮䛒舌之邦',多属古三苗、荆蛮的地域,其风俗文化和语言都与中原地区有别"。[①] 论者没有意识到,他们所取用的"中华"本来就是"中原华夏"的概称,实际上无力涵盖这些蛮夷之地。只有从语言的角度炼滤出"汉语文学"的概念,方可将这些非传统的中原之地所产生的,但已经在传统文学中积淀为经典的文学创作涵括其中。

在相对于民族文学尤其是少数民族语言文学的意义上,"汉语文学"作为学术概念和学科概念的科学性以及确定性,在当代文化发展的格局中得到了更加鲜明地呈现。在中国这样一个多民族的国家中,只要顾及少数民族语言和文学的研究与教学,就必然会广泛运用"汉语文学"的概念,而同时掩藏起"中国文学"这样一种宏大题旨的表述。既然少数民族语言文学无论在学术意义上还是在学科意义上都无法脱离中国文学或中华文学,那么在相对于这些少数民族语言文学的层面,没有人会坚持使用"中国文学"或"中华文学"的统称概念,顺理成章、势之必然的现成概念只能是"汉语文学"。于是,人们在论述新疆维吾尔自治区的文学构成时,相对于维吾尔族语言文学而起的便只能是汉语文学。《新华每日电讯》报道,面对既能进行汉语写作又能使用维吾尔语写作的阿拉提·阿斯木等新疆作家,评论界只能关注他们"给汉语文学带来了少数民族豪迈的生命气息、浓郁的新疆地域文化以及失落的诗歌传统"[②]。这篇报道的题目是《阿拉提·阿斯木:让汉语文学更加生命飞扬》。其实,在关注和评论这些特殊作家的时候,从学术概念方面则可能真的会"让汉语文学更加生命飞扬"。处在新疆等少数民族区域的文学评论家显然比其他地区的评论家更加敏感也更加自觉,即便不是在论述少数民族语言文学的创作,也非常稳妥并非常得体地将他所评论的文学称为"汉语文学"。在这方面可以列举出这

[①] 张炯、邓绍基、樊骏主编,《中华文学通史》,北京:华艺出版社,1997年,第2页。
[②] 《阿拉提·阿斯木:让汉语文学更加生命飞扬》,《新华每日电讯》2012年6月18日。

些具有代表性的论文：如沈维琼的《新世纪新疆汉语文学文化资源和主题精神》[①]，以及王清海的《滞后的当代性——从新疆当代汉语文学期刊看新疆当代文学的滞后性》[②]。在藏族地区或者藏族文学文化语境之下也是如此，朱霞在《民族文学》上发表的论文颇具代表性：《当代藏族女性汉语文学浅论》[③]。有的民族区域评论者已经有意识地在学科意义上使用"汉语文学"概念，陈祖君的《汉语文学期刊影响下的中国当代少数民族文学》[④]一书也从出版、传播的角度非常自然也非常自觉地使用了"汉语文学"的命题。

为什么少数民族地区或者少数民族文学语境下的评论者会特别自觉地使用"汉语文学"而不是"中国文学"或"中华文学"概念？答案相当明确，因为他们处身于较为敏感的民族话语、民族文化和民族文学之中，不能像传统的文学研究者和文学评论家那样，大大咧咧地将"汉语文学"解释为中国文学乃至中华文学，而必须谨慎地、科学地、精准地定义和使用"汉语文学"概念以及与之相对的"少数民族语言文学"概念。其实，除了少数民族文学及其相应的话语语境而外，今天的汉语文化和汉语文学还面临着非常复杂的区域性话题，这种区域性话题中包含着甚至纠结着各种同样敏感的政治、种族问题。清醒的论者应该向少数民族文学语境下的评论家学习，在学术和学科的严肃话题上尽可能谨慎地、科学地、精准地理解中国文学与汉语文学的内涵关系和外延界限，将有关学术研究和学科论证的重点框定在"汉语文学"这一可靠的概念之上。

三、 面向世界文学的汉语语种

"汉语文学"作为学术概念，不仅具有历史价值形态的合理性，也不仅具有民族文化话语结构的准确性，而且还具有世界文学价值系统的科学性。"汉语文学"在国际文坛直接面对的是"世界文学"，是世界文学范畴内的各语种文学。"汉语文学"作为与"世界文学"诸种概念接轨的时代性命题，与传统的"中国文学"及其相对应的"外国文学"等国别文学处在两个不同的逻辑框架之内。当谈论"中国文学"以及与此相对应的"英国文学""美国文学""德国文学""法国文学"等国别文学概

[①] 参见《新疆大学学报》2010 年第 6 期。
[②] 参见《石河子大学学报》2011 年第 5 期。
[③] 参见《民族文学》2010 年第 7 期。
[④] 陈祖君，《汉语文学期刊影响下的中国当代少数民族文学》，北京：中国社会科学出版社，2009 年。

念的时候,所有的论题在政治历史和族群文化的范畴内展开,而当换之以"汉语文学"以及与此相对应的"英语文学""德语文学""法语文学"等语种文学概念之后,所有的论题则围绕着语言种类及其相应的语言文化展开,几乎所有的政治甚至族群问题都会引退到非常次要的境地。从国别文学概念出发考察中外文学当然是非常必要的,许多文学史和文化史的问题其实离不开一定的政治历史和族群文化;然后从语种文学概念出发考察世界文学,更能够将文学史和文学现象的学术探讨严格限制在学术的范畴中,而尽可能回避政治历史和纷繁复杂的族群矛盾对于文学研究的干扰。

语言是思维的物质外壳,语言是文学所承载的工具,更重要的是,语言所体现的语言共同体的整体思维及其展露的文化特性,可以决定这种语言所承载的文学的基本面貌和基本特性。从这样的意义上说,一种语言对其相应的文学具有的就不仅仅是工具的意义,有时往往具有决定性的意义。同样是用汉语承载的文学,翻译的作品与创作的作品无论是构思方面、描写方面还是语言表述方面,都存在着难以忽略的差异性,这种差异性就来自于不同语言主体的不同思维惯性,不同语言所具有的这种不同思维惯性就势必会对文学的面貌和实质产生巨大而深远的影响。正因如此,从语种角度研究世界文学及其所属的包括汉语文学在内的各语种文学,应该比国别文学的研究更能触及文学的根基,进而深掘出文学所体现的思维特性和文化精神。

在常识范围之内,英语文学、德语文学、法语文学,当然也包括汉语文学,其所包含的文学现象和文学史内容,远远超过以国别和族群分类的英国文学、德国文学、法国文学,以及中国文学。英语文学甚至至少包含了英国文学、美国文学、澳大利亚文学等主体部分,德语文学则包含了德国文学以及奥地利、瑞士、捷克等使用德语的地区的文学,法语文学除了法国文学而外,还延伸到非洲许多地区的文学。同样,汉语文学不仅包含着中国文学的主体部分,不仅理所当然地包含着台港澳的汉语写作,而且包含着通常称为海外华文文学的那一部分,甚至还包含着中国周边汉语写作辐射区在特定时期的外国文学写作,例如韩国、日本历史上的汉语写作,泰国、马来西亚和新加坡等东南亚地区至今依旧兴盛不衰的汉语写作。汉语文学是一个跨国的,当然也是超越时代的文化整体。

在这样的世界文学背景之下,汉语文学作为充满时代感且相当有活力的概念,已经被具有世界文学眼光的文学评论家和文学运作人士所普遍运用。评论家郝明工指出,"世界汉语文学,较之世界华文文学,能够体现出语种文学的汉语文学所具有的世界性,表现为汉语文学的超民族性、超国别性、超文化性,由此而消解了华文文学强化中华性的文化限制,从而显示出在世界各国的文化交流之中,汉语文学成了语种文学之后的发展将走向文化多元化这一革命性趋势"[①]。尽管他在文中显露出要削弱"中华性的文化限制"的观念倾向可能不会引起更多的学术认同,另外试图通过汉语显示出汉语文学的"超文化性"也留有许多可商榷的余地,在提出"汉语文学"的同时前面还不忘记加上"世界",明显地受到原有的"世界华文文学"的掣肘,但他提出用超国别性的"汉语文学"取代"华文文学",非常有见地。海外华文文学研究专家钱虹则从汉语文学的海外创作和传播,明确表述了汉语文学在世界文学中相类于英语文学、法语文学等语种文学的地位:"它并非某国、某地区单一的文学研究,而是一种较为广泛的语种文学的研究,即汉语文学在祖国大陆以外如何传播、接受、扎根与坚守以及它与中国文学的关系等方面的研究,它不仅包括世界范围内华人华裔的中文创作,还包括华人华裔之外的人使用汉语进行的创作,如同英语文学、法语文学、西班牙语文学等并不局限于英、法、西班牙等国文学的研究一样。"[②]

当今社会,国际之间交通、通信条件日新月异,文学写作按国家和地区划分条块的可能性越来越受到冲击,因而按照国别和地区论定文学属性的学术意图将越来越受到严峻的挑战。以在汉语文学世界影响巨大的白先勇为例,他在台湾受教育并开始文学写作,大量的作品是在移居美国以后写成的,但其中大多数又在台湾发表,有一些还在中国大陆发表并产生影响,再考虑到他当初是随家庭溃退到台湾的"大陆仔",如果从国别文学和地区文学来论定他的文学所属便十分困难。有人将他算作台湾文学家,也有人建议将他算作美国文学的少数族裔作家,其实以他的原籍,以他部分作品的发表地,以他的读者圈和主要影响作用所在地而论,算作"中国文学作家"或大陆文学家似乎也勉强说得过去。实际上,他就是一个游离于国别和地区之间的一个汉语文学作家,在汉语文学世界里,他拥有自己的成就和影响力。所有像他这样从大陆、港澳台离散出去的汉语文学家都可以这样定位。汉语

[①] 郝明工:《世界汉语文学? 还是"世界华文文学"》,《重庆师范大学学报》(哲学社会科学版)2005年第2期。
[②] 钱虹:《从"台港文学"到"世界华文文学"——一个学科的形成及其命名》,《学术研究》2007年第1期。

文学就是一个面向全球的汉语文学写作呈无限开放态势的文化属地。

能够敏锐地观照到汉语文学这个开放性的世界性的文化属地的人们，包括从事当代文学出版、运作的人士，都自然倾向于务实地运用"汉语文学"概念。近些年，中国内地的出版者虽然明确知道他们的文学事业须立足于中国，但更意识到单纯的"中国文学"概念，包括中国现当代文学之类，已经无法包含他们立意观照的超越于中国的汉语文学写作，于是纷纷出版类似于《世界汉语文学》这样的杂志。在甘肃，由《芳草》杂志社主办的"汉语文学女评委大奖"已经创办了7个年头。在国外，"汉语文学"在文学研究中更趋于普遍。澳大利亚圣汉国际有限公司主办的《国际汉语文坛》明确标示为全世界汉语文学创作的高品位的平台。该刊也举办有"国际汉语文学大奖"。无论是内地还是海外，汉语文学已经成为文学界立足于中国文学，超越于中国文学，在世界范围内推进汉语写作的一个时代品牌。

四、面向汉语新文学的学术掘进

显然，汉语文学在学术把握和概念运用上其实具有很大的差异性。在与古典文学的历史联系中，诚如程千帆等学者所揭示的那样，汉语文学意味着一种悠久的传统，一种与历史上的少数民族语言文学相区别但无疑起着引领作用的汉语文化的卓越而精致的形态。而在当下的世界文学联系中，包括在与少数民族语言文学的比较中，汉语文学则意味着现时的汉语写作，与传统的汉语文学在思想理念、情感方式、语言表达方面都分属于不同的文化传统。事实上，传统的汉语文学继承的是汉语文化的古典传统，而现今的汉语文学写作发扬的是形成于"五四"新文化时代的新文学传统。正像中国文学进入到新的传统架构中必然要另名为"中国现代文学"或"中国当代文学"一样，汉语文学在新文化和新文学的新传统架构中，也非常有必要命名为"汉语新文学"。有学者倾向于用"现代汉语文学"[①]以求得对于传统意义上的"汉语文学"的区别性，不过由于"现代汉语"是一个高度紧密的学术和学科概念，很容易造成对于文学史概念和文学现象命名的某种干扰，再者，"中国新文学"原本就是现代历史时期形成的相对于"中国文学"的俗成概念，"新文学"所包含的历史意识、观念形态、语言策略，已经在中国现代文化和文学的发展过程中产生了刻骨铭心的时代影响，并且具有无可争议的新文化传统的命意，特别是在相

---

① 参见曹万生主编，《中国现代汉语文学史》，北京：中国人民大学出版社，2010年版。

对于传统文学的意义上,它有理由得到学术的和文化的继承。

尽管"汉语新文学"概念的提出属于一种相对独立的学术运作,但如果将"汉语新文学"概念理解为是对"汉语文学"概念的一种时代性的生发,也并非无稽之谈。"汉语新文学"的倡导者在最初的倡言中就十分推崇程千帆等所使用的汉语文学史的学术命意①,而且也确曾参与倡导过"汉语文学"的概念②。这样的学术逻辑为"汉语文学"的倡导者和学术实践者提供了一条可以进一步展开的思路:传统的"汉语文学"与当前面对的"汉语新文学"一脉相通。

当然,研究者有权利选择自己的学术命题,例如继续使用"中国文学"概念还是转而采用"汉语文学"概念;研究者同样有权利选择自己的学术抱负确定在哪一个层面,例如只是承认和使用"汉语文学"概念,还是往汉语新文学的方面再作推进。不过,在论述当前的汉语文学时,如果一味偏执于与传统的汉语文学相混淆的命名,则会出现表述的困难和学术的尴尬。陈晓明近些年连续使用"汉语文学"概念评论当代文学作品与当代文学现象,甚至将茅盾文学奖的成就宣布为"汉语文学的新阶段",这方面的学术成就有目共睹。但他没有找到与汉语新文学接轨的成熟的学术术语,同时又试图在汉语文学的当代写作与传统的汉语文学之间进行学理的辩证,便祭出了"五四"以来的"汉语白话文学"这样的命题。③ 这样的命题当然相当勉强。

---

① 朱寿桐,《"汉语新文学"概念建构的理论优势与实践价值》,《"汉语新文学"倡言》,北京:中国社会科学出版社,2011年,第19页。
② 朱寿桐:《另起新概念:试说"汉语文学"》,《东南学术》2004年第2期。
③ 陈晓明:《新世纪汉语文学的"晚郁时期"》,《文艺争鸣》2012年第2期。

第四章　汉语新文学的文化伦理意义

一、"汉语新文学"的引申义

"汉语新文学"作为学术概念提出以后,得到了学术界朋友的肯定和鼓励,也受到了一些怀疑与商榷。① 这些都是正常的学术现象。特别是围绕着这个命题所产生的种种疑义,足以帮助我们进一步思考有关问题。一位德高望重的学者在对"汉语新文学"概念表示有条件赞同的时候说了这样的话:"汉语新文学就是中国现代文学。"从许多学者理解和论证的角度而言,这句话应该确信无疑,它带着一种宽容的意趣,带着一种和谐的态度,带着一种海纳百川的气度,但同时,它会忽略一些严重的文化现象,甚至会忽略一些重要的心理反应。我们坚持从这样一个角度提出问题:"中国"现代文学,而外乎于"中国"的现代文学该怎么办? 当然,张未民曾提出"中国"并不单是指一个"民族国家",而是代表着世界文明中的一个较大的文明类型,②也就是说,"中国"文学可以在一定范围内涵盖世界文学的一部分,不过这样一来,可能引起的理念纷扰甚至文化疆界困惑一定很多。

一个便当的解决方法是将在外国发生的现代和当代文学写作算作"海外华文文学"的范畴,但是,当我们将这样的文学仅仅理解为海外华文文学甚至仅仅理解为外国文学的华文写作,我们就需要付出双重意义上的文化伦理代价:一方面,将使用汉语并且皈依汉语文化特别是汉语新文化传统的文学家划归外乎于文化"中

---

① 《学术研究》2010 年第 8 期辟专栏讨论汉语新文学,王富仁、朱寿桐、吕周聚参与讨论。又可见《理论学刊》2010 年第 6 期,这一期刊物辟一专栏讨论汉语新文学问题,黄修己、张全之、朱寿桐、李怡、宋剑华等参与讨论。

② 张未民:《中国文学与世界文学——从"天下之文"走向"世界文学"的中国化》,《中国比较文学》2011 年第 4 期。

国"的海外作家,在文化伦理上不符合我们的族群认知和文化认同习惯;另一方面,作为海外华文作家,他们的文化伦理恐怕最难于接受在中国文学框架内将其隔诸化外的处理方法。因此,从文化伦理角度确认我们面对的海外华文文学及其大量作家,就不得不使用"汉语新文学"这样富有概括性同时也绝少歧义的表述。

在我提出"汉语新文学"的时候,面对我的朋友、著名诗人傅天虹教授,我的学术自信来自于常识上的优胜感①:傅天虹是一位在祖国内地成长起来的诗人,后以一个诗人的身份进入了台湾,因为他的至亲都在他那第二故乡,但由于种种原因,他与台湾新诗界结下了不解之缘之后,毅然卜居香港,取得香港永久身份的傅天虹在十多年前想到了澳门,并将自己的家搬到了澳门,直到2005年北京师范大学珠海学院招请他加盟教授行列,他又售出了澳门的住处,在珠海安家落户,重新做回了一个内地人,只不过是怀揣着香港身份证并且几乎每周都会回澳门的内地人。如果要用区域框定这个诗人是中国内地的还是台湾的抑或是香港的和澳门的,那么一切都会徒劳无益,我们只能泛泛地将他称为"中国诗人",但确切而稳妥的称呼应该是"汉语新诗"的写作者和汉语新文学的创作者。由这个个案可以清楚地知道,想从区域界定一个作家或诗人可能会遇到怎样的尴尬,而从一种语言及其文化归属来界定可能是最无争议的。在这方面,傅天虹自己也是身体力行,并竭力为此展开他的论证。②

然而当我们面对另外的研讨对象,例如杰出的海外华文诗人洛夫,则"汉语新文学"概念的学术自信就不光体现在知识层面,而是更来自于一种文化伦理上的优势。确实,尽管我们在洛夫的前面加了"杰出"的修饰语,但将洛夫称为"海外"诗人,文化伦理上还是需要很大的承担。这不单单是当事人是否愿意或者是否高兴的问题,而且更是我们处在中国文化圈如何安然自得地将离散文学家一律划为海外(其实很有些化外联想)的问题。这就是文化伦理上的必然承担。从法理方面来说,将海外华文文学家视同于海外作家,而异乎于中国文学家,这本来没有什么不妥,而且这也大多是这些文学家自己的选择,梁锡华、陶里等与洛夫一样僻居于加拿大,赵淑侠长期旅居于瑞士,白先勇、聂华苓、叶维廉久居于美国,将这些卓越非

---

① 有关这种优胜感的论述,参见拙作《汉语新诗与汉语新文学的学术辩证——从诗人傅天虹的文学状态与学术追求谈起》,《澳门日报》2010年7月3日。
② 参见傅天虹:《对"汉语新诗"概念的几点思考》,《暨南学报》2009年第1期。

凡的文学家因为行政归属问题而从中国当代文学的视野里完全抹去,在法理上完全应该,而且不会引起夹缠与纠结,但是从文化伦理方面说就没这么简单和轻松,需要我们的学术视野做出必要的调整。"汉语新文学"避开了区域和国家的法理限制,能够满足我们的文化伦理需要。

总之,我们有权利严格按照国家所属划分作家和诗人,并以这样的划分来界定我们的研究范围和文学史范畴,但在行使这种权利的时候,是否会对于愿意认同故国文化并愿意在故国文化的园地里贡献自己的诗学园艺的诗人们的文化心理造成某种挫折感甚至是伤害?如果我们用汉语及类似的语言文化作为一种有效的识别系统,对来自不同地域但依托一种文化、操使一种语言的文学家进行更加宽泛的定位,也许会冒着为国族主义者所谴责或质疑的危险,但不言而喻会获得一种文化伦理上的支持。从这个意义上说,"汉语新文学"与通常所习惯于运用的"中国现代文学""中国当代文学"乃至"海外华文文学"等成熟概念之间,还多了一层文化伦理的意义。

二、文化伦理的理论范式

现在需要对无论是社会学界还是伦理学界都相对忽略的文化伦理现象作较为专门的理论探讨,以便使我们的论题能够获得一定的理论基础。

如果说"海外"作家对于大中国地区的"离散"可以视为一种十分正常的现代人类行为。事实上,这样的行为在欧洲更为频繁,更为普遍,也更加普通,而随着中国大陆改革开放的深入,随着"地球村"现象的泛化,我们会越来越经常地面对这样的问题,那么,文化伦理学的考量就势必会引入对这种人类行为的审定。英国哲学家摩尔提出,"'伦理学'一名词事实上跟这种对人类行为的讨论是极其密切地联系着的"[①]。只要是引人注目的人类行为,其实都与一定的伦理学命题联系在一起。文化人的流旅或离散自然也会与某种文化伦理相关,并产生一些认知上的文化伦理学问题甚至是难题。

有人认为文化伦理"是指人们在文化生产和文化生活中所必须遵循的处理人与人关系、人与社会关系的行为规范及其内在必然性的总和"[②],这固然比将文

[①] [英]摩尔,《伦理学原理》,长河译,北京:商务印书馆,1983年,第8页。"一名词"疑为"这一名词"之误。
[②] 郑又贤:《试论加强文化伦理规范》,《中共福建省委党校学报》1999年第4期。

化伦理现象解释为一般文化心理现象的通常理论认识深化了许多,但仍然是从道德和规范的范畴理解文化伦理,将文化伦理这样一种复杂的社会心理现象等同于一般的价值操守。其实,文化伦理是指人们在文化生活中所不得不遵循的文化心理倾向,这种文化心理倾向与主体的文化传统认同、文化环境归依和文化价值选择密切相关,而且它直接诉诸人的道德直觉和本能的心理反应。对于汉语新文学范畴内的最复杂的对象——海外华文文学家而言,文化伦理意味着他们对传统中国文化和新文化的认同,他们对汉语语言环境和文化环境的归依感,他们对汉语和中华文化价值的捍卫愿望,这些构成了他们在文化总体观感上的善的要求,因而积淀成一种文化伦理的心理机制和社会反应。不少海外文学家都有这样的体验,生活在祖国往往对故地有很多抱怨,但一旦出了国便显得非常"国粹"。实际上这便是一种文化伦理现象:离开了故地,进入到陌生的环境,就会在复杂的文化场力的作用下唤起强烈的文化伦理感,包括最简单的文化乡愁。尤其在现代社会,"文化构成的场力被不同方向地拉伸开来"①,其复杂构成更容易使得漂泊的主体对于故国情怀激起文化伦理上的负担。阿里夫·德里克在《后革命氛围》②一书中曾强调,文化主义其实与我们所谈论的文化伦理相通,显然会借助"传统的力量"。文化伦理所体现的正是任何人都难以忘怀甚至也无法挣脱的传统的力量。

由此可见,文化伦理远不是审美意义上的文化现象,而是与传统,与积淀,与深刻的心理皈依联系在一起的社会心理现象。将文化伦理落实在审美路向甚至是大众化的审美维度,是对文化伦理的另一种理解。③ 既然论述到文化伦理,就不应该只局限于审美活动等比较狭窄的人类行为方面,因为,社会学家已经普遍意识到,"现代社会问题,包括社会的结构心理,都是文化问题。人类社会从最初形成以来,一直是以人类所创造的文化,作为同自然界相区分,甚至是对自然进行控制和改造的基础和基本条件",因此伦理意义上的文化实际上是指"在区分社会同自然的性质方面,在西方社会的历史上,始终是起着决定性的作用"的普遍性和关键性的因素。④ 文化伦理在主流社会实际上有可能通向具有霸权倾向的文化主义,这种文化

---

① Sharon Zukin, *The Cultures of Cities*, Blackwell Publishing Ltd. 2004, p. 147.
② [美]阿里夫·德里克,《后革命氛围》,王宁译,北京:中国社会科学出版社,1999年,第187页。
③ 傅守祥,《大众文化的审美品格与文化伦理》,《文学评论》2009年第3期。
④ 高宣扬,《当代社会理论》(上),台北:五南图书出版公司,1998年。

主义强调的正是"一些精神方向的整体",这些精神方向会"围绕着社会和历史问题的还原,从方法上凝结成了文化的抽象问题"①。从这样的意义上说,文化伦理是相当普遍的社会文化现象,也是相当深刻的社会心理现象,绝不应局限在审美层面和纯文化欣赏意义上加以解释。

文化伦理无论作为社会现象还是作为理论命题,都具有相当的普遍性,对于人类社会而言,甚至具有整体性的意义。亚里士多德在他的《伦理学》中将整体性视为伦理学的必然要素,据洪堡的理解,亚里士多德的伦理学认定的是"每一个人按其本性所最固有的东西,对他来说就是最好的和最甜蜜的东西"②,这就是具有整体意义的伦理感情。文化情感方面自然同样会出现这样的整体现象,因此文化伦理也是普遍的社会文化和社会心理现象。可令人费解的是,对文化伦理问题的研究一直停留在浅显层次上作个别性的谈论,未能将其纳入学术研究的严格范畴。当"全球化与国家主权"成为学术研讨的课题之际,人们谈论到公民福利、外部安全、内部安全、宗教、改良社会习俗以及国家安全和法律问题等,可就是没有论述到在全球化环境中国家主权和国家形象对于离散一族的文化伦理需要问题。类似于海外华人作家,以及各种处在离散状态的文学家,在全球化的浪潮中依然会保持对于祖国的文化伦理需要,这是国家强大在全球化时代的极其重要的情感意义。人们看到了这一点:"民族国家传统地执行着相当模糊的作用。对外,它们战胜了不同文化,成为民族文化的可靠代表。对内,他们成为同一性和同质化的胜利者,从而使丰富多彩的地方文化能够在国家领土范围内共存"③,却忽略了更重要的一点:对于离散的同胞而言,国家权威意味着一种由传统而来的巨大力量,它能够满足海外游子对于文化传统和民族心理的认同和归依的文化伦理要求。无论如何,这是全球化研究中必须要观照到的文化心理现象。一位对"华族移民的怀土之思"深有感触的先生曾这样表达:"我曾为'中国'命题及当前政治敏感不无顾忌,⋯⋯想想我星散全球的华裔骨肉,处境虽有改善,而争取平等待遇之路仍然遥远。压力之

---

① [美]阿里夫·德里克,《后革命氛围》,王宁译,北京:中国社会科学出版社,1999年,第187页。
② [德]威廉·冯·洪堡,《论国家的作用》,林荣远、冯兴元译,北京:中国社会科学出版社,1998年,第28页。
③ 程琥,《全球化与国家主权——比较分析》,北京:清华大学出版社,2003年,第140页。

下,唐山眷怀沉重如石……"①诚哉斯言,文化伦理与故国之思其关系就是这么近切。

综上所述,在汉语新文学的基本立意上,我们所探讨的文化伦理现象其实包含着两方面的命意。其一,离散的海外文学家对于汉语文化圈持久的文化认同和对于故国的情感依赖,这样的认同和依赖积淀成一种文化伦理意识,正是这样的文化伦理意识使得他们无法真正在文化上和情感上"去国",他们的文学创作的出发点归宿往往都在故国、故土、故乡的文化环境之中。其二,面对这样的离散文学家及其离散文学,研究者应该怀着理解的态度和感同身受的情绪进行学术定位,不是简单地将他们划归海外,而是充分关注其文化伦理上的精神诉求和价值承担,尊重他们在与故国、故土、故乡的传统联系中永远割不断的文化情结,这样才体现出一种学术意义上的文化伦理关怀。

三、 文化伦理与心理情结

对于漂流在海外的文学家尤其是敏感的诗人而言,在文化伦理上认同和归依自己所属的文化传统,不仅非常自然,而且也带有普遍的必然性。对于这种普遍的必然性的论证,可以从多种角度进行。通常人们很容易发现,几乎所有分析文化心理和离散社会的理论都可能涉及这些方面,虽然这样的理论无一例外地没有将这种心理现象纳入文化伦理范畴加以考量。

在传统文化现象的分析中,"去国怀乡"成了经典性的命题,"去国"与"怀乡"构成了一种必然联系,以至于今天的海外华文作家,这样的联系同样具有必然性,而且,在现代社会全球化生活的语境下还会愈演愈烈。

现代全球化语境之所以让"去国"者更加强烈地表达着文化还乡的伦理精神,是因为在这样的语境下,"现代化的根本动力是经济力,即现代工业生产力"②,物化要求成为最重要的刚性要求,传统文化的失落越来越可能成为所有文化敏觉者感觉到的危机,这样的危机感会更加迫切地唤起人们对于自己所属的传统回顾愿望与归依热忱。因此,越是后现代的追逐者越有可能退守到传统的境地。而且,从与

---

① 杨昌年,《华族移民的怀土之思》,见钟怡雯,《亚洲华文散文的中国图像》,台北:万卷楼图书有限公司,2001年,第I页。
② 罗荣渠,《现代化新论》,北京:北京大学出版社,1997年,第143页。

自己所属文化传统相比照的意义上说，"在全球化时代，迫切需要树立一种对其他文明和宗教的有关学说持尊重和宽容态度的普遍意愿。这种宽容不是漠不关心式的宽容，而是出于尊重"①，这样的尊重和宽容无论对于地域文化的主体与客体来说，都需要立足于对自己所属传统文化更加尊重和更加宽容，这样的态度才可能使得他们分别立足于一个对他们自己而言最为合适的文化基点，这样才有资本和资格对别的民族的文化和宗教施行必要的尊重与宽容。这是一种文化相生关系。即便是两种相克的文化，在这种文化伦理的处理下也可能变成相生关系，因为文化伦理的主体都有一种"发展自我"的"进化的动力"，②而要发展就须立足于自己的传统基点，并有足够的信心和能力面对乃至尊重哪怕是来自"敌对"的文明理念。唐君毅就曾这样描述过文化融合、文化相生的理想样态："盖如世界诸国，皆能努力于文化教育道德之进步，而复能互欣赏他国文化教育道德之进步，则文化教育道德较进步诸国家，将逐渐为其他国家置人民所向往归向之诸中心国家。"③一般而言，文化伦理心态会使得每一个文化主体在类似于集体无意识的作用下将自己的传统文化视为不言而喻的"较进步"之类，这样的心理暗示形成了他们尽可能尊重和宽容其他文化和文明以及宗教的文化优越感，这同样是文化伦理心理在起作用。

离散文学家同普通的"去国"者一样，在异质文化的比照和映衬下，会自然地唤起或者人为地激发起本民族文化的优越感，这是在他们那里最容易产生认同和归依自身所属传统文化的文化伦理的必然体现。这样的文化伦理决定了离散文学家不可能将自己真正当作外国人，他们的文学因而也不可能被心安理得地宣布为外国文学。法国理论家杜蒙对杂居在法国的德国人或者卜居于德国的法国人的文化伦理作过这样的总结："没有人能从他自己所属的国别脱出身来，大家在有意或无意之间，都还是把自己的东西视为唯一'真实'的东西，或者将其视同近代意识形态，好把他国的变异情形等量齐观。"④这样的文化伦理现象具有相当的普遍性。从文化角度而言，大部分人在出国之后一般都不会心甘情愿地当"外国人"，他们会将

---

① [德]赫尔穆特·施密特，《全球化与道德重建》，柴方国译，北京：社会科学文献出版社，2001年，第74页。
② [德]卡伦·荷妮，《自我的挣扎》，李明滨译，北京：中国民间文艺出版社，1986年，第14页。
③ 唐君毅，《文化意识与道德理性》，北京：中国社会科学出版社，2005年，第171页。
④ [法]路易·杜蒙，《个人主义论集》，黄柏棋译，台北：联经出版事业股份有限公司，2003年，第173页。

自己的文化传统视为最好的和最"真实"的存在,以此获得对外国文化进行评判和鉴定的资格与权力。因而,面对异质文化,归依自身所属文化传统的文化伦理是必然的。

对于离散于海外的华文文学家而言,他们自身所属的文化传统是那样地深厚(悠久的传统文化)而又那样地充满活力(活跃的新文化),具有强大的融合力与包容性,他们在异国他乡很有可能更加强烈地激发起我们所讨论的文化伦理感,这样的感觉使得他们比身处国内的任何文学家更加强烈也更加急切地将自己当作中国人。这里仍然可以以胡适的感觉为典型代表。20 世纪 50 年代,在美国纽约留学的中国学生组织了白马文艺社,用汉语进行新文学创作,而且成果颇为卓著,胡适在评价这个社团时,竟称"白马社是中国的第三文艺中心"①。他的意思是,大陆与台湾固然是中国的文艺中心,远在美国的一群华人青年所推动的文学事业则又构成了另一个中国的文艺中心。这个社团活动在美国,从国家区域的归属来说当然是美国的,可无论是留学青年周策纵还是胡适本人,都没有想到过这是"非中国"的文艺现象和文学现实,他们毫不犹豫地将这样的文学归入中国的文艺范畴,这样的事实雄辩地说明,在包括胡适在内的文学家和文化人心目中,即便是漂洋过海了,他们的文化所属依然没有出国,他们的文化伦理归向于中国。

著名华人作家聂华苓长期在美国生活与写作,对于离开故国以后的"无家"的感觉一直耿耿于怀,但她不可能以美国为家,因为自身的文化伦理使得她无法在美国和美国文化中找到自己文学价值实现的基点,于是她宣布:"汉语就是我的家。"②作为一个文学家,她坚持语言是自己的物质故乡,而文化是自己的精神故乡,这同样是文化伦理的正常表述和典型体现。

当一个"去国"者宣布自己无家可归的时候,其远离故国的内心痛苦往往是身处祖国文化中心的人们所无法体会的。也就是说,如果对于故国传统的依恋是典型的文化伦理的体现,则"去国"者的文化伦理感会更加强烈。其中的理论原理是,一定的情绪往往与一定条件的刺激联系在一起,"情绪是由强化刺激的性质和复杂的经典性条件作用决定的"③。身处国外异乡,关于传统文化唤起的刺激显然会更

---

① 据周策纵回忆。见王润华:《被遗忘的五四:周策纵的海外新诗运动》,《文与哲》2007 年第 10 期,第 614 页。
② 转引自饶芄子《海外华文文学与比较文学》,北京:中国社会科学出版社,2005 年,第 104 页。
③ [美]K. T. 斯托曼,《情绪心理学》,张燕云译,沈阳:辽宁人民出版社,1987 年,第 42 页。

多,文化伦理感的凸显往往来自处身于异国环境中的主格的"我"的这种感知。"任何人的自我都是双重结构的:一方面包含着由社会因素所造成的自我,另一方面是人的自我意识所产生的自我。前一部分就是作为宾格的我(me),后一部分是作为主格的我(I)"①。人的文化习惯和文化认同是在不自觉或者不完全自觉的社会(传统)因素中形成的,属于宾格的自我的感知,一旦置身于陌生的异质文化环境,主格的"我"被被动地凸显出来,从而会对宾格的"我"所感知的一切充满着依赖和留恋。而处身于故国,置身于熟悉的环境之中的主体往往这种主格的"我"不会如此凸显,因而对于传统的文化伦理感就不会那么强烈。文化伦理不同于一般的社会伦理,如果说社会伦理是教育和法的统一——"社会(他个体)不论是以自为者存在于教育的本质中,还是以自在者存在于法的本质中,都是主要的矛盾的方面"②,文化伦理则与法无关,因而在一般的社会语境中并不一定在人们的道德感中凸显,只有对于离散于海外的文人,文化伦理感才会特别强烈,正如"去国"之后才特别"怀乡"一样。

与海外华文作家的文化伦理情结相比照,一些海外华人作家在条件许可的情况下热衷于用外文而非汉语进行写作,如这方面出类拔萃的英语创作者汤亭亭、哈金等。这些华人文学家可能受到其前辈林语堂的启发与鼓舞,不过更现实的原因是他们试图融入美国主流文化的雄心与抱负。他们的创作属于海外华人文学研究的范畴,与我们热议中的汉语新文学已经非常疏远。他们的辉煌固然须借重于中国经验和中国传统文化的魅力,但重要的是他们不可能面对美国人这样一群假想的也许是理想的读者反映自己面对故乡的文化伦理,他们的努力在于唤起假想的读者的同情与接受,必须设法以美国的文化价值观作为创作立意的伦理基点。这属于另一种文化伦理范畴,也属于外乎于汉语新文学的文学现象。但可以参照的是,在异国他乡用汉语写作的文学家其假想的和理想的读者都在大中华地区,他们的文化伦理会坚定地倾向于这一方故土。

四、 汉语新文学研究的文化伦理意识

没有必要将海外汉语文学家其所持有的文化伦理倾向都从爱国主义之类的美

---

① [英]米德,《心灵、自我和社会》(George Herbert Mead: *Mind, Self and Society: From the Standpoint of a Social Behaviorist*. 1934,高宣扬,《当代社会理论》(上),台北:五南图书出版公司,1998 年,第 460 页。
② 孟宪堂,《广义伦理学》,北京:群众出版社,1988 年,第 365 页。

好方面作发挥性的理解。文人的文化情结显然要复杂得多。正如一位老作家告诫我们的,"谁若把文人当作完人看待,那只能怪我们自己的天真了"①。同样,如果将复杂的文化伦理与单纯的爱国主义直接等同起来,那也是一种天真的判断。

但我们必须十分尊重和珍视海外文学家所具有的这种文化伦理感,这样的重视和珍视所体现的也是我们研究者的文化伦理。确实,比起其他的文学史概念,善意地隐匿了国家属性的汉语新文学,是体现文化伦理关怀的学术表述。

如果我们忽略这种文化伦理的学术关怀,就必然面对种种不公正的学术判断。例如,许多像著名诗人洛夫这样的海外文学家,无论就文学成就还是文化影响而言都堪称是首屈一指的海外文学家,在中国当代文学史或中国现代文学史的学术著述中,往往被人为屏蔽,常常处于约略被提及的位置,原因仅仅是他们现在不是"中国人",而是海外华人。正如前文所述,从文化认同和文化归属感来看,他们自己的文化伦理一直倾向于中国,在文化伦理感上他们从来没有"去国"也不想"去国",但我们从国体区域划定的文学史范围却须将他们推出国门之外。这岂不是对这些文学家文化伦理的一种伤害?这样的伤害难道不同样是对我们学术伦理的一种伤害?越来越多的研究者已经注意到这种不公平现象,他们正从文学史的学术框架中设法加以弥补,但以国家区域为基本范畴的文学史限制了人们做出弥补的努力。即便是内容最广泛、成就最高的严家炎先生主编的《二十世纪中国文学史》②中,在"两岸呼应的现代主义诗潮"名目下将两位同样杰出的诗人洛夫和余光中并列论述,可由于洛夫自1996年起已经身属海外,其篇幅和评价自然就无法与余光中相比。确实,自从洛夫1996年移居加拿大,成为海外华文文学研究的当然对象之后,他在中国文学中的地位就不再当然了,与中国文学的关系似乎只成了某种文化渊源的联系。他被宿命地推至海外,被荣耀然而委屈地赋予了海外华人的身份。

当然,现在有业已形成很大学术气候的"海外华文文学"或"世界华文文学"作为这段文学史的结构性补充,它可以将所有由于国民身份无法纳入中国文学范畴的海外汉语文学家悉数收容。但相信连洛夫在内的许多海外文学家不会愿意接受这种被动的学术现实,因为他们的语言、思想、情感甚至全部经验都在广大的中国,都在那个属于汉语世界的文化场域,一如他们的热血、生命、灵魂乃至归属感都在

---

① 曹聚仁,《文坛五十年》,北京:东方出版中心,1998年,第386页。
② 严家炎主编,《二十世纪中国文学史》,北京:高等教育出版社,2010年。

伟大的中国，都在那个由汉语文化构成的对于他分外亲切的特殊世界。当我们的学术研究将这些海外华文作家和诗人从他们所归属、所认同、所习惯的汉语诗学世界中撕裂开来分离出去的时候，尤其是当我们不得已地宣布这些海外华文文学不属于中国文学，而是在国家和政体归属方面将它们推给别的国家特殊族裔的文学时，我们所进行的不仅是一种学术的机械性切割，更可能是一种文化伦理上的侵害。

　　文学研究界在对海外文学家作国家归属和国民定性的学术处理时，能否意识到对相关人士造成的某种文化伦理的侵害，其实也就是我们学术界在文化伦理上是否有某种承担的问题。如果只是从政体和国民所属的角度认定海外文学家的身份，可能使得这样的认定既简单、简洁并最无歧义，也最无可厚非；但这样的认定同时也可能最为粗糙、粗暴，有时也最无意义，很可能最为无效。一个旅居于异国的文学家即便已宣誓成为忠于所居国的公民，这也不过是一种公民态度的程序性表述，其实并不意味着根深蒂固的文化伦理的放弃与改弦更张。一个生于斯长于斯的农村人离开农村进入仰慕已久的城市以后，他可能信誓旦旦毫无保留地表达对这种新生活和新的人生环境的喜爱与认同，他可能痛心疾首地谈论起乡村的艰难与落后，包括狂风暴雨的肆虐及其过后泥泞的小路，包括乡民们可笑的保守、浅见与种种陋习，他可能想很多从农村走出来的青年人一样发誓再也不愿意回到那个广阔的天地。然而，这些丝毫不会影响他作为乡下人应有的文化情结的适时、适当的发挥，有时甚至还是强调，至少，面对来自于城里人对乡下人的侮辱和误解时，他的文化伦理往往会自然地倾向于他更为习惯的农村，与城里人联合起来否定和嘲笑农村便是文化伦理的一种背叛，这对于真正的乡下人来说是非常痛苦的体验。这样的说法用在漂流异国的诗人身上以借喻他所在国度与故国的关系，实在有些不伦不类，但它似乎更容易接近多数人的现实体验，而这样的体验对于理解"文化伦理"这样一个新造的关键词非常重要。没有一个漂泊于异国他乡的人会对别人的国度产生类似于对故国的归依感，那样的归依感如果形成，它当然在一定意义上符合社会道德和个人伦理，但很可能与文化伦理严重相悖。

　　在文学研究和其他的学术研究中，研究对象的身份界定本来不是一件最艰难的事情。但是将身份界定与学术范畴紧密联系起来以后，这样的问题就被复杂化了。就我们面对的文学家的身份界定而言，由于牵涉到学科的领域划分，甚至牵涉到新的学科领域的定位，其复杂性已经出乎我们学者的预料。尽管许多学者还是不能理解,在已经有了"中国现代文学""中国当代文学"和"世界华文文学"等成熟概念和专门学科之后,为什么还需要汉语新文学的学术平台,但将这样的问题与越来越多越来越普遍的离散文学家身份的认定结合起来以后,其复杂性就会不言而喻地得到凸显。正如德国著名汉学家顾彬在澳门大学举行的"汉语新文学史国际学术研讨会"①上的书面发言所顾虑的那样,我们无法确定到底是看作家的出生证、居住证还是看他们的护照来确定他们的身份,也许,他们所惯用的以及他们赖以获得自信的语言才是将他们进行成功分类的可靠依据。这实际上也就是我们相当一段时间来试图建构的汉语新文学平台所包含的应有之义。当汉语新文学的学术平台建立以后,国家政体和相应的国民归属感被模糊到较为次要的位置,文化传统和文化归属感就会变成一个不言而喻的文化共同体,②在这个共同体中的所有合格的,也是合适的文学家都会被自然地置于同一地位平等地对待。

这就是说,当我们坚持从国家行政归属来划分或者对待文学家特别是离散文学家的时候,不仅会遇到区域政治问题(确实,在某些时候和某些地域,作家的身份认定常常会被政治敏感的话题所笼罩),以及空间的不确定问题,而且会遇到时间上难以确定的问题。当然我们可以查验需要确认的对象的护照或者他的户籍材料,就像顾彬所提到的那样,以便准确地确认这位对象他改变自己国籍的时间或者终于认清他是否终于改变了自己的国籍。当然这其中还包含着另一个麻烦的问题,就是如果不是取得外国的国籍,而只是取得了长期居留的权利,或者只是以别的方式长居于异国,这样的行政归属又该如何计算与处理?由此还可能引发一些其他可能更琐碎更复杂的问题,例如,一位文学家虽然取得了异国的身份,但他也许并不长期生活在他乡,而是经常游走于自己的故国,甚至长期旅居于别的地方,他的文学所属仍然是异国他乡吗?如果一位文学家虽然长期居住于异国并且取得了异国身份,正像顾彬所指出的拿着异国的护照,但他的文学写作都在故国发表,读者群基本上都在故国,他的文学身份所属仍然是异国他乡吗?

一种问题之所以被称为复杂,就是因为它可能连带出许多必须面对的尴尬。从国族背景和行政区划的归属来确认一个文学家的身份,以此来确定他属于哪一

---

① 2010年4月20—23日,澳门。
② 在这里我借用了著名汉学家高利克的提法,高利克的英文发言已被翻译成中文,刊载于澳门大学中文系主办的《南国人文学刊》第1期。

个学术范畴应该研究的对象,必然在上述复杂而琐碎的层面产生过多的纠结。这些纠结有时候很可能出乎人们的意料,尽管这样的纠结未必会以激烈或明显的冲突出现。

相比之下,台湾以及海外文学研究界比大陆的学术界更早地,也许是不自觉地注意尊重海外文学家的文化伦理,对于旅居海外的华人文学家,中国内地惯于将他们称为"海外华文文学家",但在上述别的区域,人们更愿意用"离散文学家"来称呼他们。新加坡曾在2001年9月初召开过"离散族群——世界华文文学"座谈会①,西方的华文文学研究者也愿意用"华裔离散文学"概念指称海外华文文学,并探讨"离散社群与祖籍国和居住国之间的关系"②。"海外"是十分准确的空间定位,但同时也是一种罔顾于文化伦理和文化传统感受的学术概括,"离散"的概念是模糊的,含有不确定的、夹缠不清的空间定位,如果用西文词"diaspora"表示,则还牵涉到犹太人放逐和流亡的历史典故。不过比起包含着一个敏感的"外"字的"海外"来,它在相对于故乡和故国的意义上是温馨的,带着浓厚的文化伦理上的承认与尊重。如果说这种有明显差异的定位和概括进入争讼,则跃跃欲试的政治伦理很可能介入文化伦理并且取代文化伦理。那是一个谁也不愿意看到的非学术性局面。因此,"离散"的概念已有被中国大陆文学界接受的趋势,莫言就表示非常乐于接受这样的概念,他在一次国际会议上指出:"Diaspora 的确是当今世界普遍存在的一个现象,研究这个现象和文学的关系,的确是一个很重要的课题。"③当然,这并不意味着一切围绕着文学家身份的问题都已经解决。要彻底解决这样的问题,让"离散"文学家从"海外"文学家的阴影中走出,与所有没有身份纠结的文学家一样不带任何负担地出现在我们论说的文学世界里,就需要远离以国家或区域为核心关键词的文学命名,而以更具有文化伦理的"汉语新文学"来概括。

总之,"汉语新文学"较之于一般的国家、区域文学的概括的优势不光在于更加准确和明晰,更在于它体现了较为重要的文化伦理关怀。文化伦理关怀可以克服国家、区域文学关怀的种种尴尬和不确切,减缓离散文学家的文化漂泊之感,并且让同处于一个文化共同体中的文学家具有平等的地位。

---

① 庄永康:《离而不散的华文文学》,《联合早报》2001年9月9日。
② [瑞士]黛博拉·迈德森:《双重否定的修辞格——加拿大华裔离散文学》,《南开学报》2009年第5期。
③ 莫言:《离散与文学》,《文学报》2008年3月20日。

第五章　汉语新文学的世界性意义

"汉语新文学"概念的提出,赞同者有之,反对者有之,诚如时任台湾文学馆馆长的李瑞腾教授所预言,一定程度上开创了一个新的学术局面。[①] 在文学研究边缘化的时代,一个新的命题能够避免"不特没有人赞同,并且也没有人反对"的沉闷局面,应该说差可欣慰。当然,更多学者对此概念采取了审慎的接受态度,愿意借助这样的概念思考中国现当代文学的若干问题。在众多有待思考的问题中,汉语新文学的世界性命题,可以说触及了"汉语新文学"概念的深层要害,值得展开一番探讨。

一、新文学世界性倾向的本然意识

所谓新文学的世界性倾向,便是在国门无论是被动还是主动地打开之后,中国文学家无论是积极还是消极地意识到并作出相应的应对,新文学在其酝酿、产生以及建设过程中,必然地包含着世界性因素的考量:积极意义上表现为对文学世界性的趋向与肯定,消极意义上则表现为对世界性因素的顾忌与排斥。世界性倾向的前提和基础是文学的世界性意识。中国近代文学与传统文学的重要区别,即在于它获得了相当鲜明的世界性意识,并将这种世界性意识传导给新文学的倡导与创造,新文学与近代文学的区别,则在于将这种世界性意识发展或强化为积极的世界性倾向。

发动新文化、创造新文学居功至伟的《青年杂志》在创刊之初,便通过其主持人陈独秀之口表明,它清楚地意识到了世界性倾向的不可避免:"今后时会,一举一措,皆有世界关系。我国青年,虽处蛰伏研求之时,然不可不放眼以观世界。"[②]这是

[①] 详见《"汉语新文学"倡言》,北京:中国社会科学出版社,2011年,第388页。
[②] 《社告》,《青年杂志》第1卷第1号。

1915年的事情，表明《新青年》一代精英对于世界性的趋向采取了积极的态度。这样的认识在那个时代很容易形成文化精英乃至政治精英的共识。1916年，孙中山在钱塘观潮，面对奔腾汹涌一望无际的潮水，有感而发，题写了这样的旷世铭文："世界潮流浩浩荡荡，顺之则昌逆之则亡。"对于世界化的潮流选择了更加积极进取的态度。

质之于文学，近代以降，文学革命和文学革新的话题，都往往与世界性因素的考量有关，甚至深受世界性因素的影响，为世界性的话题所激发或者激励。梁启超等人在鼓吹文学之于"群治"和"新民"的作用之际，常常借鉴世界文学的种种功能神话，将世界文学史话中近乎无稽之谈的故事当作一种言之凿凿的论据，以论证文学之于改造社会、改良人心甚至激发人的潜能与灵感等等神奇功效，从而在引进世界性眼光的前提下倡导文学的改良与革命。这样的情形说明，汉语新文学的原初胚胎中其实天然地包含着世界性的因素，就像天然地包含着现代化的内容一样。

近代启蒙思想家倡导文学改良，一方面受到世界政治文化思潮的刺激，一方面也受到世界性文学因素的激励和影响，这两方面的交互作用，使得这批饱学之士毅然决然地抛却了中国传统文学的自在体系，跳脱了传统文化思维定式的窠臼，将外国文学的良规引作新文学的标准，从而走上了促进中国文学现代化的路径，开启了文学革命、文学改良和新文学设计与建设的历史前奏。

虽然，近代文学革命启蒙和文学改良呼声，最鲜明的立足点在于启蒙民众，在于"新民"，在于"群治"，但是，所有这些为新文学倡导者和建设者所直接或间接继承的精神要素，都是在世界性的关怀和考量中得到了最初的阐述。1902年10月《新小说》创刊，梁启超为之写出了影响深远的发刊词：《论小说与群治之关系》。这篇文章灌注了强烈的世界意识和世界关怀："凡人之性，常非能以现境界而自满足者也；而此蠢蠢躯壳，其所能触能受之境界，又顽狭短局而至有限也；故常欲于其直接以触以受之外，而间接有所触有所受，所谓身外之身、世界外之世界也。"这是那个时代所能具有的最具现代思维的社会心态描述，在这样的社会心态描述中，封闭、保守的中国如何会普遍地意识到世界潮流，后来的新文化运动倡导者何以能强烈地关注世界意识，都得到了某种学理的解释。确实是从梁启超那一辈人的诗界革命、文界革命、小说界革命的倡导开始，占潮头地位的中国文学的理论设计乃至创作实践都异乎寻常地取得了世界意识和世界性关怀。仍然是在新小说的倡导理论中，梁启超的阐述表明，世界意识已经渗透到他们的自然思量之中："小说之为体,其易人人也既如彼,其为用之易感人也又如此,故人类之普通性,嗜他文不如其嗜小说,此殆心理学自然之作用,非人力之所得而易也。此又天下万国凡有血气者莫不皆然。"此番议论不仅赫然使用了西方的心理学甚至文艺美学理论,而且立论角度早已不拘泥于传统或中国,直接关涉到"天下万国"。天下万国和世界成为言论的出发点,思想的归趋点,是中国文学走出传统语境,进入近代语境,甚至走向现代化境界的标志。

在这样的理论基础之上,在这样的时代氛围之中,作为新文学的孕育,近代文学进入了筚路蓝缕的世界文学的普及性运作。文学革新的鼓吹者如黄遵宪、梁启超等,都乐于通过各种文字途径介绍外国文学和文化思潮,为中国文学和文化的时代性发展张目。外交官出身的黄遵宪非常重视世界发展大势和政治文化潮汐,并将这样的世界观察通过文学笔法加以表现。他在《朝鲜策略》一文中以朝鲜作比拟,指出中国向世界开放的必要性,所借取的便是"今地球之上,无论大小,国以百数,无一国能闭关绝人者";他撰写名著《日本国志》,乃感于"中国士夫,闻见狭陋,于外事向不措意"的现实,借日本维新的经验,确立"改从西法,革故取新,卓然能自树立",从而创造"进步之速,为古今万国所未有"的政治奇迹。基于这样的世界眼光和世界情怀,他的诗歌创作热衷于表现新的世界和新异风物、新兴思想文化,为古老的旧体诗词提供了新的意境、新的风格,并铸成了"新派诗"的独特风格,为催生汉语新文学和汉语新诗做出了最初的宝贵尝试。

也是深受这样的时代风气之熏染,近代以来世界文学和文化的翻译热和介绍热形成了中国文化和文学史上的特异景观。梁启超等往往通过介绍西方文化和世界文学论证文体革命的必要性和迫切性,更有严复对世界科学文化和新潮理论的翻译,林纾等对西方文学的翻译。这些卓有成就的文化和文学翻译、介绍已经被证明构成了汉语新文学的观念基础、理论基础和文本基础,为新文学准备了有效的参照,也培养了一批又一批杰出的新文学倡导者和卓越的实践者。几乎所有新文学的倡导者都受到过近代翻译文化和文学的影响,他们的新文化倡导的热忱和新文学创造的灵性都与这种世界性文学和文化因素的技法有密切关系。

世界性因素像一种神异的酵素,就这样天然地渗入了近代文学思维,促成了近现代文学与传统文学的断裂,从而造成了新旧文学的不同质地。在创作方面,作为新文学的先导,近代改良文学也自然地呈现出世界关怀和世界意识表现的倾向。梁启超的政治幻想小说《新中国未来记》,展示了60年后"我中国全国人民举行维新五十年大祝典之日"的情景:"其时正值万国太平会议新成,各国全权大臣在南京,……那时我国民决议在上海地方开设大博览会,这博览会却不同寻常,不特陈设商务、工艺诸物品而已,乃至各种学问、宗教皆以此时开联合大会……"这里不仅出现了新的"万国来朝"的世界化格局,而且还预言中国上海举办世界博览会的重大历史事件,只不过先驱者那时的估计乐观了一些,中国成功举办世界博览会不是在60年后,而是在106年之后。无论如何,这种世界性关怀的思路已经正式植入近代文学创作构思之中,确实如后来者所言,先驱者意识到了今后时会,"一举一措,皆有世界关系"的时代情形。

这样的世界性意识由近代文学传导给现代文学,并直接置入新文学的建构、设计和创制之中,成为新文学天然的价值内涵,也成了新文学通过近代文学与传统文学实施断裂的鲜明标志。近代文学改良倡导和文学近代化的运作,其显著的标志和根本的特征,就在于打破了传统文学的封闭自足体制,引入了世界性意识,在此前提下催生了新文学的倡导与创造。新文学因此带有更加明确的世界性的精神特征,并在现代化的运作中逐步强化为一种世界性倾向。明确的世界性倾向是汉语新文学的天然特质,也是其现代化素质的外在体现。

二、 世界性倾向与汉语新文学的自我定位

汉语新文学世界性倾向的呈现,从历史情形而论,具有非常深刻的复杂性。这种复杂性首先体现在,它与新文学的现代性构成了相辅相成和相反相成的复杂关系。一般而言,世界性的开放眼光与现代性的进步倾向相伴而行,但是,在特定条件下,属于旧文学营垒的人文力量同样会取得世界性的眼光甚至世界倾向的观念,这不仅让新文学的世界性与现代性的关系呈现出复杂化的态势,而且也为新文学现代性内涵的理解增加了难度。其次,新文学世界性倾向的深刻复杂性还体现在,新文学家对世界性的定向是肯定的,但定位却不断发生龃龉,即是以中国文化为主体,推进汉语文学和中国文化走向世界,还是以外国文化为主体,将汉语文学作"世界化"的运作,抑或是始终与世界文学和文化保持某种参照关系,从而保持汉语文学和中国文化自身的特质和优势。这种定向与定位的龃龉,构成了新文学发展的基本特色。特别是在汉语文学的世界化定位的激进文化倾向,与将世界文学和文化当作他者的参照物,始终保持中国文化与汉语文学特质的保守文化观念,两者的定位形成了巨大的理论落差和历史落差,其间构成的争持与角力,深刻地影响着汉

语新文学的价值形态及其学术评价。

通常,人们将中国现代文学的阵营分为新旧营垒,新营垒倡导新文化,实践新文学,旧营垒强调旧文学传统,恪守旧文学规范,反对新文化与新文学。这样,不仅新文化运作初期的"国故派""国粹派"属于旧营垒,便是对新文化和新文学的提倡有诸多龃龉的"甲寅派""学衡派"等也被划归为旧营垒。随着思想的解放,研究的深入,这种简单化的两分法正面临着应有的质疑和调整。从单纯的文学进化论,甚至从文学的现代意识和现代化角度看,"甲寅派"和"学衡派"的观点确实偏向于保守,然而从世界性的倾向而论,这批传统的捍卫者其实又并非顽固的守旧者,而是具有相当世界眼光的新文化和新文学的参议者;如果新文化和新文学的倡导者不坚持他们偏激的立场,则至少可以将这些表面上的敌人视为稳健的同路人。

从新文化和新文学的世界性、开放性的角度审视这些一度被认为新文学的"拦路虎"的同路人角色,就能够纠正新文化运动和新文学倡导时期的诸多偏颇和偏激观点,使得新文化建设的统一战线得以历史性的扩大,同时也使得新文化的定位和新文学的认知显得更加稳健、全面。《甲寅》杂志从未忽略介绍外国文学,包括载有都德的《柏林之围》等世界文学名作。胡先骕在与新文化运动者商榷的时候这样表明自己的身份:曾"寝馈于英国文学,略知世界文学之潮流"①,但坚持认为白话无法替代文言,便利的语言与文化的语言不能硬性划分优劣,甚至于对于世界语的趋势也如此看待,认为"即如今日之世界语,虽极便利,然欲以之完全替代各国语言文字,则必不可能之事也"②。事实上,这些具有开放意识和世界眼光的批评家并非没有意识到文学革新与世界潮流的合理之处,只是持有传统的、稳健的"利不十,不变法"思路,在文学改革和文化革命等问题上呼吁采取审慎的态度。尽管这些批评家所操弄的语言是文言文,但他们或前或后都曾经使用过白话文;尽管吴宓等坚持用旧体诗写作,但他们后来也都凭借着外国文学和文化的素养融入了新文化的气氛之中。只有从世界性的视角才能真正确认,这些表面上的新文化和新文学的反对者,其实是新文化建设中的一股重要的参与力量。

在世界性的定向方面,新文学和新文化拥有了更加广泛的促进力量,形成了更

---

① 胡先骕,《中国文学改良论(上)》,《中国新文学大系·文学论争集》,上海:上海良友图书有限公司,1935年,第103页。
② 胡先骕,《中国文学改良论(上)》,《中国新文学大系·文学论争集》,上海:上海良友图书有限公司,1935年,第106页。

加稳便的统一战线。但在世界性的定位上,却出现了龃龉。激进的新文化倡导者主张用世界化冲击甚至取代民族化,不仅文学创作要学习和模仿外国文学,而且文化观念,甚至语言形态都要放弃民族性而取世界性。如果说鲁迅的那番话"我以为要少——或者竟不——看中国书,多看外国书"①,多少带着对于青年"导师"们滥开"国学书"书单的现象的反驳和讥刺,那么曾盛行一时的"全盘西化论"更是真实地反映了那个时代世界化的文化定位要求。放弃自我,融入世界,是新文化和新文学倡导中世界性观念的一个重要倾向,可以简称为世界化的倾向。自近代以来,这样的观点就相当有市场。梁启超倡导诗界革命之论时,即认为中国诗歌的前途在于以欧洲诗法"易"之:既然中国"诗运殆将绝","今欲易之,不可不求之于欧洲。欧洲之意境、语句,甚繁富而玮异,得之可以陵轹古今……"②在戏剧革命方面,他也提出要以外国戏剧挽救中国剧坛的颓势:"欲继索士比亚、福禄特尔之风,为中国剧坛起革命军。"③到了新文化倡导之际,将世界性定位为世界化的思潮更加明显,在"全盘西化"的理念基础上,极为激烈的言论甚至有废除汉字之议。

　　这种偏激的世界性定位即便在当时也备受质疑,完全不能代表时代的理性。"甲寅派""学衡派"等站在新文化和新文学的侧位进行参议的观点,包括其中过于守旧的阐论,其实正是对这种偏激之论矫枉过正的结果。他们的观点主张在世界性的潮势面前保持自己的优势、特征和价值基点,人文化地、温和地尊重和对待民族的文化遗产。"学衡派"文人指出,"前人之著作,即后人之遗产也"④,在尊重固有文化的前提下,他们对新文化运动仍表示首肯和支持。梅光迪甚至认为,从世界趋势而言,中国新文化建设具有不言而喻的必要性:"夫建设新文化之必要,孰不知之",但"改造固有文化,与吸取他人文化,皆须先有彻底研究,加以至明确之评判,副以至精当之手续合千百融贯中西之通儒大师,宣导国人,蔚为风气,则似五十年后,成效必有可观也。"⑤这番话虽然有些夸夸其谈,但表明了自己的世界性视野和观点,提出了以固有文化为基点,吸收世界文化之养分的改革观。"甲寅派"也从反

---

① 鲁迅,《青年必读书》,《鲁迅全集》(第3卷),北京:人民文学出版社,1981年,第12页。
② 梁启超,《夏威夷游记》,《饮冰室文集》(第7卷),北京:中华书局,1989年,第191页。
③ 梁启超:《中国唯一之文学报〈新小说〉》,《新民丛报》1902年第14号。
④ 胡先骕,《中国文学改良论(上)》,《中国新文学大系·文学论争集》,上海:上海良友图书有限公司,1935年,第106页。
⑤ 梅光迪,《评提倡新文化者》,《中国新文学大系·文学论争集》,上海:上海良友图书有限公司,1935年,第132页。

面作了类似的论证,章士钊认为,"因谋毁弃固有之文明务尽,以求合于口耳四寸所得自西方者,使之毕肖,微论所得者至为肤浅,无足追慕也"。他认为应该立足于本国文化以观世界,以期融入或引进世界文化:"即深造焉,而吾人非西方之人,吾地非西方之地,吾时非西方之时,诸缘尽异,而求其得果之相同,其极非至尽变其种,无所归类不止,此时贤误解文化二字之受病处。"①

必须指出,鲁迅尽管非常重视世界性因素的引进与融入,虽然常以不无偏激的语言攻击传统的"国粹",但他却并不是世界化或西方化论者,他立足于"采用外国的良规,加以发挥,使我们的作品更加丰满"②,主张的是一种"拿来主义"的策略,这种世界性因素的考量仍然是以我为主,而不是放弃自我,融入世界。鲁迅虽然也强调以中国的文化和文学为主体,但与"甲寅派""学衡派"的观点自有很大距离。"甲寅派""学衡派"立足于将古典的传统的文化作为自身的优势参与世界性的文化竞争和文化运作,鲁迅则认为应该接受西方文学和文化的良规,以新创造的世界性、开放性特征明显的文学和文化形态走向世界。

于是,鲁迅在阐述"拿来主义"的时候,一方面批判了所谓"送去主义":"中国一向是所谓'闭关主义',自己不去,别人也不许来。自从给枪炮打破了大门之后,又碰了一串钉子,到现在,成了什么都是'送去主义'了。"③他所批判的"送去主义"是指拿所谓"国粹"向外国人"奉献";但另一方面,鲁迅强调"送去主义"总比"闭关主义"好,后者干脆放弃了世界性的考量,在世界潮流浩浩荡荡的现时代没有任何前途。

鲁迅当时批判"送去主义",是因为"送去"的东西都是他大不以为然的"国粹"。设想如果我们给外国人"送去"的是健康的文化和成熟的文学,鲁迅是否仍然会反对?答案是否定的。鲁迅与"五四"时代那一批启蒙主义者具有强烈的世界意识,这种世界意识建立在这样的文化危机的基础之上,那就是唯恐将来的中国被世界挤出。中国要提升自己在世界上的文化竞争力,一方面须向世界文化和文学学习,以他人之长补己之短,另一方面,也应该积极创造自己的优势,在世界文化的格

---

① 章士钊,《评新文化运动》,《中国新文学大系·文学论争集》,上海:上海良友图书有限公司,1935年,第196页。
② 鲁迅,《〈木刻纪程〉小引》,《且介亭杂文》,《鲁迅全集》(第6卷),北京:人民文学出版社,1981年,第48页。
③ 鲁迅,《拿来主义》,《且介亭杂文》,《鲁迅全集》(第6卷),北京:人民文学出版社,1981年,第38页。

局中显示自身的地位和价值。在这个意义上,鲁迅批判"送去主义",却并不意味着否定和放弃世界参与。其实,没有世界参与意识的人是无法倡导"拿来主义",也无法获得世界性眼光的。

新文学倡导者和参与者有关这种世界性定位的龃龉,决定了他们远不可能达成共识。甚至在后来的文学运作中,有关新文学倡导的论争已经尘埃落定的时候,如何定位新文学的世界性,如何确定中国新文学建设在世界文学中的地位等问题上,仍然存在着很大争议。幸好,新文学世界性的定向是明确的,于是其在发展运作过程中并没有因为定位认知的参差而影响其世界性因素的养成。在新文学发轫之后,介绍世界文学的热忱始终未减,几乎所有文学派别和文学社团都热衷于将世界文学而且是最新的成果引入中国文坛,这方面不仅有《新青年》时代陈独秀对"欧洲文艺"史料的系列介绍,胡适等人对"易卜生主义"的倡导,不仅有《小说月报》通过一个个专辑而显示的对于外国文学的关注和介绍热忱,有文学研究会对弱小民族文学的关注,而且有创造社、沉钟社等对外国文艺乃至西洋神话原型的热衷和借鉴,以及《学衡》杂志社对欧美文学的系列性介绍和推重。

作为汉语新文学的主帅,鲁迅的世界文学意识最为鲜明,也最为成熟。他一直将中国文学对世界文学的吸纳,进而可能促成中国文学与世界文学的对话当作努力目标,其中关于诺贝尔文学奖的议论应最具代表性。

1927年,瑞典科学探险家斯文·赫定到中国考察,其间与刘半农提及,拟提名鲁迅为"诺贝尔文学奖"候选人。刘半农力促其事,转请鲁迅的学生台静农写信征询鲁迅意见。当年9月25日,鲁迅函复台静农,非常谦逊地觉得自己"不配":"诺贝尔赏金,梁启超自然不配,我也不配,要拿这钱,还欠努力。世界上比我好的作家何限,他们得不到。你看我译的那本《小约翰》,我那里做得出来,然而这作者就没有得到。"[①]鲁迅的表述包含着三层意思:首先他肯定诺贝尔文学奖的价值,确认其作为世界性文学奖项的合法性和权威性;其次,他认为中国的文学创作与世界其他国家相比还有很大差距,而中国文学应该将世界文学当作自己的努力目标;再次,他觉得中国文学和文化应该在世界文学和文化的语境下自强不息,不能"因为黄色脸皮人,格外优待从宽"。无论哪一层意思,都表明鲁迅在世界文学意识方面的宽阔胸襟,以及真诚的学习愿望。

[①] 鲁迅致台静农信,《鲁迅全集》(第11卷),北京:人民文学出版社,1981年,第580页。

三、汉语新文学：世界性取向的表达

中国新文学在其发生时期，天然地包含着两大方面的诉求：一是现代性的趋向，二是世界性的倾向。前者包括从文学到文化，从思想到道德的蜕旧变新的紧张感、迫切感和焦虑感，后者则与此相联系，将这种蜕旧变新的内在的思想文化要求，归于为世界求新求变的浩浩荡荡时代趋势所驱动的一股力量。早在近代启蒙时期，最先觉醒的思想家和文学革命家就立足于世界性的倾向和立场，他们的近代意识其实最集中的表现就在于世界意识，其中，最先的自觉者便是驻外使节的黄遵宪，他引导国人拥有近代意识乃至现代意识的便是他的《日本国志》，他拥有如此开放的世界性眼光和近代意识，曾被称为"中国诗界之哥伦布"[①]。人们对这种世界性和开放性意识的认同构成了强烈的近代文学和文化氛围。这也成了新文学的胚胎，也是现代文化意识的先驱形态。由此可见，如果说新文学的现代性总是被有关文学史家所夸大，则新文学的世界性往往被史家和论家所忽略。其实，由近代文学一路走来的开放性的改良思想早就确定，新文学的世界性取向是原则性的和本质性的趋向。

作为汉语新文学发轫标志的白话文倡导，与新文化倡导一样拥有世界性的思路和意识。胡适的世界性意识在白话文倡导中依然十分清晰而深刻。他没有将白话文功能仅仅锁定在天下工农商贾皆通文字之用的通俗实用意义上，而是雄心勃勃地要通过白话文学建设创立文学的国语，说是"我们所提倡的文学革命，只是要替中国创造一种国语的文学"；他援引外国的成功事例，总结靠文学造成国语的意大利和英国等国的经验，并说"法国、德国及其他各国的国语，大都是这样发生的，大都是靠着文学的力量才能变成标准的国语的"[②]。为白话文学更远大的历史意义和世界意义作了精心设计。国语文学的主张不仅具有巨大的历史意义，立意于用富有活力的语言建构通用语的文化自觉；而且也具有鲜明的世界意义，通过国语的建立维护民族语言尊严体现民族语言魅力的良好愿望。只是，他的这种非常有价值的倡导之论没有得到应有的重视和附和，白话文作为国语建设的道路被人为地

[①] 高旭，《愿无尽庐诗话》，《高旭集》，北京：社会科学文献出版社，2003 年，第 544 页。
[②] 胡适，《建设的文学革命论》，《胡适文集》（第 3 卷），北京：人民文学出版社，1998 年，第 61 页、第 65 页。

拉伸得格外漫长。

如果说鲁迅、胡适等在20世纪10年代末和20年代初所秉持并阐述的新文学世界性意识,代表着那个时代最高水准的世界文学观,那么,由于战争的困扰,与战争相伴随的对异国文化的警惕与抗拒心理的作用,以及在重新锁国的情势下必然产生的关门自大心态作祟,世界文学观念和相应的世界性意识便自然处于停滞甚至倒退状态。新时期的改革开放重启了中国大陆文学界的世界意识,而在此之前,台湾、香港、澳门较早自觉地将自己的文学被动地置于世界文学的巨大框架之内。台湾文学自20世纪50年代开始就重续了二三十年代新文学的开放性和世界性余绪,经过乡土文学与现代文学的论争,重新确立了更加世界性的方向,在这里也较早启动了几乎与世界文学大势同步的现代主义文学运动乃至后现代主义文学运动。香港、澳门文学由于天然的开放性,与世界文学的联系则从未间断,世界文学的新潮也在这片相对狭窄的幅员内不失时机地激起过相应的涟漪。事实证明,现代主义诗歌潮流乃是在香港发生激荡,然后在台湾造成轩然大波,而后现代主义诗歌的起点基本可以确定在澳门,然后波及香港、台湾。然而,无论香港、澳门乃至台湾与世界文学直接接轨的现代主义文学,都没能引起世界的关注并成为世界文学的一个有效板块,其原因是,作为汉语文学主体的大陆文学没有能加入世界文化循环和文学潮流的运作之中,台港澳文学在政治定位、文化覆盖力的定量等方面都无法取得代表汉语文学的足够资格。只有到了大陆文学也已开放到直接面对世界文学,与台港澳文学以及海外华文文学连缀成汉语新文学的整一和强大版图的时候,近代和现代文学的先驱者才朦朦胧胧但又非常坚定地意识到世界性关怀可能实现。

先驱者设想过从各种角度将中国文学推进世界文学的宏大运作之中,包括最成熟的鲁迅式的思路:将世界文学中进步、新潮的素质吸纳过来,壮大自己,让中国文学迅速成长而尽快取得与世界文学对话和交流的资格;包括趋向激烈的"全盘西化派"的思路:迅速丢弃自己的文化包袱,甚至连语言文字,在世界化的运作中争取主动;也包括偏向"保守"的新文学家所阐述的路径,应该以中国文化的精神内核锻造为世界文学所难以忽略的文化特产,以此争得自己不败的地位。后一种思潮萌生于"学衡派"时代,延续于"战国策派"的言论,在新时期的新儒学思想影响下得以焕然一新,因而属于卓有影响且富有韧性的文化思潮。"战国策派"代表人物陈铨在世界文学的趋势和框架中这样阐述自己的观点:"站在世界文学的立场来说,一个民族对于世界文学要有贡献,必定要有一些作家,把他们的民族文化充分表现出来。一位作者,在世界文学史上要占一页篇幅,一定要有写作品,代表他民族特殊的性格。英国文学史里面,不需要一个中国人,勉强加进去也没有多大的意义,王实甫和曹雪芹的戏剧小说,在世界文学上,自然有他们很高的地位,然而他们决不是莫利哀和托尔斯泰。他们都是中国人,《西厢记》《红楼梦》真正的价值,就在于他们表现中华民族特殊的文化。"[1]这样的观点对于新文学倡导初期那种试图"加入"世界文学的一厢情愿的世界性意识是一种清晰而有效的纠偏,其强调民族性格的表现的思路也非常值得尊重。但是,是否表现了民族文化品格,就可能取得世界文学格局中的显赫位置?显然问题没这么简单。对于世界文学而言,一个民族的文学得以呈现及其产生影响、获得承认,除了体现该民族的文化品格,还需要展现该民族语言的独特性,表现该民族文明经验的丰富性,以及文体艺术的成熟度。汉语新文学整合中国现当代文学、台港澳文学以及海外华文文学的全部力量,就能将汉语文化的民族品格,汉语语言特性及其巨大的表现力,汉语文化所包含的整整一个世纪的文明经验,以及汉语文学长期锻造的文体形态,以巨大的有力的形质呈现在世界文学的格局中,成为世界文学中不容忽略也不可小视的板块。

单纯从中国现当代文学甚至联合台港澳文学的政治区域性角度考察汉语文学的世界性意义,显然是不够的,因为越来越普遍越来越深入发展的海外华文文学,同样是世界文学格局中不应忽视的内容,这样的内容无法纳入中国文学的自然版图中,但如果排斥于中国文学的文化视野之外,则文化伦理之感会让我们既不忍心也深觉不妥。"汉语新文学"顺理成章地将海外华文文学的全部内容囊括于自己的学术范畴之中,表现出了"中国现当代文学"概念所无法具有的世界性胸怀和世界文学的优势。海外华文文学与中国现当代文学共同拥有着伟大的新文化和新文学传统,共同拥有现代汉语审美思维和审美表达的既成习惯,应该是连成一体的文学现象,但"国族文学"的概念生生地将它们分割开来,只有从"汉语新文学"的新概念出发才有可能将它们圆满地整合在一起。"汉语新文学"的视角是我们的文学研究直接面对世界性因素和世界文学格局的必然结果,"汉语新文学"的概念是中国现当代文学学术面对自身的世界性延展的一种必然的学术表述。

一个民族文学在世界文学格局中的呈现,固然需要呈现该民族的精神、传统,

---

[1] 陈铨,《民族运动与文学运动》,《文学批评的新动向》,台北:正中书局,1943年,第20—21页。

也需要呈现该民族的语言风貌及其特性;与这两者相比,国家身份显然并不重要。在世界文学的意义上,汉语新文学对于汉语文化及其所包含的审美习惯、文化精神的整合意义将超过国家的象征。如果说中国文学在20世纪的世界文学格局中还只能处在学生的位置,则汉语文学以及汉语新文学所显示的自身的语言独特性、思维独特性和经验独特性,毫无疑问将成为与其他语种的文学并驾齐驱的文学种类,成为世界文学中不可或缺的文学板块。作为世界上使用人数最多、历史最为悠久的语言所孕育的汉语新文学,凭借着汉语表述的无可替代性以及巨大的人文覆盖面,在世界文学范畴内是一个无法小视的存在。因此,如果我们的学术定位总是从世界性的视角出发,从世界文学的宏观视野出发,就会非常清晰地明了"汉语新文学"的重要意义:这一概念使得其所讨论的文学现象在世界文学格局中轻而易举地、不言而喻地争回了自己应有的地位,而如果仍然从中国文学的身份进行考察,我们面对博大精深的世界文学时就必然产生学生般的疑惧之感。

我们所说的世界文学当然不是建立在歌德命名的基础之上的,它只是指超乎于本国和本体语言文学范围的世界共同体的文学。每个民族的语言文学都应该在开放的思维中处理好自身与世界文学的关系,并自觉地成为其中的一部分。汉语新文学从其诞生之日起就确定了自己世界性的基本定向,并以巨大的规模、相当的积累、鲜明的特征成为其中不可或缺的内容。只有在汉语新文学的意义上才能更自然地发现,更科学地认知我们的文学之于世界文学的价值。汉语新文学是中国文学具备世界性意识的学术标志。

第六章　汉语新文学的文化归属感

"汉语新文学"的提出与论证,解决了一系列学术困扰问题,包括如何将事实上属于同一个传统的全球汉语新文学写作严整地统一在一个概念之下,甚至是经济地概括于一个学科之中,包括如何有效地避免较为敏感的政治区域的文学史定位及其间统属关系的纠结等,然而随之带来一个相当敏感的问题:这是否消解了通常的"中国现当代文学"概念中关键性国族词语及其所指涵义?确实有必要从学理逻辑上探讨这样的问题,以便消除不必要的非学术的顾虑。汉语新文学因应着现代社会越来越出现移民普遍化和人居自由便利的现实,突破国族地域限制,将汉语新文学的发展纳入整体考察之中,这样可以避免有些离散文学家的归属地含混问题。从这一意义上说,"汉语新文学"概念不仅不可能消解中国的主体和核心地位,而且更强化了在世界汉语文化中的这种主体和中心地位。

一、"汉语新文学"概念对"国族文学"概念的弥补

"汉语新文学"概念的优势,主要体现在其简洁而明晰的概括性,并且消除了其他概念所难以克服的歧义。沿用数十年的"中国现代文学""中国当代文学"概念,无论是在语言内涵还是地域外延上都存在着难以弥合的空隙和无法回避的歧误,需要"汉语新文学"这样的简洁而明确、准确而清晰的概念予以纠正。

从语言内涵方面说,学界其实已经质疑过很长时间:号称"中国"现当代文学的学科或研究领域,实际上一直都约定俗成地放弃了对汉语文学以外的中国其他民族语言文学的涵盖。这种放弃一开始乃是迫于学术准备上的缺陷:中国现当代文学研究者中缺少少数民族语言专攻的人才,他们基本上没有能力将各少数民族的语言文学纳入中国文学的范畴加以研究,于是只得在学术上无奈的放弃。这样的放弃慢慢消湮了无奈的成分,变得理所当然和理直气壮:似乎中国现当代文学只需

要关心、聚焦作为其主体的汉语新文学。如果说前述学术上的无奈之感多少还情有可原，那么久而久之形成的这种理直气壮地将少数民族语言文学排斥在中国文学之外的做法及其相应理念，是无法谅解甚至是无法容忍的学术误区。就迄今为止进入学术视野的绝大多数中国现当代文学研究成果而言，就中国现当代文学研究的主体力量及其学术背景而言，就中国现当代文学的总体格局及其有系统的学术呈现而言，号称"中国"的现当代文学研究其实只局限于汉语新文学的研究，"汉语新文学"才是这一学术领域或这一学科准确而简洁的概括。这样的概括实事求是地承认了中国现当代文学研究现状所凸显的语言内蕴、文化特性，以及其所能抵达的实际的学术范围，避免了原国族概念所可能带来的政治迷误和理念纷扰。

在现有中国现当代文学的学术格局中，即便能意识到国族概念的能指意义，将少数民族语言的文学纳入其中，依然不能起到有效的补偿作用。少数民族语言文学由于受众群体的有限性和创作队伍的有限性，整体的创作水平和艺术突破力往往不能与汉语文学构成足够的能量比例，以至在中国新文学史的发展过程中占据相当的地位。将再多种类的少数民族语言的文学纳入中国现当代文学的总体叙述中，也往往很难使得这段文学史的学术格局发生多大的改变。这就意味着，正常的或业已相沿成习的中国现当代文学史，很难在加入少数民族语言的文学创作等方面作微调处理之后，便可真正担负起名副其实的中国现当代文学历史叙述的使命。中国现当代文学史在目前的条件和情形下只能展示出汉语新文学史的基本学术格局。这是一种学术的现实，也是一种学术的无奈：中国现当代文学研究界只能长期以来以中国现当代文学研究之名而行汉语新文学研究之实，"汉语新文学"概念的运用不过是在更加精细和更加准确的意义上对中国现当代文学作一种学术本真的框定。

从学术概念的外延方面言之，汉语新文学克服了地理和政治意义上的"中国"地域的局限性乃至在不同语境下可能形成的纠结，将以现代汉语为载体的新文学在超空域的意义上统一了起来。在人们习用的"中国现当代文学"概念的外部关系上，台港澳从来就是中国不可分割的一部分，这样一种无可争辩的政治地域概念却难以落到实处。研究中国现当代文学的许多学者并不将台港澳文学纳入自己的学术视野，这样一种不正常的现象现在仍然不断出现，以至于在官方主导的重大研究和编撰项目中也会出现这种尴尬局面。随着香港、澳门以后对内地文化认同及参与度的增加，随着台海局势的和缓以及相互间融合度的提升，"中国现当代文学"的学术格局中忽略台港澳文学地位和身份的错误越来越得不到原谅,无论是地理意义还是政治意义上的"中国"地域问题越来越趋于严肃化,在这样的情形下,以汉语语言揭示当代文学的文化归属,轻而易举地规避了国族归属所必然带来的严肃性、敏感性。这也是现当代文学研究以及台港澳文学研究回归学术自身的一种概念保证。

如果说"中国现当代文学"由于其国族概念必须将台港澳文学从地理意义和政治意义上纳入其中,则相应地,同样由于这种国族概念,必须将习惯上称为海外华文文学的文学现象排斥在外。海外华文文学被排斥在中国现当代文学之外,在地理概念和政治概念上当然属于理所当然,但在日趋复杂的学术现实之中,同样会遇到许多难以梳理的纠结。首先,海外作家的绝对流动性与所属地域的相对稳定性构成了明显的悖论关系,这种悖论直接影响人们对其文学的国族属性的定位,只有"汉语新文学"的概念能够理顺并克服这样一种悖论关系。随着"地球村"现象的普遍以及当代社会生活中人才流动量加大,流动频度和幅度增大的趋势的出现,以非中国文学的政治待遇对待海外华人写作越来越呈现出某种尴尬甚至是无稽的局面。许多汉语文学写作者游走于各个地区和国家之间,或以异国为临时寄居地,或以故国为临时居所,他们的文学创作行为也常呈现这样的游走状态,因而将他们的作品从国族、地域概念上作中国的还是非中国的界定都可能显示出武断乃至荒唐。白先勇早已是美籍华人,他的文学创作在国家归属意义上当属于美国的少数族裔文学,但是否就可以据此将他的创作从台湾文学也即中国文学的领域排斥出去?显然不能。一方面,白先勇的文学创作起步并成名于台湾,大量的文学作品创作或发表于台湾,其中有相当多的作品是在广大的中国地区产生较大影响,无论这些作品是否创作于美国,它们已经历史地构成了中国文学或台湾文学的重要现象,因而将这些作品从创作地及作者的公民身份角度考量算作非中国文学或非台湾文学显然并不恰当;另一方面,就具体作家具体作品而论,一定从创作地及创作当时作者的公民身份来论定文学的国家归属,则在高速流动性的世界势必将一个作家的创作切割得支离破碎,而且带来许多无法确定的问题,譬如,海外作家在故国与异域迁徙、流动过程中的写作应该如何算?难道仍然依据他的公民身份算作异国文学?越来越多的例证表明,有不少华人文学家常处于流动状态,要真正确认其身份所属往往就是一个很麻烦的问题。

其次,与此相联系的一个问题是,即便作者的异国身份相当明确,其创作地乃至发表地也非常清楚地确定在其长期居住的国度,立足于"中国"的研究者是否应该而且能够将这种海外的华人写作和华文文学截然从中国文学的范畴中切割出来,算作外国少数族裔文学的一个类别?也许从法律角度看这样做并无不当,然而文学的存在毕竟不能等同于法律的存在。文学是文化的结晶,它除了表现一定的国族意识和政治理念而外,还主要表现人们的文化认同心理和深刻的生命感兴,而国族意识和政治理念等往往都需要通过复杂而深刻的文化认同心理和生命感兴加以体现,因此,文学中体现的国族法理,特别是与文学家个人政治归属相关的种种意识,往往并不会像国籍和身份的认定那么简单。正像前文已提及的那样,20世纪50年代,周策纵以及其他在美国纽约的中国留学生组织了白马文艺社,在汉语文学写作方面显得积极而活跃,胡适对此非常赞赏,称"白马社是中国的第三文艺中心"[1]。胡适心目中的另外两个"中国的文艺中心"则分别在中国大陆与台湾。从国体法理而言,胡适的断语有明显的错误,白马社当时组织和活动在美国,虽然由中国人主导,但怎么能算是"中国的"一个文艺中心呢?其实,胡适的表达固然有欠严密,他实际上想表达的是,白马社乃是"中国文艺"的第三个中心,这里的"中国"已经不是一个明确的国体概念,而只是汉语文化和文学的另指。即便是这种不够严密的表达,也仍然无可厚非:对于身处海外的华裔文学家而言,当去国怀乡之思只能在异国异乡遥远地、凄楚地诉说,由于地理的阻隔和政治的区隔,客观上无法在地理意义上的中国文学大家族中占据自己的一席之地,其唯一可能的安慰便是,他们的作品毕竟还是汉语文学世界里的一个部分,毕竟需要得到那个高密度地使用汉语的中国或祖国的关注和认同。这是文学和文学家特有的文化归属感的表达,这样的表达往往与法理的严密没有紧密的逻辑关联。

二、汉语新文学的故国归属感及其必然性

对于故国的语言文学和文化怀有明确的、深刻的甚至是难以逃避的归属感,这是海外汉语文学家的民族心理自然而真切的表露;其中既包含着相当热烈的文化情感,也体现着某种相当鲜明的文化规律。"汉语文学"和"汉语新文学"之类的概念一方面拆解了国族文学观念所必然设定的有形与无形的国境障壁,可以让海外汉语文学家的这种归属感得到淋漓畅快的实现,另一方面也更进一步鼓励了各区

---

[1] 据周策纵回忆。见王润华:《被遗忘的五四:周策纵的海外新诗运动》,《文与哲》2007年第10期。

域的汉语文学写作者对于汉语文化中心地的归属心理,并会大大强化全球汉语文学对于汉语文化中心地——中华故国的归属感。对于汉语新文学而言,由于其文化和文学的发祥地,以及最大读者群居地都明确在中国大陆,其最终的文化归属地也就无可争辩地指向中国大陆。于是,"汉语新文学"在概念表述上虽然略去了"中国"的主导语,同时也略去了"中国"概念的限制性,不过中国中心的地位反而得到了理念的加强,得到了预设性的阐释,得到了无可争辩的认同,甚至得到了切实的提倡。

如果说中国作为华人社会的心理中心,则这个中心就具有了华人和汉语使用者"集体认同的象征单位"的某种意义,①也就必然成为华人世界文化归属感的对象。文化归属感是一种复杂而普遍的社会心理现象,它与人的政治归属感、宗教归属感这两种最为明显的心理文化倾向有着密切的联系,但范围比这两种归属感更广、更深,表现方式也有显著的不同。所有的归属感往往都需要具体的聚焦物。政治和宗教的归属感往往聚焦于一定的人格化对象和与此人格化对象密切相关的方位地点。因为这两种归属感常常是通过信仰加以实现的,信仰及其神圣化的结果要求归属对象的人格化和具体地域的明确性。这就是耶稣、穆罕默德、圣母玛利亚、释迦牟尼乃至于有些受到政治敬仰的领袖和英雄受到神化性聚焦的内在依据,也是耶路撒冷、麦加等地成为信众心目中的圣地的基本原因。文化归属感由于并不以信仰为中介力量和价值实现方式,就不会对人格化的对象作过于明确的选择,更很少在人格化的对象身上投诸强烈的情感倾向。因此,在儒家主导的文化环境中,如果将孔子作人格化的神圣加以信奉,那便是类似于孔教之类的宗教现象出现的征兆,这样的文化归属感聚焦于人格化的神祇,并且酝酿成了一种造神的力量和势头,从而演变为宗教性的归属感。对于儒家文化真正的文化归属感,并不重点聚焦于孔子或孟子这些人格代表,而是聚焦于儒家经典,聚焦于这些经典阐发的种种价值理念,以及与此相关的各种文化事件,还有经由这些文化事件积淀而成的某种文化情结。

文化归属感作为民族和种群集体无意识的体现,往往与某种文化事件所凝结成的文化情结相关,其聚焦的常常是这种特定的文化事件和文化情结的主体(不一定是人格化的对象),以及发生这种文化事件与文化情结的特定地域。文化归属感

---

① 詹秀员,《社区权力结构与社区发展功能》,台北:洪叶文化事业有限公司,2002年,第26页。

通常由文化认同和文化习俗所决定,不过对人格化的对象聚焦并不明显,而对于文化事件和文化情结的原发地的聚焦却非常强烈。汉语新文学的归属感与"五四"新文化运动紧密相连,与《新青年》《新潮》《小说月报》《晨报副刊》等优势和强势媒体的历史召唤力紧密相连,与"打倒孔家店"、批判以孔教为中心的传统文化这样的文化事件紧密相连,与白话文运作紧密相连。这些与其说是新文学的传统,不如说是新文学文化归属的目标,是新文化和新文学赖以发生、发展并走向强盛,并形成新的伟大传统的重大文化事件及其象征。对于这些文化事件的归属感往往并不一定与理性认同相同步,它经过较为漫长的历史积淀,已经成为一种深厚的文化资源作用于人们的历史记忆,决定着汉语新文学的运作方式和基本模态,以一种习惯的力量和传统的态势加入了新文学历史格局、话语内涵和思维趋向,几乎成为汉语新文学家及对汉语新文学的认同和关注者难以祛除和难以逃避的心理情结。凡是要认同新文学并研究或言说新文学,都往往会以这样的文化事件和早期新文学运作作为基本话语资源,判断新文学的价值,也往往以这样的文化事件和文学运作所包含的价值理念和文学倾向作为基本依据,这就是汉语新文学文化归属感的体现。

虽然汉语新文学在不同时代和不同区域的文化归属感的归属层次并不一样,由台湾离散出去的新文学家也许在一定的历史背景下和一定的政治气氛中会有条件地归属于台湾及相应的文学事件,然而对于这类新文学家而言,只要他们有足够的知识积累和理论修养,自然会清楚地知道,对于台湾文坛的这种归属感属于第二层次,真正铸成他们所从事的文学工作的精神资源和文化情结的,是更早更大的新文化事件和新文学发轫性的运作,那种历史记忆与上海、北京等特定空域,与这些特定空域在"五四"时代及后来各个重要时代的文学现象建立了紧密的精神联系。总之,汉语新文学的真正归属感聚焦于现代中国,聚焦于其最初的发祥地相同一的空域及其所包含的一系列文化事件。

汉语新文学对于"五四"新文化运动和文学革命以及新文学运作的归属感是那样地普遍而明确,以至于分处于不同区域的人们,只要一提到"汉语新文学"及类似概念和话题,即便不考虑那里拥有为数最多最为密集的读者群,即使不考虑中华文化的区域象征性或民族精神家园的意义,也自然会将思维的焦点聚集到中国大陆,将联想的目标锁定于中国大陆。无论从文化"寻根"的意义上还是从概念语感的层面上,中国大陆作为汉语文学的归属地乃是一种必然,是一种不容置疑的现实认知。从这个意义上说,"汉语新文学"的概念不仅没有削弱"中国"的中心地位及其象征意义,而且是在一种不言而喻的逻辑层面上凸显了这种中心地位和象征意义。

汉语新文学的这种文化归属感经历了历史风雨的淘洗,经历了时代激荡的冶炼,但这一切都不可能使之发生焦点和方向的改变,而可能使之更趋于成熟、稳定。汉语新文学文化归属感的成熟和稳定表现在,它终于没有走上政治或宗教归属感的路径,没有通向对人格化对象的塑造和神化。新文化运动是汉语新文学文化归属的主要文化事件,但发起这一文化事件的大多数先贤都没有成为人们心理归属聚焦的对象。陈独秀尽管在文学革命和新文学建设中发挥了巨大的历史作用,但他的历史作用从来只是在历史认知和历史研究的意义上被确认和肯定,并没有成为新文学崇尚甚至信奉的对象。胡适是新文学建设的开拓者,他的白话文倡导对新文学的建设起到了根本性的决定作用,但他从一开始就似乎是新文学家所批判的对象,对他历史功绩的惦念总是伴随着他在文学和文化方面种种失误的认知,于是当他离开大陆到台湾之后,即使远离了两岸政治敌对的历史状况,人们也不可能将新文学的归属地与这位文学革命家晚年的栖息地联系在一起。即便是被称作新文学旗手的鲁迅,也从未成为新文学文化归属的人格化代表。鲁迅离开上海和北京,流寓厦门和广州期间,人们在研究那一段文学史的时候并不会因此将归属地跟随着鲁迅的足迹而作感觉上的迁移。鲁迅在许多人的心目中具有不容挑战的神圣感,但除了在不正常的政治气氛之下,对鲁迅的质疑与批判又确实很少酿成文化事件,这同样是新文学成熟的文化归属感的体现:处身于文化事件和文化情结中心的对象并不是归属的人格化对象,与新文学相关的一切人物都将会拒绝被神化的结果。

总之,汉语新文学的归属感建立在文化归属感而不是政治或宗教的归属感方面,它不是以人格化的对象为聚焦点,不是以神化运作为旨归,而是聚焦于与新文学传统密切相关的文化事件,以及这种种事件构成的文化情结。这是现代汉语文化走向成熟的标志,也是汉语新文学必然归心于祖国大陆的根本原因。

三、汉语新文学文化归属感的学术意义

揭示和研究汉语新文学的文化归属感,是现有条件下开展有关学术思考和学术开拓的应备课题。因为"汉语新文学"概念用语言范围取代了国族认知,这是经不起任何象征性解读的学术努力。为此,不少学者带有与学术良心相关的隐忧。学术上的"一名之立",之所以需要"旬月踟蹰",就包含着这样的意思:新名目的提

出往往带着太多隐忧,特别是当代社会学术问题往往包含着各种敏感的话题。对中国本土文化归属感及其必然性的论证有助于克服"汉语新文学"概念的这种时代性的隐忧,使之关涉的各种问题回归到学术本体展开讨论。

汉语新文学的文化归属感论证,不仅给这一概念的学术安全提供了某种保证,而且也为汉语新文学史的研究提供了新的思路,对汉语新文学史的种种现象提供了新的阐释空间。对于新文学在其发轫期所拥有的文化积淀,对于其历史对后来整个汉语新文学界产生的影响,曾一度从新的文学传统,也即"中国现代文学的伟大传统"的角度进行分析,①这样的分析取得了一些成绩,但难以真正深入下去,盖因新文学传统的分析虽然有效地解决了新文学与传统文学之间的对等资格问题,但新文学传统中的许多因素未必符合文学发展的基本规律,未必符合未来新文学发展的前进方向,所以这样的传统是否需要或值得继承与发扬的问题就成为绕不开避不过的敏感话题。这或许是新文学传统的研究课题难以深入展开的学术症结。汉语新文学的文化归属感同样与新文学发轫时期的文化事件和文学记忆有关,但由于带着某种难以逃避的文化"宿命"的因素,就不会直接牵涉到其当代继承和未来发扬之类的价值命题。它所表述和描摹的仅仅就是历史的某种记忆,甚至是一种特定历史时期的社会文化心理情结,因此缓解了对其进行当代价值判断的紧迫感。对于"五四"新文化运动,对于文学革命和白话文运动,新文学界如果将它们当作传统加以阐释,就容易出现评价的纷乱,出现价值的龃龉,而如果将它们当作文化归属感的对象,则可以包容各种各样的评价与价值解读。这就解释了,在新文学和新文化的历史研究中,我们为何既不能众口一词地肯定"五四"新文化运动和新文学运动,同时也不能率尔离开这样的历史文化事件。一个说得过去的解释是,它们虽并未充分彰显新文化伟大传统的价值功能,但毕竟是新文学文化归属感的聚焦点。对于文化归属感的聚焦点,人们大可以怀着批判的态度,但就是无法绕过,无法摆脱,无法遗忘,一切言说及其内在的动机都须从它开始,一切情感的原态都与它密切相关,包括鲁迅创作在内的一大批杰出文学作品,都会显露出作家对于故乡的如此复杂的态度,这样的态度所展示的正是文化归属感的心理现象。

研究汉语新文学的文化归属感,可以使得新文学创作的空域背景现象得到更深刻的凸显。文学研究界一般较多重视文学创作和文学运作的时代背景,较少关

---

① 参见拙文:《论中国现代文学的伟大传统》,《中国社会科学》2002年第1期。

注文学的空域背景。一个作家的创作可以不明写他所处的时代状貌，但时代的风云际会一定会在他的作品中得到或显或隐的展现，这是文学研究中普遍关注的时代背景。同样，一个作家的创作可以不明写他所由来的区域，但特定空域的文化环境一定会对他的创作造成或显或隐的影响，这就是文学研究中常常忽略的空域背景。文学的时代背景和文学的空域背景对于文学主体而言，就是其文化归属感的完整体现。一个作家无论漂流何处，无论处在何种状态，他的写作总以他最初相关的知识结构及其所揭示的特定时空背景为基本归宿，无论他是否认同这样的特定时空背景。如果说文学创作的时代背景与作家个我所处的时代环境密切相关，文学创作的空域背景与作家个我所处的社会环境密切相关，则作家的知识结构所揭示的时空背景却会超出作家的个我，而与一种语言范式、思维范式兴起之时的文化记忆紧密相连，这就是文化归属感的必然聚焦现象。从这个意义上说，无论作家身属何处甚至身属何国，无论他的文学创作以怎样的时代和空域作背景，但他总是会将新文学产生并发生影响的那样一系列文化事件和与此相关的文化记忆当作这种文学共同的时空背景，产生聚焦于斯的文化归属感。这种文化归属感对于汉语新文学家而言，就是他们共同的时空背景，这种时空背景只能与新文化运动等文化事件和文化记忆相关联。这就揭示了汉语新文学必然不言而喻地归属于和聚焦于中国本土的必然性。

　　汉语新文学的文化归属感与常见的政治归属感和宗教归属感拉开了距离，其关键之点在于这种文化归属感拒绝了人格化的崇拜取向。陈独秀、胡适"一班人"即便是对于狂热追求新文化的新文学创造者和捍卫者而言，也没有成为崇拜的对象。这样的学术阐论有助于审视鲁迅的文学地位。鲁迅在许多意义上都可以被视为汉语新文学之父，汉语新文学的各种运作，各式创作和理论批评，都可以在他的精神资源中找到合理参照。但是，鲁迅从来就没有被当作人格化的神祇，即便存在着对鲁迅的崇拜心理，也很少有人将这种崇拜上升到伦理性的层面。这里包含的社会心理和文化现象可以通过新文学的文化归属感所具有的特性来加以阐释。

　　还原到写作的现场，还原到文化的生态，汉语新文学的文化归属感其实彰明较著：即便是一个与中国文化没有很深渊源的外国作家，如果他有自信进行汉语写作，则他的自信一定不能从他本国本民族的读者那里获得，而是从华人居住地和中华文化圈获得，从汉语世界获得，最终从中国大陆这样一个汉语文化归属地寻求并试图获得正统而权威的肯定。

为什么会形成这样一种"异国"的文化归属感？社会心理学家认为，人们"与环境有关的认知会并入自我概念中"①，而进入汉语写作状态就必然在自我概念中融入了汉语环境的相关因素，这时写作者"自我的主观感觉不只由人们与他人的人际关系来定义和表现，也经由个人与不同物理环境的关系来定义和表达"②，这就意味着，汉语写作者必然会将他们认同的汉语语言环境融入自己的主观感觉之中，在这样的情形下，远离汉语环境就会形成他们的某种焦虑。"焦虑最主要的成因或许是对身体疼痛或某种社会拒绝的预期与恐惧"③。为了克服对于汉语社会特别是其核心层"拒绝"的恐惧这样的焦虑，汉语写作者必然会设法将自己的写作归属感和认同寻求目标设定在中国。在中国学习外语的写作者同样如此，如果他的外语写作不是语言教育的示范，而是一种外语文学的写作，则他的文化归属感只能疏离于故国，而聚焦于与其所习语种相关联的文化中心地以及相应的文化记忆，没有或缺少后者，他就无法克服内心的焦虑，无法获得使之最终成功的写作自信。语言是一种文化，"文化即人的创造，包括人所创造的物质产品、社会存在和精神现象及精神产品"④。语言属于这其中的社会存在，它最准确地表达着一个民族的文化结晶，同时又代表着这种文化本身。因此使用一种语言进行写作，很难排斥对这种语言所代表的文化及其文化核心区域产生的归属感。

　　在上述对于汉语新文学的文化归属感的论证中，尚没有考虑到生硬的意识形态化问题，虽然这方面的考虑可以更加有力地强化汉语新文学对汉语核心区域文化归属感必然性的揭示。当中国学者敏感地绕开意识形态话题以淡化国族意识的政治色彩之际，美国思想家丹尼尔·贝尔却在提醒人们：地域性和工具性已经成为当代意识形态的中心，"旧的意识形态背后的动力来自对平等的追求，广义的说，便是对自由的向往。新的意识形态的动力则来自经济发展和国家权力"⑤。虽然未必一定要从"国家权力"的角度论证其对于汉语新文学的影响力，但这样的影响力和作用力至少也难以否认。

---

① ［美］Kay Deaux 等，《九〇年代社会心理学》，杨语芸译，台北：五南图书出版公司，1997年，第646页。
② ［美］Kay Deaux 等，《九〇年代社会心理学》，杨语芸译，台北：五南图书出版公司，1997年，第647页。
③ ［英］Michael Argyle 等，《社会情境》，张君玫译，台北：巨流图书公司，1997年，第367页。
④ 张尚仁，《社会历史哲学引论》，北京：人民出版社，1992年，第278页。
⑤ ［美］丹尼尔·贝尔，《西方世界意识形态之终结》，杰夫瑞.C.亚历山大等，《文化与社会》，吴潜诚编，台北：立绪文化事业有限公司，1997年，第346页。

四、汉语文学、汉语新文学与世界华文文学

近代以来,列强肆虐中国的边疆领土零零散散,丢丢拉拉,不过这倒并没有引起文人们太多的注意,除了一些本来就有些感伤的诗人如闻一多为分离出去的澳门等唱过著名的《七子之歌》,当然还有其他一些无关痛痒的感慨,一般的文人尽管下香港,到台湾,走南洋,赴欧美,有的是故乡缠绵和故国之思,多的是对异地景色和异域风情的留恋,哪来那么多"领土"意识、"族群"情怀?他们那时候看港台和海外的中文作品,一般不会视同化外,另眼看待。谁能设想,同一个林语堂到了美国,同一个郁达夫到了南洋,同一个萧红到了香港,同一个梁实秋到了台湾,他们的相关写作就立刻成了北美华文文学、新马华文文学、香港文学和台湾文学,也即成了中国大陆本土以外的"台港澳暨海外华文文学"的当然内容。但不幸的是现在这样的认定成了铁的事实,成了不容置疑的文学史现象。

这样一种尴尬的现象显示出现代人过于看重国族界限,看重人们各自所属社会的政治和文化的区别。其实,这样的界限和区别远远小于不同语言之间的差异。现代人所到之处,应该觉得最重要的差异和最不方便的地方乃是语言,于是掌握别国的语言遂成了一种特技,一种了不得的本领,将各种外语连同其所承载的外国文化深深地印刻在自己的著述中,涂抹在自己的口头上,以示渊深博学,以示见多识广。确实,语言的差异是将世界上的人群以及他们的精神创造特别是文学进行分类的最重要也是最可靠的依据。

也许有人会说,除了语言之外,文化认同的差异恐怕更为重要。这是当代人文化神化和泛化的思维所必然形成的迂论。其实可以设想,如果各个国家之间都使用一种语言,比方说对我们方便一些的汉语,没有了语言的障碍,那情形会是怎样?李汝珍《镜花缘》中所写的奇国异域数十处,一般总是"只见人烟辏集,作买作卖,接连不断。衣冠言谈,都与天朝一样"。即便两面国,满是两副面孔的怪人,言语与"天朝"也仍然相通。到了黑齿国,只见"其人不但通身如墨,连牙齿也是黑的,再映着一点朱唇,两道红眉,一身红衣,更觉其黑无比",但礼仪俨然胜过天朝,男女各行其道,并不交言斜视,黑人女子讲古论经,深奥异常,不仅知《论语》"愿车马衣轻裘"之"衣"应读平声,更知《易经》注疏除子夏《周易传》二卷外,尚有93家;讨论反切,更是难住了天朝文士,以至于黑女士用"吴郡大老倚闾满盈"的反切谑语嘲讽问他们譬如"问道于盲"。总之,唐敖、多九公等人虽然漂洋在外,屡遇险象,但他们乐不

思蜀,游荡不懈,其原因乃是海外新异无限,而语言基本通畅,很少遇到文化认同的问题。这种乌托邦式的文化想象固然与"普天之下,莫非王土,率土之滨,莫非王臣"的文化乐观主义传统观念有关,更重要的是作者不自觉地展开了这样一种假想:如果语言通达,在一定程度上的文化认同就不会成为问题。

这是否意味着,文学和文化与语言的关系,其紧密程度往往会大于与国别的关系。只要语言相通,即使是山陬海筮,天涯地角,人们尽可以感受到风物怪异,世俗奇特,然而文化感性则会趋于相同,文学除了题材和色彩的地域差异外其表达很可能会非常趋近。对于非英语读者来说,英国文学和美国文学的差异不就是在有限的地方色彩和生活题材方面才能显示出来?世界范围内的汉语文学也应是如此。

现代人离不开地域文学和国族文学观念,而不愿意直接从汉语等语言的立场上确认文学的属种关系和基本概念,与各地种种狭隘的政治观感密切相关。除了我们不便讨论的政治观念而外,一个重要原因是各地汉语文人在文化观念的"中心意识"上各不相让。

著名的北美华人文学批评家陈瑞琳曾指出:"谁也不能否认,中国文学的洪流巨波到了20世纪的下半叶自然地发生了分流的现象,由本土伸向港台,继而延向海外,形成了鲜明的地域性文化特征。"这样的判断值得商榷。第一,这种分流现象其实早就存在,哪里会等到20世纪下半叶?第二,各个板块的华文文学固然与中国文化传统有着割不断的联系,但很难说是由中国本土伸延而成的一个个终端。其实要强调各个板块的"地域性文化特征",如果不将意识形态因素考虑在内,西北黄土地的文学(且不谈少数民族文学)与以上海为中心的吴文化文学之间的地域文化差异性,恐怕会远远大过香港、澳门文学与以广州为中心的华南文学之间的那种差异,更会大过港澳文学与东南亚华文文学之间的差异。正因如此,所有关于世界华文文学板块的分析都未必靠得住。陈瑞琳告诉我们:"海外华文作家的写作阵容,常常被学术界分为四大块,台湾、香港、澳门海峡为第一大块,东南亚诸国的华文文学为第二大板块,澳洲华文文学为第三大块,北美华文文学为第四大块。"[①]她是为了突出自己所在的北美华文文学的地位,说是欧洲等地的华文文学还只是星星之火,未能形成阵容。周宁显然不同意这样的四大板块说,他觉得"世界华文文学"由三个中心(中国、东南亚、欧美澳华人社会)和一个中介带(由台湾、香港、澳门形成

---

① 陈瑞琳:《海外新移民文学纵横谈——陈瑞琳访谈录》,《世界文学评论》2006年第2期。

的传播和交流世界华文文学的枢纽)。这一说法显然不会让陈瑞琳满意,因为他将北美华文文学与欧洲和澳洲的华文文学混于一体,而且都归结为"仍处于初始状态"。周宁这样的说法我也觉得有问题。且不说北美华文文学是否真的处于"初始状态",将东南亚和美欧澳的华文文学算作"中心",而将台港澳反而算作"中介带",像是一条不连贯的走廊,华文文学的各种信息都是从这里像风一样吹过,像水一样流过,然后就分别归向于别的"中心"去了,这能让人相信吗?

只要提出"中心"概念,许多地块的文人一定会起而争之。凭什么你那里就是中心,而我们这里就不是? 2002年在新加坡国立大学召开的第二届亚洲学者会议上,就出现了除中国大陆学者以外各地学者纷纷强调各自所在地域的中心意义的情形,我记得大家引用得最多的就是前不久去世的赛义德学说。没有人详细地论证过处在"中心"的好处,大家来争这个中心,更多的恐怕是为了脸面上的好看。我游南洋时每见到台湾相思树,长得高大威猛,郁郁葱葱,而到了台湾,相思树固然很多,一般都低矮瘦弱,远远没有在南洋的那股气势和活力,这样想来,处在"中心"的相思树未必很有优势。文学和文化如果也是如此,那争中心或者太多的中心意识实在没有什么必要。

相对于中国文学兴起的台港文学——台港澳文学——东南亚华文文学——北美华文文学——日韩华文文学——台港澳暨海外华文文学——世界华文文学,还有世界华人文学等,所有这些名词概念无不包含着各种各样的有意义和无意义的中心意识,因而也常常发生纷争,带来许多无谓的学术困扰。如果能够跳出"中心"意识的束缚,甩开各种文化中心的包袱,把华文文学就当作是用华文进行创作的,在语言上有别于用英文、法文、德文、意大利文、俄文、梵文、日文……进行创作的文学类别,这样理解起来岂不省事得多?岂止省事而已,也明白得多,科学得多,如果我们将有可能引起国族歧义的"华文"改成更加明白清楚的"汉文",那么"汉语文学"完全可以涵盖上述所有概念,并且可以弥息许多无谓的纷争。当文学的种类再也不以国族、地域为依据进行划分,而只是以语言作为标识以后,任何关于"中心"的争执都变得并不重要,作家的身份也就免除了许多尴尬的纠缠,例如,白先勇到底属于台湾文学还是北美华文文学,大体上说都有一定的道理,但严格说来其实无法确定。没有必要将白先勇的护照拿来比对他作品落署的日期,凡是在台湾写的就是台湾文学的内容,到美国写的就是北美华文文学的作品,如果在十几个小时的飞行途中写的,那又算什么?此外,有关"华文文学"与"华人文学"的纠结也迅速迎刃而解，至于作家写作的题材、生活的资源以及作品展示的场景与各个地域文学的关系问题，也就有理由不再纠缠。以语言作为文学种类识别标识的优点是避开了这一类地缘上难以确认的困扰，更重要的是避开了许多政治因素的干扰，真正让文学回归到文学自身。当我们用"汉语文学"这一概念指称所有使用汉语言进行创作的文学作品和相应的文学现象时，各地地域色彩的写作仅仅在文学题材和文化话语意义上获得了学术认知的合理性，其他硬要辟出什么"××文学"来进行别出心裁的独立，只能热闹一时，终究会自己也觉得无聊。

当然应当尊重不同地域华人合理的国族意识和文化认同，在文学中体现这一类意识和文化认同也是一种必然。但是，据此就将不同地域的文学径直以"××文学"或"××华文文学"另加命名，理由并不十分充足。谁也不能保证被称作"××文学"的就一定是以这××地域的国族意识或文化认同为文学内容的作品，还有大量远离甚至排斥这类意识和认同的作品存在，全都包含在这种相对狭隘的特定文学概念之下，显然不合情理。其实，文学就其正常的形态最容易突破国族意识，也最应该超出地域性的文化认同，它应从特定地域和种族的人生体验出发，走向梁实秋早就阐明的普遍的人性以及普泛的人类意识，而作为文学出发点的地域性或国族性人生体验只不过是作品的题材和色彩，绝对不是文学的目标和标识。勃兰兑斯(Georg Brandes)所撰的《十九世纪文学主流》，能够将英语文学、法语文学和德语文学统贯起来加以研究，探讨一定时期的文学思潮和基本流向，为我们论定汉语文学并以此取代越来越不干净利落的"台港澳暨海外华文文学"概念提供了一个更有气势也十分成功的范例。从学术研究的角度看，勃兰兑斯可以将不同语言的文学当作一个整体进行研究，我们为什么不可以将凡是用汉语创作和操作的文学当作一个整体进行研究？至于创作，那不是我们所需要过虑的事情——除了少数比较狭隘的政治文学家而外，一般作家往往并不会也不应该将自己的写作预先划归到某种政治属种之中，也即不会是预设为属于"××文学"然后再动笔。

只有一点可以肯定，上述作家的创作早已被命定为用汉语进行，这是一般文学家无法回避的预设，也是他们不愿意回避的结局。在人类文明积累中，所有文学最可靠的区分恐怕只能是语言的分别。世界上有英语文学，有法语文学，有德语文学，有俄语文学，有意大利语文学，有希腊语文学，有阿拉伯语文学，也有汉语文学。这就是世界文学最基本的分别，也是最可靠的分别。在各种语言的文学中当然可以再分出国别文学和种族文学，这是文学史家们各自的兴趣所决定的题目，其实与一种文学发展的历史情形并不一定有很密切的联系。语言逸出它的原乡,随着它的部分使用者漂流到周边乃至于更远的地方,这是最正常不过的社会现象,如同植物种子的随风随水流的神奇旅行,亦如同鸟雀的自由飞翔,它扎根于或栖息于任何一片陌生的土地,只要生活环境和文化环境合适,就会繁衍出文学,一如种子会发芽生根开花结果,一如鸟雀会下蛋孵育繁衍哺乳,这样产生的文学就如同那漂流的植物和飞翔的鸟雀一样,既不应将它们归属为原乡,也不能将它们认定于属地,只能在标本牌上标示为它们"原产于"某地,甚至说"多见"于某个地带,重要的还是它本来就是什么。世界各地的汉语就是这样一类漂流的植物或飞翔的鸟雀,它所衍生的文学只应叫作"汉语文学",而既不能叫作"中国文学",也不宜叫作某一地域的"华文文学"。

是的,也许径直可以称作"华文文学",不过相比之下,"汉语文学"更少国族意识,更少"中心"色彩,更具有一般科学概念的写实性和中性色质。顺便说一句,汉语文学的英文表述应是"Literature in Chinese",这样既区别于已经定型的"中国文学"(Chinese Literature)概念,也能避免英语中可能产生的"华人文学"歧义。

范畴论

第七章　汉语新文学的语言学矢向

近些年,我们一直倡言,以汉语新文学涵盖中国现当代文学、台港澳文学以及海外华文文学,因为以汉语承载的新文学是围绕着现代汉语构建的一个文化整体,体现的是一个以"五四"新文化为宏大背景和精神内涵的伟大传统,无论这样的文学产生在中国大陆还是在台港澳地区,抑或是施展影响于海外世界。① 中国文学回归中国的讨论,是从国族文化的角度在文学批评和文学研究领域确立一种学术上的自主意识,而这种自主意识的具体落实,则应归结到国族文化的基本载体以及基本思维手段:语言——汉语方面。因此,中国文学研究和学术回归到中国,实际上可以在学术逻辑上被演绎为:汉语文学的批评和研究必然回归到汉语自身,回归到汉语自身的魅力和优势,回归到汉语自身的内在逻辑、演变规律和发展前景。

讨论中国文学研究回归中国,或者说让汉语文学研究回归汉语文化,这并不意味着"关门整风",从此割断了与世界文学和外国文学的联系。我的理解恰好相反:新文学从其传统上来说就与世界文学产生了割舍不断的联系,包括鲁迅在内的新文学倡导者所欲急切地建构的文学范式,正是能够自立于世界文学之林的汉民族语言文学。但经过差不多100年的实践,我们应该不难得出这样的观察和教训:无论在创作上还是在理论批评上,中国文学或者汉语文学总是习惯仰视先进的外国文学或外语文学,其结果终究会导致汉语文学创作力的萎缩,相关理论自信的委顿,导致我们的文学自立于世界文学之林的"中国梦"与其实现的距离越来越远。只有充分体现中国风格和中国气派的文学,只有在语言自信、文化自信和学术自信方面建构起自身的文化构架,汉语新文学乃至整个汉语文学的建设才能走上健康的发展之路。

---

① 见《"汉语新文学"倡言》,北京:中国社会科学出版社,2011年。

在这样的话题上,新文学倡导者的自觉意识同样值得重视和尊重。尽管他们的言论确曾带有某种历史的偏激,包括"全盘西化""废灭汉字"这样的过激言论,但经过仔细考察,不难发现其中都蕴含着建构汉语文化自身的合法性、先进性的内容,并非真的要"化"掉民族文化的所有能量,更不是要废灭汉语以及其所承载的文学和艺术形态。也许是绕了一个非常大的弯,但他们的思维立意和理论指向其实都在于如何探索出并建设好汉语文学和汉语文化的规范,使得汉语文学和汉语文化拥有一个能够与其他语种的文学与文化同样优越的地位和价值。新文学倡导者在某些偏激意义上进行的废灭汉字的表层反思,体现着对汉语文化和汉语文学走向现代化走向世界的顶层设计,并同时实践着汉语文学表述的"全"与"美"的深层架构,这一切都精彩地呈现着在世界化和现代化的时代背景下使建设中的汉语新文学回到汉语、回到文学自身的一种艰辛努力。

一、 废灭汉字: 关于新文学世界性的表层反思

先驱者对于汉字的不满甚至憎恶,完全不能成为后人在情感上和态度上离弃中国文化和文学,在理论上和学术实践上以外来文化规范中国文化和文学的借口,因为质之于他们自己,包括"废灭汉字"这样不无偏激的言论,并非出于对整个汉语和汉语文化与文学的否定情绪,而是在汉语文化和汉语文学现代性、世界性的意义上深恨汉字作为器具的累赘,以及作为载体的腐朽、落后。某种意义上说,他们越是偏激地倡导"废灭汉字",越是想急切地建构汉语文化和文学自身的现代规范。

先驱者深知工欲善其事,必先利其器,要使得汉语文化与文学的现代性和世界性建设取得他们所期盼的进步,就必须从汉字的批判开始,必须向作为器具的汉字之繁难开刀。这是从近代以来,特别是从新文化运动以来,愈益迫切的民族文化改革心理催生出的强烈乃至极端的现代化思维的必然结果。从器具方面检讨中国文化,李鸿章可谓开辟了传统。他认为:"中国文武制度,事事远出于西人之上,独火器万不能及。"[①]因此,"中国欲自强,则莫如学习外国利器,欲学外国利器,则莫如觅制器之器"。与他持有相似见解的有薛福成,他在《筹洋刍议·变法篇》中认定中国的伦常道德远在西方之上,西方只是器艺超过中国,故应当"取西人器数之学,以卫吾尧、舜、禹、汤、文、武、周、孔之道,俾西人不敢蔑视中华"。这时候,近代改良主义

[①]《筹办夷务始末》,同治朝,第25卷第9页。

者还保持着一种来自于传统文化的制度自信甚至道德自信,只是认为所使用的器具,具体到兵器或技艺,不如别人而已。这样的思想衍生出对于汉字这一工具的检讨,导致新文化运动人士继承改良主义的器具反思思潮,顺理成章地展开对于汉字这样一种特殊工具和技艺的反省和批判。

新文化运动倡导者的文化现实主义认知显然比近代改良主义者更深刻、更彻底,他们透过"器具落后"说,更清晰地看到了旧有文化较为普遍的落后情形:"我们如果还想把这个国家整顿起来,如果还希望这个民族在世界上占一个地位,——只有一条生路,就是我们自己要认错。我们必须承认我们自己百事不如人,不但物质机械上不如人,不但政治制度不如人,并且道德不如人,知识不如人,文学不如人,音乐不如人,艺术不如人,身体不如人。"①胡适的这种反思带有普遍性,当然比起梁启超等改良主义者也更清醒、更为深刻,虽然也不免偏激与夸张。他们意识到所有的文化优越感,包括政治制度的优越感和道德优越感在内,都是虚幻的感性,"百事不如人"才是铁一般的事实。这样的反思并不能简单地归入所谓民族虚无主义的泥淖,因为其立意正是促进一种文化自救的危机感和文化向上的动力。梁启超对此有着明确无误的认知:"吾以为吾国人之种性,其不如人之处甚多,吾固承之而不必深为讳也。"②只有不忌讳这些不如人之处,才可能积极寻找弥补之法和救治之方。胡适的认知则更为清晰:"真诚的愧耻自然引起向上的努力,要发弘愿努力学人家的好处,铲除自家的罪恶。经过这种反省与忏悔之后,然后可以起新的信心:要信仰我们自己正是拨乱反正的人。"③在这样的心态下,承认汉字的缺失,甚至主张"废灭汉字",显然不会有我们今天想象的那种文化伦理的冒险感。更重要的是,所有自我检讨的不如人之处,所有自我"愧耻"的发现,都只不过是自我革新、自我救赎和自我更张的必要手续,自我的文化建设与发展始终是这种自我检讨甚至自我批判行为的终极目标。反映在汉字的检讨与批判行为方面,也是如此,其同构性的价值目标乃在于汉语文化的自赎与发展。

回到"废灭汉字"的讨论。新文化运动倡导者在反思改良主义者极不彻底的文化反省成果时,并没有将汉字仅仅归入中国文化或汉语文化的器艺或工具之属,而

---

① 胡适,《介绍我自己的思想》,《胡适文存》(第4卷),合肥:黄山书社,1996年,第459页。
② 梁启超,《中国道德之大原》,《饮冰室合集》(第28卷),北京:中华书局,1989年,第12页。
③ 胡适:《信心与反省》,《独立评论》第103期。

是认为汉字的意义更深刻得多,更潜在得多:它是中国文化思想的承载者,特殊的体现者,甚至是难以解析的参与者;要阻隔旧有文化的谬种流传,就必须"废灭汉字"。最代表性的是钱玄同的相关议论:"中国文字,论其字形,则非拼音,而为象形文字的末流,不便于识,不便于写;论其字意,则意义含糊,文法极不精密;论其在今日学问上之应用,则新理、新事、新物之名词,一无所有;论其过去之历史,则千分之九百九十九为记载孔门学说及道教妖言之记号",这番话综合了汉字之于传统文化的工具意义和承载功能。接着,从载体功能的意义上,他提出了著名的"废灭汉字"说,"废孔学不可不先废汉文;欲驱除一般人之幼稚的、野蛮的、顽固的思想,尤不可不先废汉文",而"欲使中国不亡,欲使中国民族为二十世纪文明之民族,必以废孔学、灭道教为根本之解决,而废记载孔门学说及道教妖言之汉文,尤为根本解决之根本解决。"①

其中的"汉文"即为"汉字"之谓。显然,这样的断言过于绝对,偏激之弊不言自明。且不说孔教之学是否应该得而废之,道教之害是否尽如所言,即使是当时都很值得探讨,便是汉字正像他所说的那样,记载儒道之言的部分占到千分之九百九十九,毫无疑问属于一种极端的夸张。不过这样的偏激之论、绝对之言,其目标仍然是建构中国文化在新世纪的自身辉煌,让我们的民族语言,也就是汉语,能够摆脱固有文字的缧绁,能够更方便、更纯粹地使用,并且在传载新理、新事、新物等方面显示自身的能量和优势。因而这样的偏激和绝对,既是一种历史文化判断上的失误,又体现出亟亟地建构现代的、健康的、在世界文化语境中有竞争力的汉语文化的民族热忱。

将传统文化中的不认同因素全都归结为载体的祸端,不仅是偏执和错误的观察,而且也是相当表面性的理解。由于是表层面的观察和理解,认同和响应也就无须大费周章。于是,在新文化倡导运动中,许多倾向于绝对化地对待儒道文化,偏激地对待汉字文化的新文化人士便较多地倾向于"废灭汉字"。当钱玄同以通信的方式向《新青年》的编辑者陈独秀历数汉字的"罪恶",诸如"难识,难写,妨碍教育的普及、知识的传播"之类,提出"改用拼音是治本的办法"②,这也就是所谓"废灭汉字"论的真相。实际上是为了更顺畅更简便地使用汉语。围绕着钱玄同在《新青

---

① 钱玄同:《中国今后之文字问题》,《新青年》第4卷第4号。
② 钱玄同:《减省现行汉字的笔画案》,《国语月刊》第1卷第7期。

年》第4卷第4期上的"废灭"论,陈独秀、胡适等均表达了对此论的理解与支持。陈独秀完全认同了钱玄同的观点,认为"中国文字既难传载新事新理,且为腐毒思想之巢窟,废之诚不足惜"。胡适则将钱玄同的观点与陈独秀的说法合二为一,表示"极赞成"独秀先生主张的"先废汉文,且存汉语,而改用罗马字母书之"的办法。鲁迅直到十多年之后还在明确赞同类似的观点:"方块汉字真是愚民政策的利器","汉字也是中国劳苦大众身上的一个结核,病菌都潜伏在里面,倘不首先除去它,结果只有自己死。"[①]只不过,鲁迅并不认同烦琐的罗马字拼音取代方块汉字,而寄希望于更简便实用的"新文字"。

  新文化运动倡导者和新文学的缔造者之所以如此偏激地清算和声讨汉字,是因为基于以下几方面的观察。第一,汉字过于繁难,难识难写,不方便劳苦大众学习和掌握,不利于现代启蒙运作,这实际上是回到了近代改良主义者的思路,希望在器具意义上改良文字,将现有的繁难汉字取消。第二,汉字不利于新理、新事、新物的传达,也就是说从信息传播的意义上难以适应现代生活的需要。第三,汉字是旧有文化的承载体,一切文化原罪和毒素都由汉字而始,于是最偏激的言论竟然称汉字"真正是世界上最龌龊、最恶劣、最混蛋的中世纪的茅坑"。所有这些观察不仅非常片面,而且过于表面。其中出现的问题在于,上述三个方面的观察,呈现出逐层递进的关系,但几乎每一步递进,都增加了许多更为谬误的成分。如果说从器具方面质疑汉字的繁难,以及行之于教育的困难,则还说得过去,可再进一步,由此断定汉字难以表达和传播新理、新事、新物,理论上缺乏依据,实践上也早已归入无稽。即便是到了高度信息化的当代,汉字承担信息传播的功能越来越得到优异的彰显。至于将旧有文化中腐朽落后的内容全都归结为汉字的祸害,从而将汉字宣布为十恶不赦的文化载体,这不仅于理论上破绽百出,与历史实际情形更是相距甚远。汉字自身当然包含有许多文化信息,但它本质上是语言表达的工具,什么样的思想都可以借助它这个工具完成自己的表述与传播。思想的优劣、文化的善恶,首先须推究其表达的主体,进而须考究这种思想、文化自身的倾向与内涵,其中包含的许多负面能量,其实不应该由文字这样的工具来负责。历史文化的真实情形是,固然许多糟粕是通过汉字承载和传播的,但更多的文化精华,同样是通过这些汉字

[①] 鲁迅,《关于新文字》,《且介亭杂文》,见《鲁迅全集》(第6卷),北京:人民文学出版社,1996年,第160页。

得以传承并发扬光大。

这样的逻辑推论足以说明,"废灭汉字"不过是在特定的文化语境下先驱者所表明的对于新文化世界性和现代性的某种急切心理,带着只有在先驱者那里才得到许可甚至鼓励的某种偏激和粗暴。"废灭汉字"是一种相当浅层的理论表述和主张,越是处在最表层的思想越是能体现出一定的历史合理性,而越是深入进去,则其内在的谬误就越得到彰显。

二、拼音化:关于汉语现代化的顶层设计

由于"废灭汉字"代表着对于汉字文化及其局限性的表层面观察和理解,诸如此类的论点即便具有相当的冲击力,有相当的认同度,而且甚至代表着相当普遍的一种思潮,但它的时代影响也非常有限。事实上,即便是最激烈的"废灭汉字"倡导者,在文字改革设计的文化实践中,也不可能真正做到"废除"汉字。更多的情形下,他们对汉字的缺陷甚至罪恶的检讨,不过是为了更好地进行汉语文化的理想形态的设计。

历史不能容忍凭借历史人物的偏激之论随意装扮,同样,历史人物也不能凭借他们自己的某种偏激之论随意褒贬。所有的偏激之论都可能是有效的历史呈现,但却是无效的评价依据,即便是用来评价偏激之论的主体也是如此。

新文化倡导者偏激地否定汉字,号召"废灭汉字",乃是为了表达他们对于旧有文化中落后、腐朽成分的激愤情绪,为了表达天下工农商贾皆通文字之用的急切心情,而不是为了否定汉语文化并且让位于外来文化。事实上,最偏激的新文化倡导者也从未提出过废灭汉语,进而废灭汉语文化。正好相反,废灭在他们看来不合时宜的汉字,正是为了在现代化和世界化的时代语境下设计或者创造出能够体现汉语在信息表意、文化传承和文学创作等方面优越性的理想类型。这是关于汉语和汉语文化、汉语文学现代品质的一种顶层设计。"废灭汉字"的偏激之论不过是这种顶层设计的理论基础和先行口号。

胡适作为新文化运动中最为积极同时也最为持重的倡导者,对"废灭汉字"的理论运作把握得也特别精准:"先废汉文,且存汉语。"而且废灭汉字,正是为了光大汉语的影响力和表现力。为了使得汉语的文字记载和文字表述更能够跟上现代化和世界化的时代步伐,新文学家们展开了有秩序有步骤同时还是相当有分寸的文字改革。激烈主张"废灭汉字"的钱玄同知道其基本的程序应该先"减省现行汉字

笔画",这虽然是治标的办法,但是通往拼音文字的第一步。

对于汉字持批评态度的新文化人士,其政治社会背景各不相同,文化倾向和价值观念也颇多差异,不可能组成统一的联合阵线,因而也不可能形成统一的步调。但与偏激地鼓吹"废灭汉字"的时代情绪相对比,历史竟然就是这样理性地展开了:他们在对汉字改造的问题上从未按照激进的思维试图奏一蹴而就之功,而是有条不紊地进行着汉语文化的顶层设计,按部就班地进行着汉语语言的改革试验。

既然偏激地鼓噪"废灭汉字"的钱玄同也希望从减省汉字笔画开始治理汉字,新文化人士便将汉字的简化列为汉语改革的基本步骤。早在1909年,陆费逵在《教育杂志》创刊号上发表论文《普通教育应当采用俗体字》,这是历史上第一次从学术角度公开提倡使用简体字。13年后,陆费逵又发表论文《整理汉字的意见》,继续建议采用已在民间流行的简体字,并提议将笔画繁多的汉字列入简化计划。同是在1922年,钱玄同在国语统一筹备委员会上,与陆基、黎锦熙、杨树达联署提出《减省现行汉字的笔画案》,可以说是近代以来简化汉字的第一个方案。此后,1928年,胡怀琛的《简易字说》出版,该书收录流行的和可行的简体字300多个。1930年,中央研究院历史语言研究所出版刘复、李家瑞合编的《宋元以来俗字谱》,从历史的角度整理了1000年来简体字发展情况。1935年,钱玄同主持编成《简体字谱》草稿,收录简体字2400多个。同年8月,国民政府教育部采用这份草稿的一部分,公布了《第一批简体字表》,成为后来汉语简化字的重要基础和重要依据。

几乎在对汉字字形和结构进行改革的同时,新文化建设者已经开始思考如何在"治本"的意义上解决汉字的繁难问题,即如何走上拼音化的道路。

20世纪20年代中期,国语统一筹备会罗马字母拼音研究委员会研究制订围绕着汉字改革的罗马字注音方案出笼,1928年由国民政府大学院公布。蔡元培清楚地意识到,这是汉字改革的第一步:"汉字既然不能不改革,尽可直接的改用拉丁字母了。"①问题是在直接使用拉丁字母之前,还必须经过注音罗马字的阶段。新文学家一方面亟亟于"废灭汉字",另一方面则本着对汉字和汉语文化负责任的态度,循序渐进地设计着提高汉语表述力和传载力的最佳方案与最佳途径。

20世纪20年代后期到30年代初期,由瞿秋白、萧三等联合苏联专家精心设计的以拉丁字母直接拼写汉语的所谓"新文字"出炉,这标志着推进和实现蔡元培主

---

① 蔡元培:《汉字改革说》,《国语月刊》第1卷第7期。

张的"直接的改用拉丁字母"的汉语文字拉丁化有了直接成果。鲁迅之所以在1934年还大力呼应"废灭汉字"论，正是因为他需要表示对于这种新文字的赞赏和支持。他将注音罗马字与拼音拉丁字作了比较：

> 先前也曾有过学者，想出拼音字来，要大家容易学，也就是更容易教训，并且延长他们服役的生命，但那些字都还很繁琐，因为学者总忘不了官话，四声，以及这是学者创造出来的字，必需有学者的气息。这回的新文字却简易得远了，又是根据于实生活的，容易学，有用，可以用这对大家说话，听大家的话，明白道理，学得技艺，这才是劳苦大众自己的东西，首先的唯一的活路。①

其实，正因为需要推进新文字，才演绎了瞿秋白、胡适、鲁迅、郭沫若、蔡元培、吴玉章、林伯渠等600多位学者共同签署"废灭汉字"宣言的历史事件。宣言者清楚地意识到："汉字如独轮车，罗马字母如汽车，新文字如飞机。"这虽然仍带有偏见，但他们的着眼点非常清楚：就是要从文字表现的快捷度来设计和营造汉语的改革方案与路径。

时代的激情和历史的使命感，使得新文学家付出了相当的耐心与努力为汉语的理想表达和理想载体进行负责任的、切实可行的顶层设计。这样的设计一直没有停止，甚至在今天仍然为后人所继承，所重视，并付诸审慎而持续的实践。当一批又一批新时代的文化消费者以苛刻的语言指责先驱者的偏颇和失误时，理性的批评家和严谨的历史学者应该清楚地知道，新文化先驱者那么激烈地否定汉字，完全不是从他们本己出发，不是为了他们自身的某种便利，而恰恰相反，他们几乎带着勇士断臂的毅力和气概清算他们最为了解最为擅长的汉字，这是一种大勇者的行为；他们那么激烈地否定汉字，体现出的是一批启蒙主义者的焦虑，所瞩目的是人民大众的文字运用的可能性，这是一种无私的胸襟。更重要的是，他们否定汉字，扬言"废灭汉字"，并不意味着放弃我们的汉语文化，正好相反，是试图在世界化、现代化的巨大浪潮中更好地保存我们的汉语文化，让汉语文学的自身魅力得到更好的发挥与张扬。他们天真地认为，汉字作为旧有文化表现的利器，完全不适合

---

① 鲁迅，《关于新文字》，《且介亭杂文》，见《鲁迅全集》（第6卷），北京：人民文学出版社，1996年，第160页。

现代汉语文化和文学的表达,须借助拉丁化等等的拼音方式,才能使得汉语的表现力和传载力得到强化,才能使汉语文化和文学跟上世界化和现代化的步伐。这样的学术立意和文化立意完全是以汉语文化和文学建设为本位,其中的偏颇和激烈所体现的仿佛是站在历史和时代的快速巨轮上难以把捉速度之际的瞬时眩晕。

三、全与美:汉语新文学表现的深层构架

新文化倡导者和新文学建设者非常重视汉语新文化设计和汉语新文学创作中的汉语问题,不惜冒历史之大不韪,呼叫出"废灭汉字"之类的偏激口号,其实是特别关注新文化和新文学的汉语形态。新文化运动和新文学建设中的突出问题其实是汉语问题,研究新文化和新文学,也必须回到汉语本身,连同曾经面临被废灭的汉字。

这就很容易理解为什么新文化和新文学的倡导乃是从白话开始,从大众语开始。胡适等备受诟病的重要原因,是他总是强调白话文运动在新文化运动中的关键作用,包括他从文学学术本体的角度反复论证白话文学的历史,包括他再三鼓吹"文学的国语"与"国语的文学"。一般认为,他是将新文化和新文学的语言作用夸大了。殊不知这其实正是新文化和新文学倡导和实践的一大关键。若干新潮的文化观念、文学观念可以来自先进的西方世界甚至西方历史,但文化和文学中的汉语问题,包括汉语形态和汉语表达、传载的能力等,当然包括汉语所面临的改革与发展,这只能由汉语语言主体,也就是中国人自己进行探索和解决。因此,包括"废灭汉字"在内的新文化运动中的各种汉语语言操作,乃是新文学和新文化建设中最为本质的学术内容;要研究新文化和新文学,必须回归到汉语本身,必须运用汉语理论,借助于汉语知识的基本范畴和汉语文化的自身规律,而不是依赖于非汉语系统的理论、知识和文化生搬硬套。

新文学家和新文化倡导者在给现代汉语的理想类型进行顶层设计的同时,还对以白话为基础语言的现代汉语的文学表述进行深层的探索、实验,取得了既可谓石破天惊,又可以说是默默无闻的贡献。当我们不知道白话如何写诗的时候,胡适告诉我们,作诗须得如作文,而作文也不过是一种说话。将平日的语言稍加修整,加上一点诗的韵脚,附上一些诗的蕴味,就可以成为一首新诗。且看被认为是胡适第一首白话诗的《蝴蝶》:

> 两个黄蝴蝶,双双飞上天。
> 不知为什么,一个忽飞还。
> 剩下那一个,孤单怪可怜。
> 也无心上天,天上太孤单。

这首备受质疑甚至备受讥笑的白话诗,在汉语的现代运用方面做出了至少三个惊人的创举。其一,用现代语言写诗,不再考虑平仄格律,只需要循着简单顺口的原则尾押粗韵即可。这是一种真正意义上的诗体大解放,让汉语诗歌在创作和阅读这两个环节上都进入了无比自由的世界。这是一种成本很小的离经叛道,却是前途无限的文体开拓。包括胡适在内,没有一个新诗人会固执地以为这将是唯一的诗歌,事实上他们中的许多人仍然习惯于创作格律体诗歌,但将口语和白话入诗,先从破解格律的禁锢入手,这不能不说是一种充满智慧的策划,也是十分有效地突破。其二,汉语新诗之所以是白话诗,就是任何口语、白话在一定条件下皆可入诗,再无忌讳与忌惮。《蝴蝶》中的"为什么""怪可怜"之类的口语已经直接入诗,甚至《乐观》一诗中还用有"哈哈"这样的叹词,《赠朱经农》一诗中还将"辟克匿克"这样的外语词用于有些仿古意味的七言诗,这无异于宣布,那种将诗文语言与日常生活语言严格区分为两个不相交叉的系统的时代已经过去了,现代汉语不仅可以做到言文一致,而且在选词用语方面也可以做到言诗相通。对于汉语诗歌甚至对于整个汉语语言格局来说,这真可谓千年未有之大变局的开端。其三,胡适将这样的诗称为"白话诗",难道这些诗真的皆由自然的口语化的白话简单构成?显然不是。诗人在设计口语、白话入诗的时候,从未忘记诗所应具有的文体意识,对语言材料进行必要的打磨、处理,使之适应于诗歌表现的要求,使之体现出诗意表现的力度与柔韧度。"忽飞还"显然是口语"忽然飞回来了"的打磨、处理的结果,既为了粗粗押韵,也为了在结构的整饬上符合这首诗的体例,更重要的是传达了这样的信息:白话诗并不是由平常的白话所简单堆砌而成的,它需要经过加工、打磨过的口语诗料,缀上一定的诗性内涵,适合一定的诗体要求,简单地说,就是要诗歌语言表现出超越日常口语的某种诗性韵味或智性内涵。白话诗从一开始就是典型的新诗,是以洗脱口语化为基本素质的语言凝练而成的新诗。

上述三方面的突破,任何一方面的创新都足以在文坛上涌起壮阔波澜。但由于整个文界都在酝酿巨大的浪潮,便是"废灭汉字"这样的离经叛道的倡言也未引起波及整个文坛的大震动,因而胡适等人石破天惊般的诗语设计与实验基本处在默默无闻的状态下被历史一笔带过。新文化倡导者和新文学缔造者在汉语之于新文化和新文学的表达和承载方面做出了艰苦卓绝、筚路蓝缕的努力。像胡适一样,他们一方面强调书面表述与口语的接近,所谓言文一致,另一方面则从不同的诗文文体设计合适的语言策略,尽可能使得脱离了古代文言的现代汉语获得适应于现代生活的表现力。除了胡适在白话诗方面作出诗体语言设计和实验而外,陈独秀、鲁迅等在《新青年》上进行了卓有成效的现代议论文体的语言实验,周作人、沈尹默等在现代散文文体方面的语言设计和实验也相当成功。鲁迅的《狂人日记》将现代小说的语言定格在现代书面语而非现代口语的层面,使得所谓白话小说始终沿着健康的现代书面语轨道前行。几乎所有的现代文体语言都在那个时代被定格为现代书面语体,尽管白话文的呼声很高,黄遵宪有"我手写吾口"的倡言在前,胡适有大力推进白话的声势在后,但新文化和新文学的建设者就是没有选取简单白话和日常口语作为新文化和新文学传导的主打语言体式,他们全面地、自觉地并且成功地设计了、淬炼了现代汉语书面语,这是新文化先驱者进行顶层设计和深层实验的结果。设计和淬炼现代汉语书面语的道路颇不平坦,鲁迅书面语所带的某种翻译腔即便到了今天还为诸如李敖这样的文人所耻笑,而20世纪30年代文艺中流行的所谓"新文艺腔"甚至成为说相声的人取料的对象。但这样的取笑除了暴露取笑者的浅薄无知而外,还能凸显先驱者的伟大与孤独:谁不知道按照日常的白话进行文学表述更加省力,也更为自然?但他们深深知道文章千古事,文学绝不是一朝一夕的趣谈,即时消耗的消费品,而是要体现整个时代文化趋向、整个民族文化尊严的精神产品,它需要在语言上建立某种力与美的规范。他们那种不甚自然的有时甚至会拿腔拿调的表述,正是在传统文言和日常白话之间寻找一种体面的文化的语言规范,哪怕在这种艰难地寻找之中丢掉了方便与自然。

在文体语言的设计与寻觅中,先驱者有时候丢掉了方便与自然,但他们往往更热衷于追寻汉语现代表述的优美与魅力,在这方面为后人也为汉语的现代发展留下了非常珍贵的语言遗产。沈尹默的《三弦》创造了散文文体审美地使用现代汉语的成功范例,徐志摩的诗作开拓了汉语新诗语言的无限美感。鲁迅的散文、散文诗、小说甚至文学批评,都在展现现代汉语之美与魅方面达到了罕见的辉煌。他在散文《阿长与山海经》中,这样深情地祭奠长妈妈:"仁厚黑暗的地母呵,愿在你怀里永安她的魂灵。"这样的表述中有外语语法,但体现了汉语表达深情之美的巨大可能性。他的《野草》全面地创造了现代汉语的精警之美,诡异之美,深刻之美和辉煌之美。在《狂人日记》和《伤逝》中,他的汉语书面与表达是那么富有力度,那么富有内涵,又是那么饱孕着情感的深湛。连《〈中国新文学大系·小说二集〉导言》这样的批评文字中也包含着此种文体不常见的语言的灵动与优美。

这是一群为了汉语适应于现代表达,为了这种表达的美与魅而矢志不渝,坚持不懈的设计者和实验者,他们对于汉语的热忱和一定意义上的献身精神,显示着他们在作出诸如"废灭汉字"之类偏激之论的背后,潜藏着的是一颗为汉语文化和汉语文学思虑的火热之心。这是我们准确认识和正确评价"废灭汉字"风波时应有的知识。

即使是解析"废灭汉字"这样的偏激之论都需要从汉语发展的历史实际出发,与汉语文化和汉语文学相关的任何话题,都需要而且应该回归到汉语本身,回归到中国话题本身,回归到汉语与中国所组构的语境之中。

第八章 汉语人文学术的原语价值与汉语文学研究规范

汉语新文学的研究和批评，是汉语人文学术的一个组成部分。汉语新文学的探讨最终须落实到汉语学术的探讨。在现今的学术语境中，汉语学术又是汉语文化的一个重要命题。

对于汉语文化世界而言，现在面临着一个学术完全开放的时代。以科学技术主导的学术研究将人文学术挤逼到较为边缘的地位，以英语以及其他外国语言主导的学术论文发表将汉语学术论文发表也挤逼到了较为边缘的地位。甚至在汉语文化圈中，随着现代学术检索手段的需要与普及，随着各种"CI"(Citation Index)信息评价体系的介入与运用，汉语的学术论文发表也逐渐呈现出灰暗羞怯、理屈气短的样态，在许多学术评价场合都无法与外语学术成果发表显示出同样的敞亮鲜丽、理直气壮的神气。即便是在汉语世界或者汉语文化圈内，学术统计和学术评价将汉语人文学术完全摒除在外的情形也绝非个别。这其中暴露出的问题远非一个国家和若干地区语言政策的制定、落实等行政层次那样浅表。尽管在学术发表的问题上，不能简单套用越是民族的就越是世界的这样一种文化逻辑，但对于世界上使用人口最多、人文学术原语内涵特别丰富且很多内容无法在异种语言状态下得到有深度的学术呈现的汉语而言，其原语发表的语言价值、学术价值以及文化价值都不容低估，特别是对于汉语文化世界的学者和人文科学家，普遍面临着对这些价值的重新认知并进一步提高的问题。

一、汉语人文学术与西方人文学术

汉语人文学术面临着的挑战，是在西方学术话语的直接影响和笼罩之下才趋于激烈与严峻。当汉语人文学术处于封闭的自给自足的传统状态之中，即研究的对象是汉语原语材料,研究的理论与方法出自汉语人文学术的自然传承,研究的成果自然也在汉语语言状态下呈现,学术接受和学术传承都在汉语文化范畴内进行。在汉语人文学术的传统中,我们展开完全属于汉语文化的义理之辨、考据之学、辞章之赏,我们在小学与史学之间爬梳着可能的学术链接,在经学与子学之间寻觅着只有精通汉语文化原典的人们才能懂得的微言大义。这样的汉语人文学术与外国人无关,也基本禁止外国的人文学术作无谓的侵入,当然也不可能与外国人文学术理论与方法构成任何意义上的交叉与对比。

然而,这样长期以来自成一统的学术道统和学术格局到了晚清开始被打破。如果说在政治意义上的对外开放是被迫打开国门的结果,那么文化和学术意义上的对外开放是中国读书人和文化人主动打开心扉拥抱西方学术文化的结果。王国维等将西方的理论运用于中国传统戏曲的研究,并采用西方研究方法对传统意义上的汉语人文学术对象进行卓有成效的解读与阐释;严复对《天演论》的翻译将西方自然科学理论与方法引入了汉语人文学术和汉语文化认知系统,影响了几代知识精英,同时也影响了整个中国近现代文化。随之,从汉语文学研究的学术范畴而论,文学史的研究方法长驱直入,带来了林传甲、黄人等人的中国文学史撰著热潮,由此形成了贯通整个20世纪汉语文学学术的文学史撰著热,包括郑振铎写出了《中国俗文学史》,连鲁迅都写出了《中国小说史略》。

西方学术如同西方文化一样,占尽了相对于汉语学术的理论优势、方法论优势,在相当程度上取得了对于汉语学术的强势导引的文化权力。在汉语文学的意义上,即便是在鲁迅这样的文坛领袖心目中,对于西方文学和外国文学的尊崇也非常真诚、由衷。在《〈中国新文学大系·小说二集〉导言》中,鲁迅认为自己的小说之所以被视为"表现的深切"与"格式的特别",完全是因为中国读书界"怠慢了"外国文学的缘故,这样的表述既将汉语新文学最初的创新都归结为外国文学的影响与导引,也将中国读书界的那种新鲜之感理解为对外国文学陌生、隔膜的结果。他还始终对翻译西方文学作品保持着持久的热忱并做出不凡的贡献。在理论上他欣然接受厨川白村的"苦闷的象征"说,对弗洛伊德的精神分析学甚至尼采、叔本华的学说都有深刻的体验,对勃兰兑斯的批评业绩推崇备至,赞赏有加。甚至于在西方世界并不特别突出的文学家,鲁迅也从不吝惜自己的赞赏与崇敬。当文坛出现这样的传言,说是鲁迅等得到了诺贝尔文学奖一定层次上的提名,鲁迅一方面表明自己和梁启超都"不配",另一方面则认为《小约翰》的作者就很值得被授予这一重要奖项。"诺贝尔赏金,梁启超自然不配,我也不配,要拿这钱,还欠努力。世界上比我好的作家何限,他们得不到。你看我译的那本《小约翰》,我那里做得出来,然而这作者就没有得到。"①如果说鲁迅对诺贝尔奖的推辞还带有自我谦逊的意味,那么对《小约翰》的作者——荷兰作家望·蔼覃(Frederik van Eeden)的推荐则完全出于真诚的敬意。鲁迅对西方文学和文化的态度奠定了汉语新文学界对于西方文学和文化的态度,那是一种心悦诚服地接受、真情实意地采信的态度。

在汉语学术方面,西方学术理论和学术方法的影响力可谓强劲而全面。传统的汉语人文学术本来就遭遇到新文化运动的强力冲击,它不仅直接体现传统文化的思想内涵,与腐朽的旧文化意识形态有一种同构关系,而且所传达的学术方法也与新文化倡导的科学精神相违背。胡适一方面倡导考据,另一方面则在实用主义意义上强调西方实证之学,并且在西方学术方法的鼓励下不断鼓吹实证研究方法论,将这样的方法论以传统的考据之学进行包装,因而落得了一个"考据癖"的雅号。当这个新文化的"导师"循循善诱地告诫要演示一种研究方法的时候,他心目中所指的一定不是沿用了上千年的传统研究方法,诸如传统意义上的考据之类,而是以西学为主的实证研究方法。

传统的汉语人文学术不言而喻地成为旧文化的组成部分,势必遭到新文化摧枯拉朽的否定与批判,这样的否定与批判使得传统学术方法连同其学术道统自"五四"以后全面地退却为汉语人文学术的边缘,经史子集的学问体系在一些大学的课程设置和图书目录学设置中仍然得到有限的尊重,但也就是一种目录体制意义上的尊重而已,人文学者的学术研究,包括处于这种课程设置中的教书授业的内容,也基本上都融入了西方学术体制的历史、理论、批评之道。西方学术体制至少到了中国现代大学教育普遍化之际就已占据了汉语人文学术的主导地位,这时候的大学人文教育和研究都已经按照西方体制分门别类,文学、哲学、史学等基本分离,而每门学问的展开都基本上按照历史研究、理论研究和学术批评的类型划分,以我们今天习惯了的论文和论著形态作为学术成果的载体。

西方学术体制连同其所带来的研究方法和学术规范,对汉语人文学术的现代化发展,对汉语人文学术之于现代大学教育体制的适应,以及对于汉语人文学术与

---

① 鲁迅致台静农,1927年9月25日,《鲁迅全集》(第11卷),北京:人民文学出版社,1981年,第580页。

世界当代人文学术的接轨,都具有决定性的示范作用和积极的促进作用。汉语人文学术近百年的发展之路,虽然历经崎岖,几遇坎坷,但毕竟在西方学术的引领下完成了研究体系、教育体制、学术规范的建设,而且经过近30多年的磨合,在汉语文化世界,这种研究体系、教育体制和学术规范已趋于统一,成为汉语文化构成中的一个重要成就。

仍然以汉语文学的学术体制而论,我们可以将上述判断在文化史层面上落实得更为具体。经过西方学术的示范和引领,我们的汉语文学学术研究建立了以文学史研究、文学理论研究和文学批评为主要框架的研究体系。文学史研究从纵向方面建立了中国古代文学史、中国近代文学史、中国现当代文学史,各种断代文学史等研究门类;从横向方面则建立了外国文学史、各区域文学史、各民族文学史的研究门类;从内部关系而言形成了各种文体史研究,各种题材文学史,各种流派文学史,文学思想史和文学学术史等研究课题群;从外部关系而言则形成了各种文化关系的文学史,如世界文学史、比较文学史,不同语种文学的交流史等。文学理论研究在汉语文学学术体系中已经成长为一个重要学科,特别是与美学研究结合以后,已经发展成一个重要的研究门类。汉语人文学术中的文学理论从历史的纵向分类有古典文学理论和现代文学理论,从空间分类则有中国文学理论与外国文学理论,从学科分类则有文艺美学和文学理论,各种文体理论,各流派文学理论,从意识形态角度分析尚有马克思主义文学理论等。文学批评在汉语新文学学术领域同样有了长足的发展,学术体系亦趋于完备。有文学评论意义上的文学批评,也有文学理论的探讨与批评,还有文学史研究方面的文学学术批评,尤其是在鲁迅的光辉旗帜影响下,汉语新文学领域崛起了一种以社会批评和文明批评为主要内容的文学的批评本体写作,它强化了汉语新文学的批评系统。上述所有这些研究体系的形成及基本格局,非常鲜明地呈现着西方文学学术引领的痕迹。

汉语文学的教育体制基本上形成于西方教育体制引进之后,因而它在几乎所有的方面都带有西方教育体制的深深烙印。汉语文学研究传统及其相应的学术体制,如义理、考据、辞章之学,基本上被纳入了西方文学研究和教育体制中的作品分析和作家研究范畴,是作品分析和作家研究方面的一种并不特别重要的研究方法,而作品分析和作家研究仅仅是西方文学研究系统中的基础工作,在此基础上还有文学流派研究,文学社团研究,文学史研究,文学理论研究,文学与社会、政治、经济、文化、科学、心理、伦理等其他外部范畴的关系研究,等等。于是,西方文学研究和教育体制不仅笼罩、收编了传统的汉语文学学术,而且完全覆盖了汉语文学研究传统。除了极少现代大学文学教育部分沿用了经史子集的学术体制和教育体制,整个汉语文化世界的文学教育,从小学到研究院,都已经普遍沿用西方文学学术的研究系统和教育体制,课程设置以文学鉴赏、文学评论、作家作品研究、文学理论研究、文学体裁研究、文学流派研究、文学社团研究、文学现象研究、文学史研究为基本内容和基本序列,全面贯彻和实行西方文学研究体系。于是,汉语文学教育所使用的理论系统、教材系统,教学秩序、教学程序等都沿袭和使用西方文学教育规制。

由于汉语文学的研究体系和教育体制都基本沿用西方文学学术系统,汉语文学研究的学术呈现虽然主要采用现代汉语,但学术规范则主要采用西方文学学术体制。汉语文学的学术研究其主要呈现方式再也不是传统学术的标点、校阅、评点等学术格式,而是论文、论著等文体形态;而学术论文、论著的规范也渐渐以西方学术体制为通则。具体地说,与传统学术范式相比较,西方体制的学术规范呈现出三方面的学术取向:整体化的思维模式、学科化的研究范式、西方化的判断程式。

如果说传统的汉语文学学术主要以文学作品的个案为研究对象,即便是《文心雕龙》,也是以《楚辞》等作品个案或者一些文学现象个案为研究对象和言说内容,司空图的《诗品》、陆机的《文赋》等都侧重于以具体的作品个案和文学个别现象为解剖对象和阐论目标,那么,西方的文学学术则主要以整体性的文学历史和一般文学现象的观照为基本对象,具体的作品研究往往成为整体性的文学学术的组成部分,而且一般的作品研究都归属于整体的文学史研究和文学理论研究。西方文学学术会从历史的宏观视野总结文学发展的一般规律,正像斯达尔夫人的《论德国》总结出德国文学艺术地域性发展的重要规律那样,或者从理论的宏大体系解剖文学呈现的复杂现象,从而得出更加抽象更加系统化的理论命题,正如丹纳的《艺术哲学》总结出文学史形成的三要素那样。西方文学学术总是将丰富复杂的文学作品串联成体现一定规律的文学史链接,将纷繁绮丽的文学现象阐释为体现相当理论深度的文学理论和美学理论素材,所有这些作品和文学现象的研究必须在文学史的整体性和文学理论的精深上才能够获得其自身的意义和价值,所有的文学学术都主要在论证这其中的关联性。这样的学术思维养成了我们的汉语文学学术历史地、全面地、规律性地看取文学作品和文学现象的良好习惯,不过也造成了我们的汉语文学学术对于西方理论体系的某种依赖。

本着整体性的学术思维,西方文学学术坚持文学的学科化,建构了一种区别于传统的汉语学术的文学研究范畴与方法论体系,传统的汉语学术其经史子集各有基本的研究对象和研究方法,这种研究对象的划分并不以文学和非文学为依据,研究方法也从不以文学或其他门类而论。西方文学学术建构了文学专属的学术领域,包括对文学的体裁范畴做了精确的认定,对文学创作模式如叙事性与抒情性、悲剧性与喜剧性、虚构性与非虚构性、史诗与非史诗等理论范畴展开了长期的辨别与廓清,并总结出文学研究的基本范式。这种范式很容易在文学流派特别是理论流派的意义上进行定位,在长期的学术运用中体现出将文学学术推向一门学科的文化努力。汉语文学学术的现代体制与当代体制的建立,应该归功于西方文学学术的这种学科化的研究范式的展开,但这种学术体制和学术范式同样养成了汉语文学学术对于西方文学学术的依赖。

西方文学的学术思维和学术范式对于汉语文学学术的建构起到了积极的引领和示范作用,同时也养成了汉语文学学术对于西方文学学术规范的依赖。这种依赖最严重的后果便是在理论上和研究方法上往往形成了以西方文学理论和西方学术为规范的认知习惯。就汉语新文学范畴而言,我们最熟悉和最适应的文学理论系统主要来自西方,我们使用的批评术语、理论概念同样主要来自西方,这样,汉语文学的学术往往以西方文学学术为规范。对于文学现象的分析,对于作家作品的评析,对于文学价值的论定,都往往习惯于以西方观念和西方理论为准则,为参照,为依据,由此形成了汉语文学学术的基本规范。这一在长期的学术实践中自然形成的规范,不仅仅体现在汉语文学学术之中,在汉语人文学术中也相当普遍。这种规范无意帮助了汉语人文学术的成熟,但长期相沿成习、相因成势,就会同时形成某种惰性、某种学术上的戾气,对于汉语学术的发展,对于汉语人文学理论的提高,对于汉语人文学术的主体性建设,同样造成一定的负面影响。

二、 汉语学术与汉语语言优势

西方人文学术的研究系统、教育体制,理论体系,在长期的学术实践中取得了对于汉语人文学术的绝对优势地位,形成了汉语人文学术自然尊崇的学术规范。这种历史情形是时代运作和中国社会思想文化运作的结果。它为汉语学术在现当代社会的形成、发展、成熟及其与世界人文学术对话资格的获取奠定了基础。然而,西方学术对于汉语学术传统的抑制,对于汉语人文学术个性的形成及世界性影响的发挥的负面影响,同样是不可否认的事实。

西方人文学术在众多领域影响了汉语人文学术的理论格局、观念系统、学术框架与学术规范，事实上形成了"西学为体"、汉语文化为用的学术文化传统。在众多学术领域，我们习惯于借取西方学术理论作为判断的学术依据甚至作为学术言说的基础话语，习惯于采用西方的人文学术研究方法研究汉语人文学术，不少学术工作甚至是在为西方理论的论证和概念的使用提供汉语文化素材和汉语学术资源。这种现象非常普遍，使得我们的学术研究者养成了这样的习惯，"自觉地"抑制我们的理论创造和学术开拓的种种可能性，使之以瞠乎其后的现实形态与西方学术进行所谓"交流"。显然，这样的交流在一般情形下很难是平等的，双向的。无论是汉语文学学术还是别的汉语学术领域，长期以来，理论创造的可能及其相应的学术冲动受到了重重抑制，因为西方学术理论的强势地位及其对于汉语人文学术的全方位覆盖，在汉语学术世界养成了在理论方面和学术构架方面依赖西方学术的习惯和惰性。

必须承认，西方人文学术和文学批评，在方法论意义上有许多值得汉语人文学术加以借鉴，正因如此，鲁迅当年非常推崇厨川白村和勃兰兑斯的文学理论与文学批评。不过鲁迅从来没有将西方理论和批评上升到一种我们必须尊崇的意识形态的意义上加以倡扬，正相反，他对弗洛伊德理论和尼采学说在倾心接受的同时始终保持警惕与批判，告诫人们需防止"科学家似的专断"，也须克服"哲学家似的玄虚"[①]。借鉴西方人文学术和文学批评的某种方法和先进思路，但在观念和价值判断方面保持汉语人文学术和汉语文学批评的自身独立性，这是理性的科学的开放态度。

这种过于依赖西方学术的惰性主要从以下三个层面影响了汉语人文学术和汉语文学学术的总体成就及其独创力的生成。

首先，汉语人文学术和汉语文学学术在一些选题和一些学术目标自身建构的过程中，自觉地以西方学术理论和学术研究范式为学术归属，汉语学术研究似乎只是为那些理论、概念和方法提供论据，提供论证材料或者提供未必有实际意义的调查数据，汉语学术界的许多学者都常常习惯于为西方学术做这类义务性的贡献。当有人从西方学术界那里引进了后现代主义的理论与概念，我们立即从自己的学术资源和文学资源分析中找到相对应的文学材料或社会材料去证明这种学说在汉

---

① 鲁迅，《〈苦闷的象征〉引言》，《鲁迅全集》（第10卷），北京：人民文学出版社，1981年，第232页。

语人文现象中的对应性,而且几乎每一个教条都被论证得那么言之凿凿,那么精准可靠。当有人将东方主义的学说运用到某个国际政治文化研究领域的时候,更多的学者一窝蜂地讨论汉语文化和文学的边缘现象与中心关系,其基本效应仍然是在为西方新潮理论提供学术佐证。这样的理论和学术掮客不仅在中国大陆屡见不鲜,便是在港澳台地区乃至海外汉学研究界也层出不穷,而且有时候会占据汉语人文学术的主流位置。如果这样的学术状况成为一种主流或成为习惯势力,那将置我们的汉语人文学术于十分尴尬的地位:当我们忙不迭地为西方理论特别是那种自以为是的新潮理论提供汉语人文学术的相关佐证的时候,西方新潮理论家及其虔诚的推手不仅并不领情,而且还会指手画脚地订正我们汉语表述的种种歧误,埋怨我们的汉语表述如何缺乏规范或者如何包含歧义,甚至嘲笑我们的理论掮客如何表现得不够专业,对于原创理论的理解如何缺乏理解力。梁实秋作为白璧德新人文主义的重要推手,就曾经讥刺鲁迅"看不懂"白璧德的著作,因而没有资格"讥讪"白璧德主义。① 如果一个研究白璧德的学者"看不懂"白璧德论著的原文,那当然是不可原谅的,但如果是在中国应用白璧德主义或者是批判、质疑白璧德学说,他完全可以针对白璧德主义的翻译者、推介者的次生资源进行批判与质疑,因为在对于中国思想现实的影响方面,起作用的正是关于白璧德学说的翻译与推介,而不是白璧德原著本身。这种情形下,是否真正"看得懂"白璧德的原著远不是非常关键的问题。而梁实秋那副盛气凌人的派头,自恃多修读了几年英语课程,就看不起在他看来读不懂白璧德的人,这是典型的思想掮客的心态和风格。凡是西方的学术理论,如果运用于中国的社会实践和思想现实,就应该处在被选择、被改造甚至是被批判的观念形态,而不是处在被还原、被尊崇进而被神化的地位。只有思想和学术掮客才是这样,将还原西方理论的重要性,尊崇甚至神化西方理论家的虔诚性视为人文学术的重要指标。

由此养成了汉语人文学术建设和发展中的一种习惯,一种面对西方人文学术的精神软骨症:明明是古人已论述过的学术现象,却对古人的命名采取选择性遗忘的态度,而试图以西方理论和学术命题取而代之,虽方枘圆凿而在所不惜;明明是自己可以命名的学术现象,却失去了命名的勇气,而千方百计在既有的西方概念之

---

① 梁实秋,《序》,《梁实秋论文学》,台北:时报文化出版有限公司,1978年,第6页。

中寻求对应,挖空心思寻找西方的理论进行佐证,虽"强制阐释"①而津津乐道。中国的戏剧明明有自己特定的苦情剧传统,即在情节的展开和故事的刻画中突出主要人物的凄惨的遭际与悲凉的命运,但我们却无法离开从古希腊就形成的"悲剧"观念,而且必须恪守亚里士多德的"悲剧"规范,恪守的结果就是中国没有典型的悲剧。的确,中国很少典型意义上的西方式的"悲剧",尤其是在人物的生命格局和命运结局的意义上,在个人性格的意义上;但典型的中国苦情剧就是《窦娥冤》《梁山伯与祝英台》,甚至还有《武家坡》,最后的"大团圆"或类似于"大团圆"结局处理乃是一种正义伸张、正气弘扬的道德要求,这往往体现为一种必然的戏剧处理,而绝不构成对于戏剧叙事过程中主要人物"苦情"的冲淡或者抹杀。因此,中国传统的苦情戏不应该简单对应于西方的悲剧,然后再用西方的悲剧理论和悲剧规范来硬套中国的苦情戏,最后痛心疾首地检讨我们的传统戏剧不够悲剧或不够规范。不过凡是研究戏剧的汉语人文学者谁又能免除这样的尴尬?我们对于戏剧所进行的任何学术言说其实都离不开西方戏剧学术和戏剧理论的规定,比方说前面讨论的"情节""人物""结局"等。面对相关的学术话题,我们的学术表述已经离不开这些舶来的概念。几乎所有的汉语人文学者都很难逃脱这样的习惯或者仍在形成这样的习惯:必须将扶着西方学术理论的墙裙才能让汉语人文学术站立起来,离开了西方学术和西方概念,我们的汉语人文学研究几乎会处于失语状态。这清楚地说明,在西方人文学术的长期笼罩下,汉语人文学术失去了自己的学术自信。

更为重要的是,西方学术本体的认知及其相应的价值观,不仅在一定程度上丧失了汉语人文学术的学术自信,而且也放弃了汉语人文学术的原语自信。这种原语自信丧失的严重后果在学术发展的世界化和学术交流的国际化浪潮中愈益突出。对于汉语原语学术表述和学术承载能力的怀疑,能够从根本上否定汉语人文学术的世界意义,进而在世界化浪潮中否认其独立性、正当性与合法性,这在世界人文学术构成认知中已经逐渐形成一种较为流行和较为稳定的价值观,不仅严重侵害了汉语人文学术的独立发展,实际上也损害了世界人文学术的不同原语资源的建设,在世界化的人文时代损害了学术人文的世界化。

---

① 关于"强制阐释",见张江的《强制阐释论》一文,载《文艺争鸣》2014年第12期。"强制阐释是指,背离文本话语,消解文学指征,以前在立场和模式,对文本和文学作符合论者主观意图和结论的阐释。"这里主要讨论的是"场外征用"的理论现象。

在普遍开放的时代,人文学术的世界化意义不是在于学术文化及其表达语言的单一性,而是相反,在于多元学术文化交流的普遍性,以及多种原语学术的互补性。共同的学术文化认同和相近的学术语言表达当然也很重要,尤其是在学术交流中,作为交流平台的文化和交流工具的语言的同一性其价值不容低估。正因如此,在汉语世界学习英语并鼓励使用英语不仅仅是一种时尚,更是一种文化和学术的硬性要求,甚至是指标性要求。但是,这种学术文化和学术语言的同一性绝不意味着鼓励和提倡学术文化和表述语言的唯一性。不同学术资源所滋生的学术文化都各有其值得珍视的素质和值得尊重的特色,由此构成了世界学术文化交流的必要性和可能性;不同学术语言在承载和表达各自原语学术方面都有其自身的特性与魅力,由此构成了世界学术文化的丰富复杂与歧异纷繁。汉语人文学术无论从学术文化的角度还是从学术语言的角度都突出地拥有上述素质与特色,特性和魅力,应该作为世界学术文化的一个重要组成部分参与到学术人文世界化的运作之中。

一定的学术和文学资源最权威最本真的表述应该是其所属的原语,因为只有原语表达才能充分地体现相关资源的内涵和意义,同时为别的语言的学术和文学交流提供最本原和最可靠的文本。从这个意义上说,任何缺乏原语表述的民族学术资源和民族文学作品都可能不再是其纯正的样态。因此,离开了原语表达的学术与文学,对其所属的语言文化而言固然是软弱无力,便是对世界学术、文学文化的交流而言也会毫无深度与生气。

汉语不仅是世界上使用人数最多的语言,人类文明史上拥有最悠久历史的语言,而且也是在人文表述、文学表述、学术表述功能方面最具优势的语言。长期发展的历史使得汉语拥有了两套成熟的表述系统,即书面表述系统与口语表述系统。即便是在白话文占据统治地位以后,白话文的文学表述和学术表述仍然体现着清晰的现代书面语语体特征,与真正的口语白话拉开了明显的距离。在汉语现代语体一百多年的发展过程中,还培育成了一种特别的书面语系统以对应西方学术和西方文学的翻译,这就是现代汉语中的翻译语体。只有非常成熟且拥有非常宽阔的表述空间的语言才可能同时容纳这些不同类型的语体系统。不错,汉语文学和汉语学术的翻译处理一开始曾经非常艰难,因为汉语学者、作家和汉语翻译家在面对西方学术和西方文学的时候已经强烈地感到后者的文化异质性和表述独特性,他们一开始就想认真地、严肃地承认并处理这样的异质性与独特性,于是翻译语言曾是那么佶屈聱牙、僵硬死板,梁实秋等攻击的鲁迅式的"硬译"便是如此,李金发诗歌的"翻译体"也是这样。这其实正是以异常认真、严肃的态度对待西方文化和文学的异质性与独特性的必然结果。以韩侍桁翻译勃兰兑斯的《十九世纪文学主潮》和朱生豪翻译莎士比亚戏剧为标志,汉语的学术翻译和文学翻译在语言表述上走向成熟,也展现了自身的魅力。当其他民族语言在对异族语言进行翻译时必须加以语言的俚俗化处理然后付诸口语化传达的时候,汉语却无须这样,这个以文字与语言处于可分可合、分合有据关系之中的特定语体与语态,其所拥有的丰富而多层次的表达能力,巨大而空旷的表达空间,能够直接抵达外国语言文字所展示的不同的意义层,并且以与那种语言表述相匹配的语体、语态进行表述,这样的表述可以与汉语原语的口语和书面形态都保持足够的距离。

今天,以汉语承载的各种外国语言文化资源包括外国文学作品的翻译以及外国学术理论的引进,其语言形态都明显地体现出翻译语体的特性与风格,令人甫一接触便强烈地感受到翻译语体的别致、新颖,这便是汉语书面语表述中存有翻译语体这一特殊语言文化现象的明证。经过汉语翻译语体处理过的外国文学无论是在叙述语言还是在人物语言的风格上都体现出与汉语原语有明显差异的特性,经过汉语翻译语体处理过的外国理论则比中国传统的理论更富有逻辑感,理性表述也常常具有特别的劲道与力度。如果说我们尚不能从理论上明确描述翻译语体特殊的语法、词法和句法、辞章结构,那是因为我们的学术研究尚未抵达这样的境界,甚至,很多研究者尚未意识到从现当代汉语中析离出翻译语体的必要性与可能性,因而从未想到对这样一种可以感知的特定语体进行独立研究。拥有特别的翻译语体系统,是汉语的素质和特色的体现。汉语的文字系统基本外在于它的语音系统,文字系统所表述的意义与语音系统所表述的意义之间就出现了某种多层次分析的可能性,因而在它自身的口语系统和书面语系统之外就可能分析出类似于翻译语体这样的语体系统。

正因为汉语拥有特别的翻译语体系统,在进入翻译操作的时候,无须将翻译对象进行汉语原语的特别处理,这导致汉语的翻译能够在较多地保留原文语言文化信息的前提下进行,因而汉语的翻译常常比其他语种的翻译更能够保持翻译对象的纯正和优美。如果说其他语种的文学和理论翻译都常常需要将翻译文本进行口语化甚至浅俗化的处理,因而翻译传达基本上须以口语语体进行,那么,汉语翻译则无需对翻译对象进行这样的口语化和浅俗化处理,因而翻译的结果不仅无须以口语语体呈现,而且还能诉诸与汉语书面语相平行同时也有所区别的翻译语体。只有在现代汉语语种之中,翻译的文本才可能在语言精美度方面超过汉语自身的一般表述,包括书面语表述。这正是汉语的优势,是汉语相对于那种文字和语言联系过于紧密因而缺少意义空间的西方语言的一种文化优势,是汉语在转译、传述外国文学和外国人文学术方面的优势。这一优势的确认更应提高人们对于汉语原语学术的重视。

三、汉语人文学术的原语价值分析

汉语人文学术,从成果的发表样态而言,包括两个方面的内容:其一是以汉语操作和承载的所有人文类的学术成果,这其中包括对以汉语为原语的人文学术资源的操作与处理,也包括对以外语为原语的人文学术资源进行汉语处理和承载的学术成果,例如对人文范畴内外语汉译资源的研究与学术发表。其二是以汉语人文文本为基本学术资源的各种学术成果,在较次要的意义上包括一些以外语作为学术语言处理汉语人文学术资源的特定成果。在本论题的意义上,有必要暂且排除上述较次要意义上的以外语作学术处理的内涵,将这一、二两方面综合起来,则可以表述为,汉语人文学术是对汉语人文资源以及其他人文学术资源进行汉语操作并通过汉语承载的各种学术成果类型的统称。

1. 汉语原语学术的统计学意义

任何文献资源和文化资源的学术处理都首先必须依靠文献资源所依托的原初语言。既然汉语是人类语言中使用人数最多[①]同时也是历史最为悠久的语言,从语言资源意义和语言使用的广泛度来说,汉语人文学术就应该在世界人文学术中占据着极其重要的位置。这种类似于简单多数的逻辑也许在挑战者面前仍然缺少说服力,但非常值得注意的是,在人类文明遗产中,用汉语承载的文献资源和文化资源无疑是分量最重、数量最多的学术源泉,对它的学术处理当然主要依靠汉语。承载着全世界近1/4古老文明伟大成果的汉语文化典籍,以及围绕着这些典籍数千年来形成的汉语人文学术,固然必须通过汉语语言文字加以呈现和流传,其实,便是融入了相当多的西学内涵的现代学术,包括借用西方学术方法对汉语文化典籍和

---

① 据统计,全球人口中使用汉语的比率为20.7%。见毛翰:《为了中文的明天,中国应叫停英语热》,《书屋》2009年第6期。

现代资源进行研究的当代学术成果,也主要依靠汉语进行传述,并在汉语文化圈中进行传播,才能实现其基本的学术效用。从这一意义上说,汉语文化尤其是汉语人文学术文化在世界文化建设中所占的比重及所处的地位一向被严重低估。现代科学兴起以后,科学以一种文化伦理的倾向性取得了话语优势,并逐步取得了压制和覆盖人文学术的文化霸权,于是,西方中心或西语中心的科学话语在文化习惯上便形成了取代人文社会科学的势头。人们习惯于将以美国为中心地带的英语学术发表视为当代学术文化的主流,殊不知这样的学术印象和文化判断可能只适合于自然科学,在人文学术领域,这样的判断可能带有关键性的错误。据有关资料,以2003年这一年的期刊统计为例,中国以汉语为主要语言载体的期刊共9074种,平均期印数为19909万册,总印数为29.47亿册。其中综合类571种,哲学社会科学类2286种(占全年期刊种数的25.19%),自然科学技术文化类4497种(占全年期刊种数的49.56%),教育类975种,文学艺术类535种。而且,期印数的统计结果显示,哲学社会科学类约为自然科学技术文化类的2倍。[1] 与此几乎同时的统计表明,美国(自然是以英语为主要承载语言)期刊发行总量在17000种,但其中消费类期刊种数便达6000多种,占全年期刊种数的35%左右。[2] 如果按照中国期刊的比例测度美国期刊结构,自然科学技术文化类占到全年期刊种数的50%上下,大约为8500种,倘若在年期刊总数扣除35%消费类期刊之后,再扣除上述自然科学技术文化类的估计数目,则美国以英语为语言载体出刊的其他类别的期刊约为2500种,其中社会科学和人文学术类的期刊即使占据到50%,也不过约为1300种。即便将英国、澳大利亚等英语为主体语言的国家类似的人文学术期刊数目再作进一步的推算、累加,汉语人文学术在期刊发表方面的贡献显然不会少于英语人文学术的贡献。

当然,简单的数字统计和推算并不能代替学术影响和文化地位的认定,但从中可以分析出,汉语人文学术就研究人数、潜在的读者范围而言,无疑是当代世界文化中不容忽略的巨大存在。在这样一种数量对比之中,任何试图忽略汉语人文学术的文化影响和应有地位的价值评判都归于徒劳。

而且,即便是从人文学术的应有品质方面分析,汉语承载的学术成果同样具有

---

[1] 参见李频主编,《中国期刊产业发展报告》,北京:社会科学文献出版社,2005年,第10页,第2页。
[2] 参见李频主编,《中国期刊产业发展报告》,北京:社会科学文献出版社,2005年,第72—73页。

不可否认以及不可忽略的价值。汉语人文学术从学术资源语言属性的角度论定，应该是世界人文学术研究成果中的重要品类，在世界人文学术构架中不可忽略且须占据重要地位。

2. 汉语学术原语价值的信息学原理

毫无疑问，所有的汉语人文学术资源客观上要求汉语的学术处理和学术承载。一种复杂的学术资源至少包含着信息源意义和价值源意义，一定学术资源的研究实际上是通过其所固有的信息源的抵达，阐扬其所包含的价值内涵。从学术意义上说，信息源的抵达是价值内涵发掘和阐扬的基础与前提；将已经被发掘和阐扬的价值内涵，转化为一定的信息能量，这便是传播意义上的文化行为。对于汉语人文学术资源而言，用外语所进行的只能是将已经被发掘和阐扬的价值内涵进行信息能量的转换，或者，可能在较浅层次上迫近汉语人文学术的信息源参与部分的价值源的发掘与阐扬，但绝不能以外语真正抵达并充分解析汉语人文学术的信息源。在学术评估过分强调国际化和西方化的社会语境下，汉语人文研究会大量出现翻译体学术，即通过别种语言（一般来说是英语）将汉语人文学术的价值内涵翻译成外语发表。

有识之士早就指出，这样的翻译体学术很难达到某种学术的深度。为什么呢？因为语言翻译一般只能在传播意义上使用，很难真正用在学术表述和学术真意的抵达。如果将语言传达和翻译的对象分为三个层次，则第一层次体现为外在情节结构类型信息源，一般是指故事、历史事件、新闻事件、人物关系等，这是用别种语言同样可以传达和表述的信息源，而且翻译成别的语言一般不会遗失很多的信息资源。不同国家的历史可以通过各种语言进行翻译和传播，其信息的完整性一般都能得到保证。叙事性的文学作品是最为理想的翻译对象，因为这样的翻译同样会保证信息的相对完整性。近现代以来外国文学作品的翻译对于中国读者的影响力有多大且是何等深刻，这是每个人都有真切体验的事实。这实际上也吻合了皮亚杰所论述的语言行为差异的第一层次："语言模式通过叙述和回忆能很快地描述一连串动作"①。情节性的信息源适合于这一层次。

第二层次可以称为理念申述类型信息源，通常是思想和学理性的内容，一般可以进行翻译，但在翻译中势必会流失许多信息资源，使得这样的翻译要么变成明显浅显化的概述，要么就成为佶屈聱牙、生硬艰涩的天书。许多理论著作的翻译就是

---

① ［瑞士］J.皮亚杰、B.英德尔德，《儿童心理学》，吴福元译，北京：商务印书馆，1986年，第65—66页。

如此。汉语人文学术资源往往与汉语原初的表述紧密结合在一起,但也可以在一定的逻辑关系上得到理解和传达,这就是通过外语翻译的某种可能性,但在翻译中势必会流失许多信息内涵。许多学术命题的翻译或外语表述,如对"天""春秋"等概念进行外文翻译和外文的学术传达,不仅流失许多重要信息,而且还会增加不少不必要的误导性信息,从而对这种概念的学术表达和理解添加许多障碍。即使不是理解力的问题,外来语的表述、思维方法也会使得研究对象和材料的原真性受到改造。当我们进行学术辩论的时候,同一种语言之间出现的概念范畴还需要进行连篇累牍的辨析,我们怎可能在不同的语言之间展开深度的学术? 于是,在这一层次上的理论翻译是可能的,但往往仅诉诸知识层面的接受,无法诉诸学术层面的探讨,即难以进行交流性的阐发。

第三层次则是语言固化类型信息源,即作为翻译和被表述的对象,它是与原语资源联系在一起的,包含着这种语言表述所承载的立体的文化内涵。显然,这样的信息根本无法通过别种语言进行翻译,甚至,别种语言根本无法直接抵达。许多理论和学术的翻译都不得不保留原语词汇,道理就在这里,它属于语言固化的信息,拒绝接受任何别的语言的翻译。这种情形类似于在汉语人文学术中引用古文资料,如果将这些被引用的古文资料一律翻译成现代汉语,那样的学术论文还成什么样子? 其实,通过外语表述和传达汉语人文学术的情形多与此相类似,因而,除了简单的文化读物,一般而言,以外语翻译或直接传述汉语人文学术,与学术承载语言的当然要求和自然要求正相违背。

汉语人文学术很少在第一层次展示自己的品质。由于它很少在理论的系统性方面显露出自身的优势,汉语人文学术一般也罕见在第二层次得到外语翻译。汉语人文学术的研究对象有其特殊性,属于汉语学术原典和经典的资料,往往只能在古代汉语的原语意义上能够抵达并得到阐解,甚至现代汉语都无法真正抵达或成功传达,因而作为研究对象的汉语人文学术资料及信息源都呈现出一定的汉语语言固化的情形。汉语人文学术中的许多概念,如"气""道"之类,原本拒绝一切翻译,是语言固化的典型。其实汉语人文学术资源中的许多内容都如此。这里,还未涉及属于汉语自身的学术,如汉语音韵学、文字学、训诂学等。这样的学术命题其语言固化现象更为彻底。

外语对于汉语人文学术的事功很大程度上比较容易建立在信息能量转换的传播意义上,而在抵达和解析汉语人文学术信息源方面所起的作用将极为有限。因此,用外语处理的汉语人文学术,如果体现为文化传播意义上的一种介绍文字,一种批评文体,或者一种综述架构,那很可能达到挥洒自如、游刃有余的境界,但其研究的学术深度及其学术效果,始终难以与汉语原语的学术处理相提并论,因为只有汉语原语能够准确地、成功地抵达汉语学术资源的信息源内核。

3. 汉语学术原语价值的语言学阐论

在信息学意义上是这样,在语言学意义上也是如此。汉语人文学术之所以只能在传播意义上接受外语表述,而不能在研究意义上完全接受非汉语原语的处理,是因为学术研究要求与学术资源相一致的"元语言功能"。根据雅各布逊的理论,人类语言具有基本的六大功能,即语言的指称功能或指示功能、语言的表情功能、语言的意欲功能、语言的交感(phatic)功能,还有诗歌功能和"元语言功能"。指称功能、表情功能、意欲功能、交感功能都可以通过一般意义的传达或转达在非原语领域得到实现,诗歌功能一般较难实现这样的传达或转达,而"元语言功能",也就是满足了"某些信息含有解释代码的意图"的条件,①则更是非原语难以成功完成,遑论达到研究的水准和学术的深度。汉语人文学术资源在信息源意义上包含着繁复的意象,充满着历史厚度的文化内蕴,这些意象和内蕴尽管都可以在意义层面展开,但它们与固有的语言文字、词汇语法等凝结成一种拒绝非原语拆解的特殊结构,只有"元语言功能"的发挥和原语学术操作能够在绕开人为拆解的前提下迫近和抵达这样的特殊结构。一般而言,外语的学术处理只能在已经展开的意义层面进行,它无法迫近和抵达这样的特殊结构。如果硬性通过外语迫近和抵达这样的特殊结构,学术的探讨便会处在自然的停滞状态。或许,善于用外语处理汉语人文学术资源的专家并不会承认这样的情形,他们会非常自信地认为通过外语已经完成了这样的迫近与抵达,其实这是很少从相关的外语学术文本读者的角度思考问题的结果。从作者的角度思考与从读者的角度思考,其结果将会大不一样,作者是在胸有成竹的情况下反观自己的文章中所描画的竹子的形貌,而读者则往往是在相对空白的意念状态下被动地接受这样的概念和形貌,其间造成的差异相当大。而在同一语言条件下,特别是在"元语言功能"的制约下,就不可能存在着这样的差异。

正因为有这种"元语言功能"的作用,所有学术资源的信息世界,只能通过"元

---

① 涂纪亮,《西方现代语言哲学比较研究》,北京:中国社会科学出版社,1996年,第228页。

语言"系统才能真正抵达,所有学术资源的构成方式,只能通过"元语言"的同构解析才能真正解读。于是,汉语学术资源所构成的信息世界,一般来说,只能通过汉语系统才能真正抵达,汉语学术资源的基本构成,也只有汉语方式能够解析。

并非所有的学术成果一定要进行"元语言"处理,但是,一定深度、一定层次的汉语人文学术,却只能通过汉语自身承载才能圆满地完成,而一旦通过其他语言转译或传达,就会大为逊色。因为,在不同的语言之间,能够互相转换并且在相对意义上确保其准确性的,是较为自然的语言单位,也就是词汇,当若干词汇组成句段进而构成话语以后,翻译或外语传达的准确性就难以得到保证。而有学者认为,从异种语言之间的关系而言,话语已经是最小的语言单位:"语言的基本单位不是词,也不是句子,而是话语",而"话语是正确组织起来的、意思完整、前后连贯的言语单位",[①]意义在话语连接中起主导作用,这就造成了用别种语言进行组织,并加以逻辑性结构处理的难度。

汉语人文学术,同任何其他语言学术成果类似,在其学术意义上具有不可替代的独立价值,具有任何翻译体学术承载所无法完成或实现的学术目标。如果说这是一种学术通则,适合于描述任何不同语言所承载的人文学术之间无法彻底通译的关系,则诉诸汉语人文学术,相较于西方语言人文学术,其学术的原真性更需要汉语承载、传达和表现。

4. 汉语学术与汉语文学的原语本律

任何学术研究,当然包括汉语人文学术的研究,其主旨在于寻求学术本真,发掘学术的价值内涵,然后再图学术传播,学术传播显然拥有与学术普及相类似的文化价值。从这个意义上说,汉语人文学术必须坚持原语操作和原语表述,只有在学术传播和学术普及的意义上,汉语人文学术才可能接受甚至欢迎其他语种的承载要求,而在寻求学术原真的学术本义上,汉语人文学术显然会拒绝其他语种的参与,更不用说作为承载主体参与学术表述。尤其是对于人文学术而言,由于其学术资源不可避免地依赖于原语文化及其相应的环境,思想内涵和原语言的语汇系统,与原语的历史、文化指涉密不可分,因而叩问或追寻其学术本真,必定离不开学术对象的原语资源。

---

① 著名英国语言学家 M. Halliday 的观点。参见王福祥,《话语语言学概论》,北京:外语教学与研究出版社,1994 年,第 47 页。

因此，汉语原语操作应该是汉语人文学术资源处理的最自然的方式和最本质的要求。这是由汉语人文学术的特定资源所决定的。原语学术操作的奥秘在于微观意义上的文化语源同构性，即在较为微观的文化阐释、文化运作和文化处理过程中，所供阐释、运作和处理的文化资源必须与进行阐释、运作和处理的语言具有同源关系，由此方能保障这种阐释、运作和处理的原真性和完整性。

外在于语言的大文化，一般是指相关"国家的地理、历史、政治、经济、文学、艺术等"，也叫知识文化。而内在于语言的文化，或者叫"语言中的文化"，"直接影响语言形式、特征和风格的文化因素"，体现"生活方式、风俗习惯、民族心理（如价值观、是非标准、宗教信仰）和意识过程（如思维特征、思维方式、思维风格）"等文化特征。一般认为，知识文化往往"间接作用于语言"，而语言中的文化则"直接作用于语言，存在于语言形式之内"。如果说知识文化可以通过一般的翻译、传播都可以习得，可第二种文化即语言中的文化，"则直接制约着语言，影响语言的形式、特征和风格。它隐含在语言系统内部，与语言形式有机地融为一体，本族人习以为常，而外族人却难以辨认、理解"。[①] 在这样的层次和在这样的意义上，翻译往往力不能逮，因而一般来说，汉语文学的研究成果，汉语人文学术成果，甚至是汉语文学作品的翻译，常常都无法真正抵达汉语原语表述的精深度，更无法传达汉语原语的鲜活度。一定的语言模式浇铸了思维模式，通过思维模式又构建了一定的文化内涵，因而有人认为，"不同的语言系统具有不同的思维模式，从而具有不同的文化精神"[②]。如果说"文化精神"在这里有点夸张，置换为"文化内涵"就显得更为准确。从这样的角度看问题，可知"翻译的根本问题不是语言的差异，而是文化的差异"[③]。

在学术交流普遍化的开放时代，原语学术转化为外语学术表述的现象比比皆是，例如汉语人文学术，就需要转化成英语进行学术表述，以利于与汉语文化和汉语文学相关的国际学术交流。但随着国际化学术评价系统的建立并被普遍采用，汉语人文学术的外语表述正在由学术交流功能演变为学术本体功能：在西方学术评价体系为主导的学术文化环境中，以英语为国际普通话的外语学术表述，哪怕是对汉语文化和文学资源的阐释与处理，都可能被视为学术的正宗或学术的主体，其

[①] 朱立才，《汉语阿拉伯语语言文化比较研究》，北京：新世界出版社，2004年，第7—8页。
[②] 陈保亚，《语言文化论》，昆明：云南大学出版社，1993年，第143页。
[③] 王德春：《国俗语义学》，《语言与翻译》1992年第2期。

他语言哪怕是汉语原语的学术表述都被视为应该忽略的边缘性学术形态。因此，即便是在汉语文化圈中，仍有许多活跃而有权威的学术评价体系并不承认汉语人文学术的地位，明明是对汉语文化和汉语文学学术资源的阐释和处理，也往往以英语论文为正宗、主脉的学术形态，而以汉语的学术表述为次要甚至是无效的成果。在学术评估中将研究汉语文化和汉语文学的汉语学术成果视为无物的情形绝非仅有的现象，而且越来越普遍，几乎形成一种学术潮流。这样的潮流绝不是开放时代学术交流的健康体征，因为这种以外语的学术表述凌驾于原语学术表述的学术文化和学术形态，完全超出了正常的学术交流的范畴，呈现出学术买办甚至是学术殖民的心态。学术交流是在文化平等的平台上，各种原语学术通过翻译、介绍等中介性环节进行信息交换的文化行为，而独尊外语的学术评判体系置原语学术于不平等的劣势地位，这不仅严重伤害了原语学术的文化尊严，而且也严重践踏了原语学术的自身优势，严重违背了一定语言的学术文化和文学资源其最切近最完全最精深的学术处理只能是原语表述这一本质规律，因而与真正科学的学术语言定律背道而驰。

语言定律在学术文化中显然更偏向于原语学术。原语学术具有阐释和操作处理的直接性和意义增殖性的多种天然优势。任何学术资源如需保持其意义和内涵的原真，就必须直接使用其承载的原语，只有原语的直接使用和介入才能保持这样的原真，再高明的翻译也会产生信息流失甚至信息意义变异的情形。汉语人文学术的研究对象和材料，天然地决定了汉语原语学术的必然性。

原语的学术增殖效应需要更多的研究。一般而言，对于一种语言文化现象，一种语言文学文本，在作为一种语言学术资源进行学术阐析的过程中，会很自然地面临着信息交换和信息内涵得以重新释绎的问题。在原语世界，这样的交换和阐释往往不会改变信息的意义，也不会减少信息的内涵，但如果需要进入外语处理，则必然会造成信息意义在一定程度上的变异，或者造成信息内涵的或多或少的流失。因为同一原语社区往往有一种共同的语言能力，这种语言能力被定义为"语言使用者内在化的知识"："我们可以想象一个理想的、同质的语言社区，这里没有言语方式或方言上的变化。可以进一步假设，这个言语社区的语言知识，作为认知结构的一个组成部分，统一地表征在每一个成员的心智中。"[①]理论上说，拥有同一原语的

[①] ［美］诺姆·乔姆斯基，《乔姆斯基语言学文集》，宁春岩等译，长沙：湖南教育出版社，2005 年，第 85 页、第 414 页。

语用者都能共同维护原语内涵的丰富性和语言信息的完整性,在语义的使用和理解方面都能达到某种自然的统一。

而外语在处理学术语言表述的能知和所指意义时,很少能够做到左右逢源,游刃有余,常常会主动或被动地删除、遗漏一些也许是重要的信息内涵,这样,一定学术资源的外语处理和外语翻译往往会削减内涵的厚重度、意义的深刻度和信息的丰满度。而在正常的原语学术处理中,特别是在本体语言表述的能指与所指意义的揭示方面,往往很难造成这样的主动或被动的删除、遗漏现象,信息内涵的流失也因此会大为减少。更重要的是,原语阐析和原语处理有可能根据研究者在原语文化范围内的创造性发挥或联想性深掘,对学术资源或研究文本进行增殖性的阐释与分析,在具体的研究甚至在学术表述中会深化学术资源的内涵,强化学术文本的某种重要信息,从而造成有价值的学术增殖现象。卓越的原语学术研究者往往都可能使得他所面对的学术资源出现这种学术增殖现象。甚至,这种学术增殖现象在研究成果与接受者之间也可能产生。由于人文学术研究往往都需从常识说起,从基本概念说起,而在原语文化的范畴内,无论是学术文化的常识还是其所沿用的概念,都包含着对处身于这种原语文化之中的研究者和读者而言更为宽阔的阐释空间,也就是说同处于这种原语文化中的人们才有可能共享常识与概念所具备的这种较为宽阔的阐释空间,于是由此建构的学术阐论和学术阅读的基本秩序,就同时酝酿着学术增殖的效应。这样的增殖效应在外语处理中就不可能出现,因为当人们使用外语对原语学术资源进行处理的时候,所运用到的常识,所采用的概念,都必须在外语所提供的相对狭窄的阐释意义上进行把握,不可能容有相对宽阔的阐释空间,于是就无法产生上述学术增殖效应。以文学研究为例,在汉语原语文化的学术语境中,无论是研究者还是接受者,都可能对诸如"意象"这样的概念进行较为广阔的意义阐析,可以联想到古代文论中的"意"和"象"分别所代表的或曾经代表的内涵,又从其合成意义上做更进一步的分析,再结合西方"意象"概念的传入,以及其分别在流派意义、艺术手法、审美境界等方面的基本含义,从而开拓出难以想象的阐释和论述空间,这一空间内的汉语人文学术和文学批评的施展,必然为相关论题的研究提供足够的学术增殖的空间。而如果论述外语中的文学"意象",则必然锁定在外语"image"的几个有限的义项上,不可能像在汉语学术场域进行那样开阔自如的中外合证以及纵横捭阖的古今联想,因而也就不可能像在汉语学术展现中那样产生学术增值效应。

汉语原语优势的认知,还关系到学术的语言自信,学术语言的尊严。著名语言学家邢福义指出:"国家的兴盛,不能不研究语言问题。除了本体研究外,时代让我们还要关注语言尊严问题。领土的完整、母语的尊严,这是一个国家的两大基石,或者说,是一个国家的两大标志。"①文化尊严,是文化所应有的纯洁性、独立性、独特性、严肃性、多元性、先锋性等特质在一定的社会条件下所应享有的地位,应当受到肯定、尊重与保护,因为它说到底是民族尊严、人类尊严、历史尊严、文化尊严,是一个时代性、科学性、实践性很强的命题。② 显然,学术语言的独立性与政治语言、文化语言的独立性一样都非常重要,所不同的是,政治语言和文化语言的独立性主要取决于政治、文化的内容,如果政治、文化的内涵不具有独立品性,这方面的语言独立性也就是一句空话;而学术资源的原语品性决定了原语学术阐析和处理的必然性及其必然性优势,这种优势可以为语言学、语言文化学和社会语言学的基本定律所阐释。

5. 结语:回到汉语人文学术

于是,应该积极呼吁并大力倡导汉语人文学术特别是汉语文学研究的原语建设,努力提高汉语人文学术以及汉语文学研究的原语水平及其影响力。

汉语人文学术以及汉语文学研究,主要是指以汉语文本为基本学术资源并且以汉语作为承载体的学术成果。汉语人文学术无论是从学术资源、学术成果还是从学术研究总体力量方面而论,都是一个庞大的学术世界。明确了汉语学术概念之后,我们应该理直气壮地建立汉语学术的自身规范,甚至建立汉语学术自身的符号系统、表意系统,当然更重要的是理论系统、学问体系的结构系统等,并更科学地建立汉语人文学术的语言系统,包括学术成果呈现的注释、参考文献格式等都可以本着汉字的特性自我命定并形成自己的规范,就像汉语早已建立了自己独特的现代标点符号规范一样。

在世界化的学术评估风潮中,汉语人文学术处于劣势。英语话语权在学术领域构成的垄断,使得世界上历史最为悠久、内涵最为丰富、使用人数最多的汉语受

---

① 《护卫母语尊严——访语言学家、华中师范大学资深教授邢福义》,《中国社会科学报》第 178 期第 3 版。
② 朱昌平:《论文化尊严》,《宁夏大学学报》(人文社会科学版)2010 年第 5 期。

到西方主体的文化霸权的重重打压。现在必须从话语层次上重新获得原语学术的权力。首先必须从学术主体性的建设方面认识并解决这个问题。学术主体价值的体现，主要体现在民族语言的学术原语的正当性，这才是学术文化独立性的关键。汉语人文学术需要对人类文明做出贡献，而且也能够做出贡献，但这贡献必须以树立并维护民族学术语言的尊严为前提，这是汉语人文学术和汉语文学研究自身规范性建设的基本目标。

第九章　翻译文学与汉语新文学

汉语翻译文学的定位至今依然是一个充满争议的问题。一种意见是笼统而简单地把汉语翻译文学划归外国文学范畴；另一种意见是承认汉语翻译文学的双重属性，模糊地认定其既是外国文学，又是中国文学。第一种意见无视汉语翻译文学文本的自主性，混淆原著与译本的区分，将译者智慧的结晶完全抹杀，显然颇不妥当。后一种意见看似全面而公正，但这种骑墙的态度并不利于问题探讨的深入乃至最终解决，模糊的定位势必会让这个问题更加纠缠不清。事实上，翻译文学的自主地位完全可以确立，"翻译规范与主体性、翻译距离和视角转换、意义阐释与翻译策略等决定了翻译文学的独立地位，跨文化对话的空间、异质与通约、翻译的文化差异、翻译的文化语境、不同语言的文学规定性也影响到文学的翻译文本的形态"。[①] 一本英语文学作品，大概会有法语、德语、西班牙语、汉语、日语等不同语言的译本，很难在这些不同语言的译本之间画等号，同样在一种语言下还会有不同译者的译本，这些译本之间也不可能画等号。对待汉语翻译文学，理应从翻译文本的汉语形态认定其归属，并且应根据实际的译文文本给予汉语翻译文学准确的定位。

罗兰·巴特(Roland Barthes)有个经典的比喻，文本是"编织物"："文被构织之际，恰如当着我们的面在女工手指下制作着一幅瓦朗西安(Valenciennes)花边……随着图案的形成，每一线头的推进，都被扣住它的别针标识着，且渐渐前移；序列的界标也一样：它们是阵地，为了对意义作顺次包围，它们被占领，然后又放弃。这个

[①] 彭建华，《文学翻译论集》，杭州：浙江大学出版社，2012年，第2页。

过程对所有文都具有效力。"①翻译文学②不可否认是一种特殊的"文本",在本文中更明确地说,它是指"五四"以来由外国文学作品翻译为现代汉语的文学文本。译者依据原著或原著先有的译本,通过"翻译"让文字的序列渐次前移,逐步制作出一幅"瓦朗西安花边",与"创作"具有同样的"编织"过程,形成了可供阅读的文本,然而这样"编织"的文本却常被忽略。汉语翻译文学的定位问题在中国现当代文学学科领域一直没有得到足够的重视,以至于对许多文学家、文学现象的研究失之于偏颇。汉语翻译文学在"中国现当代文学史"中的"缺席",不仅是一种遗憾,更是对众多翻译者及翻译文本的不公。用"汉语"所"编织"的文本无疑是外文原著文本的"重生",它完全应该出现在本民族语言的文学史中。"汉语新文学"最大限度地框定了新文学历史和现实形态的基本范围,完全包容"中国现代翻译文学"的事实存在,赋予汉语翻译文学以清晰的定位。

一、翻译作为传播方式,其文本重构的意义

自从现代文明开启以来,中国文化向世界敞开曾经闭塞的心扉,特别在晚清以降,觉醒的中国知识分子掀起了一浪高过一浪的向西方学习的热潮,以1898年发生的两件事为例便可以感受到这种热潮喷涌的时代风气。这一年政治上的大事件是戊戌变法的失败,但文化上,严复所翻译的《天演论》刊行与梁启超所作的《译印政治小说序》发表,无疑极大地影响了中国文化的变革,并且掀开了中国翻译文学事业新的篇章。第二年林纾翻译的《巴黎茶花女遗事》正式印行,随后更多的仁人志士投身于翻译文学事业的洪流之中,外国文学作品经翻译为汉语开始大量涌入中国,为国人所知。仿王德威所言,"没有晚清,何来'五四'";可以毫不夸张地说,"没有翻译文学,何来'五四'新文学"!甚至可以进一步断言,没有现代汉语的翻译文学,就不会有"中国现当代文学"。

依据传播学理论,可以将传播分为本源性传播与次源性传播。"所谓本源性传

---

① [法]罗兰·巴特,《S/Z》,屠友祥译,上海:上海人民出版社,2000年,第263页。
② 翻译家杨武能在《中国翻译词典》中这样区分"翻译文学"与"文学翻译"概念:"翻译文学与文学翻译关系密切,常混为一谈,却并非同一个概念:文学翻译定性于原著的性质,与之对照的是其他门类的翻译……翻译文学定性于译著的质地和水准,即本身必须仍旧是文学。因此,后者并非前者的必然结果,而只是其成功的高水平的结果。"参见林煌天主编,《中国翻译词典》,武汉:湖北教育出版社,1997年,第186页。

播,就是一种原创的思想观念和批评话语通过一定的途径本着一定的目标所进行的传播行为……相对于本源性传播资源来说就属于次源性传播,次源性传播与本源性传播之间的思想资源是一致的,但在传播的具体内容、传播的方式以及传播的效果等方面则存在着明显的差异。"①从文学发生学的角度来看这两种传播,翻译文学更为直接地接近"本源性"传播,同时翻译文学又以其"次源性"传播来影响着文学的进程,翻译文学是文学传播过程中核心的"中介"。特别是在"中国现当代文学"的语境之下,翻译文学的核心"中介"价值尤为突出,它所带来的影响极为深远。民主科学知识的宣传、旧道德旧伦理的反抗、"人"的发现,这些西方启蒙思想无一不是首先经由翻译这种传播方式生根发芽;小说地位的提升、诗歌形式的变革、话剧的成功引进,中国文学在翻译这种传播方式的推动下从传统走向现代。翻译作为传播方式,其结果具有文本重构的意义。翻译的本质是一种语言转换的实践活动,译文的文本语境主要是发生在译入语语言文化中,最广泛的译入语语言文化文本对译文进行变异、替换、改写、补充、撒播、修正和调整,译入语语言文化文本的动力关系使翻译实现译文折射的累加、增益、增殖,译作的最广泛的文本间性重新建立起来。"正是这种存在于译入语语言文化的崭新的文本间性替代了译文对原作的依赖,从而使得译文获得独立地位。"②译文独立地位的获得,就是文本重构意义的体现,即次源性传播结果的达成。

  次源性传播的过程,使文本的迁移与文学建构之间发生相互作用,这种作用在翻译与创作的地位关系上,表现得尤为突出。这不仅是说在文学史长河中,翻译的文学、文学的翻译成为了众多文学家毕生重视的"志业",而且很多时候在他们心目中会把翻译看作是与创作具有同等地位的大事。这一看法在"媒婆与处女"的论争中表露无遗。1921年1月郭沫若致李石岑的信中说:"我觉得国内人士只注重媒婆,而不注重处子;只注重翻译,而不注重产生……处女应当尊重,媒婆应当稍加遏抑。"③郭沫若的说法随后引发了文学研究会郑振铎和茅盾对此种观点的强烈批判。

---

① 梁笑梅:《〈小说星期刊〉与香港早期新诗的次源性传播》,《中国现代文学研究丛刊》2010年第3期。
② André Lefevere. *On the Refraction of Texts*, in Mihai Spariosu (ed.). *Mimesis in Contemporary Theory: An Interdisciplinary Approach*, 1984.
  André Lefevere. *Mother Courage's Cucumbers: Text, System and Refraction in a Theory of Literature*, in Lawrence Venuti (ed.). *Translation Studies Reader*, 1982.
③ 郭沫若,《郭沫若书信集(上)》,北京:中国社会科学出版社,1992年,第87页。

郑振铎用一篇《处女与媒婆》来回应郭沫若:"他们把翻译的功用看差了。处女的应当尊重,是毫无疑义的。不过视翻译的东西为媒婆,却未免把翻译看得太轻了。翻译的性质,固然有些像媒婆,但翻译的大功用却不在此……就文学的本身看,一种文学作品产生了,介绍来了,不仅是文学的花园,又开了一朵花;乃是人类的最高精神,又多一个慰藉与交通的光明的道路了……所以翻译一个文学作品,就如同创造了一个文学作品一样;它们对于人们的最高精神的作用是一样的。"①同年的12月10日,茅盾在《小说月报》上发表《一年来的感想与明年的计划》一文,呼应郑振铎的说法,强调翻译与创作文学作品同等重要。第二年的2月21日,郑振铎发表《介绍与创作》于《文学旬刊》第29期,又一次批判了郭沫若的观点。一直到10年之后的1932年还存在这种论争的声音,12月15日鲁迅发表《祝中俄文字之交》:"有的主张文学的'崇高',说描写下等人是鄙俗的勾当,有的比创作为处女,说翻译不过是媒婆,而重译尤令人讨厌……排斥'媒婆'的作家也重译着托尔斯泰的《战争与和平》了。"②对此论争郭沫若也多有辩解,他认为说"翻译是媒婆"是对他原话断章取义的结果,并且自夸以翻译字数多寡来论,没有几个人能够超过他。郑振铎在1923年将"媒婆"的说法换成"奶娘",③更加符合了文学界对翻译文学的期待与看法。无论是郭沫若还是郑振铎、茅盾、鲁迅,几乎所有重要的文学家对待翻译文学这一传播方式都极为重视,这是不争的事实,他们首先是翻译家,其次才是文学家。

没有翻译文学的大量实践,没有翻译实践所沉淀的深厚文学功力,没有通过翻译先"拿来"再创新的文学思维,很难想象会有精彩纷呈的周氏兄弟的文学创作。这一切由"翻译"作为传播方式所重构的文学文本在以周氏兄弟为代表的一代汉语新文学家们笔下生辉,又通过他们传播给了更广大的受众,他们相对于后来者从传播学角度来看又构成了另一种"本源性",这也正是把他们称之为"启蒙思想家"的关键所在。从汉语新文学产生和发展的过程以及汉语新文学与外语文学的特殊关系来看,之所以翻译这种传播方式其结果可以深刻重构中国文学,是因为自晚清以来西方文学对于中国文学而言,始终处于一种强势的地位。文学的高下之分,文学地位的不平等,自然让西方文学可以居高临下通过翻译这种传播方式大量进入中

---

① 郑振铎:《处女与媒婆》,《时事新报·文学旬刊》第4号,1921年6月10日。
② 鲁迅:《祝中俄文字之交》,《鲁迅全集》(第5卷),北京:人民文学出版社,1973年,第55—56页。
③ 郑振铎:《翻译与创作》,《时事新报·文学旬刊》第78期,1923年7月2日。

国文学。译者在最基本的层面上是从事语际转换,在更深的层面上是打破社会和文化的某种平衡。不论是固守、支持还是革新、颠覆某一体系的文化,翻译所重构的文学文本都可以加强或者削弱这个接受体系,译者借助翻译的文本为译入语语境提供了新的话语方式。维美尔(Hans J. Vermeer)认为,在翻译的过程中,翻译意图和目的取决于任务,必要时由译者自己进行调整,由译者自己来安排他的翻译进程。① 因此译者的主体性包括译者介入翻译对象的选择、翻译目的和翻译策略的确定,以及对作品的阐释、语言层面上的艺术再创造。汉语新文学的译者主体异常自愿地接受西方文化体系,心甘情愿地拜师于西方,这种文化自愿心理强化了西方文化体系在中国的传播,并且通过翻译文学的文本重构着中国的文学现实。"翻译的意义与价值,在于'华化西学',使西洋学问中国化,灌输文化上的新血液",②外语义学经由翻译进入到汉语新文学的机体中,驱动中国文化建设的原动力,融合、革新、再造中国文学。

  翻译文学这么重要的传播力量,如此重要的文学实践,而且留下了数量极其庞大的汉语文本,但是在"中国现代文学""中国当代文学"等概念的笼罩之下,在它们所划分的"疆域"之内,不但剔除了翻译文学的存在,甚至连翻译文学的汉语文本也被一笔勾销。从鲁迅著作版本辑录的变迁来看,鲁迅译作数量庞大,丝毫不少于他的创作,甚至有过之而无不及。1938 年版和 1973 年重印的 20 卷本《鲁迅全集》,其中后 10 卷全部是翻译作品。而 1958 年版、1981 年版、2005 年版《鲁迅全集》其实只是创作全集,是半个或小半个鲁迅。1958 年单独出版了 10 卷本《鲁迅译文集》,材料比 20 卷本的《鲁迅全集》的译文部分搜集得更加齐全。2008 年福建教育出版社出版了更新版本的《鲁迅译文全集》,收入了鲁迅的全部译作,终于还原了"完整的鲁迅"③。如果撇开鲁迅的译作,就如同劈开鲁迅一样,这样面目全非的"鲁迅"恐怕是谁也不愿意见到的,所以必须承认鲁迅的翻译作品是鲁迅汉语文学作品不可分割的部分,鲁迅正是本着"别求新声于异邦"的崇高理想,用一生的翻译行动,"借他人之酒杯,浇自己之块垒",输入外国进步文学促进国人的觉醒,同时通过翻译这种传播方式重构着中国的文学。

---

① Hans Vermere. *Skopos and Commission in Translation as Action*. London:Routledge,2000.
② 贺麟,《论翻译》,陈福康著,《中国译学理论史稿》,上海:上海外语教育出版社,1992 年,第 344 页。
③ 顾钧,《鲁迅翻译研究》,福州:福建教育出版社,2009 年,第 2 页。

二、 翻译作为资源凭借，重新编码与定型

　　文化自愿心理导致汉语新文学家们虚心向西方文学取经，乐意将西方文学作品大量翻译成汉语新文学文本，并且把这些文学文本当成本人乃至本民族文学不可分割的有机组成部分。汉语新文学第一部白话诗集《尝试集》，胡适收入了他的译诗《老洛伯》《关不住了》《希望》《哀希腊歌》《墓门行》；徐志摩的《巴黎的鳞爪》收入他的译作《生命的报酬》《鹞鹰与芙蓉雀》。胡适与徐志摩显然没有将这些译作当成外国文学作品，而是当成自己进行文本重新编码后的作品，当作是汉语新文学的作品。同样，著名翻译家傅雷所翻译的《约翰·克利斯朵夫》在中国一代又一代读者中产生巨大影响，这是傅雷燃烧了生命与艺术的激情才实现的，是原作无法完成的。这些译作所产生的影响远不仅是引起读者的共鸣这一个方面，更重要的是它已经成了一种宝贵的资源。扩大来说，外国文学的翻译不仅成了汉语新文学启发和参照的他山之石，更重要的是，经过新文学家的翻译、介绍种种努力，翻译文学已经成了汉语新文学重要的文学、文化、思想资源。

　　这种"文学资源"具体到每个作家每部作品时，情形是复杂的，或者说每个作家在从事具体的创作时，他所接受的翻译文学的影响是多方面的，并且会将其内化在文学创作的过程之中。但可以确定的是，翻译文学所带来的"外来因素"是从本民族的传统和作家本人已有的创作道路中无法找到解释的，它们经过作家的消化与吸收，已经渗透到新文学创作之中，参与了汉语新文学艺术创造、发展、演变的过程，并成为汉语新文学灵魂与风貌的一个有机组成部分，这也就是翻译文学成为汉语新文学的"文学资源"的意义所在。

　　这一"外来因素"在汉语新文学历史中表现得极为明显也相当突出，成为汉语新文学重要的特征之一。最明显的莫过于模仿，新文学中出现了大量模仿西方文学的作品，如庐隐的《或人的悲哀》，无论从名称到题材，还是内容到格调，都是在模仿歌德的《少年维特之烦恼》。新文学的第一篇白话小说《狂人日记》模仿果戈理同名小说的痕迹也很鲜明，可贵的是鲁迅不是停留于模仿，而是专注于创新。两篇《狂人日记》，鲁迅的恐怖而严肃，果戈理的则荒诞而滑稽。鲁迅的《狂人日记》还糅合了安特莱夫的小说风格，饱含着尖锐而深刻的理性批判精神，为我们创造出了虽然是第一篇然而分量极重的现代白话小说，被誉为"创造新形式的先锋"。鲁迅的另一篇代表作品《阿Q正传》，周作人指出其反讽技巧系模仿果戈理、波兰小说家显

克维奇(Henryk Sienkiewicz)和日本小说家夏目漱石。著名汉学家韩南据此研究了阿Q在文学上的原型,他发现《阿Q正传》和显克维奇的《胜利者巴泰克》(*Bartek the Victor*)以及《炭笔素描》(*Charcoal Sketches*)惊人地相似。① 鲁迅的创作与翻译这两种工作之间关系非常密切,特别是在1920年下半年,他开始大量翻译外国小说,换句话说就是鲁迅在创作《呐喊》时,一边翻译一边创作,并且相互交错。这在王富仁的《鲁迅前期小说与俄罗斯文学》、孙郁的《倒向鲁迅的天平》、张铁荣的《比较文化研究中的鲁迅》、程致中的《穿越时空的对话:鲁迅的当代意义》等书中都有论述。"外来因素"深深地参与了鲁迅的创作,翻译文学作为文学资源提升了鲁迅从事新文学活动的层次,翻译与创作彼此相互配合让鲁迅插上了翱翔于汉语新文学天地的双翼。

对于其他新文学作家而言,翻译文学所带来的文学资源性意义也是清晰可见的,可以描绘出无数条受翻译文学影响下的新文学创作轨迹。单从诗歌体裁来看,这多条的新文学创作轨迹就无比绚烂:郭沫若的诗歌从"泰戈尔式"冲淡,到"惠特曼式"的奔放,再到"歌德式"的深沉;冰心、宗白华的"小诗"受泰戈尔《飞鸟集》和日本俳句影响产生;徐志摩诗中那拜伦傲视一切的反抗、雪莱的理想与热情、济慈的唯美情绪、华兹华斯的清脱高远、哈代的悲观厌世、泰戈尔的沉思流丽、波德莱尔的直面人生,融合出迷人的光彩;李金发、冯乃超、穆木天与法国象征派诗人的联系;闻一多借鉴西方唯美的巴那斯主义;戴望舒与魏尔伦及英国颓废派的联系;冯至的《十四行集》与莎士比亚的"十四行体";"汉园三诗人"(何其芳、李广田、卞之琳)与法国后期象征派;"九叶诗派"与理查兹、里尔克、艾略特、奥登、瓦雷里的联系;艾青与凡尔哈仑、波德莱尔……即便是被称为"农民诗人"和"泥土诗人"的臧克家也间接地从"新月诗派"那里接受了西方文学资源的养料。以翻译文学为核心中介所传播的西方诗歌作品、诗学理论,成了新文学诗人最为重要的文学资源。

有关翻译对文化的发展到底有何重要的意义,季羡林这样看待:"英国的汤因比说没有任何文明是能永存的。我本人把文化(文明)的发展分为五个阶段:诞生,成长,繁荣,衰竭,消逝。……若拿河流来作比较,中华文化这一条长河,有水满的时候,也有水少的时候,但却从未枯竭。原因就是有新水注入,注入的次数大大小

---

① 刘禾,《国民性理论质疑》,王晓明主编,《批评空间的开创:二十世纪中国文学研究》,上海:东方出版中心,1998年,第177页。

小是颇多的,最大的有两次,一次是从印度来的水,一次是从西方来的水。而这两次的大注入依靠的都是翻译。中华文化之所以能长葆青春,万应灵药就是翻译。翻译之为用大矣哉!"①翻译文学的大规模出现,促发了西方文化在中国的广泛传播,深刻地改变了中国的文化。新文化运动、文学革命带来了中国文化史上巨大的"断裂"与"阵痛":"从文学观念到作家地位,从表现手法到体裁、语言,变革的要求和实际的挑战都同时出现了。暴露旧世态,宣传新思想,改革诗文,提倡白话,看重小说,输入话剧。这是一次艰难而又漫长(将近历时五分之一个世纪)的'阵痛'。"②这种"断裂"与"阵痛"体现于具体的"人"上面,那就是新文学作品中人物形象和新文学作家本人的情感、交际、行为方式更多地接近西方文化,而不是回到中国的传统文化。

新文学代表人物的婚姻、爱情都有着"断裂"的苦楚和"阵痛"的感伤。鲁迅为了给母亲娶一个"媳妇",而不是给自己娶一个"老婆",与朱安成亲,婚后却过着如同僧人般的生活,对抗传统婚姻的姿态显而易见。后来与许广平结合,起初并未曾设想生育子女,周海婴自言他是父母避孕失败的产物,鲁迅这种"丁克(Double Income No Kids)"家庭的想法完全叛离了中国的传统文化。这种"断裂"与"阵痛"不仅仅是在婚姻与爱情这个层面发生作用,以翻译文学为核心中介的西方文化输入冲击了旧伦理旧道德的各个层面,从而深刻地改变了中国人的日常生活方式。恰如有学者在探究中国人际关系与主体性建构的问题时所言,"五四以反对偶像崇拜的话语攻击儒家家庭和人的亲属结构,并以西方化的自由意志和生物本质的个体手段取而代之。"③

20世纪70年代,以色列学者伊塔玛·埃文-佐哈尔(Itama Even-Zohar)吸取俄国形式主义、结构主义、一般系统理论与文化符号学的积极因素,将翻译文学视为文学多元系统中的子系统,客观描述翻译文学在主体文化中的接受与影响,提出了多元系统(polysystem)概念。④ 如今在翻译文学、比较文学、外国文学研究领域运用非常广泛。有学者依据这一多元系统理论对"五四"新文化运动时期的翻译文学地

---

① 许钧,《文学翻译的理论与实践:翻译对话录》,南京:译林出版社,2001年,第3页。
② 黄子平、陈平原、钱理群:《论"二十世纪中国文学"》,《文学评论》1985年第5期。
③ [澳大利亚]杨美惠:《礼物、关系学与国家:中国人际关系与主体性建构》,赵旭东、孙珉译,南京:江苏人民出版社,2009年,第39页。
④ 廖七一:《多元系统》,《外国文学》2004年第4期。

位进行了专项研究,指出翻译文学在"五四"时期的中国文化多元系统里处于中心地位,具体而言表现于三个方面:翻译文学体裁更加广泛完备;翻译的策略和方法有了较大改变;翻译文学开始对文学多元系统产生积极且重要的影响,甚至帮助塑造了新的文化文学多元系统。① 其中第三个方面尤为重要,因为"五四"新文化运动最彻底的改变乃是中国的思想,引领着支配着新文学的思想体系正是西方近代以来兴起的民主、科学思想以及个性主义、人道主义等核心价值观。思想是行动的先导,是中国文化多元系统的中枢,翻译文学带给中国一座资源丰富的思想宝藏,新文学家们有的直接从中采掘,有的则间接获取。新文学家们多数都有留学经历,有的甚至精通多门外语,相比较晚清的严复、林纾,在外文掌握上的优势非常明显,这也就促使翻译文学能够在文化系统中占据着中心地位,从而使民主、科学、阶级、妇女、解放等新观念能够深入人心。

翻译文学所传播和建立的思想资源对于新文学家们的文学创作具有指导性的意义,而新文学家们又以他们汲取这种思想资源的文学创作作为示范和阵地,向更广泛的人群传播思想,于是这些新文学创作同时也成了思想资源。以斯宾诺莎为代表的泛神论,流行于十六、十七世纪西欧各地,认为"神"是非人格的本源,这个神不在自然界之外,而是和自然界融合为一,"神即自然"。这种思想否定了超自然的本质,属于一种唯物主义的自然观。郭沫若接受了这种思想,并根据"五四"时代斗争的需要对其进行新的理解和改造。他的《女神》对自然的赞美占有相当多的篇幅,而且充满了诗人破坏与创造的激情。表现主义思想通过翻译文学的介绍经由两条路径来到中国:一是经由日本转译而侧重于介绍以德国为发祥地的现代表现主义思潮,一是通过克罗齐论著的译介侧重于介绍表现主义美学和文学理论。这种思潮不仅影响了新文学的小说创作和小说理论的建立,还影响到了新文学的戏剧创作。表现主义文学思潮及其代表作奥尼尔的《琼斯皇》,对洪深的《赵阎王》、伯颜的《宋江》、谷剑尘的《绅董》、曹禺的《原野》等许多戏剧创作产生影响,而这些戏剧创作又成了后来戏剧创作可资借鉴的宝贵资源。"在翻译文学的启迪之下,中国现代文学的表现空间与艺术形式得到极大的拓展。农民这一中国最大的社会群体走上文学舞台,女性世界得到本色的表现,个性与人性得以自由的伸展,心理世界

---

① 胡筱颖:《翻译文学地位的多元系统解读:以"五四"新文化运动时期为例》,《四川师范大学学报》(哲学社会科学版)2011年9月。

得到深邃而细致的发掘,景物描写成为小说富于生命力的组成部分,审美打破中和之美至上的传统理想,呈现出气象万千的多样风格。"①思想资源最大限度地解放了新文学作家们的审美想象力,让人们看到了迥异于传统文学的汉语新文学作品。新文学的主要文学阵地《新青年》《小说月报》等刊物推出一期又一期的翻译文学"专号":"易卜生号""俄罗斯文学研究""法国文学研究""被损害民族的文学号""非战文学号""泰戈尔号""安徒生号"……掀起了一波又一波的思想热潮:"易卜生热""拜伦热""泰戈尔热"……这些思想热潮对于现代精神的启蒙、作家群体的形成、作品风格的多样化、读者审美趣味的养成乃至整个新文学的发展,意义极为重大,这也正是翻译文学对于建立新文学思想资源的重大意义所在。

  外国文学对中国文学现代性的影响很大程度上是通过翻译文学完成的。对大部分的中国现当代作家而言,世界文学语境实际上是根据中国文学文化的需要所做的选择、取舍和剪裁。翻译文学成为本土文学爱好者和研究者乃至许多国民了解外国文学和世界文学的一个"窗口",也成为中国作家和学者获得对文学自身了解的本土社会条件之一。换言之,翻译文学在一定程度上建构了本土视野中的世界文学景观,也积极地参与了本土文学与文化的现代性建构,强大的资源优势所进行的文本重新编码,形成了中国特有的文学文化现象。莎士比亚戏剧的汉译者众多,重要译者有朱生豪、张采真、朱维基、戴望舒、顾仲彝、徐志摩、梁实秋、孙大雨、柳无忌、曹禺等。其中朱生豪于1942至1944年间完成,主要依据牛津版《莎士比亚全集》所作的翻译赢得广泛推崇,他的译本在之后50余年的时间里被多家出版社不断刊行重印,几乎成为唯一被定型与认可的莎士比亚戏剧汉译文本。需要引起重视的一个问题是,翻译文学的文本不仅在汉语新文学中重新编码,而且在汉语新文学中定型。以传统的文言文语言翻译,无法定型外国文学的汉译文本。林纾的翻译之所以备受诟病,除了翻译技术方面的缺陷外,根本上而言是语言转换的问题。不进行由文言文向白话文的转换,就不能建构本民族文学与文化的现代性,在翻译文学层面也就无法对外国文学的汉译文本予以定型。那些文言文的翻译文学文本从没有被当成定型的文本,但一旦进入到汉语新文学的历史中,大家都愿意维护现代汉语所定型的外国文学文本,即便重新翻译也无法推翻原来的定型文本,文本归属在现代汉语定型的翻译文学文本上。汉语新文学构架所释放的文化能量排

---

① 秦弓:《论翻译文学在现代文学史上的地位:以"五四"时期为例》,《文学评论》2007年第2期。

斥定型文本以外的翻译文本,这是因为在接受外国文学的过程中,人们愿意接受现代汉语定型的文本;并且只有期待翻译文学文本成为本民族语言定型文本的时候,希望其融入本民族自身语言和文化结构中的时候,更为需要它的定型。汉语新文学引入优质的外语文学作为汉语新文学的结构材料,尽管原语言是外语,但文化革新的期盼心情使得对翻译文学定型的要求越来越迫切。《少年维特之烦恼》定型于郭沫若的翻译,《死魂灵》(而不是"死灵魂")定型于鲁迅的翻译,异域文化语境中的文学书写在汉语新文学中重新编码并且形成定型的文本,凸显了汉语新文学的特性,建构了中国文学的现代性。

三、翻译作为语言创造的途径,变革汉语新文学文本

通常把鲁迅的《狂人日记》作为现代白话的第一篇小说,如果从翻译文学的角度来看,情形完全不同。早在1916年夏天,身在美国的胡适将自己用白话文翻译的俄国泰来夏浦小说《决斗》寄给陈独秀,陈独秀后来在《青年杂志》更名为《新青年》后的第1号上发表了这篇小说,这是《新青年》上刊登的第一篇现代白话文,翻译文学在文学革命正式倡导之前发出先声。新文学的先锋们选择从"语言"的角度向旧文学进攻,是釜底抽薪的策略,只有动摇并根除旧文学的"载体"文言文,才能彻底打垮拥有上千年根基的旧文学。随着古文大家章太炎弟子钱玄同、鲁迅及更多的同仁加盟和翻译文学作品,现代白话小说创作大量涌现,现代汉语文体才被逐步树立,中国文学的文本彻底变革。

汉译外国文学有效地开掘了现代汉语表达的丰富性,既极大地强化了现代汉语的表达力度,又拓展了现代汉语的表达方式。另一方面,汉译外国文学逐步规范了现代汉语,使得现代白话文脱离日常口语、走出了日常白话的阈限,从而进入到书面语的表达体系。正如有学者所概括:"翻译的语言在很大程度上消解了中国古典文学语言的正统性,使之'欧化'进而'现代化'。"[1]新文学创作需要各方面的语言营养,除了民间的、传统的,在"五四"新文化运动时期更为主要的还是来自翻译文学的养料。这是由翻译本身的性质所决定的,它具有双重性:一边要面对外语,一边要面对汉语,两者在相互的碰撞与交织中产生出新的语言,也就是译介学中常说的"创造性叛逆"文学翻译现象。这里要明确一点:文学翻译不同于科学翻译,文

---

[1] 王宁:《现代性、翻译文学与中国现代文学经典重构》,《文艺研究》2002年第6期。

学翻译不可能与"源文本"等值或等效。因而翻译文学常常成了创造新语言的"急先锋",在"五四"新文化运动时期尤甚。翻译文学对于汉语新文学语言上的变革具体表现在三个方面:词汇、句法、固定用法。

经由翻译引进到汉语中的词汇实在不胜枚举,有学者将中国历史上这种外来词汇的输入现象划分为三次大的浪潮:第一次是古代佛教传入,第二次是近现代的西学东渐,第三次为当代改革开放。① 新文学的翻译在第二次浪潮中起到了关键性的作用,这是因为"五四"新文化运动的变革目标直指文言文,译文语体由文言转为白话,为外来词的"存活"和流转大大增加了机遇和方便。另外在文学创作中,作家为了表达自己的独特体验或者出于某种特定的艺术目的,会创造一些新的词汇,这些词往往在最权威的字典上也难以查到,给译者制造了很大障碍。② 因此新文学家兼翻译家们据此会在翻译的过程中也创造出新的词汇,并将它用于自己的文学创作,这种情况也会产生大量的新词。还有种情况就是通过音译的办法直接创造新词,这分为直接音译、音译加意译、音译兼意译三种形式。当然可能还会有其他的情况在新词创造中出现,但不管怎样,新文学的翻译极大地丰富了现代汉语的词汇,并且参与了现代汉语的建构,这是不争的事实。

有学者通过专门考察《独秀文存》(安徽人民出版社1987年版)一书,分析了这些新词汇的特点,并把它们命名为"五四新词汇"。③ 其研究指出新文化、新文学运动的主将陈独秀所使用的新词汇中,外来词占很大比重,比新生词、翻新词要多得多。这里的"外来词"就是前文所言音译及音译、意译相结合创造的词汇,比如我们熟悉的"德莫克拉西""赛因斯""巴力门""阿卜索宁"等。陈独秀留学日本,新文学家兼翻译家中留日的不占少数,因此很多新词都由他们通过日语转译进现代汉语。明治维新后,日本从西欧吸收了大量语词,而日语借用了许多汉字,其中很多词汇是用汉字书写的,这也给新文学家们介绍、翻译、传播这些词汇带来了极大的便利。当然也有很多从日语翻译过来的词汇,读音和意思都跟原来的汉字不一样。但这类来自日语的外来词无疑是数量最为庞大的群体,比如:革命、经济、文化、法律、环境、同志、人力车、入场券、马铃薯、哲学、法人、美术、消

---

① 张德鑫:《第三次浪潮:外来词引进和规范刍议》,《语言文字应用》1993年第3期。
② 金兵:《文学翻译中原作陌生化手法的再现研究》,上海:复旦大学出版社,2009年,第177页。
③ 吴欣欣、芦茅:《从〈独秀文存〉看"五四"新词汇的特点》,《安徽史学》1993年第3期。

防、寿司、榻榻米……另外"五四"以来的翻译文学还从俄语和英语中大量输入词汇,如俄语音译的词:苏维埃、卢布、孟什维克、伏特加、布尔什维克等;英语音译的词:拷贝、费厄泼赖、吉普、麦克风等。从法语、德语、意大利语输入的词汇也存在一些,比较典型的有:芭蕾(ballet 法语)、纳粹(Nazi 德语)、法西斯蒂(Fascisti 意大利语)。① 可以看到,直至今日这些由翻译文学介绍进来的词汇依然活生生地表达着现代中国人的思维和情感,现代汉语中这类通过翻译文学产生的新词,其词汇量的广度远远被低估了。

新文学作品中常出现"食洋不化"的"欧化"语句,这与翻译文学对现代汉语写作的影响密不可分。在探讨这个问题之前,需要先说明五个问题,以免引起误解。第一是新文学创作实践在前,新文学语言的语法研究在后,第一部比较完备的白话文语法著作——黎锦熙的《新著国语语法》一书1924年才出现,②这就是说新文学作家并没有现成的文法、语法摆在面前供他们参照和规范写作,因此新文学创作的语言现象会很复杂;第二是现代白话文语体的形成是一个长期过程,是众多新文学作家综合了本民族语言的各种因素并借鉴了外来因素"合力"创造的结果,并且在不断发展变化着,不会定格在某种语句模式上停滞不前,这也带来了语言现象的复杂性;第三是外来因素的来源非常复杂,就判断一个语句来说,不可能如词汇一般追根溯源,可能来源于翻译的触动,也可能来源于学习外语时的感悟,还可能来源于新文学作品自身的阅读;第四是汉民族语言始终没有停止与其他民族语言的交流,古代汉语、现代汉语都如此,民间语言、方言、口语、书面语等融合现象也十分复杂;第五就翻译文学来讲,翻译的源文本主要来自"斯拉夫语系""日耳曼语系""拉丁语系"和日语,各语系之间的语法差别也很大,于是新文学作家据此借鉴时的情形会很复杂。因此这里谈现代汉语句法的"欧化"现象,是针对新文学文本语句的大体概貌而言,纯粹意义上的"欧式"语句是没有的,这是应当明确的。

新文学语言的"欧化"概括可以从一个反例来说明。中华人民共和国成立后有人向老舍提问:"'五四'运动以后的作品,包括许多有名作家作品在内,一般工农看不懂、不习惯,这问题怎么看?"老舍一面肯定"五四"以来向西方学习这一方向及其

---

① 曹永光:《简论现代汉语词汇的发展》,《天津师范大学学报》1998年第3期。
② 岳方遂:《语法研究百年之历史嬗变》,《安徽大学学报》(哲学社会科学版)1999年第1期。

成果,一面又明确地指出,"'五四'运动对语言问题上是有偏差的",这主要体现在片面崇拜欧美语言的"复杂"和"精密",而轻视中国语言的"简炼",形成一种盲目的"欧化"偏向,他认为作家应当学习"人民的语言","创作还是应该以老百姓的话为主","从人民口头中,学习简炼、干净的语言,不应当多用欧化的语法"。① 撇开当时说这番话的社会政治背景和正确与否不谈,老舍对"五四"新文学创作语言的"欧化"倾向这一概括,是无疑义的。具体到作家作品来看,鲁迅语言中的大量语句可以说是欧化句法的典型代表。《野草》中我们读到这样的句子:"四面又明明是严冬,正给我非常的寒威和冷气"(《风筝》),"烟草的烟雾在身边,是昏沉的夜"(《好的故事》),"四面都是敌意,可悲悯,可诅咒的"(《复仇其二》),"我顺着剥落的高墙走路"(《求乞者》),"(我)在隘巷中行走,衣履破碎,像乞食者"(《狗的驳诘》)……这样的语句既陌生又模糊,显然夹杂了外来因素,但这种欧化的语句却又表现出极为高超的语言艺术,让人叹为观止。《伤逝》一开篇"如果我能够,我要写下我的悔恨和悲哀,为子君,为自己",这种欧化的语句拥有着耸动人心的力量,当你一读仿佛便有震撼心灵的感受。汉语中的因果、条件、假设和时间状语从句,通常是从句在前,主句在后,按时间顺序的原则支配,而英语等西方语言则相对灵活,《伤逝》的这一语句明显受到了翻译文学的影响。徐志摩的《沙扬娜拉》:"最是那一低头的温柔,像一朵水莲花不胜凉风的娇羞,道一声珍重,道一声珍重,那一声珍重里有蜜甜的忧愁—沙扬娜拉!"主语始终没有出现,但语言的审美表现力得到强化,诗行的建构采用了"混合的梯式",从语言到形式都是欧化的。正如诗人余光中所评:"他的诗在格律上,句法上,取材上,是相当欧化的。"②

晚清的翻译注重意译,不太在乎源文本语言形式上的表达,所以对汉语语言的影响主要在词汇层面,"五四"伊始,翻译开始注重直译,汉语所受影响就不止于词汇层面,而波及至句法层面。晚清的译者如林纾根本不懂外语,所以有人认为他的翻译就不是"翻译",顶多只是"改写"。"五四"新文化运动以后,"人们开始相信,从翻译得来的新字词和新语法,更能表达从西方输入的复杂思想,也能帮助改造汉

---

① 老舍,《关于文学的语言问题》,《出口成章》,北京:作家出版社,1964 年,第 76 页。转引自王一川,《近五十年文学语言研究札记》,葛红兵主编,《20 世纪中国文艺思想史论》(第 1 卷),上海:上海大学出版社,2006 年,第 105 页。
② 余光中,《徐志摩诗小论》,《余光中选集三·文学评论集》,合肥:安徽教育出版社,1999 年,第 208 页。

语,于是直译开始占上风,导致欧化白话文蔓延"。① 傅斯年在《怎样做白话文》中说"欧化"就是"直用西洋文的款式、方法、词法、句法、章法、词枝(figure of speech)……一切修辞学上的方法,造成一种超于现在的国语,欧化的国语,因而成就一种欧化国语的文学"。②《小说月报》1921 年 6 月号上,茅盾提出创作家及翻译家该大胆使用欧化文法,郑振铎则言为求文学艺术的精进起见,他极赞成语体的欧化。在"五四"新文学时期,翻译文学的直译与创作语言的欧化是同时进行,相辅相成的,新文学作家、翻译家们将他们在欧式句法中感受到的魅力强力地传递到汉语中,创造了一篇又一篇的"美文",变革了中国文学的文本。

固定用法是指"五四"新文学以来,由于翻译文学的推动及在译文中的直接使用,使得某种语言规范和某些惯用语在现代汉语里固定下来,并一直延续至今的语言现象。可以从两个方面来说明:一是现代标点符号的使用,二是来自外来语翻译的现代汉语惯用语。标点符号在中国的最早使用可以追溯到甲骨卜辞,汉代以后符号的种类多了起来,出现了"句读"。宋代雕版印刷术广泛应用时,标点符号在校勘中有较多使用。到了清代标点符号的种类已经相当之多,但一直没有官方颁布的规范性标准。西式标点在鸦片战争以后传入我国,主要指英式标点,现代英文标点有 20 个,常用的是 12 个。③ "五四"新文化运动中,翻译文学兴盛,西式标点符号在译文中大量使用,新文学倡导者极力提倡使用这种新式的西式标点符号,即现代标点符号。现代标点符号的提倡和使用与翻译文学的推动、白话文的建设是紧密联系在一起的,新文学家兼翻译家陈独秀、胡适、鲁迅、周作人、钱玄同、陈望道等人对此发挥了重要作用。1919 年 4 月,胡适、钱玄同等 6 人在国语统一筹备会第一次大会上提出了《请颁行新式标点符号议案》,第二年 2 月 2 日,北洋政府批准了这一议案,于是现代标点符号在官方认可之下正式进入现代汉语。中华人民共和国成立后,1951 年、1990 年、1995 年、2011 年国家也四次颁布了《标点符号用法》,与之前区别不大。现代标点符号至今仍是现代汉语必不可缺的语言规范之一,包括汉语拼音的确立,都离不开翻译文学的推动和新文学家兼翻译家们的努力,我们绝对不应该遗忘他们的功劳。

---

① 王克非:《近代翻译对汉语的影响》,《外语教学与研究》2002 年第 6 期。
② 胡适,《中国新文学大系·建设理论集》,上海:上海良友图书公司,1936 年,第 220 页。
③ 任丽青,《标点符号里的大学问》,上海:上海人民出版社,2011 年,第 2—10 页。

顺便提一下"她"字的发明与固定。当年周作人在翻译瑞典作家斯特林堡的小说《改革》时遇上了英文"SHE",只好在"他"字之后注上一个"女"字。刘半农创造了"她"字,在《新青年》6卷2期刊文《英文"SHE"字译法之商榷》,与周作人讨论,后来得到了《新青年》同人的一致赞同,于是现代汉语中终于有了"她"。① 鲁迅后来在《忆刘半农君》一文中回忆此事时,将这种当年与旧语言势力的斗争形容为"大仗":"现在看起来,自然是琐屑得很,但那是十多年前,单是提倡新式标点,就会有一大群人'若丧考妣',恨不得'食肉寝皮'的时候,所以的确是'大仗'。"②在"她"字的固定之外,还有许多来自外来语翻译的名言、警句、谚语等逐渐出现在现代汉语里,成为现代汉语惯用语或者说是一种现代汉语的经典表述。比如来自于莎士比亚代表剧作《哈姆雷特》第三幕第一场的一句独白:"To be, or not to be, that is the question."卞之琳将其翻译为:"活下去还是不活:这是问题。"尽管有学者对卞之琳的翻译有不同意见,③这句话还是在现代汉语中渐渐被固定为一种常用的表述。雪莱《西风颂》里那句"If winter comes, can spring be far behind?"常被翻译为"冬天已经来了,春天还会远吗?"这句翻译已经在现代汉语中被固定地使用了,成为一种经典的表述。名句通过翻译固定在现代汉语中使用,不仅仅是局限于语言层面,关键是它改变着人的思维与情感,在接受者与接受环境方面,产生了一种新的融合甚至新的意义,成了接受者语言文化的一部分,这种现象被有的学者称之为"接受者与接受环境的创造性叛逆"④。扩大至语篇来看也是这样,比如戏剧《娜拉》(又译《玩偶之家》)、小说《牛虻》《钢铁是怎样炼成的》等,深刻地影响了中国人的思维与情感,在中国产生的效应远远超越于它们的原产地,这种现象在文学接受研究里又被称之为"传说的力量"。

四、汉语新文学对于"中国现代翻译文学"的包容性

综上所述,既然翻译文学从传播、资源、语言三个视角上来说,都与新文学密不可分,把翻译文学定位为外国文学显然不妥当,这是以最粗暴的方式对待翻译文学。外国文学的译介直接成了"五四"时期思想启蒙与政治救亡的重要工具,促成

---

① 严家炎:《"五四"新体白话的起源、特征及其评价》,《中国现代文学研究丛刊》2006年第1期。
② 鲁迅,《忆刘半农君》,《鲁迅选集》(第4卷),北京:人民文学出版社,1983年,第49页。
③ 张庆路:《论莎剧名句"To Be, or Not to Be, That Is the Question"》,《中国翻译》1990年第3期。
④ 谢天振:《论文学翻译的创造性叛逆》,《外国语》1992年第1期。

了文学审美观念的转变。① 翻译文学在新文学这一历史特定时期成为文化上的决定性要素,因为现代语言运动是一个反传统、科学化和世界化的语言运动,与现代民族国家的形成同步进行。国民教育体系中,小学语文课本就已存在翻译文学文本,如《伊索寓言》,往后比重逐渐加大,大学更是设立了"外国文学"课程,在中文系绝对是必修,翻译文学在本民族语言教育中的地位如此重要,是因为教育界的先驱早意识到这个重大问题:发展本民族的语言,离不开翻译文学。从陈子展的《最近三十年中国文学史》到朱自清的《中国新文学研究纲要》、王哲甫的《中国新文学运动史》都设有翻译文学的专章,然而翻译文学后来却消失在汉语文学史的叙述之中,这是一种残缺。用源文本将翻译文学归属为外国文学,不仅含混而且荒唐;无视翻译文学汉语文本和翻译家的存在,这是对中国现代、当代文学历史事实的极大不尊。中国现代翻译文学以汉语的方式讲述着这个世界,是外国文学中国化进程里的主角,是外国文学文本的重生,是汉语新文学的重要构成。

外国文学文本牵涉到不熟悉的语言指涉、文化传统和社会背景,是一种由多种力量综合而成的文化产品,这种源自不同文化区域的文学文本总是内含着复杂的历史因素和与之相关的观念表征符码。当一个文本迁移、旅行到其他文化、民族时,源语言背后具有的丰富历史内涵和文化意义的文化符码、观念体系大多不能进行表层的直接迁移,而是在与本土的观念体系进行深层次的碰撞后,通过文本重构的方式得以曲折呈现。"汉语新文学"概念突出了"汉语"的特性,凸显了这一深层次碰撞的重大意义,使翻译文学一直被当作外国文学的错误理念得以纠正,使这种以文本重构方式呈现的文学文本有了合适的地位与归属。以"中国现当代文学"框定文学作品而设置樊篱,既无法表明语言转换的价值,又不能涵纳翻译文本的存在,更不会正视文本重构的意义;而以"汉语"视角来看,就会自然而然地将翻译文学视为本民族的文学。"汉语新文学"贯通了"现代"与"当代"的时代鸿沟,打破了"国家"与"民族"的研究阈限,以汉语语言的文本实际敞开了学术思维的空间。"汉语新文学"涵盖"翻译文学",不仅重新界定了"中国现当代文学",而且拓展了文学研究的思维。承认中国现代翻译文学这个事实存在,承认翻译文学在改造现代汉语过程中重要的决定性作用,就是以开放的思维处理好民族文学自身与世界文学

---

① 参见任淑坤,《"五四"时期外国文学翻译的三重追求》,《"五四"时期外国文学翻译研究》,北京:人民出版社,2009 年,第 118—137 页。

的关系,就是更科学地认知中国文学之于世界文学的价值;让精彩的、经典的翻译文学文本成为自己的文化遗产,不仅使汉语新文学研究领域的视野得到极大解放,同时也是为世界文学贡献自己的文化智慧。汉语新文学的世界性意识对于翻译文学研究乃至文学创作研究无疑是一道曙光。鲁迅曾言:"注重翻译,以作借镜,其实也就是催进和鼓励着创作。"①当下的世界,文学创作与文学翻译关系更为紧密,如果没有葛浩文、陈安娜的翻译文本,莫言的文学创作文本可能不会以这样的方式走向世界,翻译与创作这一问题在莫言获得诺贝尔文学奖的今天,是否更加值得去关注、去深思呢? 答案显然是肯定的。

---

① 鲁迅,《关于翻译》,《鲁迅全集》(第5卷),北京:人民文学出版社,1973年,第148页。

第十章　汉语新文学的"雅""俗"分野

这注定是一个没有结果的讨论：如果试图从理论上区分什么是雅文学什么是俗文学，如果试图从文学的批评实践中指认怎样的写作是雅文学，怎样的作品是俗文学。也许雅与俗的定位本来就具有一种理论的假设性，实际上可能是个假命题，是一个根本无解的题目。人们不仅无法准确地定义抽象意义上的雅与俗，尤其是在诉诸人们精神享受的文学艺术范畴之内，而且，即便是从具体的比较意义上也很难将何谓雅俗的问题解释得非常清楚。然而既然人们已经形成了文学雅俗相对的某种概念和相应的思维习惯，则似乎可以探讨从另一个角度阐论文学的雅俗现象。

一、"雅"与"俗"的相对与互涵

雅俗文学在概念把握上的相对性是绝对的。也就是说，如果离开了相对性的比较，我们无从论述孰雅孰俗。当我们试图从内涵上定义雅文学的时候，根本无法在外延上廓清其与俗文学的疆域。你可以说雅文学是指精英文化人士从精英意识出发创作而成的精英文学，梁启超在鼓吹新民学说进行近代文化启蒙的时候本着典型的精英意识所创作的政治小说之类是不是就是雅文学？无论从作者的初衷还是从作品的效果来看，情况恰恰相反，这样的创作属于通俗文学，只不过是另外一种类型的通俗文学而已。你也可以将《红楼梦》这样经过历史的淘洗以及多少代人审美论证的文本称为雅文学，然而这样的定义立即会遭到历史的无情诘难，因为在其产生的那个时候小说这样的文体根本上就不是能上大雅之堂的东西。不仅是小说，那样一个时代，便是杂剧元曲之类，也属于"正经书"以外的另类。贾宝玉读《西厢记》之所以藏藏掖掖的，那就是因为这样的东西本来就不属于高雅的书房和尊贵的塾厅。《红楼梦》第四十二回写到"蘅芜君兰言解疑癖"，薛宝钗透露了这样的消息："我们家也算是个读书人家，祖父手里也爱藏书。先时人口多，姊妹弟兄都在一处,都怕看正经书。弟兄们也有爱诗的,也有爱词的,诸如这些《西厢》《琵琶》以及《元人百种》,无所不有。他们是偷背着我们看,我们却也偷背着他们看。后来大人知道了,打的打,骂的骂,烧的烧,才丢开了。"薛宝钗家真的只能是"也算"读书人家,书房里居然"无所不有"地藏有这样的书,由此可知为什么薛家会培育出薛大呆子这样的活宝。而正经读书人家如贾宝玉家的书房显然不会藏有这类书籍,于是当焙茗弄了一本《西厢记》来,贾宝玉便如获至宝。

文学雅与俗的区分必然面临着普遍的历史乖谬,几乎绝大多数在古代属于俗文学的作品,后来都成了雅文学的经典。薛宝钗所列举的这些作品在当时不仅是属于通俗作品,甚至还是正经读书人避犹不及的恶俗不堪的货色,然而现今这些作品俨然是高雅文学中的经典,甚至于走进剧院去观看这类作品的演出,也成了一种高雅的艺术行为。这样的情形同样适用于外国文学,早已是雅文学经典作家的莎士比亚,当年这一类戏剧作品比起古希腊悲剧等等其实是通俗文学。实际上,在古希腊时代,相对于悲剧,阿里斯多芬的喜剧也是不折不扣的通俗文学。

即便是在同一时代的平面上,在不同的阅读文化语境中,雅与俗的相对性也常常挑战我们正常的理论判断。当我们试图指认某一类作品是典型的俗文学时,人们会非常轻而易举地指出其中确有的非常不俗的雅文学因素。反之亦然。"鸳鸯蝴蝶派"的小说大多被界定为通俗文学作品,然而里面的诗词歌赋,包括用于描述和叙述的语言,其措辞以及格调往往非常之雅。诸如"春草碧色,春水绿波,送君南浦,伤如之何"之类的江淹式的诗句,文中常常俯拾皆是,打动过多少成长中的新文学家的心扉。这是从古代小说家和戏曲家那里传承来的一种文脉传统,作家在处理这一类文体的时候不得不面对俚俗的情节和人物关系或者是科诨式的语言,但作为文人那种赋性高雅的品位又不甘心于在此类作品中被埋没,于是通过文中穿插的诗词歌赋加以表现。这派文人当年麇居姑苏,留园品茗,沧浪晒酒,虽无曲水流觞,其称雅集,并无大差。通俗文学的写作者,写的是通俗性的作品,其价值目标很可能瞄准的是俗之又俗的读书市场,但这不妨碍他们以雅致的语言、诗词和生活情趣介入文学之中。再如人们一般认为是汉语新文学中典型的通俗文学代表的金庸武侠小说,其创作时的雅兴实在非同寻常。不仅经常使用高雅和精致的诗性笔法描写人物和刻画情境,而且还能将各章节的标题组合成一首长调律词,这样的写作策划即便是在传统小说中也属鲜见。但他的作品无论如何属于通俗文学,尽管有学者也付出了很大的努力试图论证其属于雅正文学,或者从根本上抹杀文学之间的雅俗区别,以此"提高"这类小说的雅的品质。

以新文学家对于包括"鸳鸯蝴蝶派"在内的民国旧派通俗文学的批判而论,至少在朱自清那里确曾看到了这一点:"在中国文学的传统里,小说和词曲(包括戏曲)更是小道中的小道,就因为是消遣的,不严肃。不严肃也就是不正经;小说通常称为'闲书',不是正经书……'鸳鸯蝴蝶派'的小说意在供人们茶余酒后消遣,倒是中国小说的正宗。中国小说一向以'志怪''传奇'为主。'怪'和'奇'都不是正经的东西。"①于是,他注意到,明朝人编的小说总集所谓"三言二拍"者,即有《拍案惊奇》,重在一个"奇"字,另有《今古奇观》,还是归到"奇"上。有这个"奇",才可供人们茶余酒后的消遣。这些文学的本质便是消遣。"鸳鸯蝴蝶派"成员中也有自觉地将这种消遣视为文学"小道"者。姚鹤雏在所著《小说学概论》中对此引经据典,说是:"依刘向《七略》及《汉书·艺文志》,小说出于'街谈巷语,道听途说',则其所载,当然多属'闲谈奇事';又观《七略》及《隋书·经籍志》所录,则'凡各著艺术立说稍平常而范围略小巧者,皆可归于小说'。'其所包举,无非小道'。"这样的定位就可以理解为通俗文学的实际道统,虽然与一般文学难以截然分开,可从主体取法到客观对待,分明属于文学中的"微观叙事"之一途。姚鹤雏所谓"艺术立说稍平常"就是指思想的深刻性、丰富性追求稍显一般,而他所说的"范围略小巧",也就是避免"宏大叙事",这些都可以视为通俗文学的固有特性。

文学研究会在《小说月报》第12卷第1期发表的"宣言"中宣告:"将文艺当作高兴时的游戏或失意时的消遣的时候,现在已经过去了。我们相信文学是一种工作,而且又是于人生很切要的一种工作:治文学的人也当以这事为他终身的事业,正同劳农一样。"这一时代性的宣言既宣告了文学与人生的重要联系,也宣布了文学通俗化、市场化和娱乐化走向绝境。尽管在新文学之前,中国第一本正面描写和尚恋爱的小说——苏曼殊的《断鸿零雁记》,中国第一本歌颂寡妇恋爱的小说——徐枕亚的《玉梨魂》,都与"五四"时代个性解放、人格自由的时代精神相吻合,但它们出于承袭了通俗文学的通俗化、市场化和娱乐化的传统,仍然被列为新文学家批判的对象。诚如汤哲声所指出的,"自从'五四'新文学登上文坛之后,'鸳鸯蝴蝶派'文学就是新文学的批判对象。新文学对'鸳鸯蝴蝶派'文学的批判具有重要的现实意义。没有这样的批判就没有新文学义无反顾地成了中国文学的'正宗',新的

---

① 朱自清,《论严肃》,《朱自清全集》(第3卷),南京:江苏教育出版社,1988年,第139页。

文学观念和创作方式就不可能迅速地成了中国文学的创作主流"。① 但这样的批判将本来是自己同盟军的"鸳鸯蝴蝶派"文学，也就是那个时代最典型的通俗文学，划归了自己的对立面，这无疑为汉语新文学的发展人为地添加了一堵墙。健康的汉语新文学应该容纳通俗文学的表现方式，因为通俗文学毕竟较早地承担起了新文学和新文化的部分批判和表现职能。

　　文学的俗与雅的判断，绝不能依据作品的描写笔法，更不能依据作品的题材和人物。尽管通俗文学葆有一些传统的题材，如武侠、言情、宫闱、侦探、滑稽等等类属，但我们无法认定，凡是涉及这样的题材便是通俗文学，否则就不是通俗文学。几乎所有的文学都会涉及言情的内容，这显然不是通俗文学的专属。王小波的《红拂夜奔》论题材就是武侠小说，甚至比一般的武侠小说更夸张离奇，但他确实与通常意义上的通俗小说明显不同。很多文学作品借助侦探、公案或宫闱秘事的题材勾画人物组织情节，但它们都可能不是通常意义上的通俗文学。

　　于是，无论从文学表现方法还是从文学的题材选择来看，一定的作品都并存着雅俗文学的因素，雅中有俗，俗中有雅，不仅不可避免，而且很可能是一种规律，是相关文学家刻意为之甚至是勉力追求的结果。

二、雅俗文学与汉语语言

　　在谈论文学的雅与俗的话题上，语言因素是无法避免的焦点。一般而言，这是在同一个语言文化语境下才能真正展开的话题。对于一个外语的学习者和研究者而言，几乎所有的对象都不可能真正分出雅俗来。学习梵文或巴利文的学者更加重视印巴地区的民间故事和传统神话，学习和研究英语的学者对所有英国文学作品，无论是雅是俗，都须以严肃的态度对待。真正能够通过外语抵达原语作品，其是俗是雅其实并不重要。正因如此，国外汉学家对中国文学中的通俗部分或俗文学、民间文化的内容，往往投入更多的热情，也更容易有所发现。他们在这样的发现中，都是将这样的文学和文化现象视为正常的甚至是带有东方玄秘的现象加以对待，并不会特别在意其通俗文学和文化的属性。对于汉语文化背景的人也是这样，当我们通过阅读和其他欣赏途径接触到外国文化和文学艺术作品时，那些作品的内容越是通俗，越是接近外国文化背景的原始蛮荒，则对我们的理解力和分析力

---

① 汤哲声：《"五四"新文学与"鸳鸯蝴蝶派"文学究竟是什么关系》，《文艺争鸣》2009年第5期。

越是构成吸引力。

即便是在同一种语言中,不同时代的语体对雅俗文学和文化来说同样会起到一定的干扰作用。对于初通文言文的读者来说,阅读浅近的文言小说就不是通俗文学欣赏的行为。

语言背景对文学雅俗的分辨起着至关重要的作用。在本己语言系统之中,尽管理论上面临着相当的难度,但一定作品文学属性的雅与俗实际上很容易分辨,有时甚至靠语言和情节的直感就可以进行判断。然而在异己语言系统中,要做这样的区分不仅很难,而且往往也并不显得有多重要。在这样的意义上,本己语言系统中文学的雅俗之辨往往会真正成为一个话题,而这个话题只能相应地延伸到异己语言系统之中,很难将不同语言系统中的雅俗文学放置在同一平台上进行阐论。即使勉强放置在同一平台,也很容易产生误读现象,甚至会发生雅俗错位的认知。

于是,应该在汉语文学的本己系统中探讨文学的雅俗问题。非常现实的话题应该集中于汉语新文学的领域。

汉语新文学是以汉语操作和创作的新文学作品和现象的统称。从历时形态上说,包括新文学产生以后的所有以汉语白话为基础的书面的文学性写作,即包括现代文学和当代文学时期的新文学内容。从共时形态而言,则在中国大陆文学之外还包括台港澳和海外华文文学。汉语新文学是综合中国现当代文学以及世界华文文学全部内容的新概念,它来自于对汉语文学概念的继承,也来自于对中国文学概念的合理修正。

只有在汉语新文学这一平台上,才能准确地认知和界定通俗文学与非通俗文学。因为这一平台已经撇开了语言的问题,人们可以纯粹从文学的构思、文学的表现、文学的阅读目标等方面对文学的雅俗性质做出自己的判断。于是,同样是言情的文学,琼瑶的作品在汉语新文学平台上被一致地归入通俗文学的范畴,正像在武侠文学的意义上,金庸、梁羽生的小说被归入通俗文学范畴一样。这些通俗文学的典范,创造了汉语新文学的另一道亮丽的风景。在汉语文学的传统中,本来就有通俗文学的深厚积淀。但人们接触到琼瑶和金庸的作品后,很少想到将他们的写作归入汉语传统文学的通俗类属中去,这其实不是有些学者在金庸研究中谈论过的通俗文学的"现代化"问题,而是它们在汉语新文学领域从事的一种通俗文学建构,本质上属于新文学范畴。汉语文学在传统意义上有它自己的通俗文学,在新文学意义上也拥有同样的通俗文学。

既然文学的雅俗之辩或雅俗之争已经有了相当长时间的学术积累,则说明在文学史研究或文学批评意义上进行雅俗言说具有一定的可行性。既然雅俗之辩在学术上难以避免,则可以换一个角度进行思考和论辩,即不是将具体作品的雅与俗进行品质定位,而是从文学创作的某些环节进行雅与俗的论辩与分辨。

通俗文学或文学的通俗性写作,其最基本的出发点和特征是针对写作客体或对象的通俗易懂性。这是通俗的本来意义。设想一下,鲁迅笔下涓生躲出家庭避寒消时的地方是通俗图书馆,可想而知那里供读者阅读的都是通俗易懂的连环画或文字特别浅近的图书。这样的写作其关键点是工具性的浅俗。各种寓言,或者宗教箴言之类,各种阐解宗教教义的歌词之类,以及特定时期的宣传戏剧或宣讲词,都属于这样的类别。这样的通俗文学写作往往又以大众文学写作的历史形态出现在学术论述之中。

三、雅俗分野与汉语文化伦理

文学创作应该是本乎内心的冲动和灵感,以真善美为前导,以理想的文字形态表述复杂的人生状态。有人说文学创作应该"怀有一颗接近生命最原本意义的赤子之心"[①]。如果文学写作离这种赤子之心过远,甚至单纯或者较多地考虑读书市场的因素,并将这样的因素直接引入写作构思和写作过程,则这是市场因素导致的写作的通俗性。在这一意义上,"鸳鸯蝴蝶派"的作品被界定为通俗文学的代表是非常典型的学术判断。张资平的写作有理由被界定为某种意义上的通俗性写作,因为这位在20世纪20年代颇有影响的作家,比起同时代的作家来,这种市场意识特别明显,也特别得到强调,他的文学修养也多与"鸳鸯蝴蝶派"文学有着更深的联系。

从这一意义拓展开来,那种按照特定的职场要求进行的文学写作,其实是另一形态的市场寻租,也构成了通俗写作的要件。这样的语境下我们想到了张恨水的创作,将此类作品纳入通俗文学的角度进行理解也就顺理成章。从这一角度还可以取视董桥的散文,他的报章体散文大多来源于"天天写专栏"的需要。[②] 其他各种行业性的戏剧、小说创作,也同样是通俗文学的应有形质。

---

① [美]约翰·梅西(John Macy),《文学的故事》,梁春编译,台中:好读出版社,2002年,第23页。
② 董桥,《董桥文录》,成都:四川文艺出版社,1996年,第680页。

从文体形态而言,通俗文学最常见的是小说,还有民歌民谣之类的通俗诗歌,戏剧中的戏曲大多可纳入通俗戏剧品类。通俗散文似乎较为陌生。其实,在自我夸耀中失却了创作本旨,同时装腔作势取悦于市场的散文写作,也是一种通俗性的文学写作,这种写作的结果就是通俗文学作品。由此可以理解极端自恋的一些文人,如李敖,如余秋雨。

并不是通俗文学一定呈现出负面的效应,虽然以上文分析的情形而言,通俗文学写作中确实包含着低俗、恶俗的因素。通俗文学的正途应该是在培养读者的阅读趣味,释放读者的心理郁积,对于读者的心智有一种娱乐的作用。优秀的通俗文学作品都在此方面有着不凡的建树。如果倒过来,那种写作只是出于自己的趣味,娱乐自己,顺便释放自己的内心郁积,那就会堕入恶俗之一途。李敖便是一个极端的例子。

精神领域的任何研究、评价、选择,都包含着一定的伦理倾向,这便是文化伦理。文化伦理与汉语新文学的研究密切相关,实际上,至少在文学研究界,它可能是汉语新文学研究才迫切面临的问题。文化伦理往往是解析文学与社会、族群、国家、世界诸种外在复杂关系的重要视点。此外,在文学内部关系研究方面,文化伦理体现在雅俗分野的辨析与把握上。

第十一章　汉语新文学的空域背景及其文学史意义

文学创作体现一定时空中的作家情感与思想，同时也反映这种情思的时代背景与空域背景。但在文学研究中，人们比较容易重视文学的时代背景，而对空域背景则很少关注。这样的学术状况影响了汉语新文学研究的成就。其实，汉语新文学发轫时期的重要思想特征和文化特征之一便是空域背景的强化，而不仅仅是业已为人们普遍注意到的时代因素的敏感。

在"五四"新文化运动之前，文学家早已经注意到了文学与时代背景的关系，无论是"歌诗合为时而作"论，还是"一代有一代之文学"论，强调的都是文学的时代背景因素。"五四"新文化运动发扬了近代启蒙主义者将中国的改良和发展置于世界大势的广阔背景下加以思考与论述的传统，养成了在世界甚至宇宙的空域背景中考量中国现实的思维习惯，并将这种习惯融入了文学创作之中，使得"五四"新文学凸显出引人注目的空域背景。① 然而，中国现代文学的研究者对"五四"新文学的如此特征缺少相应的学术敏感。新文化和新文学研究一直非常重视文学的时代背景，而相对忽略文学的空域背景。闻一多在《创造周报》论述《女神》，首论《女神》之时代精神，次论《女神》之地方色彩，②似乎将文学创作的空域背景与时代背景放在同等重要的位置上进行考察，不过他所论述的地方色彩主要侧重于文化内涵，具体地说是中国传统文化精神，而不是作为创作背景的空间和地域因素。如果说文

---

① 在与时代背景相对应的意义上，最为顺理成章的应是空间背景和地域背景，但现代汉语业已赋予"空间"与"地域"的语义又似乎未能完成对于"时代"的对应，因而考虑将此二义合并为"空域"一词，庶可在概括范围和表达力度上与"时代"取得平衡。当然应该注意到航空航天科学中所用的"空域"并不包括地面上的区域即地域，而是指空中的某个区域。因此，"空域背景"仍然是一个需要做出解释与说明的词语。
② 见闻一多：《〈女神〉之时代精神》，《创造周报》第4号；《〈女神〉之地方色彩》，《创造周报》第5号。

学的时代背景考察经常会遭遇到政治化的涂抹和附会，则文学的空域背景研究也有可能会遭到文化学的冲击或淹滞。在这个意义上说，莎士比亚文学的"福斯泰夫式的背景"所被赋予的文化意义冲淡了空域内涵，而巴尔扎克的"都市生活场景""外省生活场景"则又仅仅显示出某种生活题材的意义。文学的空域背景与一定的社会文化背景和作品展现的具体场景都有相当密切的关系，但又有着本质的区别和鲜明的学术界限，它是指文学构思和文学写作中的空间因素和地域因素，承载着并通过不同方式呈现出某种文化、思想乃至政治的内涵。在新文学的时代背景研究已经成为不言而喻的学术前提的情形下，新文学的空域背景研究便须追寻新文学家空域背景意识的获取途径及表现特征，进而厘清空域背景的处理模式及其对新文学发展的影响。

一、汉语新文学家的空域意识

所谓空域背景，就是文学构思乃至文化写作中作为背景起着某种参照、召唤作用的空间和地域因素，有时候，这种空间和地域因素也能作为写作对象出现在作品之中，一般而言，特别是在新文学语境下，这种空间和地域因素往往带着相当浓厚的文化内涵、思想意味乃至政治寓意。新文学研究者通常比较容易发现这些文化、思想乃至于政治内涵的时代品质，于是较多地关注时代背景之于新文学创作的意义，其实，新文学的空域背景同样值得重视，因为这里更直接地呈现出"五四"新文学的丰富景观，其中寓含的文化、思想乃至政治含义也同样明显。

自从近代启蒙主义思潮打开了国人的眼界，引入了世界思潮，中国人的文化、思想乃至政治思维便获得了世界性的空域背景，而"五四"新文学运动大张"赛先生"的旗帜，将"宇宙"概念纳入文化思考和文学构思之中，陈独秀认为古典文学的一大罪状便是"所谓宇宙，所谓人生，所谓社会，举非其构思所及"[①]，非常明确地要求文学表现包括宇宙在内的广大空域，这样的认知大大强化了新文学论辩与文学写作的空域背景意识，并且将这种空域背景意识在世界性乃至宇宙性的意义上实施了有效地拓展，从而使得新文学理念和新文学创作体现出非常鲜明的现代时空感。他自己的文学理念便突出地体现出这样的空域背景，《文学革命论》通篇便是

[①] 陈独秀，《文学革命论》，《中国新文学大系·建设理论集》，上海：上海良友图书印刷公司，1935年，第46页。

以"今日庄严灿烂之欧洲"来比照中国文学、艺术和国民精神；更侧重于从"进化"的时间之维思考文学问题的胡适，也时时以欧洲学术和拉丁语体为参照，①其世界性的空域背景对他的文学观念显然很有影响。连林纾批判白话文和新文学的议论，也不得不据引"英之迭更，累斥希腊腊丁罗马之文为死物"②的近代西方典故，也即无法脱离世界性的空域背景阐述自己的观念。林纾意识到这是自梁启超以后的一种思想风尚，其实这更是"五四"时代的理论风尚。

这种兼具世界视野和宇宙意识的空域表现和想象凸现的正是被称为"五四"时代精神的神韵、风范和气度，它突出地体现在郭沫若的诗歌创作之中。从闻一多的相关评论开始，人们一直没有怀疑过《女神》在表现"五四"时代精神方面的典型与精彩，而这种时代精神恰恰是通过世界性和宇宙性的空域背景加以展示和凸现的。《女神》中最为刚劲暴烈、恣肆汪洋的诗篇，都在空域表现上具有鲜明的世界性和宇宙性。《晨安》表现的是新时代的诗人敞开胸怀拥抱世界的踔厉激情，这激情的展示方式便是将全世界的空间和地域有序或无序地召唤在一起，然后热忱地对之声道"晨安"：祖国的扬子江、黄河、万里长城，更北方的俄罗斯、西方的帕米尔、喜马拉雅、恒河、尼罗河畔的金字塔，欧洲的比利时、爱尔兰，还有大西洋、太平洋以及太平洋上的诸岛，又有美国的华盛顿和东瀛的扶桑。这里自由地呈现着诗人在空间与地域上的世界性联想，无论从诗性构思还是从诗兴表达方面而言都跳荡着一种自由的欢悦与欣喜，那超越无待的情感深呼吸所传达的确实是一个开放的时代一个崛起的民族的声息与气概。如果说这种世界性的空域表现还与近代启蒙文化中的世界意识以及横向铺展式的空域思维有某种精神的或现象的联系，则《地球，我的母亲》《立在地球边上放号》等以地球为对象的诗篇则绝对属于"五四"式的自由狂放的宇宙思维，——当以地球为对象进行构思并实施讴歌之际，诗人和读者所意识到的空间背景当然就在地球之外，那是巨大而空茫的宇宙！《凤凰涅槃》面对着"茫茫的宇宙"歌哭，《天狗》甚至叫嚣着"我把全宇宙来吞了"，呈现出一种更加宏观更加放恣的空域意识，而且完全是"五四"式的、现代性的空域背景意识。

在"五四"时代，很少有人作郭沫若式的诗兴暴喊，但幽婉地表现出这种世界性

---

① 胡适，《历史的文学观念论》，《中国新文学大系·建设理论集》，上海：上海良友图书印刷公司，1935年，第59页。
② 林纾，《附林琴南原书》，《中国新文学大系·建设理论集》，上海：上海良友图书印刷公司，1935年，第172页。

空域意识的诗人并不罕见，康白情的《送客黄埔》以及朱自清等人类似的送别诗都表达着这样的世界关怀，展示着开阔的空域背景。闻一多在"五四"时代的诗篇，尤其是游美之后的写作，如《太阳吟》等，在融入中国传统文化的"地方色彩"之余传导出世界性的空域意识，同样体现那个时代的精神气质。郭沫若所开创的宇宙性空域的表现传统，既感染着惠特曼式的诗风，又体现着屈子的风范，更鼓荡着"五四"时代开放进取和科学精神的生息，成为新文学之初弥足珍贵的文学成果。这样的传统在后来的新文学创作中仍有机会得到发扬光大，无名氏在《野兽·野兽·野兽》一开始描写"四千万万万团太阳在燃烧，宇宙永远是一场大火灾。火灾避难空间一片辉煌星斗。……星云在狂逃，一秒钟七千哩，要冲出去，冲出宇宙"，体现的正是这种宇宙性空域的思维特性。

　　现代生活的空域跨度增大，使得汉语新文学创作获得了世界性的空域背景，这在郁达夫、许地山、张资平等新文学家的小说中都有明显体现。即便是在微观的意义上，由于新文学为人生观念的作用，空域背景的强化也仍可被视为新文学的一大特征。从新潮社到文学研究会，"五四"新文学家都倾向于将"为人生的文学"观念当作主流意识，连鲁迅也乐于承认并在后来的著述中常常追溯。"为人生的文学"诚如周作人所言，是"用这人道主义为本，对于人生诸问题，加以记录研究的文字"①，而这人生的记录须告别传统文学"某生"体的概述路数，人物、场景和人生情节都必须细致生动而精彩，或如陈独秀所言：须"赤裸裸的抒情写世"②。胡适曾批评中国传统小说类似于"笔记杂纂"的毛病："某生，某处人，幼负异才，……一日，游某园，遇一女郎，睨之，天人也，……"谑称之为"烂调小说"③，之所以将这种"某生体"称之为"烂调小说"，是因为它全无精彩的个性化描写，总是非常一般地从人物的姓名、籍贯、身份说起，一律的陈词滥调。这样的小说虽然交代了人物的籍贯，但与作品情节的展开似乎并无关联，不足以构成作品的空域背景。例如林纾的文言小说《柏梵娘》，开头便交代人物的籍贯乡里，而且交代得并不简单："柏世禄者，辰

---

① 周作人，《人的文学》，《中国新文学大系·建设理论集》，上海：上海良友图书印刷公司，1935 年，第 196 页。
② 陈独秀，《文学革命论》，《中国新文学大系·建设理论集》，上海：上海良友图书印刷公司，1935 年，第 46 页。
③ 胡适，《论短篇小说》，《中国新文学大系·建设理论集》，上海：上海良友图书印刷公司，1935 年，第 272 页。

州之泸溪人,祖大丰,以进士官济南。世禄随宦山东,遂世为济南人。"问题是下面的故事以及人物性格和命运的变异等等与这个地域并无任何关系。吴福辉在讨论这个问题时,很有说服力地说明"五四"新文体建设"理论上的输入由胡适、周作人、沈雁冰诸人完成,创作实践便是鲁迅、郁达夫的《狂人日记》《沉沦》!小说是这样,新诗的创立,话剧的引进,英国随笔的渗入也是这样,白话文体的全面革新以前所未有的规模和深度铺开"。他通过巴金《家》所写到的"销售新书报的'华洋书报流通处'",能够透视"偏僻的成都所能达到的'五四'影响的深广度",这正可以说明新文体的力度乃在于具体、生动的空域背景描写非常有力地呈现时代的氛围。①

的确,至少到了鲁迅的经典作品如《阿Q正传》《祝福》《孔乙己》等小说中,"某生体"的概略性和陈词滥调式叙述已经无影无踪,取而代之的是具体生动的人物,含有丰富细节内涵的情节,显示人物性格的语言,更重要的是具有丰富的时代气息和地域文化含量的空域背景,未庄、鲁镇甚至咸亨酒店等虽然微观但十分独特生动的空域与鲁迅的名字、文笔一起早已沉淀为新文学的经典名词。

尽管汉语新文学家们并没有充分意识到,具体生动且带有丰富文化底蕴的空域背景的展示已经成为新文学和新文体的基本特征与标识,然而在他们的批评中已经习惯于从空域背景观察处于萌动状态的新文学创作。沈雁冰在1921年8月分析4月到6月这3个月的120多篇小说创作,其统计分析都立足于空域场景:"关于男女恋爱关系的,最多,共得七十余篇;农村生活的,只有八篇;城市劳动者生活的,更少了,只得三篇;家庭生活的,也不过九篇;学校生活的,五篇;一般社会生活的(小市民生活),约计二十篇。"②虽然小说展现的人生场景与文学创作的空域背景并不完全等同,但足可说明,新文学家已经初步获得了观察人生乃至观察文学本身的空域背景意识,他们对于创作的关注角度往往更容易偏向空间和地域方面,而不完全是像人们一般印象所认定的是偏于时代因素。

周作人提出"人的文学"的命题,揭示了新文学创作表现空域可能具有的两面性:"(一)是正面的。写这理想生活,或人间上达的可能性。(二)是侧面的。写人的平常生活,或非人的生活,都狠可以供研究之用。"③周作人当然不会从空域背景

---

① 吴福辉:《寻找多个起点,何妨返回转折点——现代文学史质疑之一》,《文艺争鸣》2007年第7期。
② 郎损(沈雁冰):《评四五六月的创作》,《小说月报》第12卷第8期。
③ 周作人,《人的文学》,《中国新文学大系·建设理论集》,上海:上海良友图书印刷公司,1935年,第196页。

的角度发表这样的议论,但他的议论可以为透视新文学创作空域背景的双向拉伸特性提供一种方法论的参照。新文学创作可能是受易卜生主义的影响,一般都呈现出两种空域相向辉映的格局:一是此在空域的表现,即作品中表现的空域场景,人物活动的主体空间,犹如《伤逝》中涓生生活的吉兆胡同与通俗图书馆;一是主要人物甚至与作者的期诣空域,即期望抵达的空域境界,或可以用"愿景"二字加以表述,也就是周作人所说的"理想生活"的场景,亦如涓生所向往的渔夫奋搏其中的大海怒涛,士兵浴血的战壕,投机家如鱼得水的洋场,豪杰出没的深山密林……对于涓生而言,现实生活的此在空域与内心向往的期诣空域构成了紧张的对峙,彼此作双向拉伸运动,以几乎同样的力度以及永难达到均势的动态撕扯着人物的情感和作者的灵魂。这种此在空域的力量与期诣空域的召唤力之间构成的双向拉伸甚至灵魂撕扯,是以鲁迅为杰出代表的"五四"新文学家一种最为焦虑的写作心态,最具特色的构思路数,也是较为显著的文学贡献。当然可以将这种情形简单地概括为理想与现实的冲突,但通过具体生动且饱含文化内蕴的空域背景体现,则比抽象形态的理想与现实精神的表现更符合文学规律;更重要的是,期诣空域未必就是理想的境界,诚如《伤逝》中所展示的,那种战壕、洋场、深山密林与怒涛汹涌的大海不过是人物期盼冒险期望刺激的一种愿景,未必就是人物理想中的人生场景的象征。

鲁迅对易卜生《玩偶之家》的理解和深刻的阐述也表明,期诣空域与理想的人生境界其实距离很远。娜拉不满于家庭,向往着外面的世界,就她而言,相对于家庭的此在空域,外面的世界便是期诣空域。但期诣空域显然并不是理想的乐土,鲁迅在《娜拉走后怎样》这篇著名的演说中深刻地指出,在女性独立的经济权未得到解决之前,娜拉出走以后的前途只有两个:一是堕落,二是回来。这种悲观的估计分明指出,作品中人物的期诣空域远不是理想的境界。

鲁迅的创作和观念中有关这种空域背景的认识,在"五四"新文学时期并不偶然,许多新文学家也在超越于通常所谓理想与现实的冲突的意义上表现着此在空域与期诣空域的双向拉伸对于人物情感与灵魂的撕扯与煎熬。庐隐的《海滨故人》是一个在空域描写方面相当丰富与生动的作品,它似乎比那些同时代的小说更在意于空域意识:云青等来到旧游的海滨,看见"海滨故人"的房子,感叹着"海滨故人!也不知何时才赋归来呵!"其间不过与露沙分隔了才一年多,时间的长度远不足以作如此沧桑之感和伤感之叹,关键是空间上的空茫距离:"屋迩人远"的感叹强化了这样的沧桑。小说中几位青年女子对于空域的分隔特别敏感,即便是一个暑假,她们都为这将要发生的空域的分隔感伤不已:"露沙回到上海去,玲玉回到苏州去。云青和宗莹仍留在北京,她们临别的末一天晚上,……残阳的余辉下,唱着离别的歌儿道:潭水桃花,故人千里,/离歧默默情深悬,/两地思量共此心!/何时重与联襟?/愿化春波送君来去,/天涯海角相寻。"这歌曲抒发的同样是空域分隔的痛楚,而不是时间意义上的沧桑。作为小说情节主线的是海滨构屋,那也是为了构筑一个期诣的空域,一个并非理想的愿景,正如露沙的信所披露的:"吾辈于海滨徘徊竟日,终相得一佳地,左绕白玉之洞,右临清溪之流,中构小屋数间,足为吾辈退休之所,……唯欲于此中留一爱情之纪念品,以慰此干枯之人生。"干枯的人生需要慰藉,而海滨佳地小屋只是她们情感的纪念,并非理想的栖息地。即便如此,也只是部分友人来此洒泪,现实命运的捉弄与海滨故地的向往在人物和作者的心底构成了永无止息的情感漩涡。孙俍工《前途》和《海的渴慕者》也都展现了这样的情感漩涡:此在的空域令人窒息,而期诣的前景则依然空茫,可怜的人们在这种双向拉伸以至于撕裂的空域背景下忍受着情感的煎熬与理念的紧张。

典型地体现在双向拉伸的空域背景中灵魂撕扯之感的还有鲁迅所概括的"乡土文学",这一类作品更能说明汉语新文学空域背景的双向拉伸并不像理想与现实的冲突那样简单。鲁迅在《〈中国新文学大系·小说二集〉导言》中对来自贵州的塞先艾,来自榆关的裴文中和来自浙东的许钦文等人关于故乡的作品作了如此概括:"凡在北京用笔写出他的胸臆来的人们,无论他自称为用主观或客观,其实往往是乡土文学,从北京这方面说,则是侨寓文学的作者。但这又非如勃兰兑斯(G. Brandes)所说的'侨民文学',侨寓的只是作者自己,却不是这作者所写的文章,因此也只见隐现着乡愁,很难有异域情调来开拓读者的心胸,或者炫耀他的眼界。"①这些作家的故乡写作固然表现的都是故乡的风物,但他们的"胸臆"却以自己侨寓的北京为依托,因此"隐现着"的乡愁其实是故乡空域与此在空域——北京或都市双向拉伸所造成的情感撕扯之痛和灵魂撕裂之感。这里的任何一方空域都与所谓理想的境界无直接关系。

二、汉语新文学空域背景的独特性

"五四"新文学在与传统文学的意向性断裂过程中,留下了许多无论是令人快

---

① 鲁迅,《〈中国新文学大系·小说二集〉导言》,《鲁迅全集》(第6卷),北京:人民文学出版社,2005年,第255页。

慰还是令人难忍但总是非常醒目也令人难以忽略和遗忘的断痕,由各种政治文化氛围和社会生活样态构成的时代背景的巨大差异是其中最显在、最辉煌、最不容置疑的断痕,不过有些断痕却显得相当潜隐,这就是相关研究历来缺乏探讨的空域背景的殊异。揭示出汉语新文学空域背景与传统文学乃至与近代文学之间的差异性,有利于更加准确和更加深入地把握新文学的特征和本质。

传统汉语文学同样是在一定的时空背景下产生的精神创造现象,因而它同样带有属于并体现自己本质特性的空域背景。千古《离骚》是空域背景表现得最为强烈的诗篇,该诗篇对于空域的拓展直接影响了新文学领域的郭沫若和闻一多,郭沫若《女神》和《星空》中的诗篇对于空间和地域性描写和想象的恣肆汪洋给新文学留下的印迹相当深刻,以至于闻一多试图从类似于空域背景的角度研究诗歌时首先想到了郭沫若。不过《离骚》开创的文学传统将空域的描写与想象在"上下而求索"的纵向层面加以展开,"上"求则饮马于咸池,总辔乎扶桑,折若木拂日,与雷师交往,这分明是在后人所说的天堂之上的作为,后文所谓"吾令帝阍开关兮,倚阊阖而望予"表达的也正是这样的空域;"下"索则"吾将从彭咸之所居",按王逸的说法,彭咸是殷代贤臣投水而逝者,他所居住的应是鬼域泽国,即后人所说的黄泉地狱之类。传统文学即便是沿着诗骚传统中"骚"的一脉流传以下的创作,也未必全部按这样的空域描写和想象构思作品,但这种以天堂——人间——地狱为基本空域构架的思维无疑反映着传统的文化思维模式,甚至与神话思维发生直接的联系。神话思维的主体原始人"是生活在和行动在这样一些存在物和客体中间,……他感知它们的客观实在时还在这种实在中掺和着另外的什么实在",①于是对自己所处世界之外的另外的世界确信不已;又由于这种原始思维既强调从因果律的逻辑链接上观察世界,认定"没有偶然的事物",同时又对自然原因漠不关心,"不耐烦去查明引起或不引起"某现象的自然原因,②于是将不同世界之间理解为相互联系互成因果的关系,从而形成了类似于天堂——人间——地狱的空域概念,以中国传统的"碧落黄泉"之说最为形象。这种纵向叠加式的空域概念对中国传统文学的影响既普遍又深刻,甚至连早已超越了布留尔所说的以"集体表象"作思维单位的《红楼梦》这样的小说,其构思中的空域背景也都沿袭着天堂——人间——地狱的思维习

---

① [法]列维-布留尔,《原始思维》,丁由译,北京:商务印书馆,1997年,第58页。
② [法]列维-布留尔,《原始思维》,丁由译,北京:商务印书馆,1997年,第372页。

惯,虽然对这些空域概念作了相应的文学处理和诗性渲染。于是,陈独秀批评中国的旧文学"其内容则目光不越帝王权贵,神仙鬼怪,及其个人之穷通利达。"①钱玄同则说中国古代小说"十分之九""非诲淫诲盗之作""即神鬼不经之谈",②虽然言辞偏激,但并非全无根据。其实西方的传统文学也是如此,从但丁的《神曲》中,蔡元培看出了这样的文学和美学特性:"其内容虽尚袭天堂地狱的老套,而其所描写的人物,都能显出个性,不拘于教会的典型⋯⋯"③这清楚地表明,在蔡元培的价值观念中,西方传统文学的"老套"便是"天堂地狱"的空域布置,与中国传统文学相类似,体现为纵向叠加式的空域思维习惯。

中国的近代文化思维打破了传统文学思维的这种叠加式的空域框架,建构起平面地、宏观地观照世界大势的空域思维模式,无论是被称为"附以近代人文主义的新义"的康有为的"大同"思想,④还是梁启超动辄"全地球""各国"⑤,抑或是孙中山著名的"世界潮流浩浩荡荡"说,都将目光从纵向叠加的世界——天堂的瞻望,拉向横向铺展的世界——全球的考量,文学和文化写作的这种空域背景的变异宣示了思维方式的变易,同时也通向价值观念的变更。天堂——人间——地狱这种纵向叠加的空域视界将人们的观念、信仰和精神寄托引向上层的神谕境界,导致思想价值以道德完成和灵魂飞升为目标,在后一种意义上显示出的便是蔡元培所概括的"教会的典型"。而"全球""世界"这样的横向铺展的空域思维模式,将人们的视野拓宽到同一层面的各个角落,唤起人们的共时比较意识,从而激发出一种批判的热忱,这种批判往往基于在不同的空域寻求一种可比性,通常是在外国与中国之间,在政治、社会、文化、文学等通常的领域。

与传统汉语文学的空域思维相同构,近代启蒙主义者同样将写作背景的空域划分为此在空域与期诣空域。传统文学构思中往往以人生生活场景为此在空域,真正作为背景加以向往和力图抵达的愿景往往是天堂。近代文化思想的阐述则在

---

① 陈独秀,《文学革命论》,《中国新文学大系·建设理论集》,上海:上海良友图书印刷公司,1935年,第46页。
② 钱玄同,《寄陈独秀》,《中国新文学大系·建设理论集》,上海:上海良友图书印刷公司,1935年,第51页。
③ 蔡元培,《总序》,《中国新文学大系·建设理论集》,上海:上海良友图书印刷公司,1935年,第4页。
④ 蔡元培,《总序》,《中国新文学大系·建设理论集》,上海:上海良友图书印刷公司,1935年,第7页。
⑤ 梁启超在《立宪法议》一文中说:"今日全地球号称强国者十数,除俄罗斯为君主专制政体,美利坚、法兰西为民主立宪政体外,其余各国则皆君主立宪政体也。"

宏观的意义上以中国现实为此在空域,将先进的西方作为期诣空域甚至是理想的愿景,甚至于煞有介事地美化和神化西方文学和文化传说。梁启超的文章经常将诸如此类的西方传言写得宛在目前:"法国奇女若安,以眇眇一田舍青春之弱质,而能退英国十万之大军;曰惟:'烟士披里纯'之故。"①文化精神的西方,此刻便成为作者心向往之的空域,他对于中国现实的思考与议论,对于中国政治的批判与设计,无不以西方社会政治文化作为参照,作为寄托,作为空域背景,甚至是作为写作者愿意抵达或诚心向往的"愿景空域"。

　　作为汉语新文学直接的思想文化基础,"五四"新文化运动在空域背景的意义上一开始与近代文化思维完全接轨。《青年杂志》的《社告》显示,他们从近代文化启蒙思潮中获得的"世界"眼光构成了其价值观念的空域背景:"今后时会,一举一措,皆有世界关系。我国青年,虽处蛰伏研求之时,然不可不放眼以观世界。"②陈独秀在《敬告青年》一文中则力主"世界的而非锁国的"③。这时候,他们的空域认知与近代文化启蒙者非常接近,皆以世界大势为期诣空域,以期诣空域为愿景,为理想之所,用以比照本国此在空域的落后与黑暗。与"习为委靡"的中国风俗和"国力索矣"的中国现实相对照,④"庄严灿烂之欧洲"⑤便理所当然成为倾心向往的理想之所,成为一种愿景或期诣空域。胡适试图用易卜生主义来防御民族主义和爱国主义可能对世界文明愿景造成的干扰,他分析道,"易卜生从来不主张狭义的国家主义,从来不是狭义的爱国者……我想易卜生晚年临死的时候(一九〇六)一定已进到世界主义的地步了"。⑥世界的向往与认同这时成了新文化的主流意识,这种主流意识使得新文化运动者与近代启蒙主义者相一致,将文明的世界和欧洲视为期诣空域或理想空域。

　　这样的观念直至1919年才有所改变,《新青年宣言》明确宣示:"我们相信,世

---

① 梁启超,《烟士披里纯》,《梁启超全集》(第1卷),北京:北京出版社,1999年。
② 《青年杂志》第1卷第1号。
③ 陈独秀,《独秀文存》,合肥:安徽人民出版社,1987年,第7页。
④ 陈独秀,《敬告青年》,《独秀文存》,合肥:安徽人民出版社,1987年,第7页。
⑤ 陈独秀,《文学革命论》,《中国新文学大系·建设理论集》,上海:上海良友图书印刷公司,1935年,第44页。
⑥ 胡适,《易卜生主义》,《中国新文学大系·建设理论集》,上海:上海良友图书印刷公司,1935年,第188页。

界各国政治上道德上经济上因袭的旧观念中,有许多阻碍进化而不合情理的部分。"①这体现着理性地看取他国文明的态度,同时也预示着将期诣空域的世界和欧洲当作理想愿景的时代正在过去。新文化界和新文学家以可贵的清醒与冷静宣告了作为宏观参照的期诣空域与作为精神归宿的理想愿景并不一致。鲁迅对易卜生主义的批判深刻地揭示了这一点,而他的《伤逝》等作品又对这样的空域背景框架进行了卓越的勾画和揭示。从鲁迅开始,经过郁达夫等人的强化,从古代文学表现到近代文化观念所揭示的期诣空域与理想境界合一的状况,在新文学界得到了深刻的清算,郁达夫《沉沦》和张资平《她怅望着祖国的天野》中的主人公虽然都在受尽欺凌的日本以西方的祖国为自己的期诣空域,但祖国的贫穷、落后仍然难以充任理想的乐土。于是,也同样是从鲁迅开始,经过庐隐、孙俍工以及乡土文学家的强化,在空域背景刻画的意义上,"五四"新文学所凸现的是严酷的此在空域与并不理想的期诣空域之间的双向拉伸,以及由此拉伸给予人们的情感撕扯和灵魂撕裂的痛楚。这是"五四"新文学最有深度与潜力的价值展示,也是新文学在空域背景的表现方面最富有力道、最富有特色的内涵:它既迥然区别于传统文学的空域背景表现,又与近代文学和文化的空域意识拉开了显豁的距离。传统文学通常的空域思维是纵向叠加,处在上层的想象空域,类似于天堂之类,不仅代表着期诣空域,而且代表着信仰的最高层次,不言而喻地代表着理想;近代文学与文化虽然已习惯于在横向铺展的格局中安排空域背景,但往往将文明世界的空域视为理想的乐土和幸福的愿景,吸引着并召唤着人们的精神认同。在传统文学和近代文学的空域思维之中,期诣空域与理想愿景合二为一,但在文学处理中就显得相当简单,简单到真可以用理想与现实的关系加以概括。而鲁迅为杰出代表的"五四"新文学撕破了期诣空域的理想愿景或乐土图景,只是作为一种参照的因素对人们的灵魂作另一番牵扯,因而作品有可能通向复杂与深刻,通向情绪的茫然与精神的痛楚。

问题是,随着革命热潮的澎湃以进,理想的愿景即便是在幻想的意义上也成为文学描写的必须,汉语新文学双向拉伸式的空域表现便受到挑战,现代文学大量表现的期诣空域由于获得了政治含义的填充而重新染上了理想甚至天堂般的色泽,文学的空域表现又复归到简单化的程式之中,可能带着传统文学所具有的浓重的迷信意味:天堂与地狱,碧落与黄泉,乐土与泽国。当代汉语新文学创作其深刻性

---

① 《新青年》第 7 卷第 1 号。

和复杂性在许多方面都有逊于"五四"新文学,从空域背景的角度考察应能得出同样的结论:期诣空域由于被赋予了理想的意义乃至神圣的色彩,成了一种绝对的愿景,导致文学处理的简单化甚至概念化,新文学原本具有的在空域背景处理方面的情感撕扯之感和精神撕裂的痛楚便无法附丽,无由产生。

第十二章　汉语新文学的评论形态与当代意义

在汉语新文学界,文学评论一直能够得到研究者足够的重视,几乎任何时代都有重要的文学评论现象出现并施展其一定的影响。文学评论的建树也与文学创作的收获一样,纳入了各种文学史考察范畴。这就说明,文学评论从来就不应该是从文学创作那里衍生出来的,文学评论在社会形态和文化形态上有着自己无可置疑的独立性。然而,正因为这样的独立性,围绕着文学评论所暴露或衍生出来的问题便一向很多,并且有逐渐增多的趋势。对于这些问题,需要进行理论的考察和论辩,而从文学评论的文体形态和主体意态这两方面论证,可以为当代文学评论的发展前景提供一种理论探讨。

一、文学评论的文明建构

文学评论是一种批评的文明形态,而批评是人类文明的一个重要文化功能的体现。人类文明有创造本能,也有议述功能。所谓议述功能,即对事物进行叙述,进行评议,以达到交流与评价的目的。后来的各种批评,包括文学评论,都是这种议述功能的体现。当然这是一种文化功能,不能说是本能,也就是说,议论和陈述往往是人类文明发展到一定程度的时候所产生的然而也是不可遏止的要求。人们可以进行文明批评、社会批评,也可以进行审美批评和文学评论。与文明批评和社会批评相比较,文学评论和审美批评超脱甚至可以远离一定的社会功利性,因而具有某种特别明显的安全感,这种安全感与某种自由性相伴而生,因而它的内涵会比较丰富,学理探讨可以较为深入,作为批评文体可能也容易体现出批评的典型性,故而一般提到批评,都往往可以举文学评论的示例供言说。

批评可以看作是人类初期文明叙事的申述与概括,在文学意义上也是如此。中国上古时代的诗歌《击壤歌》,其中歌吟道:"日出而作,日入而息,凿井而饮,耕田而食。帝力于我何有哉？"如果这确实来自于上古的先民，则这首歌典型地表现了原初叙述与批评（议论）的关系：前四句是一般叙事，最后一句却是申述和议论，具有某种传达价值观念的批评功能："帝力于我何有哉？"表达了一种自尊、自由、自得的人生价值观，包含着对王权的批判和对自由境界的肯定，这样的人生观和意识情调，在人类文明的上古时代非常难得，代表着一种很高的人生境界和审美自觉。这样的境界和自觉是通过议论和批评的方式以及语调传达出来的，显然，如果光是叙述，很难传达这样复杂的人生观念和文明观念。

只要带着比较的意识省思古代的文化传述，就会轻易地发现，作为原初形态的文学评论和艺术批评往往体现出比原初文学和艺术等等更加复杂和更加深厚，同时也可能更加富有境界的思想与精神。古代传奇中关于"高山流水"的故事，讲述俞伯牙对钟子期琴音的评论："巍巍乎志在高山，洋洋乎志在流水。"就是一种高于当时音乐创作水平的批评之论，无论这批评之论是表述为"善哉，峨峨兮若泰山，洋洋兮若江河。"（《列子》），抑或表述为"善哉乎鼓琴，巍巍乎若泰山""善哉乎鼓琴，洋洋乎若流水。"（《吕氏春秋》）都是一种很高水平的批评之论，也是相当有艺术魅力的批评。再如孔子关于《诗经》首章《关雎》的评论："乐而不淫，哀而不伤"，其批评水平即便是在两千年以后的今天看来，也具有登峰造极的思想力量和审美内涵。这样的批评之论其语言传达既极为美妙，其思想力度也足以感人感己，毫无疑问包含着原初批评冲动的某种快感。

当然，并非上古时代的所有文学评论都会如此精深、准确而富有力度，其中也多含有一些看似正确其实并不科学的批评意见。《春秋公羊传解诂・宣公卷十六・十有五年》中有这样的概括与批评："男女有所怨恨，相从而歌，饥者歌其食，劳者歌其事。"以此解释上古时代文学和歌谣产生的社会和心理契机。这种解释有非常深刻和精切的判断，如原初的"怨恨"说，可以成为文学评论和文学起源的基本学说。但"饥者歌其食"，就带有某种主观臆断的意味。文学和艺术的起源与人生的余裕有直接的关系，鲁迅即持有这样的批评观点。一个饭食无着的饥饿者不可能拥有足够的余裕作而歌吟。其实古人早就注意到文学和艺术的起源与人生余裕之间的紧密联系。《淮南子・道应训》中有记："今夫举大木者，前呼邪许，后亦应之。此举重劝力之歌也，岂无郑、卫激楚之音哉？"被后人如鲁迅等推崇的"举大木"说确乎印证了认同度非常高的关于文学艺术起源的"劳动"说，但更印证了文学艺术起源的"余裕"说。可接着通过翟煎的口，说出"然而不用者，不若此其宜也。治国有礼,不在文辞"。意思是说"文辞"不足以治国,文辞之类,应该发乎情而诉诸文字,但无关乎治国兴礼。这就表明,文学艺术包括批评之类,可以远离政治和社会管理,而且可以与礼仪文明拉开距离,它只可属于文化事务。这是科学地、准确地、稳便地把握文学及文学评论与政治文本之间差异性的一种批评努力。

批评或者文辩,是人类文明到达一定程度之后必要的文化活动,体现着较为丰富的社会心理和人生内容,体现着文明社会普遍存在的议论和批评倾向。议论和批评的社会行为和文化功能发展和发达之后,迅速培养起人的思辨能力、表述能力和对事物的认知判断能力,这无疑会更大地促进人类的文明进步。在这样的意义上可以理解,孔子在《论语·阳货》中说出的那句名言:"诗可以兴,可以观,可以群,可以怨。迩之事父,远之事君,多识于鸟兽草木之名。"为什么"远之事君"然后会跟着一句"多识于鸟兽草木之名"?这其实就是论说与文辩的需要,也就是在批评意义上进行表述的需要:如果将《诗经》中的鸟兽草木之名都信手拈来,信口道来,必然显得言之凿凿,言之有物,言之有据,言之有力,能够以强辩的姿态和实力显示自己超卓的事君之能力。这确实是很重要的一种势能。

这当然不是指一般的文学评论。这种在社会人生意义上甚至在世俗之用上的泛批评体现着人的社会价值实现的一种方式与途径,体现着人们内在的一种申述、议论和论辩的欲望。如果说这样的泛批评常常会令主体冒着巨大的风险,付出较大的代价,战国时代的辩士虽然有腰悬六国帅印的赫赫荣耀,可也有身陷囹圄甚至身首异处的危险,那么,文学评论或者在文学范畴内的批评就安全得多,也自由得多。在文学尚未独立为文学的时代,文学评论当然也就失去了独立于其他泛批评的依据,这是人们从批评起源的意义上言说文学评论必然面临的尴尬境地。不过,明白了泛批评是人们在社会生活中发挥议述功能的必然结果,就能对各种批评包括文学评论的社会文化意义及其必然性有一个更加清晰的认识。

中国的文学评论至魏晋南北朝时期走向成熟,这种走向成熟的批评其显著标志便是文学评论理论的体系性的形成。这样的批评史观并不影响我们对泛批评产生和发展的历史性把握。中国的文学评论从来都是围绕着一定社会条件下的述议功能展开的,体现着一定时期的人们言说文学以及言说文事的热忱,也就是说,这种批评从不以建构文学评论理论及其系统性为旨归。正因如此,《文心雕龙》既可以就一系列理论命题展开论述和论证,也可以就《离骚》等作品进行辨析与分析。它满足的不是理论建构的需要,而是借助文学作品和文学现象进行自由言说的述议功能的实现。有时候,这样的文学评论还是写作主体个人才情显露的结果。陆机的《文赋》便是如此。

二、文学评论的功能价值

汉语新文学的历史逐步形成了十分重视文学评论的新传统。《新青年》和《新潮》都从批评开始倡导新文化运动和文学革命,专门从事批评的文学期刊和文化期刊在新文学运作的初期也十分活跃,《语丝》甚至兴起了颇有传统的"语丝文体",一发不可收拾地走上了以杂文及社会批评和文明批评为写作主调的文学道路,显示了新文学创作最初实绩的文学刊物如文学研究会的《小说月报》不仅重视文学评论,发表了沈雁冰、郑振铎等人连篇累牍的批评文字,对新文学初创时期的创作和运作起到了一定的导向作用,而且还刊载文学研究和文学史研究的大量成果。创造社以"异军突起"的姿态崛现文坛,更以文学评论的推崇为其社旨方针,人们甚至认为,倡导浪漫与重视批评是创造社的本质特征,且正与倡导写实和重视创作的文学研究会相对应。新文学自《新青年》时期,经由文学研究会和创造社等社团运作期,直到革命文学的倡导,左翼文学的运动和抗战文学的号召,都是理论批评为先导,有时甚至为旗帜。周扬、张道藩这样的理论批评家,都分别在党派政治的领域内发挥文学评论的作用,这同样充分说明文学评论和文学理论在整个新文学运作过程中的重要性。

不同的时代不同的文学评论家对文学评论的重视往往从不同的角度摄入。文学评论之所以在文学事业中显得比较重要,大概不外乎其所具有的这样的功能意义:社会功能意义、文化功能意义和文学功能意义。不同的历史时期,面对不同的文学家和文学评论家,文学评论所展开的意义可能完全不同。这种差异性在历史上和在现实层面所构成的冲突常常引发巨大的能量,这种能量常常增添了文学史的喧闹、精彩与无休无止的琐碎的纠缠。从学理的角度而言,这种对于文学评论功能理解的参差显露出文学评论界基本认识的混乱。

政治功能意义少的文学评论是中国现代文学评论的基本价值体现。在特别重视文学的政治功能和意识形态意义的时候,文学评论和文学评论的作用异乎寻常,它可以为政治和意识形态制造许多话题、命题,同时也相应地衍生出许多理论,可以用来褒奖和鼓励符合政治取向和意识形态的创作现象,也可以用来打压和纠正偏离政治倾向抑或反意识形态的文学现象。马克思主义文艺批评以及苏俄前后的文学评论,特别是车尔尼雪夫斯基、别林斯基、杜勃罗留波夫、普列汉诺夫、赫尔岑的文学评论在俄国历史乃至在世界社会运动史上所起的作用和影响,几乎令所有的作家都难以望其项背。中国现代文学史上,左翼文学评论所起的巨大作用,中国当代文学史上,姚文元等人的文学评论所激起的反响,无不超越于文学界而影响到当时社会生活的各个层面。如果能够承认或者期盼文学评论可以发生对于社会生活的有效号召和巨大影响,那么这就是从社会政治功能意义上理解和建构的文学评论。这样的文学评论往往着眼于宏大的历史观察和深远的政治寓意,其气度和胸襟自非一般的文学评论可比。它们中的有些篇什,甚至能够成为一定时期一定社会的政治文本和社会运作教科书。例如马克思、恩格斯关于哈克纳斯《城市姑娘》及典型环境论的批评,以及对拉萨尔的《弗兰茨·冯·济金根》批评及对悲剧的历史性界定,其意义早就溢出了文学自身而成为一种政治文化理论长期指导着社会主义运动。在这个意义上,毛泽东《在延安文艺座谈会上的讲话》,甚至鲁迅的《对于左翼作家联盟的意见》等,都体现出政治意义上的文学评论的价值。

  当一种文学评论在政治功能意义上发挥作用的时候,它对于文学和文化的效用具有一种垂直型的自上而下的效应。这样的文学评论很可能成为一定时期一定范围内文化原则的体现,甚至可能成为文学创作者所必须遵循的理论依据。这是文学家普遍向往的一种境界,但这样的境界并不是为文学评论家准备的。特雷·伊格尔顿在《二十世纪西方文学理论》一书的"结论:政治批评"章节中,反复强调文学评论的社会功能和"政治"作用,申明了文学评论"介入"现实的"政治"立场,突出文学的意识形态功能,放逐文学接受的个体维度、审美价值和精神功用,得出文学必须死亡才能得救的结论。① 这是从政治功能意义上解读文学评论的极端论点。

  文学评论除了政治功能价值,最主要的当然是文化功能意义。这在某种意义上说是文学批评的本意。一个社会的文明运作离不开批评,一种文化的基本态势与批评连在一起。批评可以在人类文明生活的所有领域展开,但在文学中展开时最安全,也是最自由的。但在文学中展开的批评活动,也就是文学评论,其功能指向常常不会局限在文学自身,而体现一种文化的评述。以西方新批评为典型模态的文学评论虽然谈论的是文学,但其价值功能则早已溢出文学的域限,而进入人们

---

① 引自牛寒婷:《重返文学评论的场域》,《文艺评论》2011年第6期。

的文化视野之中。与文学评论相伴而行的一些后现代主义批评、后殖民主义批评等,在当代思想史和文化史上建立的殊勋,早已超越了文学的功绩。批评文化的发达是后现代文明的重要特征,而这样的批评在文学领域展开的频度和力度往往都超过其他领域。这样的文学评论借助各种非文学的知识系统,例如心理学、社会学、历史学、语言学、政治学,当然更有文化学等,但它的建树和贡献也同样耀眼地呈现在这些领域,并且放射出更加炫异的文学光芒。德里达(Jacques Derrida, 1930 – 2004)的解构主义理论是从文学出发抵达文化层面的典范,他的文学行动理论虽然谈论的是文学,但却完全疏离了文学创作,而是在文化甚至在文明的意义上谈论文学这个客体,给予读者的主要是文化认知上的快感。类似的情形还可以追溯到弗洛伊德和荣格对于文学的批评与解读。

沃尔夫冈·伊塞尔早就意识到文学评论甚至语文学自身的社会文化属性,"文学作为一种独特文化的产物,它产生于一种文化背景,它的活力来自这一背景的紧张关系以及对这一背景所施加的影响。它尤其强调与决定自身环境有关的不同物,以此介入自己真正的环境并确定自己的独特性。文学以这种方式显示出自己位于业已制定的文化地图上新的区域"①。文学评论作为文学的一种衍生物,其文化功能意义也在于此。

文学事业早已进入到这样的文化时代,文学创作虽然并不会在意文学评论,文学评论也跃跃欲试地摆脱文学创作的拘囿,而试图在更开阔的文化话题上建立自己的话语场,以此构成一种独特的文化现象甚至是文化热点。在这样的话语场中,文学已经不再是纯粹以创作为中心的阅读对象和欣赏对象,而是文化言说的一个题材,是文化传播的一种手段,是文化讨论的一个契机。这样的文学可以是传统意义上的创作,也可以是一种文学行为②,包括文学评论乃至于文学家的批评本体的写作。文学评论和纯粹的文学评论在这样的意义上具有某种原则性的差异,虽然它们之间联系仍然那么牢不可破。

文学评论最基本的还应该是文学功能意义上的价值呈现,是文学的内在美感和外在价值得以理论揭示和学理评判的文本样式。这是文学评论的本源形态,也

---

① [德]沃尔夫冈·伊塞尔,《走向文学人类学》,王晓路译,载拉尔夫·科恩主编,《文学理论的未来》,北京:中国社会科学出版社,1993年,第297—298页。
② 德里达的命题"Literary Action",汉语翻译为"文学行动"。考虑到"行动"一词的动作性强调因素,似译为"文学行为"更妥。

是文学评论在其余功能意义上进行价值发挥的基础。这也不妨被称之为纯粹的文学评论。人们所喜见常闻的也多是这样的批评。这样的文学评论对文学的文本及其制造者——作家负责,它的理想状态在于体现、描述、论证文学的审美性能和美学规律。这样的文学评论其理想的状态应该是艺术的和审美的,也只有这样的文学评论可能是文学的笔法和审美的感悟。

文学评论的文体形态实际上应该由其不同的功能意义来决定。政治社会功能意义上的文学评论应该是气势磅礴的论文,是逻辑严谨的辩论和步步为营的立论,其中充满着政治的激情和社会批判的张力。文化功能意义上的文学评论可以是社会批评和文明批评的典型模板,可以是鲁迅式的杂文,甚至可以是与文学关系不大的理论阐述和现象评论。文学功能意义上的文学评论则最好是文学性的写作,显露着批评家的激情和灵气,体现着写作者的才情和理论及语言的魅力。文学评论主体的价值定位决定着文学评论文本的理想的文体形态。

由于主体价值感的差异导致文学评论文体形态的必然差异,这一文化规律决定了人们无法也无理由将所有的文学评论主体一视同仁,更无法也无理由用一种文学评论文体的特性、功能要求另一种批评文体。也就是说,要求政治功能意义上的文学评论写出文学功能意义上的批评文体的美感,显然是很荒唐的,同样,也不应要求文化功能意义上的批评承载政治意义上的功能,甚至能够起到相应的社会动员作用。文学功能意义上的文学评论可以发挥文学的审美作用,可以在文学鉴赏和文学价值的内部认定方面有所作为,但并不能要求它起到文化功能意义上的某种示范作用,更不应要求它在社会政治功能方面发挥作用。

当然,一定的文学评论文本未必都是为了对应一定的文学评论功能而产生的,在众多文学评论文本中,人们可能很难找到一个非常典型的属于哪一种功能意义的批评文本。但明确这三种文学评论的功能属性,有助于在一种科学的框架中确认文学评论的属种与归宿。

三、汉语新文学评论文体的多样化

文学评论的历史、类型及其社会文化机制的分析,直接导致我们对批评文体形态的考察。毫无疑问,那种要求千篇一律、千部一腔的文学评论文体形态的观念早已被列入势在破除之列,因为它违反了文学评论的历史及规律,也不符合文学评论功能架构的格局。文学评论文体形态的多样化,是文学批评学应该集中思考的问题,也是文学评论家们应在学术实践中不断探讨并加以解决的问题。

经过数十年来学术学院化的运作,汉语新文学的批评文体到今天也已经学院化到僵硬甚至僵死的地步。所有的文学评论都伴着一副学院派的面孔在那里装腔作势,煞有介事,在那里故作姿态,莫测高深。文学评论的从业人员中,有一些其实并未受过系统的学院训练,但偏偏就是这样的人员特喜欢端起架势。这样的风气挟持着近些年文学学科评估以及论文分等的势头,愈演愈烈,沸反盈天,使得好端端的文学评论,在这种莫名其妙的学院化潮势中变得灰头土脸,死气沉沉,不三不四,了无生意。要改变这样的状况,必须明确文学评论文体多样化的必要性,同时必须从学术认知上区分文学评论、文学评论与文学的学术研究之间的必然联系与必要区别。

我提出过将文学评论和文学的学术研究进行学理区分的意见,[①]并在许多场合讲述过类似的观点。我认为文学研究界一直都没有形成一个清晰的概念:文学的学术研究与文学评论并不是一回事。这两者之间没有形成必要的学理分野,严重地影响了文学研究的学术规范性建构,特别是中国现当代文学研究领域,造成了许多观念的混乱。全国现当代文学研究类的专业刊物,所发表的论文便常常是文学评论与学术研究相含混,一篇随意性的作品评论完全可以与一篇严谨的文学史研究论文置于同一档次,在各种评价体系中,这样的两篇文章也常常处于同一档次。

文学评论是对各种文学现象和文学作品进行富有个性的评介性文字,文学的学术研究则是对文学现象包括作家作品进行学理分析或历史价值判断的学术性阐论;前者鼓励批评家自陈好恶,后者却要求研究者尽量掩藏自己的好恶;前者强调批评家批评视野和观点见识的独特性,后者强调研究者研究结论的正确性与可信度。一般而言,"一千个人有一千个哈姆雷特"是概括的文学评论现象,文学的学术研究则以尽可能还原历史的真切为价值旨归,无论多少个研究者,研究结论应该指向同一个莎士比亚。

注重这两者之间的分野,有助于加强文学研究的规范性建设,使得现当代文学的学术研究有别于文学评论的随意性;有利于遏制现当代文学研究论文"文章化"的势头,使得现当代文学论文在其规范性上朝着古典文学研究等较为成熟的学科趋近。同时,这种分野的注重有助于提高文学研究的门槛,让那种从未进行过良好

[①] 代表性的文章是《文学研究:批评与学术的乖谬》,载《探索与争鸣》2009年第2期。

的学术训练的学术投机者在文学研究的殿堂之外有所忌惮。

显然,我发表这样的意见时,秉持的是所谓学院的立场,选取的是学术规范的角度。然而对于文学及其批评事业而言,学院立场和学术规范并不是一切,甚至并不十分重要。文学事业大而言之乃由文学创作、文学评论和文学的学术研究三种本体构成,学院立场和学术规范仅仅在文学的学术研究层面应有用武之地。从这样的意义上说,文学评论离学院立场和一般而言的学术规范越远越好。因此,有必要从文学评论的本体意义上再作一番阐论。

在文学评论文体的多样化这个话题上,除了区分文学评论与文学的学术研究之间的差异性外,还需要旗帜鲜明地强调,文学评论在文体形态上可以拉开与文学的学术论文之间的距离,将文学评论写成充满灵性与活力的文字,写成非一般论文可以相提并论的灵动文字。事实上,我们的文学评论已经成为:文学评论家发表一般意见的文体,而不是发表思想显露才情的文体;已经成为作家寻求一般社会反响的一种学术证据,而不是对理论和学术批评的一种聆听途径。我们的文学评论失去了它存在的本来意义,而且,正在与文学史论文相混淆。

文学评论从来就不应是低水平低档次的,出色的文学评论充满着批评家的聪明和感悟,充满着富于激情的笔墨并给人以灵性的享乐或精神的愉悦,从这个意义上说,文学评论所需要的天才和悟性超过文学的学术研究,对于普通读者的重要性也大大超过后者。说文学评论更富有创造力,更需要才力和悟性,它应能引领读者的灵魂,向一个更加美好、完善的方位进行文学伸展运动。甚至,文学评论和文学创作具有同等重要的价值,大可以成为读者欣赏的对象,让人从中感到一种美、一种抒情,读精彩的文学评论就像读好的抒情散文一样。丹麦批评家勃兰兑斯的《十九世纪文学主流》就是这样一种广受欢迎的文学评论专著,文笔非常优美,加上中文翻译的精彩表达,使它成为一种完美的批评文本。洋洋六巨册,它几乎就不是在批评,而是作者自我灵魂的一种自语和对话,使批评家借助于19世纪文学现象在做审美的深呼吸运动,充满了文学的情感,经常有大段的抒情。如在谈到英国感伤主义作家缪塞的时候,他几乎是带着眼泪在诉说:"那时候的天才,他被由来自他自己内心的苦闷压扁了,我们就再也找不到苦闷的灵魂,因为他们脸上都擦了玫瑰制的胭脂。"评论家这时已经进入了角色,他是在和作家对话,同时也在对话中坦露自己的心灵,他同样在塑造自己的形象与灵魂,这时候的评论者实际上成了名副其实的创作者。鲁迅先生很推崇勃兰兑斯,他在写《〈中国新文学大系·小说二集〉导言》

时就常常采用这种笔法。他关于世纪末的精彩论述,对于沉钟社用诗歌表达他们内心难以明言的隐曲之歌的描述,都充满着感性和灵性的悟解,读来就如同一段优美精致的散文。李健吾先生的批评经常令作家不服,卞之琳等都对这位批评家提出过质疑乃至抗议,但他们哪里知道,李健吾在进入某些作品的批评之际,他完全进入了自我表现的精神境界,批评的与其说是作品还不如说是在披露自己的心灵隐曲。

文学的这种批评文体可以称之为诗性批评。波德莱尔认为这是最好的文学评论:"最好的文学评论是那种既有趣又有诗意的批评,而不是那种冷冰冰的、代数式的批评,以解释一切为名,既没有恨,也没有爱。"[1]所谓代数式的批评,可以模拟为学院化的批评,它不是没有价值,但显然不是理想的。英国的批评家利瓦伊斯这样解释他的理想的批评文体,"理想的批评家就是理想的读者,……哲学是'抽象的',而诗歌是'具体的'……文学评论家的工作是要取得一种完全的(读诗)反应,并尽可能将他的反应展现为评论"[2]。

在这样的意义上,文学评论应该与创作一样可贵,而且也应该是文学的一种特殊的本体文本,需要表达鲜明的思想,需要显露批评的才情,需要让人读后有一种感喟,有一种震撼,有一种回味甚至反省的力道。文学评论可以是散文,甚至是诗意的散文。如上文提及的丹麦勃兰兑斯《十九世纪文学主流》,也如鲁迅写的许多评论(至少是他的《〈中国新文学大系·小说二集〉导言》),又如李健吾的评论、胡兰成的评论,评论的是文学现象,表述的却是自己的灵性感悟,自己个性化强烈的思想悸动,自己的生命感受和审美感受,自己的心灵叹息和情感愉悦。文学评论应该是文学作品中的一个独特的文体,它应该属于文学,而应该远离学术。

这就是我常常讲到的文学的学术研究与文学评论的分野。表面上看,我似乎尊重学术不尊重评论,实际上相反,我觉得评论,好的评论,有分量有价值的评论,能够作为文学的独立文体留存下去的评论,更需要才情,更需要文字表述的魅力,更需要功夫和功力。

为什么文学评论一定要写成论文,搞那么多注释,征引那么多别人的理论,为什么不是自己的理论加上自己的审美体验?随着大学越来越重视论文,文学评论

---

[1] [法]波德莱尔,《波德莱尔美学论文选》,郭宏安译,北京:人民文学出版社,1987年,第215页。
[2] F. R. Leavis, "Literary Criticism and Philosophy", Scrutiny 6:(1937):P60-61.

论文化的倾向越来越重,最后是既毁坏了评论,同时也毁坏了学术论文。我们这个时代对文学的学术论文与文学评论的含混化处理,导致了没有精彩的文学评论,同时也使得学术论文的质量大受影响。

所以,应该重新认识文学评论,重新建构文学评论的文体品格,重新恢复文学评论应有的尊严和魅力。

在强调文学的诗性批评或文学评论文体的灵性的同时,也不宜形成独尊此体,罢黜别家的专制型思维。文学评论是自由的,文学评论的文体也应相应地自由,至少关于文学评论文体的认知应有充分的自由。当我们带着某种向往的神色谈论文学的诗性批评之际,也应考虑到这样的声音,例如巴赫金的观点:"要克服艺术研究领域中方法论上纷呈的歧说,不能走创造新方法的路子,即再加一种独特的利用艺术事实性的方法,参与到多种方法的共同斗争中去,而应该在人类文化的整体中通过系统哲学来论证艺术事实及艺术的特殊性。"① 充分考虑到各种批评文体的特殊性,才能充分尊重批评文体的多样性。

---

① [苏联]巴赫金,《巴赫金全集》(第1卷),钱中文译,石家庄:河北教育出版社,1998年,第308页。

传统论

第十三章 "五四"新文化与汉语新文学传统

"五四"新文学是汉语新文学的前导与基础,汉语新文学所发扬的新传统都来自于"五四"新文学的直接传承;而"五四"新文学直接导源于"五四"新文化运动,因而汉语新文学的发展及成就实际上应理解为"五四"新文化运动的历史馈赠。

汉语新文学的审美传统处在不断的时代变异和美学修正之中,但其文化根底仍然通向"五四"新文化,"五四"新文化崛起的美学意念其实笼罩着整个新文学和新时代艺术的发展进程,要全面系统地把握新文学的艺术精神和审美文化,必须致力于"五四"新文化运动的根绪剖析。当然,更值得注重的是新文学思想传统及其与"五四"新文化的关系。从思想传统方面透视汉语新文学与"五四"新文化的内在逻辑联系,往往会获得更为清晰的历史视观。

汉语新文学在时间上已经拥有 100 年的发展历史,在空间上则已经发展到世界各个角落,但它是时间和空间的统一体,是世界文学和文化总体格局中的一个统一的生命体。它的统一需要从"五四"新文化这一强大的历史运作做出解释,需要在这样的历史运作中寻找出传统的凝聚力和影响力。

一、"五四"新文化运动与汉语新文学的思想传统

汉语新文学乃由习惯意义上的中国现当代文学、台港澳文学以及海外华文文学组构而成,它避开了一般意义上的国家、地域、政体归属等复杂问题,以统一的语言形态和思维特性向世界文坛呈现出当代文学与文化的中国作风与中国气派,①是

---

① 参见朱寿桐:《"汉语新文学"概念建构的理论意义与实践价值》,《学术研究》2009 年第 1 期。此文系统地论述了汉语新文学概念建构的实践价值,将中国现当代文学、台港澳文学和海外华文文学整合为一。然而这个整一的文学形态并未脱离中国而去,其文化归属仍然是在汉语文化的故乡——中国,详见朱寿桐:《论汉语新文学的文化归属感》,《学术研究》2010 年第 8 期。

汉语新文学时空演进的必然结果。在公认的学术表述中,直接起源于"五四"文学革命的汉语新文学,又是"五四"新文化运动的直接产物乃至核心内容。不过,随着新文学运动研究的深入,随着中国近现代文学一体化学术思维的逐渐普遍化,新文学与新文化运动的内在链接关系正不断遭遇质疑与挑战,新文学常常在与"五四"新文化运动的断裂状态下被阐析与讨论。研究的深入和观点的出新固然比墨守公认陈说可贵,但如果这种深入旨在生硬地剥离新文学与新文化运动之间历史联系的内在必然性,这种出新只是在脱离必然律的关系链接状态下无源之水般地言说和阐解新文学的生成机制,极有可能陷入为创新而创新的被动的学术境地。至少对于新文学与新文化之内在关系这一重大话题而言,由于其历史联系相当复杂,文化关联非常广泛,现实影响仍然重要,片面的学术创新会带来诸多学术风险,相比之下,学术方法论意义上的"利不百,不变法;功不十,不易器"之类审慎态度倒很值得借鉴。

1. 碎片与本体的辩证:汉语新文学的起点理应回到"五四"

中国新文学或者在更大范围上的汉语新文学,乃是从源远流长的"中国文学"厚重的文化传统中挣脱而出,在西方文化和文学的浸染、熏陶之下浴火重生的新形态。这一新文学形态的形成,应该是一个不太漫长但却纷繁复杂的过程,这样的复杂性使得新文学的产生与形成这样一个看似简单的问题常常横生枝节并聚讼纷纭。几乎所有新文学的倡导者和最初建设者都愿意将新文学的正式形成和实际起点归结为"五四"新文化运动和文学革命的发动,因而鲁迅在为《〈中国新文学大系·小说〉二集》写"导言"的时候,确信"凡是关心现代中国文学的人""谁都知道"《新青年》对"文学改良"的提倡和对"文学革命"的号召,①他代表着这批人将此理解为新文学的"发难"的肇端,其实也就是新文学产生的肇端。新文化运动的掌舵人蔡元培同样认为新文学的产生源于文学革命运动,而"文学革命的风潮,托始于《新青年》",②与鲁迅的历史记忆和学术认知完全一致。

固然,如此强烈而深刻的文学革命,如此规模浩大且影响深远的新文学倡导,当然并非一朝一夕之功;在《新青年》"发难"之前,围绕着白话文写作和世界性观照

---

① 鲁迅,《〈中国新文学大系·小说二集〉导言》,《鲁迅全集》(第6卷),北京:人民文学出版社,2005年,第246页。
② 蔡元培,《新文学概述》,《蔡元培文集》(第8卷),台北:锦绣出版事业股份有限公司,1995年,第669页。

的各种文化倡导和文学实践,以及其间纠集的各种论争和相关事件,实际上都以一定的能量参与到新文学形态的构成及其运作之中。但新文学的正式形成并独立运行,应是"五四"新文化运动和"五四"文学革命的直接成果。只有强烈而深刻的文学革命运动才能够最终催生出规模浩大而影响深远的新文学形态,而此前各种零散的新文学倡导与实践,包括各种论争与相关事件,都不过是文学革命运动和新文学倡导所需要甚至有时相当倚重的"文明的碎片"①,文化的准备和文学的积累而已,它们是新文学产生并形态化发展的条件,而不是决定性的因素。新文学的产生以及新文学形态的最终构成无疑应如蔡元培所说的"托始于"《新青年》及其所"发难"的文学革命。

"五四"文学革命运动及其统属下的新文学倡导,是新文学形态和传统建构的真正"托始",这是声势浩大而声誉卓著的新文化运动最为骄人的成果之一,也是新文学传统一开始就形成巨大的历史定力并得到迅速壮大与发展的重要条件。毫无疑问,那种多方求索多方论证新文学"文明碎片"的研究应该鼓励,因为这样的研究有利于进一步认清新文学的来路,细致地分析新文学构成中的文明基因。但如果将这种种"文明的碎片"全都当作新文学主体形态的发生标志,并借此将新文学发生的"起点"前移到离"五四"新文化运动越来越远的时间点,那就可能犯了以偏概全、以碎片当主体的错误。

必须承认,严家炎先生所总结的新文学三要素相当精辟:一是其主体由新式白话文所构成,而非由文言所主宰;二是具有鲜明的现代性,并且这种现代性是与深厚的民族性相交融的;三是大背景上与"世界的文学"相互交流、相互参照。② 然而历史事实是,在新文化运动和文学革命运动之前,能够满足这三要素条件的文学作品,能够体现这三要素的文学倡导,其实并不仅仅是严家炎充分关注到的1890年出

---

① "文明的碎片",在汉语中与"历史的碎片"可以互通,是指构成某种文明和历史的零散的累积物,其具备这种文明及相关历史表述的某种或某一方面的特质,但尚不足以用来指代这种文明和历史本身。作为一种理论范畴至少在20世纪90年代初已经普遍使用,如美国克林伯格(Kleinberg, Patrice Greenwood)所著的《文明的碎片》(*Pieces of civilization: the Wailuku Female Seminary samplers*, San Francisco State University, 1990)一书便很能说明问题。当然,"文明的碎片"(pieces of civilization)还远远没有专名化,有人表述为"文明的碎片基质"(civilizations on a piecemeal basis)似乎更为明确。参见 Timur Kuran: Explaining the economic trajectories of civilizations: The systemic approach, *Journal of Economic Behavior & Organization*, 2009. 3。
② 严家炎:《中国现代文学的"起点"问题》,《文学评论》2014年第2期。

版的《黄衫客传奇》及其已形成"世界的文学"观念的作者陈季同,从而将新文学的起点放在甲午前夕①,不少人观察到新文学起点应在20世纪初年②,也有人提出文明戏运动是"一场被忽略了的新文化运作",可以视为新文化和新文学的起点。③ 有些学者认为新文学的诞生期应该更早,是在戊戌维新时期④或者辛亥革命时期⑤,也不乏有人将黄遵宪的"我手写吾口"的倡导乃至魏源的改革思想表述都追溯为新文学的起点。⑥ 这些学说虽然未必都能自觉地按照严家炎先生"三要素"观判定新文学的身份标志,但都各有相当的理由维持这样一个基本判断,即范伯群先生所表述的那样,尽可能将新文学的起点"向前移",似乎离"五四"新文化运动越远越安全,也越有见地,于是终于引发了"没有晚清,何来'五四'"的学术讨论。这波学术讨论的"发难者"王德威虽然大有将"五四"新文化溯源至更广阔的晚清时期的学术推动之势,但仍然承认"五四运动以石破天惊之姿,批判古典,迎向未来,无疑可视为'现代'文学的绝佳起点"。⑦ 这样,既将新文学运作的远因回溯到更加远离"五四"的晚清,同时又审慎地承认新文学的"绝佳起点"仍在"五四",在大胆的突破中显露出理论的严密与精审。

围绕着汉语新文学起点所形成的这种众声喧哗局面,生动地说明了学术界对于新文学"文明的碎片"有多角度的发现。研究者从不同的学术背景析理出各自认为具有新文化和新文学充足信息的文学现象,便各自认定汉语新文学的起点应以此为标志。这是学术界在理论视野调整以后的一种可喜现象:人们从文学的和文化的历史认知中体悟到关于新文学起点的多种可能性,体现了学术思维多元化的积极成果。关于新文学起点如此杂多的可能性论定,也说明了在"五四"新文化运

---

① 严家炎认为:"中国现代文学的开辟和建立,是经历了一个过程的。它的最初的起点,根据我们现在掌握的史料,是在19世纪80年代末、90年代初,也就是甲午的前夕。"严家炎:《中国现代文学的"起点"问题》,《文学评论》2014年第2期。
② 在尽量免除刻板印象的意义上倡导此一起点,陈平原、黄子平、钱理群等人的《论二十世纪中国文学》最具代表性,《文学评论》1985年第5期。
③ 朱寿桐:《论文明戏在新文化运动中的历史价值》,《广东社会科学》2007年第5期。
④ 范伯群:《论中国现代文学史起点的"向前移"问题》,《江苏大学学报》2006年第6期。
⑤ 侯敏:《关于中国现代文学起点问题的再思考》,《辽宁师范大学学报》2014年第2期。
⑥ 郑子瑜,《新文化运动的先驱黄遵宪》,《郑子瑜学术论著自选集》,北京:首都师范大学出版社,1994年。
⑦ 王德威,《没有晚清,何来"五四"?》,《被压抑的现代性:晚清小说新论》,北京:北京大学出版社,2005年。

动之前的相当一段时间内,从晚清到民国初年,体现新文学品质和特性的相关"文明的碎片"已呈较为密集的散落状态,从那些散落在时代尘埃和历史地壳中"文明的碎片"中,很容易找寻到可以与新文学的起点相联系的某些文化和文学现象。史学界曾有过对碎片化的历史研究进行深刻反思的学术运作,[①]认为以"碎片"研究冲击乃至否定历史必然性和宏观规律性的研究体现为一种学术的严重错位。但关于新文学起点的种种"文明的碎片"论毕竟没有产生直接冲击和否定"五四"新文化运动及其文学革命的学术效果,因而也未构成类似的学术错位。在这样的学术背景下,更多的"文明的碎片"的揭示对于凸显"五四"新文化运动之于汉语新文学的必然性意义反而更为突出。"五四"新文化运动之前,那些带有新文学特质和信息源的"文明的碎片"其实都是新文化和新文学历史因素的有效积累,它们被揭示得越多、越密集,就更能说明这场新文化运动对于汉语新文学产生的社会势能越大,历史必然性越强烈。或许可以借助天体形成的一般理论加以譬喻:新文学形态犹如是在中国文学的历史和世界文学的空间相交织的文化宇宙中具有自身运行轨道的一个独立星体,在其正式聚合成型之前,经过了碎片式的星系际弥漫物质逐渐集聚的过程,然后终于形成星系云,并逐渐聚合成中国新文学乃至汉语新文学这样的星系集团。上述各路研究者所揭示的各种"文明的碎片",譬如展示了新文化和新文学聚合成星系集团之前所呈现的星系际弥漫物质,也集体展现了这些弥漫物质聚合成新文化的星际云并最终聚合成新文学星系集团的丰富而生动的过程。

这就意味着,关于汉语新文学"文明的碎片"的种种论述,不仅没有对新文学之于"五四"新文化的学理联系构成冲击与否定,反而在一定意义上强化了这种联系的内在必然性。几乎所有关于新文学"文明的碎片"的揭示,包括严家炎先生关于新文学三要素的提炼以及在清末流寓海外的文学中的投射,其实都以"五四"新文化和文学革命的重要命题和精神内涵作为学术皈依的目标和学术参照的范本,所有关于新文学"文明的碎片"之所以被屡屡发现并得到不同程度的重视,乃是因为"五四"新文化精神价值照亮了这些"文明的碎片"或历史碎片。至少在新文学起点的研究方面,"文明的碎片"或历史碎片之积累并没有真正冲击和否定新文学之于"五四"新文化运动内在必然性的学术揭示。

---

① 例如近代史研究界展开过《中国近代史研究中的"碎片化"问题笔谈》,《近代史研究》2012年第5期。

2. 历史必然性：能量动员与积聚

对于鲁迅、胡适、蔡元培等新文化倡导者和新文学建设者而言，新文学的起点不言而喻地寓含于"五四"新文化运动之中，或者说"托始于"《新青年》为主要阵地的新文化运作。他们之间文化和教育背景不同，观点和倾向各异，唯独在关于新文学起点的问题上认识高度一致，这本身就说明，汉语新文学与"五四"新文化的内在必然联系，与这些当事人的经验与记忆，感受与印象高度吻合。有关于此的学理分析虽不必围绕着他们的记忆与印象，但当事人一致的经验与感受及其与历史真实的吻合度应该是学术研究足资借鉴的对象。

从自然时序和文化积累的角度而言，"没有晚清，何来'五四'"的设问非常精彩，也充满着严正的逻辑性；但从新文化运动的酝酿与新文学的倡导、建设而论，这样的设问隐含着巨大的学术危机，那就是混淆了"文明的碎片"与文化本体之间的本质区别。历史的必然性并不总是直接寓含于历史的自然时序之中。对于离经叛道且轰轰烈烈的新文学倡导和建设而言，它所需要的是巨大能量的推动，这种能量包括西方文学输送的热能，新文化运动的动能，以及新文学在与旧文学断裂之中的势能。只有到了规模浩大且声势明显的新文化运动和文学革命热潮到来之际，这些能量才真正聚合成势，才真正能够推动新文学的产生和发展。这实际上就是中国新文学必然依赖于"五四"新文化运动的内在逻辑，也是再多的"文明的碎片"都不足以标志新文学本体正式成立的重要原因。

汉语新文学的产生离不开西方文学榜样的范导。梁启超撰文介绍西欧文学，林纾对英美文学的大量翻译，都对一代中国文学启蒙者产生了积极影响，自此之后，西方文学对于汉语新文学的引导和示范作用日趋明显。不过将西方文学的介绍转化为新文学发生的热能，则应以《青年杂志》推出的《现代欧洲文艺史谭》以及稍后陈独秀的《文学革命论》为标志，对西方文学的思潮、流派所做的全面引介与积极评价，为汉语新文学发生、发展提供了前行的动力和巨大的历史牵引力。陈独秀在这些文稿中，总是将西方文学思潮的发展序列与中国文学的现实联系起来，指明中国文学犹在"古典主义时代"，今后当趋向于写实主义和自然主义，以此揭示了汉语新文学的发生、发展的关键动力系统。此后，包括北大青年作者为主体的《新潮》、文学研究会的《小说月报》、创造社的《创造季刊》《创造周报》，都习惯于从思潮、流派的角度引介西方文学，更习惯于将西方文学思潮、流派与汉语新文学建设的实际紧密结合起来，敏锐地提出诸如"我们现在可以提倡表象主义的文学么"这类先锋性的问题,①使得汉语新文学在西方文学的有力牵引和整体推动下找到了发生、发展的可靠热能。其至连"学衡派"的《学衡》杂志,也注重从思潮、流派的角度引介西方经典文学,以此作为反观甚至批判中国新文学和新文化的参照系。正是轰轰烈烈的"五四"新文化和文学革命运动使得西方文学不再以散兵游勇的方式"进入"中国文坛,而是以一种"主义"的姿态,以某种思潮、流派的整体力量给汉语新文学提供发展、壮大的热能。

汉语新文学的产生意味着一个巨大的历史事件,推动这一历史事件需要足够的能量,而且这种能量必须来自内在运动,即所谓的动能。"五四"新文化运动和文学革命那种"以石破天惊之姿"进行批判和革命的冲击性运作,更重要的是参与者众多,动员面甚广,由此不仅形成巨大的声势,更重要的是可以积聚一个时代牵动整个文坛神经的能量。在此之前,任何"文明的碎片"都没有如此强大的能量积蓄,也没有如此劲爆的动能可供利用。如果说,蔡元培等将"五四"新文化运动和文学革命比喻为"中国的文艺复兴"②,是对这场文化运动和文学运作其力度的承认和意义的肯定,那么,在此之前的任何文化运动和文学运作都不足以被冠为中国的文艺复兴,这同样证明"五四"新文化运动和文学革命所显示出的前所未有的动能与力度。于是,陈独秀明确认为,《青年杂志》的创办以及新文化运动的发动足以成为改变整个中国历史的划时代运动。在《青年杂志》成功登场以后,他以"以前种种譬如昨日死,以后种种譬如今日生"的历史转折感迎接1916年的新年:"吾国人对此一九一六年,尤应有特别之感情,绝伦之希望。盖吾人自有史以讫一九一五年,于政治,于社会,于道德,于学术,所造之罪孽,所蒙之羞辱,虽倾江、汉不可浣也。当此除旧布新之际,理应从头忏悔,改过自新。"于是宣布1915年与1916年之间,应"在历史上画一鸿沟之界":以前种种"皆以古代史目之",而今后则是以"首当一新其心血""以新人格;以新国家;以新社会;以新家庭;以新民族"的新气象。③ 这与其说是一种充满自信的历史预言,不如说是一种充满能量和运动欲望的行动宣言。如此这般的宣言激发和调动了胡适、鲁迅、周作人、钱玄同、刘半农、李大钊等一大批文化精英的参与,波澜壮阔的新文化倡导运动由此产生了巨大的动能推动了新文学的

---

① 沈雁冰:《我们现在可以提倡表象主义的文学么》,《小说月报》第11卷第2号。
② 蔡元培,《总序》,《中国新文学大系·建设理论集》,上海:上海良友图书有限公司,1935年。
③ 陈独秀:《一九一六年》,《青年杂志》第1卷第5号。

闪亮登场。

只有"五四"新文化运动和文学革命的强势发动所产生的动能,才能导致汉语新文学建设进入真正的时代性、整体性运作,而此前的种种白话创作的鳞爪、现代性表现的痕迹、世界文学观照的影迹,不过是新文学发生的胎象萌动,是新文学之乘扬鞭奋蹄之前的预备动作,是新文学"文明的碎片"或疏松或密集的历史呈现。没有"五四"文学革命和新文学建设的时代性、整体性运作,这些无论可以上溯到民国或晚清哪个时段的"文明的碎片"都不可能累积成新文学的宏观结构。钱玄同曾认为梁启超是新文学的初倡者,与同道中人陈独秀说过:"梁任公先生实为近来创造新文学之一人""论现代文学之革新,必数梁君";但"因时变迁,不能得国人全体之赞同",①故而终究没有形成一定的气候。这正说明了新文化整体性运作、时代性运作的动能之于新文学产生的重要性和决定性意义。

在催生和推动新文学的能量中,倡导者还通过偏激性的文化批判,人为造成新旧文学之间的断裂,夸大新旧文化之间的落差,以此形成有助于新文化和新文学脱颖而出的势能。新文化倡导者"石破天惊"般地批判旧文化,否定旧文学,不揣偏激地鼓吹西方化和世界化,不仅胡适等提出"全盘西化"和"充分的世界化",甚至连新文化中流砥柱的鲁迅都主张青年人"要少——或者竟不——看中国书,多看外国书"②,这种从未有过的彻底偏激,对于现代中国思想秩序和文化理性建设而言固然值得反思与商榷,但对于旧文化的批判和对于旧文学的否定,对于新文化的呼唤和对于新文学的催生,却不啻是一番海啸和一场地震,一阵暴风骤雨和一波恣肆汪洋——先驱者的偏激正是要表现这样的大气磅礴和一往无前,不如此不足以锻造出新文化和新文学的新质,不足以冲刷出新文化和新文学的锐气与活力,不足以冲击出新文化和新文学的定力与气派。新文化和新文学要从具有深厚传统的旧文化和旧文学的营垒中挣脱出来,用李大钊的话说,要"冲决过去历史之网罗,破坏陈腐学说之囹圄"③,必须借助巨大的能量,这种能量除了西方文化和文学所提供的热能,新文化普泛性运作所形成的动能而外,还有必要借助夸大新旧文化与文学之间的差异而获得的某种势能。新文化和新文学时潮对于旧文化和旧文学的批判、否

---

① 钱玄同:《寄陈独秀》,《新青年》第3卷第1期。
② 鲁迅,《青年必读书》,《鲁迅全集》(第3卷),北京:人民文学出版社,2005年,第12页。
③ 李大钊:《青春》,《新青年》第2卷第1号。

定及其所激发的观念张力和冲击力,正体现着这样的一种势能。从这个意义上说,新文化和新文学运动的力度与其对旧文化和旧文学的否定烈度构成一定比例。从势能激发与积聚的角度有助于人们历史性地理解"五四"新文化运动和文学革命对旧文化和旧文学的偏激态度。只有"五四"新文化运动和文学革命运作中的彻底偏激态度才足以形成激发新文学产生的文化势能。

3. 民主与科学:新文化运动与汉语新文学思想新质

如果说,"五四"新文化运动的诸多能量推动了汉语新文学的产生与发展,这显示着新文学与新文化运动之间必然的历史联系,那么,新文化运动所倡导的"民主与科学"的时代主题,决定了新文学的精神内涵与思想质地,显示了新文学与新文化运动之间的必然的逻辑联系。

"五四"新文化运动之于新文学的决定性意义,更在于新文学精神品质的建设与思想传统的形成。新文化运动倡导者明确宣示的"民主与科学",既体现出新文学的时代主旨,又揭示着新文学的价值目标,是新文学新质的精确表述。虽然构成新文学"文明的碎片"的文学现象中都不同程度地包含了"现代性"因素,但这种吉光片羽式的现代内涵难以抵达"民主与科学"的深刻诉求,因而新文学最根本的新质只有在新文化运动全面兴起之后才能真正形成并获得。

李大钊在解释"什么是新文学"时,明确强调具有新的思想质地的重要性。他指出:"用白话作的文章,算不得新文学;刚是介绍点新学说、新事实,叙述点新人物,罗列点新名辞,也算不得新文学。"而"宏深的思想、学理,坚信的主义,优美的文艺,博爱的精神,就是新文学新运动的土壤、根基"①。除了"博爱"而外,李大钊在这里没有点明"宏深的思想、学理,坚信的主义"所指为何,不过作为《新青年》编辑集体的一员,他应能对陈独秀概括的"民主与科学"有基本的认同,因为陈独秀对"德先生"和"赛先生"的概括代表了《新青年》(《本志罪案之答辩书》)集体意志,反映了《新青年》一贯的价值立场。《新青年》创刊之初提出的"自主的""进步的""进取的""世界的""实利的"和"科学的"价值观,基本可以对应"民主与科学"两大命题,也就是陈独秀在《敬告青年》中阐述的"科学与人权并重"的理念。② 新文化的价值

---

① 李大钊:《什么是新文学》,《李大钊全集》(第3卷),石家庄:河北教育出版社,1999年,第445—446页。
② 陈独秀:《敬告青年》,《青年杂志》第1卷第1号。

理念还可以进行多种描述，便是陈独秀自己，还在1919年12月所撰写的《新青年》宣言中提出："我们理想的新时代、新社会，是诚实的、进步的、积极的、自由的、平等的、创造的、美的、善的、和平的、相爱互助的、劳动而愉快的、全社会幸福的。"①虽然"民主与科学"并不能完全涵盖上述新文化内涵的全部命题，而蔡元培、胡适等都曾设想过用人文主义概括"五四"时代新文化和新文学的传统，②但陈独秀提炼的"民主与科学"以其简洁、生动、鲜明的时代感以及几乎是无限开放的理论包容性，成了新文化运动和新文学倡导的"理想类型"的精炼表述。它们的内涵不仅驳杂，而且可能混乱无章，但它们毕竟是那个时代里马克斯·韦伯所说的"理想类型"③的最精粹、最稳定且最具涵盖力的表述，它们足以担当起那个时代所有"正能量"理念的价值意义，同时也能够充任李大钊所吁求的新文学"宏深的思想"的代表性阐述。

民主寄寓着平等、自由、博爱等现代文明"理想类型"的全部可能性，乃是新文学乐于并善于表现的价值对象；科学鼓励"自崇所信"的观念正义，要求"吾人对于事物之概念，综合客观之现象，诉之主观之理性而不矛盾"④，仍然为了最大限度地调动人的主观理性与自主意识，同样适合于新文学的建设。新文化倡导者正是从"民主与科学"的"理想类型"出发论证了批判旧文学的必要性，从而反证了倡导新文学的必然性："要拥护那德先生，便不得不反对孔教、礼法、贞节、旧伦理、旧政治；要拥护那赛先生，便不得不反对旧艺术、旧宗教；要拥护德先生又要拥护赛先生，便不得不反对国粹和旧文学。"⑤这是从旧文学的否定方面进行的阐发，而从新文学的肯定角度论，"文学者，国民最高精神之表现也"⑥。新文学就是应该表现"民主与科学"之类的"国民最高精神"。按照陈独秀的逻辑，政治、伦理、教育对应着"德先生"，艺术和宗教对应着"赛先生"，同时对应"德先生"和"赛先生"的便只有文学。因而，新文化运动的主体价值理念必须通过批判旧文学，建立新文学才能得以实

---

① 陈独秀：《〈新青年〉宣言》，《独秀文存》，合肥：安徽人民出版社，1996年，第244页。
② 参见蔡元培为《中国新文学大系》所写的《总序》，见《中国新文学大系·建设理论集》，上海良友图书有限公司，1935年。另，1933年胡适在美国芝加哥大学发表了题为《中国的文艺复兴》的著名演讲，在论及"五四"新文化运动及其意义时，胡适说："它也是一场人文主义运动。"见朱维铮：《何谓"人文精神"？》，《探索与争鸣》1994年第10期。
③ Max Weber, *The Protestant Ethic and the Spirit of Capitalism*, p. 147, George Allen & Unwin (Publishers) Ltd. 1976.
④ 陈独秀：《敬告青年》，《青年杂志》第1卷第1号。
⑤ 陈独秀：《本志罪案之答辩书》，《新青年》第6卷第1号。
⑥ 陈独秀：《记者识》，谢无量《寄会稽山人八十四韵》所附，《青年杂志》第1卷第3号。

现。这正是新文化运动主将们都将主要精力放在文学革命和新文学倡导之上的内在逻辑。

蔡元培则从新文学与新文化价值理念的外在逻辑关系上,对新文化运作必然聚焦于新文学的历史现象进行过简单论证:"为什么改革思想,一定要牵涉到文学上? 这因为文学是传导思想的工具。"①"传导思想"是新文学的美誉,新的思想需要借助于文学进行传导,而新起的新文学也确实起到了这样的作用,正如鲁迅称赞新潮社小说家的:"他们每作一篇,都是'有所为'而发,是在用改革社会的器械,——虽然也没有设定终极性的目标。"②传导新文化价值理念,也就是新思想,是新文学的应有品质,也是新文学产生与存在的理由。如果不作新思想的传导,而传达旧思想,那就是文学的腐败与堕落。新文学家一直抨击旧文学"文以载道""借物立言""登高而赋"的传统,指出陈腐的旧文学家"都认文章是有为而作,文章是替古哲圣贤宣传大道"。③ 传播新的思想就是新文学的德能,而"文以载道"就是旧文学的罪孽,前者"有所为"是功绩,后者"有为而作"是劣迹,这其中的观念逻辑便是完全按照思想品质进行文学优劣甚至是文学合法与否的判断了。

这种思想品质决定论的新文学观,所反映的其实就是新文化运动对新文学的某种决定性意义。因为新文学所要表达的新思想就是以"民主与科学"为核心的新文化价值理念。新文化价值理念赋予了新文学稳定的思想格局和精神的"理想类型",这使得新文学甫一产生便获得了观念的定力,获得了文化精神充实、有力的自信,获得了"不囿于传统思想之创造的精神"④的欢悦。新文学在此后的发展中,在任何历史境况下都重视思想内涵的开掘,无论是创作还是批评,都形成了新文学的一种文化特质,甚至是文化传统,其文化基因则是在新文化运动孕育过程中种下的。

这一简单然而又是确凿的文化基因,清楚地说明汉语新文学的诞生和最初发展与"五四"新文化运动的内在联系。"五四"新文化运动及其"民主与科学"的核心价值观对新文学的思想品质、精神面貌和文化特性产生了本源性的决定作用。

---

① 蔡元培,《总序》,《中国新文学大系·建设理论集》,上海:上海良友图书有限公司,1935年。
② 鲁迅,《〈中国新文学大系·小说二集〉导言》,《鲁迅全集》(第6卷),北京:人民文学出版社,2005年,第247页。
③ 沈雁冰:《文学和人的关系及中国古来对于文学者身份的误认》,《小说月报》第12卷第1号。
④ 《〈小说月报〉改革宣言》,《小说月报》第12卷第1号。

新文学鲜明的思想新质只有在"民主与科学"的新文化价值体系中才能真正养成,作为"文明的碎片"的"史前"新文学现象则因无法获得如此鲜明的思想新质而无法承担起新文学起点的宣示责任。

二、"五四"新文化运动与汉语新文学传统的复杂性

"五四"新文学是汉语新文学的前导与基础,汉语新文学所发扬的各种传统都来自于"五四"新文学的直接传承;而"五四"新文学直接导源于"五四"新文化运动,因而汉语新文学的发展及成就实际上应理解为"五四"新文化运动的历史馈赠。

汉语新文学的审美传统处在不断的时代变异和美学修正之中,但其思想传统则主要来自于"五四"新文化运作,与新文化运动中高度概括的民主与科学直接相关。然而,如果将民主与科学表述为汉语新文学的思想传统,则其中寓含着许多复杂的学术问题不能不予以澄清。

1. 民主与科学:汉语新文学的思想传统

"五四"新文化运动之于新文学的决定性意义,更在于新文学精神品质的建设与思想传统的形成。新文化运动倡导者明确宣示的"民主与科学",既体现出新文学的时代主旨,又揭示着新文学的价值目标,是新文学新质的精确表述。陈独秀明确标示"德先生"和"赛先生"的时代命题,是在代表《新青年》发布《本志罪案之答辩书》的时候,那时候《新青年》已经改为编辑同人制,而不是编者一人"主撰"制,因而有理由认为,民主与科学的概括代表了《新青年》编辑集体,其实也就代表了新文化最初倡导者的集体意志。

民主与科学这种文化思想之所以能落实到新文学建设,乃是基于新文化倡导者的如下逻辑:文学应该具有并且需要这种"改革思想""传导思想"的功能。蔡元培对此说得非常明确,"为什么改革思想,一定要牵涉到文学上?这因为文学是传导思想的工具"①。既然新文化的思想结晶是民主与科学,那么新文学的思想精神及其所形成的思想传统便也是民主与科学。陈独秀甚至认为,"文学者,国民最高精神之表现也"②,实际上,在他的心目中,也是在他那一辈新文化倡导者的心目中,民主和科学就必须交付给文学进行承载,这就是民主与科学成为新文学主导思想

---

① 蔡元培,《总序》,《中国新文学大系·建设理论集》,上海:上海良友图书有限公司1935年。
② 陈独秀:《记者识》,《青年杂志》第1卷第4号。

的传统逻辑根据。

新文化运动倡导时期曾热衷与批判文以载道的文学传统,其矛头所指并不是旧文学的承载方式,而是其所载道的内容,一旦内容变换为新文化新思想,例如民主与科学,则文学就必然会要求负起承载的责任。于是,沈雁冰在批判"文以载道"的旧文学传统,指责旧文学家"借物立言""登高而赋":"他们都认文章是有为而作,文章是替古哲圣贤宣传大道……"①可鲁迅在对新文学发言时却认为文学就是应该"有所为"的:那就是"为人生",他认为俄国文学的"主流"从来就是"为人生"的,对那种什么也不为的文学观予以抨击。②

在民主与科学之外,新文化倡导者尚试图推出其他反映新文化主题和新文学思想传统的关键词,如平等、自由、博爱等西方现代文化传统的精彩概括,但平等观和博爱观非常自然地统属于民主的范畴,是民主的应有之义,而自由也是民主的重要形态。西方学者认为,"按照自己意愿去做的个人自由,重点强调远离他人的要求;政治自由强调的是人根据大家公认的法律行事。在这个意义上典型的西方民主下的小孩子其实并不拥有政治自由,几乎所有的成年公民拥有这种自由"。③ 无论是个人自由还是政治自由,都体现为一种民主的境界。只不过,按照恩格斯的说法,"自由就是对必然性的认识。自由就在于根据对自然界的必然性的认识来支配我们自己和外部自然"④。这似乎又使得自由概念纳入了科学的范畴。陈独秀还提出过"美的、善的、和平的、相爱互助的、劳动愉快的、全社会幸福的"等新生活概念,⑤李大钊则还提出过"协和、友谊、互助、博爱的精神"⑥,这些关键词大多可以纳入民主的概念范畴。从社会学和文化学的角度而言,当时新文化倡导者对所有社会正能量的联想都集中在民主、平等、自由、博爱等方面。民主及其大概念下所涵盖的各种形态、思想、意识、精神,非常自然地体现出与专制、压迫、腐恶的社会现象相对立的近代以来的正面价值或正能量,因而很容易为新文化倡导者所借取并加以标榜,而科学作为核心概念进入人们的视野,则显然出于先驱者理性的觉醒与倡

---

① 沈雁冰:《文学和人的关系及中国古来对于文学者身份的误认》,《小说月报》第 12 卷第 1 号。
② 鲁迅,《〈竖琴〉前记》,《鲁迅全集》(第 4 卷),北京:人民文学出版社,2005 年,第 443 页。
③ Germain Grisez and Russell Shaw, *Beyond the New Morality: the Responsibilities of Freedom*, University of Notre Dame Press, 1988, p. 16.
④ 《马克思恩格斯选集》第 3 卷,北京:人民出版社,1995 年,第 456 页。
⑤ 陈独秀:《本志宣言》,《新青年》第 7 卷第 1 号。
⑥ 李大钊:《阶级竞争与互助》,《每周评论》第 29 号,1919 年 7 月。

导。早在陈独秀之前,近代改革精英如梁启超、黄遵宪等,都将西方文明的兴盛与科学的发达联系在一起,梁启超到了20世纪20年代还在论证"科学精神"与西方文化的先进性关系,①另外,包括达尔文进化论等西方科学思想确实引领着最先进的文化理念,弗洛伊德等人的心理科学又实实在在地影响着人们对艺术、文学的认知和把握,科学作为"理想类型"的理念形态对于新文化和新文学而言便有着"文化场"的辐射意义。在这样的理论场域和观念环境中,科学救国的理念便有可能大行其道,人们认识到,"盖今日吾国欲臻富强之域,非昌明科学普及教育不可"②。科学因而成为新文化倡导者和其他改革精英用于价值倡导的一种"理想类型"。

民主与科学成为新文化运动中思想和理性精神的理想类型。理想类型的意义则在于最大限度地体现时代价值理性,涵盖所有重要的正面的价值并且拥有巨大的阐释空间。民主与科学之所以在那个时代具有百川归海般的文化气势,具有某种类似于时代伦理的力量和毋庸置疑的权威性,从而锻造成任何人无法向之正面挑战的众望所归的品性,就是因为几乎所有的讨论者都将这些视为思想的理想类型。除了鲁迅深刻反思过民主制度所带来的群体暴力和庸众优势的缺陷,除了信奉白璧德新人文主义的少数文人检讨科学技术所造成的现代社会问题,民主与科学在那个时代完全意味着正能量,乃至于即便是新旧文化之争,也规避了正面论辩民主与科学的问题。陈独秀在《青年杂志》刚创刊的时候就提出了"科学"命题,《敬告青年》云:"科学者何?吾人对于事物之概念,综合客观之现象,诉之主观之理性而不矛盾之谓也。"这时候的"科学"其实就是理性,是认知世界的方法和理性的思维方法。陈独秀认为,"凡此无常识之思维,无理由之信仰,欲根治之,厥维科学"。这清楚地说明,胡适认为陈独秀提出民主与科学的时候,"对'科学'和'民主'的定义却不甚了了"③,乃属于一种误解。科学的内涵太丰富,作为新文化的倡导者,陈独秀最看重也最愿意强调的乃是其代表的思维方法。在一次通信中,陈独秀对此阐述得更清楚:"说到科学思想,实在是一件悲观的事!我们中国人底脑子被几千年底文学、哲学闹得发昏,此时简直可以说没有科学的头脑和兴趣了。"④

陈独秀的论述使得他心目中的科学与他所参与倡导的新文学产生了某种对

---

① 梁启超:《科学精神与东西文化》,《晨报附镌》1922年8月24日。
② 方孝岳:《与胡适书》,《新青年》第3卷第2号。
③ 《胡适口述自传》,陈金淦编,《胡适研究资料》,北京:知识产权出版社,2010年,第268页。
④ 陈独秀《通信》,《新青年》第9卷第2号。

应:"几千年的文学、哲学"使得中国人失去了"科学的头脑",按此逻辑,新文学必须承载科学,运用科学,从而使得中国人重获"科学的头脑"。因此,傅斯年更加切近地论述了科学与新文学之间的密切关系:"写实表象之派。每利用科学之理,以造其文学,故其精神上之价值有非古典文学所能望其项背者。方今科学输入中国,违反科学之文学,势不能容,利用科学之文学,理必孳育。"①陈独秀的表述是将"德先生"和"赛先生"当作批判和否定旧文学的力量:"要拥护那德先生又要拥护赛先生,便不得不反对国粹和旧文学。"②而傅斯年的表述是将科学理解为新文学或理想的文学的必备内容。

2. 汉语新文学传统与"五四"新文化基因

新文学在其诞生的时候,其文化品质定位在它的倡导者那里就存有严重分歧。胡适比较强调单纯的白话文学的因素,李大钊强调学理与主义,陈独秀坚持民主与科学的文化内涵,这些都揭示和概述了新文学的文化基因。其实,白话只是新文学的语言前提,是语言承载的形态,并不是新文化的精神传统。李大钊所强调的学理和主义,包括博爱的精神,在他的表述中应该与陈独秀的民主与科学相接近。而民主与科学既成了新文化的重要内涵,也成了新文学的精神传统,这一传统注定了新文学所重视的是其文化形态而不是文学魅力。将文学的文化功能,例如民主与科学精神的表现和张扬,视为文学应有的魅力,从而将功能与魅力一体化,这是新文学和新文化共同的价值准则。

在这样的意义上,《新青年》这个既是政治刊物又是文化刊物还是文学刊物的著名出版物理所当然就成了新文化与新文学传统的共同奠基者。"《新青年》到底是一个文化批判的刊物,而'新青年社'的主要人物也大多数是文化批判者"③;不过,它同时又"自然是鼓吹'新文学'的大本营",是中国新文学的伟大保姆。虽然有关中国新文学起点的说法是那么繁多,尤其是许多文明的碎片的陆续发现,但从精神传统上说,新文学无论如何都绕不开"五四"新文化运动,绕不开《新青年》关键性的倡导与推动。《新青年》《新潮》《少年中国》以及《晨报副刊》《京报副刊》等新文化载体,都致力于以民主、科学等新文化精神注入新文学的倡导与建设,同时又热

---

① 傅斯年:《文学革新申义》,《新青年》第4卷第1号。
② 陈独秀:《本志罪案之答辩书》,《新青年》第6卷第1号。
③ 茅盾,《导言》,《中国新文学大系·小说一集》,上海:上海良友图书有限公司,1935年,第2页。

衷于从文学批判、文学革命和新文学建设的角度推动新文化运动乃至政治运动,这就构成了中国新文学的文化传统,或者也可以说是中国新文化的文学运作传统。

可以以其中的杰出代表《新青年》为例,阐述这一伟大的文学文化传统。

《新青年》直接发动了文学革命,另亦以思想文化批判的办刊宗旨和基本面貌肇始,以政治理论的探讨和政党立场的阐述终结,留给人们的印象似乎主要还是政治思想文化刊物,文学性并不很强。其实只要略作考察,便会很容易发现,《新青年》作为综合性期刊,文学性气氛其实相当浓厚,文学性色彩其实相当强烈,它的特征是由文化切入文学,由文学推动文化建设,是典型的文学文化运作团体。这同样也形成了中国新文学和中国新文化的突出传统。

《新青年》对文学的关注,对文学事业的投入,一直是它重要的办刊特色。一般认为《新青年》对文学的关注和投入始于第 2 卷第 5 期胡适《文学改良刍议》的发表,其实从《青年杂志》创刊之始,文学便已在陈独秀和《新青年》社同人的心目中占据相当重要的位置。《青年杂志》第 1 期有关文学虽只推出了陈嘏翻译的屠格涅夫的《春潮》,但紧接着的第 2 期除连载陈嘏的译作之外,又增加薛琪英对王尔德剧本《意中人》的翻译,以及陈独秀自己对泰戈尔《赞歌》的翻译,第 3、4 期则由陈独秀亲自出马撰写《现代欧洲文艺史谭》,同时出现旧体诗的创作,此后刘半农、胡适的杂记,苏曼殊的小说纷纷登场,总体上凸显出越来越关注文学的办刊倾向。《文学改良刍议》和《文学革命论》这两篇最著名的文学革命发难之作的发表,开始将文学问题的讨论推向《新青年》的重要位置,从第 2 卷第 5、6 期开始,有关文学的文字每期显著增加,特别是胡适《白话诗八首》在第 2 卷第 6 期闪亮登场,以及第 3 卷各期关于文学革命和新文学讨论的热烙化,使得《新青年》"文学性"气氛越来越浓厚。

直至第 4 卷第 1 期,《新青年》正式宣告改制为同人刊物,①主要同人是陈独秀、李大钊、胡适、刘半农、沈尹默、钱玄同、周作人等,这些文学家多是由文化切入文学,由文学推动文化的先驱者。于是此时所组建的"新青年"社实际上可以视为一个倡导新文学文化的社团。《新青年》杂志在此期刊载的文章,多为新文学的创作、建设和理论探讨,其中有胡适、沈尹默、刘半农的白话诗,有胡适的杂感,有周作人

---

① 《新青年》第 4 卷第 2 号《本志编辑部启事》:"本志自第四卷一号起,投稿章程,业已取消。所有撰译,悉由编辑部同人共同担任……"

对于陀思妥耶夫斯基小说的介绍，有胡适和钱玄同关于白话文学用韵问题的讨论，而钱玄同的《论注音字母》和刘半农的《应用文之教授》也都是围绕着新文学建设展开的议论，连没有算作与文学有关的陶履恭《女子问题》一文，其实也联系着那时候已成气候的文学关怀，都是文学文化的当然内容。一期杂志大约有 4/5 的篇幅和 5/6 的篇目属于文学创作、介绍和探讨的内容，《新青年》几乎就与专业的文学杂志无异。以如此浓烈的文学性出现的《新青年》非常自然地迎来了鲁迅的参与，《狂人日记》的一炮打响，"随感录"文体的历史性开创，更大量的外国文学作品和作家的翻译介绍，使得《新青年》一度变成了新文学倡导和实践的核心杂志，而且《新青年》编辑集体也越来越显露出一个文学团体的趋势与锋芒，连被鲁迅称为与自己等搞文学的人"所执的业，彼此不同"[①]的李大钊，也开始发表《山中即景》之类的诗歌。随着"文学"内容的增加，"文学性"的加强，《新青年》广泛涉及文学文化，热衷于探讨文学文化，利用文学进行新文化倡导与实验的意象也更加突出，更加明显。在这里，新文学及其探讨带有强烈的新文化探索和实践意味，而所有文化乃至社会政治的探讨又都往往与文学批判和文学思考联系在一起。这既是《新青年》几乎所有文化内容的倡导和建设都离不开文学话题的原因，也是《新青年》即便有更大比例的新文学内容也终究不可能被视为文学杂志的原因。

非常醒目的是，1918 年年初到 1919 年年底，恰好是中国新文学奠基并创立的时期，《新青年》致力于文学文化倡导的意识极为明显。第 4 卷第 6 期的《易卜生专号》和第 5 卷第 4 期的《戏剧改良专号》以文化引进和文化批判介入新文学的倡导，其重构中国新文学文化的意图相当突出。从第 7 卷第 3 期的"人口问题号"和第 7 卷第 6 期的"劳动节纪念号"以后，《新青年》逐渐减少了文学的分量，将关注的重心和讨论的重点逐渐转移到政治、社会、教育文化方面；这显然与 1919 年 12 月《新青年》第 7 卷第 1 期陈独秀发表的《本志宣言》有关，该宣言"承认政治是一种重要的公共生活"，在"创造新时代新社会生活进步所需要的文学道德"之前，则强调对"政治道德科学艺术宗教教育"的关心。陈独秀的表述非常清楚，所有的关于文学的讨论和引介，与其说是为了推出多少审美的文学作品，不如说是为了建设（他说是"创造"）"新时代新社会生活进步所需要的文学道德"，也就是文学的文化规范及其相应观念。陈独秀认为文学道德同政治道德同样重要，而且诉诸教育似乎更加繁难。

---

① 鲁迅，《〈守常全集〉题记》，《鲁迅全集》（第 4 卷），北京：人民文学出版社，2005 年，第 539 页。

显然,《新青年》在走向文化甚至走向政治的时候,依然不能忘怀对文学的关注,因为它更看重"文学道德"的创造;它所有的文化运作都离不开文学的参与,正像它所有的文学运作都离不开文化倡导的精神。这正是中国新文学初创期所形成的文化传统。

如果说强调文学之于人生道德、社会道德甚至政治道德的作用和意义,这是中国古代文论的一个传统,那么《新青年》和陈独秀开辟的则是另一种传统,一种属于新文学和新文化的传统,那就是文学自身道德的建构,这实际上就是强调文学的新文化品质,包括对于旧文化传统的批判和对于以民主与科学为核心的文化精神的坚守。文学表现中的新思想新文化意义最为重要,于是"血和泪"的文学,"劳工神圣"的文学对应了"民主"精神中的现代民本观念,也就是周作人概括的"平民文学",而妇女解放、个性要求甚至"爱的要求"对应了"民主"价值中的个性独立意识,同样对应着周作人那著名的"人的文学",这两种文学在新文学建设之初大行其道,即便是文学技巧粗拙,文学风格粗粝也不影响其地位崇高,那是因为这样的文学符合新"文学道德",也就是符合新文化的方向。

如果说白话文学和各种具有"现代性"因素的新文学"碎片"早已在19世纪末20世纪初的历史遗落中时有闪现,则以新文化为"文学道德"而不仅仅是表现因素的传统,显然从《新青年》才开始。作为思想文化批判的综合性刊物,《新青年》编辑群体的新文化先驱者深知文学之于中国社会改造和思想革命的关系,更深知新文化离不开文学的批判和革新。因此蔡元培在《中国新文学大系·总序》中指出:"为什么改革思想,一定要牵涉到文学上?这因为文学是传导思想的工具。"无论是旧思想旧文化还是新思想新文化,都需要文学进行传导,新文学用以传导新文化新思想,就成了陈独秀所提及的"文学的道德"。也正因此,蔡元培等才确认,真正的符合这种"文学道德"的新文学应该与文学革命联系在一起,应该自《新青年》算起,尽管用他的话说,"文学的革新,起于戊戌(民元前十四年)",可那不是真正的"文学革命":"一方面梁启超、夏曾佑、谭嗣同等用浅显恣肆的文章,畅论时务,打破旧日古文家拘守义法,模仿史、汉、韩、苏的习惯;一方面林獬、陈敬第等发行白话报输灌常识于民众;但皆不过以此为智育的工具,并没有文学革命的目标。"① 鲁迅也同样认

---

① 蔡元培,《论文学革新与研究——三十五年来中国之新文化》,《蔡元培文集》(第8卷),台北:锦绣出版事业股份有限公司,1995年,第675页。

为,真正意义上的"文学革命"乃由《新青年》开始,"凡是关心现代中国文学的人,谁都知道《新青年》是提倡'文学改良',后来更进一步而号召'文学革命'的发难者"①。文学革命的目标就是新文学的建设,这种新文学应能体现新的"文学的道德",这就是新文学文化的传统表述。

当然,《新青年》和新文化倡导者关于新文学文化的建设还包括一系列文学史概念,包括胡适在《文学改良刍议》中提出"一时代有一时代之文学""今日之中国,当造今日之文学"的文学进化观,这一观念不仅没有随着新文化人士对进化论的反思而隐退,而且在新文学不同发展时期都在发挥着巨大的影响力。新文化百年历史的演进伴随着新文学不同时代的风貌更替和观念更新,其实都是"今日之文学"的观念呈现,直至今日尤为鲜明。"一时代有一时代之文学"的现象不光是对现代文学历史现象的概括,也包含着对中国古代文学传统的认知,但自从进入现代历史时期,随着政治、社会的急剧变化,文学也随之产生迅速变化,而且经常不是瞠乎其后地变化,往往是作为时代的敏锐感应引领着时代文化的潮头。这同样是"五四"新文化孕育而成的新文学历史发展的重要传统,是新文学文化的规律性体现。

《新青年》和新文化倡导者还为中国新文学开辟了现实主义的道路,使得现实主义在相当长一段时间成为新文学发展的"理想类型",从而发展成新文学传统中最庞大最可靠的体系。早在《现代欧洲文艺史谭》中,陈独秀就显示出对于欧洲现实主义的绝大兴趣,在《文学革命论》中,又旗帜鲜明地打出"建立新鲜的立诚的写实文学"的旗号,为新文学未来发展定下了原则性的基调。胡适和鲁迅等热衷介绍的易卜生文学及"易卜生主义",都体现着现实主义的思想质地。鲁迅辉煌的文学思想和创作业绩,连同他深刻犀利的表述,为新文学现实主义体统的建立作了卓越的开拓。至于文学研究会的"人生"关怀和"人的文学"建设等新文学道统内涵,在文学呈现的方法论上都直接联系着现实主义的体统。在中国新文学近百年的发展中,现实主义在众多流派阵脚中之所以能够始终处于主流位置,成为中国新文学传统中最为厚重丰富、波澜壮阔的一脉,《新青年》立下的这种牢固的始基是至为关键的一个决定性因素。

3. 民主科学与新文学文化的短板效应

民主和科学显然不是最好的文学表现内容的概括,如果单从文学的角度分析,

---

① 鲁迅,《导言》,《中国新文学大系·小说二集》,上海:上海良友图书有限公司,1935年,第1页。

自由与爱情才称得上永恒的主题,并且古今亦然。新文化倡导者涉及敏觉的自由命题,但没有将它与文学的表现联系起来;新文学家当然离不开爱情的表现,但他们似乎并不愿意将爱情的主题上升为文学的"理想的类型",于是,茅盾在编《小说月报》的时候还对恋爱文学的大量涌现加以批评。① 这说明新文化的倡导者和新文学的最初建设者其实都很少单纯从文学的角度考虑问题。从社会和文化的角度他们总结出了民主与科学,这是两个诉诸文学并不十分合适至少并不具有优势的概念,但由于文学被赋予了"表现思想"的责任,而且是"文学的道德"责任;新文化倡导者便想尽一切办法将其交付给新文学来承载。事实上,民主与科学的表现和承载任务并没有给新文学带来新的刺激与推动,相反,它们给新文学带来了某种发展的迟滞和理念的拖累。这样的迟滞与拖累作为文化效应甚至作用于整个新文学发展的历史阶段。

毫无疑问,民主与科学是新文化理想形态的概括,陈独秀明确指出:之所以倡导"德先生"与"赛先生",是因为"只有这两位先生可以救治中国政治上、道德上、学术上、思想上一切的黑暗"②。他非常清楚,其实这两个"先生"并不是文学的独有命题,甚至不是主要针对文学的命题。对于新文学来说这两位先生经常扮演着外来者的角色。在这样的思想结构和理性类型中形成的新文学势必带有文学文化的基本态势。

如果说"民主"是新文学的应有内容,则这样的内容由于其天生的普泛化意义在文学表现上往往自然趋向于平面化和浅泛化。陈独秀在《旧思想与国体问题》中这样解释"民主":"民主共和,重在平等精神",包括"其他自由、人权、平等、自治、博爱"等精神。③ 但这些关键概念如何交付给文学承载?陈独秀找到了相对于"贵族文学"的"国民文学"和相对于"山林文学"的"社会文学",蔡元培找到了"劳工神圣"的时代主题,周作人找到了"平民文学",新潮社和文学研究会作家找到了"血和泪"的文学和"第四阶级文学"等。这些概念表述不同,含义参差,但都是"德先生"歌喉发出的四散的回声。问题是,这些民主意义的文学道德在实际运作中都往往被阐释为人道主义,包括先驱者们所反思和批判过的"悲天悯人的人道主义"。人道主义之所以成为新文化倡导者曾经反思和批判的对象,是因为它与某种旧文学

---

① 茅盾:《评四五六月的创作》,《小说月报》第12卷第8号。
② 陈独秀:《本志罪案之答辩书》,《新青年》第6卷第1号。
③ 陈独秀:《旧思想与国体问题》,《新青年》第3卷第3号。

传统有着千丝万缕的联系,在新文化和新文学的意义上则容易对新思想新道德构成某种浅泛性的化解。正因如此,美国新人文主义思想家白璧德才始终在反对人道主义的观念基础上高张人文主义的旗帜,周作人则在警惕地反思人道主义的观念基础上倡扬"人间本位主义"。然而新文化范畴的这种思想深化的努力,在新文学实践中便无可挽回地朝着所谓"浅薄的人道主义"方向趋近。特别是《新潮》时期叶绍钧的创作,以及《小说月报》时期备受沈雁冰推荐的如王思玷、李渺世等人的作品。与之相附和的还有同情被压迫被奴役的人民乃至民族的思潮等等。在这种将民主观念浅泛化为人道主义的时代思潮中,鲁迅的同类创作坚持在表现下层劳动人民血和泪的同时还残酷地、韧性地揭示和批判他们所受的"精神奴役的创伤"①,乃成为特别珍惜的个案,也是非常特别的文学文化现象。鲁迅以他无往而不批判的风格在新文学中保持了"德先生"应有的时代深度。

  在一般的理解中,除非是在新文学倡导之初一度得到认同的自然主义观念系统之中,或者除非是在科幻文学的范畴内,科学很难进入文学的理念世界。科学方法和科学原则常常有碍于或悖背于文学的虚构与想象的逻辑。黑格尔甚至认为,想象是诗的根本的思维方法,"诗人必须把他的意象(腹稿)体现于文字而且用语言传达出去"②。他甚至认为,诗属于"纯然宗教性的表象",与之相对的则是"科学思维的散文"③。他这里的散文当然不是文艺性的写作成果,实际上所指的是科学类论文。科学则不能依靠想象思维。科学作为概念其内涵依然相当复杂,外延也十分庞杂,新文化倡导者显然侧重于科学的文化精神,充分利用其文化批判意义,并将这样的精神和意义挪移到新文学的理念世界。陈独秀声明,"现在世上有两条道路:一条是向共和国的科学的无神的光明道路;一条是向专制的迷信的神权的黑暗道路"④。而"要拥护那赛先生,便不得不反对旧艺术、旧宗教"⑤。他所强调的正是科学的文化精神,认为科学精神才能发挥艺术和宗教领域的文化批判意义。

  新文化人士都倾向于将科学理解为文化的内涵,甚至是文学的一部分,他们认为"无科学则无文化,无文化则无民族":"根据最近的'科学革命',科学乃是变化无

---

① 胡风:《置身在为民主的斗争里面》,《希望》第1卷第1期。
② [德]黑格尔,《美学》第三卷,下册,北京:商务印书馆,1982年,第63页。
③ [德]黑格尔,《美学》第三卷,下册,北京:商务印书馆,1982年,第15页。
④ 陈独秀:《克林德碑》,《新青年》第5卷第5号。
⑤ 陈独秀:《本志罪案之答辩书》,《新青年》第6卷第1号。

穷的艺术。所以科学不但是'文化'的一部,而将是'文艺'的一种",于是,"新时代乃是'科学的群众时代'。这个新时代的来临,正需要新思想的建立和新文艺的创造"。① 蔡元培也倾向于这样看待科学及其与文学的关系。1918年底,蔡元培为《北京大学学刊》写发刊词,提出"必以科学方法,揭国粹之真相",他认为科学与文学的联系是一种文化的精神的基础:"治文学者,恒蔑视科学,而不知近世文学,全以科学为基础"。② 他这时候的学理认知完全是将科学与文学等放在同一范畴加以把握,与他1935年明确将科学与美术置于两个相对应的范畴的情形形成某种对照:那时候他意识到,"欧洲文化,不外乎科学与美术";文学自然在美术的范畴之内。③ 从许多思想家那里可以知道,将科学与艺术理解为两个相对应的范畴代表着一种相当普遍的甚至是相当通俗的学术认知,"一种文化中的智慧,我们的社会遗产,从来都存在于该文化的科学与艺术中"④。但在"五四"新文化和新文学倡导时期,科学与文学就是被人为地扭结在了一起,因为新起的文学需要借助科学的文化精神和科学的文化批判力量。

然而新文学不可能永远在对旧文学和旧文化进行批判的先导下艰难和偏执地前行,它需要自身的美学建设,需要营构文学自身的发展规律。这时候,民主概念的空泛性和浅泛性将逐渐得以暴露,科学也会迅速回归到它自身的学科意义上而与文学的行程拉开距离。当新文学一旦疏远了或者离开了民主与科学的时代文化主题,它或者取得了相对于社会文化的独立发展资格,或者为新的时代文化精神和意义表述所覆盖。

---

① 顾毓琇,《中国的文艺复兴》,北京:科学出版社,2011年,第23页。
② 蔡元培:《致〈公言报〉函并答林琴南函》,《公言报》1919年4月1日。
③ 蔡元培,《〈中国新文学大系〉总序》,《中国新文学大系·建设理论集》,上海:上海良友图书有限公司,1935年。
④ [英]考德威尔,《考德威尔文学论文集》,刘宗次译,南昌:百花洲文艺出版社,1995年,第273页。

第十四章　汉语新文学传统建设中的科学因素

自从陈独秀用幽默、形象的词语把民主和科学这两个从西方舶来的价值理念拟人化地称为"德先生"和"赛先生"，许多人一直以为这既是"五四"新文化运动高举的两面旗帜，同时也必然是"五四"文学革命的两大价值标杆和两大理论依据，进而将它们理解成新文学的两大传统，体现着汉语新文学现代品质的基本规定性。毫无疑问，民主和科学曾经是新文化运动最重要的关键词，它们也确实在新文学的建设中起过相当的作用，但如果将它们在新文学的精神内涵和新传统脉络中等量齐观地作对称性的理解和确认，则容易将新文化运动倡导者当时采取的某种理论策略当作核心价值理念，进而陷入历史解读的理论误区，遮蔽了对新文学发展历史及规律的准确认知。

民主概念带有具体的政治体制内涵，科学概念也带有具体的知识体系架构，不过在新文化倡导者的理论推介中，民主通常并不呈现具体的政治体制内涵，科学也不是指具体的知识体系构架，它们都被理解为代表着一种时代的价值观，一种在通向现代理性的较为理想的理念形态。作为现代社会具有一定普世价值的核心理念，民主思想确实构成了汉语新文学的精神质量，不过它对中国新文化和新文学所起的作用绝不在落实或示范具体的民主体制、政制框架。科学同样如此，它只是中国新文化倡导者借以推动思想文化现代化进程的一个理论范型，——当然是"理想"的范型，而不是作为具体的科学知识体系通过文化和文学实施普及和推广。无论是新文化运动还是新文学倡导，几乎所有代表现代人文价值理念和政治社会观念的思想因素都可以用较为宽泛的民主加以概括，"五四"时代在新文学内外倡导的自由自主、平等博爱、个性主义、人道主义、平民主义、社会主义等，无一不可以从民主这一博大得始终无法精深的概念内涵进行阐释。然而科学与新文学传统思想要素之间的联姻就不会这样自然而顺当。即便是在观念意义上，科学并不像民主那样能够顺利地融入新文化和新文学的传统,科学理念强调真确、理性的基本价值指向与强调想象、情感的文学天然地构成了相斥相悖的理论关系,于是科学在新文学建设中势必成为并不和谐的背离因素,一直未能发育成新文学的一脉主要传统。

事实上,人们在论述新文学传统中的科学因素时,总是无法给出具体的学术分析,或是将科学与民主黏合在一起笼而统之地含糊其词,或是将科学模糊为科学精神进行远离文学表现自身的宏观的理性把握,然后将新文学具有的科学因素的星星点点夸示为壮丽辉煌的蔚然奇观。其实,文学与科学之间的难以和谐既是近代以来思想家们屡屡面对的理论现实,也是新人文主义者白璧德等现代思想家勉力论证的基本论题,后者始终是在将科学与文学对立起来的意义上阐解和提倡现代人文主义教育,并抨击鼓吹"知识就是力量"的"科学自然主义"的培根之流。①中国的新文学也是如此,只要坚持文学和美学的路数前行,就必然疏离甚至远离严格而刻板的科学,而不可能以科学的强调作为自己的传统主脉。新文学中当然包含着科学的因素,除了作为最初的聒噪,以及后来偶然出现的实验,还有为一些敏觉的论者已经详尽地揭示出来的那些林林总总,②但这些诸多的科学因素远远不能构成新文学的必然传统,甚至其中许多科学内容并未构成新文学建设的正面因素。科学从新文学的建设过程中,特别是从新文学传统的形成中隐退、转化乃至异变,是新文学发展的一个久被遮蔽的现象,甚至是一个有待总结的历史规律。

一、科学:外在于新文学传统建设的"理想类型"

汉语新文学相对于源远流长的传统文学而言,其独立发展的基本现实依据便是它形成和确立了新的传统,虽然有关这种新传统从概念内涵到外延的探讨尚缺乏应有的理论热忱,③但新文学史家们围绕并揭示这一传统(在更显在的流动性意

---

① [美]白璧德,《文学与美国的大学》,张沛等译,北京:北京大学出版社,2004年,第27页。
② 最具代表性也最具系统性的专著当推刘为民所著,《科学与现代中国文学》,合肥:安徽教育出版社,2000年。
③ 迄今最为集中地论述汉语新文学传统的文章依然是《论汉语新文学的伟大传统》一文,《中国社会科学》,2002年第1期。显然,一旦进入实际的新文学传统内涵的考察,"科学"因素就无法在其中得到揭示。

义上则表述为规律)的学术努力却始终旺盛甚至亢奋,将科学因素概括为新文学传统当然的要脉便是这种学术亢奋的某种持久而普遍的体现。

诚然,新文化运动倡导者在设计新文学传统之初确曾考虑过科学因素的重要性。陈独秀在提出"德先生"和"赛先生"这两个历史性命题之时,明确将旧文学的批判和否定表述为德先生和赛先生的共同要求:"要拥护那德先生又要拥护赛先生,便不得不反对国粹和旧文学。"①如果说此番议论只是从否定的方面和批判武器的意义上揭示了"赛先生"与旧文学的关系,并没有从肯定的方面明言"赛先生"与新文学建设的关系,那么,经过蔡元培后来的解释和发挥,科学作为新文学建设关键性因素的性质和地位就基本得到了理论上的确认。蔡元培首先将"新文学运动"定义为欧洲的文艺复兴之属,而"复兴"的"欧洲文化""不外乎科学与美术":"近代的科学美术,实皆植基于复兴时代";接着认为"复兴时代"的精神特征便是文学与科学的合一,如达·芬奇,"固为复兴时代最大美术家","同时为科学家及工程师",甚至追溯到罗马文学时期,揭示出文学(美术)与科学"均有所建树"的内在必然性;然后比照汉语新文学运动,认为"由文学而艺术,由文艺而及于科学"会同时革新。②

即便如此,蔡元培也仍然是从外部关系上论述了科学与文学、美术的传统与现实的联系,而没有从内部的逻辑关系上论证科学对于新文学传统的决定性意义。陈独秀甚至没有在肯定的意义上建立起科学与其倡导的新文学的直接联系,而只是从批判武器的意义上肯定了科学之于旧文学批判的价值。将科学"内化"为新文学发生的传统因素,认为将科学同民主一样视为新文学发展与生俱来的天然酵素,都不过是后人缺乏内在逻辑必然性的一种人为介入性的理解。

人们往往忽略了"五四"新文学倡导者对于科学的提倡大多越出了文学自身,而且也没有在科学自身的意义上展开这样的事实,将科学因素外在地介入新文学的理论现象理解为新文学传统建立的某种本源性、必然性、决定性的因素,因而认定,"赛先生"是"'五四'新文学的灵魂之一"③,"在'五四'前后从西方传入的各种堪称丰富驳杂的思潮中,民主科学的倡导以及稍后的社会主义共产主义思想体系

---

① 陈独秀:《本志罪案之答辩书》,《新青年》第6卷第1号,1918年。
② 蔡元培,《总序》,《中国新文学大系·建设理论集》,上海:上海良友图书印刷有限公司,1935年,第3—4页。
③ 刘为民,《科学与现代中国文学》,合肥:安徽教育出版社,2000年,第20页。

的传播,构成了一条鲜明的主线,内在地决定着新文学的特质和发展的方向。"①——科学因素与民主因素乃至社会主义思想等因素,共同构成了新文学传统的"内在"因素,相比之下,"'五四'新文学运动高举民主科学的旗帜"之说倒是一种外在的描述,新文学凭借着"科学"包含其中的内外部因素的共同作用,同载道的旧文学"揖别",从文言的束缚走出,创造了"新鲜活泼的"白话诗和白话小说等新质传统。② 这样的论断将科学当作新文学根本的传统因素,根据并不充分,虽然从新文化先驱者如蔡元培等人的阐述中可以做类似的推导,从新文学创作的很多个案中也很容易找出对应的实例。然而,蔡元培不过是从文艺与科学发展的方法与途径的角度论证了两者之间的历史联系和可能的现实联系,就像包括鲁迅的《狂人日记》《不周山》等创作从方法论上借鉴了精神病学和弗洛伊德心理学的科学方法一样。这种文学方法论上对科学的借重与在文学本体论上将科学纳入文学新传统的总体设计显然完全不同。

新文学倡导者之所以最初将科学因素引入文学的批判与方法之中,使得后人误以为科学与民主共同构成了新文学的内在因素和传统主脉,乃是因为这场声势浩大的文化革新需要理想的概念作为当时核心价值理念的代表,而相当长时间的文化运作和西化思潮,推涌出了科学概念,科学便代表着一种强烈倾向于现代文明的文化认知。科学的倡导既不是出于文学自身建设的理论需要,也不是从文学内在规律提出的时代要求,因而,它不可能内化为新文学发展的"灵魂"或"内在"因素,更不可能构成新文学传统不可或缺的基本要素。蔡元培等将科学视为文学"复兴"大可借重的新质,体现着一种主观介入性的观念处理,即赋予科学一种超凡的文化意义,使之与理想中的新文学发生概念化的对接。其实,在新思潮的运作中总是如此,当一种体现正面价值的概念得到理论上的强势接受之后,有关这个概念的内涵便不会成为人们精心研琢的对象,人们所乐于做的常常是将这一价值概念人为地引入新思潮的各个热点倡导之中,使之内化为核心价值,其结果便是让它成为新思潮的介入性传统。以文艺复兴时代的核心价值概念"人文主义"(humanist)为例,在15世纪的意大利原只是用来称呼教授古典语言和文学的教师,因为他们所教的科目,主要是语法、修辞、历史、文学、道德哲

---

① 冯光廉、刘增人主编,《中国新文学发展史》,北京:人民文学出版社,1991年,第27页。
② 关爱和:《二十世纪中国近代文学研究述评》,《中州学刊》1999年第6期。

学等,被统称为"人文学"(studia humanitatis),这些学科的教学必须阅读基督诞生之前的古典拉丁文本。① 但当年的文化精英愿意在"古典学问的复活"的意义上延伸开来,将"人学"乃至于万物之灵长的"人"都引入人文主义的表述之中,使这种宽泛得有些含混的人文主义作为马克斯·韦伯所说的"理想类型"②介入了文艺复兴价值倡导的传统因素。蔡元培、胡适等都曾想到过用人文主义概括"五四"时代新文化和新文学的传统,③但陈独秀的德先生、赛先生说已经在理论界建立了"理想类型"的基本思路和表述模型,民主和科学以其简洁、生动、时代感以及几乎是无限开放的理论包容性,成了新文化运动和新文学倡导的"理想类型"的理想表述。

确实,科学在新文化初潮之中对于立意改革的精英阶层而言就是一种"理想类型",甚至沉淀为一种观念伦理,体现着人们价值判断的某种天然的理论依据。科学作为"理想类型"介入新文化,有着深刻的历史渊源和现实必然性。首先是近代以来的改革精英,特别是梁启超、黄遵宪等,都将西方的文明与强盛与科学联系在一起,梁启超到了20世纪20年代还在论证"科学精神"与西方文化的先进性关系,④这样的观念基础使得科学获得了某种"普世"性的积极意义,使得新文化倡导者有了赖以继承和发扬的观念的"理想类型"。其次,达尔文进化论等西方科学思想确实引领着最先进的文化理念,弗洛伊德等人的心理科学又实实在在地影响着艺术、文学的认知和把握,科学作为"理想类型"的理念形态对于新文化和新文学而言便有着"文化场"的辐射意义。再次,新文化倡导之初中国社会充斥着各种迷信现象,巫术、占卜、扶乩、堪舆之气甚嚣尘上,《新青年》等新文化阵地在破除这种种迷信陋习之际,当然须倚重于科学,科学作为现代先进观念的代表便理所当然成为"理想类型"。在这样的理论场域和观念环境中,科学救国的理念便有可能大行其

---

① [英]阿伦·布洛克,《西方人文主义传统》,董乐山译,北京:生活·读书·新知三联书店,2003年,第6页。
② Max Weber, *The Protestant Ethic and the Spirit of Capitalism*, George Allen & Unwin (Publishers) Ltd. 1976, p.147.
③ 参见蔡元培为《中国新文学大系》所写的《总序》,另,1933年胡适在美国芝加哥大学发表了题为《中国的文艺复兴》的著名演讲,在论及"五四"新文化运动及其意义时,胡适说:"它也是一场人文主义运动。"见朱维铮:《何谓"人文精神"?》,《探索与争鸣》1994年第10期。
④ 梁启超:《科学精神与东西文化》,《晨报副镌》1922年8月24日。

道,人们认识到,"盖今日吾国欲臻富强之域,非昌明科学普及教育不可"。① 然而,据此认为中国现代思想史上形成了"唯科学主义"②仍然有夸大其词的意味:科学不过是新文化倡导者和其他改革精英用于价值倡导的一种"理想类型"。

对于创建中的新文学,这种"理想类型"只是一种外在的参照物,一种批判的武器,在创作者那里可能被工具化地处理为一种构思和写作方法,它从来没有被内化为富有传统意义的价值因素。强调科学作为"理想类型"进而尊称其为"赛先生"的陈独秀,主要不是从新文学的角度设计与建设,而是从新文化理念设计和青年现代人格培养的角度引入了科学命题及相应思考。他关注的是"新鲜活泼"的生命力,是"自主自由之人格"的解放,在社会进步的意义上倡导"实利",克服"虚文","实利"就意味着科学,正像"虚文"类似于"想象","实利的而非虚文的"其另一表述便是"科学的而非想象的"。因此,科学自然会成为他们所乐于标举的旗帜。陈独秀认为"最近""德意志科学大兴"不仅导致"物质文明,造乎其极",而且导致"制度人心,为之再变",其结果是"举凡政治之所营,教育之所期,文学技术之所风尚,万马奔驰,无不齐集于厚生利用之一途"。③ 将文学与技术并论且认为价值在于"厚生利用",显然脱离了文学自身建设的路数,在这样的逻辑思路上自然会倚重于科学。这样的科学观不仅并未为后来的新文学界所继承,也就是说并未发展成为新文学传统中的一个主要流脉,其实即使在当时的新文化和新文学倡导者中也未必会得到普遍的认同,例如鲁迅主要从新文学的角度倡言和思考重塑国人灵魂的问题,倡导"掊物质而张灵明",更愿意借重和高估的是文化乃至诗歌之力,而不是陈独秀心目中"理想类型"的科学。

在这一论题上鲁迅的清醒乃至过人之处,在于没有将科学引入新文学建设的传统主脉,而且还对文学中的科学因素保持着相当的警惕,以至于屡次反思类似于弗洛伊德这样的"科学家似的专断"对文学理论的干扰作用。④ 不过他对于科学所具有的"理想类型"的时代意义却并未加以否定。他努力研求科学知识,积极撰著《科学史教篇》等科学普及论文,肯定科学的社会和时代价值,并常用科学对于社会文化哪怕是迷信中医等多种现象实施批判,这些都表明,他愿意在新文化的场域之

---

① 方孝岳:《与胡适书》,《新青年》第3卷第2号。
② 郭颖颐:《中国现代思想中的唯科学主义》,南京:江苏人民出版社,1995年。
③ 陈独秀:《敬告青年》,《青年杂志》第1卷第1号,1915年。
④ 鲁迅,《苦闷的象征·引言》,《鲁迅全集》(第10卷),北京:人民文学出版社,1981年,第232页。

中运用科学这一"理想类型"作为批判的武器。

无论是用于批判的武器还是用于价值倡导的概念,科学作为"五四"时代"理想类型"的一种理想表述,无论在观念的价值构成还是在作品主题的设计营构上,都并没有成为"五四"新文学的必然内容,更不是决定性的内容,因而除了在批判武器的借重和文学方法的运用方面而外,科学从来就没有成为新文学的内在因素或传统主脉。正因为新文学只是在批判的武器以及创作的方法等方面倚重了科学这样的"理想类型",从科学命题进入新文学传统的内在动因和发展规律的分析便自然会经受挫折。人们对新文学传统中科学因素的内在必然性的误解,更多地乃是惑于科学在新文化运动中作为"理想类型"所具有的巨大影响力的记忆与误认。新文学运动与新文化运动确有诸多内在联系,但新文学自身的文学特性决定了它不可能完全与新文化处于同构关系之中,科学是新文化倡导的"理想类型",却不可能内化为新文学的核心价值。

二、"科学"概念在新文学传统运作中的漫漶与变异

科学特别是拟人化为"赛先生"以后,作为"理想类型"在中国现代思想界赢得了极高的美誉度,以至于即便是从文学这种影响人的精神、塑造人的灵魂的事业出发,人们似乎也不敢对科学或"赛先生"的决定性意义有所质疑。任何处于"理想类型"的价值概念都是如此,既然人们在一定时代条件下将这种"理想类型"当作价值理念的理想表述,则会将几乎所有的正面价值的理念思维等等都黏附在其中,使得这样的概念内涵处在逐渐漫漶之中,概念自身的本质内涵反而往往处于被遮蔽的状态。科学在新文学的进一步发展中所面临的正是这样的命运,不断漫漶和变异的概念内涵更加导致它与新文学的内在联系渐行渐远。

由于科学成了新文化运动的"理想类型",处在新文化潮流中的人们往往不再去考究科学的内涵,而是将各种正面的价值和肯定的理念都往科学概念上黏附,这造成了科学权威话语甚至至尊地位的成立,同时也造成了科学概念的漫漶与变异。胡适在总结科学与人生观讨论时精辟地指出:"这三十年来,有一个名词在国内几乎做到了无上尊严的地位;无论懂与不懂的人,无论守旧和维新的人,都不敢公然对他表示轻视或戏侮的态度。那个名词就是'科学'。这样几乎全国一致的崇信,究竟有无价值,那是另一个问题。我们至少可以说,自从中国讲变法维新以来,没有一个自命为新人物的人敢公然毁谤'科学'的,直到民国八九年间梁任公先生发

表他的《欧游心影录》，科学方才在中国文字里正式受了'破产'的宣告。"①胡适一方面描述了科学作为"理想类型"享有"无上尊严"和全国"崇信"的威势，另一方面也道出了无论对科学"懂与不懂"都不敢毁谤它，也即很少人去试图弄懂科学再行标举的实情。胡适甚至披露说，陈独秀在撰写《本志罪案之答辩书》一文提出"赛先生"命题之时，其实"对'科学'和'民主'的定义却不甚了了"，"一般人"对之"也很容易加以曲解"。②在更早些时候的《敬告青年》中，他也只是模糊地得出这样的"科学"结论："科学者何？吾人对于事物之概念，综合客观之现象，诉之主观之理性而不矛盾之谓也。"③又是客观又是主观，又是综合又是逻辑，确实是不甚了了，但却并非令人不知所云：如果说张君劢后来以"科学为客观的"而"人生观为主观的"为基本理由力图将科学与人生观截然分开，④则陈独秀就是要在科学万能的意义上将人生观念和艺术观念等新文化的建构都与科学这一"理想类型"相联系，从而为文学与科学的联系寻找理论依据。

在人类思想运作中的一个重要规律就是，当人们要倡导某种"理想类型"，就将所有的正面价值黏附其上，造成有关概念的漫漶模糊，而当人们要摈弃某种价值理念，便将所有的负面价值灌注其间，造成有关概念的支离破碎。科学成为新文化运动的倡导内容和"理想类型"的必然结果，便是它必然来自于诸多正面价值理念的黏附乃至重释，使得它应有的概念内涵面临着不断弱化、软化，而附加的各种正面价值在科学的重释中几呈喧宾夺主之势。因而，即便是新文学建设过程中倡导者乐于谈论科学，其真正的含义已经离科学甚远，甚至通向对科学精神的背离。

陈独秀在《敬告青年》中初倡科学的时候，就已在对科学概念的解释中偏离其基本内涵，而走向富于批判性的思维方法论。他指出："凡此无常识之思维，无理由之信仰，欲根治之，厥维科学。夫以科学说明真理，事事求诸证实，较之想象武断之所为，其步度诚缓；然其步步皆踏实地，不若幻想突飞者之终无寸进也。宇宙间之事理无穷，科学领土内之膏腴待辟者，正自广阔。"⑤这种求实证而非想象和幻想的思维方法显然不适用于文学，但它毕竟偏离了科学的核心内涵，而涉及思维的常识

---

① 胡适，《〈科学与人生观〉序》，《胡适文存》（第2卷），合肥：黄山书社，1996年，第140页。
② 胡适，《胡适口述自传》，上海：华东师范大学出版社，1993年，第187页。
③ 陈独秀：《敬告青年》，《青年杂志》第1卷第1号，1915年。
④ 张君劢，《人生观》，《科学与人生观》，上海：亚东图书馆，1923年，第4—6页。
⑤ 陈独秀：《敬告青年》，《青年杂志》第1卷第1号。

与信仰的理由等人文、社会命题。科学从一开始就被当作理想的批判武器,新文化运动倡导者关心的是它在思想文化领域的作用和意义,并且以此将几乎所有能够作用于思想文化的正面价值都与科学联系在一起。与陈独秀的《敬告青年》差不多同时出刊的《科学》杂志,在创刊《例言》中这样阐释它的主题:《科学》杂志"虽专以传播世界新科学知识为帜志,然以吾国科学程度方在萌芽,亦不敢过求高深,致解人难索,每一题目皆源本卑近,详细解释,使读者由浅入深,渐得科学上智识",于是,"历史传记、美术音乐之伦虽不在科学范围以内,然以其关系国民性格至重,又为吾国人所最缺乏",因而也"未便割爱"。既然将科学的疆域扩展到历史传记和美术音乐,文学与科学的联姻自然是顺理成章。其实,美术在当时的表述习惯上也包含着文学。

新文学家们确信科学可以成为新文学用武之地的,首先是在现代科学手段和心理学方法的文学应用,这也是将科学当作新文学精神传统的论者津津乐道的内容。除了鲁迅用精神分析学进行小说创作而外,郭沫若的小说如《残春》以及较多的诗歌创作都融进了现代科学因素。但所有这些文学创作现象都不过是对科学最外在甚至是皮毛的活剥,即便如郭沫若的《女神》将"神经""脊髓"等人体科学解剖名词当作表现的素材,再如郁达夫在《沉沦》中表现的"忧郁症",以及将性的要求表述成从祖先那里遗传来的"罪孽",等等,虽然将科学的概念性知识用于对人生现象的表述和阐释,但并没有将科学作为思想酵素作用于作品主题的提炼,甚至并没有因这些科学因素的引入而使得这些作品呈现出与其他未引入科学因素的作品迥然不同的思想姿态或本质特性。鲁迅的《不周山》引进了弗洛伊德的精神分析学,将性欲解释成"创造——人和文学的——缘起",[1]这应该算是从整篇作品的构思都使用了科学的理念,然而就作品内涵的提炼以及鲁迅惯有的批判性的表现而言,"性的发动"不过是表现手段和技巧上的环节,并不能带来与科学相关的更加深刻和更加强烈的精神震撼效果,更无法增加作品的批判烈度与含量。

如果说新文学创立初期作家们还对文学写作中作为技术环节和表现手段层面的科学因素有着较浓厚的兴趣和较多的关注,那么,新文学趋于成熟之后,人们便疏懒了科学概念和术语的运用,怠慢了科学命题和因素的介入,特别是到了巴金《激流三部曲》的时代,到了戴望舒、艾青的诗歌时代,到了田汉、曹禺的戏剧时代,

---

[1] 鲁迅,《故事新编·序言》,《鲁迅全集》(第2卷),北京:人民文学出版社,1981年,第341页。

文学对科学的外在借重也明显减少,诸如《北京人》对考古科学的运用,也多置于人文历史的意义上,而不是在自然科学的层面上。因此,新文学中的科学因素不仅没有成为新文学内在的品质,更没有形成新文学发展的一脉传统。

更重要的是,新文学家普遍感兴趣并愿意在写作中运用的心理学之类有关人心的学科,按照张君劢的说法:"在身、心、社会、历史领域,科学的因果无用无效,"因而它们都无法被称之为科学。[1] 张君劢从严格的实验立场界定科学概念未免过于严苛、偏执,因为后来人们更愿意从"人生科学"的角度理解包括生物学和社会学在内的学问,因此确认"生物学在科学中享有独特的地位",[2]但张君劢的论述恰好从反面验证了新文化和新文学界对科学的把握过于粗疏、宽泛。

更多的新文化倡导者和新文学家确信,在对科学宽泛地加以理解和把握之后,便能够与新文化和新文学的破除迷信传统结合起来,从而使得科学在人文学、思维学和社会学意义得到重新解释。这显然是"五四"新文化运动中通行的将人文理性理解为科学理念的思路。其实,陈独秀在《敬告青年》中倡导"自主"精神,号召青年人"自崇所信",也就是"破除迷信";这本来是一种人文理性的倡导,但在后来的文化和新文学运作中则被误解为对科学的强调。刘半农认为建设新文学"第一曰破除迷信",人们注意到了,但随即将破除迷信归结为科学理性的胜利,殊不知作者强调的仍然是人文理性:"尝谓吾辈做事,当处处不忘有一个我"[3],仍然是陈独秀"自崇所信"的延伸。周作人在这一点上尤为清醒,他同样指出新文学的建设必须破除对于传统的迷信,但破除迷信并非建构科学的视点和科学理性的法则,而是要建构新的"宗教"、新的"信仰"、新的"神":"这新时代的文学家,是'偶像破坏者',但他还有他的新宗教,——人道主义的理想是他的信仰,人类的意志便是他的神。"[4]周作人没有将迷信破除以后的信仰归结为科学,而是归结为人道主义和人类的意志,由此可见,科学并没有在新文学破除迷信、破坏偶像的传统化运作中起关键作用,更没有如人们所想当然的那样,成为破除迷信破坏偶像的建构目标。

---

[1] 张君劢,《再论人生观与科学并答丁在君》,《科学和人生观》,上海:亚东图书馆,1923年,第67页。
[2] Angelique Richardson: "The Life Sciences: 'Everybody nowadays talks about evolution'", *A Concise Companion to Modernism*, edited by David Bradsfaw, Blackwell Publishers Ltd. 2003, p. 8.
[3] 刘半农,《我之文学改良观》,《中国新文学大系·建设理论集》,上海:上海良友图书有限公司,1935年,第66页。
[4] 周作人,《新文学的要求》,《中国新文学大系·文艺论争集》,上海:上海良友图书有限公司,1935年,第144页。

科学不仅没有真正抵达新文学传统建构的核心价值层,没有从文学的意义上真正建构起"理想类型"的权威,而且在新文学和新文化的发展运作中被逐渐虚幻化、漫漶化以至于变异,使得它在不经意间承担起了本属于人文理性的理论职能。或许这正是"五四"落潮以后兴起科学与玄学大讨论的理论依据。发起这场讨论的张君劢虽然不是清晰地,但却是十分敏感地站出来,提出纯化科学概念的问题,认为不仅要把科学从人文理想和历史学的范畴中离析出来,而且要把他从心理学、生理学和其他各种与人相关的学科陷阱中解脱出来。这是沿着"理想类型"思路试图将科学加以纯化的学术努力,但最终却导致了科学概念在文化运作中被磨蚀和混沌化的事实呈现。无论他的观点有多偏激和片面,他敏锐地感觉到并揭示出科学概念早已经漫漶以至于淹滞的历史真相。其实科学概念把握的漫漶化并不是自新文化运动开始,钱钟书在《谈艺录》中说到黄遵宪时代虽然重视科学,但也不过是"差能说西洋制度名物,挦撦声光电化诸学,以为点缀",而至于"西人风雅之妙、性理之微,实少解会","故其诗有新事物,而无新理致"。[①] 到了新文学家的创作中更是如此,科学出现在文学之中,许多时候只是点缀,表明新事物,但却并不体现科学的新理致。所有的理致仍然是人文理性的内容。

如果说文学革命运动还在"理想类型"的意义上借重科学概念,则革命文学运动便开始完全将科学纳入人文理性且彻底忽略其科学本体意义。虽然经过科学与玄学的讨论之后,科学概念在文化界和文学界变得更为敏感,但这并不妨碍科学作为"理想类型"继续代表着正面价值,科学概念的美誉度甚至时尚色彩并没有减退。鲁迅经过革命文学论争,愈益坚定了对苏俄文学理论的信赖,将其命名为"科学的艺术论",1930年在上海光华书局组织"科学的艺术论丛书",并将自己亲自翻译的普列汉诺夫的《艺术论》[②]列入其中。后来钱歌川提出过《文学科学论》[③],这里的"科学"同鲁迅等人设定的"科学的艺术论"中的"科学"一样,已经完全是社会和人文科学的意思,与作为赛先生的科学本意完全分离了。

其实,从新文学的传统运作乃至从新文化的原初命意来考察,科学在被当作"理想类型"加以提倡之际,就已经带有更为浓重的人文理想内涵;而人文理性内涵

---

① 钱钟书,《谈艺录》,北京:中华书局,1993年,第23—24页。
② 原署普力汗诺夫著,鲁迅译,列为"科学的艺术论丛书"之一,上海:光华书局,1930年。
③ 载曾觉之编《文学论文集(一)》,上海:中华书局,1935年。

才切合文化改革和新文学发展的基本目标和价值理念，同时又与文学的内部规律并行不悖。新文学从文学革命到革命文学的发展过程，对于科学理念的处理实际上也体现着逐步漫漶科学的自然内涵而较多掺入人文理性内涵最后完全人文科学化的过程。科学的令名一直具有强烈的号召力，但科学的概念在新文学的运作中一直经受着人文理性内涵的挤兑、羼杂，这样的理论事实使得科学在新文学的发展中并未真正产生本质性的影响。因此，从新文学发展的角度看，处在概念漫漶甚至变异中的科学也不可能成为新文学传统的主要脉络和主体品质。新文学传统的主要脉络和主体品质实际上都可以归结为民主这一博大概念所涵盖的那一套思想体系。科学概念的人文理性化，其出发点和归趣点其实就是民主理念。

三、 科学与新文学传统的理论关系

被当作"理想类型"的概念必须经得起历史文化的磨蚀和泛化处理，即一方面它必然遭遇到人们将所有正面价值黏附其上的命运，另一方面它必须具有经过这种磨蚀、泛化的处理之后仍能保持自身的价值属性，不至于造成漫漶与模糊。民主这个概念作为"理想类型"在任何时候都相当合格，因为几乎任何政治倾向的理论家都愿意将其所理解的正面价值黏附其上，而这种黏附对民主概念自身所起的磨蚀、泛化作用非常有限，更不会通向对民主自身意义的否定。科学由于以严谨的学科规定性为概念基础，与具体的实用理性范畴密切相连，其自身作为概念的柔性远远弱于民主概念，因此经不起历史的磨蚀和泛化，其漫漶与模糊的直接后果往往通向对自身的否定，这便是科学概念作为"理想类型"必然面临的悖论境况。

诚然，正如有学者已经论证的，科学作为"实用理性"与新文学的创作和理论发展存在着一定的"逻辑关系"。[①] 但由于科学作为"理想类型"必然面临的理论境况，它与新文学无论在创作意义上还是在理论意义上，更多、更普遍的构成乃是悖论关系。

新文学创作中确实较明显地也较普遍地引进了现代科学知识与手段，但这些科学词语和科学手段的运用只不过从技术层面凸显了新文学的现代品性，昭示着现代科学的洗礼给新文学带来的新的面貌和新的气象。技术层面或者工具理性意义上的任何创新，如果不伴随着内在精神的深化和审美情致的升华，甚至不伴随着人生经验独特性的开掘，就不可能具有真正的文学史意义。鲁迅小说《补天》的批

---

① 宋剑华：《实用科学理性与"五四"新文学结盟的逻辑关系》，《文学评论》2007年第1期。

判性精神并不因为"性的发动"的描写而得到进一步的深化,《女神》的情绪表现也并不因为脊椎和神经等人体解剖意象而得以升华。整个汉语新文学发展过程中,很少有作品是因为融进了科学因素而成为旷世经典的,即便将潜意识的萌动算作是科学成分的体现,新文学创作不过是在技术手段意义上运用了这样的科学成分,而且意识流之类的作品也很少拥有突出的文学史地位。类似于无名氏《野兽·野兽·野兽》中对于宇宙空间和时间概念的激情描写,如"四千万万万团太阳在燃烧,宇宙永远是一场大火灾",银河中的"一颗中等星也比地球大一百万倍",如此等等,这些虽然具有浓密的科学成分,但这里的科学成分仍然外在于作品情节,外在于思想提炼,甚至外在于人物形象的塑造,它只是成为宇宙胸怀和人生气度的一种外在展示,具有强烈的现代色彩,如此而已。汉语新文学创作甚至都没有形成科学幻想的明显传统,从而错过了文学与科学联姻的最佳契机。

从新文学创作的实际经验分析,科学手段特别是心理科学方法的引入,固然增强了人物行动的内在依据,深化和丰富了人物内心世界的复杂性,但同时也严重地削弱了人物的情感之美和人情之真,具有以心理学甚至生理学意义上的人性之真替代人情之美的学术倾向。从心理学"反向转化"的原理,人们分析出巴金《家》中觉慧对鸣凤自杀之前前来求救采取了不自觉的逃避态度,①这固然丰富了觉慧的心理层次,而且也更符合"这一个"典型的心理困境,不过这样的分析导致的结果是将科学阐解强加于人物,也强加于作家,觉慧与鸣凤之间的美好情感和民主理想情怀则面临着被外来的心理科学分析所人为拆解的命运。更何况,心理学的阐释在张君劢这样的哲学家心目中仍然还不够"科学",真正的科学甚至与人性的考量都没有直接的关系。沈雁冰从自然主义理念出发,成为新文学倡导之初明确倾向于接受科学参与文学的少数理论批评家,不过他认同的作品中一段科学因素,倒非常适合于用来说明科学与人性、人情之美的悖背。这段描写来自于沈雁冰叙述的安特列夫剧作,该剧如此"叙述":" 天文学家的长子战死了,次子又给人拿去,他的妻子便告诉丈夫,天文学家便谈他妻子不达观,拿全宇宙计算起来,一秒钟中要死去一个人,这样死去了一个,有什么希奇呢?"②这段故事已然带着安特列夫式的阴冷,

---

① 参见蓝棣之,《现代文学经典:症候式分析》,北京:清华大学出版社,2002年。
② 沈雁冰,《什么是文学》,《中国新文学大系·文艺论争集》,上海:上海良友图书印刷公司,1935年,第157页。

阴气森森之中传达的"科学分析"严重、尴尬地挑战了文学作品应有的人性之美和人情之美。这正是用科学手段写作或分析文学作品的冒险之处：真正的科学因素其实很难进入表现人情和人性的文学的内在结构。

科学之所以难以进入新文学创作的内在结构，成为新文学自身发展的内在动力，是因为它的内容如果不是在科学幻想意义上展开，就会远离文学表现内容的"理想类型"，甚至不是诸如人性、情感以及与美相关的文学表现的必然内容；即便是科学思想和科学精神，也只能作为外在于文学的思想体系，对文学自身的建设形成某种掣肘作用或构成某种悖论关系。当科学思想成为一种外在于文学的必然内容而仅仅作为正面的文化之道付诸文学表现之际，他也可能与同样外在于文学的政治伦理之道的传达一样，成为"使文学干枯失泽""使文学陷于教训的桎梏中""使文学之树不能充分长成"的负面因素，这样的因素倘若形成"传道派的文学"传统，①于文学的妨碍更会彰明较著。

新文学发动之初，虽然提倡科学的文化风气仍然相当浓烈，但先驱者却已经意识到诸如道德、科学之类对于文学而言并不属于"理想类型"，而且之间存在着明显的悖论关系。新文学倡导者即便不是文学创作者，也是深通文学之三昧的学者，譬如陈独秀对于中国戏曲文学的研究，以及他高超的古典诗词修养，蔡元培对于红楼梦的独到阐解，以及他的美育主张，等等。他们深知文学是心灵的创造，离不开想象，而不是离不开科学。新文学倡导者虽然将科学作为"批判的武器"用以批判旧文化，但从没有拘泥或庸俗到以科学知识质疑旧文学的构思与创作。他们认定《西游记》"其妙处，在于荒唐而有情思，诙谐而有庄意"，胡适和钱玄同都认为属于"第一流小说"，②"科学的而非想象的"这一新文化原则在文学这里明显成了悖论，这决定了新文学倡导者不愿意也不可能庸俗化地将科学用来鉴别文学。更多的新文学家更加愿意论证文学是"想象的而非科学的"，如朱自清认定"感觉与感情是创作的材料，而想象却是创作的骨髓"，③再如胡愈之认为优秀之作总是"把想象的人物，

---

① 郑振铎，《新文学观的建设》，《中国新文学大系·建设理论集》，上海：上海良友图书印刷公司，1935年，第161页。
② 钱玄同，《寄胡适之》，《中国新文学大系·文艺论争集》，上海：上海良友图书印刷公司，1935年，第79页。
③ 朱自清：《文艺的真实性》，《小说月报》第15卷第1号，1924年1月。

想象的事情安插进去"。① 这些重视想象的论点虽然并非针对科学倡导而设,但客观上起到了揭示文学与科学悖论关系的作用。

如果说在提倡民主和科学的新文化语境下人们还可能揭示出科学与新文学之间有限的逻辑联系,那么,从新文学建设的角度便很容易会发现,科学与艺术和文学之间存在着天然的悖论关系。周作人对此阐述得相当明确:"科学与艺术是迥异的。"作为文学的一种起源,周作人认为神话的价值就是"空想与趣味",而不是"事实与知识"。他多次强调:"文艺不是历史或科学的记载,人家都是知道的;如见了化石的故事,便相信人真能变石头,固然是个愚人,或者有背着科学来破除迷信,而争论化石故事之不合真理,也未免成为笨伯了。"② 这是在事物的科学认知方法与文学表现方法的背反性角度论述的基本文学原理,在明确的对比中揭示了科学方法与文学方法之间必然的悖论关系。

对于科学方法与文学方法之间的悖论关系,有些新文学家心有不甘,试图从理论上加以黏合。在这方面最为用心的是沈雁冰,他在《什么是文学》一文中提出:"新文学的写实主义,于材料上最注重精密严肃,描写一定要忠实;譬如讲佘山必须至少去过一次,必不能放无的之矢。"③ 这似乎不是在讨论鼓励想象甚至幻想的文学创作,而是在研究科学考察的基本方法,在将文学方法同科学研究方法同一的意义上,直接犯了周作人批评的"笨伯"式的错误。鲁迅没有关注到沈雁冰的如此观点,他如果关注了并且参与讨论,一定不会赞成这种科学的文学方法论。他曾明确表示,文学(表现)方法与科学的方法并不一样:"对于历史小说,则以为博考文献,言必有据者,纵使有人讥为'教授小说',其实是很难组织之作……"④ 鲁迅显然坚持认为将科学的考据法带入文学写作并不可能,而且也无必要,因为这样的"教授小说"不过是科学论著的翻版,其文学性自然受到致命影响。鲁迅这种坚持让科学与文学分离的文学理念是一贯的,他站在美学的立场上一直提醒人们警惕"科学家的专断"对于文学所可能造成的干扰。

沈雁冰这种拘谨而机械的文学方法论显然并非来自于《新青年》"赛先生"倡导

---

① 胡愈之:《新文学与创作》,《小说月报》第12卷第2号,1921年2月。
② 周作人:《神话的辩护》,《晨报副刊》1924年1月29日。
③ 沈雁冰,《什么是文学》,《中国新文学大系·文艺论争集》,上海:上海良友图书印刷公司,1935年,第9页。
④ 鲁迅,《故事新编·序言》,《鲁迅全集》(第2卷),北京:人民文学出版社,1981年,第342页。

的文化传统,而是来自于他一度信奉的自然主义文学观念。他从法国作家左拉以及批评家丹纳那里接受了自然主义的思想精髓,而来自欧洲的这派自然主义通常被认为其"主旨""建立在科学信仰之上",主张将文学创作当作科学实验来对待,显然与科学勃兴时代的科学崇拜思潮有着密切关系。① 左拉甚至认为小说家的描写不仅要"客观地"记载,还应该符合并用以证明诸如遗传学之类的"科学定理"。② 这样的机械文学论与新文学家普遍信奉的文学理念同样明显地构成了相悖关系,于是,新文学从创立之初尽管有陈独秀含混的自然主义倡导(将王尔德、霍普特曼与左拉一起统称为自然主义文学),尽管有沈雁冰对欧洲自然主义的热忱推介,但真正明确拥护自然主义的新文学家非常稀见,倒是从成仿吾等开始,批判自然主义逐渐成为文学理论的时尚,这种批判一方面针对自然主义的"庸俗主义"倾向,一方面则针对文学的科学化趋向。③ 此后,自然主义逐渐演化成庸俗文学观的代表,甚至在不明就里的批评家和读者那里,自然主义成了色情描写的代名词,长期以来遭到的基本上是唾弃与抨击。与之相对照,现实主义从一开始就被当作新文学思潮的"理想类型",而现实主义与自然主义的重大区别则常被理解为后者偏重于科学及其科学实验型的写作。显然,自然主义在汉语新文学发展过程中的遭遇呈现出历史的粗暴和简单化迹象,但它的如此遭遇同样表明,科学的强调由于与文学理论的"理想类型"严重相悖,在理论历史的运行之中有可能处于被污名化的尴尬境地。其实,早在20世纪20年代,对汉语新文学产生直接影响的日本自然主义思潮,就已经在强调潜意识深处的真率之外减弱了科学化倡导的色泽,但粗暴而简单的自然主义批判不会在意这样的区别,自然主义在理论批评中被污名化的运作,使得与之密切相关的科学化倡导更加彻底地脱离了现实主义主流的新文学理念。

在汉语新文学的发展过程中,科学与文学在理论上几乎天然的背离关系,严重牵制甚至阻碍了作为新文化核心主题的"科学"或"赛先生"对于新文学传统的参与,使得"文艺的科学主义"在现代"文化语境"中"并没有实现彻底的贯彻"④,其实基本上就从未得到"贯彻"。这是科学之于新文学面临的悲剧性的历史宿命,也是

---

① 参见吴建广:《德意志自然主义文学之特点》,《同济大学学报》2007年第6期。
② [法]左拉,《实验小说论》,《文学中的自然主义》,朱雯等编选,上海:上海文艺出版社,1992年,第139页。
③ 参见成仿吾:《写实主义与庸俗主义》,《创造周报》1923年第5期。
④ 方维保:《叙述祛魅:科学语境中的中国新文学》,《文学评论》2007年第2期。

科学与文学之间天然相悖的理论关系的必然体现。至于有论者判断说当代政治文化强制地形成了"科学主义在文艺上的话语霸权",致使"鬼话"和"神话"从文艺文本中几乎完全销声匿迹,这其中包含着误解。造成当代文学这种"唯物"后果的固然是当代政治文化中的强制力量,但这种力量与"科学主义"并无关系:科学在新文学发展的长途中从未形成过"话语霸权"。

总之,汉语新文学的最初倡导中显然包含有科学因素的考量,但仅仅是将科学理解为破除迷信,批判旧文学和旧文化的理论手段;作为新文化理论建设的"理想类型",科学理念处于新文学建设的外在参照物的历史层面,而始终没有介入新文学传统的营构和内在发展环节。新文学家常常在知识和技术层面接受并表现科学因素,但这样的文学策略既没有形成可靠的系列和经典的文本,也没有形成发展、完善的传统机制。科学概念的漫漶与变异导致"社会科学"及"人文理性"的文学化,这种文学化的运作反而背离了科学精神。文学的内在规律和根本理论显然会排斥讲求实用、实利和严酷拘泥的真实性的科学理念,鼓励想象、幻想与情感的汉语新文学从核心理念上更容易构成对科学的背离。这样的理论背离关系体现了汉语新文学自身发展的一脉规律,也是文学与科学之关系的必然演绎的结果。

第十五章　汉语新文学传统建构中的古典主义影迹

　　汉语新文学从倡导和诞生之日起，便与西方文学的各种思潮构成了紧密而稳定的参照关系，这是新文化和新文学界面向西方思潮敞开门户的必然结果；惟其是在思潮意义上发现了西方的各种"主义"与新文学之间相互参照的可能，"倾向性"才自然而然地被带入对各种主义的评价之中，于是人们既从积极意义上理解西方浪漫主义、写实主义、新浪漫主义等之于新文学的正面参照关系，也从消极方面评估西方古典主义、自然主义等之于新文学建设的逆向参照关系。在逆向参照的对象中，自然主义一度还受到过正面的确认，陈独秀、沈雁冰在新文学运动之初都曾赞赏和倡导过自然主义，而古典主义则在新文学倡导初期备受规避、批判和遗弃，只有到了通常被视为"新文学的反动"的"学衡派"文人那里，古典主义才得到了某种学理的肯定，后来在梁实秋的批评理论中得到了积极地阐发和利用。然而即便如此，古典主义在汉语新文学发展过程中的形迹仍不宜夸大。

　　近些年来，也有研究者将古典主义视为与新文学创作密切相关的一种创作方法，然后从中艰难地寻找其在汉语新文学中的艺术合法性与文化生存的价值，这种种努力最终只能提供非常零散且十分勉强的学术观察，很难抵达一种可信的学术结论，其原因盖在于，将古典主义理解为一种工具性的方法论，本身就体现为一种认知上的迷误；当古典主义作为新文学的逆向参照物时，它被无可置疑地理解为一种文学思潮和文学流派，或者说一种创作倾向，然而古典主义在现代中国文化语境下并不真正体现一种价值形态，不适合当作价值理性去张扬抑或去批判，因而所有关于古典主义的价值批判都流于偏激，难以中肯剀繁，切中要害；古典主义其实更多地体现着一种理念的内涵，适合运用于文学与文化观念的申述与表达，而且仅仅就是申述与表达而已，形不成倡导的力量。这便是梁实秋对古典主义最为切合实际的理解，也是他的古典主义论既精当中肯同时又未曾产生实质性影响的缘由。

一、工具理性的克服

古典主义在新文学建设初期备受质疑与排斥,盖因为其名称既与新文化和新文学所忌恨和反对的旧文学诸多瓜葛,其内涵又被理解为对旧文学的眷恋、认同与倡导。那是一个以新与旧划分价值倾向并判断其对与错的时代,人们普遍习惯于这种两极化的认知,于是古典主义不可避免地成为新文学界攻击和唾弃的对象。

最先对古典主义发起猛烈攻击的是文学革命的倡导者陈独秀,他不仅在战斗檄文式的《文学革命论》中借批判古典文学否定古典主义,此前,在《现代欧洲文艺史谭》中,他已经从文学的进化观出发,对中国文坛仍然处在"古典主义时代"的落后保守、雕琢阿谀、浮华颓败的状况深感痛心疾首:"吾国文艺,犹在古典主义、理想主义时代,今后当趋向写实主义。"这种"黜古以崇今"的西方思维方式要求中国的新文学家跟随"欧洲文艺思想之变迁",以新潮的写实主义挽救古典主义文学的"浮华颓败之恶风"①。沈雁冰则将中国小说的章回体和"文以载道"观皆算作"屈伏于古典主义之下"的文学现象,力倡以自然主义加以克服,②所取的乃是与陈独秀相一致的思路。不过倒还是沈雁冰,在那个普遍挞伐古典主义的时代,对古典主义的"典雅"之风作过较为公正的评价,虽然在1920年所撰的《文学上的古典主义浪漫主义和写实主义》一文中主要还是指责古典主义"束缚个人自由思想"。至于周作人说"中国的文学革命是古典主义(不是拟古主义)的影响",那是针对新文学创作特别是新诗写作缺少"余香与回味"这一点而言的,而且他误以为古典的作品"都像是一个玻璃球,晶莹透彻得太厉害了,没有一点儿朦胧"③,这时他并未准备就古典主义文学思潮的真义发言,而且他这样一种粗疏潦草的联系也很少有人予以关注。

在承受着如此严重指责的时代语境下,古典主义即便是进入中国新文学家的视野,也都是作为文学发展逆向参照的对象或批判的对象为人们所认知、所谈论,而不可能作为文学创作方法加以接受。虽然学衡派从特定的文化背景和人文主义文学观念出发,为古典主义文学作了不算精彩的辩护,但他们据以辩护的不过是古典主义对情感的克制与对理性的推崇等等价值理念。他们所崇尚的新人文主义倡

---

① 陈独秀:《通信》,《青年杂志》第1卷第4号。
② 茅盾,《自然主义与中国现代小说》,《茅盾文艺杂论集》(上),上海:上海文艺出版社,1981年,第97页。
③ 周作人,《扬鞭集·序》,上海:北新书局,1926年,第7页。

导者欧文·白璧德(Irving Babbitt)对古典主义特别青睐,特别是对莱辛在《拉奥孔》等著述中高举理性主义的规范、秩序旗帜,清理伪古典主义因过于追求形式导致的"艺术型类的混杂",采取了无保留的支持态度,因此还写了一本《新拉奥孔》专著。即便如此,"学衡派"文人对古典主义的理性思维还是持有一定的警惕,甚至还愿意从与浪漫主义相调和的角度理解古典主义:"所谓主理之古典主义,非与主情之浪漫主义,有绝对不相容之处。此即'乐而不淫,哀而不伤','以礼节之'之义,而亦即人本主义之原意也。"①这样的判断并非没有根据,对欧洲古典主义传统有着深入了解的英国学者阿伦·布洛克也正有类似的观察:"把十八世纪简单地称为理性的时代是令人误解的,像伏尔泰、狄德罗、孟德斯鸠、亚当·斯密以及休谟这样精明和有经验的人,从来没有用后来的理性主义者要想表述的那种绝对的提法,来想过理性。"②他们没有一味地跟从白璧德宣扬古典主义。郑伯奇在《〈中国新文学大系·小说三集〉导言》中将"学衡派"称为新古典主义,特别是在与西方共名的文学思潮相对应的意义上,显然还是有些勉强。

郑伯奇一个著名的且屡为人们常加引用的观察是,从1922年到1926年新文学运作这最初的五年间,"十九世纪到二十世纪这百多年来在西欧活动过了的文学倾向也纷至沓来地流入到中国。浪漫主义,现实主义,象征主义,新古典主义,甚至表现派,未来派等尚未成熟的倾向都在这五年间在中国文学史上露过一下面目"。③这也正是新文学创缔者们的共识,他们认为值得借鉴的西方思潮和创作方法都是古典主义以后的文学,用郑伯奇的话说,是"近代资本主义文化成立以后"即自浪漫主义以降的文学,没有人真正去考虑接受古典主义的影响,尤其是从文学创作的角度。郑伯奇这里列举到的"新古典主义",显然不是指兴起于西方17世纪和18世纪的相关文学思潮,而是指学衡派人文主义的文学理念。

由于新文学是在普遍排拒古典主义的理论环境和创作环境中生成和发展起来的,古典主义创作方法甚至古典主义的审美原则就很难得到新文学界的认同,更不用说为新文学所接受。于是,李何林断定汉语新文学直至20世纪30年代都"未能

---

① 刘伯明:《评梁漱溟著〈东西文化及其哲学〉》,《学衡》第3期。
② [英]阿伦·布洛克,《西方人文主义传统》,董乐山译,北京:生活·读书·新知三联书店,2003年,第239页。
③ 郑伯奇,《导言》,《中国新文学大系·小说三集》,上海:上海良友图书印刷公司,1935年,第3页。

像西洋似的形成一种'古典主义'的文艺思潮,而且没有什么作品",①应该是一种可信的结论。即便将"学衡派"算作与新文学界有密切关系的文人群体,这派文人从其人文主义思想理念出发,跟着白璧德对古典主义表示同情与赞赏,但从未将古典主义的"创作方法"运用于自己的文学实践,因而还是未能形成古典主义文学在中国的某种基本形制。古典主义在现代中国文学中如果有一定的影迹(而不是形迹),也基本上处于意念形态,而没有作为工具意义上的创作方法诉诸文学创作并产生实际影响。

古典主义在新文学家的粗概印象中基本上体现着"拟古主义"倾向,对于其价值核心的理性观念很少投入了解的兴趣与讨论的热忱。在这种近乎先验的印象支配下,古典主义的文学法则,包括所谓"三一律"等,不仅不可能成为新文学创作方法的正面参照系数,反而成为新文学家批判古典主义、规避古典主义的理论口实。"古典主义的美学却离开历史来考察古代的艺术文化把它看作任何时代任何民族皆应模仿的绝对标准和典范,并且根据合理解释的古代传统以订立标准的法则(比如,戏剧上的"三一律",等等)。"②即便真的是有诸如"三一律"之类的古典主义创作方法,汉语新文学家也不可能加以遵循——在倡导"目无古人,赤裸裸的抒情写世"③的时代文学语境中,谁还会有兴致在创作中经营诸如一出戏所述故事发生的时间不超过 24 小时之类古老的"三一律"?"三一律"是 17 世纪杰出的古典主义文学家布瓦洛总结出来的,在那个特别强调希腊戏剧传统并将之列为标准的时代,这样的理论总结或许并不显得荒唐,但此后只要脱离了那个甘受束缚、一味拟古的时代,人们就会表现出对这种清规戒律难以忍受的强烈情绪,这种情绪显然无须等到中国新文学兴起之际,再由对古典主义怀有深深成见的人们来表达,便是在古典主义兴盛的当时,"著名古典主义悲剧诗人高乃依(1606—1684)和喜剧作家莫里哀(1622—1673)都深感遵循'三一律'之苦,在他们所写的一些理论文字中经常流露出来"④。于是,堪称中国表述古典主义兴味最浓的梁实秋,也明确认为"三一律"是对亚里士多德诗学的曲解,而不是古典主义合理有效的戒律:"亚里士多德没有

---

① 李何林:《近二十年中国文艺思潮论》,西安:陕西人民出版社,1981 年,第 62 页。
② 勃留缅菲尔德等:《古典主义》,《文艺理论译丛》1958 年第 2 期。
③ 陈独秀:《文学革命论》,《中国新文学大系·建设理论集》,上海:上海良友图书印刷公司,1935 年,第 46 页。
④ 李健吾:《关于"三一律"问题》,《外国文学研究》1978 年第 1 期。

说过关于时间限制的话",也"并未把'太阳一周'作为期限",更未认为这是戏剧的"理想的规律";"至于地点的单一,亚里士多德就从未提起过"。① 在他的观察中,"三一律"这一在任何时候都不受欢迎的清规戒律乃出自于意大利文人喀斯台尔维特罗(Castelvetro)的生造与臆测。

"三一律"即使是在古典主义理论世界都已经被质疑和拆卸得七零八落,当然不可能作为文学表现方法和原则影响于汉语新文学。但有些学者仍然认为古典主义在现代中国乃是足以与浪漫主义、现实主义并列的一"大文学思潮",在文学史实上最有力的支撑乃是"中国现代格律诗派的缘起"与古典主义的密切关系。② 必须承认,充分认识汉语新文学中的古典主义思潮的存在,而不是视而不见讳莫如深或者将之推向旧文学营垒,这是十分可取的学术努力,但将新诗格律论的倡导与古典主义联系起来,依据尚欠充分。正像梁实秋虽是"新月派"中人但毕竟与闻一多、徐志摩在学术背景和文学观念上有明显差异,梁实秋所遵奉的白璧德新人文主义也毕竟不同于古典主义,何况积极倡导新诗格律的恰恰是与新人文主义没有直接关系的闻一多和徐志摩,他们的思想资源并非古典主义或者新人文主义。闻一多的新诗格律论引述了白璧德的哈佛同事比利斯·培里(Bliss Perry)"戴着镣铐跳舞"的妙论,但就是没有提及观念上与此相近的白璧德新人文主义,这种现象即使不能说明闻一多对白璧德的有意忽略,也或可视为是对新人文主义以及与之相关联的古典主义的刻意回避。③ 其实朱自清早就将这种新诗格律论的探索归结为"新诗形式运动",④闻一多确实主要不是从古典主义的规范与秩序意识强调新诗的格律,而是从节奏感和音乐美的角度讲求诗歌的形式,他将这种格律视为体现诗歌艺术根本形质的"form"。⑤ 徐志摩更是如此,他承认通过新诗格律与音节的探讨,"觉悟了""一首诗的秘密也就是它的内含的音节的匀整与流动","诗的生命是在它的内在的音节(Internal rhythm)"。⑥ 固然,格律的讲求需要诗人戴起"镣铐",需要抑制住"跑野马"的习惯与情绪,但这里的抑制主要出于"真纯的'诗感'"的需要,⑦而不

---

① 梁实秋,《文学批评论》,《梁实秋论文学》,台北:时报文化出版公司,1978年,第187页。
② 俞兆平,《中国现代三大文学思潮新论》,北京:人民文学出版社,2006年,第318页。
③ 闻一多,《诗的格律》,《闻一多全集》(第2卷),武汉:湖北人民出版社,1993年,第137页。
④ 朱自清,《导言》,《中国新文学大系·诗集》,上海:上海良友图书印刷公司,1935年,第6页。
⑤ 闻一多,《诗的格律》,《闻一多全集》(第2卷),武汉:湖北人民出版社,1993年,第140页。
⑥ 徐志摩,《〈诗刊〉放假》,《徐志摩全集》(第6卷),台北:传记文学出版社,1980年,第259—260页。
⑦ 徐志摩,《〈诗刊〉放假》,《徐志摩全集》(第6卷),台北:传记文学出版社,1980年,第260页。

是古典主义强调的理性制约。因此,徐志摩的"内在的音节"(Internal rhythm)是从形式之美引发的对于诗质的思考,与新人文主义强调的"内在的节制"(Inner check)有原则的区别,而后者才与古典主义理念有着直接的精神联系。

自认为是"野马性的笔""没法驾驭"①的新月诗人,即使真的戴起了"镣铐",也并不是在古典主义精神感召下的做派,即使真的试验起"画方豆腐干一类的体例"②,也绝不是古典主义创作方法指引的结果。假若古典主义有一整套的创作方法,它也从未被汉语新文学家所正视过,当然更不可能为之效法。后来有人设计过"新古典主义诗学",构想过"新古典主义'二十四大联想律'诗法",不过是暂借"新古典主义"的概念以作策划而已,与西方古典主义以至新古典主义的创作方法并无关联。③ 除了新诗格律的探寻而外,有学者还将"京派"的某种文学趣味与古典主义联系起来,这除了受当年曹聚仁生动的比喻④影响而外,也是研究者囿于将浪漫与古典对立起来的两极化思维模式的结果,以为只要反思和否定了浪漫倾向,就一定与古典主义相通。同时,即便文学创作和价值理念中包含有一定的古典趣味,也不足以认定为古典主义的创作方法使然。古典主义或许在理念思维方面给一些汉语新文学家留下深刻的印象并造成相当的影响,但它从来就停留在这些有限的新文学家的理念层面,而不可能给后者造成文学操作的工具理性启迪与导引作用。

如果说汉语新文学家中的一部分人并不像新文学倡导之初的激进分子那样偏激地否定古典主义,他们也绝没有想到因循着古典主义的创作方法进行创作,即没有对之进行工具理性的开发和运用;或许,包括梁实秋在内的现代文学家其实已经看出,工具理性意义上的古典主义法则如"三一律"之类并不十分准当、可靠,往往在古典主义内部都会引起争议,因而不足以成为新文学创作所应参照的理式和方法。古典主义无论是对古典的尊崇,对理性的重视,对文学秩序与规范的赞赏,在汉语新文学领域,主要体现为观念形态而不是创作形态,从来就未能通过创作形成足以称为古典主义风格与流派的文学形迹,因而也就没有产生真正可以冠以古典主义牌号的文学作品。

---

① 徐志摩,《〈诗刊〉弁言》,《徐志摩全集》(第6卷),台北:传记文学出版社,1980年,第255页。
② 徐志摩,《〈诗刊〉放假》,《徐志摩全集》(第6卷),台北:传记文学出版社,1980年,第259页。
③ 蓝海文,《新古典主义诗学》,香港:天马图书有限公司,2002年,第191页。
④ 曹聚仁比喻说:"京派不妨说是古典的,海派也不妨说是浪漫的;京派如大家闺秀,海派则如摩登女郎。"曹聚仁:《京派与海派》,《申报·自由谈》1934年1月17日。

二、价值理性的引退

汉语新文学家不仅没有将古典主义作为一种创作方法,在工具理性意义上加以接受,从而形成体现古典主义风格与流派特征的文学创作现象,所有与古典主义相关的文学现象都停滞于理论层面;而且,这种理论层面的古典主义论述也没有演化为一种理论倡导,在价值理性意义上加以运用,从而形成古典主义的文学运动和文学思潮。古典主义在汉语新文学理论和批评中只是被当作一种观念操守,在意念理性意义上加以阐论,形成某种低调而封闭的理论影迹。这是汉语新文学中古典主义的特定生存状态,也是汉语新文学中古典主义所呈现的基本特征。

在梁实秋以及"学衡派"文人的印象中,古典主义最能够吸引人也最足以启发人的不是它的文学创作,而是它的文学批评;特别是由秩序、规范、正宗、经典等等范畴所构成的文学标准论的批评。文学批评对于他们来说同样构成了古典主义的文学传统和文化资源。对古典主义进行专门研究的学者证实,古典主义"在文学方面,存在着两种非常不同的灵感来源,一是'诗人们'的作品(如剧作、故事、诗歌、演说等);另一是批评家(文学或道德批评家、美学家、优劣不等的立法者们、不同流派的评论家等)的作品……新古典主义者在某种程度上既受到过去的创作影响,也受到过去的理论影响。"[①]作为中国现代文学时期的古典主义参照物,为梁实秋和学衡派文人所关注的主要是古典主义乃至新古典主义的文学批评。在梁实秋的表述中,古典主义的文学批评不仅与创作方法之类的工具理性拉开了距离,而且也并未通过批评对文学有所倡导,或进行价值理性的文学运作;梁实秋认识到,包括古典主义和新古典主义在内,"文学批评即是文学判断",与某种号召、倡导以及攻击之类的价值理性同样保持很大距离。[②] 他们从这样一个观察角度来把握古典主义,显然更为贴切。

梁实秋是明确运用古典主义理念进行文学批评的新文学家,同时他对古典主义既非工具理性也非价值理性的意念意义把握得也相当精切。他一贯否定古典主义作为文学创作的工具理性意义,包括他对"三一律"之类的持续质疑,也包括他在强调文学的纪律时对各种工具性限制的大不以为然。他曾经这样评价古典主义文

---

① [英]多米尼克·塞克里坦,《古典主义》,艾晓明译,北京:昆仑出版社,1989 年,第 14 页。
② 梁实秋,《文学批评论》,《梁实秋论文学》,台北:时报文化出版有限公司,1978 年,第 157 页。

学批评的倡导者贺拉斯:"何瑞思的批评大致是不错的,其最为人诟病的地方,即在于他定下了几条实际的文学条规,例如:戏剧必须分为五幕,杀人的事必须在后台执行,等等琐细的意见。"① 这正是从工具理性的层面否定了贺拉斯的批评观念,同时对他的理性意念以及相关理论却给予肯定的评价;梁实秋特别指出贺拉斯不应该定下"几条实际的文学条规"给文学加以工具性的限制,而只应该在理念层面阐述古典主义的文学要旨。而且,在另外一种理论场合,梁实秋又对贺拉斯将古典主义理论在价值理性意义上作一种"规律化"的号召和价值倡导深感不满,认为正是这样的价值倡导使得"'新古典的'这一个名称在如今是一个令人唾弃的用语":新古典主义以"常识"(其实就是"常态")"模仿""理性"和"规律"克服浪漫主义"天才的独创"和"想象的自由",这原是很正确的文学理念,但他们却在价值理性的层面将这些树立为文学的标准,为文学的规律,为一种价值尺度,为一种倡导的目标,不仅用于理论阐述和文学批评,还用于文学倡导与运作,以试图让人们有所遵循,这就离开了古典主义批评论的轨道。"新古典派的标准,就是在文学里订下多少规律,创作家要遵着规律创作,批评家也遵着规律批评。首先把批评标准'规律化'的,不是亚里士多德,不是古希腊的批评家,却是罗马的批评家何瑞斯(Horace)。"② 亚里士多德等古希腊批评家也有相应内容的理论阐述和学术表达,但他们只是当作自己所阐述和坚守的一种意念,而不是当作文学运作的标准和文学价值的标杆,只有贺拉斯才开始将这些意念"标准化""规律化",使之成为一种轰轰烈烈倡导的对象,成为大张旗鼓运作的内容,这是某种新古典主义或"伪古典主义"的做派,失去了古典主义的深厚与蕴藉之味,均衡与和谐之旨。梁实秋确实就是这样区分真正的古典主义与所谓"伪古典主义"的,后者将亚里士多德等经典的古典主义文学家的思想"变做僵硬的规律了",因而被"叫作'新古典主义'(Neo-classicalism),或作'假古典主义'(Pseudo-clasiicalism)"。③ 对于这种"新古典主义"或"伪古典主义"的价值理性,梁实秋明确表现出不予认同的态度。

对此问题有更深更专门研究的朱光潜也对古典主义做出了这样一种非价值理性的特征性把握,他认为通常所说的"古典主义""有两种意义:第一,它是古典文

---

① 梁实秋,《古代的批评——罗马时代》,《梁实秋论文学》,台北:时报文化出版有限公司,1978年,第182页。
② 梁实秋,《文学的纪律》,《浪漫的与古典的》,台北:台湾大林出版社,1982年,第112页。
③ 梁实秋,《新古典主义的批评》,《梁实秋论文学》,台北:时报文化出版有限公司,1978年,第193页。

学所表现的特殊风格;第二,它是要把这种特殊风格定为文学标准和模范的主张",后一方面体现出的往往是"假古典主义"或"伪古典主义"的简单化和粗疏,遵循那些标准与信条,倡言"三一律"等等,反而失去了古典精神。① 朱光潜如此将价值理性的倡导归结为"伪古典主义",客观上正体现着对梁实秋类似理解的有力支持。梁实秋将"伪古典主义"称为"新古典主义",他意识到"'新古典的'这一个名称在如今是一个令人唾弃的用语"这一事实,虽然对"浪漫的学说"攻击新古典主义的情形深为不满,但他同样不满新古典主义将古典主义的意念变为价值理性的阐扬。② 从梁实秋和朱光潜的共识中不难理解,古典主义的质点在于意念建构,而新古典主义的错失在于价值理性的张扬;古典主义的意念通向文学标准和价值的确立,但毕竟不是文学标准和价值本身,古典主义的意念表明文学纪律和秩序的必要性,但毕竟不是纪律条文和秩序规范本身;古典主义意味着一种意念的历练,而不是价值理性的倡扬与阐发。

梁实秋的文学批评之所以说深得古典主义的精粹,是因为他虽然尚未获得足够的自觉,但毕竟已经朦胧地意识到,诸如"三一律"以及其他文学规范作为"方法"和"工具"并不重要,明确指出"方法究竟还是小事","最要紧的是标准";他同时认为"没有标准便没有方法去衡量一切,也便没有方法去安配一切的地位与价值"③,——这表明他所析示的标准,用于他的文学批评,也只是"衡量"作品并进行价值评估,用他自己的话说不过是"判断"而已,远远不是倡导和张扬某种价值理性。标准是一种意念的体现,用以判断和分析价值,但并不一定作为推动此价值实现的动力。这便是古典主义的精神实质。梁实秋和学衡派文人都是在这样的范畴和调值上理解和把握了古典主义,因此他们虽然都有着明确的甚至有时是固执的、不予调和的批评理念,但却从未想过推动起、鼓荡起一种文学运动。这是古典主义文学批评的基本态度和基本特征的体现,也造就了梁实秋和"学衡派"文人的文学批评态度与特征。

"学衡派"文人中大力倡导"文学之标准"的首先是胡先骕,他坦言:"文学至于今日,可谓无标准极矣。"不过他根据人文主义的意念,并不规定具体的标准,而只

---

① 朱光潜,《什么是古典主义?》,傅东华编:《文学百题》,上海:生活书店1935年,第32页。
② 梁实秋,《文学的纪律》,《浪漫的与古典的》,台北:台湾大林出版社,1982年,第112页。
③ 梁实秋,《现代中国文学之浪漫的趋势》,《浪漫的与古典的》,台北:台湾大林出版社,1982年,第9页。

是表述关于标准的一种理念:"标准云者,先定一种度量,以衡较百物之大小长短轻重,而定其价值等差者也。"他知道"标准之重要最可见于物质界,故在文明先进之邦,靡不有标准局,各以最著名之科学家司之",由此递进到文学艺术领域,他便标举古典主义:"然则文学与艺术何可独无标准乎?在昔则有之。今人喜侈谈西洋文学,而今日文学之败坏,亦由于模仿近世破坏标准之西洋文学而来。姑就西洋文学而论之,西洋称可以垂范于后世之著作,谓之 classic,即含阶级、类别、宗派之意,亦即模范之谓,最能代表其阶级类别宗派者也。"并明确认为文学的标准往往是古典的标准,不过是正宗理念的体现:"文学作品,或诗歌,或散文,或戏曲,或小说,或传记,苟能登峰造极莫能相尚,则谓之为模范作品,谓之为 classic,谓之为正宗。故李白、杜甫、荷马、但丁、弥儿顿之诗,为诗之正宗;苏封克里、亚里斯多芬尼、莎士比亚、毛里哀之戏剧,为戏剧之正宗;如此类推,至于无极。"①吴宓也是一个"标准"论者,他专门撰写过一篇《论事之标准》的文章,认为凡事都必须有标准,文学亦不例外,只有这样,才能救正各种极端、偏至现象;怎样才能挽救这样的极端和偏至?吴宓提出了两个其实是内在精神完全相通的方案:一是皈依古典,"当提倡偏重'人'之义,其法在扶植人性中高尚之部分而抑制人性中劣下之部分";二是提倡新人文主义,"今日救时之道,端在不用宗教,而以人文主义救科学与自然主义之流弊也"。② 他在提倡新人文主义价值标准的同时,又分明离不开对古典的效仿,因而与古典主义的理念亦有密切联系。"学衡派"文人虽然倡导"标准",但从未对文学以及其他艺术的标准作出具体规定的企图;"标准"在他们看来只是"适度"意识的体现,以此防范和制抑浪漫化的漫无节制的极端倾向。吴宓与胡先骕一样,将"文学的标准"说不是往具体的价值理性乃至工具理性的意义上推衍,即不是倡导一种具体的标准和教条然后进行事实上的推进与运作,而只是当作一种理念甚至是意念基础,以寻求文学乃至其他事物的"正宗"与均衡,避免倚重倚轻的失衡态势及其恶劣发展。胡先骕认为这正是反浪漫主义的"古学主义(Classicism)"之内涵与意义,③这意义不在诉诸工具理性以为文学的实际操作,也不在诉诸价值理性以作文学倡导的实际运作,而在于以意念理性的形态构建一种思想理念或思想原则,依次

---

① 胡先骕:《文学之标准》,《学衡》第 31 期。
② 吴宓:《论事之标准》,《学衡》第 56 期。
③ 胡先骕:《评〈尝试集〉(续)》,《学衡》第 2 期。

衡定、调整相关的观念与思维。

"学衡派"文人在提出文学标准问题的同时,并没有给出具体的文学标准内容,而只是建构这种标准的某种理念原则,即"模范",或"谓之为正宗",或者如吴宓所说的"适度",至于如何建构这样的范式与模型,如何将"正宗"意念诉诸标准化的运作,如何操作或运作"适度"二字,诸如此类工具理性意义上的规定或价值理性意义上的倡导,则并非他们所关心或考虑的问题,他们所热衷的便是这样的意识和理念的阐述;这正是他们的古典主义批评论呈现出意念理性而非价值理性特征的体现。因此,包括文学标准在内的各种标准问题,例如道德标准的建设,在吴宓看来都只是一种"申明"而远非一种倡导或推进,而且所"申明"的主要是意念理性层面的"精神之标准",而不是工具理性或价值理性意义上的"形式之标准"。① 说到道德标准,"学衡派"文人刘伯明从西方思想史的角度论证了古典主义与人文主义的同一性命题:它主要体现在哲学以及"概念"层面,而不是在工具性推进和价值倡导的运作方面。他指出,苏格拉底在道德方面"提倡自知","其意谓哲学必超脱常识,凭习惯行事者,不知真善恶之所在,盖习惯往往无合理之基础,而又变迁不已。"因此,"道德必有标准,犹人之智识,必依据概念"。② 道德标准的内涵显然并不重要,重要的是其所依据的概念亦即理念;这样的道德标准与其说是用于倡导,倒不如说只适用于意念的"申明"。

"文学批评是可以有普遍固定的标准的。"梁实秋专事于文学批评,在较为广泛的话题上议论过文学的标准之后,对文学提出了诸如"普遍(常态)的人性"之类的标准。③ 这些标准之空洞使得他自己在批评实践中都难以捉摸,于是在与鲁迅的相关论争中显得有些捉襟见肘。他的文学批评既不是以贯彻这种标准为目的的,也不是以设计或建构这样的标准为旨归,因而其内涵的空洞不仅在所难免而且也势在必然。梁实秋主张文学的标准,只不过是客观分析出来的结果,而不是主观倡导的内容;他设想如果有文学及其批评的标准,也应是"在伟大的作品里寻出"的那样"一个客观的标准",这样的标准才可能成为"衡量一切的依据"。④ 既然是客观分

---

① [美]吉罗德夫人:《论循规蹈矩之益与纵性任情之害》,吴宓译,《学衡》第38期。
② 刘伯明:《评梁漱溟著〈东西文化及其哲学〉》,《学衡》第3期。
③ 梁实秋,《文学批评论》,《梁实秋论文学》,台北:时报文化出版有限公司,1978年,第158页;《文学的纪律》,《梁实秋论文学》,台北:时报文化出版有限公司,1978年,第122页。
④ 梁实秋,《现代中国文学之浪漫的趋势》,《浪漫的与古典的》,台北:台湾大林出版社,1982年,第18页。

析与总结出来的标准，当然就与主观价值倡导或理性张扬的对象并不相类。

梁实秋以及"学衡派"文人所秉持和"申明"的古典主义意念，不仅没有通过创作实践和创作方法诉诸工具理性的文学操作，也没有通过文学批评和文学倡导诉诸价值理性的文学运作；他们的批评倾向于古典主义且显示出足够的特立独行品性，风格也较为犀利，但从未导致大张旗鼓式的文学倡导和文学批判运动，其根本原因并不在于他们的低调与收敛，而在于他们避开了价值理性的标举与弘扬，只寝馈于古典主义的意念理性境界。"求归于真正之古典主义，或曰人文主义"①的吴宓曾经通过对他们衷心爱戴的英国批评家阿诺尔德的人文风采的概括，表明了"学衡派"文人对古典主义意念理性风格的基本认知：他认为这位19世纪批评大家"深罹忧患而坚抱悲观，然生平奉行古学派之旨训，以自暴其郁愁为耻，故为文时深自敛抑，含蓄不露……"②他们所赞赏的乃是这种自我内敛、"善自珍重"的意念表现，而不是"纲举目张"、旗帜鲜明的价值倡扬。

三、意念理性的建构

即使不把新文学主流阵营对古典主义的打压与批判核计在内，古典主义在中国现代文坛也难以蔚然成风，卓有成就。倾向于古典主义的中国现代文人对古典主义工具理性的超越，使得汉语新文学失去了古典主义文学创作的基础；而他们对古典主义价值理性的弃置，又使得汉语新文学失去了古典主义文学运动的依据。古典主义在中国现代文坛虽从未销声匿迹，不过它的影迹主要体现着意念理性形态。意念理性形态既是"真正之古典主义"最深刻的价值体现，也是汉语新文学史上古典主义最终形成的基本影迹。古典主义在现代中国文坛之所以未形成创作实绩和运动轨迹，原因盖在于此。

所谓意念理性，是指在推介与实现价值理性之前的基本意识、基本理念及其所形成的理性力量。"理性"通常是指一种具有强烈指向性的力量，这股力量促使人的意识和理念形成相应的价值观，促使人的价值观形成相应的人文规范和准则，促使人文规范与准则物化为一种实践性操作方法与工具；这三股促进力量分别体现着意念理性、价值理性和工具理性的演化序列。古典主义的工具理性，例如"三一

---

① 《弗列得力希雷格尔逝世百年纪念》，《学衡》第67期。
② 吴宓：《英诗浅释》，《学衡》第14期。

律"之类，在古典主义运作的内部就已经受到来自各方面的质疑与挑战，包括"学衡派"文人在内的中国现代文学家都不会对之付诸认同与赞许；古典主义的价值理性，如体现于"伪古典主义者"布瓦洛所鼓吹的"理性"至上甚至唯理主义，在以更大的热忱关注普遍人性的梁实秋那里也不可能得到接受，更不会受到张扬；但是，古典主义承认传统、尊重经典，坚持健康与尊严的文学意念理性，却有着不言而喻的内在价值和感染力，虽然在新异求变的现代文学时代语境下它远离文学的工具性操作，也无法诉诸价值理性的倡导运动。

自从人们发现法兰克福学派的思想家将人们的思想范畴，从功能意义上分为工具理性和价值理性之后，人文社会科学的各科理念表达似乎获得了又一次有效的激励与解放；在文化学和文学研究这样从来就存在着向前沿理论倾斜的学术领域，马克斯·韦伯等倡导的价值理性概念及相应表述同样大行其道。遗憾的是人们运用诸如价值理性的概念和相应的学术表述时，似乎完全忘记了此一理念的倡导者乃是在解剖社会、经济问题时提出了这样的命题，用来表述文学或文化的观念形态，则未免显得过于粗概与简略。如果说工具理性立意于社会操作和经济运作，价值理性立意于理论倡导和思想号召，则在价值理性形成之前，尚应有处于其积累、探讨和锤炼之中的意念理性形态；意念理性作为价值理性的前摄形态，类似于古典哲学中的理念命题，实际上是价值理性尚未形成普适性价值或在未定型之前的意念基础，它的直接结果体现为观念形态。韦伯等人将价值理性理解为，人们有意识地对一个特定的目标，无论是伦理的还是美学的，抑或是宗教的以及其他的，保持一种抵达的意愿或意志。而在形成这种意愿与意志之前，应该有无法避免也不可回避的意念的准备，这便是被他们忽略了的意念理性。发现并始终注重价值理性阐述的马克斯·韦伯，虽然没有明确提出价值理性之前的意念理性这种前摄形态或理念基础，但对此也并非全无觉察。他在价值理性意义上提到了"理想类型"的社会学概念，认为无论是在历史学还是在社会学意义上，理想类型都是价值理性予以推崇、倡导和号召的内容。[1] 在提出"理想类型"概念的同时，他还在相对意义上提出了自然理性的命题。[2] 自然理性虽然不能等同于意念理性，但在理论层

---

[1] ［德］马克斯·韦伯，《新教伦理与资本主义精神》，于晓等译，香港：香港青年文化事业有限公司，1991年，第32页。

[2] Max Weber, *The Protestant Ethic and the Spirit of Capitalism*, p. 147, George Allen & Unwin (Publishers) Ltd. 1976.

次上同样是作为价值理性的前摄形态或基础而存在,可见,韦伯并不会排除价值理性在作为"理想类型"形成之前的前摄形态和意念基础存在的可能性,虽然他在关于社会经济与历史的学术阐述中并没有准确、真切地揭示出意念理性这一至关重要的价值命题。此外,韦伯在论证价值理性的过程中还曾提出过"信念伦理"的命题,而且明确作为价值理性的基础与观念前提,这显然都指向意念理性的意识类型。

对于中国现代文人而言,古典主义的基本价值和魅力正是在这种"自然理性""信念伦理"形态的意念理性意义上,而不是在它对具体文学创作的工具性指导与规定方面,也不是在其诉诸一定规模的文学运动或思想运作的价值理性状态。古典主义的在中国现代文坛的影迹基本上体现在形而上的意念层面,而不是事实操作层面的工具理性,甚至不是形诸倡导性运作层面的价值理性。事实上,无论是梁实秋还是"学衡派"文人,都非常习惯于在形而上层面接纳和思考包括古典主义在内的各种思想理念,并进而在意念理性意义上作自我修身式的内敛消化,或者以此作为批评性发言的依据,但绝不是当作招摇的品牌和倡导的目标。梁实秋这样理解文学批评:"批评的基础永远是建设在哲学上面",这是说批评的理论前提与基础,而批评的性质与结果同样是形而上的意念,他认为"最优美的批评永远是带有浓厚的哲学的气味"①。梁实秋明确表述,这样的批评观是他接近于"古典主义的立场"之后的心得。"学衡派"文人也乐于从形而上的意义上把握文学的意念,固然不排除可以"以文学之力,挽救流俗",但认为经典的文学应如孟子所谓"持其志毋暴其气",以"持正"之"志",养浩然之正气。② 于是他们提出文学的差异主要不在好坏与高下,而在于其"圣凡"境界之别。③ 这种文学"圣凡"观不仅同新文化与新文学的语境严重悖逆,而且玄之又玄,如何用于文学操作或文学批评的倡导?事实上他们从未梦想到过让自己的文学理念诉诸工具性的推行或倡导性的运作,而宁愿在意念理性的形而上层面作理念性的思辨与自省。这样的意念理性作为思维传统,既含有古典主义的相应成分,又含有传统儒学的传统因素。韦伯观察到中国儒学传统具有"警觉的自制、内省与谨慎",以及"对任何形式的热情(包括欣喜在内)

---

① 梁实秋,《文学批评论》,《梁实秋论文学》,台北:时报文化出版有限公司,1978 年,第 155 页、第 160 页。
② 吴芳吉:《三论吾人眼中之新旧文学观》,《学衡》第 31 期。
③ 吴芳吉:《白屋吴生诗稿自叙》,《学衡》第 67 期。

的抑制"等与古典主义意念理性相吻合的思想素质,这种素质常常使得它远离工具理性,疏离价值理性。有学者认为"儒学缺乏工具理性的支持,这是它的最大缺陷"①,这样的观察虽然显得过于绝对了些,不过可以作为儒学理解的一家之言,它在更多强调自我修身的意义上确有偏向意念理性而较少工具理性的特性。

确认了为中国现代文人所关注和接受的古典主义意念理性的基本质地和基本特性,就不难理解古典主义在现代中国文坛虽然不时地留有影迹,但何以未能留下足资见证的作品和思潮运作的鲜明印痕。意念理性处在价值运作的准备阶段,拘囿于形而上的层面,而工具理性寻求实际操作方面的落实,价值理性形诸倡导性运作;中国现代文人接受的古典主义不仅离具体文学操作的层面很远,而且也未达到某种思潮倡导的力度,甚至在文学批评的应用中也没有处理为硬性标准,而只是柔性的理念。虽然梁实秋、胡先骕等人曾在古典主义的意念范畴中阐述过文学的"标准",但他们对"标准"的强调流于内涵的空洞,只是勾画出一种文学理想的愿景,绝不是实际倡导的内容,因而远不是价值理性的强调。吴宓等"学衡派"文人和梁实秋等"新月派"文人所理解的古典主义,在意念理性的表述中主要体现为观念形态,包括文学品格意义上的对传统的尊崇,对正宗的推许,对文学标准的重视等等,也包括文学风格意义上的健康与尊严的讲求。他们知道伟大的歌德对古典文学所作的概括:"古代文学之所以是古典的,也并非因为它们是古的,而是因为它们是强壮的,新鲜的,欢乐的,健康的。"②圣伯甫则总结古典主义的作品为"宏大的、精妙的、有理性的、康健的、幽美的"③风格,与歌德的概括意义相近。徐志摩等后来在《新月的态度》中将文学的理想形态概括为"健康"与"尊严",很大程度上受到歌德此番谈话的启发,只是将其中的"强壮"在中文表述上置换为"尊严",更加恰当,也更有古典主义的表现力。梁实秋对此问题把握得更加清晰,说是"'古典的'即是健康的,因为其意义在保持各个部分的平衡;'浪漫的'即是病态的,因为其要点在偏畸的无限发展"。④ 不能说他们对诸如此类的"健康"与"尊严"全无倡导,但这样的倡

---

① 蒙培元:《目的与工具——儒学与现代文明的一个理论课题》,《北京社会科学》1997年第4期。
② [德]歌德,《歌德谈话录》,转引自朱光潜,《西方美学史》(下卷),北京:人民文学出版社,1984年,第413—414页。
③ [法]圣伯甫,《何谓古典》,转引自朱光潜《什么是 Classics?》,傅东华编《文学百题》,上海:生活书店,1935年,第261页。
④ 梁实秋,《梁实秋论文学》,台北:时报文化出版有限公司,1978年,第233页。

导由于其理念的空洞以及缺乏起码的操作性,很难真正形诸价值理性的运作,更无法诉诸具体的文学创作,最终只能停留在观念形态,成为意念理性的思想成果。

由于意念理性往往拘囿于哲学层面或形而上的理念层次,一般而言与时代的主调和社会文化运作的主旋律始终保持着一定的距离,这也正是古典主义在中国现代文坛的影迹显得相对"保守"、落伍、不合时宜的必然原因,但唯其如此,它才可能获得某种超越时代的意义。古典主义近年来不仅受到了越来越多的学术关注,而且逐渐出现了在正面评价的基调上夸张古典主义对汉语新文学影响的现象,有学者将"京派"的文学理念和风格与古典主义联系起来,更有学者甚至认为新古典主义一度"取代"了启蒙主义,如此等等。这样的夸张亦能说明,在各种文学思潮皆不免有时过境迁之感的情形下,古典主义的意念反而显示出超越时代的某种优势。当然,古典主义的基本意念便是合度,以失度的夸张高评古典主义及其对中国影响的做法,同以前偏激地否定古典主义的做法一样不可取。重要的是准确认知古典主义的意念理性品质与历史形态,对其在汉语新文学史上的历史影迹作恰如其分的描述与解析。

无疑,古典主义如果作为工具理性实施于新文学的创作,新文学领域就会更多地产生"战国策派"式的体现国家意志的作品,类似于"文革"文学的现象很可能在不同的历史时期都会屡见不鲜;这当然会使得中国新文学的整体观感显得更为尴尬。如果将梁实秋等人的古典主义文学批评观奉为价值理性,用以对发展中的中国新文学加以"规范",则新文学中本来就有泛滥之势的抽象化、概念化风气将会甚嚣尘上,同样有损于新文学的健康发展。只有当古典主义文学理论和批评观念作为意念理性出现的时候,它对于新文学建设的某种积极的参考价值才能显示出来。新文学界应能在鼓励情感抒发的同时不忘理性的调节作用,在中和之美、常态之美和健康、尊严的意识中树立起足资参照的意念理性:它无法也无须在创作中实施,甚至无须也无由在批评中作价值倡导,但可以在新文学家的观念自觉中成为一种意念因素,一种有效的调节因素。

存在论

第十六章　鲁迅对汉语新文学的多面体贡献

作为中国现代历史上最伟大的文学家,鲁迅对具有近百年发展历程的汉语新文学做出了杰出贡献。有关鲁迅的贡献,研究者已经从许多方面进行了长期的学术论证,成果显著。但这些论证大多从文学创作方面入手,从思想革命的成果和影响入手,还是余留出许多足资思考的空间。鲁迅的文学和文化贡献可以从许多方面进行总结,而从汉语新文学的角度,则可以看到鲁迅在如下方面的开拓和意义。首先是鲁迅作为文学创作主体,直接为新文学的成果建设和文体设计、语言策略的设计做出了基础性的、决定性的杰出贡献,使得汉语新文学能够从与传统文学的断裂中,以及与世界文学的相对关系中自立自强,独树一帜。其次,作为文学行为主体的鲁迅,开辟了汉语文学家在文学创作以外的文学行为,包括以文学主体进行社会批判和文明批判的功业,为现代汉语世界准确地、全面地理解汉语文学写作提供了范本。再次,鲁迅还是中国现代文化和汉语新文学中非常独特的文学存在主体,他所构成的文学信息场是中国数十年文明的重大文化现象,是新文化重要的精神资源,他的存在使得汉语新文学在汉语世界取得了举足轻重的历史和现实地位。

一、作为创作主体的鲁迅

鲁迅是中国现代文学史上最杰出的作家,是中国现代文化领域首屈一指的文学创作主体。他不仅创作了美学光辉历久弥新的一系列文学作品,包括小说集《呐喊》《彷徨》《故事新编》,散文集《野草》《朝花夕拾》等。这些作品的文学史评价和相应的研究自然是相当充分的,然而从世界文学框架中的汉语新文学建构的角度来看,仍然有许多亟待开垦的学术空间。

首先,鲁迅十分自觉地将汉语新文学的建设置于世界文学协同发展的广阔视野中,从而使得汉语新文学在初创时代就获得了较高的艺术起点,以及与世界文学对话的资格。鲁迅在新文学建设上重视走外国人的道路,全面改变了汉语文学在新时代发展和健全的路数,为此后汉语新文学在构思、思维和表述方法上的基本模态确定了基础和方向。这其中的意义可以与革命家确定"走俄国人的道路"具有同等的历史价值。鲁迅在《〈中国新文学大系·小说二集〉导言》中这样反思《新青年》时代的汉语新文学建设成就:他自己的作品当时被认为"表现的深切和格式的特别","颇激动了一部分青年读者的心","然而这激动,却是向来怠慢了绍介欧洲大陆文学的缘故"。这并非纯然的自谦,他有资料说明,1834年俄国的果戈理"就已经写了《狂人日记》",1883年尼采"也早借了苏鲁支(Zarathustra)的嘴,说过'你们已经走了从虫豸到人的路,在你们里面还有许多份是虫豸。你们做过猴子,到了现在,人还尤其猴子,无论比那一个猴子'的",这些都启发了《狂人日记》的写作;而"《药》的收束,也分明的留着安特莱夫(L. Andreev)式的阴冷"。同时他也承认,"后起的《狂人日记》意在暴露家族制度和礼教的弊害,却比果戈理的忧愤深广,也不如尼采的超人的渺茫"。① 鲁迅在总结新文学初创时期的经验时,展露的世界文学的眼光是如此地犀利而开阔。他既将包括《狂人日记》在内的汉语新文学的最初收获归结为外国文学影响的结果,同时也突出地说明了汉语新文学的创作并不是对外国文学的简单模仿,而是体现了中国文化的厚重内涵,以及中国人阅读心理的时代特征,这也是汉语新文学对世界文学的一大贡献。接着鲁迅检讨自己的创作:"此后虽然脱离了外国作家的影响,技巧稍为圆熟,刻画也稍加深切,如《肥皂》《离婚》等,但一面也减少了热情,不为读者们所注意了。"既在技术层面肯定了后来的创作,也在思想层面注意到力度的削弱,"不为读者们所注意"是一种谦辞,而时过境迁,作品思想的冲击力不再那么引人注目却是实情。关键是,鲁迅亟急地思考着汉语新文学如何走向世界以及如何适应时代的问题。他反思《彷徨》中的作品"不为读者们所注意",乃是在时代的适应性方面减少了冲击效应,减少了被关注的热忱,但他还是珍惜艺术上的成熟,因为这是使得汉语新文学走出自己的生路,在世界文学格局中争得自己的独立地位的必要条件。

  虽然在"五四"新文学建设初期,几乎所有的先驱者都十分关注西方文学和世界文学的影响,在创作新文学作品的同时,致力于翻译和介绍外国文学作品与理论;但没有人能够像鲁迅这样,非常自觉地将自己的创作与整个民族语言文学的命

---

① 鲁迅,《导言》,赵家璧主编:《中国新文学大系·小说二集》,上海:上海良友图书有限公司,1935年。

运和前途联系在一起。鲁迅在进入新文学创作之前，热衷于翻译外国文学作品，撰写《摩罗诗力说》等长篇论文介绍世界文学的发展历史与趋势，其实都是在为将汉语新文学推进到世界文学的格局之中做准备。鲁迅提倡文字的拉丁化，支持世界语运动，同样是在世界文学建设的宏阔视野上省思文学发展前途的结果。文字的拉丁化所导致的可能是汉字的湮没，但汉语的表述可以留存下来，而且可以更加有利于汉语文学的普及和更广泛范围内的传播。鲁迅思考汉语拉丁化的问题时，尽管整个舆论环境是在强调大众语，但他仍然从汉语的时代进步和汉语文学的世界性角度提出问题，认为引进拉丁化意在改良汉语的语法。鲁迅指出："讲话倘要精密，中国原有的语法是不够的，而中国的大众语文，也决不会永久含糊下去。譬如罢，反对欧化者所说的欧化，就不是中国固有字，有些新字眼，新语法，是会有非用不可的时候的。"因此，左翼文学家都在强调大众语，鲁迅却表示"仍要支持欧化文法，当作一种后备"①。这正是试图在世界文学的格局中建构汉语新文学语言秩序的一种努力的体现。他一向支持世界语运动，目的恰恰不在于他在《新青年》时期曾提出过的"人类将来总当有一种共通的言语"②的建设，而在于使得自己的母语文学能够得到一个可靠的途径走向世界，而世界语的作用正在于此："它可以互相绍介文学。"③

这便是鲁迅给予汉语新文学提供的第二方面也同样是极为重要的贡献：在语言表述的策略上确立了新文学发展的健康路数。一般认为鲁迅的《狂人日记》是中国现代文学的第一篇白话小说，但也出现过一些异见，如有人将陈衡哲写于美国的《一日》等以单纯的时间顺序研判为先驱之作。从白话小说的角度看，不但《狂人日记》不能称为开篇之作，便是《一日》也不能算，因为，正如夏志清所说，"事实上，远在胡适先生提倡白话文以前，中国已有不少流行小说是用白话文写成的了"。④ 他指的是《老残游记》《官场现形记》等清末谴责小说，殊不知以白话写小说，推溯到唐宋传奇甚至更远也未为不可。问题是鲁迅开创的白话写作传统即便是从语言意义上说能够混同于传统章回体白话小说么？显然不能。传统章回体白话小说的语言定位是"说话人"的语言系统，故事的组织、作品的结构、语言的造设，都聚焦于说话

---

① 《鲁迅致曹聚仁》，《社会月报》第 1 卷第 3 期。
② 鲁迅，《渡河与引路》，《集外集》，《鲁迅全集》（第 7 卷），北京：人民文学出版社，2005 年，第 36 页。
③ 鲁迅，《答世界社信》，见《集外集拾遗补编》，《鲁迅全集》（第 8 卷），北京：人民文学出版社，2005 年，第 448 页。
④ 夏志清，《中国现代小说史》，香港：香港中文大学出版社，2001 年，第 4 页。

人的身份。说话人既不置身事件之内,又保持着无所不在的全知视角,有时甚至保持着价值判断和道德判断的代言人角色。而由《狂人日记》为始,现代小说的故事经常由一个置身于事件之中的叙述人进行叙事,展示他所处角度的基本判断。于是,小说的语言再也不具备晚清及之前小说的"说话"气息,而转变成个人的抒写、个人的独白、个人的控诉以及个人的声言。无论是《狂人日记》,还是《孔乙己》,这种叙事角度的变化,叙事方式的变更,完全划出了传统白话小说与现代小说的叙事学鸿沟。即便是《药》,虽然叙事人仍然没有置身于事件之内,但他的语气早已离开了"说话人",而成了一个标准的叙述者。

鲁迅《狂人日记》的标志性价值显然不在用白话写小说,而在于为现代汉语的文学表达探索出了有效的路径,为汉语新文学的表现寻找到了可靠的方法,这是即便对鲁迅怀有某种偏见的学者也乐于承认的事实:鲁迅"纯熟地运用了西方小说的技巧,与中国传统说故事的方法完全两样,因此可以称为现代中国短篇小说的始祖"[①]。这番议论的意思是,如果没有鲁迅,白话小说依然会存在,但是汉语新小说就可能是另外一副样态。如何在汉语白话表述中融入西方小说的技巧,如何借助西方文学的思路说出迥然不同于传统叙事的故事,鲁迅卓有成效的开辟使他成为当之无愧的汉语新文学"始祖"。

将鲁迅的"始祖"地位只定位在中国现代短篇小说的开拓方面,仍含有贬抑之意。鲁迅在现代文化的框架下,独自闯出了汉语文学表现的思维路径和语言路径,闯出了汉语新文学与传统汉语文学表述相分割的语言策略,为使汉语新文学能够跻身于世界文学提供了丰实的基础。他之于汉语新文学的开创其"始祖"地位是全面的,并非仅仅限于短篇小说的体裁。在同辈文学家中,鲁迅立足于汉语文学而着眼于世界文学建设的视野最为开阔,态度也最为坚定。他通过短篇小说的不同类型和不同叙事方式的设计,亲自规划和天才地实践了汉语新文学的语言策略,包括现代汉语如何与传统白话文的切割,都作了有效的尝试。鲁迅体的语言至今仍在一些重要文体中起着深深地影响,包括标志着汉语新文学文体成熟的作品如巴金的长篇小说《激流》,曹禺的戏剧《雷雨》,其汉语新语体的基本策略都与鲁迅筚路蓝缕的开拓有着无法分割的联系。诚然,鲁迅对汉语新语体的开拓并非一无依傍,西方文学的先导作用一直是鲁迅乐于承认的事实;但问题就在这里:西方文学的语言

[①] 夏志清,《中国现代小说史》,香港:香港中文大学出版社,2001年,第22页。

表达方式毕竟是通过外语承载且表现的,如何使得汉语的现代表述既吻合于现代人的表述习惯同时又与现代生活中的口语、方言保持某种距离,又如何使得汉语的现代表述既区别于传统语言包括传统白话,同时又与之保持某种符合民族习惯的联系,这些问题在后来看来都似乎顺理成章,迎刃而解,然而在新文学刚刚初创的时候,这需要勇气,需要创意,需要承担的精神和坚持的毅力,也需要艺术处理能力及相应的吸引力。鲁迅在这些方面作为汉语新文学的开拓者拥有完全的资格和气度。他带着一定的"历史遗形物"创造了现代书面汉语或汉语新文学语言的基本范式,并且设计和显示出这种语言饱满的精神和魅力。没有人能像鲁迅这样,在新文学语言立足未稳的时候就尝试写出《野草》中充满刺激力、震撼力和感召力的现代汉语,萃现了现代汉语的华美、庄严、精蓄和张力:

> 江南的雪,可是滋润美艳之至了;那是还在隐约着的青春的消息,是极壮健的处子的皮肤。雪野中有血红的宝珠山茶,白中隐青的单瓣梅花,深黄的磬口的蜡梅花;雪下面还有冷绿的杂草。蝴蝶确乎没有;蜜蜂是否来采山茶花和梅花的蜜,我可记不真切了。

这是《野草》中《雪》的描写,它不像《题辞》那么激烈,也不如《墓碣文》那么隐曲,可以说是鲁迅散文诗中较为一般的文字;但这样的文字中依然显示着汉语新文学语言从传统白话和现代口语中挣扎出来的强烈信息,体现着汉语新文学的先驱者建构汉语新文学语言规范的巨大努力。这样的语言才是汉语新文学所独立享有并独自使用的专属语言。它包含着外国语法的部分信息,但迥然不同于外国文学语言的文字承载和表述系统;它与传统的文言和白话都拉开了相当的距离,在追求汉语的时代性活力和审美张力方面建立了特殊的功勋。这是鲁迅所独步的境界,也是鲁迅留给后世用之不竭的隐形遗产。

二、 作为文学行为主体的鲁迅

鲁迅给汉语新文学树立的榜样不仅在文学创作方面,更在于文学写作以及以文学者的身份进行广泛的社会批评和文明批评方面。文学家所从事的价值活动未必都是文学创作,其实,文学家的任何写作行为,包括政治、社会、文化批评行为,可能与文学创作相距较远,但都属于文学家的价值行为,也就是说,都是文学行为。

在法国哲学家德里达那里,文学家的职责首先从理论上得到了较大的扩充,他认为文学写作的内涵应当包括文学家的社会文明批评等。① 其实这对于中国现代文学的研究者来说不算一个新的问题,因为他们面对鲁迅,面对鲁迅在80年前所做的阐述、努力和抗争,应能理解文学家写作的价值形态其实远远应该超越于文学创作。但德里达给出了一种理论证明,叫作"文学行动"。"文学行动"的翻译如果做适当的调整和处理,在汉语的表述中似乎称为"文学行为"更容易为人接受。

文学行为当然主要地包括创作行为,但还应理所当然地包括文学家的其他写作行为,包括鲁迅特别感兴趣的文明批评和社会批评。除此之外,文学行为还应包括文学家的学术研究。鲁迅对中国小说史的研究,以及他对于版画、汉画像以及对《嵇康集》等各种古籍文献的研究,都应该算作他文学行为的当然内容。

非文学家也同样会有社会批评和文明批评,有各种各样的学术研究,但他们的上述行为不能被概括为文学行为。这其中关键的问题便是文学身份的获得与确认的问题。所谓文学身份,"就是文学家的当然身份,不过为了免除过分职业化的考量,而选择从社会功能结构的意义上界定为文学身份"②。包括文学家在内,谁都有资格也有责任对社会现象和文明现象进行批评,但文学家的批评与政治观察家、时事评论家、经济评论家、社会学者和心理学家的批评显然不会完全一样。除了文章风格的可能区别而外,批评的立意和立场、批评的内容和性质、批评的责任定位和影响、文学家的身份都会起决定性的作用。文学身份者批评的立意和立场须最大限度地体现社会的良心,体现时代的理性,体现历史的趋向。文学身份意味着良心与理性。其他身份的批评者会自然而然地、不约而同地从各自的专业背景、利益背景出发,按照本专业、本行业甚至本功利集团的思维方法、理念原则对社会及文明现象做出批评,所有专业性的、行业性的和功利性的思维相对于社会良心与时代理性而言必然是片面的、局限的批评。而文学身份者必然以一个更加自由、更加坦荡、更加没有负担的身份从事批评工作,这种身份的自由使得他们的批评领域可以更加广阔,视野可以更加开阔,路数可以更加宽阔。

社会批评和文明批评从内容性质方面划分,有工具理性式批评、价值理性式批评

---

① [法]让·雅克·德里达,《文学行动》,赵兴国等译,北京:中国社会科学出版社,2000年。
② 朱寿桐:《鲁迅的文学身份、批评本体写作与汉语新文学的发展前景》,《鲁迅研究月刊》2012年第8期。

和意念理性式批评。工具理性式批评是在分析社会问题和文明问题的同时提出解决问题的思路与途径,为社会文明建设做出具体的方法论的贡献。这样的批评当然须由有专业背景和行业经验的身份者进行。价值理性式批评须针对社会文明问题提出原则性的价值导向意见,并对各种责任主体作具体的价值导引或原则规劝,至少做出旗帜鲜明的号召。这样的批评一般由时事评论者或政治观察家做出,有时还须由公务员身份者甚至政府发言人提出。相应地,文学身份者所从事的批评既不可能对具体的社会问题和文明现象作工具理性的设计与梳理,也不可能在价值理性意义上作出倡导与号召,它更多地停留在意念理性层面,对各种社会文明现象和问题作学术的、理性的甚至常识性的议论,在社会良知和大众良心的比照中提出普适性的意念。这样的意念甚至可能是次原则的、非逻辑的,也有可能是不成熟的或者未定型的,但它具有明显的超功利性,富有非凡的思想启发意义,在社会文明认知和批判方面具有超越于时代的价值。

以文学身份写作非文学的作品,是鲁迅文学行为的重大特征,也是鲁迅带给汉语新文学的巨大贡献。鲁迅从来没有放弃甚至从来没有怀疑过自己的文学身份,但也从来没有放弃甚至从来没有怀疑作为文学身份者须负有社会批评和文明批评的责任,这就是他一直为杂文辩护,同时更热衷于杂文写作的奥秘。20世纪30年代,针对当时风靡一时的各种"和杂文有切骨之仇"①似的攻击杂文的言论,鲁迅坚定地表示,写杂文"在劳作者自己,却也是一种'严肃的工作',和人生有关,并且也不十分容易做"②。他认为从事杂文写作的文学行为比其他文学行为更为重要,更为现实:"况且现在是多么切迫的时候,作者的任务,是在对于有害的事物,立刻给以反响或抗争,是感应的神经,是攻守的手足。潜心于他的鸿篇巨制,为未来的文化设想,固然是很好的,但为现在抗争,却也正是为现在和未来的战斗的作者,因为失掉了现在,也就没有了未来。"③他坦率地承认杂文不同于"作品",杂文的写作不同于"创作"。鲁迅后来总结自己的"创作"时,不无谦逊地称自己"可以勉强称为创作的",只有《呐喊》《彷徨》《故事新编》《野草》《朝花夕拾》,"此后就一无所作,空空如也"④。他能够从理论上清楚地区分出自己的杂文写作与文艺性创作之间的分

---

① 鲁迅,《且介亭杂文·序言》,《鲁迅全集》(第6卷),北京:人民文学出版社,1996年,第3页。
② 鲁迅,《做"杂文"也不易》,《鲁迅全集》(第8卷),北京:人民文学出版社,1996年,第376页。
③ 鲁迅,《且介亭杂文·序言》,《鲁迅全集》(第6卷),北京:人民文学出版社,1996年,第3页。
④ 鲁迅,《自选集自序》,见《南腔北调集》,《鲁迅全集》(第4卷),北京:人民文学出版社,1981年,第456页。

野:"有人劝我不要做这样的短评。那好意,我是很感激的,而且并非不知道创作之可贵。"①但他没有否认杂文随笔也还是一种文学行为的写作。这实际上就足以表明,鲁迅既承认文学创作与文学行为的写作之间的区别,同时也坚持认为即便是社会批评和文明批评的杂文、随笔,也仍然属于文学之一体,是文学身份者从事文学行为的应有之义。

以文学身份从事社会批评和文明批评这样的批评本体写作,以及这种更广泛的文学行为,是鲁迅开创的,也是汉语新文学极为重要的传统。在汉语新文学世界,特别是在海外汉语写作的特定情境中,写作本来是相当自由的事业,原不必恪守于某种文学概论规定的那种拘谨的创作框架。海外写作者和文学身份者必然处身于现实政治文化的边缘地带,同时又处身于汉语边缘化的文化环境和社会环境之中,非常有必要运用汉语进行批评本体的写作,以显示汉语作为一种文化权力的地域和时代特性。

以文学身份进行批评本体写作的文学行为,既是鲁迅伟大文学功业的高度概括,也是鲁迅开辟的汉语新文学优良传统的品质体现。在汉语新文学建设史上,除了鲁迅及围绕着鲁迅系统的徐懋庸、唐弢之外,尚有陈西滢、梁实秋等主要以从事批评本体写作显示自己文学身份和文学行为的文学家,他们的写作和文学行为共同壮大了新文学的这一批评本体传统。

有趣的是,处在这种传统链接之上的人们未必意识到这一传统的可贵,他们常常会出于疏离鲁迅、批评鲁迅的动机否定自己赖以安身立命的文学传统,如陈西滢赞誉鲁迅的《呐喊》是新文学最初十年短篇小说的"代表作品",但马上就责难鲁迅的杂文,说是"我不能因为我不尊敬鲁迅先生的人格,就不说他的小说好,我也不能因为佩服他的小说,就称赞他其余的文章。我觉得他的杂感,除了《热风》中二三篇外,实在没有一读的价值"②。殊不知他用以批评鲁迅杂文的文字同样是杂文,梁实秋对鲁迅杂文的冷嘲热讽又何尝不是用的杂文文体与杂文笔法。他们的偏见正好吻合了鲁迅当年批判的现象:"轻蔑'杂文'的人,不但他所用的也是'杂文',而他的'杂文',比起他所轻蔑的别的'杂文'来,还拙劣到不能相提并论。"③

---

① 鲁迅,《华盖集·题记》,《鲁迅全集》(第3卷),北京:人民文学出版社,1981年,第4页。
② 陈西滢:《闲话》,《现代评论》第3卷第71期。
③ 鲁迅,《再论"文人相轻"》,《鲁迅全集》(第6卷),北京:人民文学出版社,1981年,第335页。

由于处在传统的链接之上,批评本体在汉语新文学的当代写作中就拥有了正统地位,于是,台湾李敖、柏杨等著名文学家的文学行为就有了文学归宿。李敖以文风尖锐的散文、随笔写作著称于汉语新文学世界,虽然他常常对鲁迅加以非议,可论者每每将他的文风归入鲁迅风一类。另一位为李敖不屑于与之相提并论的台湾文学家柏杨。同李敖一样,柏杨以小说乃至旧体诗的成就取得了文学者的身份,然后全心投入社会批评、历史批评和文明批评,最有代表性的社会文明批评文字《丑陋的中国人》深得鲁迅精神,以犀利的文字和辛辣的笔法讽刺国民劣根性。在鲁迅之后,李敖和柏杨的文字代表着汉语新文学界以文学身份进行批评本体写作的最重要成就,他们是这一特殊的文学链接中的极其重要的环节。他们都通过小说创作不断强化其文学者身份,但在文学身份得到强化之后,并不以小说创作为业,而是操弄起自己的刀笔对政治、社会、历史、文化、文学等广泛的领域进行犀利的批评,所走的正是一种以文学身份进行批评本体写作的道路。这同样体现着继承鲁迅开创的文学行为传统的标志性成就。

在港澳和海外的汉语新文学界,这样的文学行为可以被视为一种常态的文学写作。文学家们多以文学身份进行批评本体写作,以此参与到社会的批评乃至社会言论的发布之中。一个重要原因是文学体制的特殊性。港澳台和海外华人世界几乎很少专业性的文学机构,如果不是商业性写作,走专业作家的道路几乎没有可能。于是,港澳及海外的汉语作家经常超越写作的专业性,可以同时兼作诗人、小说家、散文家,更可能是以文学身份兼行各种批评家之事务,其中既包括社会批评和文明批评,也可能兼及政治评论、社会评论、经济生活评论、文化评论等等。这对于他们仍然是文学写作,是文学行为的展露。但他们以文学身份进行自由的、广泛的批评本体写作,体现着汉语新文学的一脉伟大传统。它将通向文学外延的当代性扩展,将成为汉语新文学在更广大的华人社区的一种生存和发展状态。未来的汉语文学就是应该更加紧密地服务于华人的生存和发展,服务于华人心声的表达和批评的阐扬,这样的表达和阐扬可以通过典型的文学作品,也可以直接诉诸非文学作品的批评。既然德里达认为"没有任何文本实质上是属于文学的",所有这一切都获得了文学行为的性质。

三、 鲁迅传统中的批评本体意义

鲁迅是中国现代历史上最伟大的文学家。从写作数量而言,鲁迅大量写作的都不是文学作品,而是社会批评和文明批评。不从学术上解决鲁迅杂文写作的性质认定和价值评判问题,实际上就不可能真正确认鲁迅写作的巨大贡献和历史地位。而将鲁迅杂文勉强放置于文学创作平台上作价值审视,表面上是在文学性的确认方面"重视"了鲁迅杂文,实际上则忽略了鲁迅批评本体写作的文学史价值和文化意义。

1. 鲁迅杂文性质的论辩

鲁迅杂文价值的确认一直是鲁迅研究中的一个难题。它无法绕开:至少篇幅上占据着鲁迅写作的绝大部分;它无法低估:鲁迅生前不仅热衷于杂文写作,而且不放过任何机会为杂文辩护。鲁迅杂文及其辐射性影响,可以说是中国现代文化景观中的重要风景,这道风景是那样地丰富和复杂,使得至今相关解读依然不能曲尽其妙。

鲁迅始终以一种坚决的态度捍卫杂文的合法性,这样的坚决态度首先来自于鲁迅对杂文文体严肃性和必要性的认知。针对当时风靡一时的"伟大作品"论以及相应涌现的各种"都和杂文有切骨之仇"[①]似的攻击性言论,鲁迅义正词严地认定,写杂文"在劳作者自己,却也是一种'严肃的工作',和人生有关,并且也不十分容易做"。[②] 鲁迅虽然痛恨并讽刺那些轻率发表"和杂文有切骨之仇"的论调,但也并非天生就是一个有癖好的"杂文家";他对于杂文的重视以及对于杂文写作的热衷,乃是因为社会批评和现实论证的迫切需要且重温鲁迅的相关表述:

> 况且现在是多么切迫的时候,作者的任务,是在对于有害的事物,立刻给以反响或抗争,是感应的神经,是攻守的手足。潜心于他的鸿篇巨制,为未来的文化设想,固然是很好的,但为现在抗争,却也正是为现在和未来的战斗的作者,因为失掉了现在,也就没有了未来。[③]

鲁迅从其写作之始到其写作之终,都热衷于杂文写作,同时也始终没有放弃为杂文辩护;他为杂文包括杂文作者的辩护文字可以编成一部可观的文集。如果这

[①] 鲁迅,《且介亭杂文·序言》,《鲁迅全集》(第6卷),北京:人民文学出版社,1981年,第3页。
[②] 鲁迅,《做"杂文"也不易》,《鲁迅全集》(第8卷),北京:人民文学出版社,1981年,第376页。
[③] 鲁迅,《且介亭杂文·序言》,《鲁迅全集》(第6卷),北京:人民文学出版社,1981年,第3页。

样的文集编成,人们会从中发现,尽管他对杂文文体的合法性从未动摇,但他也从不在文学艺术的意义上肯定杂文的功效与身份。诚如上文所引言论所显示的,他之看重杂文,坚守杂文写作者的立场,并不是指望通过杂文来创缔文学作品的新体式和新艺术,甚至也没有以杂文写作来充实文学创作的意图。他认定杂文主要用于现实的"抗争",用于战斗,而不是用于审美甚至是用于表达艺术的情感。他坦率地承认杂文不同于"作品",杂文的写作不同于"创作"。他清楚地区分出自己的杂文写作与文艺性的创作之分野:"也有人劝我不要做这样的短评。那好意,我是很感激的,而且也并非不知道创作之可贵。"①总之,至少在他的心目中,杂文和短评不属于文学创作。

与鲁迅接近的人开始不甘心于鲁迅对杂文作这种"非文学"的判断,但也还比较注意将杂文与一般的文学创作区别开来,将杂文当作一种有别于作品的特殊文体。被鲁迅视为人生唯一知己的瞿秋白在他那篇权威性的专论《鲁迅杂感选集·序言》中认定"杂感这种文体"有别于创作,而且也"不能够代替创作",也承认鲁迅杂感主要的社会功用在于"战斗",但他换转地引入了"阜利通"这一概念,轻而易举地将鲁迅杂感与文学性联系在一起:"鲁迅的杂感其实是一种'社会论文'——战斗的'阜利通'(feuilleton)","杂感这种文体,将要因为鲁迅而变成文艺性的论文(阜利通——feuilleton)的代名词。"以此开启了将鲁迅杂感与文学性和艺术性联系在一起的理论先河。在20世纪也许可以真正称为鲁迅学生的胡风也坦诚,杂感不是创作,尽管它的作用比创作作品还要重大:"不用说'杂文'和'速写',都应该得到积极的评价,它们不能代替创作,然而却负上了创作所不能够完成的任务。"②

鲁迅将杂文与文学创作的一般文体作严格区分的观点在他的知己和学生那里已经受到了修正,在其他研究者那里就更加得不到响应。在鲁迅研究和批评的主流言论方面,长期以来人们都忽略了鲁迅清醒的文体判别观念和特定的杂文身份意识,也相对忽略了瞿秋白、胡风部分地承认杂文的文艺性,但坚持杂文不同于创作的论述,为将杂文写作纳入文学创作范畴做出了长期的努力,在鲁迅研究方面,一方面是为了尊重鲁迅更热衷于杂文写作的事实,同时又为了维护鲁迅作为文学家的身份和影响,几乎所有的相关研究者和评论者都进入了同一道坚定而漫长的

---

① 鲁迅,《华盖集·题记》,《鲁迅全集》(第3卷),北京:人民文学出版社,1981年,第4页。
② 胡风:《关于速写及其他》,《文学》第4卷第2号。

论证之旅：论证鲁迅杂文的文艺性。1931年,张若谷发表《鲁迅的〈华盖集〉》一文,称鲁迅为"随笔作家";并认定随笔"也是文学作品中的一体"。① 这位著名的批评家不会没有留意鲁迅将杂文写作与文艺创作作了基本区分的事实,但他为了表达对鲁迅及其杂文的尊重,毅然毫不含糊地将杂文纳入了"文学作品的一体"。这似乎是一个历史的学术任务,是一道潜在的学术命令:要尊重鲁迅,尊重史实,捍卫鲁迅杂文写作的合理性和正当性,就必须致力于论证杂文的文学身份和文学特性。在这种历史任务的完成和学术命令的执行中,著名鲁迅研究家包忠文先生所交出的答卷最为充分而有力,他在20世纪90年代初期将鲁迅杂文称为"完美的文学作品"②,并从鲁迅杂文的"形象化""真实性""感情化""多样化和独创性"等几乎所有文学性、艺术性的方方面面对"鲁迅的杂文创作"进行了一个资深的文学理论家所能做到的全面、深入的学术阐论。③ 即使有学者意识到用"形象性"概括鲁迅杂文的文学性有些勉强,但也还是不甘心放弃对鲁迅杂文"形象性"的论证,于是别出心裁地提出鲁迅刻画的是"社会相",是另类的社会形象。文学史家邹恬曾用"形相"化④概括左翼文学观念化以后对文学"形象"的处理,这样的思路和概念倒是为"社会相"的提出者提供了概念支撑。还有研究者每每根据鲁迅的杂文自述,论证鲁迅杂文写作的"典型性"。鲁迅在《准风月谈》后记中说:

> 我的杂文,所写的常是一鼻,一嘴,一毛,但合起来,已几乎是或一形象的全体,不加什么原也过得去的了。但画上一条尾巴,却见得更加完全。⑤

这成了鲁迅运用现实主义文学塑造典型形象的创作方法写作杂文的直接证据。其实,鲁迅在这里是用形象化的笔法描述了杂文批评社会、暴露社会丑怪现象的功能与效果,并非在对写作进行形象典型化的总结,更不是为了论证杂文的创作品性。为了论证鲁迅杂文的文艺创作品性,几代杰出的鲁迅研究专家可谓煞费苦

---

① 张梦阳,《中国鲁迅学通史》(1),广州:广东教育出版社,2001年,第121页。
② 包忠文,《鲁迅的思想和艺术新论》,南京:南京出版社,1989年,第279页。
③ 包忠文,《鲁迅的思想和艺术新论》,南京:南京出版社,1989年,第279页。
④ 参见《邹恬中国现代文学论集》,南京:江苏教育出版社,1998年,第132页。
⑤ 鲁迅,《准风月谈·后记》,《鲁迅全集》(第5卷),北京:人民文学出版社,1981年,第382—383页。

心,克尽厥责,连鲁迅写作杂文"措辞也时常弯弯曲曲"①也被当作文学的"曲笔",将之视为"使杂文更趋于文学化"的标志。②

维护鲁迅文学家的地位和身份,进而维护鲁迅杂文的文艺性品质,这体现着对鲁迅的学术尊重和对鲁迅文学追求的历史肯定;但罔顾杂文写作的文体特性,远离了鲁迅自己清醒而科学的文体自觉,这样的尊重和肯定是否可以真正落到实处,就成了一个问题。事实上,包括梁实秋在内偏激地否定甚至攻击鲁迅的人士也常常拿鲁迅的杂文说事,认为鲁迅是写不了小说才用这些杂感充"文艺"之数,说鲁迅的主要作品,"即是他的一本又一本的杂感集",而且充满"一腹牢骚,一腔怨气"。③于是就有了鲁迅"披了文艺的法衣"而撰写杂文的说法。殊不知鲁迅早就声言杂感不是文艺创作,怎么可能指望用这些文章来充创作之数?说鲁迅是"披了文艺的法衣"写作杂文,则更为不通,因为鲁迅写作这些杂文的时候清楚地知道而且还千方百计让别人理解这不是文艺创作,至于施蛰存在《文饭小品》第3期(1935年1月)发表的《服尔泰》一文中,指责鲁迅的杂文"有宣传作用而缺少文艺价值",如果能切实考量鲁迅的杂文观,则属于典型的无的放矢,因为鲁迅从来就没有追求或建构杂文中的"文艺价值"。

这就形成了两方面的历史悖论。一方面,越是接近鲁迅杂文观的论述,越是倾向于将杂文写作与文学创作区分开来:鲁迅自己断然论定他的杂文不属于文艺创作;鲁迅周围的人部分地承认鲁迅杂文有一定的文艺属性,但也认同这种杂文不是创作;一般的研究者和评论者则倾向于认定鲁迅杂文有文学性和艺术性。另一方面,捍卫鲁迅维护鲁迅杂文的研究者和评论者将鲁迅的杂文视为一种文艺创作,攻击鲁迅否定鲁迅杂文的批评家也同样将鲁迅的杂文当作一种文艺作品来对待。在这一有违鲁迅文体观和杂文观的问题上,两股力量倒莫名其妙地达成了一致。

必须意识到,鲁迅在阐述自己的文体观和杂文观的时候,或者说是在为杂文辩护的时候,他作为杰出文学家的身份已经明确,对自己作为职业文学家的历史选择也已定格,在这样的前提下,他依然没有将他所深溺其中的杂文写作往文学方面去比附,并且矢志坚持,显然不是出于自谦。他对于杂文的维护和捍卫,是对爱之者

---

① 鲁迅,《华盖集·题记》,《鲁迅全集》(第3卷),北京:人民文学出版社,1981年,第3页。
② 姜振昌,《中国现代杂文史》,北京:人民文学出版社,1995年,第82页。
③ 梁实秋,《关于鲁迅》,见《梁实秋论文学》,台北:时报文化出版有限公司,1978年。

的一片惋惜和恨之者的一派责骂的回应：爱之者如"有恒先生"希望鲁迅继续他辉煌的小说创作，减少他的杂文写作，从而在文学上为读者提供更多的作品；恨之者如陈西滢，他先赞誉鲁迅的《呐喊》是新文学最初十年短篇小说的"代表作品"，接着就责难鲁迅的杂文，说是"我不能因为我不尊敬鲁迅先生的人格，就不说他的小说好，我也不能因为佩服他的小说，就称赞他其余的文章。我觉得他的杂感，除了《热风》中二三篇外，实在没有一读的价值"①。这番话非但没有达到否定鲁迅杂文的目的，而且暴露出他同样体现了鲁迅所不屑置辩的那种文体观：他是带着阅读《呐喊》的趣味阅读鲁迅杂文的，同样也是以文学的标准衡量杂文的。耐人寻味的是，陈西滢等批评鲁迅杂文的文字同样是杂文，梁实秋对鲁迅杂文的冷嘲热讽又何尝不是用的杂文文体与杂文笔法。更重要的是，这两位热衷于攻击鲁迅杂文的文学家恰好似乎只擅长于写作杂文随笔。这就是鲁迅当年指出的那种令人不堪的情形："轻蔑'杂文'的人，不但他所用的也是'杂文'，而他的'杂文'，比起他所轻蔑的别的'杂文'来，还拙劣到不能相提并论。"②即便是他们写的杂文能够与被"轻蔑"者相提并论，他们也是最不应该抨击杂文写作的一群。一群最不应该抨击杂文的人用杂文热热闹闹地抨击杂文，那种情形比起写不来杂文因而根本没资格攻击杂文的人在那里猛烈地攻击杂文更显得滑稽。后者当然是被鲁迅讽刺为连一知半解程度都还没有达到的"大学生"林希隽等，显然，这样的反对者对鲁迅杂文写作并不构成有效的伤害力。即便是梁实秋、陈西滢等专家级的抨击，对鲁迅杂文的伤害力也非常之少。

梁实秋、陈西滢等人最擅长杂文随笔的写作，而且多是以杂文随笔当作自己的主要写作文体，体现着他们最重要的文坛贡献，以这样的身份和前提否定鲁迅杂文的写作，所显示的就不仅仅是尴尬与滑稽。既然他们以杂文随笔当作自己的主打文品，对于杂文随笔的文学作用和社会作用就不可能一无所知，既然不是在无知状态下攻击鲁迅的杂文写作，那么显然又是凸现的一种文人相轻的意气。或许他们认为自己的杂文随笔颇多文学性，而鲁迅杂文则除了屈指可数的几篇而外都没有"一读的价值"，这样的判断除了意气之外仍然隐含着对杂文文体功能的无知：鲁迅自己表述得很清楚，杂文是"战斗的"，是履行"社会批评和文明批评"职责的特定文

---

① 陈西滢：《闲话》，《现代评论》第3卷第71期。
② 鲁迅，《再论"文人相轻"》，《鲁迅全集》（第6卷），北京：人民文学出版社，1981年，第335页。

体,它不是提供给读者当作文学作品去"阅读"的。从文学"可读性"的意义上指责杂文,特别是指责鲁迅杂文,既体现着一种文人的意气,同时也体现着一种文体观念上的无知。

2. 批评本体论的学术意义

鲁迅认定杂文不属于文学创作,但同时鲁迅明确,写作杂文是文学家的责任,是在特定的历史情境中文学家的使命和义务。这实际上揭示了一个非常简单的文化事实:文学家写作的未必都是创作品,类似于杂文这样的写作品完全可以在一般的创作品之外成为文学家必然的文化产品和文学产品。既然是非创作品,就不必一定将这些文学产品交付于文学创作的标准去衡量,用文学创作的一般理论去批评。因此,将鲁迅杂文归属为批评本体的文学写作,①是准确地确认鲁迅杂文品性和价值的有效方法与途径。

批评本体说指出,文学行为不单是指一般意义上的文学创作,其实,文学研究和文学身份的批评也是本体性的文学行为;因此,文学的本体行为除了创作本体这一基本形态而外,还有文学的学术本体和批评本体形态。必须再三强调的是,文学的批评本体并非文学批评,文学批评术语、文学研究范畴,倒可以归入文学的学术本体。文学的批评本体是指文学家本着社会责任和文化义务,以文学身份所进行的社会批评和文明批评的写作行为及其结果,这样的结果往往体现为杂文,当然也可以在变异和装饰的处理中演化为别种文体。

鲁迅既是一个伟大的文学家,又长期热衷于社会批评和文明批评的杂文写作,而且自己认定这样的写作不属于创作本体,实际上就是承认了文学的批评本体写作的存在。他的批评包含着一些文艺批评,不过更多的却是文学家身份的社会批评。他自己就声称,"我所批评的是社会现象"②。杂文主要体现着文学本体批评的对象乃是社会现象。

文学理论家们其实都倾向于肯定文学的批评本体写作的可能性和必要性。兰塞姆曾在他的理论中"呼唤本体批评家",他甚至认为诗歌本体意义上也应该是批评的。③ 施勒格尔则将莱辛称为一个批评家,这个批评家所从事的不仅仅是戏剧批

---

① 参见朱寿桐:《论中国现代文学的批评本体形态》,《文艺研究》2006年第9期。
② 鲁迅,《拳术与拳匪》,《鲁迅全集》(第8卷),北京:人民文学出版社,1981年,第81页。
③ [美]兰塞姆,《新批评》,王腊宝等译,南京:江苏教育出版社,2006年,第191页。

评和文学批评,"他的大部分作品,无论是涉及历史的、戏剧学的、还是语法的,甚至包括文学的论文,就算按照比较粗略的理解来看,也属于批评范畴"①。他甚至认为,正宗的批评应该充当"介于历史和哲学之间的一个中间环节,它的使命是把二者结合起来,使这二者在批评当中统一起来,成为一个新的第三者"②。这就给文学家的批评本体写作及批评本体思维作了一种不自觉的理论框定。特别是一般思想偏激的理论家,往往不会放过任何机会赞同并鼓励文学家的批评性写作,尽管他们还不能清晰而成功地区分文艺批评与社会文明批评,常常将这两个方面混合起来。葛兰西认为实践哲学应具有文学批评的典范,"这个批评应当和甚至具有讽刺形式的一切偏颇的热情融合一致为争取新文化而斗争,即是为争取新的人道主义、批评风尚、意见和带着美学的或纯粹艺术的批评的世界观而斗争"③。在特定的社会环境和特定的角色定位都会特别重视超越文学范围的批评行为和批评写作,鲁迅正是在这样的特定环境进入这样的特定角色提倡和捍卫批评本体写作的。其实,鲁迅所处的社会环境正是普遍重视批评本体写作的时代,许多文学家和新文学倡导者都将批评本体的写作与创作本体的写作放在同等重要的位置,认为新文学本应具备"表现和批评人生"④的双重功能,实际上就是强调了文学之于人生其创作本体与批评本体的基本写作形态。

显然,批评本体意义上的写作文体最典型的是杂文与随笔,也就是广义上的小品文,甚至是政论和社评,因为这样的文体属于思想表现的文类,而批评的内涵主要是思想的表达。如果在思想文类相对意义上进行列举,文学作品则主要是情感文类(抒情性的写作门类,如诗歌、散文)、经验文类(小说与散文)以及次经验文类(如表演类的戏剧,如想象与讽刺的文本,如历史文学和通俗文学,等等)。批评本体的写作完全可以付诸任何文类,鲁迅的历史小说常常就是承载社会批评、文明批评的次经验文类,鲁迅的《半夏小品》等也常用戏剧等文类完成批评本体的写作。这就给批评本体写作的文体类型带来了较大的复杂变数,但这样的变数仅仅是在

---

① [德]施勒格尔,《浪漫派风格——施勒格尔批评文集》,李伯杰译,北京:华夏出版社,2005年,第258页。
② [德]施勒格尔,《浪漫派风格——施勒格尔批评文集》,李伯杰译,北京:华夏出版社,2005年,第265页。
③ [意]安东尼奥·葛兰西,《葛兰西文选》,李鹏程编,北京:人民出版社,2008年,第387页。
④ 罗家伦:《驳胡先骕君的〈中国文学改良论〉》,《新潮》第1卷第5期。

辨析批评本体写作与相应文类的关系方面得到凸现,而不足以成为认知批评本体的障碍。

由于批评本体的写作对应的是杂文、随笔、小品文等思想文类,而不是情感文类和经验文类,则鲁迅杂文就不应该受到依据情感文类和经验文类等文学创作文类原则而产生的指责与挑剔,同样,也无须以这样的文学创作文类标准来"拔高"鲁迅的杂文写作。即便是作者借用一些文学创作文类作批评本体写作的临时承载,批评者对这样的文本也不宜用文学创作原则和标准加以对待。明确了杂文是文学中的特殊文类,是偏重于思想与批评的文类,就可以更加有力地抵御和克服那种以文学创作要求进而指责鲁迅杂文的论调,同时也使鲁迅杂文的研究免于坠入文学创作论的陷阱。批评本体的文学观察真正能担负起阐解鲁迅杂文、给鲁迅杂文进行正确定性之任务。

鲁迅没有明确"批评本体"的概念,但他在坚持杂文不同于创作的同时,又满怀信心地认定,杂文就是一种文学写作,这实际上就坚定了杂文的文学本体论意识。在这样的意义上,应能完整而准确地理解鲁迅这段话的深刻含义:

> 攻击杂文的文字虽然也只能说是杂文,但他又决不是杂文作家,因为他不相信自己也相率而堕落。……我们试去查一通美国的"文学概论"或中国什么大学的讲义,的确,总不能发见一种叫作 Tsa-wen 的东西。这真要使有志于成为伟大的文学家的青年,见杂文而心灰意懒:原来这并不是爬进高尚的文学楼台去的梯子。托尔斯泰将要动笔时,是否查了美国的"文学概论"或中国什么大学的讲义之后,明白了小说是文学的正宗,这才决心来做《战争与和平》似的伟大的创作的呢?……
>
> 但是,杂文这东西,我却恐怕要侵入高尚的文学楼台去的。①

鲁迅一贯强调杂文不同于文学创作,杂文是社会批评和文明批评的载体,但在这里他又断言,杂文是文学的一种文类,是不见于现成《文学概论》甚至不符合这种理论规定的一种文类,它终究会"侵入高尚的文学楼台"而自成一体,这里体现出鲁

---

① 鲁迅,《徐懋庸作〈打杂集〉序》,《鲁迅全集》(第6卷),北京:人民文学出版社,1981年,第290—291页。

迅在创作本体之外为杂文进行另一种本体设定的理论努力。当明白了批评本体在相对于创作本体而存在的文学命意之后，鲁迅的论述就不会费解，更不会被说成自相矛盾。因此，明确杂文作为文学批评本体的典型文体，就能够准确地理解鲁迅的杂文观，甚至能够完整、吻合地再现鲁迅的杂文文体理论。

鲁迅杂文以及以之为典型代表的杂文写作，作为批评本体的典型样式，体现着中国现代文学的基本特性。在中国古代，文学家的批评本体写作也并不在少数，西汉时期众多文学家参与的《盐铁论》便是这样的作品。但到了现代，由于社会政治条件的变化，文化人社会意识的增强，特别是中国被迫开放以后面对西方文化冲击的形势，文化人被历史性地牵扯到社会政治设计和文明批判之中，其批评本体写作的任务往往比创作本体的写作更为迫切，因此鲁迅在为杂文辩护时宣称，对于杂文写作，"现在是多么切迫的时候"，要"对于有害的事物，立刻给以反响或抗争"，①就必须运用短频快的杂文等批评本体的写作路径。新文化运动初期的"随感录"以及其他文化战斗的檄文等，大革命时期许多新文学家"以笔从戎"，以及左联时期小品文的兴盛，甚至出现了"小品年"的说法，用鲁迅的话说，乃是"杂文的开展，日见其斑斓"，"使中国的著作界热闹、活泼"，②这些都无不彰显了中国现代文学的独特景观。很少现代文学家没有写作过社会批评和文明批评的文字，包括贬低杂文写作的批评家其实也无可逃脱地写作杂文。从这个意义上说，现代中国文学与其说是一个创作成就特别巨大的历史阶段，不如说是一个批评本体写作特别普遍也特别旺盛的文学时代。这样的历史特征和时代标识更需要鲁迅杰出而厚实的杂文作为典范。

鲁迅杂文作为现代中国文学批评本体的典范，为世界汉语新文学（即所谓台港澳暨海外华文文学）的发展提供了良好的学术前景。汉语新文学家出身于各种不同的社会环境和文化环境，一方面他们需要借助文学创作抒发自己的情感，表现自己的才情，另一方面也需要借助杂文、随笔等等表述自己的批评意见，伸张自己的志趣与胸臆，他们的写作往往多见文体上不够典型的现象，议论和批评常常包含在各种文字之中，虽然很难见鲁迅式的辛辣与嘲讽，但"不管文体，各种都夹在一处，

---

① 鲁迅，《且介亭杂文·序言》，《鲁迅全集》（第6卷），北京：人民文学出版社，1996年，第3页。
② 鲁迅，《徐懋庸作〈打杂集〉序》，《鲁迅全集》（第6卷），北京：人民文学出版社，1981年，第293页。

于是成了'杂'"①,这样的现象十分普遍。尤其是当代"地球村"效应,导致各种夹叙夹议的游记体杂文盛行,作者将社会批评、文明批评乃至政治思考、人生思考融入寓目世界的叙述之中,虽然类似于游记散文,其实却借机发挥着批评本体的文学作用。引入批评本体的观念,不仅对于鲁迅杂文的文学性质认定有学术效用,对于确认这种新异文体的性质同样具有学术操作意义。

四、鲁迅论战传统中的意气因素

鲁迅与梁实秋,当然是一对理论宿敌,而且自始至终相互敌视的情结都未尝得到疏解。在人们一般的印象中,鲁迅固然经常体现着"刀笔吏"的苛刻,特别是在将对方描述为"丧家的""资本家的乏走狗"之后,那番意气从事的批评和论争形象似乎早已定型;而梁实秋则表现得温而不火、温文尔雅,大抵是义理之辩远远超过意气之争。其实,这样的印象包含着深刻的误解,尤其是对于梁实秋形象的误解。就从他们围绕着白璧德人文主义展开的理论争辩便可看出,梁实秋之于鲁迅,仍然多体现为意气之争。这样的意气之争不仅伤害了作为论敌的鲁迅,也伤害了他奉若神明的白璧德及其新人文主义,当然最终的结局是,更加严重地伤害了梁实秋自己。

1. 新人文主义话题

新人文主义又称白璧德人文主义,或简称为白璧德主义,是19世纪末20世纪初在美国思想文化界和文学批评界形成很大影响的思潮。该文化思潮倡导理性精神和对经典的尊崇,用这一思想流派的主要创始人和主倡者欧文·白璧德的话说,他们所崇尚的"最为纯粹的古典精神"是"感到自己是为更高的、非个人的理性而服务的,于是便产生了克制含蓄、讲究分寸与处处谨严的感觉",②那自然是一种理性的感觉。由"克制含蓄、讲究分寸与处处谨严"派生出对于工业社会以来思想界十分鼓励的自由、解放甚至民主等时论的怀疑,主张用理性约束自身。本着这样的思想观念,新人文主义对世界的现代化进程持审慎的批判态度,认为它发端于并助长了非人文的"自然主义":一种是科学的人道主义——"那些实证主义运动和功利主义运动主要是在科学人道主义的鼓动下发展起来的";另一种是情感的自然主

---

① 鲁迅,《且介亭杂文·序言》,《鲁迅全集》(第6卷),北京:人民文学出版社,1996年,第3页。
② [美]欧文·白璧德,《文学与美国的大学》,张沛等译,北京:北京大学出版社,2004年,第112页。

义,它"是所谓浪漫主义运动中的一个重要的——如果不是最重要的——因素"①。因而他们也对文学理论中鼓励想象和创造的浪漫主义因素实施抨击。

梁实秋对白璧德新人文主义所做出贡献,乃是努力减除白璧德学说在中国被冷落的尴尬,不过其结果却极不利于中国文化界接受白璧德主义,反而招来了白璧德在这遥远的国度被嘲骂的麻烦。当初,梁实秋特别不满于"学衡派"的文言"拦路虎",因其严重限制了白璧德思想在中国的影响,但在不为人们所熟知的情形下,"学衡派"毕竟没有令白璧德思想陷入被攻击的境地。受冷落比被嘲骂自然好得多。从这一意义上说,与"学衡派"文士相比较,梁实秋之于白璧德在中国影响的被妖魔化更难辞其咎。

最起劲地将白璧德当作"妖魔"的中国现代作家当然是鲁迅。作为革命文学阵营里的一个中流砥柱式的作家,鲁迅与活跃地跳荡在"新月"(胡适和梁实秋等人主持的一个文人团体)文场上的梁实秋展开了针锋相对的论战,这番论战有比较理性的争议,如关于文学的人性与阶级性问题的论争,基本上还集中于理论层面,也有比较不讲理性的争执,例如对白璧德的评价或评估。鲁迅在革命文学论争中经常对白璧德冷嘲热讽,但很少涉及其具体的思想观点,鲁迅在《而已集·卢梭和胃口》一文中承认,他没有读过白璧德学说的原文,对于白璧德观点的了解只是通过日文资料的浏览,但凭此他便可以讽刺白璧德,因为梁实秋等人在"上海一隅""大谈白璧德",显示了他们特有的胃口,鲁迅就是想让他们倒倒胃口。他不认真阅读白璧德原著却敢于对白璧德嗤之以鼻,甚至在一种强词夺理的语势下将白璧德算作"新月派"一分子:

> 我的译作,本不在博读者的"爽快",却往往给以不舒服,甚而至于使人气闷,憎恶,愤恨。读了会"落个爽快"的东西,自有新月社的人们的译着在:徐志摩先生的诗,沈从文,凌叔华先生的小说,陈西滢(即陈源)先生的闲话,梁实秋先生的批评,潘光旦先生的优生学,还有白璧德先生的人文主义。②

---

① [美]欧文·白璧德,《文学与美国的大学》,张沛等译,北京:北京大学出版社,2004年,第26页。
② 鲁迅,《"硬译"与"文学的阶级性"》,《鲁迅全集》(第4卷),北京:人民文学出版社,1996年,第197—198页。

这无论如何不能算是理性论证之正道。但梁实秋在这个问题上也同样放弃了理性的态度。他曾说"像鲁迅那样的人根本就没有读过白璧德的作品,"——这姑且算是实情,但紧接着鄙夷地说鲁迅"也绝对无法能读懂"①,则基本上是意气之论。

梁实秋在与鲁迅的文艺论辩中从来都是意气之论胜于理性辨析,在论辩风格与气度上一点也不比标榜苛刻的鲁迅来得优雅宽厚。关于鲁迅的"硬译"问题,应该说至少在他看来是抓住了鲁迅的弱点,但他还是满足于意气式的否定,而不是步步为营的理论阐析。他引用陈西滢的话攻击鲁迅的翻译艰深晦涩:"死译的病虽然不亚于曲译,可是流弊比较的少,因为死译最多不过令人看不懂,曲译却愈看得懂愈糟。"梁实秋接着将话题转到了鲁迅的"硬译"上:"这话不错,不过'令人看不懂'这毛病就不算小了。"②其实鲁迅自己已经明确表示对自己笔致晦涩的翻译不满以及无可奈何,这很清楚地说明鲁迅态度的诚恳,以及探讨翻译问题的实事求是。但梁实秋就是习惯于混淆视听,到晚年还在津津有味地编造说鲁迅是在"倡导""硬译":"至于像鲁迅先生所倡导的'硬译',生吞活剥的把西文的句法硬变成中文,其事不难,但是译出来不是中文了,谁看得懂?"③说到翻译,梁实秋似乎特别自信,但至少在与鲁迅进行激辩之时他的翻译水平实在不配攻击别人。他在《亚里士多德的诗学》一文中,居然将亚里士多德的"卡塔西斯"命题翻译成"排泄干净",拿出这样恶俗的翻译(应该说是一种"恶译")怎么有脸面去责难鲁迅的"硬译"?即便是对纽曼教育学理论的翻译,他的译笔中也经常是这样的表达:"他的主要的任务就是要免除那些障碍,使不致妨碍他所接触的人们之举动的自由与坦然。"④这样的译笔如果说比鲁迅的"硬译"更高,可能就高在译者并不自觉到翻译的繁难与无奈。要之,鲁迅所"硬译"的是苏俄文艺理论和文艺政策,那种文本本来就为中国文学家所陌生,语言本身也佶屈聱牙,而英国教育家纽曼论述的可是大家并不陌生的教育问题,相关的文本又是理论表述中最有积累也最成熟的一类,可指责"硬译"的梁实秋依旧可以拿出如此拙涩的"硬译"来。至于他在攻击鲁迅翻译之余也嘲笑文艺政

---

① 梁实秋,《关于白璧德先生及其思想》,梁实秋等:《关于白璧德大师》,台北:巨浪出版社,1977年,第4页。
② 梁实秋,《论鲁迅先生的"硬译"》,《梁实秋论文学》,台北:时报文化出版有限公司,1978年,第285页。
③ 《岂有文章惊海内——答丘彦明女士问》,《梁实秋文学回忆录》,长沙:岳麓书社,1989年,第87页。
④ 梁实秋,《绅士》,《梁实秋论文学》,台北:时报文化出版有限公司,1978年,第294页。

策,说是"'文艺'而可以有'政策',这本身就是一个名辞上的矛盾",①更是梁实秋缺乏自觉自省意识的明证:文艺之有"政策",同文学之有"纪律",难道不是基于同一的思维套路?

鲁迅在针对梁实秋的批驳中固然也同样充满意气,特别是将他自己素少了解的白璧德牵扯到论辩之中,多为意气使然。可梁实秋在论争中显露的意气之盛比起鲁迅则有过之而无不及,所不同的是梁实秋自认为有文学人文主义的理论,有白璧德的思想基础,凭借这些他早就忘记了自己的"意气"。

2. 理论的歧见

既然双方围绕着白璧德展开的是较少理性的意气之争,便有必要弄清引起这番关于白璧德争执的起因。这起因恐怕连梁实秋本人也会乐于承认,那是由于梁实秋对白璧德卖力的介绍——鲁迅是冲着梁实秋们如此卖力的鼓吹才与白璧德过不去的。鲁迅说过,"在文学界也一样,我们知道得太不多,而帮助我们知识的材料也不少。梁实秋有一个白璧德,徐志摩有一个泰戈尔,胡适之有一个杜威……"②"杜威教授有他的实验主义,白璧德教授有他的人文主义,从他们那里零零碎碎贩运一点回来的就变了中国的呵斥八极的学者……"③鲁迅其实并不满意于这种意气之争,而愿意接触这些真正的西方理论家的论述;他指责"中国的法朗士,中国的白璧德,中国的吉尔波丁,中国的高尔基"等因为要兜售他们的"国货"而怠慢了原著的翻译④。这些洋人都是因为他们在中国的传人而成了鲁迅讽刺之矢的,白璧德因了梁实秋的缘故更是首当其冲——鲁迅确认了梁实秋作为"一个白璧德先生的门徒"⑤的身份,梁实秋是20世纪20年代末30年代初与鲁迅争执最为长久也最为激烈的对手,白璧德成为鲁迅讽刺的重点,完全是受累于自己的这个中国弟子。

鲁迅与白璧德在思想观念上本不是天然的敌人,他如果较多地接触白璧德理论,很可能还会引起某种共鸣。白璧德反对近代以来的科学主义和实用主义,主张以人文主义克服这种科学自然主义,与鲁迅的"掊物质而张灵明"的见解非常相通;白璧德认为"东西方的人文主义者,都以砥柱中流的少数的说法,反对民主的随波

---

① 梁实秋,《所谓"文艺政策"者》,《梁实秋论文学》,台北:时报文化出版有限公司,1978年,第291页。
② 鲁迅,《现今的新文学的概观》,《鲁迅全集》(第4卷),北京:人民文学出版社,1996年,第134页。
③ 鲁迅,《大家降一级试试看》,《鲁迅全集》(第4卷),北京:人民文学出版社,1996年,第547页。
④ 鲁迅,《读几本书》,《鲁迅全集》(第5卷),北京:人民文学出版社,1996年,第470页。
⑤ 鲁迅,《黑暗中国的文艺界的现状》,《鲁迅全集》(第4卷),北京:人民文学出版社,1996年,第285页。

逐流的多数的说法"①，鲁迅曾在《文化偏至论》中提出"任个人而排众数"的观点，指责那种以多数的和历史的力量压制少数精英的现象，在这一点上似乎也成了一个东方的人文主义者；鲁迅慨叹中国文化衰败的历史如由春温而进入秋肃，同白璧德服膺古代圣贤的观点很相接近：他尊崇的是"趋于成为孔子所谓的君子或亚里士多德所谓的持身端严的人"，这恐怕也与鲁迅的"希英哲"的想法相合。当然，应该注意到鲁迅的思想观念有前后期之分，但鲁迅并没有像郭沫若他们那样有一个明确的"方向转换"的运作，也没有像田汉那样宣布过对自己的批判，他对于来自异邦的与自己曾经有过的观点颇相接近的学说，即使不引为知己之论，也断不至于视若异己之论甚至敌对之论，一般而言，自然的亲切感是容易唤起的。至少在鲁迅那里，白璧德之成为敌人乃是由于梁实秋的"拖累"和"牵连"。

在与鲁迅的论争中，梁实秋显然充满着理论自信，这样的自信一直持续到他的晚年。当鲁迅早已无法对他的理论自信甚至自豪再行打落水狗之举时，梁实秋的理论自信更加趋于膨胀。他讽刺鲁迅除了苏俄的文艺政策之外便"没有文艺理论""没有健全的思想基础"，②然言下之意，他自己是有文艺理论，而且更有"健全的思想基础"。显然，如果他的话还有些可信之处，那么这全部的理论以及思想基础不过是从白璧德以及其他新人文主义思想资源中开发而来的文学人文主义。抽取了这种人文主义的内容，在他最重要的两部理论批评文集《浪漫的与古典的》和《文学的纪律》中，难道还能找出明显属于梁实秋个人的理论及"基础"？新人文主义理论以及白璧德学说的思想基础，给了梁实秋从事文学批评的理论资本，也给了他麻木地轻蔑别人特别是轻侮鲁迅的狂妄。虽然鲁迅关于悲剧与喜剧的要言不烦的简洁定义，关于革命文学与革命人的关系的阐论，关于革命时代以及革命胜利后文学所处的地位与命运的坦言和预言，关于文学中人性与阶级性的辩证论述③，无一不显

---

① ［美］欧文·白璧德，《中国与西方的人文教育》，侯健译，出自《关于白璧德大师》，台北：巨浪出版社，1977年，第15页。
② 梁实秋，《关于鲁迅》，《梁实秋论文学》，台北：时报文化出版有限公司，1978年，第575—577页。
③ 关于人性与阶级性的论辩，随着人性讨论讨论禁区的被打破，越来越多的人更倾向于梁实秋的普遍的人性观，认为鲁迅那种以阶级性冲击人性的论述，最为典型的就是关于资产阶级小姐出的是香汗以及贾府里的焦大不爱林妹妹的断言，实际上站不住脚。如果是单从人性真实的角度来判断，鲁迅的相关论断固然有偏颇之嫌，但鲁迅的立意就是避免单纯的人性真实，而主张将社会性、阶级性因素同人性综合起来进行考察，这样的考察结果都体现着一种或然律而不是必然律；在或然的意义上，通过社会性、阶级性和人性的综合判断，焦大有可能对林妹妹产生并不欣赏的念头，资产阶级小姐出的汗当然以香汗居多。

示着超越文学、超越时代的精彩与精辟,而且每一段论析的精彩与精辟都可能是他的所有论敌倾其一生气力,使出浑身解数都无法抵达的学理至境,但这一切在有白璧德主义及其思想基础作支撑的梁实秋看来都可以忽略不计。梁实秋的这种理论麻木显然并未给他自己带来什么负面效应,以至于他在垂暮之年仍无惶愧之意,然而却足以使白璧德理论和新人文主义蒙羞,使得后者在这个不成器的中国传人摇头晃脑的表述中显得如何轻薄而麻木。

梁实秋曾断言鲁迅没有看过白璧德的书,当然他不会忘记顺便攻击鲁迅也"看不懂"白璧德的书。前半段表述的显然是鲁迅承认的事实。但是,一个从不去了解鲁迅的文学理论贡献却可以大肆攻击鲁迅"没有文艺理论"以及"没有健全的思想基础"的人,怎么会有资格攻击鲁迅不看白璧德的书而批评白璧德?更重要的是,鲁迅何以会不看白璧德,不甚了解白璧德却对白璧德批评得那么起劲?那还不是这个自诩为或习惯于被认为是白璧德门徒的梁实秋秽言恶行拖累的结果?确实,鲁迅之于白璧德很少观念上的批判,多的是一些无谓的攻击和讽刺,这对于白璧德而言无异于不白之冤、无妄之灾,就此一点,梁实秋之于其美国恩师岂能自辞其咎?从白璧德那方面说,一日为师,虽不至于"终身为父",为自己的学生担待一些被攻击的责任似乎也是身为人师的应有之义。问题是梁实秋与白璧德之间的关系是否真的有那么密切?

从种种材料分析,梁实秋在哈佛留学期间确曾听过白璧德的课,读过白璧德的书,与白璧德有过偶尔的个人交往,但他们之间并不存在超出一般留学生与任课教授通常具有的那种关系。梁实秋从记忆中所能挖掘出来唯一的一点与白璧德直接交谈的片断,便是白璧德如何指点和肯定他提交的英文作业《王尔德及其唯美主义》,而这一点恰好说明他这个选课学生与白璧德关系并不密切。因为梁实秋明明知道白璧德素来不喜欢王尔德等极端浪漫化的作家,却敢来"捋虎须",哪壶不开提哪壶地提交这样的读书报告,岂不是自寻尴尬有意惹先生不快?白璧德拿到论文,"他乍看到这个题目吃了一惊,好像觉得我是有意来捋虎须"[1],然后告诫他,对这样的题目,对这样的研究对象"要使用无限量的小心"[2]。白璧德的这种惊愕的反应至

---

[1] 梁实秋:《我是怎么开始写文学评论的?》,《中国时报·人间》1978 年 3 月 12 日。
[2] 梁实秋,《关于白璧德先生及其思想》,见梁实秋等编著:《关于白璧德大师》,台北:巨浪出版社,1977 年,第 3 页。

少表明,他并不怎么了解"眼前"这位倔强的中国学生,他的这番告诫也只是一个长者对于所有后学的一般关照。梁实秋在解释白璧德对于中国传统文化了解甚多且偏爱甚深的原因时,曾如数家珍般地说是"其母生于中国之宁波"①,有时他又称"白璧德先生的父亲生长在宁波"②。虽然说法不同,但显示自己与白璧德大师家世非常稔熟的用心是很明确的。遗憾的是他这两种互相矛盾的说法全都属于道听途说。白璧德早年丧母,其母与中国没有任何关系,其父也没有到过中国。在白璧德的家人中,与中国有关系的乃是其妻道拉·梅·德娄(Dora May Drew),德娄女士的父亲曾任职于中国的天津,其父母在上海组成了家庭,德娄女士出生于中国并在这里生长过一段时间。梁实秋或许听说过白璧德与中国的这一番曲折的关系,便附会为其母亲出生于中国或父亲生长于中国。其实,与白璧德过从甚密的人要举出白璧德浓厚的中国兴趣的例证可谓毫不费力,有人就说过他家里有中国风情的布置:灯罩上绣有一只中国龙,家里还挂有中国式样的丝绸饰品③。梁实秋似乎只能用道听途说的信息表述自己与白璧德的亲密关系,可见这关系其实本是如何疏远。

不熟悉外国教授的家世原不是什么问题,与白璧德关系疏远一点更是无伤大雅,但因对方声名显赫,便煞有介事谬托知己,已于自己的人格有碍,而以传人自居,将一个不相干的"白老夫子"卷进一场无谓的争执,客观上又有失厚道。梁实秋一再申言自己从未以白璧德门徒自诩,但他为什么在鲁迅等人的心目中成了最地道最正宗的白璧德主义传人?显然这与梁实秋长期热衷于与白璧德和白璧德主义硬套近乎的言行有关。鲁迅也对白璧德主义更正宗的传人"学衡派"进行过批判,但鲁迅当时的批判锋芒就很少由"学衡派"牵连到白璧德。

3. 为人太苛的争执

问题还在于,在与鲁迅的论争中以及在日常的写作中,梁实秋某些苛刻的言词甚至堪称宵小的作为实在不能算是得了忠厚儒雅的白璧德的真传,而鲁迅等论敌却很乐意于将这一切账目都算到乃师白璧德的头上。这是梁实秋比"学衡派"文士更"拖累"白璧德并使白璧德在中国面临妖魔化的一个重要方面。

白璧德无论在他所处的哈佛以及在他所处的时代都是一个孤独者,但他在坚

---

① 梁实秋:《白璧德及其人文主义》,《现代》第5卷第6期。
② 《梁实秋论文学》,台北:时报文化出版有限公司,1978年,第5页。
③ George A. Panichas, *The Critical Legacy of Irving Babbitt*, Intercollegiate Studies Institute, 1999. p. 200.

持自己观点并与异己之论作不妥协论战的同时,始终表现出一个与"新英格兰的圣人"称谓相符的宽容大度的绅士风。在哈佛大学,他的"学生并没有被要求赞同他的观点或反对别人,他们可以选做热情洋溢的或是孤僻古怪的古典主义者,浪漫主义者,现实主义者,自然主义者,或者颓废派"①。甚至他的论敌如门肯在《偏见集》中也真诚地认为白璧德很懂得"尊敬他的敌人"②。不过同样写过《偏见集》的梁实秋显然不屑于模仿白璧德的这一番做派。在鲁迅的论敌中,梁实秋算是一个特别强硬的角色,以至于鲁迅逝世近半个世纪,这位被鲁迅当年辛辣地宣判为"丧家的""资本家的乏走狗"的文人,提起与鲁迅当年的论争之事,依然没有任何"乏"的意味,仍然夹棒带棍地对鲁迅实施攻击。当然,鲁迅当年活着的时候本来就是许多人攻击的对象,攻击鲁迅原再也不会被算作什么十恶不赦的罪过。问题是,这攻击或曰批评在什么理论层次上展开,是否真的合理。相当一段时间以来,理论界存在着这样的一种理解习惯,认为鲁迅以他的苛刻和怨毒"制造了"现代文坛的不少冤假错案,鲁迅当年批判和攻击的许多人其实是正确的。其中最容易举例的似乎就是他与梁实秋的论争,至少,梁实秋的文学基于普遍的人性之论要比鲁迅所坚持的文学阶级论显得更符合情理,也更能赢得人们的普遍认同。其实这样的认识也大有可商榷之处。

梁实秋对自己的论敌如鲁迅可谓大不敬,不仅写过《鲁迅与牛》这样有失厚道的文章,而且在青岛大学的课堂上当学生问起他与鲁迅之间的论争时,他"笑而不答,用粉笔在黑板上写上四个大字:'鲁迅与牛'",引得学生"莞尔而笑",他则"神态自若"③。更严重的是,他与鲁迅的论战词锋之间常暗藏杀机,似有一种必欲置之死地而后快的险恶。他每每攻击鲁迅等"到××党(暗指共产党)去领卢布(苏联的钱币,暗指拿共产党的钱)",正如鲁迅在《"丧家的""资本家的乏走狗"》一文中尖锐地指出的那样:从事这种带有政治报警性质的"批评","这职业,比起'刽子手'来,也就更加下贱了"。④ 这绝不是诬妄。梁实秋看到《萌芽》(左翼文学家所办的

---

① *Irving Babbitt, Man and Teacher*, Edited by Frederick Manchester, Odell Shepard G. P. Putnam's Sons, New York, 1941, p. 110.
② *The New Humanism-A Critique of Modern America*, 1900–1940, By J. David Hoeveler, Jr., The Rector and Visitors of the University of Virginia, 1977. p. 16.
③ 臧克家,《致梁实秋先生》,见刘炎生编:《雅舍闲翁》,北京:东方出版中心,1998年,第15页。
④ 鲁迅,《鲁迅全集》(第4卷),北京:人民文学出版社,1996年,第247页。

刊物)杂志上有人说鲁迅"只遗下了一种主义和一种政党没有嘲笑过一个字",便非常起劲地质问:"这'一种主义'大概不是三民主义(国民党的理论体系)罢?这'一种政党'大概不是国民党罢?"①这是在国共两党生死敌对的时代,为观念之争而不惜将对手往死路上送,可就不是有失厚道的问题,简直真有点借刀杀人的意思了②。如果当年因少不更事,又激于鲁迅的冷嘲热骂而想到借助"伟丈夫"(即国民党政府和军队)的宝剑加以弹压,虽有些歹毒但尚算情有可原,那么,待到他垂垂老矣,鲁迅更早已作古的时候,他居然不讳言当年的这点险恶,还兀自洋洋得意,乱拉胡扯,说是鲁迅自己"声明","有一种主义他并没有骂过。我再追问他,那一种主义是什么主义?是不是共产主义?他不回答了"。③那番自鸣得意又苛刻歹毒的宵小心态更见恶劣。这就是梁实秋,一个在言语行事方面都不以白璧德的宽厚品行为楷模,却被普遍地视为白璧德门徒的梁实秋,他以自己的宵小行径玷污甚至摧毁了白璧德原有的道德形象。

鲁迅为人为文也很苛刻,对梁实秋和白璧德尤为如此,梁实秋说他是"'刀笔吏'的素质,为文极尖酸刻薄之能事""他的文字,简练而刻毒"等④,大致是不错的。但鲁迅虽然检讨过自己的苛刻,表示过"我愿意竭力防止这弱点"⑤,可从不标榜自己的宽容与恕道,恰恰相反,他声言自己鄙视那种口称"宽恕"的人,在临死的时候立遗嘱告诫亲属:"反对报复,主张宽容的人,万勿和他接近",甚至宣言对怨敌"一个都不宽恕"。⑥他的刻毒、刻薄或苛刻,不管怎样,乃是实践了他的人格操守,尽管这种人格操守对于每一个当事人都并不可爱。梁实秋则是一个以白璧德为榜样,以西式绅士自许的人,他撰写文章表示要学习"绅士"的榜样,那便是"对于我们的敌人要如对于好像是我们的朋友一般"⑦。恰恰在宽容别人和善待对手这个问题上,他表现得最为差劲,嘴上一套行动上又截然是另外一套,倘若白璧德有知,且白璧德也认他作自己的嫡传弟子,那么这位哈佛老夫子一定非常失望,并一定会将他

---

① 梁实秋:《鲁迅与牛》,《新月》月刊第2卷第11期。
② 这里不是危言耸听。须知20世纪30年代初国民党特务组织确曾想暗杀过鲁迅,并已经着手布置,后因故中止。参见周海婴:《我与鲁迅七十年》,海口:南海出版公司,2001年,第5页。
③ 梁实秋,《关于鲁迅》,台北:爱眉文艺出版社,1970年,第4页。
④ 梁实秋,《关于鲁迅》,台北:爱眉文艺出版社,1970年,第3页。
⑤ 《鲁迅译著书目·附记》,《鲁迅全集》(第4卷),北京:人民文学出版社,1996年,第185页。
⑥ 鲁迅,《死》,《鲁迅全集》(第6卷),北京:人民文学出版社,1996年,第612页。
⑦ 梁实秋:《绅士》,《新月》月刊第1卷第8期。

批评叔本华的话挪来批评这位梁姓学子：这是"一个顽劣的家伙，他根本做不到自己所鼓吹的那些东西。"①

鲁迅的论敌们对鲁迅的攻击往往与"某籍""某系"相联结，梁实秋就曾在《关于鲁迅》一书中讽刺其绍兴师爷的"刀笔吏"素质。而鲁迅对梁实秋的攻击甚至包括对"学衡派"的批判都没有作这样广泛的株连，除了顺便讥刺了白璧德而外，他几乎从不提及他们所由出的哈佛大学。哈佛仅仅是在与它有直接关系的作家文人那里体现为一种心理情结。作为他们这种哈佛情结的延伸，后来的弟子甚至总结出，分别在中国新文学运动和革命文学运动中扮演重要反对派角色的恰恰是哈佛弟子，"包括梅光迪、吴宓、梁实秋诸先生"，而"这几位先生的对手"师承的又正是白璧德在美国的论敌，如胡适的老师实验主义大师杜威，如革命文学家欣赏的辛克莱。他还分析说，辛克莱的《拜金艺术》(Mammon art)"这本书对白璧德的恶意攻讦，决不逊于鲁迅对梁实秋的谩骂"，又一次将中美两对论敌划分成两个阵营。② 这一番分析（特别是将鲁迅同辛克莱处理成某种师承关系）虽然相当勉强，但特别有效地强调了哈佛大学此一"系"对中国现代文化影响和作用的整体性。犀利苛刻的鲁迅没有抓住白璧德——学衡派——梁实秋这一哈佛谱系及其在中国新文化运作中共同的反对派角色，那是因为他从没有过他的论敌及其后继者所具有的那一番哈佛情结。

当然不单是信奉白璧德的哈佛学子才有这样的哈佛情结，曾公开表示对白璧德有所不满的林语堂也有着同样强烈的哈佛情结。有学者分析说，林语堂"尽管从白璧德的影响中获益较大，可还是不承认自己是白璧德门徒中的一个"，而只承认"白璧德仅仅是他在哈佛的几个教授中的一个"，其原因盖在于白璧德未能获有博士学位。③ 这样的说法将林语堂《八十自述》中的说法作了相当的夸大和曲折的引申，林语堂虽然说过白璧德是哈佛的那些教授中仅有的只获硕士学位的一个，但并没有轻视白璧德的意思，相反，还对白璧德学识的渊博表示了由衷的尊敬。他之所以强调白璧德不过是他所"从游的"诸多哈佛教授中的一个，原并非为了贬低白璧德的分量。

---

① Donald MacCampbell,"Irving Babbitt", *The Sewanee Review*, 1935. April.
② 侯健,《从文学革命到革命文学》,见梁实秋等编著《关于白璧德大师》,台北：巨浪出版社,1977 年,第 29 页。
③ Owen Aldridge, "Irving Babbitt and Lin Yutang", *Modern Age*, Wilmington, Fall, 1999.

第十七章　从鲁迅到王蒙：汉语新文学中的文学存在

文学存在是指一定文学行为的独特主体，经常是文学创作的突出主体，其超越于文学创作的综合行为，以及相关的信息资源，这些行为及资源构成了一定时期无法绕过的社会文化现象，为文学内外的世界所关注，所讨论。鲁迅代表着中国现代历史时期的文学存在的独特主体，王蒙则是中国当代文学时期的文学存在的代表。不过，王蒙未能像鲁迅那样发挥一个文学存在主体所应有的批评本体功能，从而构成汉语新文学世界文学存在传统的某种缺失。

王蒙并不典型地占据着鲁迅文学传统的某个关键环节。因而，将王蒙与鲁迅在同一话题上展开论述，是一种相当冒险的学术设计；但如果将审视的目光从具体创作和写作拓展开来，改从"文学存在"的命题进行考察，就能发现这两个对象之间复杂的相通之处。习惯上被称为中国现代文学和中国当代文学的不同阶段，各有一个代表性的文学存在主体，他们构成了被统称为"汉语新文学"世界的一种重要传统，但这种传统因其中某些重要因素的退化而有所断裂。这是一种时代性的断裂，这样的断裂使得文学存在主体注定无法走向生命的壮硕。

一、从鲁迅到王蒙：文学存在的意义

在德国哲学家施勒格尔那里，文学家的职责首先从理论上得到了较大的扩充，他认为文学写作的内涵应当包括文学家的社会文明批评等。"一个真正自由的、有教养的人，似乎要能够自己使自己随心所欲地具有哲学或语文学的、批评或诗的、历史或修辞学的旨趣。"①其实这对于中国现代文学的研究者来说不算是一个新的

---

① [德]施勒格尔，《浪漫派风格——施勒格尔批评文集》，李伯杰译，北京：华夏出版社，2005年，第51页。

问题,因为他们面对鲁迅,面对鲁迅在 80 年前所做的阐述、努力和抗争,应能理解文学家写作的价值形态其实远远应该超越于文学创作。似乎针对于此,德里达给出了一个有用的理论命名,叫做文学行动。①"文学行动"的翻译如果可以做适当的调整和处理,在汉语的表述中似乎称为"文学行为"更为贴切、顺畅。

文学行为当然主要地包括创作行为,但还理所当然地包括文学家的其他写作行为,包括鲁迅特别感兴趣的文明批评和社会批评。除此之外,文学行为还应包括文学家的学术研究。鲁迅对于中国小说似的研究,以及他对于版画、汉画像以及对《嵇康集》等各种古籍文献的研究,这些都应该算作他文学行为的当然内容。

非文学家也同样会有社会批评和文明批评,有各种各样的学术研究,但他们的上述行为不能被概括为文学行为。这其中关键的问题便是文学身份的获得与确认的问题。所谓文学身份,"就是文学家的当然身份,不过为了免除过分职业化的考量,而选择从社会功能结构的意义上界定为文学身份"。② 包括文学家在内,谁都有资格也有责任对于社会现象和文明现象进行批评,但文学家的批评与政治观察家、时事评论家、经济评论家、社会学者和心理学家的批评显然不会完全一样。除了文章风格的可能区别而外,批评的立意和立场,批评的内容和性质,批评的责任定位和影响,文学家的身份会起决定性的作用。文学身份者批评的立意和立场须最大限度地体现社会的良心,体现时代的理性,体现历史的趋向。文学身份意味着良心与理性。其他身份的批评者会自然而然地、不约而同地从各自的专业背景、利益背景出发,按照本专业、本行业甚至本功利集团的思维方法、理念原则对社会及文明现象做出批评,所有专业性的、行业性的和功利性的思维相对于社会良心与时代理性而言必然是片面的、局限的批评。而文学身份者必然以一个更加自由更加坦荡更加没有负担的身份从事批评工作,这种身份的自由使得他们的批评领域可以更加广阔,视野可以更加开阔,路数可以更加宽阔。

综合了文学创作,文学家的社会批评和文明批评,以及文学的学术本体,这些可称为"文学行为"的一切,甚至综合了文学家秉持文学者身份所施放的一切影响,可以涵括为文学存在。鲁迅在现代中国乃至当代汉语文化世界的存在,是一个值

---

① 参见[法]德里达,《文学行动》,赵兴国等译,北京:中国社会科学出版社,1998 年。
② 朱寿桐:《鲁迅的文学身份、批评本体写作与汉语新文学的发展前景》,《鲁迅研究月刊》2012 年第 8 期。

得研究的现象。对于这现象的现实性，从未有人产生过怀疑，但对这种存在现象的意义、价值、文化学术归属等等，就存在着很多见仁见智的说法。在这种纷乱的学术判断中，提出鲁迅作为文学存在主体的命题，应该说非常必要，也非常有效。

所谓文学存在，是指这样一种对象的历史性和现实性的肯定：他属于文学行为的独特主体，经常同时也是文学创作的突出主体，不过这一文学主体早已超越文学作品甚至文学写作，他成为一种无法绕过的社会现象，也就是说，作为一个综合性的社会存在，为文学内外的世界所关注，所讨论，由此甚至延展为一种有价值的文化现象。

鲁迅就是这样的文学存在主体。他不仅是成果和影响同样卓著的文学创作主体，不仅是在批评术休写作以及其他文学行为方面卓有成效的开创者，他更是中国现代文化的一个精神资源式的人物①，无论是他的信仰者和追随者，还是他的反对者和责疑者，都不得不围绕着他这个巨大的存在而发言。他的影响深入到中国现当代社会的几乎各个层面，各种话题，各色领域，然而人们在讨论他，谈论他，引用他，评价他的时候，首先将他定位为一个文学行为主体。因此，这个重要而巨大的存在是文学存在。

文学存在主体向其所在的世界展示着文学创作的核心内涵，文学行为的全部内容，还有就是辐射到文学以外的各方面影响的综合效应。这些综合效应也许与文学无关，而是渗入其他学术领域，如鲁迅的文学存在，便在中国现代政治学、社会学、心理学、文化学、历史文献学甚至医学②等许多方面引起了并且还将继续引起种种话题，这些话题既构成了当代学术文化的重要现象，也通向各自领域研究的进一步深入，通向鲁迅研究的进一步拓展。

每一个文学家甚至每一种文学现象都是文学存在的主体，但是，并非所有重要文学家和文学现象所构成的文学存在都可能成为引人注目的文学存在现象或文学存在主体现象。鲁迅之所以能够在现当代中国甚至在整个汉语文化世界成为任何时候任何话题都令人瞩目的文学存在主体，是因为他许多层面、许多方面、许多领域拥有了现代文化资源的意义。作为一个文学存在主体，有关他的一切都同时构

---

① 参见朱寿桐，《孤绝的旗帜——论鲁迅传统及其精神资源意义》，北京：文化艺术出版社，2005年。
② 例如，前些年较为热闹的关于鲁迅病情贻误的学术讨论，就相当有意思。参见周正章，《笑谈俱往——鲁迅、胡风、周扬及其他》，台北：秀威资讯科技股份有限公司，2009年。

成了与他所在的时代,与他所在的世界以及与他密切相关的未来割舍不断的联系。鲁迅的文学创作贡献从来就不是能够局限于文学领域进行封闭式领悟的对象,他对汉语新文学从思维方式、结构理念和语言策略上所做的设计与卓有成效的实践,其影响所在从来就不局限于文学创作和文学研究。他更是一个重要的文学行为主体,他的文学写作大多超越了文学创作阈限而进入社会批评和文明批评的批评本体,由此开辟了汉语新文学写作的一个重要传统,同时也将以文学身份从事社会批评和文明批评的批评本体写作者带进了文学行为领域。鲁迅的批评本体写作涉及社会、政治、文化等各个领域,涉及历史、时代、现实与未来的各个向度,这是使他成为超越于文学影响的文学行为主体。尤为重要的是,鲁迅直接参与了近现代最重要的历史事件和社会革命,其中包括同盟会的活动、辛亥革命、"五四"新文化运动、"三一八"惨案、"五卅"运动、"九一八"事变以及抗日救亡运动,并且在这些重大的历史事件和社会变革之中都发表了影响力巨大的言论,还经常直接充任重要的历史角色,起到某种重要的历史作用,这些因素都无一例外地为他的文学身份所统摄、所涵容,因而成为文学存在的主体内容。

在王蒙与鲁迅之间建立某种学术联系,这无疑是相当冒险的事情。然而从文学存在的综合性方面来看,又具有一定的可行性。作为历史认知和学术研究的对象,同鲁迅相类似,王蒙作为文学存在主体向人们打开了一定层次的丰富而深刻的内涵。王蒙的文学创作,体现了共和国在各个历史阶段的政治文化社会风貌,被人们称为共和国历史的一面镜子,他在这方面所有的收获与所释放的历史影响和时代影响,都立体地呈现在共和国文化和历史的认知方面。这是一个无法抹杀甚至是无法替代的历史存在。其次,王蒙不仅仅是一个小说家,一个创作者,他还是一个卓有影响的文学批评家和社会评论家,在许多情形下,他的文学和文化批评都奠定了文明批评的时代基调,包括他在20世纪80年代关于文学失去"轰动效应"的惊呼①,包括他在90年代初关于王朔"躲避崇高"现象简短而精彩地概括②,都深深地植入了历史的记忆。顾骧对王蒙的批评评价极高,认为"王蒙文学批评一个创造型的独特贡献是论述了'天才'在创作中的作用","这好像是别人没有涉及过或很少

---

① 阳雨(王蒙):《文学:失去轰动效应以后》,《文艺报》1988年1月30日。
② 王蒙:《躲避崇高》,《读书》1993年第1期。

谈论过但确实是一个对发展文学有意义的理论课题"①。其实,王蒙的文学批评和文化批评远远不止是这样的贡献。王蒙对于中国古代文学、古代文化、现代文学和文化的许多学术本体的研究,包括对《红楼梦》的解读,对鲁迅的解读,对老子的解读等等,同样在学术本体的意义上体现出他作为文学存在的丰富内涵和立体效应。所有这些文学的学术本体研究组成了王蒙文学存在的更丰富的层次和更广泛的内容,同时也是对王蒙文学认知和文学解读的必要依据。没有对这些方面成果的基本认知,就不可能全面地、立体地认识王蒙的文学观念和文学成就。正是在这样的意义上,需要将这些看似与王蒙文学创作关系不大的学术本体和批评本体成就统一整合为王蒙文学存在的不可或缺的部分。

鲁迅的许多行为和功业,许多建树和影响,许多足迹与遗留,看上去与文学没有直接联系,但因为鲁迅作为文学者身份的关系,都统属于这个特定主体文学存在的范畴,因此,有关鲁迅的非文学的研究,都是文学存在主体意义上的学术挖掘。王蒙也是如此。他是中国文化事业的著名领导者,他在这方面的功业远远超出了文学创作,甚至远远超出文学自身,但由于他作为中国当代最有代表性的文学家得到了普遍的主体认定,他自身以及与他相关的几乎所有文学的或非文学的行为都成了文学存在的主体行为,必然为王蒙文学研究这类课题所锁定。这是王蒙作为文学家的一种学术宿命:围绕着他的所有的学术存在、文化存在都体现为一种文学存在。

显然,文学存在可以超出特定对象的文学行为范畴,但它又必然包含文学行为范畴的几乎全部的主体活动。当然,这对于文学存在主体来说是一种重新进行的学术论定,同时也是一种超越文学学术的巨大肯定。一般而言,只进行这样的学术肯定的文学存在主体并不会非常普遍,它至少要求文学存在主体其成就和影响足以超越于文学自身而渗入时代、社会的其他广泛领域,它至少意味着,这样的文学存在主体在几乎所有其他领域都形成相当的影响,并且这样的影响在人们的习惯性认知上都带有文学的关涉性。简言之,一个成功的、够格的文学存在主体,其在文学方面的影响应该具有超越性的意义,同时,其学术影响和文化影响并不仅仅限于文学方面,而须对其他领域有强烈的辐射作用。如果该主体在文学方面未能形成超越性的影响,则他在其他领域的建树就不可能归结为他的文学功业,这样就不

---

① 顾骧:《作为批评家的王蒙》,《文艺报》2003年11月4日。

可能成为真正的文学存在现象和文学存在主体；如果该主体的影响力仅仅在文学方面，其他领域的影响力乏善可陈，则他的学术意义仅仅可以在文学创作主体、文学学术主体、文学批评主体等意义上，成就为一种文学行为主体，而不可能上升到文学存在的高度。

这样的文学存在主体意义，可以从《红楼梦》这样一个传统例证中获得有效的学术支撑。《红楼梦》是中国文学史上和文化史上一个独特的文学存在，这一文学存在当然包括《红楼梦》的文学描写、文学主题，人物与人物关系，故事与相关情节，结构与技巧，风格与语言等等创作层面的内涵，也包括其与特定时代的历史关系，与作者家族兴衰的历史之间的关系等方面，还与后续的各种版本、各种续本、各种改编本之间有着密不可分的联系，与各种作者传言，有关这些作者的史料，家族世系等等都建立了一定的学术联系，这就是俗称"红外线"的研究内容。所有这些内容都为《红楼梦》这个文学经典所统摄，所涵括，因而无论是关于历史学、民俗学、官制学、目录学、文献学、校勘学的上述内容，都通向以《红楼梦》为主体的文学存在，都是宽泛意义上的"红学"内容。鲁迅作为现代中国的巨大的文学存在，其学术构架和文化意义也正类似于此。

文学存在主体的最特别的意义，即在于他的影响乃以文学贡献为核心呈立体发散的局面。这对于理解鲁迅的文化意义具有一定的学术启发性。长期以来，人们都意识到，将鲁迅的意义局限在文学领域进行阐发和理解是不妥当的，于是人们从革命、政治、思想等各种并列的方面伸展开去，产生了"伟大的思想家、文学家、革命家"的经典概括，随着人们对鲁迅认识的加深，或者这样的概括还会平行地增加。不应该高估这种头衔不断增加的学术趋势，它其实令人联想到一种非常笨拙的加法。文学存在主体的概念和理论有可能帮助人们走出这种简单相加的误区，而从一个提取公约数的别致思路认知鲁迅的文化意义和历史价值。

在汉语新文学发展过程中，产生鲁迅式的文学存在主体现象是十分重要的传统构架。并非只有像鲁迅这样杰出而伟大的文学家才可以成为文学存在主体，一般而言，只有现当代文学家特定个体其影响力超越于自身的文学创作，甚至超越于自己的文学功业，在此基础上其文学身份并没有被掩盖或削弱，他就可以作为文学存在主体进入人们的认知视野。在这一意义上可以研究到郭沫若，他的历史研究、考古研究，他的旧体诗词写作，他的政治文化论文，他的人格学特征与风格学特征及其相互关系，都可以纳入他作为文学存在主体的意义上进行考察、阐解。在这样的意义上还可以追寻到周扬、何其芳、张爱玲、钱锺书等，他们的文学功业既体现在文学创作和文学写作行为上，也体现在外乎于文学的其他社会人生领域。当我们的学术研究锁定这些对象的时候，一方面，围绕着这些特定对象的核心部分是那样地清晰，那便是文学写作部分，可另一方面，他们投射在文化历史锦屏之上的身影又绝对超出文学，所有与他们相关的社会历史文化，作品与文献，事实与传说，身边发生的事件及其后续影响等等，都构成了各自文学存在的精神与文化符码。学术研究应该像解析鲁迅，解析《红楼梦》一样面对这些特定的文学存在主体，这是汉语新文学的全方位收获的呈现。

如果没有鲁迅这样一个特定的文学存在主体，充满诗意又充满生趣地活跃在现代文学历史和现代文化历史之中，我们无法找到透视汉语新文学的这样一种别开生面的视角：与文学创作主体考察相并列的文学行为主体和文学存在主体的考察。长期以来，鲁迅研究在鲁迅的文学创作主体考察方面积累了成功的经验和丰硕的成果，然而在鲁迅作为文学行为主体的批评本体写作方面，研究还刚刚开始；至于从这样的特殊对象中找寻文学存在主体的现象及意义，进而展开文学存在主体的理论与研究方法的探讨，更是迫切需要面临的学术任务。这样的研究不仅对于鲁迅学来说具有某种开拓意义，对于整个汉语新文学的学习框架建设，也提供了新的视野和新的视角，甚至对于文学一般理论的开掘，都具有相当的启发意义。

中国当代文学家阵营中，拥有一大批杰出的作家和诗人，他们在文学创作上做出了无愧于时代的贡献。但即使在这样的强势阵营中，能够作为文学存在主体进入学术文化视野的少之又少，王蒙是其中一位杰出的代表。王蒙是一位影响中国几乎半个世纪的小说家、散文家，一位足以代表整个共和国时代的文学创作者，同时，他又是一位关注社会文明的批评家，一位在任何时代都能以文学家的身份做出社会批评和文明批评的有影响的人物。他的文学研究，包括《红楼梦》研究、老子研究、鲁迅研究等，构成了他作为文学学术本体的贡献。此外，他长期充任中国文学领头羊的角色，在中国当代文学事业发展的各个重要环节发挥导向和示范的作用，同时在相当一段时间还参与到中国当代文化事业的总体建设之中。这些因素决定了他远远不是一般的有相当成就的文学家，而是一个具有民族文化立体效应和时代文学全息意义的文学存在，这是王蒙同辈文学家所无法与之相提并论的一个重要原因。

二、发现文学存在主体：汉语新文学"创研率"命题及学术意义

如何确定一个文学家是否具有时代性的文学存在的意义？或许通过有关他的"创作-研究"比率观察可以判断。

文学研究一般会围绕着文学创作进行。有统计表明，有关鲁迅的研究成果43.65%左右的论文是对鲁迅的文学创作研究。① 王蒙的研究同样系由创作研究和其他研究组合而成。据《王蒙研究资料》提供的目录统计，王蒙研究成果中，57.1%的论文用力在王蒙文学创作研究。② 其他的研究论文则偏重于王蒙的思想研究、学术研究、社会活动研究和生平史料研究等。对于一个较为纯粹的文学家而言，文学创作研究在有关其专题研究成果中所占比例的高与低，往往反映出其在文学创作之外文学影响力的大与小，而且常常构成反比例。因获诺贝尔文学奖而声名大振的莫言，除了专题报道之类，有关他的文学创作研究约占其专题研究的87%，这同样说明，莫言文学创作之外的文学影响力比王蒙低到30个百分点。当然，有些文学家如郭沫若，则属于另外一种情形：他的学术成就、文化工作以及社会活动所占的分量已经盖过他的文学创作，因此有关他的研究大大超出文学研究领域，相应之下，文学创作研究所占比例将会很少。

可以将有关一个特定文学家学术研究中的文学创作研究所占比例称为创作-研究比率，或可简称"创研率"。根据上面的逻辑推论，越是有特色越是新潮的文学家其"创研率"越高，而越是具有全面影响力的作家其"创研率"越低。一个文学家研究的"创研率"与他的文学成就并不发生直接关系，至多只说明间接影响的结果，但与该文学家在创作之外的文学影响力成反比。王蒙研究的"创研率"比鲁迅研究的"创研率"高出约13.55个百分点，却比莫言低30个百分点，这至少从一种统计口径上说明王蒙作品之外的文学影响力在当代中国文学家中首屈一指。

---

① 数据来自北京鲁迅博物馆研究室葛涛在《新时期三十年国内鲁迅研究文章发表状况的量化研究（1980—2009）》一文中的统计：20世纪80年代国内发表的鲁迅研究文章中，鲁迅作品研究类文章最多，占总数的43.2%；鲁迅思想研究类文章排在第二位，占总数的31.6%；鲁迅生平史实类文章最少，占总数的11.9%。90年代国内发表的鲁迅研究文章中，鲁迅作品研究类文章最多，占总数的44.1%；鲁迅思想研究类文章排在第二位，占总数的23.4%；鲁迅生平史实类文章最少，占总数的12.2%。这一统计结果发表于2012年11月于新德里召开的国际鲁迅研究会第二届学术年会。
② 宋炳辉、张毅编，《王蒙研究资料》（下），天津：天津人民出版社，2008年。根据书中所述2006、2008年研究成果所作抽样统计。

一定不能机械地套用"创研率"联系文学家的文学影响和文学成就。有些影响非常大的文学家很可能"创研率"同样很高。例如金庸，这位在华人阅读社会普及性最大因而也可以说影响力最大的文学家，有关他的研究则主要集中在他的作品以及作品中的人物，兼及他的创作构思和艺术风格等等，对于他创作以外的写作，包括非写作的人生状态等等，则很少激起研究者的兴趣。这就说明金庸在文学创作之外所构成的影响力相对较小，他的文学影响力远未渗透到社会文化生活的深层次之中。

至少在这样的观察中，"创研率"走低是一个文学家的文学事业取得全面成功的标志。备受欢迎且大有成就的金庸"创研率"都明显偏高，可见降低这种"创研率"对于一个文学家而言显得如何重要。

毫无疑问，王蒙作为文学家为当代文坛提供了丰富、充实而辉煌的文学作品，其作品的独特个性和审美魅力赢得了研究者长期地持续地关注，也激发起了他们争相言说的学术热忱。同时，他逐渐盎然的学术兴趣和不断拓宽的写作路数造就了他思想系统的立体呈现，他绚烂多姿的生命感兴的卓然展示，这些由思想类或思想史、学术史类专著（如《创作是一种燃烧》《心有灵犀》等文论批评类著作，《老子与现代化》《王蒙的红楼梦》等学术讲话类著作）或自传类写作所构成的文本世界，实际上是王蒙文学的间接的文本世界，它们不是文学创作的结果，但却是文学写作的重要内容，它们所造成的文化影响体现在文学主体的王蒙那里，正是文学的影响。毫无疑问，有关王蒙此类文本的学术研究，当然是王蒙研究的必然内容，而且由于王蒙特定的文学主体的定位，这样的研究无疑应该归入有关王蒙的文学研究的学术类属。更进一步而论，不仅是王蒙的非创作性写作应该纳入有关王蒙的文学研究类属，便是王蒙远离了写作的人生状态、社会关系，一切围绕着他的世俗链接，也同样值得研究，这样的研究成果也同样是归属于文学主体王蒙的文学研究。关于王蒙的一般性写作的研究，以及关于王蒙作为文学家的人生状态、社会关系和世俗链接的研究，如果在整个王蒙研究中占据的比例越大，同时也就意味着王蒙文学创作研究比例的相对缩小，即"创研率"相对减小，这就更加说明王蒙在当代社会拥有更高更大的文化地位和文学影响。

正是在这样的意义上，学术研究不仅应将王蒙当作重要的文学创作者，而且应该将他当作一个自在的文学写作者（可以自由进出于文学创作领域），还要当作一个自为的文学行为主体，一个现实的文学存在。他作为文学主体的存在具有丰硕而厚重的立体效应：在创作方面，他的成就已经被描述为共和国事业发展的一面镜子，是新时期以来正道直行、绝不走偏锋，始终维护着文学的矜持与尊严的主流作家的代表；在思想方面，他是一个不断追求不断思考不断创新的思想家和学术家，他对历史，对人生和社会始终保持着文学家的独立的批评姿态并且从未间断过富有个性和才情的发言；他的人生状态和社会活动等也备受关注，几乎每一举手每一投足都会面临着社会文化意义的读解，他的言论行为以及由此透析出来的人格风范也力图做到经得起这一类有时甚至是非常苛刻的读解。作为一个杰出的文学家，他不仅为文坛的幕墙带来一片创作的葱绿，更为文化的丛林带来一阵思想的风雨，还为社会的原野带来一派风度的景观：所有这一切都是文学，都是王蒙文学研究所必须面对也应该必须加以读解的内容。很多同时代而且同等优秀的文学家也许能够在其中的某一方面做得像他一样出色甚至于超越他，但如此丰实地综合在一起而成为当代瞩目的文学存在，王蒙堪称唯一，且难有紧随的后继者。

以"创研率"评价文学家的文学影响，是文学价值判断的一种方法，是文学学术研究的一种理路，它不能也不应该取代其他价值判断的方法和思路。事实上，它的缺陷也很明显，必须倚重于科学而真实的统计，而且必须分辨这种统计的数据在特定历史条件下的动态和情态。所以，任何对这种研究理路的质疑都值得认真对待。金庸研究就很可能导致对这种"创研率"学术理路的质疑。但无论如何，用这样的分析方法对王蒙文学现象及其影响力进行学术处理相当可行，而且也相当有效。

此外，这种对于文学创作以外的文学家思想和行为格外重视的研究理路，在理论上也有相当的发掘价值。在"五四"新文学的浪潮中，起有推波助澜作用的创造社曾经抛出一种建构文学的"全"与"美"的理论："……专求文学的全（Perfection）与美（Beauty），有值得我们终身从事的价值之可能性。"[①]这一理论在那个时代激起了强烈的反响，并且为后来的研究者屡屡引用。文学的"美"固然比较容易理解，成仿吾说得也较清楚，是指文学中"美的快感与慰安"，然而，文学的"全"似乎语焉不详，也很少有后来者注意品咂。其实成仿吾所说的文学的"全"就是文学家在文学创作之外的素养的呈现与影响力的发挥，类似于降低"创研率"的文学主体行为。成仿吾指出："我们要做一个文学家，我们要先有十分的科学与哲学上的素养"；"我们要先有充分的修养，要不惜十分的努力。"他提到了两个"十分"，直指他所说的

---

① 成仿吾：《新文学之使命》，《创造周报》第 2 号。

"全",而这样的修养都是文学之外的内容,包括科学的和哲学的因素,这正是要求文学家在文学之外释放出全部的思想力量和科学能量,以此来扩展文学家主体的影响力。尽管他没有明确,但是他的意念特别清楚:这样的影响力归属于文学。

从"创研率"角度研究王蒙及类似的学术对象,可以借用文学理论中的"全"的概念进行诠释,然而在借用之前,需要对这种"全"理论进行深入地解析和科学地论证。由王蒙的学术话题导引到"全"理论的深化与健全,应该是"创研率"视角对一般文学学术的一种特别的贡献。

当然,"创研率"的考察不应成为衡量一个文学家文学成就高低的唯一依据,甚至也不能成为判定一个文学家是否属于代表时代的文学存在主体的必然依据。但文学存在主体其成就、影响,特别是溢出文学创作本身的那些部分,往往会通过较高的"创研率"体现出来。因此,相对高的"创研率"可以说是文学存在主体认定的重要参数。王蒙以当代作家无与伦比的"创研率"获得了文学存在主体的认可。

三、文学存在传统的断裂:批评本体写作的暧昧

"创研率"的研究需要建立在科学而真实的统计基础上,不过这样的统计口径需要甄别许多问题。其中最重要一个问题或许是,一个文学家创作以外的研究是否皆可以算作他的文学影响?或者在何种意义上才可以算作他的文学影响?这需要对文学家的文学身份进行确认,同时也需要厘清文学研究的归属。

文学身份是文学家或文学者的当然身份,是通过其文学创作、文学业绩及其影响持续体现的,读者社会乃至整个社会所基本认同的社会主体角色,甚至是社会分工和社会职业的一种确认。当一个文学家的社会职业或其他成就长时间和持续发生的影响超过其文学成就的时候,他的文学身份就面临着某种分裂,也就不适合通过这样的统计口径研判其创研率,例如前文提到的郭沫若。王蒙虽然承担过其他甚至是很有影响的社会角色,但这样的社会角色从未使他离开过文学,也就是说读者社会甚至整个社会从未对他的文学身份认同产生过任何疑问;另一方面,他的其他社会角色的影响力也无法掩盖甚至无法冲淡他的文学成就和文学影响力,这种情况下,他的文学身份就从未经受过甚至面临过分裂。一个文学身份得到长期确认并且始终完整的文学家,他的所有的社会影响、文化影响、艺术影响,都可以而且应该被理解为文学影响。鲁迅是这样的文学家,因此鲁迅的杂文写作及其所释放的影响是文学影响,他的书信、日记,甚至开支账目的书写也都是文学研究的对象,

不仅如此,他的搬迁、职业、社会关系,生病旅行等等,都构成了文学研究的当然话题,都是有关鲁迅的文学研究所必须面临的课题。在这样的意义上,曹雪芹的家世研究甚至江南织造府原址及建筑形制研究等所构成的所谓"红外线"学术现象,都可以归结为文学影响力的体现。王蒙研究中较多地包含了上述非文学创作的学问,因而有关其研究的"创研率"相应地得到下调,这正是王蒙在更广泛的社会文化层面为学术所关注的现象,也是王蒙文学活动和文学影响力不断延展不断伸张的必然的学术效果。

对文学家研究中"创研率"降低的强调,并不意味着对文学家文学创作部分的相对忽略,更不是对"雪山"式的文学家过于青睐。王蒙的小说《青狐》中有一个名叫雪山的文学家,在已经"老了"的时候才发表短篇小说《夜与床》,此前从未发表过小说,而且"总共没有发表过几篇文章",但"已经是誉满全国乃至半球(即略低于全球)的知名作家特别是文学活动家了","他属于本地特有的一种不以写作为主体业务,而是以公共关系活动——发言说话串门开会——为主要存在方式与文学活动方式的作家。"对于这样的文学家,如果有学术研究,则"创研率"一定很低,因为他几乎就不创作。但是,文学家的研究一定应以文学创作研究为基础为主干,文学创作以外的研究与文学创作研究之间构成的几乎是依附之毛与可附之皮的关系:皮之不存毛将焉附的道理在这里照样通行。雪山式的纯然的文学活动家除了王蒙在小说中作诙谐的臧否和幽默的调侃而外,不可能进入文学研究者的视野,因而也就难以构成具有有效"创研率"的学术研究,除非他的《夜与床》产生了较大的影响,引起了评论家的关注,然而那可能引发出百分之百的创研率——人们只可能言说这个偶尔有些意思的作品,对外乎于此的他的一切:思想、行为、言论、关系、生活、家世等等,都不会有任何兴趣。

于是,适用于"创研率"研究的文学家就必须像王蒙这样的文学家,他首先必须具有超卓的文学创作成就和同样超卓的文学影响,同时必须拥有数量丰厚、质量上乘的文学创作研究成果,以此作为统计学基础的数据才具有真正的价值,这样反映出的"创研率"也才对相关的学术论题有意义。这样的基础数据塑造了文学家的主体身份,确定了文学家研究的基本内核。

而且,这样的基础数据越大,越有力量,其所塑造的文学主体身份就越确定,而文学主体身份确定的越是有力,就越能形成对于文学以外的学术研究某种巨大吸附力,这样的吸附力是保证那些即使与文学没有直接关系的学术研究也最终归属到文学研究的价值范畴。无须过于复杂的理论逻辑,下面的学术判断非常容易理解:一个文学家其自身的文学创作成就越卓越,有关其文学创作研究的成果厚重度越高,有关他的其他方面的研究——思想研究、生平研究等等也就可能越踊跃,即使这种思想研究、生平研究与文学创作没有直接的关系,甚至完全脱离了文学话语场域,但文学主体文学成就和影响的巨大能量就会将这样的研究吸附过去,这样的貌似与文学无关的研究也会对文学主体研究产生强大的归属欲,围绕着这一文学主体的一种更加健全的文学研究框架于是就可能真正建成。这其中的道理类似于空间物理的一般理论所描述的:质量越大的星体对太空中其他天体的吸附力也就越大。王蒙的文学创作成就及其影响力,包括王蒙文学创作研究的积累,已经形成当代中国文学研究界最大质量的星体,因此,它完全有能量吸附所有表面上无关乎王蒙创作研究的成果,包括《王蒙的机智与幽默》[1]《王蒙与20世纪中国激进主义思潮》[2]等多少与王蒙文学创作有些间接关系的研究,也包括《王蒙生活中的"教条主义"》[3]《我们的王蒙》[4]等与王蒙文学创作基本上没有关系的研究。

更重要的是,文学主体的创作成就质量越大,其吸附能力越强,也就越能激发研究者向更加远离文学创作的纵深处寻找学术话题,拓宽学术理路,丰富文学研究整体框架的涵容力。鲁迅与日本须藤医生的交往不仅与鲁迅的文学创作没有关系,而且与鲁迅的文学事业也没有什么联系,但它可以一度成为鲁迅研究的热门话题,并且毫无疑问地归属在鲁迅研究(当然是文学研究)范畴。《红楼梦》外"红外线"研究的许多选题,如苏州织造署原址的开掘,无论在建筑史上还是在文化史上甚至在清代官制史上,都不具有足够的学术价值和影响力,但因为《红楼梦》这个文学主体巨大的吸附力,足以产生令任何相关研究话题都能够归属到自身的力量,这个原来并不起眼的江南官署的研究就成了热闹一时的学问,因为它归属于《红楼梦》研究,因而它同样被吸附为文学研究的成果。

王蒙研究的非文学创作部分目前还主要集中在思想和学术研究,生平家世、社会关系的研究尚缺少规模,这是他作为当代独特的文学存在尚缺乏学术观照力度、深度和广度的表现。不过,从上面的逻辑推论可知,王蒙的文学影响仍然处于不断

---

[1] 赵文静作,《兰台内外》2007年第5期。
[2] 温奉桥作,《王蒙研究》2007年5月号。
[3] 方蕤作,《教师博览》2006年第6期。
[4] 阿拉提·阿斯木作,《西部》2006年第2期。

扩展、不断深化之中,王蒙作为文学存在的主体面临着不断强化的价值揭示和不断增加的学术阐析,他的文学创作研究固然会进一步加强,但他的生平家世研究、社会关系研究等内容也会因主体质量的加大、学术吸附力的上升越来越成为令学界瞩目的话题,并且,这样的研究也将以一种毋庸置疑的速度和力度,归属于王蒙研究——文学研究的学术领域。只有抵达这样的学术境况,王蒙研究才可以说是建构了自身独特的学术系统,才可以说是达到了学术研究应有的深度。

这就牵涉到对文学影响力乃至文学概念理解的调整问题,尽管这样的调整其必要性仍需要更有力地论证。

作为中国当代文学史上非常特别的文学存在主体,王蒙的文化意义远难与鲁迅的文化意义相提并论,这是因为王蒙缺少鲁迅所具有的文学批评本体建设的巨大价值。文学的批评本体并非文学批评,文学批评术语、文学研究范畴,倒可以归入文学的学术本体。文学的批评本体是指文学家本着社会责任和文化义务,以文学身份所进行的社会批评和文明批评的写作行为及其结果,这样的结果往往体现为杂文,当然也可以在变异和装饰的处理中演化为别种文体。鲁迅既是一个伟大的文学家,又长期热衷于社会批评和文明批评的杂文写作,而且自己认定这样的写作不属于创作本体,实际上就是承认了文学的批评本体写作的存在。他的批评包含着一些文艺批评,不过更多的却是文学家身份的社会批评。他自己就声称,"我所批评的是社会现象。"① 杂文主要体现着文学本体批评的对象乃是社会现象。在这一点上,由于时代环境的差异,人物历史位置的差异,作为中国当代文学家与中国现代文学家的首席代表人物,王蒙与鲁迅拉开了巨大的差距。这是历史的差距,也是思想和文化的差距。这样的差距从一个方面说明了中国当代文学和文化与中国现代文学和文化的历史的和时代性的差异。

虽然没有给出准确的概念,但西方文学理论家们其实都倾向于肯定文学的批评本体写作的可能性和必要性,并将其视为文学行为的主要内容,其实这也是文学存在的重要标志。兰塞姆曾在他的理论中"呼唤本体批评家",他甚至认为诗歌本体意义上也应该是批评的。② 施莱格尔则将莱辛称为一个批评家,这个批评家所从事的不仅仅是戏剧批评和文学批评,"他的大部分作品,无论是涉及历史的、戏剧学

---

① 鲁迅,《拳术与拳匪》,《鲁迅全集》(第8卷),北京:人民文学出版社,1981年,第81页。
② [美]兰塞姆,《新批评》,王腊宝、张哲译,南京:江苏教育出版社,2006年,第191页。

的,还是语法的,甚至包括文学的论文,就算按照比较粗略的理解来看,也属于批评范畴。"①他甚至认为,正宗的批评应该充当"介于历史和哲学之间的一个中间环节,它的使命是把二者结合起来,使这二者在批评当中统一起来,成为一个新的第三者"②。这就给文学家的批评本体写作及批评本体思维作了一种不自觉的理论框定。特别是一般思想偏激的理论家,往往不会放过任何机会赞同并鼓励文学家的批评性写作,尽管他们还不能清晰而成功地区分文艺批评与社会文明批评,常常将这两个方面混合起来。

特定的社会环境和特定的角色定位都会特别重视超越文学范围的批评行为和批评写作,鲁迅正是在这样的特定环境进入这样的特定角色,提倡和捍卫批评本体写作的。其实,鲁迅所处的社会环境正是普遍重视批评本体写作的时代,许多文学家和新文学倡导者都将批评本体的写作与创作本体的写作放在同等重要的位置,认为新文学本应具备"表现和批评人生"③的双重功能,实际上就是强调了文学之于人生其创作本体与批评本体的基本写作形态。然而,王蒙所处的时代就不是如此,批评常常为狭义的批判所取代,作为文学家的相对自由的批评本体写作就显得相当冒险,因而作为文学存在主体的文学家就很难在批评本体领域施展自己的才华,发挥自己的能量。这是当代文学家难以成为批评本体的文学写作者的重要原因,也是王蒙这样的当代文学家的杰出代表最终难以成为杰出的文学存在主体的关键原因。

对于任何一个时代,自由的、理性的批评都是非常重要的,它不仅是时代文化的主要体现,也是这个时代建设健康的文化环境的重要保障。在这样的批评文体中,可以有来自于记者、律师、专栏作者、政论家和社会学者的批评,因为关于社会状况,各种时事,在现代社会正常环境之下,谁都可以发表议论和评述。但是,来自于文学存在主体的批评往往可能是最自由、最超功利的,同时也是最富于理性的批评。文学家之笔锋所及较之其他身份的写作者和批评者更为广阔,更加自由,举凡历史与现实,当下与未来,思想与情感,内心与世界,当然包括政治、经济、文化、法

---

① [德]施勒格尔,《浪漫派风格——施勒格尔批评文集》,李伯杰译,北京:华夏出版社,2005年,第258页。
② [德]施勒格尔,《浪漫派风格——施勒格尔批评文集》,李伯杰译,北京:华夏出版社,2005年,第265页。
③ 罗家伦:《驳胡先骕君的〈中国文学改良论〉》,《新潮》第1卷第5号。

律,绯闻轶事,家长里短,宇宙之大,苍蝇之微,如此等等,无不可以成为批评本体的文学写作对象和内容;对于文学身份的拥有者而言,写作是自由的,可以越出文学体裁的限制,运用任何他认为合适的文体进行社会批评和文明批评,在这种批评语境下他的写作不必一定用小说的尺度或者散文的标准去衡量、比照,这是一种批评本体的写作,与创作本体的"纯文学"作品拉开了距离。由于文学身份者批评的立意和立场须最大限度地体现社会的良心,体现时代的理性,体现历史的趋向,文学身份的批评本体写作就常常意味着良心与理性。其他身份的批评者会自然而然地、不约而同地从各自的专业背景、利益背景出发,按照本专业、本行业甚至本利益集团的思维方法、理念原则对社会及文明现象做出批评,所有专业性的、行业性的和功利性的思维相对于社会良心与时代理性而言必然是片面的、局限的批评。文学身份者的批评本来也可能习惯于从文学专业或行业的角度进行,但由于文学思维和文学理念几乎不能对应社会批评和文明批评的价值命题,当文学身份者进入社会批评和文明批评的语境时就不得不放下或离开文学思维与文学理念,这就意味着他必然以一个更加自由更加坦荡更加没有负担的身份从事批评工作,至少相较于其他批评身份者是如此。这种身份的自由使得他们的批评领域可以更加广阔,视野可以更加开阔,路数可以更加宽阔。也正因如此,只有文学身份者如鲁迅,所从事的社会批评和文明批评可以构成如此广泛的杂文,而且杂文文体能够如此复杂多样。非文学身份者的批评文字常常难以获得鲁迅杂文式的选题自由和文体自由,至少不能像文学身份者那样用各类典型的或模拟的文学体裁进行这样的批评。

社会批评和文明批评的批评文字,从内容性质方面划分,有工具理性式批评、价值理性式批评和意念理性式批评。工具理性式批评是在分析社会问题和文明问题的同时提出解决问题的思路与途径,为社会文明建设做出具体的方法论的贡献。这样的批评当然须由有专业背景和行业经验的身份者进行。价值理性式批评须针对社会文明问题提出原则性的价值导向意见,并对各种责任主体作具体的价值导引或原则规劝,至少做出旗帜鲜明的号召。这样的批评一般由时事评论者或政治观察家做出,有时还须由公务员身份者甚至政府发言人提出。相应地,文学身份者所从事的批评既不可能对具体的社会问题和文明现象作工具理性的设计与梳理,也不可能在价值理性意义上做出倡导与号召,——鲁迅就曾认为自己并不是登高一呼、应者云集的英雄,而且认为自己只能属于在革命者身后呐喊几声,使他们不惮前驱的敲边鼓的角色,不可能充当一种价值的导引者和实际的号召者。文学身份者的批评多停留在意念理性层面,对各种社会文明现象和问题作学术的、理性的甚至常识性的议论,在社会良知和大众良心的比照中提供普适性的意念。这样的意念甚至可能是次原则的、非逻辑的,也有可能是不成熟的或者未定型的,但它具有明显的超功利性,富有非凡的思想启发意义,在社会文明认知和批判方面具有超越于时代的价值。文学身份者的这种意念理性式批评,由于不拘囿于工具理性的实用性,超脱了价值理性的原则性,因而具有论域宽泛、剖析深邃、思绪自由的品质。

同样是因为远离了工具理性的实际操作性,不必担负起树立价值原则、发起行动号召的责任,文学身份者的批评不仅相当自由,而且也相当轻松。文学身份者在进入非文学领域的批评角色时,在他的专业背景和行业背景自动失效的情形下,他所拥有的自由便毋庸置疑。人们包括文学身份者自己在内都会很自然地认为,他们有权利就社会和文明的各个领域各种问题发表自己的批评议论,而且不必对这样的议论负起责任,因为他们的身份所体现的专业和行业背景不仅远离了社会功利,而且也远离了批评所本应承担的社会职能。文学身份者再精彩的批评也不可能被人们视为社会实践的工具理性和价值理性的指导意见,虽然他的批评所包含的理性精神和社会良心会赢得长时间的真诚的敬意。文学身份者的批评文字在社会影响和实际社会运作方面的作用力会因此而减弱,但它的意念启示和批判力度将会产生超越时代的精神效用。确实,我们今天不会按照鲁迅杂文所提供的思路和方法解决社会现实的种种问题,例如不会通过发扬"痛打落水狗"的精神去解决现实矛盾,面对现实人物,但是,鲁迅对世道人心的深刻而犀利的分析,对于"费厄泼赖"处事原则背后掩藏的精神弱质的揭露,则能长期警醒人们的意识,加深不同时代人们对一般相似的社会心理的认知。

文学身份在批评本体意义上的写作最重要的特性便是自由,这是由它的纯粹的言论批评身份决定的。在现代文明条件下,人的政治身份、社会身份、种族身份、文化身份往往只是意味着对言论批评身份的限制与约束。一个拥有强烈的政治身份的人,哪怕他对非政治领域发言,人们也会很自然地将他重要的政治身份考虑在内,这样,他的任何批评和发言都被赋予了非同寻常的政治解读,甚至会被寻找出掩藏在言论批评背后的政治上的微言大义。于是一个政要所讲述的几乎每一句话都可能被阐释出巨大的政治含量。一个具有重要或敏感的社会身份的主体同样如此,它的每一句话都可能被诠释为另外一种特殊的信息,当然是与他的社会身份所代表和象征的那种意义紧密相连的信息。一个人的种族身份被强调以后,他的任何批评言论都会被理解为与这种特殊的种族诉求有联系,同样,一个人的文化身份受到重视以后,他的所有批评和言论便只有文化及其文化象征的内涵。文学者的身份是一种天然的意念传导者和批评言论的阐发者的身份,其主体的其他身份往往遭到最大限度的忽略:拥有崇高的政治和社会身份甚至拥有相应权力的高尔基,即便是在苏维埃政权如日中天的岁月,其非文学身份也没有引起足够的重视,更没有得到强调,他的所有议论仍然是被当作纯粹的文学身份的批评在社会主义文学阵营传颂。中国文学家中的许多人拥有特殊的民族身份,但这样的民族身份经常遭到忽略,当人们将"巴老曹"相提并论的时候,人们几乎忘记了老舍的满族和旗人身份。只有文学身份的批评言论不会牵扯到言论主体身份的敏感性、特殊性及其所可能寓含的象征意义,因此,文学身份的批评才能获得真正意义上的自由。

有了鲁迅以后的汉语文学,形成了以文学存在主体的身份进行自由的、广泛的批评本体写作的伟大传统。它将通向文学外延的当代性扩展,将成为汉语新文学在更广大的华人社区的一种生存和发展状态。未来的汉语文学就是应该更加紧密地服务于华人的生存和发展,服务于华人心声的表达和批评的阐扬,这样的表达和阐扬可以通过典型的文学作品,也可以直接诉诸非文学作品的批评。既然德里达认为"没有任何文本实质上是属于文学的",则文学身份的所有非文学作品的批评就体现为一种我们确认的文学性。[①] 德国狂飙突进运动倡导者施勒格尔指出:"一个真正自由的、有教养的人,似乎要能够自己使自己随心所欲地具有哲学或语文学的、批评或诗的、历史或修辞学的旨趣"[②],如果是这样,则当代文明中更需要这些真正自由的有教养的人们通过批评的阐发奉献出自己的这种旨趣,在超越于文学以外的任何话题和任何领域。这便是批评本体写作的内在原理,也是文学身份者从事批评本体写作的时代要求和社会要求。当文学身份者的批评成为社会主流的声音,那就宣告了"一个文学文化的时代"[③]的到来。可惜的是,即便拥有了文学存在主体最大可能性的王蒙,即便是他所处的时代最需要上述意义上的文学存在主体

---

① [法]德里达,《文学行动》,赵兴国等译,北京:中国社会科学出版社,1998年,第11页。
② [德]施勒格尔,《浪漫派风格——施勒格尔批评文集》,李伯杰译,北京:华夏出版社,2005年,第86页。
③ [美]哈罗德·布鲁姆,《批评、正典结构与预言》,吴琼译,北京:中国社会科学出版社,2000年,第116页。

的批评本体写作,但王蒙连同他的时代在这方面的建树可谓乏善可陈。于是,由于抽取了文学家的批评本体写作这样一个极其重要的内涵,王蒙所代表的文学存在主体终究无法与鲁迅所代表的文学存在主体相提并论。

四、文学的全与美:王蒙之于汉语新文学的意义

于是,我们面对的是这样一个复杂的王蒙:作为文学创作本体的写作者,他的地位非常突出,既体现着自己鲜明的个性,又体现着时代发展的脚步,体现着一个正在崛起的国家与民族文化发展的基本节奏和基本风貌;作为文学学术本体的研究者,他有特别丰富的成就和令人瞩目的贡献;作为文学批评本体的写作者,他在文学批评的狭隘意义上贡献良多,但在批评本体意义上表现并不突出。于是,作为文学存在的特定主体,这是一个未完成的天才。

于是,我们的论题集中在如何认识王蒙与鲁迅之间的时代差异,进一步认识文学存在主体的重要意义。

文学存在主体的视角提供了研究和比较鲁迅、王蒙等不同时代杰出文学家的一种可能性。通过这样的视角,可以进一步认知王蒙的文学意义和学术意义。

文学存在的要求是在历史的、哲学的、文化的意义上对一个单一的文学主体提出的很高的要求。一般的文学主体在这样的学术要求之下只能望而却步。经得起这种历史的、哲学的、文化的要求衡量的对象,才可能作为文学存在的独特主体进入学术的视野。王蒙便是共和国时代能够以文学存在主体的身份进入学术视野的重要文学家。

如何在历史的、哲学的和文化的意义上认知文学存在主体?也许可以从业已被人们淡忘或忽略了的先辈文学家的阐述中得到启发。诚如前文所论,新文学发动之初,成仿吾别出心裁地提出文学应该"除去一切功利的打算,专求文学的全Perfection 与美 Beauty"。文学与"美"的联系不仅非常容易理解,而且也相当自然,但如何理解文学的"全"就成了一个问题。从成仿吾的批评那里似乎可以总结出,文学的"全"既与"美"有关,也与"我们日常生活的更新"有关,甚至与整个人生的精神生活都有关系:"我们的生活已经到了干燥的尽处,我们渴望着有美的文学来培养我们的优美的感情,把我们的生活洗涤了。文学是我们的精神生活的粮食。我们由文学可以感到多少生的欢喜!可以感到多少生的跳跃!我们要追求文学的

全！我们要实现文学的美！"①文学之"全"乃是从文学的"美"出发，然后遍及全部人生，全部的精神生活，这实际上是从功能的角度道出了文学存在的基本含义。

在这一意义上，王蒙的文学存在同样可以得到阐证。

与其政治文化背景密切相关，从文学的基本操守和人生关怀出发，王蒙是新中国文坛培养起来的第一代文学家。文学在他那里从来就不是自我表现的利器，更不是自我的事业，而是时代的镜子，社会的功业。文学须反映社会人生，有关文学的一切都需在社会人生的净化、进步方面起某种积极作用。即便是到了2012年，他也还坚持这样的观点："文艺必须有益于世道人心。过去讲戏曲，叫做'不关风化体，纵好也枉然'。就是说，如果你这个戏不能影响社会的风习，不能影响人们的道德风尚，不能影响精神教化，你这个戏就失败了。"②这种看似有些保守的文学观念成就了王蒙的文学总体格调。这是一种充满社会人生责任感的文学，虽然同时也是非常忠实于作者自己情感的艺术。与其他同时代甚至同层级的作家相比，王蒙始终在文学为人生的传统而正宗的路向上正道直行，这是他追求文学的"全"境界的重要标志和必然结果。那种从十分自我的角度旁枝斜出、剑走偏锋的文学家往往很容易获得时代的追捧甚至是世界性的巨大荣誉，但很难在文学之"全"的境界有所建树，有所成就，因而也很难达到文学存在主体的要求。

王蒙以小说创作为主，兼及其他文体的创作。在文学创作与文学写作的行为系统中，也始终潜藏着某种求全的意识，有时是审美意识，更多的则是文化意识。他的作品多以现实主义文学构思为正宗，但时常体现出浪漫主义乃至现代主义意味的多维寻求。他的这种寻求不在于建构各种文学范式，而在于在"全"的意义上遍尝各种文学方法以丰富文学表现的路径。他曾经非常勇敢地尝试过非常"现代派"的意识流方法，并且带出了一种文学时尚，他陆续创作了《夜的眼》《春之声》《海的梦》《风筝飘带》《蝴蝶》《布礼》《杂色》等成功作品，对残雪、陈染、张洁、徐星、谌容等人的类似文学实验做了成功的导引。③然而人们早就注意到，王蒙的意识流作品其实并不正宗，如果有人借此质疑甚至嘲弄他那就大错特错，因为当初他勇敢尝试意识流的小说法并不是为了在汉语文学中建立正宗的意识流样本："我们搞一

---

① 成仿吾：《新文学之使命》，《创造周报》第2期。
② 王蒙：《文学与时代精神》，《文艺报》2012年6月4日。
③ 杨剑龙，《文化的震撼和心灵的冲突——新时期文学论》，上海：上海文化出版社，2010年，第209页。

点'意识流',不是为了发神经,不是为了发泄世纪末的悲哀,而是为了一种更深沉、更美丽、更丰实也更文明的灵魂。"①这其实是他尝试所有文学创作方法的根本动机,也是他进行所有文学实验的基本原则。不同的风格尝试,不同的流派和手法的实验,不过是作者特有的求"全"意识的显露与实践。

王蒙的文学求"全"意识铸成了他的包容精神和宽容风度。他能够理解所有他不会欣赏甚至不会赞同的文学现象和文学态度。他的《躲避崇高》一文,比所有的新锐批评家都更准确更及时地把捉到王朔作品的后现代品质,那就是"躲避崇高",甚至亵渎传统上被认为是神圣的东西,并且这样为王朔辩解:首先是生活亵渎了神圣。②但这并不意味着他会接受这样的文学观念和文学态度,他的所有的创作以及相关的理论都不会为此重蹈覆辙。即便是他一定要对崇高的、神圣的传统持有某种反思的精神,也只会通过诸如《冬天的话题》《坚硬的稀粥》《狂欢的季节》这样的作品去进行讽喻性的表达,而不是消极地躲避甚至是恶作剧式地亵渎。甚至于在《飞虫》等"世情书"的创作中,也时常表现出"刺而怨而怒"的文学精神。③他永远用笔行走在道德的、世情的、社会人生的正道之上。一切的阴鸷与价值消解都与王蒙的创作无关,他绝对不允许自己落入那种"好处说坏、坏处说好,阴阳混沌、善恶颠倒"④的语境之中,虽然他对别人用文学的曲笔步入这样的境地多少会显露出他的包容与理解。

王蒙是当代世界文学中一个非常突出的汉语作家,他不仅是一个卓有贡献的写作者,不仅是一个富有个性的文学行为主体,更是一个在不同时代不自觉充任了文学风向标或晴雨表的不可替代的文学存在。有评论家指出,"王蒙是一个巨大的影子,在八九十年代,他实际上在扮演茅盾当年的角色:呼风唤雨,推出新潮,提挈后进,指点江山……"⑤

这确实是相当一段时间王蒙的时代影像,这种时代影像绝非20世纪20年代初的沈雁冰的角色所能比拟。沈雁冰的影响力完全局限于文学领域,而且是以文学研究会为中心的有限的文学领域,王蒙的影响力则早已溢出了文学阵营,而渗入到

---

① 王蒙,《漫话小说创作》,上海:上海文艺出版社,1983年,第56页。
② 王蒙:《躲避崇高》,《读书》1993年第1期。
③ 吴俊,《文学的变局》,南宁:广西师范大学出版社,2005年,第36页。
④ 阎纲,《尴尬评论行情》,《余在古园》,石家庄:河北教育出版社,1998年,第54页。
⑤ 孙郁:《王蒙:从纯粹到杂色》,《当代作家评论》1997年第6期。

社会文化层面,参与到时代政治文化运作之中,成为一个时代的文学代表和文化发言者。他的文学行为和超出文学的巨大影响使他成为一个无法绕过的文学存在,一种令人瞩目的社会文化现象,甚至有时候会作为一个综合性的社会存在,为文学内外的世界所关注,所讨论,由此甚至延展为一种有价值的文化现象。

五、《闷与狂》等系列自传作品的汉语新文学意义

王蒙是汉语新文学世界首屈一指的作家,他的卓越的文学创作成就,丰沛的文学创作热忱,勇毅的文学探索胆识,巨大的文学和文化影响,都为当代汉语文学树立了高标,同时也呈示着他作为文学存在的文化价值和文学史意义。

作为作家个体,被称为文学存在,乃意味着他代表着一种宏大的文学现象或文化现象,有时甚至成为"无法绕过的社会现象"①,不仅为读者所关注,而且为文学史家所瞩目。汉语新文学作家灿若星空,但能够成为文学存在主体被言说和被研究者则寥若晨星。王蒙作为共和国伟大事业的一面镜子,当然属于这个国家所特别拥有的一种文学存在。

王蒙的文学存在及其在汉语新文学世界巨大影响力的发挥,通过新近出版的心灵自传体长篇小说《闷与狂》,以及其他的一系列自传体作品,表现得最为具足,其汉语新文学史意义也最为明显。

1. 汉语新文学的延续命题

所谓汉语新文学,乃是以"五四"新文学为直接传统,以现代汉语为基础语言进行写作的文学作品和文学现象的统称,它突破了习惯上的国族、地域的限制,以汉语语言为基本思维和创作载体,以新文学及其所传达的新文化新道德为价值内涵,是在汉语语言共同体中结成的统一的文学和文化现象,在范围上包含了习惯上称为中国现当代文学、台港澳文学以及世界华文文学的全部内容。王蒙的文学存在,当然不仅仅是在约定俗成意义上被称之为"中国"所特有的文学存在,他还是汉语新文学世界所共有的文学存在。

也就是说,作为文学存在,王蒙的文学创作和文学活动,包括他的文学探索与文学创新,在汉语新文学界都具有某种时代性的意义;作为文学存在主体,王蒙的几乎一切活动,包括他的学术研究、文化行为乃至社会活动,对于汉语新文学的价

---

① 参见拙编《论王蒙的文学存在》,南京:南京大学出版社,2014年,第2页。

值平台而言,都具有一定的文学意义,人们都可以从文学的事业和角度进行审视与评价。文学存在主体的意义或许就是,他的一切活动都可以算是文学行为的展开,因而他基本上能在一定意义上决定一个时代文学内涵和文学格局的某些方面。鲁迅作为现代历史上最伟大的文学存在主体,他的社会批评和文明批评与传统的文学创作没有直接关系,因而在许多拘谨的文学史家和文学批评家那里,其杂文写作都成了难以处置的学术内容。然而如果认识到鲁迅不是一般的现代作家,他是中国现代历史所拥有的文学存在主体,则他的所有文学的或非传统意义上文学的行为都是文学史研究的应有之义,都是文学研究必须面对的内容,在这个意义上,正是因为鲁迅这个巨大的文学存在,中国现代文学的内涵、格局就须重新梳理,重新整合。

堪称伟大的汉语新文学家都会在立定文学创作的基点的同时,向文学的、艺术的、文化的甚至社会的各个向度寻求发展和展示的空间。王蒙作为汉语新文学世界巨大的文学存在,其文学生命力之大简直难以想象。他在耄耋之年连续出版了历经四十年创作的自传体小说《这边风景》,以及几乎是一气呵成一挥而就(当然是夸张的说法)的心灵自传体长篇《闷与狂》。后者无论从内容的震撼力还是写作手法的创新性,都足以成为汉语新文学世界具有决定性影响的文学事件。

这是两部相互呼应同时又不相对称的长篇小说。可以清晰地分辨出,没有《这边风景》,就不会有《闷与狂》,至少不会有现在看到的这种样貌的《闷与狂》。《这边风景》应该是产生《闷与狂》的生活基础,如果说《闷与狂》是一种精神的狂欢,虽然更多的时候是灵魂痛苦的呻吟和绝叫,但仍然是狂欢式的描写,那么,《这边风景》中所传达并所构成的便是它的物质基础。然而它们之间并不构成对称关系:并不是《这边风景》所描写的每一串人生故事都能对应于《闷与狂》中的某一段心灵喧嚣。两者无疑是相互独立的个体,各自有其文学生命的特殊体征。但它们都来自王蒙作为精神创造个体反观自身、省察自身的内在冲动,诚如作者在《这边风景》"前言"中所说:那是一种对于自我的"发现",对于过往岁月的寻找,是对特定生命过程中"狂暴与粗糙"的叙写,那对应的便是《闷与狂》,虽然后者更倾向于超越某一生命阶段的"这边",而执着于体尝生命全过程的幽暗与光明,酸楚与甜蜜,庸碌与雅致,粗俗与庄严。王蒙忽然意识到,需要用自己的全部经历和全部感兴加入自己晚年的小说创作,因为这一切的轰轰烈烈或者鸡零狗碎,这一切的堂堂正正或者忐忑忑忑,这一切的时代人生或者庸常琐屑,在作为文学存在主体的笔下都具有文学的意义,都可以毫无愧色地充任文学的角色。王蒙以他并不太迟的领悟和超卓的艺术把握,将自己的文学存在主体角色打造得光鲜铮亮。是的,他已经是这样一个文学存在主体,他的所有笔墨,都可以以他习惯的或也许只有他自己能理解的那种文学或者文体进行命名。

他自然习惯于小说,于是他写出了自己理解中的真正的小说,这样的理解至少在相当一段时间内或许只有他本人能够独步。事情曾经正是这样,人们带着怀疑的目光打量《闷与狂》,其实也在打量王蒙的所有近作,因为它在文体上肆无忌惮地离经叛道,不仅颠覆了原先人们印象中的回忆录体的体裁特征,而且也将小说写得不像小说。

王蒙以一个文学大家的自信力和影响力,命名《闷与狂》这样的心灵手记乃至《这边风景》这样的自传为"小说",其中最为充分的条件也许就是文学存在的现象揭示:作为文学存在主体,王蒙的一切人生经历和一切思想情绪,都是文学的,都是小说的;文学存在主体有能力定义任何他所愿意写作的文体并将它进行哪怕是让别人感到严重不适的文体命名,只是有时候有些这样的主体不愿意使用这样的权利。到了80岁的时候,王蒙使用了这样的权利,这是整个汉语新文学界应该为之一振的重大事件。

2. 久闷的狂发与生命复鲜

王蒙历时60年跌宕起伏的文学创作经历,以及相应的人生经历,基本上处在一个客观压抑或主观收敛的烦闷状态。文学创作可以缓释他的某种暂时的被压抑感以及由此造成的情绪烦闷,但是,当这种创作仍然受掣于许多非文学的、非内心要求的因素,包括显性的客观因素和隐性的主观因素,他的文学写作就无法达到自陈其好恶,自宣其性情,自浇其块垒的自由之境。这种不由自主的、非自由的写作状态,对于一个文学存在主体而言,其实也是人生状态,构成了作家深刻丰实、无可排解的烦闷体验的积累。接近70岁的时候,王蒙达到了人生"随心所欲"的辉煌阶段,他终于疏离了宏大社会壮阔人生的"旗帜"写作的固有轨道,将自己的笔墨拉回到描摹自身,描摹自己的人生与情绪,于是陆续写出了《王蒙自传》《这边风景》和《闷与狂》。他的表述是那么坦率、坦荡、坦诚:一个作家,一辈子最想做的,最想说的,最想写的其实是他自己。相当长的创作生涯中,他的文学写作压抑自我,缺少自我,甚至于排斥自我,可见他的创作体验长期以来是如何的郁闷和烦闷。闷的结果通向狂放,因而有理由将《王蒙自传》《这边风景》理解为《闷与狂》的材料准备和情绪酝酿,尽管事实也许正好相反,《闷与狂》只是王蒙系列自传体作品的一种不期然而然又不得不然的华丽结局。

在汉语新文学的历史过程中,自传体的作品并不鲜见,有些自传体作品所焕发出的灿烂的文学火花曾经是那么鲜亮地烛照过一定时代文学历史幽暗而混沌的天空,如郁达夫的早期小说以及《水样的春愁》之类的人生札记,如萧红的《呼兰河传》等,至今仍然不失其耀眼的光辉。然而这样的自传充其量只是一种自我人生书写之外的情绪寄托与抒发。王蒙的自传体写作,因为写作于饱经忧患历尽沧桑的"壮心不已"时代,其内在动力和创作指向则远远不止于人生的回顾与情绪的抒发。

首先,作为一个文学存在主体,王蒙意识到自己的所有生命历程和生命形态都是文学的,与此相通联,所有的文学描写和文学刻画也可能都是其人生的另一形态的体现。他这种心态下的写作,哪怕是《闷与狂》里借助荒诞的想象和狂恣的联想所表述的那些内容,都可以被认知为他的人生的可能迹象或者是生命体征的虚拟性呈示。这正体现王蒙意识到的,也是他反复阐述的文学理念:"文学艺术是生命的延长,是生命的滋味,是生命的反刍……"①这才是一个文学存在主体的自觉,《闷与狂》等自传系列的作品正是在这样的自觉意义上产生的出色结果。

从《王蒙自传》开始出现,在往事的叙述中总是充沛着不安定的灵魂书写,不可遏制的情绪抒发,难以缓释的感性迸发,到了《闷与狂》,这样的情绪内容喧宾夺主地成为作品的主体部分。作者撰著这一自传系列作品显然不仅仅是为了回忆并记叙过往的人生,他是要将这种已经挤干了生命鲜活的水分,已经蒸发掉的人生曾有的气味和全部感性,全都在频频回首中复鲜——还原当年体尝到的人生汁液的全部滋味:酸甜苦辣,咸麻酥脆,痛楚快慰,干洌涩爽。所有的滋味必须通过感性的描摹甚至带有想象的回味才能复鲜,于是,王蒙这一系列的创作从总体上来说,感性的书写,印象性甚至想象性的情绪况味远比记述过往人生的故事与事实更为重要,也更为急切。

通过自传性的作品追寻生命过往的滋味、水分,通过感性的描写和想象性的情绪况味进行人生的复鲜,从而达到焕回人生、延长生命的崇高目的,这是王蒙所开发的一种新的文学境界,之于汉语新文学的发展具有开创性的理论和历史意义。一般的文学理论和文学史的现实都会将自传性的作品定位为对于往日人生的杂忆

---

① 王蒙,《闷与狂》,北京:北京联合出版公司,2014 年,第 130 页。

和对于往日情感的追溯,将文学表现的质点和文学自传的指向越过人生往事的回顾置于怅然若失的情感层次。王蒙自传系列作品的文学开创则立足于生命层次,着重于生命感性的具现,生命滋味的复鲜和生命体验的延伸。这绝不是对马尔克斯"百年孤独"生命感叹与情绪畅诉的简单模仿,而是对近一个世纪以来中国经验及其生命感性的深层梳理,是在汉语新文学平台上贡献出的一种新气象,他的人生经历和全部感性,全部生命体验都属于中国,属于汉语,属于当代中国文化。

其次,王蒙的自传系列写作努力在复现过往人生的基础上展示个我,将一个文学家多方面的社会责任通过狂放的表现甚至虚拟的方式付诸弥补性的实现。王蒙本质上是一个正直的、清醒的且充满社会责任感的作家,是一个富于社会批判热情的文学家。特定的社会写作环境对他的这种批判热情不持鼓励态度,他自己屡遭磨难的经验以及顾全大局的心性,也常使得他不得不长期收敛起批判的锋芒。他能深切地感受到《冬天的话题》《坚硬的稀粥》《狂欢的季节》等作品所宣泄的批判的快意,但他小心地回避着,虽然他的《飞虫》等"世情书"确有"刺而怨而怒"[①]的特性,但他不得不为了避免锋芒毕露而东匿西藏。这样的批判极不痛快,但这并不意味着他就此割断了批判性思维的神经,就此窒息了批判性的灵性与感性。当外部条件具备,同时有自传体写作的机会可以借助,王蒙复活了他的批判热忱,复现了他的批判感觉,他的作品中密集地呈露着他的嬉笑怒骂,机智地显现着他的巧语反讽,并在狂放中体验到批判的痛快。他从痛切的人生体验出发对不公正的命运发出反讽地深刻地批判:"打击能增加骨骼的密度,批判加压能够增加内里的矜持与绷紧,谎言反衬了清醒者的清明,起哄提醒了被哄者的定力,霹雳照亮了男儿的脸颊,暴雨洗净了小伙儿的身躯……"[②]有时候反讽中的批判其深刻性足以令人心战胆寒、毛骨悚然。他这样调侃特定政治气氛下"阶级兄弟"的"兄弟阋墙"现象:"本是同根生,相煎何太急? 正是同根生,相煎所以急! 同根煎不急,更要煎谁个? 从历史上说,不是同根的,我们压根不乱煎。"[③]这不仅是一种现实政治的批判,也不仅仅是一种社会世情的批判,而是一种非常痛切而深刻地历史反思与批判。

作为一个在汉语新文学世界有巨大影响的作家,王蒙在相当多的情形下磨蚀

---

① 吴俊,《文学的变局》,桂林:广西师范大学出版社,2005 年,第 36 页。
② 王蒙,《闷与狂》,北京:北京联合出版公司,2014 年,第 184—195 页。
③ 王蒙,《闷与狂》,北京:北京联合出版公司,2014 年,第 150 页。

了他的批判锋芒,同时他又始终带有较为强烈的批判意识,这使得他无法伸展其批判触角的创作无比烦闷。自传系列作品的精神、情绪和生命解放的狂恣让他放开了社会批判、文化批判和人格批判的感觉与激情,虽然由于时过境迁他将这种批判的激情更多地转化为反讽和讥刺,但那种狂放的痛快跃然纸上,野狐式的豪笑在这些作品中时时回荡在历史的旷野,依然有令人心惊胆战的效用,也有摄人心魄的魅力。

批判性的痛快落实使得王蒙完成了文学存在主体的建构。包括文学家在内,谁都有资格也有责任对于社会现象和文明现象进行批评,但文学家的批评与政治观察家、时事评论家、经济评论家、社会学者和心理学家的批评显然并不一样。除了文章风格的可能区别而外,批评的立意和立场、批评的内容和性质、批评的责任定位和影响、文学家的身份会起决定性的作用。文学身份者批评的立意和立场须最大限度地体现社会的良心,体现时代的理性,体现历史的趋向。文学身份意味着良心与理性。王蒙在《闷与狂》等自传系列作品中体现的批判性正是这种文学存在主体的批判特性。王蒙本质上富于批判精神与热情,如果没有《闷与狂》这些作品对其批判本性作痛快淋漓地宣泄,作家王蒙的文学存在一定失去了鲜亮的生命基色,一定变得憋屈不堪,惨不忍睹。

3. 咀嚼生命本味的情绪流写作

王蒙自传系列的代表作无疑是《闷与狂》。这是一部奇书,在汉语新文学史上绝无仅有,而且注定不可复制。它的构思类型令人联想起普鲁斯特的《追忆似水年华》,它的写作布局令人联想到卢梭的《忏悔录》,他的思想倾向令人联想到王尔德的《狱中记》,它的言语风格令人联想到尼采的《查拉图斯特拉如是说》,它的情绪定位令人联想到鲁迅的《野草》。然而王蒙的《闷与狂》没有刻意学习普鲁斯特,没有着意模仿卢梭,没有故意步趋王尔德,更没有立意仿拟尼采,没有有意效法鲁迅。所有的相似性只是"令人联想"的结果,其实都不是,正像这部小说完全散文的写法,又饱满地充沛着诗情诗性,所谓"诗的潮涌,文的海啸",[①]然而它显然不是散文,也不是诗。

道理也确实如此,正如作者在小说中议论到的:"为什么我们的文学还走着画

---

① 王蒙,《闷与狂》,北京:北京联合出版公司,2014年,第98页。

地为牢的方步?"①对于小说亦复如斯。小说为什么一定要画地为牢？以人生写实的坎坷经历和神奇际遇为契机，为引线，为由头，为蓝本，为框架，放开笔力作生命情感与感兴的表现，是摹写，是抒发，是放拟，是幻构，是炫张。如果王蒙曾经迷恋过意识流的写法，则这部小说仍然继续着这样的迷恋，不过更为狂恣，更为放任，将心理、情感、意识和感觉等等情绪内容完全搁置于人事和情节的顶层，打碎了人物的性格和行为状态及其所构成的情节和细节逻辑对自我情绪的可能制约，写出了完全与众不同的情绪流的杰作。情绪流超越了抒情，超越了一般的心理描写，它是轻灵的感觉如畅意的流泉。王蒙这样写少年时的记忆与感性，伴随着的感觉与情绪如春愁一样的绿水欢快地流淌："蝈蝈的叫声与清脆的周璇在一起，与同样纯真的李香兰在一起，呼唤着童年，呼唤着慈爱，呼唤着夏天，呼唤着好花不常开，好景不常在，蝈蝈不常鸣，知了转眼去。"②

从严格的"小说作法"出发，这部作品也可以被判断为非小说。在学术研究意义上，它很可能在文学史上进入"另册"的小说，因为它对人们的小说认知和小说阅读习惯提出了挑战。阅读小说的人们一般需要故事，而心理的刻画，情绪的抒写，只有对于那些准备研究或准备学习写作的读者才较为有意义，而对于一般的读者，可以作为忽略的对象在阅读中跳过。这本书显然不是为一般的读者写的，它有故事，而且是作者参与其中的近八十年漫长的人生故事，但所有的故事都是为作者饱满的情绪抒写，感觉化的心理刻画做准备的，甚至是做铺垫的，小说的本体乃是情绪流的抒写，而且是非常独特的王蒙式的抒写。

情绪的抒写在郁达夫时代曾是新文学的一种典范。成仿吾、郭沫若等人都从德国小说家施笃姆、俄国作家屠格涅夫、日本作家佐藤春夫的创作中，从法国理论家法朗士和日本理论家厨川白村的理论中，提炼出文学的要津是自我情绪的表现这样的文学观，强调自我的抒写，而这种自我又须是剔除了理性成分的"精赤裸裸"的自我，是自我情绪的无关拦的发泄。这是创造社文人在其青春骚动中的一种文学取法，不可能为饱经风霜、阅历甚深的王蒙所继承。他显然认同这种将故事的叙说（哪怕是自传的内容）退居于次，将情绪的表现置于首位的小说作法。

但他不会重走当年年轻前辈的老路，他不甘心于仅仅停留在情感反应层次，将

---

① 王蒙，《闷与狂》，北京：北京联合出版公司，2014年，第219页。
② 王蒙，《闷与狂》，北京：北京联合出版公司，2014年，第8页。

自我的全部生命只交付给简单的喜怒哀乐，他要写出愤怒、尴尬、豁达、优雅，还有烦闷与狂恣，他要写出心灵的震颤与非常奇怪的平复，要写出显在意识和潜意识甚至是前意识等等各个层次的心理反应，有时还呼唤着理性判断的参与，哲学批判的驾临，科学分析的掺杂，真理常识的领悟，但这些被有限参与的理性成分，在作家的书写中被消除了它们应有的沉重与想当然的板结，虽然王蒙对于这样的人生思考和理性探究从来不避深刻，但他或者用任诞式的定力，或者用曾经沧海的彻悟，或者用随时准备逃离的幽默，将这种理性的深刻化归于恬然、豁然、怆然的一笑，或作近乎顾左右言他或不顾左右言自己的不俗之态，总之归向于情绪的流动，含有理性凝重度但又拒绝理性自身的沉重的情绪流的抒写。小说开始不久就较为密集地运用了这种情绪流的展开方式，从最初的人生记忆——黑猫的知觉，作者发挥道："这就是造物主在冥冥中给我的最早的关于颜色的知觉与启示"。他显然很愿意从心理学、人类学甚至动物学的意义上探究原初知觉的神异与深刻："知觉是不容易的，修炼了亿万斯年，功德了亿万斯年……"，亿万斯年的关于人的知觉的形成史、发展史包含着多大的学问和多丰富复杂的科学与理性，作者显然清楚，但他不愿意就此形成书袋式的凝重与板结（无名氏写于20世纪40年代的《野兽·野兽·野兽》一开始就存在着这种科学的凝重与理性的板结），话锋一转：亿万斯年"有了一次关于黑猫的知觉"，实际上归向了关于黑猫的原初直觉，归向了对于黑白颜色的全部感兴，归向了游移不定的情绪状态，归向了不同种类不同层次的情绪在写作中的自由流动。

作者具有人文科学、社会科学和自然科学的渊博知识，在他的人生叙录中经常运用这些知识。显然他的这些知识信手拈来，在作品中俯拾皆是。但他在《闷与狂》中从来不径直地探究这些知识，也不执拗地纠结于这些知识，他常常只是点到为止，浅尝辄止，让这些丰富的知识在情绪的沃土中散碎成有机的肥料，用以壮硕不同种类和不同层次的情绪之株，果然，这些知识的因素和理性的力量即刻就能聚变为情绪的能量，那么随意，那么飘逸，那么轻盈，虽然有时候也会那么惨淡。在提起特定的年代，提起革命的《夜未央》，提起"团结起来到明天"的《国际歌》，作家畅快淋漓地联想到"深夜"的意义，接着连篇累牍地抒写着关于"深夜"的情绪感兴，其中包含着多么广博的人文、历史、社会、政治的知识系统：

深夜属于志士，属于真情、深情、深信、深思。深夜有一种严肃、壮烈、奋不顾身与走上祭坛之感……深夜属于刑场、烈士、越狱犯人、钟情女子、奇袭别动队、潜伏与潜流。深夜属于秋瑾、安娜、洪湖赤卫队里的韩英、青年近卫军里的邬丽亚、抗日战争时期的锄奸团。深夜属于居里夫人、牛顿、爱因斯坦、鲁迅,也属于意大利西西里巴拉尔摩市的黑手党的教父。深夜更属于斯坦尼、丹钦柯、曹禺、梅兰芳、周璇、关汉卿。①

当然还不仅仅这些,深夜还属于猫头鹰的惨叫,属于有着吸血传说的蝙蝠,属于月黑风高,潮起潮落,当然还属于作者特别留恋的贫穷的童年,属于作者一定非常欣赏的"奇怪而高的天空",属于那些一个个将要变成小天使一样飞来飞去的星星。除了自身的生活体验外,这些需要调动多少知识?需要云集多少阅读记忆?但这一切都不会让王蒙感到累赘,因为它们并不以知识的原貌及其繁复性和厚重感呈现,而只是被作家借以点染全部生命感兴的活性材料,借以表现自己复杂情绪的现成能量。必须注意的是,上述有关深夜的知识联想是有条理的,先是革命和社会的联想,然后是中外文学作品中人物和人群的联想,再就是伟大的科学家和文学家的联想,再就是电影和戏剧的联想。也许他觉得这样的联想太有秩序,秩序得有些板结,于是他会自己扰乱这种秩序感以换取情绪化的随意与凌乱,将古代伟大的戏剧家关汉卿列在现代戏剧家之后,将剧作家与演员混在一起排列。理性的秩序被情绪打破,情绪流的意态更其明显。

情绪包含着情感、意志、感兴、直觉,也包含着不太清晰的,处在预备状态和朦胧意态的知觉、感性,思考甚至是深思的焦虑,尚未完备的理念及其所激起的兴奋,总之,它是人的全部生命感兴的体现。这些正是王蒙《闷与狂》的精神内涵,也是它基本的精神结构。这部作品是诸如此类精神的聚合,不同的成分在不同的历史时段的叙述中融入不同的部分,颇有些泥沙俱下的味道。泥沙俱下注入一个静止的古潭那就是一潭浑水,可注入汹涌澎湃的情绪的河流,那就是一种气势,一种威风,一种汇纳百流的混沌和雄浑。

在郁达夫的情绪表现时代,情绪的纯洁性一如脆弱的情感,那脆弱的情感以哭诉的调子博取读者和社会的同情乃至怜悯,被称为伤情主义,与欧洲前浪漫主义的感伤主义有密切联系。正如郁达夫小说常见的那样,抒情主人公总是为社会甚至

---

① 王蒙,《闷与狂》,北京:北京联合出版公司,2014年,第115页。

家庭所遗弃,为爱情和幸运之神所抛却,孤独寂寞无可排解,常常来不及孤芳自赏却只能顾影自怜,那"不值钱的眼泪"总是随时准备夺眶而出。"青春的感伤","人生的行路难"。为他不会以哭诉的调子博取读者的同情,尽管生活中的王蒙常常自述容易流泪,然而在小说中特别是在情绪的书写中他非常刚强,甚至非常冷峻,他有足够的耐受力面对生活的折磨与不公,他有足够的幽默抚摸人生的庸常与怪诞,他对于青春时代的记忆重加调侃:"往事随他如烟还是如鸟如雀巢如三聚氰胺。往事随它牛气冲天还是雾霾弥漫。""青春和你,生活和文学,呵,你们娘的是多么全面。"①这是一种含泪的调侃,但结果让泪水在尴尬而解脱的笑容中晾干。郁达夫们的抒情和自述会将一切的不幸体验以哭诉的调子和盘托出,意图唤起人们普遍的同情,王蒙的情绪流写作则以生命的豁达自动化解了不幸之感:"你全须全尾,你有吃有穿,你有头脑有记忆,你有明白有不明白,你有功有过,有得有失……"②因而"你"没有资格哭诉,"你"只能忍受和领受人生的一切。

王蒙是鲁迅的高级粉丝,这部奇书很容易令人联想到与鲁迅《野草》和《伤逝》的可能联系。从"抉心自食",欲知生命本味的意义上看,《闷与狂》继承了《野草》的精神遗产,而作品备受争议也备受关注的文体特性则可以联想到鲁迅"格式"特别的《伤逝》。

《闷与狂》是一部自说自话的小说,其在文体上的表现给评论者和读者带来了确认的困扰,因为它是有点不像小说。你可以认为它像散文,像诗,但也像梦呓的记录,诞语的放恣。如果是后者,则完全可以将这样的小说写法称为"手记",那是一种听命于情绪的发泄和感觉的游走,随手记下自己感想的一种文体,鲁迅的《伤逝》便属于此,这篇小说的副标题是"涓生的手记"。王蒙对鲁迅作品有长期的浸淫和悉心的研究,"涓生""手记"式的小说文体对他一定有着或彰显或潜在的影响。将《闷与狂》与鲁迅的《伤逝》作文体和风格上的联系,相信不至于太唐突。

这是一部自传体"手记",与《王蒙自传》《这边风景》可以匹配阅读。所不同的是,《闷与狂》应该是作家人生况味的最大深度和烈度的写照,那种恣肆汪洋的情绪抒发,无微不至的感觉表现,畅想无垠的心灵激荡,其对于作家生命深味的传达,远远超过其他自传作品。其实,在写自传的时候,王蒙已经跃跃欲试地采用了《闷与

---

① 王蒙,《闷与狂》,北京:北京联合出版公司,2014年,第74页。
② 王蒙,《闷与狂》,北京:北京联合出版公司,2014年,第195页。

狂》的排山倒海、汪洋恣肆的笔法抒发当时内心难以表达的激愤与感慨,如写到赴伊犁"锻炼",他用《闷与狂》中常用的排比连喻法渲染道:"半是'锻炼',半是'漫游';半是脱胎换骨,半是避风韬晦;半是莫知就里地打入冷宫挂起来晾起来风干起来,半是'深入'生活深入人民群众走与工农结合的光明大道,等待辉煌的明天……"这种典型的《闷与狂》式的铺张扬厉,在《王蒙自传》中已经频有显现。他写自传的时候实际上已想"蹴就"更直接、更炫张、更淋漓的情绪抒写,在榨干了生活故事的全部汁液之后让自己痛饮生命之杯!在这个意义上,《闷与狂》不是《王蒙自传》的补充,而是反过来,《王蒙自传》是《闷与狂》的准备。

读《王蒙自传》和《这边风景》可以清晰地了解他人生的故事,人生的形式,而读《闷与狂》,则可以强烈地感知他不同时段生命的频率与节奏、生命的痛感与快感、生命的感受与感兴、生命的已知与未知,其中包含着各种形态的但确实是用他自己生命的汁液分泌而出的情感、意志、感兴、直觉,也包含着不太清晰的,处在预备状态和朦胧意态的知觉、感性,思考甚至是深思的焦虑,尚未完备的理念及其所激起的兴奋等等。这些内容褪去了人生经历的情节与细节,弱化了生活体验的人物与人事,但一点也没有减弱作品的丰富性乃至生动性。作者生命感兴的鲜活甚至保存着原先就沁入心脾的滋味,这种生命的滋味对于一个饱经人生同时又稍纵即逝地遗落了人生并且对这种人生的遗落特别敏感特别在乎的作家而言,其重要性几乎等同于生命的全部,等同于生命的全部深刻性和丰富性。这正是王蒙所清楚地意识到的,他在《闷与狂》中表述:"文学艺术是生命的延长,是生命的滋味,是生命的反刍。"事实正是如此,他就是要通过这部别致的小说重温生命的感觉,品咂生命的滋味,而不是仅仅回顾人生的过往,咀嚼人生的秸秆。

这部"手记"体小说从传达的情绪状态而言乃是以狂为主,以闷为辅,而从作家的人生状态而言,则似乎正好相反。情绪状态的"闷",是一种沉静、舒淡而略显疲乏的情绪抒发,或用寂寞的笔调传达曾经沧海的彻悟,或用随时准备逃离的幽默,将这种理性的深刻化归于恬然、豁然、怆然的一笑;而"狂"则是一种炫张、暴烈且不饶不依的情绪爆发,或用大段的排比表达排山倒海的心灵激流,或通过丰富神秘的联想,将特定情境下的生命感觉寄寓于奇异、奇幻、奇崛的语言表述。这部"手记"实际上是"狂"的宣泄,"闷"是"狂"的基础,是"狂"的准备,是"狂"作为主旋律的副调,或作为正文的注解。在大部分人生中经历着"闷"的王蒙,却非常期盼着在表述这种人生的时候解放一下自己,让自己获得自由抒写的快感,也就是要借助文学之力"狂"放一番。狂放的自由的写作,在这部有关作家自己人生回顾的手记中,不仅仅是历史追溯的完成,更主要的是自我情绪郁积的宣泄,是自我心理能量的痛快释放,这写作本身,也就是宣泄和释放的本身,其实也是一种生命的体验,而且对于王蒙这样的作家来说,是更重要更痛切的生命体验。这种体验其意义和价值超过了"生命的延长",因为它更鲜活地带有"生命的滋味"。

可以强烈地感知到王蒙在写作《闷与狂》时的兴奋、自由、放恣与痛快淋漓,他创造了一种小说写法,虽然联想到《涓生的手记》以后可以认为他并不是创造了一种小说文体。他如行云流水般地将自己带入了生命的深秘和情绪的湍流,并力图将它们完整地、鲜活地、本真地传达出来。但最终他未必能够成功,因为作家在自我情绪流的抒写方面企图心太高太深,他试图通过闷思与狂啸回品并呈现生命的真味,有时候绞尽脑汁绞尽心力,甚至不惜鲜血淋漓地咀嚼生命的痛楚和灵魂的滋味,为了深味自己的人生,包括童真、青春、爱情、挫折、幸福,所有的甜蜜与痛苦,所有的晦暗与敞亮,但那生命的、灵魂的滋味又怎能那么轻易地让当事人品尝得出,即便品尝得一星半点,又如何能顺利表达?正因为难以正常地表达,作家才剑走偏锋,拳行险招,以异常的笔法狂恣的笔势迅猛的笔力大肆渲染,大肆炫张。即便如此,生命的真味,特别是深藏于自己灵魂隐秘处的痛苦与甜蜜,仍然无从把握,难以尽述,有如鲁迅在《墓碣文》中刻画的那条"长蛇":"抉心自食,欲知本味,创痛酷烈,本味何能知?"于是,整部作品在狂放自由之上仍然笼罩着无处不在的焦虑与困惑,愤懑与惆怅,这或许正是《闷与狂》中"闷"的原意,是无法通过"狂"写获得生命真味的深切的烦闷。

以《闷与狂》为代表的王蒙自传系列作品,以大开大合的气度和无所顾忌的冒险精神,将感觉化的情绪刻画得如此流畅而丰沛,将生命的本味书写得如此痛切而深刻。含藏于其中的机智和睿敏使得汉语及其文学表现的巨大可能性与任何外语相比都毫不逊色。这一系列的作品,注定属于当代,属于中国,更属于汉语文学世界,属于汉语新文学的未来。

第十八章　莫言的文学存在及其汉语文学意义

一个国家，一个时代的典范作家，对于评论者和一般读者而言，其意义不仅体现在他的文学创作方面，而是立体地体现在他的所有写作方面，体现在他的所有行为方面，体现在他作为社会人的存在的方方面面。当历史选定了莫言作为这个国度在这个时代的一个典范作家，他的几乎所有作为以及与这种作为相关的一切方面，都注入了文学存在的命意，或者，都具有了文学存在的意义。

在汉语新文学世界，莫言的文学存在具有十分重要的意义。

这是从文学社会学范畴论述莫言这样的典范性作家的一种思路，也是一定范围内判断典范作家的一种学术范式。在社会领域中，一定的存在总是代表一定的意义，而且对于社会认知和社会评价系统而言，一定的存在其所代表的意义往往趋于单一性。鲁迅做过许多学术研究工作，还参加过包括左联在内的社团活动，然而他作为历史认知和文化评价的社会存在体现为趋于单一性的文学意义，也便是文学存在。类似的典范性作家还有王蒙，他做过教师，当过政府高级干部，然而作为历史认知的对象，作为更大范围和更为普遍的社会评价对象，王蒙毫无疑问被理解为一种文学存在。作为这个时代的典范作家，莫言的文化命运同样被注定：在历史认知和社会评价方面，他注定属于能够代表这个国家和时代的文学存在。

一、社会拥有与文学存在

作家的主要事功当然是创作，作品永远是作家文坛地位乃至社会地位的评定依据。莫言的巨大声誉和影响力毫无疑问主要来自于他出类拔萃的文学创作特别是小说创作。他用一部部具有思想和历史内涵，具有丰富情节和奇异构思的长篇小说，构筑起当代文学醒目而独特的一脉灿烂风景，使得他的文学影响大大超越了文学世界而进入广泛的社会生活领域。

一个伟大的作家不仅仅是一个文艺的创作者,他还须有多方面社会责任和文化责任的承担。一个艺术家天才般的创作可能与他的欣赏者关系更为直接,而一个典范性的作家其作品往往被赋予时代精神和民族品格的象征意义,因而有时候负载着难以承受之重,然而同时也就说明了为什么作家的地位较之一般的艺术家更为崇高。在文化史上,作家的地位之所以崇高,至少高过其他艺术创作者,就是因为在这特殊的精神创造领域,在这集约着尽可能深刻的思想和丰沛的情感的艺术创造中,作家的社会承担和文化责任往往更为凸显,更加突出。有资料表明,"人类灵魂的工程师"最初是斯大林送给作家的称号,后来被加里宁演化为对教师的赞誉,但却很少被引向对艺术家的称颂和期许。同样进行艺术创作,作家的地位和社会期许一般会高于美术家,音乐家。这其中有许多原因,但作家的文学写作一般更容易被赋予更多更深的超越于艺术和技术的思想意义,应该是这种习惯性社会评价的一个重要原因。

这是一种与"社会拥有"相关的文学社会学现象。如果说作家和文学作品是一种特殊的社会存在,那么,对于整个社会而言,典范性的有巨大影响的作家以及他们出类拔萃的作品一经形成便成为社会的共同精神财富,为社会所关注,成为"社会拥有"的一种文学存在。当然,并不是所有的文学艺术家及其作品都能够上升到"社会拥有"的文化层次,一定是那些能够被社会文化优选为代表一个时代的典范性作家及其具有历史性和审美标志性的作品才能成为这种意义上的"社会拥有"的对象。这样的判断并不适合于一般的文学创作者,但非常适用于莫言这样的时代文学的代表人物。莫言作为这个时代的典范性作家,获诺贝尔文学奖所引起的公众狂欢效应持续良久,其社会关注度远远超出一个创作者之应能获致。在社会的一般认知中,文学与其他艺术类型相比较,更具有心灵和精神领域的良师益友的文化效应,以至于杰出的文学作品并不意味着为其真正的读者所具有,它们实际上几乎与每一个社会成员都有关。莫言及其作品事实上成了"社会拥有"的当然对象,而不仅仅是一般的文学阅读效应。

莫言作品作为文学存在所具有的"社会拥有"意义,为人们思考杰出的文学作品和即便是同样杰出的艺术品之间的社会地位差异性提供了理论参照,前者所具有的社会关注度以及社会意义总会明显超出后者。哪怕是价值连城的艺术品,一般都有明确的拥有者或藏家,只有在海关条例或文物法的意义上才象征性地为国家所有,正常情况下一般社会人不会对这些艺术品产生一种自然的关联感。但以杰出的文学作品为代表的高层次精神产品及其创作者，却在社会观感和文化属性意义上具有普遍的社会相关性，因为在习惯上这些杰出作品不仅凝聚着杰出作家个人化的思维结晶和审美创造，而且也体现着一定时代具有代表性的精神收获，甚至成为一定时代精神文化的卓越代表，因而即使不是在文学教化的意义上，作为杰出的精神创造体和相应创作品的作家与作品也很容易成为"社会拥有"的对象。

杰出的文学作品之所以比其他艺术品更容易成为"社会拥有"对象，是因为以语言文字承载的文学作品精神内涵或思想容量最深密、最复杂。文学的表现由于所借以承载的是一般工具的语言文字，而不是特殊工具的色彩或音符；色彩或音符的使用需要技术性的培训和历练，而一般工具的语言文字不需要技术性因素的参与，这样，其表现思想情感或精神内涵的自由度就相对较高，不像其他艺术需要通过特殊工具运用色彩和音符等技术含量较高的载体进行艺术表现，相对而言这样的表现与文学表现相比就失去了很多自由度。显然，作品的思想容量或精神含量与艺术表现的自由度成正比，承载和表述工具越简单，艺术创作的自由度就越高，因而文学作品所可能蕴含的思想、精神和情绪往往明显超过其他艺术门类。在其他艺术门类中，建筑的承载材料和表现工具最为复杂、特殊，艺术表现的自由度会严重受限，因而建筑艺术所蕴含的思想、精神因素就最为单薄，一般建筑艺术作品的精神阐释往往一两句话就可以完成；其次是雕塑，所需承载材料和表现工具也相当复杂，表现的自由度也很小，其作品所蕴含的思想、精神因素也相对薄弱，对它的阐解往往可以用一个句群或一个不超过一页的文字段落来完成。相对于建筑和雕塑而言，绘画所需承载材料和表现工具较为简单，艺术表现的自由度相对提高，艺术的表现力也同样增加，其作品所蕴含的思想、精神因素同样得到增强与提高，对于一幅成功画作的解读往往需要一篇两三千字的文章。当然这样的精神含量都无法与文学相比。由于文学创作承载的是语言文字，在艺术构思与文学创作中，对于语言文字这种一般工具的使用不包含任何技术因素，艺术表现的自由度最高，文学的表现力是那么直接，因而哪怕是篇幅有限的文学作品所包含的精神和思想容涵在外在篇幅上也常常大大超过其自身。全篇只有20个字的《静夜思》其思想和精神容量大可以写成两万字的长文。更何况，文学创作还有篇幅上无限延展的自由，似乎并不明显受到规定和限制的各类长篇巨著层出不穷，这是长期以来引人入胜的世界文学景观。

一个作家的写作自由度是其作品蕴含较大思想深度和精神能量的必要条件，

这种自由度不仅体现在承载方式和使用工具的简单灵便,而且体现在体裁选择和写作方式的复杂多样。一般来说,杰出的作家很少局限于一两种体裁的写作,他最擅长的或许是诗歌或者小说,但当他意识到自己已经成为"社会拥有"的当然对象,他的作品必须倾注更多的思想和精神内涵,这使他对于社会、人生乃至政治、文化等也就产生一种批评的责任感。这样的批评属于社会批评和文明批评的范畴,有时未必一定通过他所熟悉的文体加以展开,甚至不是以文学的笔法进行操作,但这仍然是文学家的写作。因此对于一个典范性作家而言,社会的期待、文坛的期待往往会超越文学创作本身。一个作家赢取社会评价的资本不仅仅限于他的创作成就,他的文明批评和社会批评、他的社会关怀和相关事务、他的文化责任及其积极的承担,都是社会关注和价值审定的当然内容。鲁迅之所以被定位为现代中国思想文化的宗师,现代中国最杰出的文学家,并不仅仅凭《呐喊》《彷徨》《野草》《朝花夕拾》《故事新编》等在篇幅上较为有限的"创作",而同时与他始终热衷的社会批评和文明批评有很大关系,与他大量有意义有影响力的文化活动乃至社会活动有关,最终,与他所有独特而伟大的社会存在密切相关。

  莫言的社会批评、历史批评、文明批评和文化批评主要通过他的创作深刻而强烈地体现出来,由此构成的巨大批判性使得他的作品显示出震撼人心的力量,显示出与众不同的气度,显示出不仅仅属于文学的写作风采。同新中国所有杰出的作家如王蒙一样,莫言没有能充分地、直接地展露出鲁迅式的社会批评和文明批评的笔锋,因而他在文学领域批评本体的写作并不突出。但其作品的巨大批判性使得他在批评本体意义上并不缺席,他的小说对国民劣根性深度的挖掘及广度的揭示,可以列为一个世纪以来最痛楚的民族痼疾的呻吟。在他的文学世界,随处都能领略情感天地、悲泣鬼神的伟岸人格,同时也随处都能体验宵小之众、卑鄙之群的社会底蕴,诚如他在《红高粱》中对自己家乡的描述:"高密东北乡无疑是地球上最美丽最丑陋、最超脱最世俗、最圣洁最龌龊、最英雄好汉最王八蛋、最能喝酒最能爱的地方。"他的高密东北乡就是华夏万里图的缩影,他的红高粱伟岸和卑劣并存的意象,他对红高粱敬仰与批判齐施的笔意,在《丰乳肥臀》《天堂蒜薹之歌》《檀香型》《蛙》《生死疲劳》等作品中都普遍存在着,而且展演得更生动,表现得更浓烈,使用得更自然更潇洒更出神入化。

  莫言的文学存在其最实际的意义自然在于他的文学创作。他的文学批评本体和相应的文学行为也主要通过他的创作得以体现。如果说王蒙的文学存在还包含有较多的批评本体和学术本体的文学行为,莫言则是汉语新文学世界文学存在主体中最倚重于创作的特定对象。事实上他不是施勒格尔所说的"一个真正自由的"的人,因为他还难以做到像鲁迅那样"能够自己使自己随心所欲地具有哲学或语文学的、批评或诗的、历史或修辞学的旨趣"①;某种意义上王蒙在朝着这样的境界努力,莫言还无暇进行类似的努力。不过,文学存在是指这样一种对象的历史性和现实性的肯定:他属于文学行为的独特主体,经常同时也是文学创作的突出主体,不过这一文学主体早已超越文学作品甚至文学写作,他成为一种无法绕过的社会现象,也就是说,作为一个综合性的社会存在,为文学内外的世界所关注、所讨论,由此甚至延展为一种有价值的文化现象。莫言的文学存在意义正在这里,他所有的文学写作固然是文学行为的结果,不过他即便从事其他的艺术行为甚至社会行为,如他写书法,他进入外事的角色出国访问,他从事各种社会活动等,这一切都会被汉语文化界以及华人社会理解为是一种文学行为,与莫言这个文学存在个体相关的文学行为,因为莫言作为文学存在个体具有足够强大的能量,使得他的一切行为都理所当然地被人们理解为或联想到是一种文学行为。

拥有文学存在是一个民族文学成熟的标志,文学存在的特定个体可以将文学的因素,文学的作为,文学的现象转化为全社会拥有的资源,这既肯定了一定时代一定语种文学的成熟度和优势,也围绕着特定的文学存在个体让这个时代这个语种的文学进入了"社会拥有"和民族生活的视野。

于是,作为汉语新文学世界的有特别价值的个体存在,一个真正可以称得上文学存在的对象,莫言的社会文化意义早已超越一个作家、一个写作者的范畴,他凭借着自己的作品,凭借着作品的世界性影响及其对本民族文学和文化的杰出贡献,已经成为汉语新文学向世界文学发言的一个杰出代表,已经成为汉语文化和文学记忆中的一个必要成分和必然现象,他的文学存在已经沉淀为汉语文学史、汉语文化史甚至是汉语社会的一般性知识。文学存在就是这样,他已经或者势必沉淀为一般性的知识,而且是社会对其组成人员所要求了解的那样一种知识。作为知识对象的文学存在意味着,无论你是否从事与文学相关的工作,但你这方面的认知缺席会被认为是一种知识结构上的欠缺。

作为文学存在主体,莫言正在成长为中国当代文化的一个精神资源式的人物。

---

① [德]施勒格尔,《浪漫派风格——施勒格尔批评文集》,李伯杰译,北京:华夏出版社,2005年,第51页。

资源的意义正在于他的"存在"。无论是他的信仰者和追随者,还是他的反对者和责疑者,都不得不围绕着他这个巨大的存在而发言。他的影响深入到中国现当代社会的几乎各个层面,各种话题,各色领域,然而人们在讨论他,谈论他,引用他,评价他的时候,首先将他定位为一个文学行为主体。因此,这个重要而巨大的存在是文学存在。文学存在主体向其所在的世界展示着文学创作的核心内涵、文学行为的全部内容,还有就是辐射到文学以外的各方面影响的综合效应。这些综合效应也许与文学无关,而是渗入其他学术领域,如莫言的文学存在,便会在中国现代政治学、社会学、心理学、文化学、历史文献学等许多方面引起并且还将继续引起种种话题。程光炜教授在《文艺争鸣》2015年第5期上发表的关于莫言家世的详细考证,而且可能将是系列化的考证,表明莫言文学存在的意义已经得到了学术的确立与承认。

二、 莫言与诺贝尔文学奖

中国文学界,确切地说,应该是包含中国大陆文学、台港澳文学及世界华文文学在内的汉语文学界,长期以来都存有诺贝尔文学奖的某种心结。2000年,旅法汉语文学家高行健荣获此奖,但由于其特殊的政治背景,这件好事给汉语文学界带来的是尴尬多于兴奋,争议多于欢庆。时隔12年之后,莫言以独特、丰富且卓有影响力的汉语文学创作重获诺贝尔文学奖,虽然免不了同样会有争议,同样会传出不同的声音,但无疑给整个汉语文学世界带来了一种活力、一种助力、一种兴奋剂、一种定心丸。如果说荣登诺贝尔文学奖授奖殿堂意味着多少年来汉语文学界的"中国梦",那么真正将这个美梦付诸实现的文化英雄是莫言,正是他,实现了属于几辈中国人的光荣与梦想。

早在1927年,鲁迅就卷入了中国作家与诺贝尔文学奖的风波。那年一位喜好文学的瑞典探测学家拟推荐鲁迅和梁启超获诺贝尔文学奖,并请刘半农通过台静农与鲁迅沟通。鲁迅感谢了各方面的好意,然后明确表示:"诺贝尔赏金,梁启超自然不配,我也不配,要拿这钱,还欠努力。"他认为当时的中国"还没有可得诺贝尔奖赏金的人"[①]。鲁迅当时讲这样的话非常真诚,因为他举到自己翻译的《小约翰》的作者——荷兰作家望·霭覃(Frederik van Eeden)就应该获得此奖。他还坦诚地表

---

① 1927年9月25日致台静农,《鲁迅书信集》,北京:人民文学出版社,1976年,第162页。

示,我们中国文学做得还不够,西方世界不能因为我们使用汉语就格外降格以授,这显示出一个伟大的文学家所具有的捍卫汉语文学的尊严,了解汉语文学的弱势,胸怀世界文学的坦荡与毅力。很显然,鲁迅与诺贝尔文学奖的关系并未密切到进入正式提名程序的地步,这一事件的意义在于表明汉语文学界已经关注到诺贝尔文学奖并表示出足够的尊重,表明包括鲁迅在内的中国现代文学家对这个奖项确实非常看重,评价甚高,更表明鲁迅的伟大真诚与谦逊。至于瑞典文学院诺贝尔文学奖评审人马悦然在 2008 年至 2010 年间到处演讲,说鲁迅"拒绝接受"诺贝尔文学奖是一种"谣言",这显然有些夸大其词,甚至是危言耸听。他说他"查了瑞典文学院的档案之后,肯定地说这只是谣言",显然是他还没弄懂这事情的来龙去脉。既然没有进入正式的提名程序,瑞典文学院的档案里当然查不到任何这方面的信息。

1938 年,诺贝尔文学奖授予美国畅销书作家赛珍珠(Pearl S. Buck)。获奖作品《大地》虽以英文写成,并在美国畅销,但它所描写的是中国农村的故事,赛珍珠又在中国长大成人,并以汉语为第一母语,因此人们习惯于将这位美国作家的获奖与诸多的中国因素联系在一起。这也成了汉语文学与诺贝尔文学奖之间的一次无法绕开的渊源。此后,战祸频仍,内乱不断,文学主流立意于社会事功,甚至一度割断与世界文学界的联系,汉语文学获诺贝尔文学奖的事情也就逐渐被人们忘却。有消息说这期间瑞典文学院分别运作过老舍、沈从文获奖事宜,但最终结果出现之前,相关作家却不幸去世,因而汉语文学在有限的两次机会中与诺贝尔文学奖擦肩而过。在这方面,十数次参与诺贝尔文学奖评审的谢尔·埃斯普马克显得更为实事求是,他公开承认,1968 年,中国作家老舍有可能得到诺贝尔文学奖。20 世纪 60 年代,诺贝尔文学奖评委会一直在考虑颁奖给一些亚洲作家,但激烈的讨论却持续了六七年,在此期间一些作家陆续辞世,其中就包括 1966 年去世的老舍。他又承认在 20 年后,沈从文曾经成为距离诺贝尔文学奖最近的人。沈从文于 1988 年 5 月在北京辞世,距离当年诺贝尔奖评选揭晓仅剩几个月。

也许是沈从文未获奖的消息在发酵,20 世纪 80—90 年代之间的中国,汉语文学与诺贝尔文学奖的关系问题再次成为汉语文学世界的讨论热点。评论家们纷纷探讨和分析诺贝尔文学奖的评审机制,翻译家们在暗暗选择可能的对象,一些作家则在谋篇布局、摩拳擦掌、跃跃欲试地进行努力,一些国外媒体和评论者则在煞有介事地做出各种预言或者发表各种言论,当然还有不少网友参与进来,然而一年又一年的期盼,一年又一年的失望。相当一段时间内,诺贝尔文学奖成为汉语文学世界的一个不说难受、欲说还休的话题,一种包含着焦虑、沮丧甚至有些愤愤不平的情绪,甚至是一个排解不开的心结。

  2000年,著名剧作家高行健出人意料地以流亡在异国他乡写出的长篇小说获得诺贝尔文学奖。但高行健当年获此殊荣并没有令中国文学界彻底解开这个心结,因为获奖者本人特殊的政治身份和国际身份,也因为他获奖作品并未得到汉语文学界的广泛承认这一基本事实。这个多少有些尴尬的诺贝尔文学奖[①]并未引起汉语文学界的足够的总体兴奋,其所导致的尴尬具有多重形态。中国政府外交部正式谴责这样的颁奖,使得一个文学奖大而无当地引发了国家立场的抗议,这种夸张的过激反应使得当局显现出某种尴尬。当然,颁授诺贝尔文学奖的主体方同样处理得比较尴尬,他们没有对高行健业已形成巨大影响的戏剧作品授奖,而是将奖项授予作家并不擅长的小说创作,授予尚未在汉语文学世界拥有读者(更不用说产生影响)的长篇小说新作《灵山》《一个人的圣经》,这不仅仅是一种冒险,也构成了某种尴尬。如果说在中国内地由于政治原因高行健的此次获奖遭遇尴尬尚属自然,那么在包括台湾在内的其他地区并未掀起持久的热潮,反应明显偏冷,这样的事实便显示出其在汉语文学世界的尴尬。显然,这与高行健的获奖作品未能在汉语文学世界和汉语读书界形成一定的影响有很大关系。

  也许有了高行健获奖的铺垫,莫言获奖没有给汉语文化世界带来巨大地冲击性地震动,没有在汉语文学以外的世界形成一般想象中的持久轰动效应。但莫言作品的社会影响力和国际影响力得到了巨大的释放,莫言以他巨大的成功带给汉语文学世界的种种正能量具有长时间的效能。2013年4月,莫言在澳洲的中澳文学论坛上表示:"再过六个月,新的诺贝尔文学奖得主就会出炉,到那个时候,估计就没人理我了。我期待着。"两个"六个月"过去了,莫言仍然是汉语文学世界和汉语文化圈中的热门话题,莫言的"期待"将继续落空。

三、 莫言文学:历史的哈哈镜

  莫言原名管谟业,出生于山东省高密县。童年时在家乡小学读书、劳动,直到1976年入伍参军始离开家乡。他在念小学时便对文学格外感兴趣,经常偷看"闲

[①] 参见《汉语新文学通史》(下),《尴尬的诺贝尔奖》,广州:广东人民出版社,2008年。

书",包括《封神演义》《三国演义》《水浒传》《儒林外史》等古典小说和《青春之歌》《破晓记》《三家巷》等现代小说,还有当时所能读到的《钢铁是怎样炼成的》等外国作品。他经历了中国现代史上极其困难的一段时期,也经历了"文化大革命"。在"文革"的动乱年代,想读的书无法得到,他甚至读《新华字典》,并靠着一套《中国通史简编》度过了"文革"岁月,接着又背着这套书走出家乡。在部队担任图书管理员期间,他这才有机会阅读大量的文学书籍,还钻研到不少哲学和历史书籍。厚重的家乡生活体验,厚实的文化阅读经验,加之天生的丰富想象力和天才地操弄语言的能力,使他成就为一个风格独特、底气雄厚的作家。他1981年开始发表小说,启用了"莫言"作为笔名。一般认为起这个笔名是为了提醒自己不要"放炮",告诫自己要少说话,不过更明显地立意还是暗含自己的原名:既与本名"谟业"谐音,又是字辈"谟"字的分拆。

入读解放军艺术学院文学系和鲁迅文学院的研究生班,是莫言精彩的文学旅程的两个加油站,这期间,他因发表了《透明的红萝卜》而一举成名,又因创作了中篇小说《红高粱》引起文坛极大轰动。接着连续创作了长篇小说《天堂蒜薹之歌》《酒国》,显示出超卓的想象力和高超的情节构思才能、语言表现才能。20世纪90年代初,《红高粱》英译本在欧美出版,引起热烈回响,被《今日世界文学》评选为"1993年全球最佳小说"。《纽约时报》评论说:"通过《红高粱》这部小说,莫言把高密东北乡成功地置于世界文学的版图之上。"自此,莫言作为当代汉语文学大师以及世界著名文学家的崇高地位得以确立。

此后相当长一段时间,世界汉语文学在一定意义上迎来了一个莫言时代。他的长篇小说《丰乳肥臀》获得国内赏格最高的"大家文学奖",《红高粱》入选《亚洲周刊》评选的"20世纪中文小说100强"(第18位),法文版《酒国》获得法国"儒尔·巴泰庸"外国文学奖。嗣后,陆续获得"法兰西文学与艺术骑士勋章"及意大利诺尼诺国际文学奖。在亚洲,莫言屡获日本福冈亚洲文化大奖和韩国万海文化大奖,由此被誉为"引领亚洲文学走向世界的旗手"。这个旗手同时又是一位不折不扣的写手,除了上述作品以外,他还奉献出了《食草家族》《四十一炮》《檀香刑》《生死疲劳》《丰乳肥臀》《十三步》《红树林》《蛙》等长篇小说,以及为数依然可观的中短篇小说和散文,他还创作过诗歌和戏剧。

无疑,这是一个多产的作家,然而同时,这又是一个具有鲜明风格特征,并在坚持自己风格的基础上努力建构独特文学世界的雄心勃勃的作家。汉语新文学世界的普遍欢迎与接受,诺贝尔文学奖等世界性大奖的获取,从一个重要方面说明,他以鲜明的特色建构属于自己文学世界的企图心并不是一番狂妄的野心。莫言文学的风格特征是如此的鲜明强烈,以致任何读过其作品的读者,无论是否喜欢,都无法不留下深刻的印象,而且是一种在阅读别人的作品时所难以获得的印象。它精神粗犷,语言奔放,情节波诡云谲,人物纷繁复杂,既反映出一个文学巨擘自由快意的写作狂欢,也体现出一个善于"讲故事"的人摄人心魄的超人技艺。莫言善于写历史,写饱经磨难和灾难的中国近现代和当代历史,以自己的家乡——山东高密甚至是相对狭小的东北乡为创作基点,透过这片偏僻、贫穷而丰富、神奇的土地,折射乡土中国主要是近一百多年的内乱外患,悲壮狂恣与血雨腥风,其中有英勇的流血,壮烈的牺牲,也有苟且的存活,贪婪的掠夺,有正义的呐喊,血性的抗争,也有宵小的背叛,屈辱的呻吟,有残暴的虐杀,兽性的荼毒,也有如水的柔情,如歌的温馨。近代中国的天道纷乱,现代中国的烽火连天,当代中国的天灾人祸,在莫言的创作中得到了如此生动、翔实而充满荒诞的谐谑性的表现。如果说托尔斯泰可以称为俄国历史的一面镜子,则莫言的文学浑似中国近现当代历史的一面哈哈镜。

哈哈镜由凹凸不平的镜面造成,利用物距、像距之间各个点的差异性,形成焦距的变换,从而使得镜中同一平面的成像呈现出奇异怪诞的效果。将这样的成像原理用诸近代以来中国历史、文明、社会及种种事件,并加以文学的表现,可以成为解读莫言文学的一种路径或一个视角。莫言瞩目于百多年来中国社会政治风貌,不断变换自己的视角,调整自己的聚焦,或推远焦点以模糊处理棘手的事件和人物,或拉近焦点甚至采用显微透视方式细腻地表现历史动作和人物行为与特定时代的社会心理,或直接采用变形乃至穿越的技巧,将铁一般真实而沉重的历史在某种荒诞或怪异的意象中付诸文学表现,然而这样的荒诞有着浓厚的现实演绎的成分,这样的怪异传达出的是对现实的批判与重铸的激情。因此,这其实就是莫言的小说,既被人们视为荒诞,同时又使得即便是很苛刻的批评家也无法否认其现实主义特质的原因。

这架结构复杂、成像丰富的哈哈镜,面对历史的宏大和开阔,特别是面对重大的历史事件和重要的历史人物,所采取的往往是推远焦点的措施,使得这些历史的必然对象既成为其文学的必然对象,又可以避开正面表现,甚至可以进行模糊和淡化处理,而将大量的笔墨留给底层的凡俗人生。正因如此,《檀香刑》中面对戊戌变法等重大历史事件,涉及袁世凯等重要历史人物,都采取焦距推远的策略,使得这部历史传奇成功地淡化了而且最终避免了宏观叙事。在宏观历史与微观人生之间,莫言更习惯于关注后者,他的写作激情往往与社会最底层痛苦的呻吟或放恣的狂欢紧密联系在一起,对于上层社会和高端人生,他宁愿采取隔空观望的办法,推远焦距予以淡化。《丰乳肥臀》中作家有意写到康生在胶东的土改,但往往是蜻蜓点水,一笔带过,将更浓厚的写作兴趣交付给凡俗的人生。对于重大历史事件和历史人物视若无睹或完全回避,会在一定程度上削弱作品的历史感和时代感,使得作品丧失时代的纵深感而浮掠在历史的表层面。但过多地停滞于宏大叙事之间,较多地黏附于重要人物言行,会使得作品拘泥于历史的真实,局限于事实的方寸,小说顿时会失去灵动的活力与自由的魅力。莫言的小说立意于历史批判,纵横于时代透视,在并不回避重大事件和重要人物的前提下,推远观察和表现的焦距,淡化乃至模糊宏大叙事的应有内容,从而体现出历史批判的灵活度,体现出透视时代的自由度。

相比于推远焦距以缩小宏观历史的痕迹,莫言更加擅长拉近焦距以扩大日常人生的成像。他善于将生活现象和人们的心理,甚至包括写作者自己的心理状态,以放大甚至夸张的笔法进行显微式的摹写与刻绘,有时甚至是令人心灵震颤、令人毛骨悚然的解剖与展露。惊悚的如《红高粱》中活剥人皮的残酷与惨烈;神异的如《丰乳肥臀》中,游击司令肩上的一块肉被日本人砍下之后,兀自在地上跳荡,被司令捡起来按在原部位以图恢复,但那块肉却又赫然跳下,直待伤者将其摔死,才得服帖,然后任凭包扎。这种夸张的笔法以一种无法忍受的变形处理,其悲烈、惨烈、暴烈,却正是为倔强而刚阳的生命及其固有的价值哀哀哭号,呼天抢地,让读者震动、震撼、震惊,在这震动、震撼和震惊中体悟生命的意义、生命的疼痛、生命的尊严和价值。

或是推远焦距,或是拉近焦距,其文学处理的效果往往是变形。莫言最擅长变形手法,也稔熟于变形构思。他广泛汲取民间文学的营养,经常利用民间文学中的鬼灵精怪作为载体承载所要呈现的现实故事,因而许多批评家由莫言联想到他那个非常著名的同乡——蒲松龄。其实莫言与蒲松龄,除了都对民间故事特别是狐鬼故事感兴趣而外,很少有共同之处。如果说在蒲松龄那里,民间的狐鬼故事就是他的叙述对象和言说本体,则对于莫言来说,传说中的鬼灵精怪的故事只是他构想或者组织现实人生故事的一种寄居的外壳,一种借助方法,甚至是一个叙事角度,他所要借此、凭此讲出的故事都是现实的活剧,都是历史批判和时代透视的沉痛结晶。《生死疲劳》于此显现得最为清晰。"主人公"司马闹几番"投胎"为驴、为牛、为猪、为狗、为猴,最终为病态娃娃,通过这六道轮回的主体的"眼光",审视中国农村土地改革以来的种种变革,审视和批判了在多重政治背景下山乡巨变而人性依旧的惨痛现实。民间神话中的六道轮回说只是成了作者结构故事的一种方式,成了作者获得全面地、历史地、现场感十分强烈地进行叙事的"全知视角"的一种借口,成了他的一种叙事载体,作为说故事的人,作家非常自如地抽身离开了"西门闹"这个人物的行为限制,而通过不同阶段不同形态的"轮回",不断获得不同时期面对不同人群的现场参与权和现场陈述权,从而非常自由地完成了数十年的历史传述。这部小说是典型的东方"变形记",同卡夫卡的经典作品一样,变形的目的不过是为了寻找一个突破人物行为限制的"全然而知"的全知视角,为了由此视角争得的写作者叙事和掘现心理的自由。当一个变形的"人"成为一个类似于甲壳虫式的具有不明所以的神秘来历的动物,或者当一个"人"获得了几次数番投胎转世的经验并且历历在目记忆犹新,他所具有的就不仅仅是处处在场的目击和窥视的能力,由这样的能力演化而来的"全然而知"的"全知"视角,它还可以深入到凭借人力所无法抵达的人和"动物"的心理世界,进行类似于超声波一般的心理透视和灵魂透视,这样的视角就不是一般的"全知"视角,而是"超然而知"的"超知视角"。莫言的许多小说都通过人物的变形、世态结构的变形、时间空间的变形转换等,成功地进行着这样的"超知"叙事。

  莫言是一个对历史充满好奇,对现实充满责任感的作家,几乎每一部作品都立意于对历史的清算和对现实的反思,在清算和反思中悄然蜕脱了政治的判断,甚至往往游离了世俗是非的判断。这样的清算和反思,尤其是试图蜕脱政治判断其实也就是拒绝了政治借力之后,往往显得十分艰难、沉重甚至危险,于是作家只好采用哈哈镜的成像原理,以不断变焦的灵活与狡智让历史的面貌变得时或清晰时或模糊,让时代的尘影变得时或失真时或祛魅,让严酷的现实在叙事中变形,让如铁一般真实的人生在变形中卸去一些沉重,抹去一些惨痛,沾上一点幽趣,染上一点诙谐,于是完成了哈哈镜表现历史与现实的程序,也达到了哈哈镜处理真实成像的效果。

四、莫言文学之于汉语新文学的意义

  莫言30多年的文学创作,成就了他自己的辉煌,成就了当代中国文学的世界性辉煌，也成就了汉语新文学的历史性辉煌。他的业绩不仅使当代中国文学在世界文学范畴内建立起崇高的声誉和卓越的功勋，而且也使得世界范围内的汉语文学界，特别是汉语新文学创作界，面对世界各语种文学如英语文学、法语文学、德语文学等，建立了历史的自信心，恢复了时代的自信力。如果说鲁迅当年诚恳地推却诺贝尔文学奖的非正式提名，乃是基于对中国现代文学自信力的不足，则莫言的获奖，一定意义上将这样的自信力恢复到了时代的顶点。

在电子文明全面袭来的传媒时代，汉语的重要性甚至汉语的传播作用都被直观地搁置一旁，而在几辈作家或与诺贝尔文学奖擦身而过，或为此奖上下求索而屡遭败北的情形下，汉语文学的前途似乎显得颇为幽暗，甚至传统意义上的文学写作的正当性都愈益显得有些模糊或暧昧，从审美意义或艺术追求方面，汉语文学一度似乎失去了本该应有的自信。莫言的巨大成功恰如一味兴奋剂，使得包括当代中国文学在内的汉语文学重新拾起对于传统写作的趣味与信心，使得包括当代中国文学在内的汉语文学在一定意义上重新获得了社会的关注与承认。虽然文学界一般认为，仅凭莫言的成功并不能使得已经边缘化的文学重新回到社会文化的中心，但在社会文化生活已经将文学边缘化的传媒时代，如果文学能够像这样时时被关注，时时成为舆论和大众兴趣的热点，就足以说明它值得肯定的社会地位和文化意义。

莫言的获奖带来了各种嘈杂的议论，这些议论包括对莫言文学的不认同，例如莫言作品的"残忍的刺激"，莫言语言的"病态"，等等。不少批评的声音由对莫言的关注、阅读转而对诺贝尔文学奖的怀疑与责难。这对于莫言来说未尝不是一件好事，因为像莫言这样一位文学大家，应该有欢迎批评家提出负面意见的胸怀和气魄，他毕竟是年富力强的成功者，在文学之路上还有很长的路要走，任何负面的甚至是否定性的批评对他都能够也应该起到兼听则明之效。更重要的是，无论这样的批评和指责是否符合事实，符合学术理性，是否出于个人好恶，它至少可以让中国人和汉语世界在一定意义上消除了对诺贝尔文学奖的某种遥远感和疏离感，以及由此遥远感和疏离感激发出来的神秘感。这是我们理性地、客观地对待诺贝尔文学奖的心理基础。也就是说，这些嘈杂从比较积极的方面说，可否意味着汉语文学世界的读者和作者对于诺贝尔文学奖这个世界顶级奖项的认知回归到理性和淡定，回归到自然和清醒？从更积极的意义上说，这毕竟是世界文坛接受当代汉语文学的重要信号，是汉语文学发展水平臻于世界文学最前列的巨大标志。曾几何时，汉语文学经常遭到来自内外批评界的毁灭性否定,类似于当代中国文学的"危机说""垃圾说"连续不断,此起彼伏,这些批评一方面可以振聋发聩,另一方面也多少影响当代汉语文学家的自信心乃至于影响整个汉语文化世界对于汉语自身的信心。莫言获奖以一种并不高调的姿态打破了这些妄评、酷评、恶评的符咒,让包括汉语文化圈在内的人们重新审视汉语文学及其可能前景,让汉语文学界对于汉语文学自身恢复了本来应有的自信。诺贝尔文学奖历史性地肯定了莫言,当然也在世界文坛的宏观视野中成就了莫言,但更成就了汉语新文学。

第十九章 "汉语新文学"概念与金庸研究

面对金庸小说，无论是狂热的崇拜者还是偏激的反对者，都不会否认它在世界范围内的巨大影响。① 事实上，几乎所有的肯定者与否定者，都往往着眼于金庸作品的这种巨大影响力。有人曾经套用"凡有井水处，即能歌柳词"的古话，比喻金庸小说的这种影响力，说是凡有华人的地方皆有金庸小说的流行。如此影响巨大的小说在发展不足 100 年的汉语新文学史上出现堪称是个奇迹。面对这样的阅读奇迹，歧见是必然的。汉语新文学的视角可以解释这些歧见产生的理论和观念背景，进而可以为弥合这种种歧见提供学术准备，重要的便是可以规避意义张力对学术评判的不良影响。

一、中国现代文学史学评价中的意义张力

只有特色非常明显的创作品才会像金庸小说那样，造成批评意见的极大悬殊。褒之者从文学史的意义上将其推许为"一场静悄悄的文学革命"②的成果，属于"一个伟大写作传统的复活"，认为之于 20 世纪的中国文学史具有典范的意义："他真正继承并光大了文学剧变时代的本土文学传统；在一个僵硬的意识形态教条无孔不入的时代保持了文学的自由精神；在民族语文北欧化倾向严重侵蚀的情形下创造了不失时代韵味又深具中国风格和气派的白话文。"③因此有人将金庸与鲁迅、沈从文、巴金等并列为 20 世纪中国文学大师，排列在老舍、郁达夫等之前，甚至茅盾这

---

① 袁良骏先生是坚决否定金庸小说的代表，他也承认金庸作品的"拥趸""何啻千万"。见《金庸先生对中国文学史的一个误解》，《粤海风》2003 年第 4 期。
② 严家炎：《一场静悄悄的文学革命》，《通俗文学评论》1997 年第 1 期。
③ 刘再复：《金庸小说在二十世纪中国文学史上的地位》，《当代作家评论》1998 年第 5 期。

样的文学家还不在此列。①

贬之者则认为金庸小说属于"胡编乱造"②"粗制滥造"之列,许多论者将金庸视为妖孽,斥为野狐禅,更有将其归为祸国殃民者:"为了赚钱,只顾趣味,不顾文学,严格说来,制造了大量文学垃圾,造成了中国文学空前的灾难。"③

无论是褒是贬,都有相当的理由。文学既是阅读与欣赏的对象,也是研究与批评的对象,因此,越是像金庸这样有影响的著名小说家,越是应该引起不同的批评和充满争议的评价。文学欣赏各有各的喜好,各有各的口味,相互之间不应该彼此勉强,甚至不应该彼此影响。从这个意义上说,所有的批评都值得尊重。当然,各种批评意见能够得到怎样的以及何种程度的认同,那是另一个问题。就文学欣赏而言,对金庸小说如痴如醉的态度值得赞赏,像王朔那样宣称"实在读不下去"④的说法同样应该尊重。就文化定性而言,好之者将金庸小说定位为极其高雅的文学建树,属于"文学史上光彩的篇章"⑤,甚至与民族文化建设的宏大目标联系在一起,说"金庸是当代第一流的大小说家。他的出现,是中国小说史上的奇峰突起;他的作品,将永远是我们民族的一份精神财富。"⑥而另一些论者则坚持认为金庸小说就是"高级通俗小说",是"高等文化快餐"的产品与供品,甚至说是低俗的东西,是当代文化几大俗中的代表。这些定性都不无其道理。

不过,就学术研究而言,富有学理的批评更容易得到认同。对于金庸及其小说这样已经成为汉语文化圈中的一种文化景观,成为汉语新文学史上一种文学现象的对象来说,"捧杀"和"棒杀"的心思可能很多人都会有,"捧杀"和"棒杀"言论的出现都非常自然,但"捧杀"和"棒杀"的可能性却已经接近于零。在这样的情形下,回归批评的理性,从学理层面对金庸,对金庸小说及其衍生的文化和文学现象作学理的论析,将更容易得到历史的和文化的认可。

围绕着金庸的批评论争,大多都体现出上述这样的学术自觉;除了一些只谈感想好恶的"定性"式的言论而外,批评言论都相当普遍地从文学史的角度展述其文

---

① 见王一川等编《二十世纪中国文学大师文库》,海口:海南出版社,1994年。
② 王朔:《我看金庸》,《中学语文》2000年第4期。
③ 袁良骏:《金庸先生的一个理论失误》,《南通师范学院学报》2003年第1期。
④ 王朔:《我看金庸》,《中学语文》2000年第4期。
⑤ 严家炎:《一场静悄悄的文学革命》,《通俗文学评论》1997年第1期。
⑥ 冯其庸,《〈金庸笔下的一百零八将〉序》,杭州:浙江文艺出版社,1992年。

学贡献，或者进行文学定位。将金庸和金庸小说与"20世纪中国文学"联系起来的文章题目，在这些批评文字中占有相当的比例。誉之者将其称为"20世纪中华文化的一个奇迹"，是"中国小说史上的奇峰突起"和"我们民族""永远的""精神财富"；即便是棒之者，也称其为"中国文学空前的灾难"，将金庸及其小说与宏大的历史建立起了某种必然的联系。

这种巨大的反差给学术界带来了某种尴尬。一方面将金庸及其作品宣布为本民族永远的精神财富，是一定时期文学史上的"奇迹"，而另一方面则将金庸及其作品理解为祸国殃民的文化灾难源体，似乎是十恶不赦的诲淫诲盗者。这样的反差不仅会导致外界产生对文学研究界标准混乱、任性而为的不良评价，也会让文学研究后来者感到左右为难，无所适从。

形成这种巨大反差的根本要害，在于我们的研究者都习惯于从国家、民族的宏大立场审视和界定文学现象和文学作品。这正是"中国现代文学""中国当代文学"以及"中国文学"等概念所暗示的文化结果。如果进入具体的文学史研究，"中国现代文学""中国当代文学"中的"中国"所指很可能非常自然地被理解为一种空域范畴，尽管这种空域范畴仍然面临着太多的问题，例如，这些概念在通常的文学史学术操作中并未将台湾、香港和澳门等中国空域包括进去，自然也就会将海外的华文写作，哪怕是非常"中国"的那一类，从学理上排除在外。更重要的问题是，在进行某些文学现象的批评和某个作家作品的评价的时候，当我们的思路和学术论述与"中国"现当代文学和"中国"20世纪文学联系起来之际，"中国"这个概念的空域意义往往就退居其次，而其所代表的意识形态意义会訇然凸显。这体现出讨论对象的具体性与国家民族话语的宏大性之间所具有的巨大悬殊而造成的意义张力。作为文学家及其作品，即便其地位再突出，与国家、民族等宏大话语之间都无法构成对等的学术关系；但我们的研究者出于某种习惯将这两个地位悬殊的话语联系在一起谈论的时候，巨大的意义张力便开始作用，国家、民族的意义就远远超出了它们的本义，比如说空域意义、种族意义，而获得了意识形态的特别色彩，甚至渗透出意识形态的话语霸权。

金庸的小说创作不过是在传统文化的深厚包装中，展演了现代人的精神体操、想象游戏，充满着娱乐的快意，拉伸着现代汉语文字的弹性及其表现力，满足了文化传统沿袭下的一种阅读习惯，其成功在于一度形成了汉语文学世界的阅读中心和兴奋点，在于巨大的文化市场号召力，在于为当代文化增添了一个饶有魅力又丰富迥异的话题。所有这样的建树都应该放置在文学和文化的范畴内加以认知和评价,一旦与"中国"的国家情怀,与"中华"的民族感兴,甚至与"永久"的人类意识结合在一起,就必然面临着怪诞的变形,因为它被注入了本来就担负不起的意义的张力。只要是从"中国"现代文学或"中国"20世纪文学和文化的视角对金庸小说之类的作品进行评价,意义的张力就会出现并引起这种怪诞的变形。所有对金庸武侠文学褒贬过度的评价,无一幸免地都在自觉不自觉地受到这种意义的张力的干扰。

二、 汉语新文学视角对意义张力的规避

意义的张力会在文学认知和文学评价过程中对研究对象起某种怪异变形的作用,而使用"中国"现代文学之类强调国族意识的概念,由于其研究对象的具体性与概念中包含的国家民族话语的宏大性之间的巨大空隙,又必然会形成这样的意义张力;何况,在特定时代培养出来的学术思维习惯,更特别容易从国家、民族、未来、永恒等宏大视角看待任何文学与文化现象。因此,面对金庸小说这样的文化特征相当明显,文学品质相当稳定的研究对象,应该设法超越这样的学术思维惯性,避开国族意识的暗示及其可能产生的意义张力。汉语新文学的视角将研究的重心由国族意识自然而然地转移到汉语成就方面,可以有效地实现这样的超越与规避。

汉语新文学是指用汉语写作的所有新文学作品,或者通过汉语运作的所有新文学现象,它最大限度地包含了习惯上表述的中国现当代文学、台港澳文学和海外华文文学的所有内容,并且自然地拆除了横亘其间的人为屏障。"汉语新文学"概念与其他相关概念相比较,避免了国族概念所预设的政治阈限,避免了由这种政治阈限带来的歧异与纠结,同时更规避了国族意识所必然产生的意义张力对学术评判的干扰。"汉语新文学"是经过空间拓展的中心概念,它本身并不意味着任何标准和品质,其中心标志是汉语的语言性质和新文学的基本素质。汉语当然不仅仅是语言,它更承载着与之相关的所有汉语文化的全部信息及其意义。当代社会文化学的知识告诉人们,一种社会文化的凝聚力主要体现在同一语言共同体的语言向心力方面,也就是说,语言是连接一定文化心理的基本要素。这就意味着,用汉语阈限原来人们习惯于认知和表述的中国现当代文学,并不会失去汉语所承载的文化信息及其意义表达的权利。其次,新文学是新文学创造者们的概念选择,它带着新文学运动的原始记忆,体现着新文化运动中形成的伟大文学传统的基本脉息。

如果说"现代文学"可以而且应该体现这段文学史的时代涵括力,也就是说,必须提示研究者将所有发生于这一"现代"时期的所有文学现象都涵括在内,就"中国"范围而言,它既包括汉语现代文学,也包括少数民族语种的现代作品,那么,"新文学"在强调与"五四"新文化运动密切相关的新的文学传统的同时,就可以不必对它所不能负责的其他语种的现代文学担负起学术阐述的责任,因为它毕竟只是汉语新文学,而不是中国现代文学。

在汉语新文学的意义上讲论金庸及其小说,才可以避开国族意识所必然唤起的意义张力,从而在汉语文化的最一般概念范畴分析其价值。金庸武侠小说脱胎于传统武侠文学,带着传统文化的厚度与穿透力,但无论从语言形态还是从文化观念、历史观念和人生观念,都体现出新文学的文化传统和相应魅力。沿袭着武侠文学的市民文化消费的趣味特性,金庸小说在汉语新文学文化市场的拓展方面,以及在对新文学读者的阅读口味的重新开发方面,都建立了不朽的功勋。从这一角度说,刘再复对金庸价值的概括较为容易接受。他说金庸"真正继承并光大了文学剧变时代的本土文学传统;在一个僵硬的意识形态教条无孔不入的时代保持了文学的自由精神;在民族语文北欧化倾向严重侵蚀的情形下创造了不失时代韵味又深具中国风格和气派的白话文……"①这是从语言和言语文化,从作家的创作心理和新旧新文学传统等高度体现文学规律的内质因素考察和评价金庸小说的较为公允之论,所切中的是汉语白话文和新文学及其传统的关键词。当然,刘再复同样没有意识到"汉语新文学"作为学术概念在认知和评价金庸作品方面的优势,他依然沿着"20世纪中国文学史"的既定概念评估和阐述金庸,于是仍然避免不了意义张力的干扰和侵袭,将汉语白话文的金庸风格概括为"中国作风"和"中国气派"的崇高品质。这个典型的学术范例表明,诸如"中国现代文学""20世纪中国文学"这样的国族意识非常突出的学术概念,在用于具体作家作品等微观对象的评衡与分析之际,必然挥发出对于学术判断特别有害至少有碍的意义张力,从而对作家作品评价出现意识形态化的痕迹。

在汉语新文学意义上研究金庸及其小说,才可能让金庸回到他原来创作这些小说时的心理状态和文化身份,将他还原为一个文人、一个文化人、一个文学阅读机制的成功营构者、一个文化市场的成功开发者。他运用的是汉语,凭借的是新文

---

① 刘再复:《金庸小说在二十世纪中国文学史上的地位》,《当代作家评论》1998年第5期。

学的构思体式和新文学的思想文化传统,同时合理地利用了传统文化中极富魅力的因素。他所有的成功和成就都不应在国族意识上作意义扩张,那样的结果势必让他成为时代的文化英雄,当他负起时代文化英雄的盛名的同时,责骂与声讨必然随之而至。遗憾的是,几乎所有精彩的和杰出的金庸研究,包括对金庸小说的褒扬与贬抑,都是在"中国"现代文学或20世纪"中国"文学的概念框架下和历史语境中研究和评价金庸作品,这样的历史感是非常必要的,但国家概念所具有的天然的国族意识,其所酝酿的意义张力会自然地削弱研究与评价的学术理性的色彩,从而使得原本在学理轨道上运行的学术评价演化为意识形态色彩较浓的价值论定。这是造成金庸作品在文化意识形态意义上被过度抬高或被过度贬低的根本原因。

就金庸研究而言,离开了汉语新文学或者类似的视野,就很容易落入国族意识及类似宏大语境对金庸作意义张力的推崇或贬低。在金庸研究中,有些学者确实成功地绕开了"中国"文学的价值定位,但仍难避免在民族语境下作意义张力的推贬。周宁发表于20世纪90年代的论金庸的文章影响较为广泛,原因可能是他的视野比其他论者更为宽阔,他超越了中国的语境而将焦点锁定在金庸与全球华人的关系,他看到了"金庸和以他为代表的武侠小说在当今华人世界拥有了那么广泛的读者",更看到了"每个读者都以个人的形式——阅读来参与这个属于全体华人的民族精神仪式",于是得出"金庸武侠小说是现代华人共同的神话"这样的结论。[1]既然金庸用幻想构成的武侠世界已经是"一个相对自足的意义世界",再将这个意义世界说成"现代华人共同的神话"就难免夸张。这样的夸张仍然与意义张力的作用有关,而这个意义张力产生于金庸及其小说这样一个具体的微观对象(无论它拥有多么巨大的读者群,其意义世界是自足的)与世界中华民族这样一个宏大概念之间的巨大落差。

即便不从国族意识及其相关语境出发,也还是比较容易落入意义张力的夸饰或苛责之中。这样的夸饰可能通过将金庸与其他具有宏大话语价值的对象相提并论而造成。鲁迅虽然与金庸同样属于具体的研究对象,但是长期以来他又被视为新文化运作和新文学创作的主要代表人物,成为中国现代文化和文学的标志性符码,在几代中国人的心目中早已经从一个作家演化为一个时代的民族文化英雄,甚至是民族精神的教父;更重要的是,鲁迅以一个非凡的思想家和深刻的社会文明批

---

[1] 周宁:《从金庸作品看文化语境中的武侠小说》,《中国社会科学》1995年第5期。

判家的姿态,为现代中国文坛和文化界贡献了无比丰厚的思想遗产,这些思想遗产长期以来已经积淀为几代中国人离不开的精神资源,他的伟大批判功绩也形成了中国现代文化的一脉重要传统。① 正因为鲁迅不仅仅是中国现代文化英雄,更重要的还是中国现代文化的精神资源,是现代文化传统重要一脉的开创者,因而在与其同时及此后的所有其他文化人和文学家中,能够被擢拔出与鲁迅相提并论或构成比较者寥寥无几。同样的道理,由于鲁迅事实上已经进入了现代汉语文化的宏大语境并成为关键词之一,任何一位试图与鲁迅进行比较的研究对象因此都可能受到意义张力的扰动,故而所有的这种比较都可能显得不伦不类。于是,有的研究者将金庸话题与鲁迅联系起来,说"在金庸小说中,存在着无可辩驳的深层次的鲁迅精神的影响","这种影响表现在对英雄人物的塑造,对个性解放要求的追求和对'吃人'文化的批判方面"②,虽然言之有理,但仍然存在着意义张力的痕迹,仍然会在人们的学术理解和学术接受方面造成挫折感。

关键是为什么要将金庸与鲁迅联系起来进行评价？这实际上因循的还是20世纪文学大师排名的思路,从整个世纪整个中国整个民族的宏观语境定位金庸及其小说的影响。鲁迅显然无可争议地被视为中国现代文学最杰出的缔造者和领导者,是中国现代文化精神资源的象征,任何一个需要在中国现代文学和文化这一宏大视野中显示地位的对象,自然都需要与鲁迅建立某种学术联系。然而,与宏大语境重要关键词的学术联系必然导致意义张力的冲击,热爱金庸的研究者往往在这种意义张力的作用下反而误了金庸。在文学的百花园中,鲁迅、金庸用汉语写作新文学,都在各自的轨道上成为汉语新文学的写作典范,实在无须建立某种勉强的学术关系。

正是在这样的意义上,那种坚持将金庸放在通俗文学的范畴内所进行的研究,虽然文学理论观念方面的确不够新潮,但比那种试图消弭雅俗文学之界限,从而把金庸甚至所有武侠小说都放置在雅文学、纯文学的意义上进行评价的方法和思路,似乎更能够维护金庸文学的特性、魅力和价值,学术评估也较容易为人接受。这就要求研究者跳脱中国文学或中华文学的宏大思维框架,从白话文学和新文学建设,也就是汉语新文学的具体视角看取和评论金庸的创作。汉语新文学视角与其相应

---

① 参见朱寿桐《孤绝的旗帜——论鲁迅传统及其资源意义》,北京:文化艺术出版社,2005年。
② 徐保卫:《金庸小说中的鲁迅维度》,《江苏社会科学》2000年第3期。

的概念相一致,有效地祛除了宏大思维的引领、规约和暗示,可以让金庸这样的研究对象在独立价值的语境中展示其普遍意义,在平朴寻常的理论中显示其非凡水准。

三、 汉语新文学之于金庸研究的可能性

由于较为普遍的思维习惯的作用,由于"中国""中华"等概念其所指和能指的文化寓意的影响,在中国现当代文学史或20世纪中国文学史的学术平台上研究金庸,都难免受到意义张力的干扰,从而对研究对象产生过度评价的现象。金庸已经是汉语文化阅读圈中最明显地被广为接受的小说家,对他的"棒杀"显然达不到"杀"的结果,但对他的"捧杀"很可能造成"捧坏"的情形。许多对金庸及其作品过度指责的言论其实就来自于对其意义过度拔高的反弹。有鉴于此,需要引入汉语新文学或类似的学术平台,免除国族意识的激发与暗示机制,避免不必要的意义张力的负面影响,让金庸研究和金庸小说的评价回到学术理性的格局。可以想象,这种规避了意义张力侵扰的研究对于金庸及其小说会相当有益。

汉语新文学天然地包含着文学传统和文化传统的成分,强调中国新文学传统的巨大辐射力、穿透力和影响力,但是,它的定义所面对的是其他语种的文学,是在世界性意义上对自身语言文化品格及其魅力的肯定。在这一意义上说,金庸本人对其文学的理解,乃是基于"汉语新文学"的概念而不是基于"中国现代文学"的概念。在那篇备受争议甚至因为语焉不详而令其蒙羞的讲话中,金庸所重视的正是在与世界其他语种文学相对意义上的汉语新文学:"中国近代新文学的小说,其实是和中国的文学传统相当脱节的,很难说是中国小说,无论是巴金、茅盾或鲁迅所写的,其实都是用中文写的外国小说。"他坚信,相对于"用汉字写外国的句子与文章","最好用真正的汉语来写中国的文学作品"。[①] 这样的说法当然过于夸张,不够公允,但他着眼于汉语文学建设,将汉语文学置于与外国语文学相比较的意义上强调其汉语语言特性,以及相应的传统凸显,这样的意图相当明确,态度也相当恳切。虽然他对中国文学传统的理解也显得较为片面,认为"武侠小说才是中国形式的小说",包括他自己创作的现代武侠小说"继承了中国小说的传统",但他关注的毕竟是"用真正的汉语"写的小说,思维的中心乃在于与外国语小说的区别性中凸

---

① 金庸,《中国历史大势》,长沙:湖南大学出版社,2000年,第46页、第58页。

显汉语小说自身的魅力。

　　用语不够准确并不能成为其从汉语文学而且是汉语新文学的立场界定、审视和评价小说正当性的理由。当他将现代著名作家的小说称为"外国小说"的时候，他自己对"外国小说"概念的理解显然相当模糊，完全没有进行学术界定的意识。这时候，他心目中的中国小说或者汉语小说就需要在语言表述和文化传统方面与外国文风影响下的小说划清界限。他理解的中国文学传统也相当片面，实际上，当他将其所深陷其中的汉语文学表述为中国小说或中国传统影响下的小说，并且与他含糊其词地称为"外国小说"的作品进行比照的时候，他也像其批判者一样受到了意义张力的符咒的作用，错误地担负起了他其实无力承担的历史责任和意识形态责任。

　　显然，金庸的直觉是准确的，虽然他的理论表述大有问题。从汉语文学与外语文学的比照意义而言，武侠文学所具有的传统根系更深更密，汉语承载的公案小说、武侠文学确实最具有中国特色，并且与外国语言文学的同类作品比起来，其民族文化特色也最清晰。但金庸说"武侠小说才是中国形式的小说"，似乎只有武侠小说才继承了中国小说的传统，这就失之于片面和夸张。他应该将其强调的中心词始终表述为汉语小说，避开"中国小说"的表述，而且也力求避免将文学传统表述为中国的文化传统和文学传统，只仅仅理解为汉语小说的传统，那么他这一番关于现代小说与武侠文学关系的论述应该说并无明显不妥。从中人们应能看出，他所致力于建构的只不过是汉语小说自身的特征与风格，而不是对国族文化传统全面负责的"中国文学"的作风与气派。

　　如果将金庸的文学理念在如此意义上进行展析，则能断定在"汉语新文学"和"汉语小说"的概念平台上研究金庸最为合适。汉语新文学视角之于金庸及其小说的研究因而获得了较大的学术空间和发展可能性。

　　从汉语新文学的视角研究金庸及其小说，能够有效地避免将具体的研究对象与国家、民族等宏大概念直接联系起来的思维方式和表述方式，从而也有效地避免这样的思维方式和表述方式所天然地带来的意义张力对于学术表述的影响。与此同时，研究者的思路会很自然地调适到与金庸的观察点相接近的学术焦点之上，那就是在相对于外国语文学的意义上看武侠文学的特性和价值。当人们将武侠文学和金庸小说放在与外国语文学相对的意义上进行考察的时候，人们一般不会再去计较它们与所谓精英文学或者纯文学、雅文学之间的复杂关系，甚至不会在历史的纵向发展面上过多地纠缠文学的雅与俗的问题。

从对于研究对象进行学术分析的理论角度来看,区分文学的雅与俗,不仅十分必要,而且也相当有效。严家炎虽然一贯高评金庸小说的创作成就,但他从来都趋向于从雅与俗相对应的意义理解金庸及其小说,只不过认为金庸的创作"超越了"雅俗文学的一般传统,达到了"雅俗共赏的理想境界",而文学的雅俗对峙则是基本的文化格局,甚至是文学发展的内在动力。① 于是,比起那种为了抬高金庸及其武侠小说地位,矢口否认文学雅、俗区分的可能性和必要性,甚至有意贬雅文学而褒俗文学的偏激倾向来,显然更富有学术理性的精神。另一方面,雅、俗文学都是在十分相对的意义上分别言说并且仍然难以说清楚的对象,两者之间的区分很难有清晰的理论厘定。因此,那种关于泯却雅俗之争甚至模糊雅俗之分的学术呼唤也不是没有道理,当雅俗之争或雅俗之分退隐之后,金庸这样的文学其文学史地位的取得就会顺理成章,同时更容易贴近文学历史的真实。

诚如严家炎所清晰地指出的那样,既然"20世纪中国文学"中充满着雅俗对峙的情形,甚至这样的对峙成为文学发展的内在动力,那么,从20世纪中国文学和中国现代文学的视角进行具体的写作现象研究,往往就很难绕开雅俗之争或雅俗之分的问题。只有从面对世界文学以及外国语文学的汉语新文学出发,才可能真正将汉语所写的白话文学当作一个整体来对待,而不是先分出它们的雅俗品性,也由此,金庸研究和整个现代文学研究才可能淡忘甚至免除文学的雅俗计较。特别是面对其他语种的文学,雅俗的计较常常成为不可能。林纾在清末翻译的外国小说较多地属于通俗文学,但他在哺育和影响一代中国现代文学家的过程中,人们并没有将这些作品当作通俗文学。汉语小说和汉语新文学在面对外国语文学的时候,也自然无须一定在内部先分辨出雅俗类别来。也正是在这样的意义上,金庸关于用汉语写作中国小说的论述显得特别难能可贵。

从汉语新文学的视角看金庸小说,会有更加充足的理由让人们认知这代表着一种经典的完成。金庸的武侠小说具有深厚的传统文化根底,所传达的是汉语小说语言的精湛和叙事的特性。它所用的语言基本蜕脱了传统文言小说甚至旧体白话小说的痕迹,以异常的纯熟和精美,成功地参与了现代汉语白话文的规范建构。

---

① 严家炎:《文学的雅俗对峙与金庸的历史地位》,《西南师范大学学报》(人文社会科学版)2004年第5期。

它塑造的人物以其全部的生动性显示出汉语表现力的强健有力,它叙述的故事演绎着汉语文化世界的深秘幽微和非同凡响。同时它的思想精神又充盈着现代气息,即便是在类似神话的世界也带有"人的文学"的浓厚色彩。因此,仅用小说作为典型的汉语新文学创作,是汉语新文学创作中足以与世界其他语言文学进行对话甚至进行竞争的文学典范。

在这样的描述中,每一个方面都可以展开丰富而详密的论证,都可以通向切实而精审的研究。金庸及其小说研究在"汉语新文学"的概念平台上有许多待写的文章,因而也就意味着有非常广阔的学术可能性。在汉语新文学的学术世界,人们可以解除强加给金庸及其作品的意义张力的束缚与缠饰,可以在真正面对世界文学的意义上直面仅用作品的"地方色彩"和汉语品性,可以领悟到汉语小说对世界文学做出自己贡献的另一种可能性,从而在一种新的视点上进一步理解中国文学之于世界文学的关系。

除此以外,尚需要考察金庸在溢出中国版图的整个汉语新文学范畴内的文学影响,也需要考察汉语新文学世界中金庸创作所起到的凝聚作用和整合功能。即使金庸不是中国现代文学语境中最方便的话题,也一定是汉语新文学语境中最合适的话题。

文 体 论

第二十章 "汉语新文学"学术概念的延展性及文体呈现

"汉语新文学"作为学术概念,自有其学术短板,也就是基本缺陷,最鲜明的是其作为概念延展性不够强。一个概念在表述上缺少延展性,这是一个问题,需要我们作进一步的学术思考。任何学术概念都有其局限性,这种局限性甚至会伴随其整个使用过程而得不到有效的纠正,在这样的情形下,唯一可行的纠正办法便是,清楚地意识到这样的学术局限性,进而表述出来引起讨论。

一、"新文学"概念文体延展的优势与劣势

"新文学"概念具有天然的不稳定性。"新文学"的概念一度显然是一个能够体现"正能量"的文化概念和学术概念。中国现代文学的先驱者,新文学的倡导者和最初的创造者们都非常乐意用"新文学"这个概念。从20世纪10年代中后期到20年代,也就是中国现代文学草创时期这十数年,文学界、评论界都将这时正在兴起的文学叫作"新文学"。"新文学"除了与此相对的"旧文学"而外,没有任何其他概念能够与之匹敌。虽然胡适更愿意用"白话文学"来指称,但他的"白话文学"并非专门用于指称新文学,甚至主要不是用来指称新文学,而是指经过"一千几百年历史进化的""国语文学"。① 据胡适自己说,"白话文学"的概念也不过是1917—1918年间流行起来的—— 他在1921年撰写《白话文学史》"引了"的时候,明确声明"白话文学不是这三四年来几个人凭空捏造出来的"②。其实,"白话文学"作为概念比这个时间早得多,至少1915年8月胡适在为中国学生会"文学科学研究部"撰写论文《如何可使吾国文言易于教授》时,就已经使用"白话文学"概念。显然,即便是如

---

① 胡适,《白话文学史》,北京:东方出版社,1996年,第1页。
② 胡适,《白话文学史》,北京:东方出版社,1996年,第1页。

此钟情于"白话文学"概念并乐于使用此概念的胡适,也同样习惯于使用"新文学"概指他们努力倡导的白话文学。1916年4月,胡适写作《沁园春·誓诗》表达自己推动文学革命的决心,首次明确使用了"新文学"概念:"为大中华,造新文学,此业吾曹欲让谁?"①这也应该理解为"新文学"概念正式使用的肇始。鲁迅、周作人、陈独秀、李大钊、刘半农、钱玄同等新文学的倡导者、推动者、创造者,都习惯于用"新文学"这个概念。

"新文学"概念以鲜明的文化倾向性和先进意识的取向性,成为那个时代最有魅力的文化概念。十多年来,几乎所有新文学的参与者都没有想到用其他概念来取代这个概念。1935年《中国新文学大系》隆重出版,"新文学"在被冠以"中国"这样严肃的国族领属之冕以后,成为一门学术,一种文明,一个学科的正式概念得以确定。《中国新文学大系》既标志着中国新文学学术和学科概念的确定,也体现了中国新文学研究的集大成,体现着中国新文学研究的最高水平。在此前后,虽然"现代文学"之类的概念随着文化观念"现代"化的浪潮汹涌而时有闪现,但"新文学"和"中国新文学"一直作为主流的学术和学科概念引领着时代的学术和文学研究。直至20世纪50年代初期,新中国第一部新文学史专著——王瑶的《中国新文学史稿》,所使用的仍然是"新文学"概念,尽管经过新民主主义历史观的陶冶,体现更缜密更政治化的历史分期标志性的"现代文学"概念已经占据上风。

"新文学"虽然是自外于传统中国文学(也就是"旧文学")的概念,但它的出现同时又自然地、自觉地使现代文学与中国文学之间形成一种割不断的文化勾连,既然是新文学,那就必然与"旧文学"处在相对的位置,但它们都属于"中国文学"。而"中国古代文学"与"中国现代文学"之间的断代则明显地弱化了这样的勾连。新文学在历史运作中拼命和中国传统文学也就是"旧文学"进行切割、分离,对之进行反抗、反叛,但越是反抗、反叛,越能显示出"新文学"实质上与"旧文学"有一种想割舍却难于割舍的联系。反叛性运作使得新文学非常自觉地把新的东西置之于与旧东西的比照之中,让自己挣不脱赖以形成新旧概念的原来的文化框架。所以,"新文学"兴起于对"旧文学"的反叛,但也同时显示着新的传统与旧的传统之间所难以摆脱的逻辑联系。当我们谈论"中国新文学",运用"中国新文学"概念时,与之相对、相通、相联系的自然是"中国文学"这个概念。但作为时代性标志的"中国现代文

---

① 胡适,《四十自述》,合肥:安徽教育出版社,2006年,第108页。

学",其所相对的就不一定是"中国文学",而是"中国古代文学"。中国古代文学与中国现代文学的区别具有某种绝对性和决定性意义,它们之间发生的文化联系就不可能那么自然。

从这一历史状况来说,"中国新文学"和"中国文学"不是直接对阵的两极,"中国文学"可以涵容中国新文学。它们之间可以是对应关系,也可以是包容关系,当然,在一种特别的分析中可以是对立关系。新文学倡导者们把自己创造和推动的文学概括为"新文学",就实际上承认了"新文学"是"中国文学"这个庞大母体中的一种异数,其中被注入了新质。"中国现代文学"与"中国古代文学"所构成的仅仅是一种简单对应的关系。由此可见,"新文学"概念在当年的使用非常精彩,非常富有历史内涵。

"新文学"概念随着"现代文学"概念的兴起逐渐处于退却状态,特别是在新民主主义历史观和无产阶级现代文化观成为主流意识形态的一部分之后,具有民主、科学思想内涵的"新文学"就处于节节退让的状态,"现代文学"作为学术概念经过二十多年的跋涉,慢慢占据了文学学术的地盘,并且显示出比"新文学"概念更大的优势。当然,这样的优势是在与"新文学"概念的劣势相比照的意义上被凸显出来的。

"新文学"概念的时代色彩过于强烈,它天然地承载着新文学初倡时期的时代信息。新文学是胡适、鲁迅、陈独秀、周作人这一代人倡导起来的,凝聚着这一代人伟大的文学实践,鲜明地表现出这一个伟大时代的成就,时代的精神。新文学创造了一个时代,引领了一个时代。这个时代的成就太过突出,色彩太过强烈,以至于后来的时代在精神品貌方面与这个时代拉开的距离之大,会远远超过它们之间的时间差。这就意味着,那个伟大时代很容易被时间涂抹为一种鲜明的过往。历史正是如此,"方向转换"在20世纪20年代初期就被新文学家挂在嘴上,许多当事人在几年之后谈起"新文学"运动时,产生了一种落寞、荒凉之感,唤起一种挥之不去的陈旧之感。人们还未来得及从"五四"时代走出,回眸"五四"则仿佛遭到了历史的定格,只能以令人追怀的但毕竟时过境迁的感兴打量和谈论那个时代。因此,即使"新文学"代表着它所特有的鲜明的时代性,但随着时间的推移,它的辉煌和华美也将风化蜕变,将逐渐失去竞争力。现在,人们已经不习惯于使用具有特定时代标记的"新文学"概念,直至我们作"汉语新文学"的倡导。

"新文学"之"新"其实早已被文学革新者所征用。梁启超时代就已经普遍使用

"新"概念,如"新小说""新文体"等。"新"代表着一种价值观,代表着时尚,代表着理想的文学形态。新文学时代所运用的"新"继承了这样的观念。所不同的是,新文学之"新"具有明确的思想和精神内涵,如民主与科学之类,这是梁启超的文学改良所缺乏的明确、稳定的因素。

现在我们倡导使用"汉语新文学"这个概念,就应该设法把"新文学"所带有的特殊时代的历史感打磨掉。"新文学"是在新的文化传统、新的问题、新的艺术面貌、新的语言形态意义上,建构了新的思维体系和新的规范,这里的"新"是不断充实、不断壮大的新的思想和文化传统,是不断面临、不断克服的新的社会人生问题,是不断改进、不断创新的艺术方法及其承载形态,是不断新变、不断进化的语言表述和语言审美。这样的"新"不应该停留在"新文学"诞生的那个历史原位,它应该是"与时俱新"之"新"。

要倡导"汉语新文学"学科和名称,就务必阐释好新文学的"新"义。这种"新"还须与传统,与文明的积累和文学所有的成就紧密联系在一起。这样才是有纵深感和有力度的"新"。"汉语新文学"概念可以使"新文学"免于成为被框定在特定历史时期的僵硬概念,可以使其褪下原来的历史时代色彩,再次激活它的生命力,使其在用于概括当代文学现象时依然保持文化的活力。

汉语新文学之"新",与汉语的语言形态也同样有关。我们的民族语言中,汉语是主要的语言,但绝对不是唯一的语言。汉语新文学并不是要把其他的语言文学抛撒在一边,而是要在世界文学框架内强调我们民族文学的主体形态。汉语还是个流动性的概念,不同世代有不同的汉语形态,因而汉语新文学实际上是在倡导汉语的进取性,倡导在与别种语言文学交流中不断改良、不断丰富、不断进步。

二、"汉语新文学"概念的延展性与文体应用

"汉语新文学"不单是指"五四"时代兴起的新的文体,而是指新文化传统中形成的,区别于旧的文学传统的新的文体和新的文学形态。它能够整合几乎所有相关的文学学术命题,如中国现代文学、中国当代文学、台港澳文学、世界华文文学,甚至于中国近代文学等,而且基本上不会产生学术的歧义。但是,汉语新文学的学术延展力明显不够,这会导致使用这个概念的学者在学术实践中受到某种限制。比如说,对于不同的文体,诸如"中国现代文学"概念其结构力就很强,延展性也同样很强,面对什么文体都可以改而论起而且显得顺理成章。我们可以非常自然地

将中国现代文学的文体形态分别表述为中国现代小说、中国现代散文、中国现代戏剧、中国现代诗歌等。但是,"汉语新文学"概念缺少这种结构力,相对而言也不具有这么自然的延展力。"新文学"已经成为一个内涵不稳定,但词语形态已经稳定的概念,当落实到不同的现代文体,情形就相当复杂了。

现代诗歌在"汉语新文学"概念框架中可以比较顺畅地称为"汉语新诗",但现代散文就很难在这样的语态结构中得到顺利延展。面临现代小说,在"汉语新文学"概念框架中称为"汉语新小说",有些不够自然,但还勉强可行,因为梁启超时代就已经出现了"新小说"概念,他们还办过《新小说》杂志,虽然他们的"新小说"不是我们所论述的"新文学"意义上的新小说,而是当时的政治小说一类的东西。由于"新小说"概念没有取得自身的独立性,所以在与"汉语"相结合时,就显得不够自然。

倡导"汉语新文学"概念就必须积极尝试使用"新小说"概念,也许这样的学术实践比墨守成规地使用"现代小说"概念更有学术意义。从"汉语新文学"的角度用"汉语新小说"解读小说作品,有时会产生很多意想不到的学术收获。例如对于金庸的武侠小说,我们可以进行这样的学术尝试。金庸用现代语言形态、现代人物刻画技巧甚至是现代人文价值观进行小说创作,使得这些作品理所当然地属于现代小说。正因如此,严家炎、钱理群教授等这样评价金庸:"他是把武侠小说现代化了,使得武侠小说顺理成章地进入到现代小说的范畴。"在这样的意义上金庸被理解为现代小说史上的一位经典作家。在前些年现代作家排名热中,金庸因排在20世纪现代文学家的前五之内而引起学术热议。这样的热议说明,人们对金庸的认知存在着较为复杂的态势。如果引进"汉语新文学"视野,就很容易理解这样的热议。且用"新小说"概念去审视、界定金庸的小说作品,会发现金庸小说虽然属于现代小说,但未必就是完整意义上的"新小说"。金庸的作品从使用的语言、运用的技巧、采用的价值理念等方面看属于现代作品,但现代作品未必就是"新文学",作为汉语新文学的"新小说"不仅要求语言形态的现代感,不仅要求作品观念系统的新,而且要继承和发扬汉语新文学的新传统。从这样的意义上界定金庸的作品就出现了问题,因为金庸的武侠小说从构思方略言之,从创作旨趣言之,从文学面貌言之,从风格定位言之,都还与类似的"旧小说"保持更为密切的联系,它们的文体传统和"新小说"并不一样。武侠文学在汉语传统文学里有相当深厚的积累和非常卓越的传统,金庸虽然从语言表述、写作技巧,文章结构,甚至人物性格、心理等方面都"现代"化了,但其文体传统还是原来的武侠小说的传统,因而文学面貌还不是新小说的类型。在这样的意义上,我们很自然地在文学感觉层面无法真正接受作为"新小说家"的金庸。

汉语新文学和汉语新小说带来了一种新的文体观照,一种以文学面貌和文体风格为主体的研究方法。在这种研究方法中,金庸的小说文体传统显然只能归类为源远流长的古代武侠传统。从现代小说的角度确实很容易将金庸的武侠小说"现代"化,但从"汉语新小说"的角度看,金庸的确成不了"新小说"的创作者。

这清楚地说明,"汉语新小说"比起"现代小说"概念往往更有效率。它能够启发我们从文体传统的延续性或断裂感判断文学的新与旧。在倡导新文化和批判旧文学的"五四"时代,旧文学的僵硬的程式化作为古老的文体传统受到猛烈的批判。这样的批判对金庸这样的作家似乎并无多大的触动,他创作的武侠小说,其所进行的文学构思,其所运用的文学描写,其所设定的人物关系,其所渲染的人物动作,其所布置的场景设置等,都继承和发扬了传统武侠文学的套式。这时候我们应当清楚,"新小说"往往是在西方文体形态之上建立起来的小说文体传统,它和中国古老的文体传统有很大差异。"汉语新小说"强调的是新的文体传统和新的叙事传统,而如果沿用"现代小说"的思路,则一些继承古老传统的新创作品也同样会被视为"现代作品",因为它们确实是"现代"的作品。

可不可以使用"汉语新散文"这样的概念？这是一个更加令人尴尬的命题,因为"新散文"没有在历史的运用中获得价值独立。然而这样的思路照样可以有参考价值。

我们的现代散文跟古代散文相比有了显著的发展。在现代的写作状态下,散文的种类已多到不可胜计,所有文体、所有写作都能在广泛意义上被称为散文。我们现在对散文的研究有限,比如一些特殊文体的写作者,他们写作的散文中的特殊类型,如各种媒体文章,还有鲁迅所擅长的杂文等,我们的文体认知还在较低的学术层次。对这些新散文不加以认真、仔细和有水平地研究,要研究总体上的现代散文是不可能的。这又形成了一种概念对峙的局面：现代散文与新散文的学术对峙。如果我们尝试使用"汉语新散文"的概念,就可以掌握这方面的学术主动权：可以从文体方面认定哪些属于"新散文",从写作传统方面研判哪些不属于"新散文",这样可以对各种"新散文"文体与写作传统进行别出心裁地界定。

现在散文研究较为薄弱,一方面是研究者少,形成的热点少,学术突破的可能性也较小;但更重要的还是对散文文体的把握软弱乏力,它常常被视为没有边际、没有边缘的特殊文体,因而当我们操弄散文研究概念时,会发现难以收拾,难以应付,从而使本来容易的散文研究变得很难。如果引进"新散文"概念,就有新的面面观,甚至触到"新散文"的边缘,这时候许多文学问题就容易得到克服。"新散文"的概念可以借助"新文学"概念,引进我们的学术视野,再用这样一种学术概念对于杂乱无章的散文进行总体地把握、设计,建立自己的学术规范,在散文研究方面开辟出新的视野、新的天地。一开始说"汉语新散文",可能是生硬不自然的,而在确认它可以框定什么是散文之后,便可能让学术研究在散文领域得以成功延展。

散文研究和其他文体研究有什么不一样?关键是它可以不依赖于对外国文体传统的解读。从"汉语新小说"的角度我们应该明白,这样的文体形态基本来自国外,例如鲁迅指出,他所发表于《新青年》的《狂人日记》等作品之所以能激动当时青年人的心,是因为我们的读书界"怠慢了"外国文学的缘故,言下之意,就是这样的新小说之"新"实际上来自于外国的文学文体,它们和古代小说的文体传统拉开了距离。"五四"新文化倡导中曾批评中国古代小说的文体传统为"某生体",即从介绍某人引入他家里有哪些人,发生了什么故事等等的创作套路。从《狂人日记》开始,新小说脱离了这样的构思传统和叙述传统,从新的文体传统出发创造出了新的文学形态。散文文体传统固然也有从国外引入的,可也保持着一些来自古代的文体传统,更多的是现代作家自己的创造。由于散文没有传统的束缚,创作在散文领域非常活跃且有魅力,能够凸显我们汉语语言的魅力,能够解放我们的思维。鲁迅的散文诗《野草》,很多篇章的文体风格都来自于自己的创造,既不依傍西方作家,也不依傍传统文体,而且呈现得非常美。所以,汉语新散文的视角可以让我们找到新散文所具有的文体传统的开放性以及创造性,这些都是现代散文研究所难以发现的学术问题。

散文在作家心态自由时写就,作家的创造性处在很高的兴奋点上,随意的写作状态能够脱离各种文体传统,进行自我的创造。如果说什么样的文体是中国作家自身创造最多的,那即是散文。我们好的小说、诗歌拿出来,都可以在国外或古代的文体传统中找到可比较的东西,而散文并非如此。鲁迅写"一棵是枣树,另一棵也是枣树",一路写下去,这样一种描写方式、感情状态和语言形态,在国外和古代都找不到。而鲁迅较好的小说,每一篇都能从外国小说中找到可比较的东西。既脱离了中国古代,也脱离了西方,这样的写作状态使得散文创作呈现出最明显、最活跃、最充分的态势。因此，散文应该是中国现代文学研究最多最充分的文体，而事实并非如此，特别是汉语新散文的思路未引入之前。

在汉语新文学的学术延展性在具体的文体分析上遇到麻烦的时候，我们必须勇敢地引入哪怕是生硬的"汉语新小说""汉语新散文"之类的命题，这样有助于选取新的研究视角打开新的研究路径。汉语新散文的学术理路促使我们可以迅速地建立鲁迅、周作人等人的新文章传统，确定他们的散文创作所开辟的文体传统及其意义，同时将过于传统、背时的散文写作非常自然地排斥在"新散文"之外。建构和使用"汉语新散文"的概念，甚至可以对现在的散文研究进行一番改革，找到一种非常有效、便利的学术路数，使散文研究能够更多地集中在新文学这一方面，集中在符合文学规范的层次。

当"汉语新诗"作为成熟概念被引入我们的汉语新文学研究之后，"汉语新小说""汉语新散文"的大胆使用可以克服许多学术障碍，在富有启发性的新的学术因素、新的研究方法、新的观察视角作用下，新文学研究因此可以打开新的局面。在这样的学术语境下可以再提"汉语新剧"。新剧指最早期的话剧，最早产生于"文明戏"时代。"新剧"概念由于有文明"新戏"的铺垫，比较容易进入我们的学术表述。"新剧"，抑或"新戏剧"，可以成为汉语新文学的直接征用的名词，用于现代戏剧的研究。

现代戏剧的研究者不少，成果也很多。但是，这样的研究往往会有遗憾，即对戏剧文学的研究和对戏剧艺术的研究经常脱节。戏剧是一门综合性的艺术，任何单纯的研究都难以抵达它所应有的学术目标。研究戏剧文学的人往往只是研究文学，而懂得导演、表演的人，又只是从戏剧艺术的角度介入研究，对文学、剧目不加涉及。这就使得我们戏剧研究的总体状态不太理想。

"汉语新剧"概念可以纠正这方面的缺憾。戏剧在我们汉语世界里是比较新的艺术样式，而在西方艺术世界里是最古老、最经典的艺术门类之一，甚至是体现西方文化原型的非常重要的艺术形态，西方文化的很多原型都来源于希腊悲剧。在相对意义上，汉语戏剧比较"年轻"，却并不妨碍我们就汉语戏剧开辟深入考察的空间。

汉语的戏剧形态较为晚出，文学的积累很多，但没有成为我们民族文化的原型。假如引进"汉语新剧"概念，则可以克服现代戏剧常常只是指话剧的局限。20世纪新文学产生以后，戏剧的文学创作主要集中在话剧方面，结出了非常丰硕的果实，出现了一批杰出的剧作家，如田汉、曹禺、老舍、郭沫若、李健吾等。新文学运作使得话剧在文学创新的舞台上不断掀起一波又一波的高潮，引导我们的舞台艺术向时代的深处走去。但是，如果我们把现代戏剧仅仅放在话剧上，就非常不公平，因为其他戏剧也做出了很了不起的贡献。比如歌剧《白毛女》《洪湖赤卫队》等作品的创作水平都很高，20世纪30年代时田汉也写过歌剧《扬子江上的风暴》，此后田汉还写过《白蛇传》。不同时代现代艺术家和文学家都曾对传统的京剧或其他戏曲节目进行改编、创造，成就不俗。所有这些都是汉语新剧，也是汉语新文学必然面对的对象。

引进"汉语新剧"概念，就可以接受这样的艺术事实：非话剧的戏剧创作同样可能达到很高的艺术水准，从而对汉语新剧和汉语文学做出不凡的贡献。现代戏剧既有的研究格局需要打破，需要从汉语新剧的角度进行学术操作，从而取得"新戏剧"的学术视野和学术理念，对"新戏剧"重新定位，以强调新文化传统中新的戏剧样态，新的戏剧传统。所以，作为"汉语新文学"概念的延展，汉语新剧同样能带给我们新的启发。

"汉语新文学"的学术延展在诗歌文体研究中最具可能性。汉语新文学进入诗歌后会自然变成"汉语新诗"，这是个顺理成章的延伸。"新诗"在"五四"时代后就被一致使用（除了胡适使用"白话诗"），而且"新诗"概念一直没有被忘却和颠覆。现在仍然有人写旧体诗，"新诗"概念仍然在使用，而且没有变味。也有人倾向于把汉语新诗说成"现代汉诗"，这显然不如"汉语新诗"科学和明确。"汉诗"既要包括旧体诗，也要包括新诗，还是不能解决问题。而且"汉诗"也可以是"汉代诗歌"的减缩，"新诗"则没有歧义。

在现代小说、诗歌、散文、戏剧中，对小说和诗歌的研究最充分，研究者最多，成果也最丰富。而引入"汉语新文学""汉语新诗"概念后，它的学术可能性就存在于我们的学术实践和学术思考之中。我们用汉语新文学及其延展概念去分析、认定、评价汉语在新诗文体中的独特性和魅力，能够得到新的学术视观。在文学的各种体裁中，语言特性在诗歌中体现得最充分。只有诗的语言特性是其他民族语言所不具备的，相互之间不能替代。如押韵就不能拿汉语的韵脚跟其他语种进行交换。节奏也是如此，我们的语言节奏也不能和其他语种语言进行任何一种交换甚至比较。诗的语言特性在每个民族语言中都显得最为突出，且不能跟其他语种产生可比性。在这个意义上来说，从"汉语新文学"中延展出"汉语新诗"，就能让我们的研究更多地接触到这一方面的内容。现代诗歌研究能关注到波德莱尔对李金发的影响,艾青如何受到法国象征派的影响等,还能够从诗歌主题、情感方式展开相关的研究,但不太注意从语言本身的艺术特性、民族特性和思维特性展开对新诗体格和个性的研究。

汉语新文学带着延展性不强或不自然的缺陷进入了我们的学术,特别是在"汉语新小说""汉语新散文"的尴尬命名中影响学术的施展。但是,引进"汉语新小说""汉语新散文""汉语新剧""汉语新诗"等概念,也会打开并解决一些以前没有被注意到的学术问题,从中得到很好的学术补偿。尤其是与我们更习惯的"现代文学"各文体研究进行比较时,就会发现"汉语新文学"的系列概念带来的学术可能性更多,能使以前被忽略的部分在新的学术视野中得到加强。所以,"汉语新文学"作为一个概念会受到很多挑战,面临许多问题,但它仍然是拓宽我们学术视野的一个比较有效、比较可取的概念。

第二十一章　汉语新文学与文学炫张体征

一、当代汉语小说的炫张体征及其理论思考

1. 从一篇小说说起：炫张的寓言

晓航的《碎窗》有理由在这个论题上被首先提及。这篇小说讲述了一个充满当代色彩的故事，并塑造了几个富有时代气息及精神特征的人物。赵晓川在出差的旅途上偶遇艺术女郎黄佳，后者常常通过陪伴有钱人旅游的方式让自己有机会到达自己想要游历和写生的地方。事业有成的赵晓川在这种俗之又俗的游戏中对黄佳产生了不一般的情愫，他突破了原先的游戏规则，竟然提供经费让黄佳在一个两人都向往的地方单独住了下来，黄佳在不经意之间将她对"碎窗"现象的观察心得告诉了赵晓川，赵晓川从此得到深深的启发，使得自己原先遭遇困境的事业有了转机，以至于他的妻子都对黄佳产生了感激之情。黄佳对"碎窗"现象的悟解是这样的："这个世界本来平静无事，但是当一扇窗子被打破时，机场管理人员来了，打扫卫生的来了，装玻璃的来了，卖玻璃配件的来了，所有的人似乎都被调动起来，没活儿的都有活儿干了，这就产生了生产总值，就好比在地上挖一条沟，然后再埋上这条沟，虽然这个世界什么也没改变，但是却产生了双倍的价值。"

这不是一篇精彩的作品，不足以代表中国当代短篇小说的成就。但是它确实在时髦的生活方式、先锋的人生理念和新潮的人际关系的书写方面体现出了时代的风致和现实的浪漫，更在通过人生意义的炫张构建小说精神和小说价值的创作思路上承续并弘扬当代短篇小说的传统。新潮——先锋其表、传统——惯常其质，这是中国当代短篇小说的基本特征。这篇小说在这方面具有一定的典型性。

黄佳的"碎窗""理论"不过是非常一般的需要理论的通俗化演绎，其实在经济学原理中属于常识，对于懂得经营之道的人士而言，完全不需要皓首穷经的"悟道"

功夫去获取,更没有如神明天启般的玄机。只有不懂经济学的文学家或者身陷情节迷局的局中人才会将它当作挽回企业颓势的救命稻草,甚至当成医治人生伤痛的万应灵药。当小说作者与情节中的绝大多数人一起将这个普通得不能再普通的社会经济学原理,处理为一种深刻的商务之道,甚至奉之为一种神异的悟道之果,这时候作品就呈现出一种可被称为意义炫张的文学体征。毫无疑问,当代写作的任何作品都会饱含着意义,包含着作者在故事、人物关系之外试图告诉人们的某种理念和感悟,这样的意义呈现对于深化作品的主题,提升作品品味具有十分重要的作用。但当这种意义以一种炫耀、夸张的姿态大大地溢出作品中表现的情节与人生框架之后,它就会对故事情节的自然性乃至真实性,对人物关系和人物言行的合理性造成严重伤害,从根本上影响作品的质量,严重地疏隔读者与作者之间的认同度。不幸的是,中国当代小说的创作就此形成了一种风气,形成了一个难以遏抑的文体特征:与晓航这篇典型的作品相像,致力于将所有故事结构和人物框架都绑缚在某种理念和感悟的意义之中,然后将这种意义的力量炫张为解决情节冲突甚至决定或改变人物命运的根本依据,这成为当代中国小说特别是短篇小说的一种模式,一个套路,一条构思或创作的必由之路。《碎窗》中所有的故事和人物都是为那个故弄玄虚的"碎窗"理论铺设的,这个理论的威力不仅能使赵晓川的事业和人生发生巨大转折,而且能化解赵晓川夫人与艺术女郎黄佳之间本来几乎是不共戴天的情敌关系,转而变为一种相互感激的类似于宗教般的情感关系。几乎是微不足道的"碎窗"理论在这篇小说的每个关键人物那里都成了一种天启与神谕,而且天然地带有神圣的魔力。当所有的情节和人物都在那种可笑的经营理念所形成的意义炫张中被构置、被变异、被颠覆之后,故事就显得非常脆弱,人物就显得非常变态,作品对于正常的读者而言就变成了痴人说梦般的滑稽,其实至多不过是煞有介事的寓言。——意义的炫张常会使小说体现出寓言的体态。

素有"寓言小说家"之称的王蒙,其实就最擅长于在有限的情节和人物关系中发掘不凡的意义,甚至是"说理型、智慧型的"寓言体[①],虽然王蒙的意义炫张在他的时代是十分需要的,因而受到了长期的欢迎和热捧,但当下读者早已经不习惯于寓言的教谕,特别是故作高深、虚张声势的寓言体的炫张。于是,以短篇小说为代表

[①] 严家炎,《论王蒙的寓言小说》,宋炳辉等编《王蒙研究资料》(下),天津:天津人民出版社,2010年,第668页。

的中国当代文学在意义炫张的层面上正在疏离原有的读者群。

必须直面当代小说意义炫张的创作惯性及其对文学带来的负面影响,必须认清文学创作合理炫张与过度炫张的原则区别,具体地说,必须准确地厘定情节炫张与意义炫张的理论关系。这样的学术努力牵涉到对当代文学规律和理论的总结,关乎当代中国文学的创作自觉与发展前途。

2. 意义炫张的传统惯性及教训

小说,尤其是短篇小说,常常离不开炫张,因为它须在有限的叙事空间内承载意义的表述,而且还必须完成叙事任务,于是它必须以夸张的笔力和炫耀的态度,安排和构思故事与情节,刻画和表现人物性格与人物关系,进而表达和凸显思想及其意义。19世纪与20世纪之交,炫张之法曾经成为小说创作的一时之尚。但成功的小说家多将炫张之力作用于故事和情节本身,而不是作用于外乎于故事情节与人物性格的意义,他们往往以情节炫张抑制意义的膨胀,而将意义的轨道严格限制在"微言大义"的层面。鲁迅的《阿Q正传》《伤逝》就是这样的成功典范。《伤逝》的思想意义显然处于受遏制状态:"人必生活着,爱才有所附丽"作为一种人生的常识显得特别简单,而承载和包装这一意义内涵的则是子君漫长的恋爱史,涓生复杂的恋爱心理和被生活扭曲了的人格,情节和人物的炫张制驭着思想理念和精神意义的表现。这样的写作方法一方面使得小说的故事和人物关系变得丰富、精细而有趣味,另一方面又有效地制止了小说寓言化的俗之又俗的坠落趋势,与此同时激发起或生发出小说的戏剧化情境。毫无疑问,《阿Q正传》从情节的展开到人物的动作都充满着戏剧性的韵味,这是因为情节和人物言行得到适度炫张的结果。

没有人给情节的炫张下过类似的定义,但至少胡适可以认同情节炫张理论的合理性。这位被公认为中国现代历史上最早思考短篇小说价值内涵的新文学家,在他那篇影响巨大的《论短篇小说》一文中肯定:"短篇小说是用最经济的文学手段,描写事实中最精彩的一段,或一方面,而能使人充分满意的文章。"[①]既然是用"最经济"的手段,也就是最小的篇幅,去展示故事中"最精彩"的一段,那所形成的格局就只能是情节的炫张。在这样的意义上它列举到了两位法国小说家的作品,都德的小说《最后一课》以及莫泊桑的小说《柏林之围》。特别是前者,利用非常经

[①] 胡适,《论短篇小说》,《中国新文学大系·建设理论集》,上海:上海良友图书印刷公司,1935年,第272页。

济的笔法描写一位学习疏懒的小学生面临最后一堂法语课的内心震动,将一堂十分平常的课堂炫张为一个时代、一个民族、一段历史的结束。这其中当然饱满着意义,甚至是宏大的爱国主义意义,但意义本身没有被炫张,意义依然据守在它本来的轨道。

以情节的炫张压抑意义的炫张的高手还有美国杰出的小说家欧·亨利。他的《麦琪的礼物》等长期葆有世界性声誉的作品就是如此。丈夫为了疼爱拥有一头美发的妻子卖掉了自己心爱的怀表而为她买回发卡,妻子同时也为了辛苦努力的丈夫卖掉自己的秀发而为他买回表链,于是,两个甘愿为对方的快乐牺牲自己的可人儿同时出示的礼物竟然同时都成了令人尴尬的废物。这个充满戏剧性的情节和场面包含着人性之美的讴歌,包含着人生艰辛的慨叹,却又点到为止,一切意义的表现以耐人寻味为度,绝不达到炫张的地步。作者炫张的是情节本身,将一系列巧合以及巧合造成的机趣以夸张和炫耀的姿态推出,意义则以一种自然的态势流溢出来。人们可以质疑这情节的过于巧合,却无法质疑作者的匠心以及其所抵达的成功。当然,富有匠心的炫张如果用在思想的寄托和寓意的开掘方面,就必然走向效果的反面。同样是欧·亨利,也同样富有影响的《最后一片绿叶》,所得到的便是这样的教训。作者在画家用生命所画的绿叶上倾注了太多的生命意义,造成了意义的炫张,结果使得人物结局充满着寓言式的虚假而不是戏剧性的魅力。

这篇意义炫张的作品在中国产生了一定的影响,因而对中国当代短篇小说的创作也带来了一定的危害。一位叫作孙观懑的作者发表过《乌龙潭有个纸扎匠》的小说,①就是跟着《最后一片绿叶》的思路实践了意义炫张的构思。小说写一个高明的纸扎匠在新的时代没有了生意,收入绵薄,而他的儿子却因为家里贫穷、置办不起结婚的家具电器啧有烦言。纸扎匠在儿子的百般刺激下,将自己关在房子里辛勤工作了若干时光,然后将一应俱全的高档家具和家用电器全都呈现在儿子面前。那些当然是纸扎的作品,但惟妙惟肖,光彩夺目,让垂涎欲滴的青年人叹为观止。纸扎匠老人点破了这个迷局,教育年轻人:一切豪华都不过纸扎的一般,徒有虚表,自己踏踏实实的人生才是最重要、最有价值的。为了达到人生真义的炫张,小说不惜编造出令人难以置信的扎纸技术的离奇效果,正像欧·亨利在《最后一片绿叶》中为了炫张人生真情,不惜将善良的画家倾其生命之力为病得快绝望的女士画绿

---

① 收入《撒旦的礼物》,南京:江苏文艺出版社,1997年。

叶的故事编得神乎其神。事实上该作者也确曾写过一篇题为《绿叶》的小说,对欧·亨利的阅读记忆应相当明显。这不是情节的炫张,因为作者的本意不在于让人们确信这编造情节的真实性和巨大震撼力,而是借助这样的情节表现其深昧的意义。当为了意义的获取与开掘而不顾情节的合理与自然的时候,意义的炫张就会显得有些肆无忌惮,就像维吉尼亚·伍尔夫所说的,让人物"生活在一个用各种最精巧的思想意义织成的茧子里"①,与实际人生现实完全脱节。

在创作世界,适当的情节炫张是被允许的,谁也不能苛求作家笔下的故事全部真实;但意义的炫张却须冒很大的风险,任何作者都没有理由认为自己比别的人更有资格教训读者或者启发读者。中国现当代文学创作发育并保持着一个并非优良的传统:作家常常被先验地命定为启蒙者,定位为社会的精英和人生的导师,甚至是灵魂的工程师,他们的创作就天经地义地致力于意义的开掘和内涵的炫张,于是从不满足于微言大义或者引而不发地阐述作品中各种可能的思想、感觉基点,必要将它们炫张得极富于冲击力和影响力,其结果常常是解构和破坏了作品的自然和优美。鲁迅那篇在中国家喻户晓的《一件小事》便是这样的经典作品,由一件平淡的交通摩擦引发出对文治武功等国家大事的反讽,对一个知识分子灵魂的震荡,进而追问到知识分子的精神原罪,等等,这篇小小说简单的情节以及更简单的人物从而都被赋予了重大意义承载和表现的任务,其自身的合理性和自然性面临着遭受怀疑的境地。

当代汉语小说继承了鲁迅《一件小事》所开辟的新小说传统,将意义的炫张置于情节的炫张之先,有时候甚至牺牲了情节的营构而专一地进行意义的炫张。这种倾向在"文革"之前和"文革"之中相当普遍,也相当正常,便是在"文革"结束之后,也基本上形成明显的风气,形成统一的模式,形成某种规范的力量。从刘心武的《我爱每一片绿叶》,到宗福先的《入党》,等等,这些小说已经失去了组织故事的耐心和诉说故事的兴趣,作者最愿意组织的是生活中的一种理念,最感兴趣的是这种理念在情节之外大肆炫张。前者讲述一个单位评先进人物,理所当然地将一个有点个性的好人排斥在外,引起作者的强烈质疑:能否尊重各种个性,就像尊重每一片绿叶,因而称为"文革"之后个性主义的一种呼声。后者讲述一个对共产党内

---

① [英]维吉尼亚·伍尔夫,《论心理小说家》,《论小说与小说家》,瞿世镜译,台北:联经出版事业公司,2001年,第178页。

总是出现野心家的现象过于敏感的青年,在饱受折磨的老革命的母亲教育下重新树立对党的信心,明白了"党不是他们的"道理,克服了也许是这一代人最先出现的信仰危机。这两篇小说都是通过微不足道的人物和几乎没有任何波澜的故事,阐述了足以触及那个时代最敏锐神经的思想主题。并非这样的主题不应触及,而是应该借助于与此重大主题相等称的重大事件进行协调性的文学表现,否则,通过一个情节非常薄弱毫无震撼力的故事凸显宏大而充满震撼力的思想和意义,必然形成干瘪的意义炫张。这样的意义炫张完全不顾小说应有的情节包装,以至于连寓言形态都未抵及,那僵硬可笑的说教意味甚至令人联想到文明戏时代"言论派小生"之类的直接宣讲模式。其后兴起的改革文学也多带有这种直接宣讲的意味,作为改革人物的主人公在作品中直接面对读者作长篇演讲的事情时有发生。那时的小说家就从未准备在讲故事、设计情节方面投入较多的心力,他们写小说的唯一动机和目标似乎就是炫张某种思想主题及其意义。

当然,当代中国短篇小说早已脱离了这种单纯在政治意义上进行空洞炫张的愚劣习惯,但作家习惯于意义炫张的构思方法似乎还在继续起作用,特别是在生活容量相对狭小,情节内容相对单薄的短篇小说中,意义炫张的现象随处可见,晓航的《碎窗》便是证明。即便是离开了政治炫张的轨道,从人生的理性乃至悟性方面通过简陋的故事和单薄的情节深掘思想意义,也还是一种意义的炫张,虽然远离了说教,也同样会给人以僵硬、勉强的印象。须一瓜的小说《雨把烟打湿了》从题目看就非常富有感染力和穿透力,但为了在平凡人生中通过非同寻常的情节炫张人性的痛楚及其精神力度,便在逐渐的描写中一次又一次地放弃了作品应有的感染力。具有引进人才身份与前途的蔡水清每天过着庸常的生活,在一个狂风暴雨之夜,出租车司机不愿开过一个旺水的低洼地将他送到方便的地点,使他在雨中深感挫折,竟用新买的刀杀死了司机。在审判中,检察官在偷偷嚼口香糖,被告人望着窗外在小声嘟囔:"雨把烟打湿了。"这一切显得颇为荒诞。将非常震撼的杀人大案与鸡零狗碎的日常人生粘连在一起,消解了两者之间的逻辑关系,同样造成了荒诞效果。文学中荒诞的营造总是为了凸显意义。这篇小说通过缺少深度的荒诞试图表现人性的复杂和精神的迷乱,是在对故事的意义进行故作艰深的开掘,不惜牺牲故事情节的自然而硬性渲染其荒诞,这一切又全是为了意义的掘进,此乃典型的意义炫张。艾伟的《小偷》也颇类似,小说铺写一家人遭遇不同类型小偷的故事,不惜牺牲人物关系的自然性和故事情节的真实性,将一切的难堪难以置信地集中于一个家庭,以此凸显人性的弱点与人生的尴尬,试图激起读者对普遍人性作艰难的反思,使得小说的兴趣都集中在简单诡异的情节所无法承担的意义炫张方面。

俗称"思想大于形象"的现象与此有些类似。尤其是短篇小说,由于生活容量有限,情节复杂性程度有限,其故事长度及其可能包含的意义内涵也应当非常有限,意识到这一点,就可以停止那种试图将有限的故事情节当作无限的思想富矿去不断开挖深掘的现象,即便是在人性内涵及其复杂性意义的开掘方面,即便是成功作家所宣称并追求的"某种普世的、超越时空的诉求"[1],在文学表现中也应有所节制,不宜奢望在几粒金黄色的沙砾之中真能捡出人性意义的黄金。但由现代文学到当代文学在小说创作上却形成了一种无法遏制的惯性,意义的炫张和精神的炫张成为主导倾向,以至于到了世纪之交,评论家仍有这样的观察:"当今小说创作最值得注意的变化"是"对精神价值,对思想含量,对现实的超越性的追求在逐渐增强"[2]。这样的观察体现出当代小说意义炫张的精神走向,此判断应该是相当准确的,但评论者认为这是一种近期变化的结果,并不属实,这应该属于当代小说创作的一种习惯,属于现代文学的一脉传统。

总之,相对于中长篇小说等其他文体,如果说短篇小说有什么重要的文体特征和创作方法,炫张应该说是最关键的一种。在极其有限的叙事空间展开相对完整的故事,安排相对精彩的情节,摹写相对丰富的人物及其内心,交代相对复杂的人物关系,当然离不开炫张的笔法,这便是情节的炫张;如果在相对短小的情节结构中表现具有相对深度的思想并开掘其意义,则会形成意义的炫张。成功的短篇小说意味着对炫张的把握得当,即炫张有度,而且尽可能避免意义的炫张。

3. 情节炫张对意义炫张的相对制约

基于上述理论,特别是短篇小说,由于叙述空间的相对狭小,必要的情节炫张显得极为重要,也极为珍贵。小说家必须不失时机地抓住文学规律赐予的这一特权,在构思情节和刻画人物的过程中,有选择有计划有节制地使用炫张的笔法,使得小说达到较佳的审美效果。这种情节炫张的重要性不只是故事好看、情节精彩,更主要的是能够通过这样的合理炫张抑制思想意义的炫张;如果放弃情节和人物

---

[1] 白先勇语,见《白先勇与符立中对谈》,台北:九歌出版社,2010年,第230页。
[2] 雷达,《当今小说的精神走向》,李复威主编《世纪之交文论》,北京:北京师范大学出版社,1999年,第192页。

刻画的炫张,很可能就相对纵容、鼓励了意义的炫张。

中国当代短篇小说的主要教训是过于炫张意义,造成类似于思想大于形象的文学效应。对此不良创作习惯的反动,便是轻而易举地放弃任何炫张,包括必要的和有效的情节炫张也一概放弃,追求文学表现的原汁原味,营构文学描写的原生态。这样的创作立意一向得到较高的评价。鲁迅在《几乎无事的悲剧》一文中称赞俄国作家果戈理(Nikolai Gogol)的名著《死魂灵》,描写的都是"这些极平常的,或者简直近于没有事情的悲剧"①。但果戈理所描写的,也是鲁迅所称道的,并非真如生活的原生态一般平淡、庸常、零碎、琐屑,而是立意于将人物的悲哀体现在"消磨于极平常的,或者简直近于没有事情的悲剧"之中,其实是带有炫张地摹写"极平常"的人生中对人物意志的消磨和对于有价值事物的消蚀。鲁迅自己的短篇小说《示众》也有这种"几乎无事的悲剧"的味道,它取消了建构任何情节的企图,用一个几乎没有故事,几乎是静态的场景展示沉闷得令人窒息的社会相,并承载了解剖愚弱的国民灵魂的思想意义。这同样不是一无炫张的描写,其实将所有如木头般沉默,如冷血般漠然,如白痴般好奇的庸众看客集中在一起展示,这本身就带有某种炫张的成分,属于一种炫张型的构思,只是这炫张并未离开人生的常态,因而易于为人所接受。

当代中国小说家也深知,在普遍厌倦了意义炫张的文学鉴赏者那里,放弃炫张的表现往往会赢得较高的评价。南台所著的长篇小说《一朝权在手》,其实是前些年官场小说热中的一个平常的文本,可是竟被有些评论家指认为写的就是"几乎无事的悲剧",而且这还是"小说在艺术上的高强之处"。其实正如这位评论家所描述的,作者既然写到了"几乎无事的闹剧,几乎无事的基层政治,畸形的也是司空见惯、习非为是的那种政治"②,就不可能"几乎无事"。池莉的《有了快感你就喊》居然也有人作这样的褒扬,其实从题目到内容都隐含着许多炫张的成分。

如果说对于思想意义的炫张的批评意味着一种宽松的批评原则,则对于"几乎无事"之类避免情节炫张现象的表扬意味着一种对精致小说的放弃。对于生活原生态的迷信鼓励了后现代主义文学创作,这种片面否定情节炫张的必要性的创作

---

① 鲁迅,《几乎无事的悲剧》,《且介亭杂文·二集》,《鲁迅全集》(第6卷),北京:人民文学出版社,1981年,第371页。
② 曾镇南,《几乎无事的悲喜剧》,《播芳馨集》,郑州:大象出版社,2010年。

理念,特别夸大日常生活、庸碌人生所蕴含的精神意义,又可悲地滑向了意义炫张的尴尬境地。因此,有度的情节炫张对于小说是必要的,对于短篇小说尤其需要。短篇小说所展开的人生内容和生活厚度相对单薄,所彰显的故事和人物关系相对简单,只有在情节设计方面加入一定的炫张内容,才能够承载起作品相应的思想内涵和精神含义。没有相当思想内涵和精神意义的作品是不可想象的,而如果满足于截取平常和庸碌的生活片段作简单的文学表现,却仍然要承担相当的思想内涵和精神意义,则必然会造成情节的稀薄与意义的浓度不相等称的不平衡现象,这种不平衡客观上就造成了意义的炫张。因此,成功地小说家必须通过情节的适度炫张以中和、减弱思想内容和精神意义的炫张。

  中国当代小说家和一些批评家对这样的原理往往较为隔膜,常常片面强调生活的原真并拒绝任何情节的炫张,从而将一定的思想和意义交付给相对薄弱的生活情节去承担,这样造成了不经意的意义炫张。这样的状况在著名小说家那里常有机会出现。苏童的《两个厨子》叙述了顺福楼的白厨子带着穷人黑厨子到陈家办家宴的故事,作品的每一个细节每一个门道都很真实,充满着生活化的意味,但作者的创作意趣也因此被这些细节掩盖了,老到的笔力丝毫不通向情节的炫张,而是心甘情愿地在最平淡的故事上信马由缰。不能说小说没有意义的表达,这其中有人性的温暖,有人生的艰难,有亲情的深挚,有生活的狡智:众多意义的交织需要较多故事的褶皱以贮存,故事太平淡则不容易形成诸多褶皱,思想和意义就像被炫张在平坦的广场,那么醒目,那么直愣。余华的小说《我没有自己的名字》多少也带有这样的意味。孤儿来发在他的生活圈中从来不使用自己的名字,人们对他动辄驱使并随便对之进行侮辱性的命名。只有一味好心的陈先生觉得来发同样应该得到人格的尊重,他谆谆告诫周围的人们和来发本人,叫他做事必须叫出来发的真名。当乡人许阿三等用这个真名叫来发的时候,却是为了利用他,将与他相依为命的狗诓出床底以便捕杀。小说对潜藏在几乎每个人心中包括在傻子来发心中的人格缺陷和人性弱点的揭示非常深刻:所有的人都不会在乎别人的生命和生存状态,而只在乎别人如何称呼(其实也就是对待)自己,这种彻底的自私使得所有人格的尊严都不过是欺骗的口实。这种深刻得令人心灵随之颤栗的思想,原需要借助同样令人颤栗令人惊悚的故事情节加以承载和释绎,但小说在情节构思方面放弃了炫张的兴趣,只是追求叙事的日常化甚至琐屑感,因而思想意义就得到了客观的炫张。

  在力图避免情节炫张的短篇小说中,思想意义如果不是得到被动的炫张,便会通向空洞。戴来的作品《亮了一下》提供了这样的教训。作品中的洛杨、尚云夫妇各有情人，但他们维持着家庭的平稳；甚至通过梅干菜扣肉这个不引人注目的特殊道具，洛杨知道是自己的师弟介入了他们的生活。"洛杨感到自己的腰部一阵发空，他在饭桌前坐下，今天的菜比往常要丰富一些，尽管没有胃口，但他还是拿起了筷子，尚云正在说着去开家长会的事，洛杨清楚地知道，这是他熟悉的生活，也是他没有力量改变的生活，不出意外的话，他还将这样过下去。"如此恬淡的叙述，如此无奈的感叹，如此慵懒的人生，连情敌就在面前也掀不起一丝风浪，所有情节没有一点炫张的意味，然而这种后现代的生活，这种反小说的叙述，其欲表现的思想意义也同样地绵薄，甚至同样地乏味，其结果就走向内涵的荒芜与空洞。类似的小说还有潘向黎的《白水青菜》，同样写婚外情，同样写面对情敌上门的无动于衷，其思想含义也像题目所昭示的那样，恰如白水青菜一般淡然无味。

追求自然、恬淡的人生的摹写，在原生态意义上避免情节和故事的炫张，早前有废名、沈从文、汪曾祺等著名作家精彩作品的示范，然而他们都在生活的韵味、人生的情境刻画方面表现出不懈的努力，因而思想意义不仅不单薄、空洞，而且也不炫张。青年作家魏微立意于学习前辈的这种笔法，在《乡村、穷亲戚和爱情》中，以浓郁的深情谱写出一曲江淮农村的当代恋歌。作者以饱满的情愫描写着注定已经远离的家乡："一草一木，万物生灵，在这片土地上，呈现出一种别样的、活泼的姿势。它们是那样的和谐，具有某种朴素的美质。那是因为，你爱上了这片土地，你与它们紧密地联系在一起了。"这是作品的主调，是作品表现的情绪基调。作为一个远离故乡的作者，她这种情感的炫张不仅可以理解，而且也确实很有感染力，特别是当读到她在叙事快完成之际这样写自己："一个城市女人倚在老树杆上，她四周的环境是旷朗的，看不见什么人。蓝天白云，坚实的土地。有风从麦田深处吹过来，那泥土和植物温凉的气息，刺得她鼻子有点发酸。"是的，作品的展开始终强化着这样的调值，但却不屑于引入足够精彩和热烈的情节。情节的平淡与情绪的浓郁构成了强烈的反差，情绪意义上的炫张就疏离了情节和故事的结构变成单飞的夜莺，它的哪怕翅膀扑棱的声响也就构成了一种黑暗中的炫张。这同样是相对形成了意义的炫张。这种情绪意义的相对炫张在前述诸位文学大师的笔下却不经常出现，因为他们并不将自己的情感，哪怕是对故乡、故园、故土的情感，如此明白如此直接地抒发出来，而更多的是深藏于平实的叙述之中，务使情绪不溢出情节的叙事而达到炫张之境。

看来,不掌握小说情节炫张与意义炫张的概念内涵,不把握情节炫张与意义炫张之间的关系,就难以理解优秀小说作品的玄妙,就难以准确认知和继承优良的文学遗产并在当代中国发扬光大。废名、沈从文、汪曾祺的不少成功的小说,其故事情节往往非常朴素、平实,其叙事语调和风格也常常避免炫张,但他们以同样的力度和技巧压抑住情绪、思想等意义的炫张,他们只是在意于营造某种文学的审美的情境。当代小说尤其是短篇小说创作的关键,是要尽可能遏制住意义的炫张、思想的炫张或情绪的炫张,在此基础上鼓励情节和人物的一定程度的炫张。如果偏执地将克制或削除情节的炫张当作小说创作的万应灵药,片面地克服情节的炫张,就可能导致后现代小说故弄玄虚的生活乏味症,正如伍尔夫所批评的那样,作家"浪费了无比的技巧和无穷的精力,去使琐屑的、暂时的东西变成貌似真实的、持久的东西"①。何况,有时甚至是为了掩藏技巧与精力的不足,包括想象力的贫瘠,故意宣称收敛起其实自己难以操弄的情节炫张的利器。批评界所指责的当代小说家"想象力匮乏"的现象,②并非个别,也并非没有道理。

4. 情节炫张的合理节制及其重要性

情节的炫张是必要的,有读者喜欢"对'写实'的作品,是注意去读出里面的'虚'的东西来"③,其实就是情节的炫张部分;但情节炫张的适度性更为必要,让这种"虚"一变而为虚假,就造成了文体的伤害。任何情形下,意义的过度炫张属于不合理的炫张,情节的过度炫张同样属于不合理的炫张。有时候,过度的情节炫张还可能导致趣味的放任,甚至导致趣味的低俗化。低俗化的趣味意味着在创作过程中趣味的不受节制,这仍然又可归结为意义炫张的当代小说另一番体征。

余华、苏童是当代小说家中最富实力和探索精神的代表,他们的作品常常都能克服意义炫张的缺陷,而专心致力于情节的营构、聚合与开发,使得作品具有很强的可读性。几乎所有获得长期成功的当代小说家都有这样的历史,包括贾平凹、莫言,而论利用短篇小说有限的情节空间施展出色的创作才艺,苏童显然更具优势。他极善于通过集中、凝聚和想象的途径炫张小说情节,并在通向意义炫张的中途适可而止地停止了脚步。《告诉他们,我乘鹤去了》就是这样的作品。一位疾病缠身

---

① [英]维吉尼亚·伍尔夫,《论现代小说》,《论小说与小说家》,瞿世镜译,台北:联经出版事业公司 2001年,第7页。
② 胡彦:《想象力的匮乏——李霁宇小说批判》,《滇池》1997年第4期。
③ 黄子平,《序》,见李陀编《中国新写实小说选》,香港:三联书店(香港)有限公司,1995年,第Ⅳ页。

的老人惧怕死后被火化变成烟尘,就通过巧妙的劝谕让孙子挖下土坑,将自己囫囵活埋,说是这样才可能留着尸身等待到白鹤来载其西归。平俗的人生中构筑了不凡甚至离奇的故事,离奇的情节中包含着老人坚定的信念与合理的逻辑,故事情节和人物心理得到了合理的炫张,但并没有炫张过度,没有抵达意义的夸耀与炫张,因而取得了成功。余华的《鲜血梅花》同样充满着情节的炫张,不过他是通过博尔赫斯式的谜局达成这种炫张的。一代宗师阮进武死于两名武林黑道人物之手,当时其子阮海阔年仅五岁,依稀的往事在他记忆里便是天空飘满了血腥的树叶,既充满仇恨又充满诗意。当"他的躯体开始微微飘逸出阮进武的气息",尽管没有半点武艺,也必须肩背名扬天下的梅花剑,走上复仇之路,去寻找15年前的杀父仇人。这是父亲的遗志,也是母亲的希望:母亲告诉他,剑上已有99朵鲜血梅花,她希望杀夫仇人的血能在这剑身上开放出一朵新鲜的梅花。复仇者被告知,他的杀父仇人"一个叫青云道长,一个叫白雨潇",可找寻的过程中并未发现这两个人的踪影,只遇到了胭脂女和黑针大侠,这两个人又分别要求他们倘若见到青云道长,须分别帮他们打听刘天、李东的下落。然而后来方知自己的杀父仇敌实际上就是刘天和李东,他们已经在三年前分别被胭脂女和黑针大侠杀死于华山道上。没有必要真正理清青云道长与白雨潇、胭脂女与黑针大侠、刘天与李东这三组武林高手之间的关系,也没有必要鉴定他们之间故事的真伪程度,作者所要炫张的就是他们之间组合而成或者不如说虚拟而成的谜局,这谜局构成了一幕又一幕永难明晰的连续剧,而其中的况味却又那么隐晦、潜在,谜局在理不清但可理解的层面渐次展开,炫张得非常有节制,因而完全没有寓言体的酸腐味道。

《鲜血梅花》的炫张手段除了适用于情节和人物关系的设计而外,还用于关键道具——梅花宝剑的渲染:一旦这把剑沾到鲜血,只须轻轻一挥,鲜血便如梅花般飘离剑身,只留一滴永久盘踞剑上,状若一朵袖珍梅花。与这样的神器相比,诸如削铁如泥、吹发可断的传说就显得极为稀松平常。成功的小说就如同戏剧,复杂的情节可以炫张,错综的人物关系可以炫张,特别的人物性格和心理可以炫张,高超的打斗技艺或奇异的道具等也都是看点。不必论证或追问这种炫张内容的合理性、可信度,炫张的艺术天生就拒绝这样的论证和追问;关键是这种炫张须约束在这类构成小说体征的"硬件"范畴内,不能流向思想和意义的软件领域。情节炫张的无节制常常会导致趣味的放任和意义的炫张。

与《鲜血梅花》在谜局营构方面有异曲同工之妙,格非的《傻瓜的诗篇》更愿意明确与博尔赫斯小说构思法之间的密切联系,作者在作品开头引用了博尔赫斯的话:"我以忧郁的自负这样想:宇宙会变化,而我不会。"这句话表明了作者在谜局构筑和情节炫张方面的信心与底气:作为创作者,面对扑朔迷离的世界,只有也只要保持一个不变的心态,冷静地对待并有条件地进行处理。在格非那里,这样的处理就体现为谜局的设置和情节的炫张。"起初,我的中指迷路了"。原来这中指是在女友许梦身体里迷路了:"它很轻易地就穿过了茂密的森林","在将要掉进泉眼的一刹那拉紧了缰绳"。在"许梦急促地呼吸着"的时候,作者对这种情节的炫张采取了放任的措施,竟然写到"将中指小心地放在鼻孔下面,在吸气之前将它伸到了嘴里"。这篇小说对感情世界的描写较为淡薄,对情欲的刻画细致入微,成为情节炫张的焦点。当情欲的描写疏离了感情的依托,并且得到炫张了的情节的支撑,就容易沉迷于趣味的境地,这种情况下,小说构成再多的谜局,蕴含再丰富的人性和命运思考,指涉再深奥的弗洛伊德和性心理分析,也冲淡不了趣味的粗俗。

　　通过情节泛滥的炫张导致趣味粗俗到令人恶心程度的是张万新的小说《马口鱼》。这篇作品最令人难忘也最愿意炫张的中心情节是边城的下等劳工用马口鱼的鱼嘴作性安慰的工具,竟然写得活灵活现,生动细腻。小说确实给读书界带来了一种陌生的人生,一种在困境中艰难生存的人生方式,但这种特殊的人生方式一旦进入到文学描写就意味着无节制的炫张,因为它是那样地不堪入目,不堪入脑,不堪入文字之属,会形成强烈的神经刺激,挑战人们正常的感受力和耐受力,最后让人大倒胃口。类似这种不事节制的情节炫张还有红蝗意象的渲染等。

　　人们在谈论情色文学的话题时提出过"文学有没有禁区"的问题,认为这是一个难以解决的难题。[①] 其实,从炫张理论可以做出解答:文学描写从理论上说应该没有什么禁区,任何题材任何人生现象都可以进入文学表现的领域。但是,文学描写和表现的题材正像有些国家和地区电影题材分级一样,在不同的等级对于其炫张控制的程度应有所不同。非常平淡的日常人生表现,需要投入较多的聚合、强化和铺垫等工作以作炫张,这样方能突出其中的内涵,承载所要表现的意义。方方的《风景》便是如此,由于那生活的风景过于平常,不得不将风景中的因素都聚合在一个相对狭小的空间,并引来众人的围观。

　　当然,日常人生描写的炫张也需要有度合理,否则就会造成对日常的颠覆而失

---

① 刘文荣,《欧美情色文学史》,上海:文汇出版社,2009年,第3页。

去了故事情节可接受的基础。东西的《没有语言的生活》在这方面有一定的教训。这篇小说的构思相当精彩,写出了一个患耳疾的青年爱情与人生的挫败。所有的这些挫败都仅仅是因为无法正常沟通,因此一切情节都相当普通、日常。普通、日常的失败和沟通的艰困在小说中得到聚合与集中,似乎像鲁迅所批评过的,在一个人的一时间内集中了所有的不幸,这正是炫张的需要,这样的炫张是合理有度的。但写到主人公王家宽因为耳朵不灵而心生烦恼的心理,作者丢开了有度合理的炫张原则,其炫张笔法开始走向放肆。

> 雨过天晴,王家宽的光头像一只倒扣的瓢瓜,在暴烈的太阳下晃动。他开始憎恨自己,特别憎恨自己的耳朵。别人的耳朵是耳朵,我的耳朵不是耳朵,王家宽这么想着的时候,一把锋利的剃头刀已被他的左手高高举,手起刀落,他割下了他的右耳。他想我的耳朵是一种摆设,现在我把它割下来喂狗。

王家宽的心理体验是如此的悲哀和绝望:"树叶落了明年还会长,我的耳朵割了却不会再长出来。"因此王家宽又开始迷恋那些树叶。心理表现的成功甚至深刻不等于情节炫张的合理有度,割下自己耳朵喂狗的描写不带一丝疼痛之感,在干脆利落、轻松快捷的叙述中,将王家宽的行为炫张得令人难以置信,有关王家宽的故事也就失去了日常化的基色。

对于富有传奇色彩和巧合意味的生活题材及相应的故事情节,由于其自身就带有炫张性能,在创作过程中则须尽量抑制其中的非日常成分,或许在传奇性与巧合性中选其一,以达到有度炫张的效果。余华的《鲜血梅花》正是采取了强化传奇性但降低巧合性的办法,压抑了特定题材的自然炫张功能,较好地完成了有度、合理的炫张。须一瓜的《雨把烟打湿了》也是如此,一场凶杀案及其审判,作为主要情节本来就具有天然的炫张意味。作者在描写过程中将杀人过程的传奇性和偶然性都做了简单化的处理,使得整篇小说像在叙述非常日常化的事实。作者在这方面是自觉的,以至于他在写凶杀事件发生之前,不厌其烦地、无微不至地表述主人公蔡水清在家做菜的琐碎细节:

> 胖头鲢鱼头洗净抹上细盐,本来最好是腌到晚上烧,味道透,可是,晚上要出去,钱红肯定不会烧,因此,只好中午做出来。然后,蔡水清把新鲜的黄花菜

从冰箱取出来。他把花心中的黑蕊一一摘掉。这个活很费时,可是,如果他不处理好,钱红是绝不会去一朵朵掰开花瓣,祛除黑蕊的。据说,黄花菜通常是吃晒干的,如果你要吃鲜的,就有中毒的危险,除非你把黑蕊去掉。蔡水清每次都这样办理。因为钱红非常爱吃新鲜黄花菜。黄花菜炒肉丝,软腰条的肉已经划好丝,和摘好的黄花菜一起放在一个盒子中。盒子上贴上留言字条:合炒。放盐、味精,起锅时喷点绍兴老酒。

这样的琐碎、日常的描写原来就是能够中和、减弱凶杀案题材本来具有的炫张意味。

至于诸如性描写和血腥、残酷景象的描写,特别是带有低俗意味的,由于其本来具有的私密性和必要的隐蔽性,由于其天然地带有对日常人牛方式的突破作用及带有对一般道德意识的挑战性能,在一般读者面前本身就呈现出过度炫张的特性,需要对之进行粗线条的勾勒,或者进行审美性的装饰,以有效地减弱这类现象的刺激效果,降低这类题材的炫张等级,从而让这类描写达到人们能够接受和欣赏的程度。古代小说、戏剧每当涉及性描写之类,常常用诗词等敷衍过去,便是以诗性的审美装点降低特殊题材的刺激效果。莫言的小说从《红高粱》家族到《红蝗》,确有嗜好血腥、残酷和性的描写倾向,但他意识到这一点,常能通过诗意化的装饰减弱这类题材的过度炫张。贾平凹在这方面也往往做得很成功。《马口鱼》之类的小说则不然,作者在描写过程中仍然详尽地呈现不堪入目的特殊生活细节,细致地渲染令人难以忍受的特殊人物心理,并且与一切审美包装都彼此绝缘。这样的描写对本来就炫张过度的题材采取了更其炫张的措施,因而会粗俗到令人作呕的地步。也许对他们来说还没有能达到足够的理论自觉,但这样的文学现象从避免过度炫张的角度却能达到某种理论的深度。

5. 意义的本色化为情节炫张提供自由

情节的炫张有时候是必要的,而意义的炫张则常常带有风险;适度的炫张是小说成功的保证,过度炫张同样会轻易导致失败。成功的短篇小说往往以富有节制的情节的炫张去承载并无炫张的思想和意义,这就是把握好了文学创作的炫张之度。中国当代小说的希望就在这里,在观念上把握好这种炫张概念和不同炫张之关系,在技巧上拿捏好炫张之度特别是情节炫张之力。不言而喻,这样的优秀小说也常有出现,并且它们也似乎不断论证着这样的炫张理论。

在这样的意义上，铁凝的《安德烈的晚上》堪称佳作。小说不无炫张地表述了一个不可思议的中心情节：安德烈将要离开罐头厂，突然有一种与一向有好感的同事姚秀芬约会的念头。姚秀芬接受了邀请。他们在一个夜晚依约来到安德烈的好友李玉刚的小区，李玉刚给了安德烈他家的钥匙，并为他们安排了三个小时的静场。可正是在这个本该独属于安德烈的晚上，他却对熟悉的像是自己家一样的李玉刚的家丧失了记忆，在小区里兜着圈子就是找不到那个熟悉的门。"他仰望着在夜色中显得更加一模一样的笨重的楼群，仰望着那些被漠不关心的灯光照亮的窗"，怅然地消耗了三小时的晚上，而且毫不影响他次日独自来李玉刚家时的轻车熟路之感。这是典型的欧·亨利式的结局，情节的布置带着明显的然而也是有趣的炫张，但意义却为炫张的情节所紧紧地包裹着，没有明显的外溢。安德烈在一种冲动、喜悦和不安中失去了常态，这正是长期的情感压抑所导致的，面临着人性狂欢时的精神眩晕，其中包含着卑微人生悲哀的感叹，包含着人性之善的朴素的赞美，包含着对于小人物情感生活之匮乏和艰辛的由衷的同情。有了情节的炫张，就有了这些意义的叠加；意义因情节的炫张而变得浑厚有力。

赵玫和方方都是善于炫张情节的小说高手，她们的成功同样在于借炫张了的情节表现、拥抱并不炫张的意义，但那意义又确实存在。赵玫的《巫和某某先生》，炫张出一个桃色事件以及人命官司，莫名其妙地被搅入其中的是主人公巫女士。某某先生的妻子自杀以后，死者的亲属将与某某先生有桃色传闻的巫告上法庭，而结束这个难堪争讼的竟然是更加难堪的事实：辩护律师宣布巫至今仍是处女。小说通过这一连串不可思议的情节、事件的炫张，构造了一个令人难堪的局，而解开这个局却构成了另一个更为难堪的局，无辜的巫就像是套中人一样地成为"局"中人，由此，对无辜者的同情和对世道的诅咒被刻画得深刻而自然。批判具有入木三分之效，而意义却没有被炫张。方方的《风景》深得鲁迅《示众》的笔力，但她没有避开情节和事态的炫张，甚至，她愿意像波德莱尔所说的那样，"在浩漫的生存布景后面，在深渊最黑暗的所在，我清楚地看见那些奇异世界……"奇异的世界在情节故事和情境方面就是炫张的世界。鲁迅式的批判力和讽刺性寓寄于这种奇异的世界之中，含而不露，更谈不上意义的炫张。

毕飞宇是当代小说创作中很善于讲故事的作家，类似于《上海往事》这样的传奇他可以讲得有声有色，有条不紊，同时又注意防止任何巧合性因素掺入传奇性之中，这样便能有效地防止炫张过度。他的短篇小说《哺乳期的女人》则走了另一条创作路径,通过日常生活的炫张反思人生的错位,批判人性的愚劣。小说中的旺旺从未体验过母爱,对母乳有一种天然的向往,甚至将哺乳期女人惠嫂的奶水想象成天蓝色的。有一天他实在压抑不住冲动,拨开惠嫂婴孩的手,埋下脑袋对准惠嫂的乳房就是一口。这样的举动造成了小社会的轰动,有人嘲笑旺旺这个小孩一点年纪就偷嘴吃腥,有人感叹现在的电视教坏了孩子,有人沉重地说:"这小东西,好不了啦。"只有哺乳期的惠嫂以一种母性对待旺旺,面对乡人的冷嘲热讽,她的泪水泛起了一脸青光,像母兽凶悍地教训那些心术不正的大人。这其实是鲁迅早就发现并批判过的社会相:孩子的心地无论怎样纯洁,都会被大人受到污染的眼睛所歪曲。毕飞宇刻画了两个互不交叉的精神世界,一个属于孩子天真烂漫,一个属于成人的庸碌世俗,在这两者之间唯一的联系便是哺乳期女人,她是女人,更是母亲,她理解了两个精神世界的交叉点,并在比较中对后一个世界投诸鄙夷,提出抗议。作品将两个精神世界作了如此绝缘的处理,实际上是对世俗人生和相关情节的一种有节制的炫张。

  面对日常化的人生要处理好有度合理的情节炫张殊非易事,当代小说就此积累了诸多经验,虽然这些经验的积累尚未通向理论的自觉。除了方方那种聚合场景、浓缩、集中故事的做法而外,夸大日常人生的隔膜,以种种不正常的人物关系及精神世界的关系作情节炫张的内容,是一个行得通的写作策略。如果说毕飞宇的《哺乳期的女人》人为地建构两个互不相交的精神世界多少有些生硬,因为他指望哺乳期女人惠嫂能够起到打通这两个本来彼此绝缘的精神世界的作用。迟子建的《雾月牛栏》却很自然,因为作者坚信即便产生第三个精神世界,也无法充任相互区隔的两个精神世界的中介。像毕飞宇一样,迟子建倾其大部分精力同样在分别营构继父的精神世界和弱智儿宝坠的精神世界,它们之间同样互不交叉。继父教训宝坠的一次意外失手让宝坠沦为一个弱智儿童,使他无法像其他孩子一样上学,只能天天放牛。宝坠习惯于每日每夜与牛相伴,其乐无穷。但这一切给继父的良心造成的负担更加沉重,以致自己亲生女儿的降生也没有给身为父亲的他带来任何快乐,因为他觉得雪儿的诞生与宝坠的病有着某种微妙的联系。雪儿两岁的时候,他便丧失了与女人亲热的能力,长期的负疚感压垮了他。对这一切宝坠当然无从知晓,他在自己与牛的世界里过得自由自在,以至于继父想让他离开牛栏住进稍微舒适的房间,他都无法习惯难以接受。在这两个互不交叉的精神世界之间,宝坠的母亲有可能有资格成为一个合适的介质,然而她无法做到。当她明白自己的丈夫刻意攒着钱全是为了留给宝坠治脑袋以后,女人便落着泪说丈夫善心肠,对原方的孩子这么好,是宝坠前世修来的福分。如果这母亲拥有一个感恩的精神世界,则这个精神世界在丈夫和儿子所属的那两个互相绝缘的精神世界之间难以起到一点沟通的作用。在现实人生中女人对丈夫精神世界的如此隔膜委实难以想象,因为丈夫的想法那么善良而简单,但小说却炫张出他们之间的又一重绝缘,在三重绝缘的精神世界夹缝中,人性的善美与无奈得到了恰到好处的展现。思想及其精神意义在这篇小说中没有得到炫张,作者所炫张的是人物之间相互隔膜的关系。

上述这些小说之所以成功,是因为他们没有将炫张的文章做在思想意义的开掘上,而是做在情节的设计与人物关系的塑造上,而且情节和人物关系的炫张也没有破坏日常人生的平淡与宁静。相比之下,以惊悚的情节涂抹和改造日常叙事,使得日常叙事的平俗与宁静遭到毁坏,就容易形成炫张过度的缺憾。陈昌平的《特务》刻画了一位母亲对"文革"时代音响产生过激反应的病态心理,儿子为了安慰寂寞的母亲,只好谎称自己去执行一项秘密任务——"解放台湾"。小说充满着带泪的反讽,但在无奈的调侃中有着炫张太过的缺失。

在非日常人生的表现中,特别是在类似于荒诞写作中,如何把握好情节炫张的合理性,显然是一个难题。荒诞常常意味着过度炫张的合理性,但对于每一个具体作品而言,炫张过度造成的阅读挫折对读者和作者都是一种伤害。张惠雯的《水晶孩童》作为一个荒诞性的作品,充分地利用了情节炫张的权力,但并没有滥用这样的权力,分寸感把握得较为妥当。小说贡献了一个水晶胎儿,但不适合用怪胎来表述,因为他是那样的美丽,非人间的美丽,美丽得怪异而令人难以置信,以致他母亲看见他第一眼就晕过去了。将怪异的事物通过不可思议的美丽来做炫张,首先克服了读者对荒诞事物常有的阅读挫折,这是作家的精明之处。

小说的主旨当然不是渲染和赞赏水晶孩童的美丽,而是要通过他这个道具人物审谛和批判丑陋的世道人心,包括其亲人在内的贪婪自私的世道人心之丑陋,正好与水晶孩童的美丽形成反差性的对比。当人们看到水晶男孩第一次出现在从镇街上之后,他们不约而同地感到不舒服,甚至恼火,担忧这种奇怪的东西在镇上招摇过市可能带来不祥。当他们知道孩童的泪水就是晶莹无比的珍珠之后,包括他父亲在内的人们都希望他多流一些泪,甚至最爱他的母亲也有这样的祈求。直至他死亡之后,尸体该如何处理都喧嚣了一段时间,因为那就是一坨美丽无瑕的水晶。情节每一步都在不可思议的炫张之中,但随之产生的世道人心却又是那样的真实,真实得丑陋不堪。这是作品批判力之所在,也是作品的成功之所在:只致力于荒诞化的情节的炫张而坚决压制住意义炫张的可能性。意义的本色力量反过来强化了荒诞情节的炫张效果,同时让读者在整个阅读过程中都规避了可能的挫折感。

张惠雯这篇小说的成功有其出乎作者意料的理论意义。荒诞性的作品虽然鼓励情节的炫张,但所有情节的炫张都必须在确保意义避免炫张的前提下进行。意义的本色化冲淡了甚至消除了情节炫张可能带来的阅读挫折,使得这样的炫张变得合理有度。意义的炫张最应该受到约束,这样的约束可以给情节的炫张以更多的自由。

6. 从一篇小说看炫张理论的启示

方方近期发表过中篇小说《声音低回》,为我们思考炫张理论提供了极有价值的文本。作品以炫张的笔调塑造了一个弱智人阿里对死去母亲的纯真得凝固了的惦念。母亲在火葬场被火化时的哀乐被他理解为是母亲的化身,于是只能通过听哀乐亲近意念中的母亲。为了不骚扰善良的邻居,几经周折在东湖边的公园找到了放哀乐的空间。每天,他都可以在这里通过低回的哀乐与自己的母亲相会。但东湖边迎宾大道的开发,使得车水马龙的车道阻碍了居民去公园的途径,作者和小说中的人物发出抗议与感慨:为什么道路建设不能还居民以安宁和方便?"快速建设"为什么以牺牲"周边居民散步"的权利为代价?① 从这样的简述中分明可以感受到,小说的绝大部分非常精彩:情节和人物及其心理刻画通过一定的炫张得以表现,深挚和纯洁的亲情深藏在其中,催人泪下。当读者感动的泪水随着低回的哀乐流溢出眼帘的时候,作品情节和人物的炫张达到了最好的效果,而且情感和意义没有跳出情节和人物心理成为炫张的对象,这是作者的把握恰到好处。但是,小说快结束的时候却转到城市建设以人为本且应关心弱势群体的主旋律上,这时,情节的"气"已不足以包裹、掩藏这样的思想,于是情节的相对稀薄而思想的分量加重,打破了原来的构思平衡,造成了意义的炫张。意义的炫张削弱了作品的艺术感染力。

同一个作者,同一个作品,让我们看清了这样的文学事实:小说情节的炫张在一定程度上不仅需要,而且应予鼓励,但当情节相对于被炫张和直陈的思想而显得单薄之际,正需要通过炫张的笔法加以"扩容"和丰富,增加其中的隐匿空间和结构褶皱。任何情形下,特别是对于短篇小说而言,意义的炫张都可能导致作品感染力

---

① 方方:《轮椅的触动》,《小说选刊》2012年第2期。

的下降,都可能导致作品文学魅力的减弱。明乎此,中国当代小说创作才会真正达到一种美学的和艺术的自觉,也才真正有发展的前途与希望。

二、 汉语新文学中的小说操作

文学是创作的成果,或者说,是文学家进行审美创造性劳动的成果。但在传媒时代,创作成就的决定性正在被文学操作的结构性所分解。也就是说,文学影响的大小并不像以前那样与作家的创作有绝对关系,而是与文学创作过程中的操作型思维,以及与文学创作完成以后的市场、媒介操作具有更直接的关系。

文学创作与市场、媒介的直接关系研究,属于文化市场学和文学经济学,以及传播学研究的范畴。而文学创作构思与文学操作的结构性,是文学研究的当然课题,也是汉语新文学研究必须面对的问题。

1. 后现代思维与汉语新文学的操作

在全球化浪潮的推动下,从20世纪末开始,逐渐习惯于西方先锋文学甚至后现代文学的汉语新文学作家,便已急切而匆忙地告别传统的汉语文学创作状态,带着先锋性的创作进入当代性的操作之中。虽然国内外没有一个作家和批评家明确阐述过甚或明确意识到,电子文明时代的文学或曰所谓后现代文学其基本特性即在于其操作性,但他们的诸多表述以及他们难以被清楚地表述的文学实践则足以表明,打破文学"创作"的框架、秩序、原则乃至戒律,将在艺术乃至技术层面上的出奇的哪怕是一般化的"操弄"与在文学或是美学意义上的特异的乃至平凡的创作结合起来,从而取得注定是出奇、特异的阅读和鉴赏效果,这正是看似一般或者平凡的当代文学和所谓后现代文学赢得一部分人喝彩并使得另一部分人如痴如醉如得天启的奥秘。

当代历史,尤其是"新时期"以后的文化史,清楚地表明汉语文学进入到操作比创作更引人注目也更理直气壮的时代。

如果可以将现代主义发展到当代的这种文学艺术思潮与策略概括为包含着某种尚未断裂的创作要素的操作,那么,根据博尔赫斯的观点,这样的操作在文学上则表现为造型艺术意义上的巴罗克风格的展示:"巴罗克是一种演绎方式的名称;18世纪时,用它形容17世纪的建筑和绘画的某种过滥的风格。"继而他认为,这种巴罗克演绎方式不仅代表着过去的历史形态,而且代表着文学艺术外观性、结构性操作的某种必然势态,甚至认为这种操作性的巴罗克方式体现着艺术发展的某种必然归宿:"我想说,一切艺术到了最后阶段,用尽全部手段时,都回流于巴罗克"。①

对于当代汉语新文学而言,艺术的"最后阶段"为时尚早,尽管所有的现代主义乃至后现代主义倾向的持有者对这一"最后阶段"的期盼往往总会显得过于急切。不顾文学艺术的可能前途,并且真诚地蔑视顾及这种前途的任何理论和意念,这便是中国现代主义文学家们的如此急切心情的表露。在这种急切地向往艺术的"最后阶段",急切地营构文学的"巴罗克风格"的心态支配下,他们放弃了前辈作家学习了一辈子都深感到学得远远不够的各种文学和美学理论,放弃了文学艺术一般的创作原则和创作戒律,以一种操作乃至操弄的情趣和耐心对待人们在习惯上仍认作小说、诗歌和戏剧的体裁,并将他们在传统意义上的结构摆布得无款无形、支离破碎。既然现代主义作家们到了电子文明时代用以创作的不再是方方正正的稿纸与冰冷生硬的水笔,既然他们所认识的外国现代主义乃至后现代主义文学大师们也似乎早已不再履行文艺理论家们的观念倡导和谆谆告诫,他们确实有理由抛开原本意义上的创作理念中的任何条文,以根本不需要学习的操弄和操作变更各种体裁的文学的文本结构,从而既用笔,也用脑,更多的时候用眼睛,用四肢,用嗅觉、味觉,用放大镜和数码相机,用一切他们认为可以用的物件来"写作"——实际上是操作出他们心目中的小说、诗歌和戏剧。

于是,作为操作的结果,20世纪末以降的"后"字当头的现代主义汉语文学呈现出这样的结构面貌。

在许多现代主义和标榜后现代主义的小说家的努力操作下,以流畅的甚至是美妙的结构叙述故事、交待情节借此让读者得到阅读快感的小说,随着时间的推移已经越来越显得面目陈旧。当然,以情感化的宣泄为基本内容在无所谓结构的状态中"结构"起来的类似于自我小说或抒情小说的类别则已被人们遗忘得一干二净。时髦的小说正在任由"作者"的感觉和兴趣进入结构的迷宫,那扑朔迷离的迷宫中萦绕着的或隐现着的常常不是作者的感情和情绪,也常常不是他们的经验,甚至不是他们的思想与智慧,而仅仅是他们用于游戏般的智力甚至只是来自于灵机一动的机智。倚重于机智的智力而不是情感、思想和智慧所进行的"创作",更确切地概括便应该是操作。迷宫结构的当代汉语小说展示的常常就是操作的成果。

---

① [阿根廷]博尔赫斯,《恶棍列传·1954年版序言》,《博尔赫斯全集》(小说卷),王永年、林之木译,杭州:浙江文艺出版社,1999年,第5页。

这种革命性的叙事将汉语小说的写作带出了由旧小说和西方传统小说构思共同组构的传统,汉语小说面临着一种叙事的解放。

在这个意义上仍然可以比照一个苦难的文学大师路遥。他的创作开拓了刘震云等紧步其后的苦难文学的历程。他是那么潜心尽意地刻画着属于他自己也属于一代共和国人的"平凡的世界",摹写着久远、苍茫、再也激不起任何回声的"人生"故事,那个世界,那些故事里的人们经历着难以想象的饥饿、困苦,经历着难以祛除的精神危机和心灵痛苦,但他们从不绝望,因为在他们面前铺展着的是一个若隐若现的走向重生的人生道路,一个农村小伙子最终会有一个大家出生的城里姑娘的青睐和热恋,他们的平凡的世界终究会出现不平凡的奇迹,他们的人生终究会唤起甜蜜的浪漫去拯救、冲淡各种现实的苦难。这是现实主义的路遥式的写作,那纯情歌吟的传统犹如每一曲经典的童谣,带一点浪漫的苦涩,带一点现代主义的惊异。但这个传统即便是在路遥曾经兴致勃勃的写作中也显露出强弩之末的意味,苦涩中的浪漫的安慰显得那么虚妄和空浮。汉语小说家们借着后现代主义的写作热忱,走出了这个令人疲惫也令人生厌的叙述传统。

2. 走出传统:"第二文本"的非小说操作

传统意义上的汉语小说创作,哪怕是路遥式的带有浪漫和现代的写实,其情节构思和人物及其关系设计,往往都与作者的人生经验密切联系在一起;即使那些非自传体作品,其情节的构造和人物原型的选择,直至一些微观场景和动作细节,也常常体现着作者个体或所在集体人生经验的某种真实。以颠覆传统写作、反叛传统文学秩序为意志行动之标志的现代主义文学家,无须各种后现代主义概念的纹饰,便可以轻而易举地远离经验的池沼,跨越经验的领地,甚至嘲弄经验的严肃与真实。各种现代主义美术在一定意义上正是从嘲弄经验的严肃与真实发家的,自从荒诞派文学兴起以后,这种对经验的恶意嘲弄轮到了小说家们大展其才,大显身手。中国现代历史时期的现代主义小说家,无论是耽溺于罗曼蒂克幻想世界的徐訏,还是描写现代都市生活堪称"铁笔圣手"的穆时英,都还十分倚重于个我的体验和具体的人生经验,或者在神游六合恣意八荒的自由挥洒中对于个我的体验或人生经验持有谨慎的尊崇甚至真诚的皈依心态;甚至于,20世纪80年代的朦胧诗人、意识流小说家和包括高行健、莫言在内的各路现代主义文人,在其踌躇满志、先锋派头十足的创作想象中仍然无法离开对于经验的依赖,无法否认经验的价值和意义,甚至不惜用历史写实的方式(例如莫言在《红高粱》中采用的"我爷爷""我奶奶"这样特殊的写实人称方式)强化对于经验价值的认同。20世纪90年代以后,先锋小说家在类似于博尔赫斯这样的先锋派文学大师的鼓励下,开始走上了公然反叛经验,干脆颠覆经验甚至直接蔑视经验的文学道路。这种脱离了经验的羁绊,甚至突破了经验的视阈的文学道路在理论上早已背离了传统文学创作所规定的路径,而进入了任意而为放浪形骸的文学操作之境。

在传统的文学创作特别是小说创作中,作品的情节对于作家个我的体验有着十分紧密的依赖,次之,对作家所处的族群和社会的集体的人生经验有着深刻而直接的反映,并且,在作家的自我表述中非常认同于这种体验与经验;由书本或别的途径获得的人生经验被称为"间接经验",虽然不为传统的创作论和文学家所排斥,但之于创作本身其素材意义终究受到质疑。然而,当代先锋派作家在博尔赫斯等国外先锋派文学家的启发下,敢于将书本之类的"间接经验"当作直接的文学资源进行小说操作,并且以这种"间接经验"打压、排挤乃至否定个我体验以及其他的人生直接经验。从来没有人像博尔赫斯那样写小说以利用、"开发"、改篡作为自得其乐的炫耀资本,博尔赫斯描述他写作《恶棍列传》的构思心态和特征时说:"本集小说的冗长的标题表明了它们的巴罗克性质……当年我少不更事,不敢写短篇小说,只以篡改和歪曲(有时并不出于美学考虑)别人的故事作为消遣。"①他所"篡改和歪曲"②的有斯蒂文森、切斯特顿、冯·斯登堡的作品,还有埃瓦里斯托·卡列戈的传记;显然,"篡改和歪曲"不是传统意义上的基于体验和直接经验的创作,而是一种体现"巴罗克性质"的操作。

当代先锋作家中很多人提到过博尔赫斯,也有不少人直接受到博尔赫斯的影响。小说家格非在一篇名为《十年一日》的随笔中不无炫耀地指出:"在1986年就看出博尔赫斯和马原小说有着重要联系的人并不多",可见他本人与马原对博尔赫斯及其文学操作的关注。不过在通过改篡和歪批作品、以现成书本为作品直接资源的文学操作意义上看,比较典型和最为自觉的博尔赫斯拥趸当推孙甘露。这位进入20世纪90年代以后显示出更加强烈的先锋兴趣的小说家对博尔赫斯有着较

---

① [阿根廷]博尔赫斯,《恶棍列传·1954年版序言》,《博尔赫斯全集》(小说卷),杭州:浙江文艺出版社,1999年,第5页。
② 这样的翻译是否完全符合作者的原意,有待查考;即使考虑到博尔赫斯自述中的自谦和谐谑因素,用"篡改和歪曲"这样的贬义词也未免有些过于严厉,从博尔赫斯的具体作品来看,至少这里"歪曲"可以换作"歪批"。

为深刻的理解,他在《南方之夜》这篇随笔中称:"博尔赫斯故意混淆了传统小说所精心构筑的'现实世界和力图模仿它的想象世界'的界线,'像卡夫卡的作品一样,用一种貌似认真明晰和实事求是的风格掩盖其中的秘密'。"虽然他没有提到博尔赫斯改篡和歪批或称"篡改和歪曲"别人作品的"秘密",但是他对这样的诀窍显然已经心领神会。他在小说《忆秦娥》中穿插着的那种学术笔记式的操作,在一般意义上的小说结构中凸显出兀然不谐的生硬部分,例如:

"我在写一篇文学方面的研究文章,(我力图将工作进行到底。)题目是《蝉与翼》,试图平行研究亨利·詹姆斯的小说《阿斯彭手稿》和索尔·贝娄的《贡萨加诗稿》。后者被认为是前者的仿作。一位大师对另一位大师的模仿!? 我准备的材料中有这样一句话:庸人模仿,天才抄袭。语出 T·S·艾略特。另一组作品是衣修伍德的柏林故事之一《萨莉·鲍尔斯》和卡波蒂的《在蒂法尼进早餐》,同样,两位影响稍逊的天才又必须分担至少是相互抄袭的臭名。"

这样的学术随笔式的表述与形象化和生动性的传统的小说叙事要求不仅相去甚远,简直是南辕北辙;然而这又是背叛小说创作的基本原则,将小说引入"巴罗克性质"的操作之境的自然结果。当作家将小说的写作从情节的叙述,人物的刻画转移到书本内容的记述,研究过程的铺展,他就能凭着阅读的经验和理论的知识挥洒自如地进入文学操作状态,而基本上漠视一般创作原则。《忆秦娥》的小说操作就是这样,作者以第一人称不断叙说"我的研究进展缓慢"之类,此时他已经将小说作品当成了一种读书笔记或者研究论文的文本,同时又不拘泥于营造笔记或论文的标准文本,而是随意操作,自由出入。小说这样叙述贝娄的写作:"他在首页意味深长地写道:这辆汽车远在克拉伦斯出世之前就奔驰在马德里的大道上了。"然后开始作以下研究性的议论:"这个陈述可以被视作是次中心的呼语,它仿佛是无意地将克拉伦斯的马德里之行与一种潜在的不容僭越的古老事务联系了起来。"议论过后又迅速进入文本的叙述:"隔开十页左右,他又假托诗人之笔写道:一首诗的生命可能比它的主题要长。又隔开十页,他让克拉伦斯模模糊糊地想到:一个活生生的女人大概比一个死去的诗人更有寻求的价值吧……"然后作者完全沉浸到了读书与研究之境,对他所煞有介事地引述的外国文学家的写作进行评点式的批注或感慨式的札记:"曼努埃尔·贡萨加,西班牙文学史上的隐形天才,(克拉伦斯正是为他而来!)他的谈论钙质和欧姆的诗篇,或者如他的《忏悔》,克拉伦斯喟叹道:哎,我们是怎样为了获得一切而失去一切的。(那个感叹词是我加的,多余而无用。类似于一切赞叹。)"

既然是采用别人的文本并且加以博尔赫斯式的"改篡与歪批",作者自然就显得比一般状态下的创作者更加自由,更加灵活,也更加随意甚至漫不经心。这样结构起来的小说与其说是创作的结果不如说是一种文学操作的成品。小说由现实中的某个作品文本甚至是想象中的某个假设文本出发,在其中任意评点、议论,任意填充原文本中的叙事空白、语言空白甚至心理描写的空白,或者任意删削原文本中的叙事、语言与人物心理描写;作者对于他所选定的文本始终拥有绝对的评点、议论、增添、删削、补充、发挥的权利,同时通过这种权利的运用显示自己的想象力、谐谑幽默和理论驾驭能力。在这种以文学文本为写作资源,而基本上避开作家人生体验甚至间接经验的写作活动中,创作的意味完全隐退了,作者任意的文本批评,随意的点染增删,着意的补充发挥,作为小说的结构成分,都是在文字或语言操作意义上的产物。

更重要的是,当作者十分得意于这样的操作,并且将这种偏离了传统创作轨道的操作当作显示其文学写作先锋性的不二法门时,他的这种"改篡与歪批"往往会显得特别放恣,其结果便是导致先锋小说发生结构性的变异,由对引入文本的利用发展到在此现实文本或假定文本之上营造出第二文本。《忆秦娥》和孙甘露的其他小说显然还没有彻底达到这种"第二文本"的先锋程度,它们毕竟还在引入文本的"改篡与歪批"之外仍然营构着属于作者自己的故事情节,刻画着类似于"苏"及"祖母"还有一批形形色色的人物。尽管孙甘露通过小说《忆秦娥》中的人物,那个写小说的"我"表述了对"双重虚构"这种文学操作方式的浓厚兴趣——"我"想写小说,苏开导"我"应该去看黑格尔的《小逻辑》,但是"我"没有完全听信她的话,一面就开始通过小说中的虚拟文本开始述说她的故事,同时提醒道:"注意! 当我引述别人的故事时,小说已经进入了一种双重虚构。"这里所说的"双重虚构",不过是确认了故事中的人物以及人物所述故事的虚构性质,尚未在结构上完全达到博尔赫斯的小说诸如《特隆、乌克巴尔、奥比斯·特蒂乌斯》那样的"第二文本"先锋模态:所有的"情节"(其实早已成不了情节,而只能算是问题)都围绕着一本书(一种词典以及其中对"乌克巴尔"等词语的解释)展开,作品只是对这本词典进行考证和研究的第二文本,舍此再没有别的情节、故事甚至人物之类。

《忆秦娥》中的苏关于写小说须看黑格尔《小逻辑》的"开导",在走向"第二文本"的小说操作角度上看具有微言大义的意义。从小说创作角度而言,作者需要的是丰富的人生体验,灵动的艺术想象,而不是深刻的哲学沉思,抽象的逻辑推证。但博尔赫斯式的"第二文本"从小说结构上大大改变了文学的样态——基于一种现实的或假定的文本,在此基础上做出哲学的发挥或抽象的逻辑推论,由此形成读书笔记、文本批评甚至是学术论文式的第二文本,小说的结构面貌便发生了极大的改变,而且小说的文学性质也因此发生了变化。人们很容易从博尔赫斯的小说中看到类似于这样的内容:"这种一元论或者彻底的唯心论使科学无用武之地。把一件事和另一件事联系起来才能对它做出解释(或判断);特隆人认为那种联系是主体的后继状态,不能影响或阐明前面的状态……"这种虽然未能为20世纪末年中国先锋作家所积极效仿但显然已经为他们所普遍关注的内容,充斥于《特隆、乌克巴尔、奥比斯·特蒂乌斯》这样的小说之中,它们足以使小说成为非小说,进而显示出,作者的创作早已是非创作,而是一种哲理性的、学术性的操作。

中国的现代派或先锋派作家到了20世纪末,在小说的哲学化、学术化的道路上远没能走到博尔赫斯在20世纪50—60年代所抵达的境地,但对于博尔赫斯式的通过一种现实的或假想的文本"改篡与歪批"以通向"第二文本"营构的操作方法保持着普遍浓厚的兴趣。即使一些并不以现代主义和先锋派作标榜的作家,也愿意借助这样的操作方法使小说面目一新,同时使得作者自身与作品内容保持一种更加显豁的距离,以利于在较为自由的情感状态和较为轻松的心理负荷下讲述故事、交代情节和刻画人物。尤凤伟的小说热衷于让作品中的人物讲故事,并以虚构中的人物所讲述的故事作为作品的主要构件,以此完成孙甘露《忆秦娥》式的双重虚构的结构设置。王安忆《叔叔的故事》等比尤凤伟更进一步,不仅通过假想中的故事"文本"(事实上那文本在小说未完成以前尚未形成)组构小说,而且在叙述假想中的叔叔的故事的过程中不断融入想象、改篡、拼凑、发挥的笔法,以强化作品"双重虚构"的痕迹,同时强调后一重虚构即作者"我"的虚构的分量——一旦代表作者的"我"的第二重虚构得到了强调和凸显,作品的操作意味便得到了加强。于是我们看到习惯于创作并善于创作的王安忆宁愿放下作家"创作"的架势,开始用改写故事、补充故事的特殊的讲故事的方法和语气操作小说。这篇小说一开头便摆开了故事讲述与操作的阵势:"我终于要来讲一个故事了。这是一个人家的故事,关于我的父兄。这是一个拼凑的故事,有许多空白的地方需要想象和推理,否则就难以通顺。"这样的说明显然是对下文任意地操作故事的一种结构性召唤和程序性设定，它本身也是作者进入比较随意的操作状态的直接体现。

相比于孙甘露，王安忆显然是一个较为收敛的故事操作者，她的操作痕迹最浓厚的显现是在于将自己对于故事的想象性发挥和补充用咬牙切齿的武断句式加以凸显。

> 现在，我要来讲一个想象的故事了，这是关于叔叔和一个外国人的情爱的波折。我将根据我已有的叔叔的材料，尽可能合理地想象这个故事，使其不至离题太远。关于叔叔的叙述到了这里，我非常需要这一个想象的故事，否则，叔叔的故事就不完整了，对于我们讲故事的人来说，无疑是个很大的遗憾和失职。我决定让那个德国女孩来充当这个角色，因为这个故事我用以强调的是民族的隔离感以及民族的孤独感……

这一段交代在传统的创作中显得比较啰唆，拖泥带水，装腔作势而煞有介事，然而从故事操作式的写作意义上看，她的这番表述正好表明了对于我们所谓的文学操作的一种理解：不再遵循一般的创作规则，不再强调对于包括人生实际经验和基本事实（哪怕是虚构中的事实）的尊重，将所选定"文本"也即故事的基本构架放在任凭作者主观设定和臆断的意义上随意展开。作者声明这是一个想象的故事，只不过是"尽可能合理"的想象的结果，其中的主要人物都是"我决定"的，包括这一故事所能体现的主题也是出于自己的设定，至于那个本是想象出来的德国女孩的容貌模样等，更是出于"我"的想象和决定。既然这些重要的内容都是想象的和决定的结果，小说的基本构件便是游离了甚至远离了一般创作而体现出作者"人为"操作的意义。正是呼应了小说一开始的作者第一人称的声明，《叔叔的故事》全篇都充满着这样的想象与决定的操作意味："关于叔叔和大宝见面的情节，是由我根据后来发生的事情，想象而成的。"这是王安忆在小说中采用的最基本的叙事策略和叙述语言，也是她以"叔叔的故事"为基本文本进行双重虚构式操作的经典痕迹。在必要时，为了显示自己作为一个操作者的自由与愉快，她还根据故事的进展声言将故事操作的节奏牢牢控制在自己手里。"我的故事马上就要接近最重要，也是最高潮的段落"，她写道，"所有的准备都按我预先的布置做好了"。一般意义上的创作对于作者构思层面的"预先的布置"至少在小说文本中会讳莫如深，但王安忆在小说中却和盘托出,并加以适度的渲染,由此可见她对于这种故事操作式的写作已经有了相当程度的自觉。

因为"叔叔的故事"是一个尚未形成文本的故事,王安忆的故事操作就难以形成博尔赫斯式的第二文本。但这篇小说在结构意义上的先锋性显而易见,作者将故事叙述与对故事的想象、设定和评点、议论密切结合起来,在故事文本的完成过程中进行伴随性的叙事操弄和想象操作,是充分确认并夸大现代主义叙事文学假定性和普遍怀疑性等特定性质的绝好体现。在这一意义上,王安忆与那些并不轻易放弃其先锋立场但又找不到真正先锋性的操作路径的小说家拉开了相当的距离。例如后一类人物中的佼佼者莫言,也深深懂得写作者突破经验世界包围的重要性,但如何越过人称的变更将所叙述的故事纳入想象和自我决定的层面上进行操作性很强的侍弄,以获得一个创作者难以获得的巨大的叙述自由,还缺少较深透的领悟。20世纪90年代的《丰乳肥臀》在这种叙述自由以及对经验世界的突破方面甚至还不如他80年代的《红高粱家族》,其根本原因就在于这种领悟的缺乏。如果说从小说创作进入小说或者故事操作体现出现代主义和先锋派文学家的一种艺术追寻的轨迹与趋势,那么,莫言较之王安忆确实拉下了很大距离,这种距离甚至在王安忆创作《小鲍庄》时就已经出现,——王安忆80年代的《小鲍庄》已经透露出对民间文本和故事进行质疑与想象性结构的努力,这样的努力其实正不自觉地通向类似于"第二文本"式的操作路径。

3. 汉语小说故事迷宫的营构

当然,并非基于一种现实的或假定的文本进行的创作都属于先锋意义上的操作行为。被称为现代汉语小说之父的鲁迅就常常借助于这类文本进行写作,所写出来的总是十分经典的创作品而非操作产品。现代中国文学的开篇之作《狂人日记》,就以虚拟的日记文本作为创作的基础,不朽名作《阿Q正传》也是假借传记写作完成故事的叙述的。巴金的《憩园》还通过作家"我"的创作开辟了被汪应果发现的"第三条人生悲剧线索"①,即除了憩园主人家庭的悲剧,昔日旧主人杨老三家的悲剧而外,作家"我"在创作中的若隐若现的乞丐之家的悲剧,这种伴随小说情节发展的创作行为也为小说提供了可供利用、发挥和补充的基础文本。不过,鲁迅那些被虚构或假借的文本迅速成了小说的结构主体,巴金在小说中"双重虚构"出的作

---

① 参见汪应果著《巴金论》,上海:上海文艺出版社,1985年。

品文本始终只是一条很次要的伏线,作家的作为不是对这些被虚构、假借或创作着的文本进行改篡与歪批,更不是试图通过想象性发挥或主观性的改铸建构起"第二文本",而是立足于那种虚构或假借的文本向社会现实、历史真实、个我体验、人生见闻等直接经验世界突进,开发包含于这种经验世界中的思想资源和情感资源。这种致力于发掘直接经验世界的思想、情感资源并努力加以深化与美化的文学方略是创作根本要求的体现,也是创作真谛的显露。20世纪末中国先锋作家在博尔赫斯等人影响下的"第二文本"操作,正是要避开直接经验世界的思想、情感资源的开发,而是立意于以现实的或虚拟的文本为基本资源,从所提供的间接人生经验甚至是极不可靠的间接经验中提炼抽象的意念、学术化的理念或逻辑推论,以此通向颠覆小说,改变文学样态和面目的非美学的路径。在这里,20世纪末颇为引人注目的小说和故事的操作与一般文学创作的区别便不难得到确认。

小说和故事的操作较之于一般意义上的文学创作,其最能吸引人的地方就是给予作者极大的自由。鲁迅、巴金那样的小说创作,无论在结构上采用怎样的灵活机动策略,包括虚构、假借或创作出某一文本作辅助的叙述道具,都必须受制约于他们体验和感受的现实人生,都必须充分尊重他们所认知的经验世界,都必须服从于他们所意识到的社会生活逻辑,这种对于现实人生、经验世界和社会生活的负责态度是他们的创作的价值体现,这种价值决定了这样的创作只能是带着镣铐跳舞的艺术仪式。让想象和主观驰骋于某种真实的或虚拟的文本之上,在间接经验世界无拘无束地操弄各种文学的或非文学的手段,这是现代主义甚至所谓后现代主义文学思潮鼓舞下的文学由传统意义上的创作走向操作层面的重要表征。这样的文学操作导向小说结构形貌的复杂化,比方说杂合各种文体连缀成小说,使小说"成为一种跨体裁的艺术创作":美国当代作家罗伯特·库弗(Robert Coover)的《公众的怒火》(*The Public Burning*,1977)就是这样的小说,其间插入了50多首诗歌,以及罗森堡夫妇的最后一幕辛辛歌剧《人的尊严不供出售》[①];韩少功的《马桥词典》,连同因为《马桥词典》的批评争讼而冒冒失失地闯进中国读者视阈的《扎哈尔词典》,也同样通过彻底改变了小说的结构状态和基本面貌而成为文学操作的典型文本。

由于可以借助于某种现成的或假定的文本操弄各种技巧,处于文学操作状态

---

① 杨仁敬等,《美国后现代派小说论》,青岛:青岛出版社,2004年,第17页。

的小说家便可以彻底摆脱直接经验及所代表的人生逻辑的制约，凭借着这些文本及其所提供的间接经验任意设计小说结构，从而在无所制约无拘无束中随心所欲地营构出小说迷宫。备受关注的史铁生通过其小说《中篇1或短篇4》表明自己是这种小说迷宫的醉心者之一。这篇小说不断转换叙事人物的身份，随意出入于虚拟的现实以及更加虚拟的梦境，人物关系扑朔迷离，情节线索时断时续，作者的兴趣似乎既不是为了刻画人物及其心理，也不是为了讲述一个完整而生动的故事，而是为了营造一个小说迷宫：因循着任何一个人物行止或者一条情节线索，读者都将走进一团混沌，一抹迷糊；莫名其妙的人物随处可以遇见，突如其来的事件充满着作者叙事的途程。作品写到最后，为了让这个迷宫有一个堂皇的门楣，有一个哲学意味深浓的匾额，作者借用了一本书作为操作的资源——那是第四短篇《众生》篇，其第一节：

[注]此一节全文引自道格拉斯·R·霍夫施塔特和丹尼尔·C·丹尼特所著《心我论》第十八章"第七次远足或特鲁尔的徒然自我完善"中所引用的斯坦尼斯瓦夫·莱姆的一篇文字（《心我论》，译者陈鲁明，上海译文出版社出版）。

作为这一篇第一节开头的题注，上述文字直截了当地说明，这一节的内容全引自一本确实存在的书，那本被点明了译者和出版单位的《心我论》，虽然所引的只是原书本来征引的内容。这本多少有些奇特的书，特别是所征引的这一段，给予作者的远远不是间接经验和书本知识，而是借以发挥其奇异想象和开发其哲理命题的文本资源，并似乎成了开启小说迷宫门钥的解码装置。这一节所引的是一个幻想的故事：类似于超人的特鲁尔驾驶着飞船经过一个荒凉的小行星，看到一个被流放的国王；他未答应国王要他帮助恢复失去了的王位的要求，但为了安慰他，给他制造了一个微型的王国，新王国里不仅有城市、河流、山脉、森林，有城堡、要塞、行宫、别墅，还有军队、贤人、阴谋家和诗人，当然少不了美女、孩子和各式官吏，然后将这个王国有条不紊地装进一个盒子，赠送给这个国王，并告诉他操纵这个微型王国的方法。特鲁尔所做的这一切受到了他的朋友克拉鲍修斯的严肃责难，认为他的做法将使多少个血肉之躯在一个暴君的手下永远受折磨。特鲁尔决定要毁掉那个盒子，克拉鲍修斯告诉他，"你必须砸碎整个王国的结构，然后从头建立起一个新秩序"。够了，这是一个很好的想象和构筑小说迷宫的契机，在接着的两节中，史铁生作了异想天开的想象性发挥,作了富有深刻哲理和社会伦理的理念试验和开发。他先让 C(显然就是克拉鲍修斯)建议 T(特鲁尔)输入自由、平等、民主、解放等新的程序,再输入科学、哲学、文艺、思想之类,从而建立一个理想的社会。T 则认为这样的程序还不足以抵御罪恶、冲突、丑陋,希望消灭所有的痛苦,于是 C 建议他输入相关程序使芸芸众生皈依佛法,使每个人最后都能修成正果。过了不久,他们惊讶地发现,盒子里面没有了任何动静,因为人人得道之后,差异性消失,一切的值数都趋近于零,生命的运作也就接近中止。一番感叹之后,C 总结道:"也许,唯有自然才是真正的完美。"

这种结论确实平淡无奇,但这一简单结论的"推导"过程却十分复杂。前三篇中作者用两代人命运离奇纠结的构想论证非自然力对于人生美好的侵犯和踩躏,这最后一篇则通过改篡、发挥和歪批《心我论》,进一步归纳出,自然之外的哪怕是再善再美的"程序",都无法使人类避免堕落与毁灭,获得美好的前景。作家在进行这种论证与推导的时候,已经基本上放弃了一般意义上的创作所规定的审美的和艺术的追求,而是达到了随心所欲地进行技术操作和理念操作的境地。正像特鲁尔对于微型王国所做的"功"主要并不是创造或创作,而是频频输入或变换输入各种程序的操作;史铁生对于这篇小说,其所做的"功"也在于操作。

史铁生这篇具有小说迷宫状貌的作品,在宏大结构上采用的也是操作性的迷宫营构法。从标题即能看到这一点:它一共具有四个部分:"边缘""局部""构成""众生"。小说一开始的设置就带有浓厚的悬疑成分:在咖啡店里,那对坐在西北角的神秘男人与东南角的女人终于走到了一起,神秘地推进着迷宫般的故事。第一部分《边缘的结尾》,渲染的是窗外一团漆黑,风声压倒一切。侧面观察着故事的男孩听见女人说:"这么久,你还没有认识我吗?"似乎是一种接头的暗语,也似乎是一种非同寻常的叙旧。过了很久很久,那女人对那神秘的男人说:"我等你,我们一直都在等你。"果然不是一般的叙旧,更不是一种感情纠结的债务,特别是看到后面的"对话",其实是女人的独语:"我们等你,我们到处找你。""我们找你找了,一万年。"类似于疯人语,类似于秘密工作者的暗语与神秘人士的诞语。第二部分《局部》则是疯了的叛徒,那个神秘男人的自述,多少确定了这个神秘故事的情节和情绪基调。那不过是一个关于诚实的浅显主题的炫张性叙述。男人知道,他们一直都在找他,这么多年他们一直也没放弃找他。作为"组织"的"他们"矢志以求地寻找一个叛徒,这几乎是非常必然的情节,是惊悚得极为平常的故事。那个叛徒虽然确实有背叛的行径,但他在逃逸之中完成了"诚实"的锻铸。"有很多年,我从这儿跑到那儿,从那儿跑到这儿,隐姓埋名怕有人认出我,怕他们找到我。想象他们找到我的情景,比想象他们怎样处决我,还可怕。与其让自己人把我处死,真不如当初死在敌人手里。"面对审判,这位诚实的叛徒焦虑着:"我不敢想象怎么面对他们。"他是那么渴望得到"诚实",从幼年时代的记忆开始,到不得不面对的残酷的现实。他为什么成了叛徒就逃避到荒野?也许是因为他受到的诚实教育害了他:"那时候,每逢过年,父亲给我买一些烟花爆竹,母亲给我一点压岁钱,我伸手去接,他们先不给我,他们先问我:在过去的这一年里你是不是一个诚实的孩子?我说是。他们说:再想一想,要实事求是。我再想一下,说是,或者说不是但明年我会是的,然后父母才把那些过年的礼物送到我手里。"显然,这不仅仅是父母的教育,更是公共话语的教育,是"实事求是"教育的结果。这个结果就成了叛变的思想和道德基因。这个诚实的叛徒用自己最习惯的诚实方式完成了自己的背叛,也许是用诚实对待了敌人的逼供,也许是用诚实响应了对敌的投诚。一个不愿意背叛诚实的人在残酷的对敌斗争中就非常有可能成为糊涂的叛徒。这个男人成了叛徒,但他始终没有背叛诚实。他躲入大山后养了一条象征着诚实的狗:"我东躲西藏了好多年然后在这片大山里住下了,养了条狗,它活得比我有用比我自信。它无条件地跟着我,除了春天它不知跑到哪儿去风一阵子它从不离开我。"这个以诚实为操守的叛徒对于自己也倾向于这样"定位":"我是个叛徒。""可能有些叛徒是冤案,我不是,真的我不是。"虽然他记不清楚自己成了"叛徒"已经多少年了,"多少年了?有一万年了吧?——我心里非常清楚,就剩下实事求是能让我保存住一点点良心了,也是我唯一的赎罪方式"。一万年当然是不可能的,那是一种心理上的永久感,这种永久感意味着一种与真诚有关的压迫力。这个"叛徒"实际上是忠诚和诚实的卫士。这样的伦理反差同样造成了作品的荒诞感,令人觉得在伦理世界,习惯上被视为最不忠诚的叛徒却对忠诚和诚实最为耿耿于怀。这样的悖论构成了小说的道德迷宫。

小说在形式上也追求结构功能方面的迷宫效果。史铁生的这篇小说每一个部分本可以单独成篇,成为四个短篇,也可以合成一体,变成一个中篇。这种组合或分拆由作者随意为之,他于是便成了结构上的操作者。这样的操作正是现代主义发展到了20世纪90年代以来的流行品格。莫言的长篇小说《红高粱家族》与其中篇小说《红高粱》之间的组合关系便类似于此。

应该说善于讲故事的莫言在营构小说迷宫方面更是高手,他能够借助于穿越或怪诞的方式将一个个故事编织在一个巨大的迷宫式结构中,而且这个迷宫兼具空间和时间的意义。最有代表意义的是他的长篇小说《生死疲劳》,其中的灵魂人物司马闹果然就是一个只剩下"灵魂"的人物,他可以随意"投胎",在不同的时间内进入不同的动物和人物躯壳,那"灵魂"是一贯的,当然也是自由的,"灵魂"失去了一个现实的、统一的躯体的肯定,却同样丰富地葆有人的生命疼痛感及由此带来的千般情感与百转愁肠。故事行进在"穿越"的时空中,不同时空的人物命运和人物关系及其所组成的情节因而有了交汇的可能。莫言巧妙地借助于这种怪诞的穿越让小说的迷宫式设置变得极为"合情合理"。

比之于《生死疲劳》,莫言的《檀香刑》更具有故事迷宫的营造意识。围绕着荒诞而富有历史传奇感的"檀香刑"传说及相关人物关系,作家讲述了一系列连环套的故事,包括扑朔迷离的人物关系,一个故事的展开为下一个故事解套,一个人物则常常有意无意地遮蔽另一个人物的某种秘密。这种迷宫式的构思与博尔赫斯的小说非常相像。《特隆、乌克巴尔、奥比斯·特蒂乌斯》这部小说基本上在经营这样的小说套路。至于一些围绕着案件进行的叙事,这种故事迷宫的色调更为明显。北村的《聒噪者说》就是这样的汉语小说,作品由退休校长林新展疑为神学教授朱茂新谋杀而死开始,任意铺陈复杂离奇的情节,既体现了汉语小说家向世俗化趋近的一种趋向,也显露出他们借小说场域任意构筑复杂情节和故事迷宫的构思特色。

《聒噪者说》表明,小说的叙述可以离开任何逻辑性的关联而进入类似于"梦迹叙述",即故事情节和人物关系可以在非逻辑的意义上进行下意识的粘连。小说中的"我"对朱教授说:"林展新在八月的一天,前来樟坂调查你的专案,你把他送进了聋哑学校,倾圮的校舍已面目全非,三年的时光使他不能很好地辨认学校的遗址,你向他指明了废墟上唯一幸存的一个两层楼的房间。一天夜里,他死在这个房间里。"其间出现了一个来找朱茂新的牧师,天知道他来干些什么,只知道是神学院介绍来的:"他是从水中上岸的,上岸之前,他先落水……在落水之前,……天色已类似黎明。"朱茂新在等他,好像是看到了牧师的情形,又不知是谁看到的:"牧师是在阳光消退之后来临的,他走了歧路,以至于突然又一条河阻在他面前时,他竟找不出一个渡河的方法,对于他来说,尽快找到朱茂新是最重要的,那么只有下水。"但前面说过他已经上岸,说他在黎明时分落水。朱茂新说:"多少年来我一直住在这个地方,我对它已经耳熟能详。不过我从来没有去过河的另一边,我找不到渡河的方法。"牧师的到来似乎为了规劝他,但是朱茂新对他的劝解没有听进去,然后走了:"他看见牧师沿着原路回家,他走到那条河面前,没有丝毫犹豫,一脚踩进水里,落水的声音异常响亮。"

面对这些梦迹叙述甚至是梦话版的叙事,作者还常常进行错综式的处理,"以上显然是朱教授开始入门研究神学时的情景",而不是牧师或别的什么人来到的情形。"更重要的是,所有的死亡都是在同一时间发生的,当天早晨,东方的初日照亮了我们最初的日常生活"。教授似乎早已杀人、自杀,但是林展新死后"我"展开调查时还分明频频与那个朱教授有很多接触。人物的存殁,行动的兴废,事件的断续,逻辑的有无,都在漫不经心之间组织,都在随意点染之际安排,属于汉语文学和汉语小说叙事的一切规矩都被打破。

打破汉语文学和汉语小说的既有规矩,连同天然的语法甚至语序,这的确可以给创作者带来解放的欣喜与自由的快意。北村一度对故事迷宫的编派及其所体验的写作自由有一种走火入魔的快意。他的《劫持者说》表明他在这方面几乎达到了滥用作家权力的地步。小说重点描写马林与牛二互相构成的缉拿与反缉拿的关系,而牛二似乎又是朱三。离奇的人物关系在随意性的编派中显得极其脆弱,好像只要多添几笔,就可以将人物之间的关系拿捏成别的一副模样。

也许,汉语小说家意识到,这种非逻辑当然更是非事实的叙事行之太远必然导致荒诞的危险,于是他们考虑从这种迷宫式随意想象的叙事中折返。第二文本重新回到汉语小说家的笔下,不过这时它们充任历史文献的角色。刘震云的小说非常注重实录史料,当然这史料的征用同样属于煞有介事的文学操作。他的《温故一九四二》征引到《大公报》派驻河南的记者高峰《豫灾实录》的"材料",如 1943 年 1 月 17 日所写:"现在树叶吃光了,村口的杵臼,每天有人在那里捣花生皮与榆树皮(只有榆树皮能吃),然后蒸着吃……卖一口人,买不回四斗粮食。"还有引用的 1942 年美国驻华外交官约翰·谢伟思给美国政府的报告,里面提到了河南灾害与横征暴敛等严酷事实。这些第二文本资料的使用,有效地抑制了随意想象和幻构的小说构思,但大量的史料征引形成了对于文学构思的某种压迫,同时第二文本的存在造成了汉语小说不常见的情节迷宫效应。

汉语新文学的故事迷宫设计和操作性构思,体现了新的传媒时代文学想象的解放和后现代的某种姿态。这样的操作不仅在汉语小说中越来越明显地占主导地位,在汉语戏剧和汉语电影文学创作中也同样明显。汉语戏剧的看点早已从创作过渡到操作。文学因素在这种操作中正迅速退隐。中央实验话剧院上演的孟京辉的《思凡》，将明代无名氏的剧本同《十日谈》中巴比伦王后与马夫私奔的故事拼接起来，艺术的操作甚至随意式的迷宫建构占据了戏剧创作的主导面。《盗版浮士德》一剧将剧本的演出与演出后的狂欢活动结合在一起，狂欢部分则含有世纪酒会、戏剧化装舞会、抽奖、现场电影回放、世纪音乐、倒计时，零点过后是追光大行动和"睡剧场运动"等杂碎内容。[①] 所有这样的操作都说明，在汉语文学也是这样，结构的操作性改变将导致文学内涵性质的改变。诚如冯小刚的电影《大腕》将哀乐以快两倍的速度演奏，神奇地变成欢快的旋律和节奏，汉语新小说从创作到操作改变了作品本来的结构，同样也造成了小说内涵和情调的改变。

[①] 路海波，《90年代中国戏剧研究》，北京：北京广播学院出版社，2002年，第320页。

第二十二章 汉语新文学与汉语新诗的学术辩证

作为汉语新文学的一个重要文体分支,汉语新诗是中国现当代诗歌以及海外华文诗歌的统称。与汉语新文学相一致,汉语新诗指的就是以汉语创作的现当代白话诗,它所反映的是现代汉语创作者的现代诗性与现代感兴。曾有学者试图用"现代汉诗"概述这样的文学现象,但考虑到"汉诗"可能被歧解为汉代诗歌,而"现代"之称为时间概念也有广狭义之分,因此还是按照"汉语新文学"的概念结构,将我们讨论的诗歌文学现象称为"汉语新诗"。

一、汉语新文学中的汉语新诗

汉语文学研究有着悠久的历史和辉煌的积累,其中新文学的研究经过近百年的建构、开拓与发展,亦以其不断扩大的规模与日益充实的内蕴,成为文学研究学术格局中颇为活跃及颇具潜力的学科。不过这一学科却被习惯性地分为"中国现代文学""中国当代文学""中国现当代文学""台港澳文学""海外华文文学"等不同领域,各自凸显的乃是时代属性或空域属性,汉语新文学作为一个整体遭到了人为的切割且被切割得有些纷乱、错杂。现代文学和现代语言理论都聚焦于以语言界定文学的学术必然性,这使得"汉语新文学"概念取得了相对于"中国现代文学"等约定俗成概念的某种理论优势,傅天虹所热衷建构的"汉语新诗",与其他类似概念相比,同样具有这样的优势。

"汉语新诗"概念的基本内核当然是"新诗",正像"汉语新文学"的基本内核是"新文学"一样。至少在文学革命先驱者和新文学基本建设者的印象与习惯中,"新文学"比后来俗称也是通称的"现代文学"更易于接受,因为"新文学"概念全面地包含着与传统文言即所谓"旧文学"相对的白话写作,以及作为文学革命的积极成果这两层含义,而不是像后来的通称"现代文学"那样偏重于凸显其时代属性。"新文学"一语的使用,或与梁启超时代的新文体、新小说诸说有密切的联系,但作为一种文学概念,则在文学革命运动中被赋予了特定的含义。"新文学"作为术语,当始见于1917年2月1日陈独秀致陈丹崖信,在这封信的开头,陈独秀便对陈丹崖来书"详示对于新文学之意见"表示欢迎。此后,"新文学"概念逐渐为鲁迅、周作人、朱自清等新文学倡导者和实践者所一致认同并沿用成习。1935年《中国新文学大系》的出版是这一历史性认同的集中体现。相应地,"新诗"的概念与"现代诗歌"相比,具有类似于"新文学"的历史背景和学术品性。"新诗"概念鲜明强烈地突出了我们所面对的汉语诗歌的现代属性,特别是语言形式的现代属性,而类似于"现代诗歌"之类的概念则必须担负起对于现代历史时期所有诗歌包括旧体诗歌进行学术关照的责任。

"新诗"概念强调的是与传统诗歌的相对性,较多地融入了相对于传统因素的考量,所揭示的仍然是诗歌的内部关系;而"现代诗歌"概念关注的是时代因素,无论是从政治内涵还是从摩登涵义来考察,都是将诗歌的外部关系置于特别重要的地位,相比之下,其所具有的历史合理性以及相应的学术含量都不如"新诗"概念。作为"新诗"概念的"新"并不是像人们一般性地理解的那样,体现着诗歌新的形式和新的内容等等,乃是呼求着新的诗歌传统的建立。"现代诗歌"乃至"当代诗歌"概念无一例外地忽略了"新诗"概念的这种新的诗歌传统的命意。

对于新诗传统的忽略使得新诗概念在时代因素特别是政治因素的强调中变得灰暗不堪。作为中国现代诗歌与中国当代诗歌相整合的概念,一个叫作"中国现当代诗歌"的临时性学术概念和明显拼凑型的学科名称就此出炉,而无论是在内部关系还是在外部关系上都失去了概括力度以及延展的张力。就内部关系而言,它号为"中国"现当代诗歌,却约定俗成地放弃了对汉语诗歌以外的中国其他民族语言诗歌的涵盖;从外部关系而言,尽管台港澳从来就是中国不可分割的部分,可在中国现当代诗歌范畴内似乎并不能,也似乎从未打算理直气壮地包括台港澳诗歌的内容;至于离散到海外的汉语新诗写作,则无论从哪个角度说都更不能为这一学科概念所涵括。

"汉语新诗"的另一中心词自然是作为语言种类的"汉语"。新诗传统当然会通过各个时代的意识形态加以承载,可在更沉潜更深入的意义上乃是通过现代汉语得以风格论的呈现。这使得"汉语新诗"概念在理论上较之"中国现代诗歌"乃至"中国新诗"概念更具优势。

汉语新诗,从理论上说,就是以现代汉语所构成的"言语社团"所创制的诗歌样态,作为概念,它可以相对于传统的以文言为语言载体的汉语诗歌,也可以相对于以"政治社团"为依据划定的中国现代诗歌等。按照布龙菲尔德的语言学理论,"言语社团"即是指依靠同一种语言相互交往的族群,它显然与"政治社团"(国家之类)并不统一。作为学术概念的一门文学既可以以国家和政治社团为依据进行界定,也可以以"言语社团"为依据加以涵括。"汉语新诗"概念突出了"汉语"这一"言语社团"因素,在一定意义上可以弥补单纯从"政治社团"界定所可能带来的概念狭隘的欠缺。

汉语作为一种语言,天然地构成了一个无法用国族分别或政治疏隔加以分割的整体形态,这便是汉语的"言语社团"作为汉语诗歌"共同体"的划分依据。所有用现代汉语写作的诗歌,无论在祖国内地还是在台湾、香港、澳门等其他政治区域,无论是在中国还是在别的国家,所构成的乃是整一的不可分割的"汉语新诗"。汉语在诗歌表达的韵味、美感及象征意趣上的明显趋近,构成了汉语新诗区别于其他语言诗歌的特色、风貌;这样的文学风格及其审美特性,往往比一般意义上的国度诗歌或民族风格更能对人类文明的积累做出实质性的和整体性的贡献。就新诗而言,全世界各地区的汉语写作所承续和发扬的都是新诗的伟大传统,这一传统所带来并鲜活地体现的现代汉语巨大的审美表现力和逐渐成熟的表现风格,越来越明显地镶嵌在人类文明的审美记忆之中,参与其中的每一个区域的汉语写作者都不同程度地做出贡献并与有荣焉。

总体上和整体上的汉语写作对于人类文明做出的贡献,无论被称作"中国气派"还是民族风格,其实都不过是中华文化原型的语言体现。任何种类的文化,特别是通过文学作品体现出来的群体文化,都主要通过语言的表述和写照加以传达;文化有国家的、民族的、社会的等各类形态,不过最切实的文化形态则是由同一种语言传达出来的"共同体"的兴味与情趣,也即是同一语言形成的文化认同。因此,一个民族文化认同的本质体现最终回落是在语言方面。中国传统文明的许多非物质文化遗产在各种心态的驱使下经常被理解为或诠释成东亚各民族的共同遗产,但通过汉语表达并成为固定文本的精神文化遗产,则是使用其他语言的任何别的民族都无法强取豪夺的。

汉语新诗在不同的地域可能表现不同的社会环境和人生经验,但用以审美地处理这样的环境与经验,并对之做出价值判断的理念依据甚至伦理依据,却是与

"五四"新文学传统紧密相连并在现代汉语中凝结成型的新文化习俗和相应的创造性思维。尽管异域文化和文学对新文化和新文学造成了不可磨灭的影响,可现代汉语及相应的现代汉语思维通过诗歌创作已经对之进行了无可否认的创造性转化,能够作为特定的精神遗产积淀下来的一定是为现代汉语所经典化、意象化地固定表达的成品。无论是在叙事、议论策略和抒情风格上,外国文学影响通过汉语所进行的创造性转化都可能积淀成汉语新诗的精神遗产,而不经过这样的语言转化则无法取得这种精神遗产资格。

以语种定义诗歌作为一种学术事实,也是一种学术趋势,体现着一种人们乐意承认的学术成果。面对这样的学术事实、学术趋势与学术成果,汉语诗歌理所当然地应与英语诗歌、法语诗歌、俄语诗歌、德语诗歌……相并列,从而取得历史的与世界的诗歌视野和巨大涵盖力;从汉语诗歌内部的发展势态以及创作者的时代差异和研究者的学术分工等实际情况出发,又十分必要在相对于汉语诗歌的总体概念意义上定义出汉语新诗,它拥有相对于传统汉语诗歌的新风貌和新传统,并负有整合汉语世界新诗写作和运作的时代使命。

一个特别敏感的问题或许是,"汉语新诗"概念似乎削弱了中国本土诗歌的中心地位。但全面而科学的汉语新诗研究将会证明这样的担忧纯属多余。汉语新诗的概念指向汉语,汉语及其所承载的文化其中心空间便无可争辩地在中国。即使是旅居海外的汉语诗人,其对于故国语言文学和文化怀有明确的、深刻的甚至是难以逃避的归属感,这是他们民族心理自然而真切的表露;其中既包含着相当热烈的文化情感,也体现着某种相当鲜明的文化规律。汉语新诗和汉语新文学之类的概念一方面拆解了国族文学观念所必然设定的有形与无形的国境障壁,可以让海外汉语诗人的这种归属感得到淋漓畅快的精神实现,另一方面也更进一步鼓励了各区域的汉语文学写作者对于汉语文化中心地的归属心理,并会大大强化全球汉语诗歌对于汉语文化中心地——中华故国的归属感。如果说中国是华人社会的心理中心,则这个中心就具有了华人和汉语使用者"集体认同的象征单位"的某种意义,①也就必然成为华人世界文化归属感的对象。回到诗人傅天虹这里,情形依然是这样,尽管诗人常年奔跑于台湾、香港与澳门之间,但他的诗歌以及诗歌运作从来都是以内地的读者群为理想的对象,以内地的诗歌界为理想的施展空间,他的所

---

① 詹秀员,《社区权力结构与社区发展功能》,台北:洪叶文化事业有限公司,2002年,第26页。

有的汉语新诗的创作与建设其实都体现着不言而喻的文化归属感,体现着向所有汉语使用者"集体认同的象征单位"——中国内地趋近再趋近地努力。

二、 汉语新诗主体地位的必然性

当下旧体诗的吟唱与刊载非常繁盛,无论是写作者的数量还是作品的数量,都堪称汉语新文学时代之冠冕。与此同时,新诗危机论则似乎已经流行了许多年,特别是经过网络诗歌甚嚣尘上的闹猛与日常化,经过后现代诗肆无忌惮地鼓噪与消解,汉语新诗的尊严甚至它存在的合理性都经受着某种质疑。在这样的情形下探讨汉语新诗在当代诗坛的主体性,似乎很不合时宜,很不识时务。然而事实常常不等同于时宜,真理往往与时务无关。即便是旧体诗歌天然地蒙上了文化的面纱,自然地装扮起传统的礼服,它仍然很难成为当代诗歌的主流并占据当代诗坛的主体地位,这道理之简单如同穿着再华丽的戏服也很难引领时装领域的主流。

毫无疑问,在包括诗歌在内的所有艺术都呈现出普遍俚俗化趋向的商品社会,要保持诗兴的高雅和诗性的不俗,似乎很需要借助讲究格律与规范,具有深厚历史积淀的旧体诗支撑诗门,以显示写诗者一定的文化内涵和相当的审美倾向。这样的判断只能说明旧体诗在现今确有存在的必要,其在表现传统的文化修养方面有着不言而喻的直观意义。姑且不论旧体诗中也常见那种应景式的应用诗或俚俗化的打油诗之类,未必都是高雅趣尚和深厚修养的抒写,其实,文化修养的显示可以有多种方式,不必一定通过吟诗作对;真正的诗歌写作还是要表达历久弥新的诗性和有感而发的诗兴,实现这种诗兴与诗性表达的冲动。而在诗兴与诗性冲动表现这方面,对于绝大多数当代人而言,恐怕最便当和最有效的诗歌载体是新诗而非旧体诗。新诗的表达离现代人的诗性和诗兴最近切,无须作形式上的特别设计和体制上的格外踌躇,新诗较之旧体诗更能本然地、原真地表现诗人固有的诗情和即时的诗趣。

当然这并不是说新诗就比旧体诗更高明。现在早已经过了分辨新旧体诗歌孰优孰劣的初级阶段。新诗旧诗都各有其特定的文化内涵,各有其特定的审美习惯,也程度不同地显示着各自的美学规范甚至美学规律,原不应厚此薄彼,必欲在一定的意义上分出高下。然而,也不必搬出"一时代有一时代之文学"的权威而陈旧的言论,必须承认,现代人的情感及其意象化的表现乃是以新诗为最方便也最有效的载体。新诗在现代以来的文坛上势必占据主体性地位。

新诗最重要的特征是不必过多地,至少是不必首先顾及诗体规范的形式感或表达语体的对应性,构思的相对自由与表达的自然流畅是新诗较之旧体诗的某种明显优势,这样的优势固然使得新诗减弱了充满修饰感的艺匠,但它从根本上免除了旧体诗歌常常难免的模仿意味和造作痕迹,而且使得诗歌创作彻底摆脱了寄托性质,进入更加直接更加畅快的表情达意层面。由于旧体诗需要在严格的形式感上做足文章,以此才能获得进入诗坛的入场券,它的创作往往在必然要求的形式考究方面占据甚至会消磨诗人的若干灵感与诗兴,而且诗作常常不可避免地流露出普遍的模仿和造作印记。黄遵宪在《人境庐诗草·自序》中明言,旧体诗"欲弃去古人之糟粕,而不为古人所束缚,诚戛戛乎其难"。他质问道,"今之世异于古,今之人亦何必与古人同?"[①]今天诗人的感性与诗兴应该也有别于古人,但硬是按照古人的规范和表述方式来进行诗性抒写,而为古人所束缚,是否真有必要?"五四"时代的新文学家也这样揭示传统中国文学的弱点:"文体多模仿古人""思想陈腐缺少悲剧"。[②] 当然,这是诗人站在诗界革命的立场上所做的未免偏激的发言,在处理"今之人"的现实诗感与为古人所束缚之间,应能找到一条科学、理性的诗学之路,在传统的继承与现代诗情的表现方面,也能找到一种有效的共价键或一个良好的结合点。不过,形式规范上的过多考量,美学原则甚至意象造设方法上的经典化运思,无疑会减弱诗歌创新的力度,消耗诗人的灵性和诗性。对于创新力特别强,灵性与诗性特别丰富的诗人而言,形式规范和传统原则的约束不会太多影响,于是有戴着镣铐跳舞的自由感甚至幸福感,但对于绝大多数诗人而言,这样的削弱和消耗很可能是不折不扣的负面因素。于是,在旧体诗的创作中,模仿之作,难出新机杼的俗套作品常常更多更滥。而诗人自觉得可拿得出手的新诗,则总洋溢着或者蕴含着某些新意。

旧体诗由于须亦步亦趋地遵循古人的美学规范和意象造设原则,在表现诗人的情感和意趣方面常常体现为寄托性的抒写,即将现代诗人的思想感情,诗兴与诗性,寄托于仿古的意境之中和思古的幽情之内,作曲折而沉溺的模式化诗性表现。这种寄托性的诗歌无论是创作层面还是欣赏层面都需有一个复杂的过程。从创作层面言之,诗人可能很难"寻找摆脱了寓言意义或主题意义的真正自由"[③],他的构

---

① 黄遵宪,《自序》,《人境庐诗草》,北京:中国青年出版社,2000年,第20页。
② 刘经庵,《中国纯文学史》,南京:江苏文艺出版社,2008年,第5页。
③ [美]杰拉尔德·格拉夫,《如何才能不谈虚构》,盛宁译,柳鸣九主编《从现代主义到后现代主义》,北京:中国社会科学出版社,1994年,第369页。

思常常需要为寄托的对象和意象群所牵制,诗性表达的自由受到相当严重的影响。对于欣赏层面的人们也是如此,既然"作者透过'意象'来表达他的'感情',要了解这个感情,读者必须去'感受'它,必须设身处地,体物入微……"①一切都显得那么复杂甚至艰难,一切都与创作构思的自由畅快离得很远。在旧体诗如此强烈的规范性和原则性制约之下,诗人的自由受到一定的抑制,诗人的角色也就很难建立在雪莱所理想的祭司和镜子的意义上:"诗人们是祭司,对不可领会的灵感加以解释;是镜子,反映未来向现在所投射的巨影;是言辞,表现他们自己所不理解的事物……"②能够随意地表现哪怕是自己所不理解的事物,能够阐释各种不可领会的灵感,这是诗性自由的至高境界。抵达这样的境界需要克服各种束缚性的诗性思维,需要远离各种模仿态的表现程式,需要避开各种主体情感的寄托而寻求畅快淋漓的直接表现。这样的直接表现显然存在于新诗的创作自由表现之中,而不是在旧体诗的规行矩步里。

疏离了旧体诗的形式感,新诗可以在创作中形成自己内在格律和特定的诗兴节奏,这也是几代新诗人早已解决的问题并在诗形的解决中形成了基本的共识。现在很少有人围绕着新诗格律化问题展开论争,这种现象本身就说明这个重要而敏感的问题在新诗领域已经得到基本解决。现在最难回避同时也是最难解决的问题是,新诗表现的诗性内容不如旧体诗蕴藉幽美,新诗常常过于直白而全然没有诗味,新诗的美常常是那么粗犷而缺乏旧体诗的精致优雅。其实这样的观察早已过时。那种过于直白,所谓"张嘴便见喉咙"的新诗早已经经受过理论的批判和观念的淘洗而成为新诗界克服的对象,新诗在其产生之初就已经自觉地倡导"回味"与"余香"。周作人在《〈扬鞭集〉序》里,便对新诗过于直白的现象进行明确的批评:"一切作品都像是一个玻璃球,晶莹透澈得太厉害了,没有一点儿朦胧,因此也似乎缺少了一种余香与回味。"③这些都成为后来新诗发展力图自觉避免的现象。当然,新诗建设过程中屡次出现不顾诗歌韵味,不顾诗歌魅力而只是一味喊叫的诗潮,即使不是在这种不良诗潮之中也常常有品质不高的诗作出现,但这些并不代表新诗健康发展的常态,更不是新诗创作的理想之态,而只是新诗发展过程中的异数

---

① 张简坤明,《诗学理论与诠释》,台北:骆驼出版社,1995年,第15页。
② 雪莱,《诗辩》,伍蠡甫主编《西方文论选》(下),上海:上海译文出版社,1981年,第56—57页。
③ 周作人,《〈扬鞭集〉序》,《晨报副刊·诗镌》第11号,1926年6月10日。

甚至是败笔。以这种异数和败笔坐定新诗失败的必然性，则更像是一种理论的败笔。

旧体诗固然很美，很有韵致，但表现的诗性比较适合古典意味和经典风格的美，新锐而复杂的现代情致有时候甚至是古典美学和经典情调的反叛，诉诸一唱三叹的旧体诗便会有方枘圆凿之尴尬。面对一泓春水与一片蓝天白云，现代人如果吟诵旧体诗词，则自然归向传统的意象与似曾相识的古典情致，诸如"望汀洲水漫，鹭鸶伫立，几片风樯。白云蓝天如洗，归雁一行行"之类，而立足于现代人的情感体验，则不必拘泥旧意象，涤除未必实有只用于藻饰的鹭鸶、归雁之类，直接表现内心的隐曲和丰富的现代情怀，于是有了"我是天空里的一片云，偶尔投影在你的波心／你不必讶异更无须欢喜／在转瞬间消失了踪影"这样的经典新诗。即便是借用古典意象，新诗表达的意趣也可能翻出旧体诗词的窠臼，直接承载现代人的审美风致，如古诗有"青鸟不传云外信，丁香空结雨中愁"，表达的是古人为春愁春恨所困扰的忧烦，而新诗人借丁香与愁怨的意象，则表达了"我希望逢着／一个丁香一样的／结着愁怨的姑娘"的意愿，乃是期盼着春愁春恨的陪伴，表达的是现代人无可排解的寂寞孤独情绪。这样复杂的意象处理和表现，离开了自由、畅达的新诗是很难想象的。

必须指出，汉语新诗早已不是所谓的白话诗，它是因应现代人复杂、丰富的诗性情感的自然和自由表现要求，适应现代生活书面表达的规范性、效率性和审美性需要，经过较长时间摸索和建设起来的一种新型诗歌，无论在这样的艺术形态之中产生多少令人不快的劣作与赝品，它的成熟样态和理想样态足以传达现代人诗性审美的魅力与快意，理应成为且必然成为当代诗国的主体角色。虽然任何时候都会有人沉迷于诗歌的古典形态，任何诗人都可能在心中掩藏着诗性表现的经典形态，但这些都不足以削弱和取消新诗的主体地位。就如同人们在文化生活和审美活动中可以不放弃古典形态和古典趣味，但最终却仍然不得不面对哪怕自己并不看好的现代形态和当代趣味。

三、"常""变"逻辑关系中汉语新诗的价值审视

吕进先生给出的"新诗发展中的'常'与'变'"是个高水平的学术话题，它最后也许不能像命题者所理想的那样，解决如何将汉语诗歌的传统之常付诸现代性转换的变异这样一个高难度的技术性问题，但将新诗发展现象中的某种价值思考甚

至这些现象的合法性问题纳入这种"常"与"变"的逻辑关系中进行审视,倒也可以得出一些富有启发性的结论。

什么是汉语新诗乃至汉语诗歌之"常"？那实际上是诗之所以为诗,不会、不能也不应该随着时间的推移或情境的变化而发生改变的东西,是诗的本质特征和本质特性的集中体现,其实也是各民族各个时代诗歌质的规定性的基本认同。

这种我们可以俗称为"常"的诗歌质的规定性,是诗的根本体性,包含着诗体与诗性这两个方面。离开了外观上标示为诗歌特征的诗歌体格,离开了内在地决定诗歌特性的诗意诗性,诗歌将无从谈论,更无论是否是汉语诗歌抑或是汉语新诗。

诗歌的体格即使是在传统的文学格律中也是多种多样的,进入新诗时代新诗的体式更是不拘千格,万态百姿,甚至出现了一些消解了诗歌体格、向非诗化的外观形态上趋近的种种现象。但这些诗体形态都对应着诗歌"常态"的体格要求,参照着诗之所以为诗的语体要求和结构方式：即便是非诗化的(散文化的)诗歌体格,其实也是对诗歌应有体格的反抗而产生的特别样式与形态,从创作者的偏激态度和意念而言,都已经确定了这种诗体的异态与反常。无论使用何种语言进行诗歌写作的任何族群,他们之所以意识到写诗,写出来的被确认为诗,除了相应的诗思诗绪诗兴诗情之表现要求的驱动而外,迥然区别于一般自然文体,对于节奏、韵律以及特别安排的文本形式具有相当要求的诗歌体格的建构,也是其中一个关键性的因素。在任何时代任何民族任何语言中共同的诗歌体格的常态,就是体现在节奏、韵律和文本形态上的特别安排的语言美学要求。象征主义文学大师波德莱尔对诗歌体格的阐释非常明确,他认为在形式上诗歌"让节奏和韵脚符合人对单调、匀称、惊奇等永恒的需要"[①],对于这种"永恒的需要",他的唯美主义同道王尔德论述得更为具体:"韵律给人以一种愉快的有限感,这种感觉在各种艺术上都是愉快的,而且它正是完美的秘密之一。"[②]这确实是从某种非常态的观察角度论证了诗歌体格的常态之美。传统的汉语诗歌苛刻讲究的诗词格律,汉语新诗的优秀倡导者和杰出实践者提出的诗歌之音乐美、绘画美和建筑美,等等,都是在类似的意义上强调着诗歌体格之常态。

---

① 语出波德莱尔为《恶之花》写的"序言",原载《波德莱尔全集》(1),第182页。转引自郭宏安《译本序》,《波德莱尔美学论文选》(郭宏安译),北京：人民文学出版社,1987年,第3页。
② [英]王尔德,《亨雷和夏普的诗》,《王尔德全集》(4),杨烈译,北京：中国文学出版社,2000年,第122页。

强调新诗的韵律感、节奏感以及文本意义上的建筑美感,并不是鼓吹回到古典的格律之中,甚至也不是附和新格律诗派对于新诗格律的倡导,而是力图说明,从诗歌体格而言,有区别于散文等一般自然文体的诗歌体格才是超越时空超越民族和语言的诗歌之常态甚至恒态,新诗可以在坚持这种常态原则的前提下按照诗人的意匠不断打造新的格律,探索新异形式,领悟新的韵律,阐解和重释新的节奏感。这应该就是诗体格局意义上的"变"。但所谓万变不离其宗,如果一味地突破诗歌体格自身质的规定性,将全部精力都用在消解韵律与节奏以及文本结构方面,那就可能通向外观上的非诗化。这样的倾向不应以任何支持探索的理由予以理论的鼓励。

诗歌内在本质特征是必须体现诗性,必须表现与诗意和诗情相关的那些思维"软件"。这是诗歌当然也是汉语诗歌最本质的常态。至于表现的诗意和诗情,确应有时代的差异甚至地域的差异、个体的差异,但坚持表现那些可以被称为或理解为诗性的内容,这是探索和创新中的新诗无论如何之变也无法更不应该推翻的常态和必然性的内涵。

人类的精神世界和情感生活中存在着的最精致最纯正的成分,可以称之为"诗性",富有诗性思维的人方能成其为诗人。可惜的是,人类的诗学理论至今也不能精切地揭示出"诗性"的内涵,于是我们只能在莫衷一是的诸如什么是诗的纷乱描述中,将"诗性"当作一个自明性的概念加以把握。波德莱尔认为在内容上诗性是"人类对一种最高的美的向往",它是一种热情,"是一种心灵的迷醉",与"居住在诗的超自然领域中的纯粹的愿望、动人的忧郁和高贵的绝望"相联系。[1] 爱默生提出了"诗性先天论",指出:"诗在世界存在之前就被写好了,只要我们被赋予敏锐的感官,能深入那个满是音乐气氛的领域里,我们就可以听到那些原始的歌声,……"[2] 这种"诗性先天论"其实也并不神秘莫测,它可以被视为是对诗人"生命感受"和"天然本性"的绝端强调。瓦莱利这样表述自己所理解的诗性:"我曾在我内心注意到某些很可以称为'诗意的'心境,……这些心境并不是因明显的原因而发生的,而是在某种偶然情况下发生的;他们根据其自己的性质而发展,结果我发现自己有一

---

[1] [法]波德莱尔,《再论埃德加·爱伦·坡》,《波德莱尔美学论文选》,郭宏安译,北京:人民文学出版社,1987年,第206页。

[2] [美]爱默生(Ralph Waldo Emerson),《诗人》,董衡巽译,《西方文论选》(下),上海:上海译文出版社,1979年,第490页。

时被震撼而摆脱了惯常的心境。"①他这里所说的"诗意"便是有些讲不清道不明的诗性。

或许没有人能够对于诗性给出圆满、准确而充分的界定,就如同没有人能够对于美给出这样的界定一样;另一方面,人们在不能给出精确的美的定义的同时,照样能够体味什么是美,判断什么是美,因而我们也还是可以在不能给出精确的诗性的界定的同时,对于诗性的存在以及它的固有属性予以一种常态的确认。每个诗人甚至每个读者都可以对诗性做出自己的理解,处在不同时代不同境况下的个我更有权利对于诗性做出自己的表述,这样,诗歌的内容就会随着时代的变化以及诗人个我的各异而发生改变,但写诗的动机和结果都必须归结为诗性的表达,这应是诗歌创作的常态心理。那种致力于消解诗性甚至用各种粗俚的鄙俗挑战诗性应有的优美的所谓探索,则违背了诗性表现必要之"常",很可能通向对于诗的亵渎。

于是,我们可以得出这样的结论:诗歌之常是诗歌与生俱来的本质特征和特性,是诗之所以为诗的体格与属性的质的规定性,而诗歌之变包括汉语新诗之变或曰发展,应在尊重这种体现诗歌之常的质的规定性的前提下和框架内进行,离开了这种前提所进行的所有诗歌变易与改革都将消解诗之所以为诗的本质属性,其进行发展和变革的结果甚至都可以值得为之欢呼,但那绝不是诗,也不会是诗的欢呼。

四、 汉语新诗的倡导及创作实践

随着汉语新文学讨论的次第展开,"汉语新诗"概念亦逐渐浮出学术的水面。在这水面上扑腾得最醒目也最热烈的无疑是诗人傅天虹教授。他的文学状态在一定意义上典型地显示着汉语新文学和汉语新诗的价值内涵,他的生存状态则是对"汉语新文学"和"汉语新诗"概念必要性的一种必然阐释,至于他对于汉语新文学和汉语新诗学术倡导的热心,也确实印证了上述判断。或许,通过这样一个有价值的个案,对汉语新文学和汉语新诗的学术辩证将会显得更加有的放矢。

傅天虹是一位在祖国内地成长起来的诗人,金陵旧地的文化碎屑和风雨如晦的人生历练为他的青春注入了诗的意趣,也为他的诗注入了生命的欢悦与惆怅,这

---

① [法]瓦莱利,《诗与抽象思维》,丰华瞻译,《现代西方文论选》,上海:上海译文出版社,1983 年,第 31 页。

些因素铸成了他诗歌的魅力,使他在南京这样一个历史文化古都和人杰地灵之地连续获得雨花奖,并成为一个崭露头角且逐渐羽翼丰满的诗人。

以这样一个诗人的身份,傅天虹进入了台湾。他的至亲都在台湾,台湾是他的第二故乡,他本可以成为一个凝结着宝岛之魂的诗人。事实上,在不长的时间内,他与台湾新诗界结下了不解之缘,与相当一批各个年龄段的台湾诗人结下了长期交流的盟约。然而他选择了香港,在他的航程甫离台湾之际,他连一片云彩都没有放过,就像他当初离开大陆,对大陆一切精神的系念都从没有放下过一样。卜居香港的傅天虹几乎一无所有,但他带着两岸的诗性灵魂,精神上曾经是那么富足而充实。他在香港用自己擅长的木匠手艺,顺着诗人灵感的指引,为自己筑建了一方(用"处""所""座""间"作量词似乎都不合适)半山木屋,就此安己之身,立诗之命。他依然弹奏寂寞的筌篌歌唱着心中的诗,有时甚至面对着半山的磷火。不过他更多的时间化成了一座汉语新诗的桥梁,连接着大陆与台湾,沟通着海外与中国。他创办当代诗学会,兴办《当代诗坛》,接待南来北往的诗人骚客,组织各种诗歌论坛以及联姻于海峡两岸的诗歌互动活动,组织出版各种诗歌出版物,等等,这是一座虽不蔚为壮观但却繁忙高效的诗歌立交桥,既连接两岸又连接海外和港澳,既连接诗人又连接文学活动与诗歌出版。

取得香港永久身份的傅天虹在10多年前想到了澳门,并将自己的家搬到了澳门,在那里继续从事自己的诗歌写作和诗歌活动的组织、诗歌作品的出版发行工作。但他基本上拒绝了与当地诗歌组织的往来,也很少参与当地的诗歌活动。他带着一座立交桥必有的累累伤痕告别了诗歌立交的岁月,然后以一种决绝的有些偏执的态度进入了诗界"闭关"的状态。直到2005年北京师范大学珠海学院招请他加盟教授行列,他恢复了参与或组织诗歌活动的热忱,一面却不得不面临着成为文学教授的方向性调整。随着这样的调整,他又售出了澳门的住处,在珠海安家落户,重新做回了一个内地人,只不过是怀揣着香港身份证并且几乎每周都会回澳门的内地人。

傅天虹的诗歌创作和诗歌活动注定会在新诗历史上留下痕迹和印记。但是,他的身份和归属将会成为一个难以处理的史述问题。他成长并成名于大陆,并且现在还在内地工作,但他无法被界定为内地诗人,因为他早已经不是内地人;他的亲人主要在台湾,离开大陆的原先目标也是去台湾,但他没有选择台湾,因而无法被认定为台湾诗人;他近10年来的主要居住地和主要活动场所在澳门,但他是香港人,不能算作澳门诗人;他虽拥有香港身份证和护照,但香港对于他来说只是客寓之所,而且他已经长期脱离香港诗歌界,很难再被称为香港诗人。当然我们可以将他笼统地称为中国诗人,然而如果他拥有第三国身份,就像从澳门流走加拿大的著名诗人陶里,难道就可以剥夺他作为"中国诗人"的身份了吗?"中国诗人"可以是一种地域身份的识别,也可以是一种民族身份的标示,还可以是一种具有美誉成分的赞赏性冠名。当我们在后两种意义上使用"中国诗人"这个名称的时候,诗人身份的辨识问题基本上无法得到解决。

在地域身份的辨别意义上,将傅天虹这样一个典型确认为"中国诗人"同样会带有许多习惯上的歧义。长期以来,"中国文学"和"中国诗歌"这样的概念,在学科体制和学术范围的习惯性认知上,处在与"台港澳文学"和"台港澳诗歌"的某种相对位置,也就是说,中国现当代文学和中国现当代诗歌的研究常常并不将台港澳文学和台港澳诗歌包含在其中。这样的学术现象看起来显然违背了学界应该遵守的严肃的政治逻辑,而且也逐渐处于被改铸和被修正的学术操作之中,但它毕竟是积之既久的一种学术现实,毕竟曾是约定俗成的一种学术潜规则,它以一种硬性的范式力量龃龉着简单的政治逻辑,使得人们假如按照政治逻辑界定文学和文学家的身份和归属问题则必然面临着某种尴尬和困惑。这就是为什么当我们试图将无法准确界定其身份的傅天虹称为"中国诗人"之际,会同时感受到尴尬与困惑甚至无奈与错乱的深层原因。

文学家的身份问题,随着地球村时代的到来,随着人们居住地选择的越来越自由与方便,已经成为文学批评家和文学史家较多关注的问题。德国汉学家顾彬(Wolfgang Kubin)在向澳门大学召开的"汉语新文学史国际学术研讨会"提交的论文中较为系统地表明了这样的困扰:用原籍判定作家的身份和地域归属显然是不可靠的,用他的身份证或护照作这样的判断更显得粗鲁而滑稽,以文学家的实际居住地来判定,则一个文学家很可能被描述为几个国家或地区的文学身份。傅天虹的身份问题是一个带着全球性和时代性的文学身份认定的问题。

或许处身于其中的诗人自己也强烈地感受到了这样的尴尬与困惑,傅天虹相当一段时间以来一直并不甘心乃至刻意回避用中国新诗或中国文学界定他矢志于连接并促进其交流的海峡两岸新诗乃至于海外华文诗歌,他一度热烈地推行"大中华诗歌"的概念,并在编辑出版方面做出了系列贡献。他的"大中华"概念显然具有勃勃的文化雄心,不仅是指地域上的中华界,更是指文化上的中华辐射场,包括广大的华文文学范畴。然而他显然意识到,在后一种意义上标举"大中华"在许多对象上和在许多情形下显得相当勉强,而且需要辅之以有力的论证,他一度苦于这样的概念面对繁富复杂的汉语诗歌现象而力难从心。正像他面对自己的地属定位问题感到无可奈何或束手无策一样。

在这样的情形下,他与"汉语新文学"的命题不期而遇。这样的命题不仅使得"汉语新诗"的概念顺理成章,而且也使得他由原先面对政治区域不知其身所属的尴尬中轻松走出,在汉语新诗的清晰、明确、完整、稳定的概念框架中迅速找到了自己的位置,也为他一直热心关注和打通交流的世界各地域的汉语新诗人以及他们的作品顺利地找到了恰当的定位。有意思的是,汉语新文学命题较之约定俗成的中国现代文学之类概念,有一个先天性的缺陷:它自身很难具有自然的延展性;中国现代文学可以根据体裁分别延展为中国现代小说、诗歌、戏剧、散文等等,而汉语新文学在这样的延展性运用面前往往会显得捉襟见肘。幸运的是,汉语新诗成为汉语新文学在题材方面唯一可以进行自然延展的概念,于是傅天虹不再顾虑,踊跃地成为"汉语新文学"概念的热烈拥护者,成了"汉语新诗"命题的积极推进者和自觉实践者。

傅天虹认同汉语新文学,力倡汉语新诗,并且在汉语新诗的创作本体、学术本题的建构方面做出了切实的努力,使得他在这方面成为汉语新诗建设的一个学术亮点,成为汉语新诗实践的一道亮丽风景,成为汉语新诗推进的一个聚焦对象和一脉异常的动力。

在短短的两年时间内,他发表了一系列申言和辩证汉语新诗的学术论文,这些论文不仅使得汉语新诗的学术架构有了初具的规模,而且也使得他借以走出了诗人的原初行列,以一个学者和诗学教授的身份走进了当代历史。其中的《对"汉语新诗"概念的几点思考》一文[①]颇具代表性。该文论证,"汉语新诗"是针对当前中国 90 年来新诗研究所存在的,由文化心理、政治历史因素、人为因素等形成的新诗学科研究的命名上的尴尬和错位而提出的新命名,本文试图通过"汉语新诗"的命名意义及可行性、来路与现状、使命的探讨,为促进新诗与诗学健全、科学、有序的发展而做出努力。文章从汉语新诗的资料基础与学术准备论起,将汉语新诗诗学建构的基础——诸如"白话诗""中国新诗""中国现代诗歌""现代汉诗"等概念,以

[①] 载《暨南学报(哲学社会科学版)》2009 年第 1 期。

及这些概念明确的所指和能指，它们分别存在的粗疏或模糊的欠缺等等，都做了学术分析，然后从"汉语新文学"概念中顺理成章地推导出"汉语新诗"这一概念，还对"汉语新诗"90年的来路与代际分流作了深入论析。在这种清晰的学术认知的基础上，他积极投入到汉语新诗价值体系和学术体系的营构之中，做出了令人刮目的贡献。

汉语新诗概念的提出，其最为现实的意义在于不必顾虑诗人的国族或区域背景，无论诗人来自于哪个国度，是否加入外国的国籍，也无论他的出生地和他的日常居住地如何纠结，只要他运用汉语写作新诗，就可以将他们全都视为一个整体，全都置于一个平台。长期致力于海峡两岸以及国际汉语诗人交流和合作事务的傅天虹，得到了汉语新诗概念和相应理念的鼓励，便以更加充沛的热忱和更加饱满的精神投入他的跨国境超地域的诗歌运作之中。他积极组织和参与旨在沟通整个汉语新诗界的各种诗人聚会和诗歌研究活动，所主持或参与主持的"两岸中生代诗学高层论坛暨简政珍作品研讨会"[①]"第二届当代诗学论坛暨张默作品研讨会"[②]等，都具有相当的学术规格和学术影响。在他的主张和积极推动下，还于2007年3月成立了海峡两岸诗人学者参与的"当代诗学论坛机制"。这一机制的形成，其实也可以被理解为中国诗歌在汉语新诗意义上进一步交流与发展的保障性组织形式。

与此同时，傅天虹更加积极推进《当代诗坛》的编辑出版工作，该刊物现在已经出到50多期，他所苦心经营的《中外现代诗名家集萃》（中英对照）早已突破了原先设计的500部规模，正向1000部的目标迈进。这是新诗诞生以来规模最大、牵动面最广，也可能最具有未来影响和国际影响的大型系列诗作出版物，这一巨大系列的设计、策划，如果仅局限在中国新诗或别的地方的新诗，而没有汉语新诗整体观照的目光和胸襟，是难以想象的。因此，将这样一个巨大的工程算在汉语新诗概念的智性认知范围内，应不至于太牵强。

如果要论直接得力于汉语新诗理念的推动，则傅天虹的诗歌运作贡献更可谓惊人。在过去短短的两年多时间内，他主编或组编的诗歌集、诗论集达18种之多。直接以汉语新诗命名并投入运作的计有《汉语新诗90年名作选析》（傅天虹主编）、

[①] 2007年3月于北京师范大学珠海分校。这次会议被确定为"第一届当代诗学论坛"。
[②] 2008年4月于澳门大学。

《汉语新诗百年版图上的中生代》(张铭远、傅天虹主编)、《汉语新诗名篇鉴赏辞典(台湾卷)》(傅天虹主编);在汉语新诗的理论框架内的诗歌评论集计有《张默诗歌的创新意识》(傅天虹、朱寿桐主编)、《犁青诗路探索》(朱寿桐、傅天虹主编),以及关于他自己的《论傅天虹的诗》(朱寿桐主编),他还组织编辑或主持编选过简政珍诗论集《当代诗与后现代的双重视野》、张默诗歌论集《狂饮时间的星粒》(傅天虹编)以及《桂冠与荆棘——台湾著名诗人白灵诗论集》。同样在这两年内,在汉语新诗的概念框架中,他组织、策划、选编的诗人选集计有:简政珍的《当闹钟与梦约会》《两岸四地中生代诗选》(吴思敬、简政珍、傅天虹主编),更有《张默诗选》《白灵诗选》《犁青诗存》《傅天虹诗存》《傅天虹小诗八百首》《庄云惠诗选》等。如果将《中外现代诗名家集粹》丛书中属于近两年的选题计30部都算上,如果再将正常出刊的《当代诗坛》也核计在内,在差不多800天的时间内,傅天虹为汉语新诗界贡献了50多本书,平均不到两个星期就贡献一本书!

他自己还在写作,还在进行各种诗歌运作,还在营构包括汉语新诗理论倡导在内的理论命题。

这个在圈内被称为"拼命三郎"的诗人,能够在他早过了甲子之年的时候依然做出这样的辉煌成就和杰出贡献,并不是一个"拼"字所能解释清楚的。另一个巨大的理念动力,其实就是"汉语新诗"这一概念,这一概念打破了原先人为设限的种种羁绊,忽略了原先计较不清的种种尴尬,让他自己和他热心为之沟通的各路、各地诗人们能够顺利地集中到汉语新诗的平台上,使得他们在汉语新诗的观照中真正成为一个整体,成为汉语诗国里平等的、亲切的公民。对于诗人和学者的傅天虹而言,这是一种新的认知,更是一种莫大的激励。

五、《当代诗坛》:汉语新文学世界的诗梦

《当代诗坛》是香港、澳门新诗界20多年来最重要、最有水准、也是支撑得较久的诗歌刊物之一,近10年来又将办刊触角延伸到澳门,成为港澳之间诗界联系的重要纽带。更重要的是,由于创刊人傅天虹堪称是推动海峡两岸以及海内海外诗歌交流的第一人,以他的特殊身份和天然责任,《当代诗坛》从创刊之日起就以沟通海峡两岸,整合海内外汉语新诗为基本定位,相当一段时间以来她也确实在这方面做出了其他刊物难以伦比的贡献。因此,我们今天倡导和总结汉语新文学和汉语新诗,就必须格外重视《当代诗坛》的史学价值与诗学价值。

1. 汉语新文学与汉语新诗的开拓

《当代诗坛》诗人群体本来不具备诗坛社团的某种品性。虽然它拥有完备的组织机构形式，从社长、总编到编委会，20多年来一直都相当健全。但除了几个灵魂人物，特别是创刊人傅天虹以及犁青、路羽而外，它的组织机构处在不断变化之中，既显示出这个团体充沛的活力，也显示出它在激烈的文化竞争和残酷的商海沉浮中必有的应变机制。因此，依据这个刊物编委会确定一个诗坛社团，理由并不充分。更重要的是，这20多年来，受邀进入编委会的诗人和诗评家分别来自香港、台湾、澳门、内地以及海外各地，组成诗坛社团的主要成员的地缘关系似乎不具备一个社团通常要求的那种一致性。因此，以《当代诗坛》为核心，以此来命名一个诗坛社团，似乎是一种勉强的作为。也许正是考虑到这样的因素，傅天虹先生宁愿将这个诗人群体称为"《当代诗坛》诗人群"，而谨慎地去掉了我说的令人联想到诗坛社团的那个"体"字。

无论这些诗人来自何处，无论他们原有的诗歌风格如何，也无论他们的时代背景和地域背景存有如何的差异，当他们集结到《当代诗坛》，他们就好像践行了一个诗性的约定，非常自然地打破了时代、地域、风格和习惯的阈限，以一种类似的歌喉吟唱着彼此认同的圆润，以一种相近的情怀弹奏着脉脉相通的清商。在这样的诗学世界，他们徜徉于汉字隽语的江湖，相忘于兄弟倾轧的庙堂，轻渺大洋的阻断，傲视山海的雄阔，那一份轻捷自由实在难得，那一种情绪的沉醉缀合为共同的充满诗性的梦。这梦的语言外壳便是这批人谁也离不开并且谁都爱不释口的汉语，这梦的灵魂便是洋溢着汉语之美和中华文化之韵致的诗情诗性。

出版之初，《当代诗坛》即使在香港也应该属于颇不起眼的诗歌刊物，然而它却是汉语新文学史上第一个明确以跨区域、跨国界的汉语新诗进行定位的刊物。那时候的组编者虽然还没有建构"汉语新文学"或者"汉语新诗"的概念，但已经拥有消解政治和区域格局，在纯粹新诗发展的意义上建构新的文化格局的新潮意识。傅天虹在所撰的创刊号发刊词中这样定位：《当代诗坛》广泛团结"海内外诗友"，大家一起"为民族的诗运尽一份心力"，以筑成一个"万紫千红"的"泱泱诗国"。[①]虽然在今天看来，这样的发刊词带着那个时代惯有的唱高调的痕迹，不过这种高调掩藏着的却是一种超前的文学意识：超越国家和区域，超越政治意识形态，将汉语

[①] 《当代诗坛》第1期，1987年9月15日出版。

写成的新诗统一为万紫千红的泱泱诗国。这是汉语新文学和汉语新诗最初的不自觉的萌动。这样的萌动在傅天虹的《九龙蝴蝶谷》诗中有过形象的描述：

在九龙荔枝谷
一百廿四种蝴蝶
此刻
都在同一种树上栖息
飞成世界奇观的
成千上万只蝴蝶
在鸭脚树上
作同样的梦

同一个泱泱诗国，同一个甜甜的诗梦，无论天涯海角，无论色彩斑斓。

此后，傅天虹打出了"促进诗艺交流，促进中国诗的现代化"①的异帜。新诗的现代化当然不能算是异帜，袁可嘉在20世纪40年代就已经提出了这样的系列问题，80年代中后期，现代化问题继政治导向之后又成为中国文化发展的一个时代命题，但傅天虹这时的重点在于诗艺之间的交流，关键词是现代的"中国诗"，这里的"中国诗"显然不是中国的诗歌，而是以历史悠久的中国文化为背景，以天南海北的中国诗人为主体的中国语诗歌。作为"汉语新文学"与"汉语新诗"概念萌动的一种接续，傅天虹稍后锁定了"大中华新诗"的概念，②1994年更以《大中华新诗探索》（香港银河出版社出版）为标志，对"大中华新诗"概念进行了卓有成效的理论探讨。

---

① 《当代诗坛》第2·3期"卷首语"，1988年3月30日。
② 以其1991年开始主编的《大中华新诗辞典》为标志，该书出版12分册，分别为：《大中华诗学术语汇编》（大中华新诗辞典综合卷第一分册，香港金陵书社1991年版）；《大中华新诗名作鉴赏》（辞典综合卷第二分册，香港金陵书社1991年版）；《大陆诗人小传》（辞典大陆卷第一分册，香港金陵书社1991年版）；《大陆新诗名著名作名句》（辞典大陆卷第二分册，香港金陵书社1991年版）；《大陆诗坛发展脉络》（辞典大陆卷第三分册，香港金陵书社1992年版）；《台湾诗人小传》（辞典台湾卷第一分册，香港金陵书社1992年版）；《台湾新诗名著名作名句》（辞典台湾卷第二分册，香港金陵书社1992年版）；《台湾诗坛发展脉络》（辞典台湾卷第三分册，香港金陵书社1992年版）；《港澳诗人小传和诗坛记事》（辞典港澳卷第一分册，香港金陵书社1993年版）；《港澳新诗名著名作名句》（辞典港澳卷第二分册，香港金陵书社1993年版）；《海外诗人小传和诗坛记事》（辞典海外卷第一分册，香港金陵书社1993年版）；《海外新诗名著名作名句》（辞典海外卷第二分册，香港金陵书社1993年版）。

这同样显示出他不甘于受"中国新诗"的束缚，试图将海内外的华文诗歌完全统一于一个有效概念之下的学术努力。

他的这种努力是一贯的，并且贯穿于《当代诗坛》的整个办刊过程，成为这个诗歌群体最醒目的特色，也是最鲜明的文化身份。傅天虹20世纪80年代初以一个已有成就的诗人身份进入了台湾。他的至亲都在台湾，台湾是他的第二故乡。在不长的时间内，他与台湾新诗界结下了不解之缘，与相当一批各个年龄段的台湾诗人结下了长期交流盟约之后，他毅然卜居香港。从此他将更多的时间花在建造一座汉语新诗的桥梁，连接着大陆与台湾，沟通着海外与中国，这就是他创办当代诗学会，兴办《当代诗坛》的初衷，也是他诗歌活动的基本特色，同时也是《当代诗坛》的基本风貌。

以连接海峡两岸，沟通海内外为己任的傅天虹将"大中华新诗"概念坚持了10多年，但至其所主编的《大中华新诗千家选萃》[①]出版之后，他似乎并不十分满足于这样的概念，不知道是不是因为"大中华"的盛名之下无法理直气壮地涵盖海外汉语诗人及其创作，或者是不是因为"大中华"内涵中无法完成少数民族语言的诗歌，反正诗人兼理论家的傅天虹自此不再旁若无人地大打"大中华新诗"的旗帜，《当代诗坛》同样传达出这样的犹豫与疑虑。后来参与主事的屠岸先生一度想用现代汉语诗歌取代"大中华新诗"，在《当代诗坛》第43·44期卷头语[②]中，屠岸先生这样表述："中国新诗——或者叫现代汉语诗，包括海外华人的汉语新诗——的历史，如果以《新青年》杂志发表白话诗作为开端的话……2007年，可以说是中国现代汉语诗诞生九十周年。"其实这不是屠岸先生个人的观点，一度，傅天虹也倾向于用现代汉诗之类来取代已陷入于困境的"大中华新诗"概念，他曾将规划中的500部中英对照诗集统名为"中外现代汉诗名家集萃"，这一方面体现出《当代诗坛》群体对于挣脱区域政治和意识形态制约的诗歌区划框架的一种矢志不懈的努力，另一方面也体现出他们在选择新的有效概念方面的某种焦虑与执着。

执着往往与自觉相伴而行，焦虑可能带来脱颖而出的学术收获。2008年，通过《当代诗坛》诗人群体与澳门大学等联合举办的"汉语新文学讲堂系列：第二届当代诗学论坛暨张默作品研讨会"，出现了一个为李瑞腾教授所宣布的"文化事件"，

---

① 香港：国际炎黄文化出版社，2001年。
② 2006年6月15日出版。

这就是"汉语新文学"概念的訇然出炉。这一概念立即得到了有准备的《当代诗坛》核心诗人群的积极响应,在该刊第49·50期卷首语①中,屠岸、傅天虹明确承认"汉语新文学"概念的可能性,并明确宣布了"汉语新诗"概念的有效性。虽然"汉语新诗"看起来像是"汉语新文学"概念的文体延伸,其实,早在2006年屠岸所撰的第43·44期《当代诗坛》卷首语中,"汉语新诗"就已赫然出现了,只不过当时他仅仅用来概指海外华人的作品。屠岸先生不愧是汉语新诗坛的资深盟主,他对《当代诗坛》面临的连接大陆与台港澳,沟通海内外的历史使命和时代责任有着充分的认识和积极的承担,同时对《当代诗坛》同人始终焦虑和纠结着的新诗统一概念问题作过深入的探讨和沉思。他的思考已使得《当代诗坛》较早地抵达了"汉语新诗"的学术彼岸,使得这个团体20年的探索与追求有了清晰的学术命名。

随着"汉语新文学"讨论的深入,"汉语新诗"得到了《当代诗坛》诗人群体的推波助澜的运作以及卓有成效的实践。傅天虹始终是《当代诗坛》的灵魂人物和实际主持人,他在第49·50期以后的各期《当代诗坛》中,不遗余力地推动汉语新诗理论的探讨和主题诗歌实践,同时,还通过大型丛书的新编或续编,弘扬"汉语新诗"的理念。他分别主编或联合主编了《汉语新诗百年版图上的中生代》②《汉语新诗90年名作选析》③《汉语新诗名篇鉴赏辞典》(台湾卷)④,并且主编了9本《汉语新诗库》⑤。"汉语新诗"概念有效地释放了《当代诗坛》主帅傅天虹的诗人激情和学者思虑,这种释放的能量是如此巨大,以至于他在一年多的时间内以"汉语新诗"为题出版了20多本书,包括他将规模宏大的"中外现代汉诗名家集萃"改题为"汉语新诗名家集萃"。——"汉语新诗"在概念上之所以比"中外现代汉诗"更科学和更具有概括力,并不单单是因为前者更简洁、集中,更有力度,而主要是因为它不可能向后者和任何其他概括那样容易引起歧义。"汉诗"是一个结构紧密的固有名词,往往与唐诗宋词相对应,"现代汉诗"不仅容易引起误解而且在不被误解的情况下也往往所指模糊,语焉不详。

作为《当代诗坛》的创办人和贯穿始终的灵魂人物,傅天虹对"汉语新文学"和

---

① 2008年5月15日出版。
② 作家出版社,2008年出版。
③ 香港银河出版社,2008年出版。
④ 香港银河出版社,2008年出版。
⑤ 澳门银河出版社,2010年出版。

"汉语新诗"的倡导所付出的文学实践和学术实践,不仅直接影响了整个《当代诗坛》的诗歌风貌和诗学风貌,而且也直接标示出集聚在这个诗刊周围的诗人群体惯有的自觉意识和理想的文化追求。是的,在"中国""中华"等崇高伟大但必然产生政治联系的概念制约下,如何使得海内外的汉语新诗写作、传播和研究都处于同一平台,都享有共同的历史地位和时代意义,这确实是《当代诗坛》自始而今艰苦努力的目标,也是所有同人同怀一腔的文化梦想。"汉语新文学"和"汉语新诗"的学术揭示最贴近地表达了这样的梦想。从最初对"海内外诗友"共同的"民族诗运"的勇敢承担,到"汉语新诗"的明确化及其理论阐析的完成,《当代诗坛》经历了23年的坎坷与辉煌,经历了理论上的极度涅槃并确乎完成了一个众所期盼、众望所归的轮回。

2. 汉语新诗艺术张力的探险

这种具有同人气象和超越气派的诗梦,也是他们的文化之梦,在诗歌创作上同样留下了清晰而美丽的印迹,从而给《当代诗坛》及其诗人群留下了历史的和诗学的识记标志。在这些标志中,华人怀想的表达,汉语魅力的追寻,以及由此显示的自由风范与气度,始终是最为醒目也最为本质的内涵。尽管《当代诗坛》诗人群尚不足以自成一体,还未能完全视为一个完整的社团,但当这批诗人从各自的诗域、诗风汇集到《当代诗坛》周边,则会自觉或不自觉地为这个诗刊开放、融通以及纯粹的诗性所感召、所影响,进而他们的诗思会趋同于同一个方向,那就是排除各种诗外因素干扰的诗性表达的方向,他们的诗艺也会趋同于同一个目标,那就是探索汉语新诗表达之最大张力的目标。

作为集结海峡两岸,沟通海内海外的汉语新诗刊物,《当代诗坛》所具有并突出地显示的鲜明特征就是它无与伦比的开放性。这不仅是指它的所有栏目都呈开放姿态,也不仅是指它的作者队伍真正是不分区域不分宗派,而且包括它所发表的诗作其诗性构思都处于自由的开放状态。诗人们来自海内海外,他们又在自己的诗作中延伸着自己自由的足迹和眼界,在无边无垠的大千世界作至情至性的遨游与漫歌。走万里路写万里歌几乎成了《当代诗坛》诗人们共同的写作状态和写作特色。虽然并非只有这个诗刊周边的诗人才这样写作,漫游及其诗性联想从来都是诗意世界的奇葩,中国古代有魏晋之际山水诗的发达,还有唐代诗仙李白的灿烂遗存,国外则有拜伦的希腊绝唱,等等。不过,一个诗人群如此密集地写作遨游中的漫歌,几乎来到这里的每一个诗人都带着旅人的情思作诗兴的异响,带着游历的心态作心灵的奔放,这即便不算是一种奇观,也算得上是一种饶有特色的现象。向明歌唱过"马尼拉湾的落日",吴岸吟诵过"天涯海角",白灵描画出漓江的别致,野曼在北部湾等充满神异的地方歌咏他的"诗旅"。向明不知在什么地方悠闲得"午夜听蛙",也许就在他长住的台湾岛?但他的心旅却游走到全国乃至全球:"非吴牛/非蜀犬/……非荆声/非楚语/非秦腔/……非梵唱/非琴音/非魔歌/非过客马蹄之达达/非舞者音步之恰恰……"海岸的《灾难并非十分遥远》关怀的是中东战火,同犁青那些著名的科索沃歌吟可谓异曲同工。

为什么《当代诗坛》的诗歌构思能够如此密集地凸显游历与旅心题材?这显然与这个刊物无比开放的姿态相关,与它立足沟通全球汉语新诗,旨在连接世界汉语诗人的办刊方针密切相关。虽然《当代诗坛》创刊之际及后来的相当一段时间,大陆的改革开放已经相当深入,台港澳及海外华人区域的联系已经相当便捷,但广大诗人仍然立足于各自所在区域进行诗歌家园的营构,其作品除了地域间相互的关涉性而外,仍然体现出各自为政、各自为营的地域性特征。《当代诗坛》的开放胸襟和容纳整个汉语新诗界的宏阔气魄招引着四面八方的诗人,他们来到这个交流的平台似乎就进入了一个没有边际的世界,大千世界的一切都自由地奔放在自己的眼底与笔下,于是题材就往游历的旅心方面集中。这是他们共同的诗歌构思特色,同时也是这一脉诗人在跨区域融合的世界意识和汉语新诗(而不是区域诗歌)的开放意识基础上的必然选择。

在游历的旅心表现之余,《当代诗坛》诗人群始终立定自己的诗歌家园和文化家园,在中国传统文化和民族精神体验之中寻找诗心支撑,从而使得他们的创作都非常醒目地凸显出汉语新诗必须具备的汉语文化的厚重素质。这种文化素质对于走向世界走向开放的《当代诗坛》来说相当重要,对于《当代诗坛》立意建设的汉语新诗世界更是一缕真魂。《当代诗坛》早已远离了《新青年》时代,新旧文化的对垒和文言白话的纠结早已成为遥远的过去,它面对的是汉语及其所承载的文化所表述的现代人的诗情诗性,于是,新诗在他们不再体现面对传统文化的紧张甚至张皇失措,而是表现出相当的雍容与自由。屠岸先生为了悼念好友王禄松,直接采用了古诗的意蕴与主题诗句:"红尘滚滚,市井喧喧:/但去莫复问,白云无尽时。"这不是一般的古诗句引入新诗的修辞手段,而是向世界诗界宣示,汉语写成的新诗同样是汉语文化和汉民族文化经验的结晶,离开了这种语言的文化内涵,人们将无从写诗而且也无从读诗。秦岭雪的《苏州》甚至不是单单引用古诗句,而是采用古诗词的

句式和韵律感,将新诗写的古意森森:

> 一座园林已令你失魂落魄
> 仿佛黛玉姑娘
> 来到贾府
> 这面影儿
> 怎生这般地熟
> 红楼一梦
> 大观胜景
> 且听痛苦的诗魂
> ——为君细说

用语非常古朴,意象也充满着古意。李清联的《人兮人兮》直接以文言入新诗,其人文内涵也颇为富厚:

> 人兮!人兮!
> 历经亿万斯年
> 人
> 立而为人
> 人兮!人兮!
> 人既立而为人
> 人
> 不在爬行

盼耕对《红》的描写融进了"清晨分娩的阵痛/是亚当和夏娃/是盘古,是共工",不是浮泛的用典,而是在汉语新诗中掺进了只有熟知汉语文化的人才能读得懂的诗兴信息。确实,如果不是从汉语文化中浸泡成长的读者,谁能了解李天命《河的变奏》中的这种诗意诗境?

> 各别饮尽自己的

八千里路云和月
你的期待已成冰心
我的记忆成霜雪

在汉语的文化世界中自由驰骋,是这批汉语新诗建设者的特权,也是他们的风采。他们以自己堪称渊博的传统文明知识和文化素养涂抹着自己诗歌的枝叶,使得汉语新诗呈现出汉语独有的色彩与光泽,这也是他们对汉语新诗的重大贡献。洛夫《杭州虎跑泉躲雨吃茶》甚至带着一种俏皮的调侃与历史和传说周旋:"沿着济公祠斑驳的回廊/左转。巧逢/一片银杏叶飞身而下/彷彿乾隆年间便在此窥伺""蝉子早就把整季的聒噪让给了雨",它们"七嘴八舌"地"分说当年一位高僧匆匆离寺/上山追虎的细节":

虎跑了
泉水仍涓涓滴滴
点读着青山夕阳,以及
雷峰塔里塔外的韵事二三
看座
好一个烟雨茶馆
顿时氤氲于我青瓷腹内的
正是那,东坡居士嗜饮的
情缘不绝
与西湖世世为夫妻的
一壶上好龙井

如此密集的古代历史掌故和西湖传说融于一诗,不仅显示出汉语文化内涵的错综复杂与博大精深,也显示出浓郁的地域人文风情和诗人汉语诗性表述的较大内蕴力。这种内蕴力提升了汉语新诗的文化品位,强化了汉语新诗与传统文化联系的密切度,从而根本上结束了新诗"张嘴便见喉咙"的直白、简单的局面,现代汉语通过诗歌显示出了自身丰富的内涵和卓越的表现能。这同时意味着,汉语新诗作为一个独特的文化载体的品性已经形成,对于异质语言和文化而言,其独立性及其威严与自尊已不容置疑。当我们浏览黄德伟的《阳化》中这样的诗句：

> 想着长河，那些圆圆的黄昏
> 想着嫦娥，那伐桂人的爱情
> 想着贫血的我

眼前浮现的意象既有初唐诗人的兴会，又有上古神话和民间传说的神韵，那种信息量的文化厚度绝对不是汉语文化以外的人们所能欣赏并彻底领悟的。李天命的《河的变奏》中有"各别饮尽自己的／八千里路云和月"，同样具有这样的文化厚度。

这样的文化厚度常常与诗人们的现代诗思甚至与外国文化意象联系在一起，共同铸成了汉语新诗表达的力度与气魄。如同黄德伟将"长河落日圆"和嫦娥奔月、吴刚伐桂的神话典故，同现代生活的爱情"贫血"联系起来一样，逸灵的《今夜醉不了》将李太白狂饮女儿红同自己猛吞"两樽法国干邑"联系在一起，甚至联想到水底捞月的传说以及刘伶醉酒的故事。汉语新诗的所展示的汉语魅力正不必完全倚重于古汉语的文化内蕴，它须融入现代人生体验和开放的世界意识，虽然它的尊严和气度与传统的厚度、力度无法分开。

《当代诗坛》诗人群在超越了人为的政治区隔和相应的附加责任感之后，就有条件也有意识将汉语的现代诗性表达及其文化内蕴力和诗性表现力当作主要追求的目标。他们这方面的自觉体现在一系列卓越的创获，为汉语新诗的成熟及其在世界诗林的独善其身、傲然自立打下了坚实的基础。傅天虹早就意识到汉语诗性表达的重要性，在《模式》一诗中意识到：

> 方块字总是不知疲倦地
> 在造爱
> 而果树夭折留下的空白
> 令我深刻

将汉字当作诗歌表现的对象，体现着《当代诗坛》的一种语言自觉。这样的自觉在另一位重要诗人洛夫那里得到了同样的重视，洛夫一度热衷于"后现代主义"

式的汉语语言试验。他指出:"后现代主义后,诗还能玩出什和花样来?这些诗是我近来做的一系列新形式的实验。标题本身是一首或一句诗,而每个字都隐藏在诗内,故谓之(隐题诗),若非读者细心,很难发现其中的玄机。这是一种语言的设计工程,却仍须要求诗的有机结构。"①这种隐题诗类似于语言游戏,但透过语言游戏显示的却是面对汉语和汉字表达的诗兴智慧。追寻这方面的智慧在白灵和犁青那里却是图像诗的探索与实践。犁青的图像诗曾结集为一本特殊的诗册,白灵则在他主事的《台湾诗学季刊》上频频推出图像诗,他们的图像诗实践也同样感召着《当代诗坛》同人,谭帝森的《海豚与池水》有典型的犁青式的文字图像:

看那海豚
　　　跃
　　　自
池水天蓝
我们醉心于
蓝与黑的画图
其实他也是海豚
　　　突
　　　然
　　　跃
　　　进
池水天蓝激起

颇有海豚在池中蜿游的动态感。张海澎的《鹰》这样写那只雄鹰的俯冲落下:

偶尔,翻腾着
不经意的
嘲讽
俯

---

① 洛夫:《我不懂荷花的升起是一种欲望或某种禅·附言》,《当代诗坛》第11·12期合刊。

冲
落
下

　　语词包含着速度与力度,而且有火枪射落的冲击力。这种图像感又从汉字的结构分布方面强化了汉语的诗性表现力。

　　在表现形式方面的探索和带有游戏意味的语言试验,从另一方面说明《当代诗坛》诗人群对于汉语诗性表达的痴迷,这是他们倚重于汉语、尊重汉语,试图最大可能地发挥汉语优势的诗学努力。勉力提倡汉语新诗的人们理所当然需在发挥汉语诗性优势方面身体力行,这与他们的办刊初衷完全相通。当然,汉语新诗的前途主要不在于语言形式的试验,而在于汉语诗性表现力的提高,这方面,汉语的诗性崇拜者们已经作了非常成功的尝试与积累。当读到傅天虹《高大的红山茶》中"一棵充满自信的红山茶/醉倒在/自己的影子里",当读到犁青的《桂林月》中"月亮在看我/我在看月亮/醉倒在她的心上",就能知道这脉诗人对于汉语中的"醉"字有了深于酒中仙的理解;当看到傅天虹描绘的"流泪的云",看到路羽《黑色午夜》中"树用啸声/倾诉/伤痛",看到犁青通过《桂林的云》宣布"漓江受伤了",对现代语境下的伤痛与泪水就有了不同于古人乃至近人的认知与体味。这群诗人在汉语的诗性表达方面建立了殊勋,这样的殊勋直接促成了汉语新诗和汉语新文学在世界诗学和文学之林中骄傲的赓存。

第二十三章 郭沫若的汉语诗性与文体传统

一、汉语新文学论题中的郭沫若

汉语新诗的第一声吟唱并非从郭沫若开始,但郭沫若的出现才使得汉语新诗获得了一种自信,获得了一种走向独立发展的希望。从胡适后来收集在《尝试集》中的新诗创作开始,白话诗人们一直在努力为白话诗百般地辩护,一直在充满荆棘的探索之路上趔趄前行;郭沫若风风火火地闯入,立即将新诗带入旁若无人的自我表现之境,以异乎寻常的坦率、质直和踔厉风发树立了新诗的品格。无论人们后来是否喜欢郭沫若所树立的新诗品格,必须承认,正是郭沫若的这一番开创奠定了新诗的基业,使得新诗成为独立于中国旧体诗和外国诗歌的新兴文类。

郭沫若并不是一位天生的新诗人。他1892年出生于四川乐山的沙湾镇,幼时的开蒙教育中有三天一回的"诗课",那种刻板式的诗歌教育不仅没有燃起他的诗歌热情,反而让他觉得是在忍受着"更残酷的""诗的刑罚",简称"诗刑"。[①] 1914年在大哥郭开文的主导下到日本留学,在这个文化已经高度开放的国度接触到了正"风行一时"的泰戈尔的诗作,"第一是诗的容易懂;第二是诗的散文式;第三是诗的清新隽永",让年轻的郭沫若大感"惊异",[②]他后来钟情于新诗,正是从这三点出发的。后来郭沫若因为学德语接触到了歌德,因为与安娜谈恋爱而喜欢上了海涅的爱情诗,并通过有岛武郎的《叛逆者》一书了解并接近了美国诗人惠特曼,这多方面的诗歌滋养成就了他对新体诗的浓厚兴趣,也成就了他独特的诗风。他凭着如此多元而浓厚的诗歌素养,将切身的感触用类似的形式写下来,但他不知道这就是新

---

① 郭沫若,《我的童年》,《沫若文集》(6),北京:人民文学出版社,1958年,第34—35页。
② 郭沫若,《我的作诗的经过》,《沫若文集》(11),北京:人民文学出版社,1959年,第140页。

诗或者叫白话诗。1919年9月，远在日本的郭沫若读到了《时事新报》上刊载的康白情等人的白话诗，那种直白无华的白话诗句，诸如"我们喊了出来，我们做得出去"之类，顿时唤起了郭沫若发表自己诗作的胆量。他将自己平日所作的那些诗作，如《鹭鸶》《死的诱惑》《新月与白云》等，抄录投寄到该报副刊《学灯》。不久那些清新、质朴的诗作就变成了铅字。这使得郭沫若很兴奋，也增加了他做新诗的胆量和信心，由此他便在1919年下半年到1920年上半年"得到了一个诗的创作爆发期"①。

由于耳朵重听，已是医科大学学生的郭沫若对于当医生失去了信心，这也从反面成全他当诗人和文学家的想法。"爆发期"的诗歌创作铸就了郭沫若诗人的风范，赢得了郭沫若诗人的名声，他的诗歌创作从此便一发不可收拾。1921到1923这两三年内，就出版了影响巨大的诗集《女神》与《星空》，同时写作的戏剧也葱茏着浓郁的诗意。即使后来投入大革命的浪潮，以及大革命失败以后，他也没有放下自己的诗笔，出版了《瓶》《前茅》《恢复》等诗集。20世纪20年代末到30年代郭沫若流亡日本，主要精力放在研究中国古代历史方面，后回国抗战担任要职，不倦的文思偏向于戏剧，但无论是流落异乡还是戎马倥偬，生活的艰难和动荡都没有磨灭他作为一个诗人的热忱，特别是新中国成立后，身为国家重要领导人的他以百倍的热情歌咏出《新华颂》，以饱满的情绪写出《百花齐放》和《骆驼集》，甚至在生命的最后一刻，也没有放弃激情豪迈的歌唱。

郭沫若诗歌具有鲜明的时代特征和强烈的风格特征，但对这种风格特征的学术概括往往有失偏颇。人们往往过多地关注郭沫若诗歌反映"五四"时代精神的基本品德，相对忽略了其表现的某种恬淡、永恒的情绪。郭沫若的诗歌创作既构成了中国现代诗歌十分成功的典范，同时也构成了汉语新诗乃至汉语新文学深刻的教训，对此研究往往显得过于见仁见智，缺乏辩证的和有效的总体观照。这些问题的实际解剖和理论解析，不仅有助于解读郭沫若自身，更有助于解读纷繁复杂的中国现代文学乃至现代文化。

二、《女神》风格与汉语新诗传统的开辟

《女神》一直被视为郭沫若对汉语新文学贡献的标志性作品，也是郭沫若文学

---

① 郭沫若，《创造十年》，《沫若文集》(7)，北京：人民文学出版社，1958年，第56页。

创造力表现得最为具足的诗集,甚至,它的基本风格,即在人们普遍印象中的疾风骤雨、狂飙突进式的"豪放、粗暴"的诗风,相当长一段时间以来,已被人们视为"五四"时代精神的典型体现,其"如火山爆发"般的反抗精神,其情感表达的热烈程度,与鲁迅忧愤深广的深邃的心理开掘,共同构成了中国现代文学的叛逆基调。

这一类已为各种文学史著作所接受,同时也已为人们所耳熟能详的《女神》观,应该说非常准确地把握住了《女神》的精魂,揭示了《女神》的主体价值、主导风格和主要影响因子,但不能理解成是《女神》基本诗风乃至郭沫若诗歌总体风格的概括。严格地说,郭沫若《女神》诗风正如诗人自己在《创造十年》中所说,有"惠特曼式"的"豪放、粗暴",也有"泰戈尔式"的"清淡、简短",有"五四"怒涛感染下的热情澎湃,也有"歌德式"的失掉了"情热"。从《女神》的文本实际出发,尽可能准确、科学地概括郭沫若初期的诗歌风格,并探讨这种诗风形成的时空背景,应该说是郭沫若研究走向深入的一种努力。

1. 《女神》风格的再认知

至少是在《女神》时代,郭沫若的基本诗风不是狂放激烈,而应是平和冲淡,清新明媚。如果说这样的观点令人感到突兀,我们可以通过郭沫若的自我述说以及诗集《女神》的结构分析加以论证。

且看郭沫若如何表述自己这时期的诗歌风格:

> 总之,在我自己的作诗的经验上,是先受了泰戈尔诸人的影响力主冲淡,后来又受了惠特曼的影响才奔放起来的。那奔放一遇着外部的冷气又几乎凝成了冰块。有好些批评家不知道我这些经过,以为那些奔放的粗暴的诗是我初期的尝试,后来技巧增进了才渐渐地冲淡了起来,其实和事实不符。我自己本来是喜欢冲淡的人,譬如陶诗颇合我的口味,而在唐诗中我喜欢王维的绝诗,这些都应该是属于冲淡的一类。然而在"五四"之后我却一时性的爆发了起来,真是像火山一样爆发了起来。①

这段话至少表明,郭沫若最初的诗歌风格是平和冲淡的,这种平和冲淡构成了他的诗性基点;更重要的是,这样的诗风不仅是泰戈尔等人影响的结果,而且还与

---

① 郭沫若,《我的作诗的经过》,《沫若文集》(11),北京:人民文学出版社,1959年,第147页。

诗人自己固有的诗感诗兴紧密联系在一起。"我自己本来是喜欢冲淡的人，"郭沫若将自己几乎先天性的基本诗感和诗趣定位在平和冲淡这一方面。"奔放""粗暴"的诗虽然在他看来也非常珍贵，但毕竟是他在受惠特曼等外国诗人影响之后，同时也是受五四时代精神感染之后的一种诗性变异的结果。尽管他后来也"希望着那样的爆发再来"，但他清楚地认为自己一贯的、基本的诗风还应是平和冲淡，粗暴狂放不过是"一时性的爆发"。

这些因"一时性的爆发"而创作的诗篇构成了《女神》中最引人注目同时也可能是价值最高的板块，但它们毕竟只是构成了《女神》的一个板块而不是《女神》的全部，甚至还不是《女神》中的最大板块。综观整个《女神》诗集，除去《序诗》和三本诗剧，有诗凡53首，可典型地表现郭沫若自己所谓"男性的粗暴"的诗不过十几首，占《女神》的不到1/3。诗人在《我的作诗的经过》一文中所特别点到的这类诗作计有《立在地球边上放号》《地球，我的母亲》《匪徒颂》《晨安》《凤凰涅槃》《天狗》《心灯》《炉中煤》《巨炮之教训》等9首，他当然不是完全列举，其他如《笔立山头展望》《浴海》《雪朝》《梅花树下醉歌》《我是个偶像的崇拜者》《太阳礼赞》等同样表现出了这样的豪迈奔放风格，即使连《日出》《胜利的死》《夜》《新生》等"男性的粗暴"风格并不怎么明显的诗作都核计在内，也不过19首。

在这19首中，郭沫若所点的《心灯》《炉中煤》在风格上实在很难算作"粗暴"的乐章或奔放的诗篇。前者风格相当"平和"，吟诵的是"连日不住的狂风""吹灭了空中的太阳"，就像"吹熄了胸中的灯亮"，"我""睡在这海岸边的草场上"，目睹着"海碧天青，浮云灿烂，衰草金黄"，听到"潮里的声音""草里的声音"呼唤着"快向光明处伸长"，还有"雄壮的飞鹰""从光明中飞来""又向光明中飞往"，正是在没有阳光的环境中咏出了清新明媚的歌唱。后者显然也可以称得上清新明媚，尤其是将"眷念祖国的情绪"表现得如此细腻，甚至是在郭沫若的早期诗歌中堪称罕见的细腻，包括将眷念的主体比喻为"炉中煤"，由"炉中煤"联想到"黑奴的胸中""有火一样的心肠"，写得机巧、婉转、柔媚、精密，其风格确实难以与天狗式的咆哮和地球边的放号等粗暴放达之作同日而语。

郭沫若将这两首风格平和优雅、明媚细腻的诗与其他表现"男性的粗暴"的诗相提并论，显然不是从风格意义上进行考察的结果，而是从"五四"时代积极进取的时代精神的表现方面着眼的，在后一方面，这两首诗的思想内容与那些豪放、粗暴的诗篇基本相通。

于是,遍览《女神》全集诗篇,连同那几首"男性的粗暴"表现得不怎么典型的诗作在内,能够体现出豪放、粗暴风格板块的不过 17 首,而真正可以称得上典型的豪放、粗犷的时代精神表现的诗篇则只有 10 多首,约占诗集全数的 1/5。可以说这 10 多首诗是郭沫若《女神》中最突出也最有影响的作品,但如果以这 1/5 的篇幅去概括、代表乃至涵盖《女神》的全部诗风,显然是说不过去的。

除去组合成豪放、粗暴诗风板块的这十几首诗而外,《女神》中的大部分诗歌所体现出来的大体上都是平和冲淡、清新明媚风格。此一风格在《女神》中所具有的普遍性以及深刻度甚至可能超过了郭沫若自己的印象性发言。据他所说,"五四"运动发动前后,也就是"民七民八之交",正是惠特曼"使我在诗的感兴上发过一次狂"的时期,"个人的郁积,民族的郁积"由此"找到了喷火口",①意思是这时他豪放、粗犷诗风表现得最为集中最为具足的时期。然而也正是在这样的时期,处于"喷火"状态的郭沫若依然没有放下平和冲淡、清新明媚的歌吟。

1919 年三四月间,"五四"风雷正待爆响的前夕,诗人还曾这样抒发自己的《春愁》:

如何彼岸山,
低头不展眉?
周遭打岸声,
海兮汝语谁?
海语终难解,
空见白云飞。

同时也曾这样轻婉地《叹逝》:"海潮儿的声音低低起,/好像是在替他唏嘘,/好像是在替他诉语,/引起了他无限的情绪。"1919 年 10 月他发表自标清新的《晚步》,兴致勃勃地到海畔的松林中欣赏着一派清新,更倾听到了"海潮儿"的应声:"平和!平和!"在这种平和的心境里,他当然有《新阳关三叠》中的那种情致,"独自一人,坐在这海岸边的石梁上,……欢送西渡的太阳";因而能观赏到《日暮的婚筵》,有的是一抹夕阳的宁静,"恋着她的海水也故意装出个平静的样儿";过后他又悠然地看着

---

① 郭沫若,《序我的诗》,《郭沫若论创作》,上海:上海文艺出版社,1983 年。

《霁月》"淡淡地,幽光/浸洗着海上的森林";如果再有兴致《夜步十里松原》,见到的也是一幅恬静安谧的图景:"海已安眠了。古松……高擎着他们的手儿沉默着在赞美天宇。"

这就是说,在豪放粗暴的"五四"高潮期内,他大量的诗篇也还是这么清新恬淡,明净悠媚,可见清淡明媚乃是郭沫若的最基本诗风,是让郭沫若得心应手的诗风,平和冲淡乃是郭沫若最一般的诗风,是郭沫若无法摆脱的诗风。

2. 郭沫若的二元诗情及其成因

将郭沫若诗歌风格的形成完全归结为"五四"时代的影响无疑过于简单,即使再加上惠特曼、歌德、泰戈尔等外国诗人的影响也还是不够充分。这些或许可以用来解释那些豪放、粗暴的风格之所由来,但对于《女神》中表现平和、冲淡风格的其他大量诗歌则无济于事。一个更难于解释的问题是,郭沫若《女神》时期的诗作,并不是像郭沫若自己所说或者有些研究者所描述的那样,其豪放风格与平和风格有那么明确的时段感,他在《晚步》中倾听出了海潮"平和,平和"的低吟,可就在差不多的时间内,他读到了卡莱尔的《作为诗人的英雄》,则已经忘却了这样可爱的"平和",而用"全身的血液点滴出律吕的幽音"叫唤起了豪迈的雄浑:"哦哦!大自然的雄浑哟!/大自然的 symphony 哟!/Hero-poet 哟!/Proletarian poet 哟!"

一方面平和,一方面豪放,郭沫若在《女神》时期,至少同时赋有二元诗情,同时展示两种诗风。对此做出解释自有许多途径,而作为一种探索,本文试图透过郭沫若这一时期写作的地域背景,也即日本福冈的博多湾风情,对《女神》的诗风及其结构的复杂性作一番分析。

郭沫若这样描写他曾诗意地栖居过不短时间的博多湾:"博多湾水碧琉璃,/银帆片片随风飞。/愿作舟中人,/载酒醉明晖。"所体现的正是清新明媚的诗景。不能不承认,博多湾碧水琉璃的风物景象与自然潇洒的生活情景,对郭沫若清新明媚、平和冲淡诗风的养成显然有着某种决定性的作用,而郭沫若自己有关其清新明媚诗风来自于泰戈尔等人影响的说法并不全面。事实上,他从泰戈尔的诗中除体会到清新明媚风格之外,还领略得几多豪放粗暴,如他在《岸上》一诗所写到的:

深不可测的青空!

深不可测的天海呀!

海湾中喧豗着的涛声

猛烈地在我背后推荡!

据他自己说,便是受《吉檀迦利》中"无际的青天静临,/不静的海水喧豗。/无穷世界的海边群儿相遇,叫着,跳着"之类诗句的激励而作成的。

被郭沫若称为"诗的爆发期"的那一时段,起自1918年,正是郭沫若安家于博多湾之后,而且,《女神》中最能体现其才华和风格的诗,也是影响最大的诗,都基本上完成于博多湾旁,里面都或隐或显地投射着博多湾的影子。郭沫若多次强调自己的诗作与博多湾的联系至为紧密。他在20世纪30年代所撰《自然之追怀》一文中回忆自己的创作活动时,便满怀深情地联想到博多湾的生活,指出他"对于自然的感念,纯然是以东方的情调为基音的",而这东方的情调便多是在"九州大学当学生生活时"体验到的"日本的自然与人事";那是一种"自然情调","这地方当然是聚集有神女伶人而发散着南国的氤氲。"那记忆显然是相当甜美而温馨。当诗人蒲风问起他诗歌中的自然描写是否与四川素有"天下秀"之称的景致相关联时,郭沫若断然否认,说《女神》《星空》"产生时是在日本九州的博多湾,那个地方的色彩很浓厚,但,不是在四川"。① 蒲风当然也深知博多湾的美,由此悟道:像郭沫若"这么一位喜欢陶、王的诗的诗人,居留在风光明媚的日本九州的博多湾,我们怎能怪他陶情地去作歌唱呢?"②

创造社同人穆木天后来在分析郭沫若诗歌时,也充分注意到了博多湾因素的作用,虽然他从政治上着眼,看到"生活在博多湾上的诗人是比国内的运动的直接担当者更直接地更切实地感到资本主义的幻灭",同时又肯定"博多湾上十里松原,大海,大自然,对于诗人也加了强烈的感染"。③

想当然者或许会认为,博多海湾给予郭沫若的精神营养当为白浪滔天式的狂放,惊涛拍岸式的粗暴,清新明媚当与海湾无缘。须知博多海湾并不像一般的海区那样常见惊涛骇浪,在这里郭沫若领略到的主要是大海的宁静与明媚。他在《创造十年》一书中就此说得很明白:"博多湾的外貌很是像一个湖水的,"由于海中道这一细长的土股"把外海的玄界滩和内部的博多湾隔断了",因而"博多湾真实风平浪

---

① 郭沫若:《与蒲风谈作诗》,《现世界》1936年第1期。
② 蒲风:《论郭沫若的诗》,《中国诗坛》第1卷第4期。
③ 穆木天:《郭沫若的诗歌》,《文学》第8卷第1期。

静的,比太湖的湖水还要平坦"。在《自然之追怀》中也强调过博多湾平常就"像平稳的明亮的湖水一样"。平静而明亮的自然风貌孕育了恬静而悠闲的生活节律,郭沫若在给陈建雷的信中道出了令他醉心的博多湾生活的恬静悠闲:"阴阴的太阳光照在窗前碧草原上,渔人夫妇在原中晒网,小鸟在空中噪晴。"①在《泪浪》一诗中,他提到"我忘不了十里松原的幽闲"。

博多渔人悠闲,我们的诗人深深羡慕,故在《海外归鸿》中向友人诉说:"秋来投钓者颇多,我每常坐观羡鱼,总觉得他们真是闲暇。"这种悠闲还传达出乐天知命的快乐情绪:"在箱崎一带渔村上的居民,他们也为了御祭,拿出了三弦拉拉。有歌唱,有舞蹈,有酒醉,这使我羡慕着他们的乐天。"②乐天与悠闲是互为表里的,同样征信着生活的平稳安宁。收在《前茅》集中的《留别日本》一诗则将博多湾的印象扩大为对日本岛国的印象了:"你们岛国的风光诚然鲜明,……你们日常的生涯诚然平稳……"正是博多湾清静鲜明的自然景象和平静悠闲的生活节律给了诗人深刻的印象与长久的滋养,这种印象与滋养又遇合着他由陶、王诗中培养起来的情致,唤起了他从泰戈尔诗中调动起来的兴会,从而养成了他奠基于《女神》、弘扬于《星空》中的清新明媚的诗风。

上文举出的那些表现清新明媚诗风的示例正是如此,其中较多地投射了博多湾平日的情景。有些读者既不了解博多湾也未读悉郭沫若描写博多湾的文字,凭想当然解析郭沫若诗歌,就很容易将清新明媚的诗篇误解成另一种风格。例如郭沫若的《光海》一诗醉心表现的明明是如《晨安》中歌咏到的海湾里"明迷恍惚的旭光"之类,是如《辍了课的第一点钟里》所写到的远远地召唤着自己的"门外的海光",是通过"翡翠一样的青松"和"银箔一样的沙原"等组构而成的典型的清新明媚意象,可有人则一定要点出大海"应有的样子"来再现《光海》的情形:"在十里松原的博多湾,眺望着一片青翠的松海,海湾中波涛汹涌,……"③且不说"十里松原的博多湾"这种模糊的所属关系很让人费解,怎能想象诗人会面对"波涛汹涌"的海景歌咏起晴明的"光海"呢?何况此诗作于1920年的3月份,除非是风雪袭来,气候恶劣,如诗人自己在《创造十年》中回述创作《雪朝》的情景:"风声和博多湾的海涛,十

---

① 郭沫若:《自然之追怀》,《现代》第4卷第6期。
② 郭沫若:《自然之追怀》,《现代》第4卷第6期。
③ 见臧克家主编《郭沫若名诗鉴赏辞典》中赏析《光海》一文,北京:中国和平出版社,1993年。

里松原的松涛,一阵一阵地卷来,把银白的雪团吹得弥天乱舞。但在一阵与一阵之间却因为对照(Contrast)的关系,有一个差不多和死一样沉寂的间隔。在那间隔期中便连檐溜的滴落都可以听见。那正是一起一伏的律吕,我是感应到那种律吕而做成了那三节的《雪朝》。"否则,这个季节是不容易在松原里就能"眺望"到海湾中汹涌的波涛的。然而既称"光海",又分明暗寓着天气的晴和明丽。

构成《女神》突出风格和价值的那些虽为数不多却影响巨大的豪放粗暴的诗歌,与博多湾的关系也很密切。然而这里所说的博多湾在时空定位上应有些讲究。从时间上说,平日的博多湾确像平稳明静的湖水,但除了上文提到的暴风雪气候而外,到了夏秋之间,特别是九、十月份的台风季节,即郭沫若在《创造十年》提到的春分之后"二百十日大风"时节,也常有金风怒号,浊浪排空的情景,于是像《立在地球边上放号》和《浴海》等表现"男性的粗暴的诗"产生于1919年的9月份是自有其道理的。

从空间上说,海中道内里的博多湾往往风平浪静,而越过狭长的海中道面对更宽阔的海湾,那便是另外一幅情景,尽现着大海的倨傲和狂放。郭沫若的《立在地球边上放号》显然包含着对博多湾外海的空间体验。即使博多湾内真的波涛汹涌,立身其边,可见的是山岛环绕,海道横斜,虽可纵声放号却断没有"立在地球边上"的感觉,只有置身外海之畔,面对苍茫浩瀚,"立在地球边上"一语庶可近似。郭沫若在《论节奏》一文中说道,《立在地球边上放号》融入了自己对"大海"狂态的体验:"没有看过海的人或者是没有看过大海的人,读了我这首诗的,或许会嫌它过于狂暴。"①不注意博多湾空间结构的读者显然不会在意郭沫若将"没有看过海"与"没有看过大海"的人区分开来,这并不是表述的累赘,而是清楚地说明诗人对海有着两重概念:湾内之海与湾外之大海,同时明确地强调,这首诗的狂暴是湾外之"大海"而不是湾内之海的体验。

诗人处身其中的是平日的博多湾,是湾内之海,因而豪放狂暴只是一时之兴,清新明媚才是惯常之风。读罢《女神》中那些十里松原的夜歌,领略诗人在《鹭鸶》中问鸟儿"从哪儿飞来""向哪儿飞去"的闲情逸致,以及在《霁月》中向"团圞无缺的明月"借一件"缟素的衣裳"的诗趣雅意,我们应该有这样的感受。

需要指出的是,郭沫若只要不离开博多湾,他的平和冲淡、清新明媚的基本诗

---

① 郭沫若:《论节奏》,《创造月刊》第1卷第1期。

风就不会消退。后来写于博多湾的《星空》等,由"月下的海波"想起《洪水时代》,在《静夜》中描写"月光淡淡/笼罩着村外的松林"与"远远的海雾模糊",还有《偶成》所铺写的一派和谐:"月在我头上舒波,/海在我脚下喧豗,/我站在海上的危崖,/儿在我怀中睡了。"《春潮》涌动的时分诗人点示着"阳光中波涌着的松林",《石佛》的近旁更是一脉安谧净静:"海雾蒙蒙,/松林清静,/小鸟儿的歌声,/鸡在鸣。"郭沫若在松原中吟哦,在海湾边咏叹,一切平和净朗,一切清新澄明,这里有诗人无法忘怀的诗意,这里有诗人积之既久的感兴,——它们全都来自诗人的《女神》。

三、郭沫若的诗性与诗兴的文体传统

胡适可以说是中国现代诗歌简单的开拓者,因为他将中国现代白话诗定义得非常简单:"要须作诗如作文",认为中国古代诗歌"从唐诗变到宋词",所体现出来的趋势"无甚玄妙","只是作诗更近于作文!更近于说话。"[①]这一观念的提出大大鼓励了当时跃跃欲试的许多诗人和非诗人的热忱,他们将写白话诗看得十分简单,以为只要以白话写出分行的文章来,那就是新诗。胡适自己的《尝试集》也正是这一观念下的典型产物。这种观念对于解放思想,在前无古人的白话诗领域作筚路蓝缕的开拓,起到了积极的激励作用,但对于新诗素质的构成,其意义并不明显,因为新诗、白话诗也必须是诗,不光要有诗的外形,更要有诗的内质。

什么是诗的内质?就是诗意,是诗人借助诗的外形所要表达的内在的冲动和感兴,甚至也就是诗人之所以写诗而不是写散文的最根本的理由。郭沫若看不起《学灯》上刊载的康白情等人的新诗,从而非常自信地将自己私下里所写的诗投寄出去,就是因为在那些白话诗中看不到诗意,而自己所写的则是诗意葱茏。于是,在这些诗歌被发表并得到重视的同时,郭沫若将写白话诗必须有诗意的意识带进了中国现代文学领域。

也就是说,是郭沫若以一个诗人的资质身体力行地开辟了现代诗歌的诗的传统,给当时还非常幼稚的中国现代文坛带来了真正的新诗。郭沫若自己并不否认写诗必具的资质,虽然他后来出于教育和开导青年的目的,不承认"做文艺工作的

[①] 胡适,《逼上梁山》,《中国新文学大系·建设理论集》,上海:上海良友图书印刷公司,1935年,第7—8页。

人"需要"一种特殊的天才",但认为毕竟存在着"资质上的高低"①。具有写诗资质的人才能在生活的感受和日常的体验中酝酿出诗情的冲动,写出来的诗才会真正富有诗意。

郭沫若确实是一位富有诗情冲动的诗人,与意在尝试、用白话表达一点小感触的胡适相比尤其明显。胡适写诗不过是为了"试验白话诗",而不是为了表达自己的诗情,所以他的白话诗表现的至多是一点小感触。他这样描述自己一首尝试诗的创作情形:

> 有一天,我坐在窗口吃我自做的午餐,窗下就是一大片长林乱草,远望着赫贞江。我忽然看见一对黄蝴蝶从树梢飞上来;一会儿,一只蝴蝶飞下去了;还有一只蝴蝶独自飞了一会,也慢慢的飞下去,去寻他的同伴去了,我心里颇有点感触,感触到一种寂寞的难受,所以我写了一首白话小诗,题目就叫作《朋友》(后来才改作《蝴蝶》):
> 两个黄蝴蝶,双双飞上天。
> 不知为什么,一个忽飞还,
> 剩下那一个,孤单怪可怜;
> 也无心上天,天上太孤单。②

在这里,胡适所描述的是一个充满学究气的诗歌实验者的创作情形,而郭沫若谈自己创作,却迥然不同,那是一个真正的诗人压抑不住诗情的表达过程:

> 《凤凰涅槃》那首长诗是在一天之中分成两个时期写出来的。上半天在学校的课堂里听讲的时候,突然有诗意袭来,便在抄本上东鳞西爪地写出了那诗的前半。在晚上行将就寝的时候,诗的后半的意趣又袭来了,伏在枕上用着铅笔只是火速的写,全身都有点作寒作冷,连牙关都在打战。

---

① 郭沫若,《如何研究诗歌与文艺》,《沫若文集》(13),北京:人民文学出版社,1959 年。
② 胡适,《逼上梁山》,《中国新文学大系·建设理论集》,上海:上海良友图书印刷公司,1935 年,第 22—23 页。

他知道这就是作诗的灵感,这种诗意和诗情的灵感一旦袭来,他往往"便和扶着乩笔的人一样。写起诗来,有时连写也写不赢"。①

当然,郭沫若的诗意反应和诗情表现显得过于激烈,或者表述有些夸张,但确实道出了白话诗的这样一种创作和判断的原则:分行作文可以显示诗的外形,但不能体现诗的本质;诗的本质是诗意和诗情的表达。

人们通常讲论的诗意,是诗人带着一定的诗性体验和诗性感兴表现诗情的结果。因此,从创作角度而言,诗的本质可从诗人的诗性和诗兴这两方面去把握。包括郭沫若在内的中国现代诗人其诗风的构成,其诗气的衍变,往往都与这种诗性和诗兴的程度及其变异有关。

诗人的创作冲动来自于各自的诗性和诗兴;诗歌的内在魅力也体现在其通过适当的形式或特定的节奏和韵律感传达出来的富有感染力的诗性或诗兴上。但是,就具体的诗作而言,偏向于诗性的表现或者偏重于诗兴的表现,其诗的兴味、浓度并不一样,诗性与诗兴之比例的不同,反映出来的诗人创作心态也大为不同。

如果不把上述阐论当作无谓的文字游戏,那么弄清诗歌创作中诗性与诗兴的关系,是从一个较新的视角解读诗歌现象和诗歌文本的一种学术尝试,也是解析郭沫若诗歌的另一种学术途径。

1. 诗性认知并认知郭沫若的诗性

人类的精神世界和情感生活中存在着的最精致最纯正的成分,可以称之为"诗性",富有诗性思维的人方能成其为诗人。可惜的是,人类的诗学理论至今也不能精切地揭示出"诗性"的内涵,于是我们只能在莫衷一是的诸如什么是诗的纷乱描述中,将"诗性"当作一个自明性的概念加以把握。一切在多数人读来都能获得精致感受或内心感动的诗作,其核心的部分都是"诗性",或者说诗的根性。黑格尔(Georg Wilhelm Friedrich Hegel, 1770 - 1831)对诗的根性的理解有些神秘莫测,说是"诗人要在一切事物中见出神性,而且也确实见到了,他忘去了他的自我"②。实际上他是试图在超越于人们通常能够轻易把握的情感或美感层面论说诗性,将诗性解释为充满神性的悟解。象征主义文学大师波德莱尔(Charles Pierre Baudelaire, 1821 - 1867)对诗的根性的阐释更加明确,他认为在形式上诗性就是"让节奏和韵

---

① 郭沫若,《我的作诗的经过》,《沫若文集》(11),北京:人民文学出版社,1959 年,第 114 页。
② [德]黑格尔,《美学》(2),朱光潜译,北京:商务印书馆,1979 年,第 85 页。

脚符合人对单调、匀称、惊奇等永恒的需要"①,对于这种"永恒的需要",他的唯美主义同道王尔德(Oscar Wilde, 1854 - 1900)的论述更为具体:"韵律给人以一种愉快的有限感,这种感觉在各种艺术上都是愉快的,而且它正是完美的秘密之一"②。这确实道出了诗性形式之美的一般现象,虽然他实际上还是没能解释这种"完美的秘密"。波德莱尔认为在内容上诗性(或者说诗的本质)就是"人类对一种最高的美的向往",它是一种热情,"是一种心灵的迷醉",与"居住在诗的超自然领域中的纯粹的愿望、动人的忧郁和高贵的绝望"相联系。③ 与黑格尔相似,波德莱尔也是将诗性与人类的神性、天性相提并论,可见诗性是人类普遍相通的心灵体验,是一种不必需要太多理由就能够打动几乎所有人的热情。波德莱尔被罗德曼(Selden Rodman, 1909 -?)称作"象牙塔诗人"中的首席,隶属于反对"资本主义"文明的"非诗性"实利主义的现代诗人群体。④ 自然,他的许多观点都可以理解成对于诗性的捍卫,虽然他依旧不能完满、准确地给予诗性以充分的界定。

在世界杰出的诗人中,很多人都注意到诗性的存在,并且愿意讲论这样的存在,即使对于诗性他们也许还说不出波德莱尔那样比较具体的内容;为了在这种不具体、不明确的理论框架内继续讨论诗性问题,人们只好对于诗性作出较为神秘的描述。爱默生提出了"诗性先天论",指出:"诗在世界存在之前就被写好了,只要我们被赋予敏锐的感官,能深入那个满是音乐气氛的领域里,我们就可以听到那些原始的歌声,……"⑤他心目中的诗性实际上是对一种天籁以及远古人类诗的记忆的呼唤,是先于现代诗歌写作而存在的精神现象。

这种"诗性先天论"其实也并不神秘莫测,它可以被视为是对诗人"生命感受"和"天然本性"的强调。本来,人的生命感受和天然本性就是这样一种诗性的情感:介乎于可以体味却难以认知之间,或者介乎于可以描述但难以界定之间。在通俗

---

① 语出波德莱尔为《恶之花》写的序言,原载《波德莱尔全集》第 1 卷,第 182 页。转引自郭宏安《译本序》,《波德莱尔美学论文选》,郭宏安译,北京:人民文学出版社,1987 年,第 3 页。
② [英]王尔德,《亨雷和夏普的诗》,《王尔德全集》(4),杨烈译,北京:中国文学出版社,2000 年,第 122 页。
③ [法]波德莱尔,《再论埃德加·爱伦·坡》,《波德莱尔美学论文选》,郭宏安译,北京:人民文学出版社,1987 年,第 206 页。
④ Selden Rodman, "Introduction" in *A New Anthology of Modern Poetry*. Ed. Selden Rodman (New York: Random House, inc. 1946), p. xxvii.
⑤ [美]爱默生(Ralph Waldo Emerson),《诗人》,《西方文论选》(下),董衡巽译,上海:上海译文出版社,1979 年,第 490 页。

的意义上我们可以将这种"诗性"理解为或者表述为诗人"灵气"的表露,诗人"灵性"的表露,甚至就是诗人对于"天籁"的发现与传达。

或许没有人能够对于诗性给出完满、准确而充分的界定,就如同没有人能够对于美给出这样的界定一样;另一方面,人们在不能给出精确的美的定义的同时照样能够体味什么是美,判断什么是美,因而我们也还是可以在不能给出精确的诗性的界定的同时,对于诗性的存在以及浓密程度做出自己的判断。包括郭沫若在内的许多诗人都没有正面阐述过诗性问题,不过这不妨碍他们用他们富有诗性的笔触营造属于他们自己同时也属于我们大家的诗美世界。

郭沫若没有直接使用"诗性"这一概念,不过他对诗性的感知和体悟可以说深得个中三昧。他认识到诗与生命联系在一起,这就是对诗性内涵的一种准确的把握。他最初接触到泰戈尔的《吉檀迦利》《园丁集》《新月集》,"我真好像探得了我'生命的生命',探得了我'生命的泉水'一样"。① 这其实就是他对于泰戈尔诗中诗性的领悟。

郭沫若作为一个体现中国现代诗人诗性自觉的个案应该说非常典型。早在他还没有意识到什么是新诗的时候,他就已经强烈地感受到诗性的诱引,《新月与白云》《死的诱惑》《别离》《Venus》等诗本来是他在不知道新诗为何物的状态下写成的,写的目的当然也不是为了发表,甚至不是为了向爱人表白——尽管据郭沫若自己在《我的作诗的经过》中所说,这些诗都和与安娜的恋爱有关,"都是先先后后为她而作的",可像《死的诱惑》这样的诗歌毕竟不像是为爱人而写的。不过有一点很明确,所有的这些诗都与诗人内心体验到的生命的焦虑与欢愉联系在一起,无论这种焦虑与欢愉来自于恋爱还是来自于其他人生体验,它们都深深地引起了诗人的一种生命的感动,触发起诗人不得不诉诸文字的内在冲动。《死的诱惑》表达的正是这样一种深彻到生命底蕴的感动。诗人处于焦虑之中,焦虑得无可排解,便想到只有死亡才能够解脱;问题是死亡意味着生命的终结,而死亡的诱惑,像"倚在窗边向我笑"的小刀等待着他的亲吻,"窗外的青青海水"准备拥抱他的投入,都被美化了,这样美的诱惑需要生命去体验,结束生命就意味着这些诱惑的毫无意义。生命陷入了这样的悖论,诗人感触到生命最终无法摆脱焦虑。这里表现的确实是一种无法排解的焦虑情绪,这种情绪与生命纠结的内在体验是诗人的感动之源,是诗性

---

① 郭沫若,《泰戈尔来华的我见》,《沫若文集》(10),北京:人民文学出版社,1959年,第143页。

的激发之点。

《Venus》是生命和爱情欢愉的结晶,也体现着生命感受最深切的激动。诗歌表达爱情的陶醉,不仅仅止于葡萄美酒的比喻,更将这欢愉的情绪推向极端,推向这生命的终极点——坟墓,在坟墓中享受着爱情,"血液儿化成甘露",爱的欢愉推向极点即与生命的终结连在一起,爱情高峰体验地完成形式往往是生命的终极状态,这又是情绪与生命纠结的内在体验,它仍是诗人诗性的激发之点。

郭沫若由情绪与生命纠结的内在体验所激发的诗性,汇聚成这样的诗行诗段,或许已经为他的爱人宣读过,但他并不知道这就是所谓的白话新诗。及至看到《学灯》上康白情那种明白如话且简单无味的新诗,郭沫若才恍然大悟:"这就是中国的新诗吗?那么我从前做过的一些诗也未尝不可发表了。"①正是在这样的情形下他将这些诗陆续投寄到《学灯》,很快被发表出来,郭沫若也因此受到更大的鼓舞,进入到一个"诗的爆发期",中国现代诗歌史上第一个诗性的自觉者就这样成就了他自己。

由上可知,郭沫若其实是先有了浓郁的诗性,先有了将内在的诗性的感动和深刻的生命体悟记录下来的愿望,然后才在外来因素的干预下反过来确认那些诗形。可见,对于真正的诗人来说,诗性先于诗形而存在。有了这样的诗性体验,郭沫若才能在中国现代诗歌的理论把握上达到这样的自觉:"诗的本职专在抒情。抒情的文字便不采诗形,也不失其为诗。"②这里的"抒情"显然就是指造成生命感动的诗性的抒写。

虽然郭沫若对于诗歌的形式感也有着独到的会心,有着精到的论述,包括《论节奏》这样的专文,不过他格外强调的还始终是诗歌内在的真情。泰戈尔等人的诗作最初强烈吸引他的便是其不讲形式的简单明朗风格,诚如他在给宗白华的信中所说的,是那些诗的"容易懂""散文式"和"清新隽永"吸引甚至感动了他。在他看来,诗不需要也不能容忍任何的装腔作势,"诗是表情的文字,真情流露的文字自然成诗。"③有关诗歌的一切装饰都是多余的,也是徒劳的。这样的认识其实都是在相对于诗形而言更加重视诗性的体现。

---

① 郭沫若,《创造十年》,《沫若文集》(7),北京:人民文学出版社,1958年,第56页。
② 郭沫若,《论诗三札》,《沫若文集》(10),北京:人民文学出版社,1959年,第211页。
③ 郭沫若,《樱花书简》,成都:四川人民出版社,1981年,第165页。

既然强调真情流露,郭沫若必然会坚持从生命感受和天然本性这样的本真意义上把握诗性。生命本真的表态就是诗性的抒写,这是郭沫若想方设法试图让人们明白的诗学道理。他在给宗白华论诗的信中说:"原始人与幼儿的言语,都是些诗的表示。"①为了证明这一点,他列举了自己孩子的诗事:

便是我自己的儿子,他看见天上的新月,他便要指着说道:"Oh moon! Oh moon!"见著窗外的晴海,他便要指着说道:"啊,海!啊,海!爹爹!海!"

他认为这便是孩子的诗,而且比他自己因此创作的《新月与晴海》还要真切。在《抱和儿浴博多湾中》一诗印证了这样的诗事。诗人的这番自觉暗藏着他对于"诗性"的理解。这种与"灵性"和"天籁"连在一起的"诗性"观不仅吻合爱默生的"先天诗性论",还远远地呼应着黑格尔的"神性"理论,波德莱尔的心灵"迷醉"论,以及关于节奏、韵律符合人们的"永恒的需要"的天籁说。在中国现代杰出的文学家中,其实不光是郭沫若欣赏天籁式的自然流露的诗性,鲁迅在20世纪20年代初就曾对年轻诗人汪静之的诗稿做出过这样的评语与赞许:"情感自然流露,天真而清新,是天籁,不是硬做出来的。"②所欣赏的也便是天籁式的诗性的表现。现代西班牙文学家希门尼斯就持有这样的观点:"书面的诗歌像别的创造性的艺术一样,不论如何完美,总是天然的,换句话说,它之所以十全十美,正因为它是天然的。文学不管多完美,总是有人为的痕迹,愈有人为痕迹则愈完美。"③他将诗与一般的文学区别开来,对于强调诗性的作用颇有帮助。

郭沫若还在"天然"或"天籁"的诗性意义上认同诗歌的灵感说:

诗不是'做'出来的,只是'写'出来的。我想诗人的心境譬如一湾清澄的海水,没有风的时候,便静止着如像一张明镜,宇宙万汇的印象都涵映在里面;一有风的时候,便要翻波涌浪起来,宇宙万类的印象都活动在里面。这风便是

---

① 郭沫若,《论诗三札》,《沫若文集》(10),北京:人民文学出版社,1959年,第205页。
② 转引自董校昌《晨光社与"湖畔"诗派》,见贾植芳主编《中国现代文学社团流派》(下),南京:江苏教育出版社,1989年,第769页。
③ [西班牙]希门尼斯(Juan Ramon Jimenez),《诗与文学》,《欧美古典作家论现实主义和浪漫主义》(1),文惠美译,北京:中国社会科学出版社,1980年,第201页。

> 所谓直觉,灵感……①

他认为诗的天才体现在诗人充满诗性的"直觉"与"灵感"上,而这种"直觉"与"灵感"产生于最平常的事物、景物和人物中,在最平常的生活场景和人事关系中发现诗性,寄托诗性,开发诗性,然后加以轻灵的吟咏,形之于清新的诗行。这种从平常状态和平常事物中寻找诗性、提炼诗性的能力是一种更为纯正更为难得的诗歌之美的体现,它所带来的诗性表现的结果,不是炫异耀奇,故作惊人之语,而是清新明媚,一如晨露下的春草迎着初升的阳光所闪烁出的一滴滴光鲜的晶莹。

郭沫若的诗歌创作经常是在这种充满"直觉"和"灵感"的诗性勃发中进行的。关于《地球,我的母亲!》一诗的创作,郭沫若回忆说,1919 年寒假中的一天,他在福冈图书馆看书,"突然受到了诗兴的袭击",便出了图书馆,在馆后僻静的石子路上,脱掉木屐,"赤着脚踱来踱去","时而又率性倒在路上睡着,想真切地和'地球母亲'亲昵,去感触她的皮肤,受她的拥抱"。② 这里所说的"诗兴"正是诗性的灵感,完全来自自己内心的体悟,而不是受任何外在的事物或情境刺激和影响的结果。地球是每个人在每一个地方每时每刻都能够感受且必须感受的对象,但将它与诗性之美联系起来,则不能不说是郭沫若突如其来产生的灵感所起的作用。《女神》中的许多诗篇,都表现着这种在平常事物中突然产生的灵感或寄托,诸如《晨安》《立在地球边上放号》和《天狗》等。诗人从现存世界的万事万象,从自然的景象或者偶然的天象,都找到了激荡起自己灵魂浪花的诗学因素,让自己的诗思对应着这些诗学因素,激发出来的便是内在的诗性之美的感受,表现出来的便是洋溢着诗性的歌吟。

诗性诚然是诗人内在的生命体验与情感纠结的结果,但并不意味着它只是表现诗人自我的情感。诗性既然可以在寄托中产生,当然也可以通过寄托加以表现。郭沫若《女神》中的诗大多出于自我的表现,但在同时写作的一首收入小说《牧羊哀话》的诗却是通过寄托表现诗性的杰作。郭沫若自述这首诗是在小说之外单独写成的,也就是说,写作此诗的时候并没有完全依托故事情节和小说中的人物关系,而是诗人在一种想象的情景下对一种诗性的感发。那想象的情景自然是牧羊女对

---

① 郭沫若,《论诗三札》,《沫若文集》(10),北京:人民文学出版社,1959 年,第 205 页。
② 郭沫若,《我的作诗的经过》,《沫若文集》(11),北京:人民文学出版社,1959 年。

情郎的怀念：

> 太阳迎我上山来，
> 太阳送我下山去；
> 太阳下山有上时，
> 牧羊郎去无时归。
> 羊儿啼，
> 声甚悲。
> 羊儿望郎，郎可知？

《牧羊哀话》里写道，牧羊女唱到这里，"歌声中断，随闻羝羊悲鸣声。铃声幽微，几不可辨"。一番凄美的景象经过这歌诗的渲染，越发令人百感交集，心驰神往，诗性的感动油然而生。接着牧羊女表达的对于牧羊郎的怜爱和怀念之深切又进一步震撼着诗人的心："羊儿颈上有铃儿，／——是郎亲手系；／系铃人去无时归，／铃绦欲断铃儿危。"定性反复的"羊儿啼，声甚悲。羊儿望郎，郎可知？""荡漾在清和晚气之中，一声声彻入心脾，催人眼泪"，更是一番柔肠百段的诗性寄托：诗歌表现的是牧羊女对永远不能再回来的牧羊郎的深情怀念，诗人从这种深切的怀念中分明强烈地感受到或者说是清晰地寄托着自己内心中难以把捉的诗性之美，那是一种偏向于悲哀和愁怨的美感。

郭沫若非常善于用诗歌表达青年男女的生死依恋，他让牧羊女歌唱道："非我无剪刀，／不剪羊儿衣。／上有英郎金剪痕，／消时令我魂消去。／非我无青丝，／不把铃儿系。／我待铃绦一断时，／要到英郎身边去。"如此情真意切、情浓意蜜的倾诉，在听者便是一种荡气回肠的情绪激荡，于是诗人听到此处，忍不住"浡着了眼泪"。他描写道："只见那往高城的路上，有群绵羊，可三十余头，带着薄暮的斜辉，围绕着一位女郎，徐徐而进。女郎头上顶着一件湖色帔衫，下面露出的是绛灰裙子，船鞋天足，随步随歌。歌声渐远，渐渐要不能辨析了。"这是小说《牧羊哀话》对于这首诗歌吟诵情景的想象性描绘，其实也非常细致地描摹了诗人郭沫若诗性寄托与表现的情感过程。郭沫若寄托其中的诗性表现让人们看到了两重和谐。一是诗人对牧羊女情感认同的和谐，另一是从这些来回有序、复沓回环的节奏中，体味到诗人的诗性与自然和自然的人生情景之间的天籁般的和谐。这两重和谐的体现便很见诗性。雪莱(Percy Bysshe Shelley, 1792 – 1822)曾说过:"诗人的语言总是牵扯着声音中某种一致与和谐的重现,假若没有这重现,诗也就不成其为诗了。"①郭沫若这首诗正是牵扯着自然声音和人生场景声响中某种一致与和谐的重现,从而获得了浓郁的诗性。

由这一非直接自我表现的诗作可以看出,诗性来自于诗人内心的一种情绪的激荡,来自于诗人对于审美情境的一种发自内心的认同,来自于对自然清新、灵动优美之境的想象与提炼。诗性的重要品质是审美的久远,诗性的表达能够在相当长的时间内持续感动诗人自己并感动不同时代的读者。80年后,人们有足够的底气和魄力反思郭沫若,挑剔郭沫若的诗歌,但真诚的读者还是无法否定这些诗作在朴素的形式和直白的语言包裹之下的诗性,它自然清新有如天籁,感伤激烈发自内心,不仅是郭沫若《女神》时代诗歌别具特色和诗感的价值内核,也是能够让后人感受其真率、优美的根本要素。

2. 带着"诗兴"走出了"诗人"的轨道

20世纪的诗坛曾经歌颂过各种各样奇怪异常的花朵,郭沫若在《笔立山头展望》一诗中赞颂大都会的烟囱之花,给人们留下了深刻的印象:

> 一枝枝的烟筒都开着了朵黑色的牡丹呀!
> 哦哦,二十世纪的名花!
> 近代文明的严母呀!

如果说对这种奇花异朵的赞颂在工业文明的缺陷越来越明显,大气污染及其给人类带来的灾害越来越严重的今天读来多少有些扫兴和不伦不类之感,那么,在20世纪初年人们尚且对工业文明怀着浓厚的兴趣、热烈的期待甚至一种感激的心情,这样的"名花"赞颂在当时可以说带着绝对的真诚和相当的诗美,但这种诗美并不是来自内心的生命感受和情感体悟,而是来自对外在事物的感触与兴会,故具有明显的时效性。一切与人们内在的生命感受和情感体悟相关的诗美具有长久的诗性魅力,而与人们外在的感触和兴会相联系的诗美则会显示出时效性特征。相对于前一种诗性魅力而言,后一种便是诗兴品质的体现。

---

① [英]雪莱,《诗辩》,伍蠡甫译,《西方文论选》(下),上海:上海译文出版社,1979年,第52页。

郭沫若使用过"诗兴"一词。在《我的作诗的经过》一文中,他说《地球,我的母亲!》一诗的写作是由于"突然受到了诗兴的袭击",这"诗兴"包含着写诗的兴致的意思,更多的意思则是内在情感体验的"诗性"。地球是人类自产生以来就已经感受到的与人类生命现象联系非常紧密的对象,对它的诗美感应当然属于诗性。这与诗人对黑烟囱的诗美之感不一样,黑烟囱属于人类文明的创造物,与人类的劳动方式联系在一起,而与人的生命形态相距较远,因此它进入诗歌表现之中并不代表深刻的诗性,而只是表现为一种特定情境下的诗兴。有时候,郭沫若用"诗兴"一词仅仅表现作诗的兴致,他回忆说因为《学灯》编辑的宗白华怂恿他不断发表,1919年到1920年之交,"我的诗兴被煽发到狂潮的地步"。[①] 这里的"诗兴"基本上说的就是这样的意思。

判断、评价或者称赏一个诗人的诗作,人们习惯于用一个模糊的关键词,这就是"诗意"。而在诗歌研究的实践中,这一模糊的关键词所能解决的问题却相当有限,有时候还能因此引起某些认识上的混乱。因为一般意义上的"诗意"绝不能简单等同于具有诗的根性的"诗性"。一个常有的现象是,一首诗在一般读者读来或许并没有什么诗意,但在诗人自己以及其他一些人读来则是诗意盎然。郭沫若曾在1921年作有《泪浪》一首,表达了他对长期居住的福冈博多湾的深挚情愫:"这是我许多思索的摇篮,/这是我许多诗歌的产床。/我忘不了那净朗的楼头,/我忘不了那楼头的眺望。"当然他有关这一地方忘不了还有许多,包括"博多湾里的明波""志贺岛上的夕阳""十里松原的悠闲"和"网屋汀上的渔网",这一切都足以使他产生"泪浪",于是他吟诵了这样的诗句。郭沫若另外还写了一首访友不遇的诗,中有"泪浪滔滔"的夸张,引起徐志摩的批评。不该怀疑郭沫若用"泪浪"或者"泪浪滔滔"形容自己内心感动程度的诚意,让泪成浪的夸张也不是不可以,但徐志摩等人的责难是不是全无道理?博多湾对于郭沫若足以构成泪浪,不见友人对于他也许可能有泪浪滔滔之感,但对于其他人来说,这是一种很平常的体验,一种很简单的情绪,用泪浪甚至竟至于滔滔,就过于夸张,不能引起其他人的同情。郭沫若对于博多湾和对于友人的这种强烈的情感,是特定情形下一种感触和兴会的体现,属于"诗兴"的表达,而不是"诗性"的流露,因此不仅时效性不强,而且也不能赢得普遍性的认同。诗人富有诗情的吟咏未必能调动起读者相应的诗性,甚至未必能唤起

[①] 郭沫若:《凫进文艺的新潮》,《文哨》第1卷第2期。

相应的诗意的兴会,从而出现诗性与诗兴的背离。任何诗人的诗作都有可能出现这样的背离,相信郭沫若的"泪浪"诗就存在着这种背离的接受现象。

解析这种现象的办法之一是从模糊的"诗意"中剥离出"诗性"与"诗兴"这两个更加精细的概念,通过诗歌创作思维一般规律的探索,认知"诗意"概念的基本层次和具体属性。

如果说"诗性"是人类尚未完全译码的诗的根性,是让人们在任何情形下都能够产生诗美之感的情绪因素,那么,"诗兴"是在特定情形下能够感动特定人群的审美感兴,是激发起诗人在特定情形下创作热忱的情绪因素。有些文学作品能够诉诸读者直接的审美感兴,让他们无须在任何暗示、启发和情感调动的情形下领略到诗美,这是因为作品中的"诗性"起了作用;而有些文学作品则如姚斯(Hans Robert Jauss)所说的,"它唤醒以往阅读的记忆,将读者带入一种特定的情感态度中"①,事实上作者也处在这种特定的情感态度中,乃是因为作品中的"诗兴"因素在起作用。郭沫若上述泪浪或泪浪滔滔诗正是需要"将读者带入一种特定的情感态度中"才能让人感动的诗篇,它体现着诗人的某种"诗兴"而不是"诗性"。

诗评家们早已对于"诗意"感觉到分类的必要,骆寒超提出了"情性诗歌世界"与"知性诗歌世界"的分类,②诗人犁青也倾向于这么划分,他认为:"诗人是感情丰富的人,也是智商很高的人。其感性思维发达,智性思维也是超人。"③龙泉明甚至认为现代诗歌有一种"主智走向",这种走向"是随着西方现代主义"而产生的,④如此等等,都体现了这种分类的努力。不过我们这里的"诗性""诗兴"之分,与"知性诗歌""主智走向"的说法并没有太多的联系,因为"审美活动不是认识,而是一种体验"⑤,我们在体验层次上对骆寒超所说的"情性诗歌世界"做了如此的划分。

一般来说,像郭沫若这样的诗人刚刚走上诗坛、刚刚成为诗人的时候,所写的诗总是较多地接近天籁的成分,接近灵性或灵气的表现,也即接近我们所说的诗性;当他们成为相对资深的诗人之后,一方面已经不再满足于天籁式的歌唱,而开

---

① [德]姚斯,《走向接受美学》,周宁、金元浦译,《接受美学与接受理论》,沈阳:辽宁人民出版社,1987年,第29页。
② 骆寒超,《20世纪新诗综论》,上海:学林出版社,2001年,第391页。
③ 犁青,《与卡琳嘉女士谈诗》,《犁青的诗》,北京:人民文学出版社,2001年。
④ 龙泉明、邹建军,《现代诗学》,长沙:湖南人民出版社,2000年,第72页。
⑤ 叶朗:《跨进21世纪的门槛——访叶朗教授》(徐碧辉作),《哲学动态》2002年10期。

始在现实的体认中"挖掘"诗歌材料,另一方面原有的灵性和灵气开始让位于诗人的"职业"自信,而开始在当下的感受中"寻找"歌吟对象,这后一种情形便使得诗人开始偏离了"诗性",而主要凭借着"诗兴"写作。人们常用"不悔少作"之类的话语形容作家和诗人对于青少年时代作品的自我珍视和宽容心态,暗含着的意思是,"少作"理所当然地比"成年之作"乃至"老年之作""幼稚"。其实,如果不把"少作"理解得过于狭窄,而是当作早期作品的指称,则许多中国现代诗人都不存在所谓"不悔少作"的问题,相反,其"少作"尤其值得重视。《女神》里面的诗相对于后来郭沫若的创作来说都是"少作",可现在谁不承认郭沫若的"少作"其艺术价值最为鲜丽?

郭沫若自从"方向转换"以后就开始反思个人情绪和灵感之于诗歌的反面效果,强调意识观念之于诗歌的意义。这实际上就是对诗性之美的克服。灵感本来是诗性之美的体现,可郭沫若对于灵感甚至做出了这样的新解释:"灵感……在我看来是有的,而且也很需要。不过这种现象并不是什么灵鬼附了体或是所谓'神来',而是一种新鲜的观念突然使意识强度集中了,或者先有强度的意识集中,因而获得了一种新鲜观念,而又累计地增强着意识的集中度的那种现象。"①将灵感定位为"意识强度集中"的结果,实际上是消解诗性灵感的一种理论。灵感构成的诗性最好处于意识不明朗不清楚的状态。瓦莱利(Paul Valery,1871—1945)这样表述自己所理解的"诗意":"我曾在我内心注意到某些很可以称为'诗意的'心境,……这些心境并不是因明显的原因而发生的,而是在某种偶然情况下发生的;他们根据其自己的性质而发展,结果我发现自己有一时被震撼而摆脱了惯常的心境。"②他这里所说的"诗意"便是有些讲不清道不明的诗性,而不是一切都明明白白的诗兴。另一方面,既然新鲜的观念就是灵感,则无产阶级革命思想等就是这样的新鲜观念,这些新鲜观念对于提高一个人的思想觉悟自然非常有用,但果真能作为灵感作用于诗歌创作么?通过这些新鲜的观念所激发的只能是特定命题和特定意识中的诗兴,这样的诗兴表现也只能感动特定思想意识中的诗人和读者。郭沫若《前茅》《恢复》及其后的诗作所热衷的正是这样的诗兴表现,过了特定的时代环境其诗美就必

---

① 郭沫若:《诗歌的创作》,《文学》第2卷第3期。
② [法]瓦莱利,《诗与抽象思维》,丰华瞻译,《现代西方文论选》,上海:上海译文出版社,1983年,第31页。

然大打折扣。

郭沫若自己也曾坦率地承认过这一点。这位惯于以夸张和偏激的语势说话的诗人不无痛心地指出:"我要坦白地说一句话,自从《女神》以后,我已经不再是'诗人'了。自然,其后我也还出过好几个诗集,……但在我自己是不够味的……"他非常怀念《女神》时代的"那种火山爆发式的内发情感",那种表现出"最高潮时候的生命感"[①]的诗性的畅快。郭沫若这一番话对于《女神》时代自己创作的优势有着十分自觉的认识,那便是诗性的表现。诗性属于"内发情感",诗性属于最高潮的"生命感"。换句话说,郭沫若基本上意识到自己《女神》以后的诗偏离了这种诗性的表现,不再是或很少是从"内发情感"和生命感受的深刻意义上写作诗歌,大多都体现为诗兴的表现,因而即使仍有诗歌作品,但已经不是诗人在写诗。

当然,郭沫若的这段明显偏激的言辞重点还是在强调"火山爆发式的"诗风,因而很不公平地忽略了《星空》的诗性表现价值。《星空》中的诗稍晚于《女神》,火山爆发式的热忱确实已趋于隐退,但诗人在相对岑静的歌吟中依然保持着对内发情感和生命感受的兴趣,部分诗歌表现出来的依然是诗性的优美。例如《南风》对"人类的幼年""那恬淡无为的太古"的向往,《雨后》对"好像泪洗过的良心"雨后宇宙的迷醉,《仰望》欲把自己"污浊了"的灵魂交付给白色海鸥的企盼,都是自己内在心灵的对语,都是生命感悟凝练的结晶。

郭沫若上述这段话的偏激之处还在于,他还未能看到其实在《女神》时代包括在《女神》之中,也有不少诗兴的因素在他的创作中起关键性作用。应该说即使在《女神》时代,郭沫若也还是经常倚重于外在的感触和兴会这样的诗兴进行创作的,他的不少典型地体现时代精神的诗篇包含着的诗兴成分要比所谓"内发情感"或生命感受的诗性成分浓厚得多。《晨安》一诗在这方面最典型。郭沫若这样理解诗人的诗歌感兴,也就是我们此刻所说的"诗兴":"紧紧跟踪着时代走,不要落在时代的后面。""抓紧着时代精神,在时代的主潮中使自己成为一个有能的漕于。"[②]这是20世纪40年代郭沫若对于诗人也是对于自己的要求,这时早已过了郭沫若所说的"诗人"时期,个人的情感、内发的情感、生命的体验等诗性的因素已经都不重要,重要的是时代精神的感触,以及将这种感触付之于诗兴的表现。《晨安》以及《凤凰涅

[①] 郭沫若,《序我的诗》,《沫若文集》(13),北京:人民文学出版社,1959年,第121页。
[②] 郭沫若,《我怎样开始了文艺生活》,《文艺生活》(香港版)1948年第6期。

槃》等诗是表现这种时代精神的先驱,郭沫若以后的诗歌基本上都是围绕着这种时代精神作随机式的诗兴的歌吟,那种属于个人生命体验和内发情感的诗性因素越来越被排挤到边缘。

他早就有了这样的觉悟:"一个有为诗人,或一首伟大的诗,无宁是抒写时代的大感情的。"①"抒情不限于抒个人的情,它要抒时代的情,抒大众的情。"②时代的感情,大众的感情远远比个人的情感重要得多,也有效得多。不过当一个诗人以表现这种时代感情和大众感情为主要内容,而将自己的内发情感和生命感受置于很次要的地位的时候,他的作品中比较具有恒久价值的诗性就会为随时而起当然也可能随即汐落的诗兴所覆盖,所取代,这种创作状态下的诗人实际上就已经越出了诗人的轨道。郭沫若宣称自己自《女神》以后"已经不再是'诗人'",是在带有谦逊的意义上做出的这种反思的结果。

在诗性讲求的意义上人们有理由为一代诗人郭沫若觉得悲哀。诗性的灵气一旦遭到沉重的现实感与宏大的时代狂欢的侵袭,便会很自然地趋于消退。而从长远的角度看,诗性的表现对于一个诗人来说其文学价值更为恒久。雪莱曾指出,"快乐有两种,一种是持久的、普遍的、永恒的,另一种是暂时的、特殊的。"③他所说的是指艺术表现和欣赏的快感。诗性的表现由于体现着人类诗性思维的根性,与人类最本真也最模糊的诗美之感联系在一起,携带着灵气、灵性与天籁,故而能够超越时代,超越种群,达到持久、普遍和永恒的境界。与现实感和时代感联系得过于紧密的诗兴,尽管也具有诗的快感,但在相对意义上可能就是暂时的和特殊的感兴。郭沫若表现"大我"的诗篇,在当时相信不仅能激动诗人自己,而且也能激动许多同辈人;但经历过几度变迁、几许沧桑之后,它们只能以岁月的遗痕提示着人们的诗兴记忆,不可能给人以常温常新之感。

在任何情形下都必须承认,沉重的现实感是有价值的,是诗人对于现实敢于直面、敢于承担的勇力的体现,但诚如鲁迅作为榜样所说明的那样,这一切都未必一定得诉诸诗歌之境。再真挚的现实情怀和再热烈的时代感触都无法上升到诗性的层面,而只能作为诗人在特殊情形下愿意大发一下的诗兴;特别是在诗歌作品中,

---

① 郭沫若,《诗歌的创作》,《文学》1991年第2卷第3期。
② 《郭沫若谈创作》,《现世界》1936年8月号。
③ [英]雪莱,《诗辩》,伍蠡甫译,《西方文论选》(下),上海:上海译文出版社,1979年,第54页。

再深刻再伟大的诗兴也只是属于特定的现实和时代。

在我们未来得及展开的关于郭沫若后期诗歌的分析中,应该看到诗人时时处处耽溺于宏大的时代狂欢之中的境况。必须承认,宏大的时代狂欢也是诗的当然对象,但它注定是只属于它们所产生的时代。弗洛姆(Erich Fromm 1900—1980)对狂欢的界定已经清楚地说明,这只是一定时代的诗兴而已:"一切形式的狂喜结合都有三种特点:(1)强烈,甚而是猛烈;(2)震撼整个人格,影响心灵与肉体;(3)瞬息即逝,呈周期性。"①歌德(Johann Wolfgang Goethe,1749—1832)显然会赞同这样的观点,他明确认为类似于政治诗这样的宏大的时代狂欢体作品,都体现着诗兴的暂时性特征:"政治诗只应看作当时某种社会情况的产物,这种社会情况随时消逝,政治诗在题材方面的价值也就随之消逝。"②尽管文学大师们有这样的阐论,我依然认为政治诗歌之类的宏大的时代狂欢诗在题材方面的价值不会消失得如此之快,只不过它由于用时代性、政治性的诗兴挤兑了诗歌应有的诗性,其诗感和诗味会大不一样。这也正是郭沫若一生的"诗业"所昭示于我们的关键之点。

---

① [美]弗洛姆,《爱的艺术》,陈维纲等译,《弗洛姆文集》,北京:改革出版社,1997年,第344页。
② [德]歌德,《歌德谈话录》,朱光潜译,北京:人民文学出版社,1980年,第211页。

第二十四章　戏剧本质体认与汉语新剧的经典化运作

自 100 年前文明戏时代引进了西方话剧，中国戏剧舞台就发生了根本变化。以话剧为主导形式的现代戏剧迅速占据了戏剧演出特别是戏剧创作的主流位置，并直接衍生了汉语电影和电视剧集。不过也似乎正因为完成了一个百年轮回，汉语新剧无论是创作力还是运作力方面都已经呈现出强弩之末的势态：作为文学重要体裁的现代戏剧，在不断更新的当代传媒的冲击之下，已经退居汉语艺术的边缘，有人甚至认为"已经几乎完全从中国社会的公共生活中消失"。① 其实，当代立体传媒的兴盛与汉语新剧的边缘化并非构成必然的因果联系，从某种意义上说，电影电视的发展应能有效地刺激戏剧创作的发达，诚如马丁·艾斯林所言，"戏剧尽管由于大众传媒的兴起而明显失色，但是它仍然具有巨大的和日益增长的意义——而这正是因为电影和电视的传播"。② 因为以戏剧创作为文学和技术基础的影视剧本的巨大需求，应能刺激戏剧创作的繁荣发展。但这样的情形并没有在中国当代戏剧创作领域出现，实际上，戏剧在中国最重视宣传的社会热潮中产生了大量的只具时代性却远离经典性的作品，便是在远离宣传热潮的相对沉寂时期也未通过经典性的沉淀焕发出其固有的艺术和文学魅力。汉语新剧文学创作和戏剧文化运作在 20 世纪 30 至 40 年代便达到了成熟水平，而比现代戏剧滞后发展的现代小说乃至新诗在其成熟期之后都有较长时间的发展和较持久的爆发力，甚至在进入立体传媒时代仍然时有新变，时有影响，现代戏剧与其后发的文体相比显然更缺少经典化的积累和成就，过了成熟期以后，往往呈现出艺术生命的单薄和创作力的总体萎缩。总结其中的原因，人们往往归结为时代政治和社会环境的影响，其实最重要的

---

① 徐贲：《戏剧与公共生活》，《文艺争鸣》2012 年第 3 期。
② ［英］马丁·艾斯林，《序言》，《荒诞派戏剧》，华明译，石家庄：河北教育出版社，2003 年。

因素应在戏剧自身。整个现代戏剧界对戏剧本质特征的把握面临过两次关键性的挫折：基本的曲折是指新文学创立时期以文学性取代戏剧性的旧剧批判与新剧倡导，更深层次的曲折来自于以曹禺检讨《雷雨》"太像戏"为代表的偏离戏剧特性的观念系统的形成。这种原因的揭示当然无法从根本上挽救戏剧的当代颓势，但可以更深刻地审视汉语新剧发展的一般规律，从基本理论上探讨汉语新剧悲剧性的历史命运和时代命运。

一、汉语新剧经典化要素中的戏剧本质体认

现代戏剧作为汉语文学艺术中的一个重要门类，一经产生，必然按照文艺经典化的艺术规律和法则运行，尽管其经典化的成就将如何评估则是另一个问题。一般而言，具有深厚基础的文艺类别较之其他门类更容易取得更丰富的经典化成就，然而质之于汉语新剧则未必如此。中国现代戏剧文学有着较为丰富而深厚的发展基础，但其经典化成就的丰厚至少有逊于其他文体。究其原因乃是与戏剧本质认知的迟缓和挫折有关。文艺的经典化需要建构作品的"持久的卓越性"[①]价值，而这种价值建构又须在"遵守艺术与文学中的法则"[②]的观念基础上进行。在戏剧本质认知方面的某种迟缓和挫折难以保证这种艺术法则的遵从，这是汉语新剧经典化建设不尽如人意的基本因素。

汉语新剧的产生较之于新文学其他文体具有更深厚的基础。历史悠久、积淀丰实的传统戏曲与汉语新剧有割不断的联系，兴起于20世纪初年的文明新戏运动及其丰硕成果，为现代话剧的迅速产生和发展提供了理念上、创作上和艺术实践上的准备。文明新戏的实践让汉语新剧脱离了传统的演唱体戏曲艺术格局，进入到以语言表演甚至语言阅读为主要接受途径的鉴赏时代；包括包天笑在内的著名文人参与剧本创作，让汉语新剧脱离了以角色为主导的表演体制，进入了与世界接轨的以剧本为主导的文学时代。欧阳予倩等现代话剧倡导者和实践者，其戏剧理念、演出和创作经验，都是直接参与文明新戏的结果。文明新戏一度具有的巨大影响力和感召力使得现代话剧在以后的历史阶段都充任了文学宣传排头兵的角色，文

[①] 据《韦氏大学辞典》，经典的作品是"a work of enduring excellence"，见 *Merriam-Webster's Collegiate Dictionary*, Springfield, Merriam-Webster Incorporated, MA. 2003. p. 228.
[②] ［波］瓦迪斯瓦夫·塔塔尔凯维奇，《西方六大美学观念史》，刘义潭译，上海：上海译文出版社，2006年，第189页。

明新戏一度商业化的运作也反激起现代话剧的爱美剧运动。当现代小说、现代散文和汉语新诗在文学革命倡导中以难免幼稚的实验样态操持着期期艾艾的现代白话匍匐亮相的时候,现代戏剧已经操着纯熟干练的现代白话在中国舞台上展演了十数年。

在新文学的各文体中,现代话剧不仅准备最为充分,基础最为厚实,同时也是新文学家们最为重视的类型。陈独秀从欧洲文学发展的过程中意识到戏剧的重要性远远超过小说和诗歌:"现代欧洲文坛第一推重者,厥唯剧本,诗与小说退居二流。"①但文学史的基本事实却显示着,被誉为"一流"的戏剧文学其经典化成就比不上被称为"二流"的那些一般文体。现代戏剧作为如此重要的文学类型,又有相对充分的准备与可谓深厚的积累,其创作成就却较之现代小说、现代散文和现代诗歌相对薄弱。现代小说创作的经典性收获最为醒目,从鲁迅到茅盾、巴金、沈从文、老舍、李劼人、徐訏、钱钟书、张爱玲等皆留有跨越时代的经典作品。现代散文通过鲁迅的散文诗《野草》以及杂文文体的设计,通过周作人、林语堂、梁实秋、朱自清、郁达夫等风格各异的创制,同样取得了不俗的经典性收获。现代诗歌创作从郭沫若到徐志摩、戴望舒、艾青、穆旦、卞之琳、冯至等皆有超越时代的经典性贡献。倘若以超越时代的价值与影响论经典,则现代戏剧的经典之作相对较少,似乎只有曹禺、田汉、老舍的少数剧目或能超越时代的场景而常演常新。从文明戏到"五四"新文化运动,现代戏剧处在与传统戏曲断裂以及与西洋话剧接轨的不断探索之中,这种探索催生过一批堪称优秀的戏剧作品,虽然这种优秀之作往往包含着对易卜生、王尔德和奥尼尔等杰出西方戏剧家的模仿。这一时代最为活跃的戏剧运动是以田汉为代表的南国戏剧,其优秀作品离戏剧经典仍相距甚远,即使如《名优之死》这样具有一定经典意义的作品,也未获得跨越时代的艺术力度。20 世纪 30 年代到 40 年代是汉语新剧的成熟期也是黄金收获期,这期间曹禺的戏剧创作获得了文坛的认可,而且他还在不停地探索戏剧表现的最佳路径,因而创造了几乎每一部戏剧都试图走出写作新路的文学佳话。夏衍的戏剧创作也在这一时期格外活跃,从《上海屋檐下》到《芳草天涯》,同样一直在探索自己不同于别人的戏剧创作新路。于伶、吴祖光的浪漫戏剧与郭沫若、阳翰笙、阿英的历史剧创作相映生辉,装点了这时期剧坛收获的富足与厚重。但即便如此,戏剧家兼评论家的李健吾对汉语新剧的经

---

① 陈独秀:《现代欧洲文艺史谭》,《青年杂志》第 1 卷第 3 期。

典化成就仍不满意,到20世纪40年代坚持认为"戏剧文学在中国尚未出师",①意谓仍处在对外国戏剧的模仿之中。

即便是在堪称经典的现代剧作中,像曹禺的《雷雨》这样始终在话剧舞台上常领风骚、久演不衰的剧本屈指可数,许多精彩的话剧常常是在特定的时代气氛中产生不凡的轰动效应,但时过境迁之后就每每陷入少人问津的尴尬境地,这样的情形在郭沫若的《屈原》和夏衍的《上海屋檐下》等代表剧作那里屡屡发生。据当事者回忆,"当时在重庆是否演出《屈原》这个戏也曾有过争论"。② 在后来编文集时《上海屋檐下》居然被轻易地抽出弃置而作者亦欣然同意。③ 如果说戏剧界对《雷雨》的经典性价值颇有一致的认同,则对《雷雨》之后曹禺剧作的经典性认识颇有分歧,茅盾就不无调侃地议论道:"《雷雨》还是一个形象,但在《日出》中却只剩了一个概念或理想。现在在《北京人》中,这是一个象征了。"④虽然同时将《日出》的经典价值视为高于《雷雨》者大有人在。戏剧界和文学界对于戏剧经典作品把握的如此歧异,更加渲染了现代戏剧经典性积累的相对薄弱,而这样的后果都与于戏剧经典性认知密切相关的戏剧本质体认的相对模糊有关。

现代剧作家对戏剧本质观念缺乏自觉的体认,缺乏探讨的热忱,缺乏富有创见的心得,这导致汉语新剧发展缺少明确的经典建设意识,因而也就模糊了戏剧艺术内部运行的规律,影响了戏剧经典作品的产生与积累。新文学历史的运作往往是这样,全新的文体样式常常更容易激起人们进行理论探讨的热忱,而对于业已存在的文学样式,则探讨的热忱随着迫切感一并降低。新文学倡导时期,现代戏剧已经热闹了十数年,人们似乎只有保持批判和反思的热忱,很少想到补上戏剧本质体认这一课。而当新文学的小说文体刚刚出现的时候,文学界对小说的理论探讨就相当自觉,包括胡适的《论短篇小说》等著名文章为文学界认知小说的本质提供了有价值的参考意见。当新诗尚处在褓褓之中,田汉、郭沫若、宗白华的《三叶集》就展开了非常深入的诗歌本质探讨,而且,郭沫若等在《创造季刊》的"曼衍言"也多涉及新诗理论的悟解。相形之下,关于戏剧性的问题,直到20世纪60年代才有不紧不慢的讨论,而且可想而知,那样一种政治化程度较高的年代理论探讨会达到怎样的

---

① 李健吾,《〈上海屋檐下〉》,《李健吾戏剧评论选》,北京:中国戏剧出版社,1982年,第25页。
② 张颖:《雾重庆的文艺斗争》,《人民文学》1977年第1期。
③ 夏衍,《谈〈上海屋檐下〉的创作》,《夏衍七十年文选》,上海:上海文艺出版社,1996年,第277页。
④ 茅盾:《读〈北京人〉》,香港《大公报》1941年12月6日。

水准。《新青年》时期戏剧的理论探讨都集中在戏曲史的检讨和旧剧的批判,第5卷第4期《新青年》特辟"戏曲改良专号"。钱玄同等在《新青年》时期认为西洋戏剧才是真正的戏剧,相对批判中国旧剧只是"脸谱派":"这真戏自然是西洋派的戏,决不是那'脸谱'派的戏。"① 至于"真戏"的文体特征和艺术属性,也就是通向戏剧本性的理论探讨,则付之阙如。新文化倡导者甚至认为,新戏剧的本质应该是自由和自然的:"中国戏剧一千年来力求脱离乐曲一方面的种种束缚,但因守旧性太大,未能完全达到自由与自然的地位"。② 至于西洋戏剧为何具有"真正的"戏剧品性,怎样才算是戏剧的本质品性,则回答得非常含糊,而且一般都落入"为人生"之类的俗套。姑且不论这样的现代戏剧本质论是否符合戏剧的艺术规律,如此强调现代戏剧与传统戏曲的断裂,无疑会在现代戏剧规范的营造方面引起观念的混乱,因为时过境迁以后的人们都会清醒地意识到,现代戏剧本来就是传统戏曲基础上发展起来的新的艺术样式,不仅文明戏(初期话剧)是在"外来的戏剧艺术形式"引领下"从自己的土地上长出来的东西"③,便是整个"中国现代话剧",都"是从中国传统的戏曲基础上吸收西洋的话剧逐渐发展起来的"④。鉴于传统戏曲经过近千年积累与积淀在中国已经呈现出艺术成熟的态势,传统戏曲的曲目也形成了明显的经典化阵势,庞大的观众群体和稳定的欣赏习俗也都早已成势,主动与中国传统戏剧接轨,强调现代戏剧与传统戏曲之间的联系,则往往意味着尊重戏剧艺术规律,较有希望回归戏剧的本质,而背离传统戏曲,夸大现代戏剧与传统戏曲的区别,乃可能通向对戏剧本质意义上的艺术规律的疏离,使得现代戏剧从一开始就迷失在偏离戏剧本质的艺术歧途之上。戏剧的本质认知本来是一个旷古难题,文学理论家和美学家从未能就此达成准确的共识。但剧作家如果不在戏剧本质特性和戏剧艺术属性方面保持探究的热忱和追问的兴趣,就不可能在戏剧创作方面达到足够的文体自觉,作为其创作成果的戏剧作品也就难以达到经典性的质地。

汉语新剧经典化运作的缺失存在于许多可分析的方面,但对于戏剧本质体认的迟缓与歧误应是关键性因素。当然,诚如人们很容易注意到的,现代戏剧运动及社会运作的频繁可能对戏剧经典化起某种干扰作用,不过这样的干扰仍然体现在

---

① 《随感录》(18),《新青年》第5卷第1号。
② 胡适:《文学进化观念与戏剧改良》,《新青年》第5卷第4号。
③ 欧阳予倩:《谈文明戏》,《中国话剧运动五十年史料集》(第1辑),北京:中国戏剧出版社,1958年。
④ 赵铭彝:《话剧运动三十年概观》,《戏剧论丛》1957年第3辑。

戏剧本质体认的不断受到干扰和覆盖。从现代戏剧诞生以来,由于戏剧的社会作用被严重地高估,有责任感的剧作家不仅以极大的热忱投入戏剧文学创作,而且戏剧运动和戏剧思潮运作也此起彼伏连连不断。从晚清的"戏剧界革命"到新文化倡导中的"易卜生热",从民众戏剧运动、南国戏剧运动以及国剧运动和爱美剧运动,到左联时期的左翼戏剧运动,抗战时期贯穿始终的抗日戏剧运动,以延安为中心的解放区戏剧运动和以重庆为中心的国统区戏剧运动,一直是锣鼓齐鸣,热闹非凡。但戏剧运动的轰轰烈烈并不意味着戏剧创作成就的厚重与丰实;每一波运动或运作都产生出一大批热门的戏剧作品,但这些作品绝大部分只能随着运动或运作的热温而获得某种暂时生存的能量,最终往往被定格在戏剧史的层积岩中成为学术考察的化石标本。与这些处在时代运作潮头的剧作相对照,包括曹禺最富于经典意义的剧作如《雷雨》等,恰恰产生于当时的戏剧运动之外,真正具有经典价值的作品从其发生的意义上似乎正好需要避开运动的潮头与时代的浪峰。不断产生和推涌的戏剧运动以后一波覆盖前一波的方式和模态,冲毁了戏剧探索承先继后的冲积秩序,打破了文学创作陈陈相因的本然规律,从而剧作经典化的每一波进程几乎都在刚刚起步之际便为新一波浪潮所冲刷。处在不断的浪冲波涌之中,现代戏剧成就的沉淀和积累都殊为不易,现代戏剧发展的继承与创新也就显得局促乃至失范。外国戏剧史家已经发现戏剧历史运作常常充满着这样的反叛:"戏剧史是一部反叛与反动的历史",但在"各种新的形式向旧的形式发出挑战"的同时,"旧形式则为新形式提供了基础"。① 而汉语新剧则不然,已经积累的戏剧成就常常不能成为戏剧新创的基础,而只能成为戏剧运作检讨、批判和反叛的对象。这当然极不利于戏剧的经典性积累。

更为严重的是,这种运动和思潮的频繁冲刷对于现代戏剧家在创作实践中摸索和体认戏剧本质要素实施了干扰,对于现代戏剧家本质体认的可能经验进行了有效的"反叛"和无情的覆盖。在戏剧这个最讲究师承关系的行当里,运动的干扰和浪潮的冲击使得创作经验上的承传和戏剧本质体认的经验传承都变得极不现实。而缺乏明显的承传常常意味着缺乏正常的积累,而缺乏正常的积累必然影响戏剧文学的经典化运作。如果说裹挟在社会乃至政治运动之中的戏剧运动不过是构成了影响现代戏剧经典化建设的外在因素,则这样的运动对不同时代现代戏

---

① [英]J. L. 斯泰恩,《现代戏剧理论与实践》,刘国彬译,北京:中国戏剧出版社,2002年,第1页。

家戏剧本质观念的不断冲击与干扰，便转化为影响现代戏剧经典化的内在因素，而内在影响才是关键的、决定性的。

二、面对传统：汉语新剧本质体认的偏颇与回归

新文化运动者和现代剧作家最不满意于传统戏曲的，乃是它的"脸谱派"的作风，乃是它虚构的情节，夸张的人物做派，实际上就是指戏剧创作和表演上过于炫张的风格。他们从启蒙和革命的角度出发，坚定地主张包括戏剧在内的艺术创作，必须本色地、"自然"地反映生活，表现情节和人物关系。这种观点从文学方面言之属于陈独秀在《文学革命论》中力倡的"三大主义"之"写实主义"，"明了的通俗的社会文学"，①体现出"五四"新文学倡导期正确而重要的主流价值。传统戏曲远离人生现实的程式化的表演和编剧的循俗老套，恰恰吻合于旧文学陈陈相因、僵死教条的做派，从文化革命和文学革新的角度而言应该予以批判和否定。"五四"新文学倡导者的巨大历史价值即在于，将文学的、艺术的乃至文化的、政治的旧传统全都纳入文学批判的层面，这样的批判非常有力，因而可以彻底动摇旧文化数千年的根底，当然也可能比较粗疏。对于戏剧艺术自身而言，这样的批判大有值得反思之处。戏剧艺术的本质特性是适合于表演的戏剧性，其情节构思、人物刻画必须体现出"戏"的合理炫张风格，即在创作和表演上带有一定炫耀、夸张的成分，包括必要的巧合甚至传奇手段，这是戏剧之所以为戏剧的最显在、最鲜明的艺术风采；如果说无所炫张或避免炫张可以运用于非戏剧性的文类，则过度炫张可以运用于曲艺、杂技等特殊的艺术，在创作和表演环节的合理有度的炫张正是戏剧区别于其他文学体裁和艺术类型的一种本质性的原则与方法。

戏者，戏也。戏剧的第一本质就是在表演和情节构造方面的合理的炫耀性和夸张性，通过戏仿和虚拟的手段达到艺术表演的效果。戏剧理论界之所以长期以来对戏剧本质一直争论不休，莫衷一是，是因为多局限于戏剧文学的文体甚至结构意义上作理解和论争，如布伦退尔认为戏剧的本质是冲突，阿契尔认为戏剧的本质是危机，狄德罗及以后的萨特则认为戏剧的本质是情境，如此等等，这些所谓戏剧本质的"冲突"说、"危机"说、"情境"说等较为流行的说法，要害都在于消解了戏剧与小说和诗歌的本质区别，未能将戏剧当作独立于文学、超越于文学的艺术类型。

---

① 陈独秀：《文学革命论》，《新青年》第 2 卷第 6 号。

作为叙事文学经典体裁的小说其实也需要以"冲突"连接故事情节,需要以中心人物的"危机"来推进情节的高潮,作为抒情文学典型体裁的诗歌同样需要展示"情境"以储存诗意。"动作"说触及到了戏剧的某些本质方面,但戏剧的"动作"不仅仅是剧中人特立独行的意志行动,更是剧作者对于人物刻画以及对于情节构思所采取的戏拟式的动作化处理,这种处理常常按照某种表演和情节构思的炫张原则进行。合理的炫张是戏剧拉开与现实甚至与其他文学之间距离的关键,是戏剧之所以有戏的核心秘密。据提出荒诞派戏剧概念的马丁·艾斯林的观点,戏剧本质性的炫张便是情节的虚构:"我认为戏剧的主要特征之一和它主要的魅力之一在于:一出上演的戏是一种纯粹的虚构……"①戏剧的虚构不仅拒绝生活真实性的挑战,而且应该包含合理的炫张,哪怕通向某种意义的荒诞,正如左拉所言,"舞台上可以说谎,剧本里可以加些荒唐的穿插……戏里要是没有令人开怀的谎言,不能在晚上安慰受了一天苦的观众,戏剧就没有存在的必要了"②。也有人认为戏剧本质性的炫张主要体现于演出环节:"现代新戏剧所努力追求的,无非就是用观众同演员之间生气勃勃的直接交流来恢复其创造性的时空"。③中国学者甚至认为,角色表演的合理炫张应该是戏剧最高真实的体现,如果"没有净丑二角,戏剧中的现实性可能削弱"④。这些言论都是真正懂得戏剧,真正切近戏剧本质特征的不易之论。

也就是说,属于戏剧的本质性炫张应集中在戏剧情节构造、人物性格刻画与人物关系设计之中,集中在戏剧表演层面。传统戏剧之所以能够长期吸引着中国观众的眼球,恰恰因为它符合戏剧本质的情节虚构和表演脸谱化等合理炫张的品性。当然,在这样的语境下,对于哪怕是出自杰出戏剧家的戏剧纯粹"娱乐"说都需要保持警惕。布莱希特便是这种对之需要警惕的戏剧家。他认为,"'戏剧'就是要生动地反映人与人之间流传的或者想象的事件,其目的是为了娱乐"。一再强调"使人获得娱乐,从来就是戏剧的使命。像一切其他的艺术一样。这种使命总是使它享有特殊的尊严",还认为审美心理学意义上的卡塔西斯"不仅是以娱乐的方式,而且

---

① [英]马丁·艾斯林,《戏剧剖析》,罗婉华译,北京:中国戏剧出版社,1981年,第83页。
② [法]爱弥尔·左拉,《自然主义与戏剧舞台》,《外国现代剧作家论剧作》,北京:中国社会科学出版社,1982年,第8页。
③ [日]河竹登志夫,《戏剧概论》,陈秋峰等译,北京:中国戏剧出版社,1983年,第6页。
④ 任二北:《戏曲、戏弄与戏象》,《戏剧论丛》1957年第1辑。

恰好是以娱乐为其目的而进行的"①。这些说法都带着明显的偏激,却从功能意义上指出了戏剧情节和表演炫张的合理性和必要性,这样的阐论既与布莱希特特别感兴趣的中国传统戏剧的某种情形相吻合,也与现代艺术史上表现派戏剧原则相衔接。正是在这样的命意上,为新文学家所决然否定的中国传统戏剧,以其情节构造和表演程式的炫张性特征,得到了世界戏剧艺术界和戏剧美学界的广泛承认,并将其纳入著名的"三大体系"中的重要一类。

中国传统戏剧并非完美的艺术,新文学倡导者对于旧剧的批判具有不争的时代意义和理论价值。例如旧剧中常有的恶俗趣的味性,包括过于强调插科打诨的魅力,过于倚重玩弄噱头,通俗剧目中常不乏思想低俗、格调粗俗者,戏剧表演也有套路烂俗、作风庸俗的弊病,新文学倡导者对于旧剧中的这些因素的批判和否定具有毋庸讳言的思想力量。但如果就此全盘否认表演的程式化、脸谱化,一概批判题材的小说化及其离奇夸张,则便是否定了戏剧性应有的炫张。离开了情节、人物和演出的炫张,戏剧就偏离了戏剧本质,就有可能无戏可看,用闻一多的检讨之语来表述,就是"不经演"。

"不经演"是闻一多在1926年对前些年尝试戏剧和现代戏剧实验形态的一种极有见地的概括,实际上就是指出了这时期现代戏剧未能体现戏剧本质特性的要害。他同样十分不满于尝试期戏剧的思想炫张现象,"文学,特别是戏剧文学之容易招惹哲理和教训一类的东西,""我们这几年来所得的剧本里,不是没有问题,哲理,教训,牢骚,但是它禁不起表演"。于是像《卓文君》这样的戏剧都不过是"包藏思想的戏剧文学",产生了一批"不三不四的剧本","至于表演同布景的成绩,便几等于零了"。由此他得出结论,都是戏剧"文学化"惹的祸:"从历史上看来,剧本是最后补上的一样东西,是演过了的戏的一种记录。现在先写剧本,然后演戏。这种戏剧的文学化,大家都认为是戏剧的进化……谁知道戏剧同文学拉拢了,不就是戏剧的退化呢?艺术最高的目的,是要达到'纯形'pure form 的境地,可是文学离这种境地远着了。"②闻一多不是重要的剧作家,他的戏剧反思对于当时的戏剧创作走向难以起到直接的强大的影响作用。但他的认识可以说代表着新文学界戏剧本质认

---

① [德]贝托尔特·布莱希特,《戏剧小工具篇》,《外国现代剧作家论剧作》,北京:中国社会科学出版社,1982年,第86—87页。
② 闻一多:《戏剧的歧途》,《晨报·剧刊》第2号,1926年6月24日。

知从观念偏颇中开始折返的强烈信息。

体现"文学化"特性的现代戏剧最初的创作尝试,通常以胡适的《终身大事》、欧阳予倩的《泼妇》为代表。这些作品确曾体现出以思想意义的炫张代替剧情和人物关系的炫张,进而以文学性取代戏剧性的历史印迹。它们之所以能够被历史记住,是因为它们典型地体现着文学尝试的成果,而这种尝试的主要精神便是表达和宣传新的思想。胡适的《终身大事》以易卜生"娜拉"式的出走模式对这些陈腐思想进行了批判,婚姻自主和人格独立的现代思想在此得到了凌厉的张扬。故事情节则非常简陋,人物也十分单薄,整个戏剧安排的其实就是对话的环节,对话的目的是为了批判旧思想和炫张新思想,而且供批判用的旧思想的设计也十分勉强:如果说门当户对的封建世俗思想在那个时代尚有强烈的针对性,关于田陈自古一家的宗法关系的思想阐发则显然带有浓重的编造痕迹。这部尝试剧以思想的炫张和编造代替了戏剧本应突出的情节的合理炫张与虚构,为后来的戏剧尝试和实验准备了方法论的范本。欧阳予倩的《泼妇》也是一部"娜拉"式的尝试剧,简单的情节和人物关系设置只是为了不无炫张地表达现代思想和观念,那个敢于向传统的家庭生活秩序挑战的"泼妇"赫然宣布:"反正千句话变成一句话,我无论如何,总能够保持我的均衡,我总不更变我的主张,我总不更变我的信仰!"这些剧作中表现的中心思想具有强烈的时代色彩,唯其现代性的强烈,置于现实人物乃至历史人物身上便显示出人为炫张且过于炫张的意味,而全部戏剧情境又都似乎为这几句思想的表述而设,思想炫张的意识便异常明显。思想炫张成为这些剧作的创作焦点和表演重心,戏剧的情节、人物以及各种戏剧结构、戏剧情境的营造全都统一于思想的炫张性表现之中,戏剧除了思想的炫示之外往往无戏可看。戏剧的"无戏"状况乃是文学界和戏剧界在现代戏剧认知上游离戏剧本质的必然结果。

闻一多的反思迫近了戏剧合理炫张的本质理念,提出戏剧文学的创作要保留迹近旧剧或旧小说的情节炫张:"你要观众看,你就得拿他们喜欢看,容易看的,给他们看……写起戏来,准是一些最时髦的社会问题,再配上一点作料,不拘是爱情,是命案,都可以……这样一出戏准能轰动一时。"①当然这里所说的"命案"之类不过是一种举例,他实际上主张戏剧情节的虚构与炫张,以增添观众"喜欢看"的戏份。可见他意念中的"经演"就是戏剧本性的炫张要素。这种赞赏戏剧情节、素材

---

① 闻一多:《戏剧的歧途》,《晨报·剧刊》第2号,1926年6月24日。

走向炫张的言论，比起无端抨击"旧戏最没道理的地方，就是专拿那些极不堪的小说作来源"①的偏激之论，更接近于戏剧正当的炫张本质论。

闻一多的反思并不孤立，在此之前，宋春舫对西方佳构剧的推崇也显示出向戏剧合理炫张本质回归的观念倾向。"佳构剧"（well-made play 又译作"巧凑剧"）是19世纪流行于欧洲的一类戏剧作品，以复杂、精致的情节著称，运用雕琢的布局，离奇的情节和紧张的场面，通过炫张的方式追求剧场效果，代表人物为尤金·斯克力博和维多立安·萨杜等。佳构剧将戏剧炫张的本质功能强调到极致，一定程度上脱离了自然和社会规律的制约，更兼创作的程式化、公式化，以及演出的市场化，因而受到理所当然的批判。左拉就十分不满于此类戏剧"极其夸张"的特征。但这样的戏剧在现代剧作家宋春舫那里倒是受到别样的对待，他欣赏这样的戏剧一定程度上离开了"主义"与"学说"，即离开了思想的炫张，而"唯专注意于剧本之构造"②，只要专注于剧本的营构，则炫张便是合理的。这在20世纪20年代初期，可以说是一种相当可贵的戏剧自觉，它通向情节炫张的戏剧本质的认知，虽然当时的先驱者尚没有形成戏剧炫张本质论的明确概念。

从有戏可看以及让观众"喜欢看"的角度阐论和批评"文学化"的现代戏剧"非戏剧性"的原初缺陷，显然符合英国戏剧理论家威廉·阿契尔关于戏剧性所阐述的影响巨大的观点："关于戏剧性的唯一真正确切的定义是：任何能够使聚集在剧场中的普通观众感到兴趣的虚构人物的表演。"③有戏可看才能吸引住观众，情节和表演的虚构与合理炫张是一切可看之戏的关键元素。闻一多、宋春舫以现代戏剧的批判者的视角和角色体悟到了戏剧本质的关键元素，与此同时，现代戏剧创作者也在不知不觉之间重新面对和审视传统戏剧，在借鉴传统戏剧路数的前提下回归戏剧本质性的寻索，一度疏离思想炫张和"文学化"的故态而结出了一系列经典性的艺术果实。

戏剧的本质反映着客观的艺术规律。只要戏剧在寻求发展，就必然地哪怕是在不自觉状态中往情节、人物及表演的合理炫张方面趋近。既然传统戏剧一定意义上体现着戏剧的合理炫张本质，则无论声讨旧剧的声音多强烈，戏剧创作借鉴旧

---

① 傅斯年：《戏剧改良各面观》，《新青年》第5卷第4号。
② 参见《宋春舫论剧》（第一集），上海：中华书局，1923年，第273页。
③ ［英］威廉·阿契尔，《剧作法》，吴钧燮等译，北京：中国戏剧出版社，1964年，第42页。

剧的要求也会同样强烈。这是现代戏剧最初的经典化建设的脉息。在一片声讨"脸谱派"戏剧的声浪中,国剧运动的兴起分外引人注目。国剧运动是余上沅、赵太侔、闻一多、张嘉铸等具有传统审视文化趣味的一群现代文人有意识的艺术运作,其核心价值观乃是跳脱思想炫张、意义炫张的"写实"戏剧的窠臼,而主张在创作的写意性和表演的抽象、象征性方面建构现代风采的戏剧。余上沅在《表演的艺术》一文中定义"国剧"的要点乃是"由中国人,用中国材料去演给中国人看的中国戏",其中最精要的成分就是戏剧"写意性"的恢复,其实也是中国传统戏剧"抽象、象征、非写实"的炫张艺术的精粹,因为这种戏剧传统和精神最接近戏剧的本质。余上沅当时并未意识到写意性、抽象性的炫张与戏剧本质之间的关系,他只是从戏剧艺术现实关系的角度解释了抽象、象征、写意艺术的必要性:"戏剧虽和人生太接近,太密切,但是它价值的高低,仍然不得不以它的抽象成分之强弱为标准。"[1]戏剧既然是"最高的文学",它同样也应是特别的文学:一般的文学可以平实地反映人生,但戏剧由于兼具表演性的形态特征,它必须对人生进行合理的炫张性的表现。鲁迅曾批评的现代小说创作中的炫张现象——"在一刹时中,在一个人上,会聚集了一切难堪的不幸"[2],这在戏剧中却可能是必要的。由于须诉诸表演形态,戏剧必须炫张其中的情节要素和情绪因素,即便真是将所有的难堪与不幸集中在一起进行表现,也并非难以理解和难以想象。这就是戏剧的本质规定性所规定的,因为戏剧不应是人生的直接表现,而是通过特定的表演形式将人生的某些因素(情节情境、人物性格、命运遭际等)作炫惑性集中与夸张的艺术。"戏",就是要与人生拉开可能的、合理的距离。在新文化先驱者的观念中,戏剧就是文学,不仅在价值目标方面要"为人生",而且在创作方面也须与文学等量齐观地理顺与人生的关系:尽可能直接地反映人生。而真正立足于戏剧的戏剧家却常常有另一番自觉。参与倡导"国剧运动"的赵太侔就不满意于戏剧"偏重于文学"的非戏剧现象,认为"偏重了文学"的戏剧结果便是"成就了西洋话剧",这样的话剧虽然属于"最接近人生的艺术",但毕竟不像国剧那样艺术纯粹。[3] 他们倡导国剧运动,并非保守地排斥西洋话剧而专尊传统戏曲,而是要在话剧中适当地融入传统戏曲的创作、表演的炫张因

---

[1] 余上沅,《国剧运动·序》,上海:新月书店,1927年。
[2] 鲁迅,《导言》,《中国新文学大系·小说二集》,上海:上海良友图书有限公司,1935年。
[3] 赵太侔,《国剧》,《国剧运动》,上海:新月书店,1927年。

素，使得这种现代戏剧真正具有艺术品质。

国剧的倡导与其是为了振兴国剧，还不如说是为了发扬国剧在情节性和表演性等方面的炫张处理路径，使得戏剧真正有戏可看。确实，在新文化倡导者哪怕是从否定的视角看来，传统戏曲的特征就是故事情节的炫张从而导致社会现实性不强，欧阳予倩认为中国传统戏曲没有剧本文学，因为剧本文学代表着意义炫张的为人生的文学："或发挥一种理想，以解决人生之难问题，转移误缪之思潮。"但同时认为"元明以来之剧、曲、传奇等，颇有可采"[1]，那是因为其中有构思的技巧和情节炫张的精彩。于是，伴随着国剧运动的现代戏剧创作都习惯于借鉴国剧在情节、人物和表演手法的炫张传统与优势，将充满戏剧性的情节、人物性格和表演处理推向了偏离甚至远离人生的炫张境地，然而这就是戏剧，这就是戏剧本质的体现，这才有戏可看。作为国剧运动的同情者，诗人徐志摩对国剧的兴味可以说非常浓厚，他在散文写作中常常将一些传统戏剧中的唱词道白信手拈来，正因有着如此深湛的戏剧感兴，他与同样是传统戏剧迷的陆小曼一起创作了戏剧作品《卞昆冈》。这是一部现代话剧，但流露着传统戏曲情节设置的巧合、离奇与人物刻画的夸张意味，戏剧性和故事性都得到了炫张性的强化，加之充满着诗人的才情，应该说是一部通向成功的剧本。这样的成功无疑是恰到好处地运用了戏剧性的炫张，而这种对于戏剧炫张性本质理念的某种自觉恰恰来自于对国剧的领悟。

即便不是国剧运动的参与者，也感觉到戏剧文体毕竟与小说等其他文体不同，需要经得起演出，需要有情节和人物性格的炫张，在这样的意义上需要借鉴"五四"新文化倡导期被完全否定了的传统戏曲的某种传统。这种传统包括富有魅力的选题习惯的觅取。不可否认，"五四"新文化潮头过后的一段时间，取材于传统戏曲的现代戏剧大量增加。自习惯上被认为是现代戏剧开端之作的《终身大事》于1919年年初发表，至1922年5年左右的时间内，取材于传统戏曲且产生影响的剧作非常罕见，洪深在编辑《中国新文学大系·戏剧集》时，所收录的早期剧作包括《终身大事》《获虎之夜》《幽兰女士》《道义之交》《恳亲会》《好儿子》《赵阎王》等，都几乎与传统戏曲题材没有关系，而1923—1928年差不多同样长度的时间内，现代戏剧的创作，特别是有影响的作品，往往都与传统戏曲有关，郭沫若的《三个叛逆的女性》从取材到构思都体现出传统戏曲的魅力。20世纪20年代后期袁昌英创作的《孔雀东

---

[1] 欧阳予倩：《予之戏剧改良观》，《新青年》第5卷第4号。

南飞》、欧阳予倩创作的《潘金莲》,以及田汉的《名优之死》等较成熟或较有影响的剧作,都与传统戏曲有着密切的关系。这样的戏剧氛围直接催生了国剧运动。"五四"新文化运动曾经对传统戏曲进行过几乎毁灭性的批判,被指责为诲淫诲盗,但在戏剧运作中则仍然被确认为现代戏剧的有效资源,用欧阳予倩的话说,"颇有可采",这当然并不是为了恢复传统戏曲的形式和剧目,而是为了借鉴传统戏曲在情节设计,人物形象刻画和表演方式上的炫张传统,以利于现代戏剧戏剧性品质的提高。

如果说欧阳予倩等在"五四"新文学建设初期还主要着力于现实题材的戏剧创作,则在"五四"落潮以后,伴随着国剧运动,他们分明也意识到传统戏曲的炫张有助于现代戏剧的建设,于是加重力度向传统戏曲寻觅戏剧题材,并且将传统戏曲中的戏剧元素作现代气魄的炫张,以此强化作品的戏剧性内涵。欧阳予倩的《潘金莲》典型地体现着这样的戏剧追求。潘金莲的人物和情节取材于传统戏曲和旧小说,欧阳予倩将其中最有戏可看的部分作了现代性的处理,主要是人物性格及相应语言的炫张,从而大大强化了人物命运和动作的戏剧性:美艳、柔弱的潘金莲这时充满着叛逆的挚情,面对武松的尖刀她撕开了自己衣服:"雪白的胸膛,里头有一颗很红很热很真的心,你拿了去吧!……我今生今世不能和你在一处,来生来世我变头牛,剥了我的皮给你做靴子!变条蚕子,吐出丝来给你做衣裳。你杀我,我还是爱你!"这个曾经被认为是万恶的淫妇,现在成了勇敢无惧的爱情追求者,她"张开两条胳膊想起来抱武松,用很热情的眼神盯着他"。在这里,人物的性格和动作在现代情绪的激励下被炫张到了极致,作品的悲剧意味及其高潮也同时被推涌到极致,真正的戏就此出现并得到完成,戏剧本质通过合理炫张得以成功地体现。

没有任何理论的阐述和经验的宣告,告别了意义炫张的现代戏剧在追求戏剧本质和特性的意义上,走上了与传统戏曲有某种呼应的情节和人物性格炫张的路数。似乎只有到了这样的境界,现代戏剧家才找到了可能的和必要的戏剧高潮。田汉一改《南归》《咖啡店之一夜》《苏州夜话》等田汉体抒情剧规避戏剧高潮的创作习惯,营构了与传统戏曲有着千丝万缕的题材联系的《名优之死》。作为这位杰出的现代戏剧家前期创作中最为成熟的作品,田汉在《名优之死》中像欧阳予倩一样炫张了人物性格和动作,甚至炫张了人物的命运:模仿波德莱尔《恶之花》中《英勇的死》的诗性象征的炫张,将一代名优刘振声在人为的恶意的倒彩声中悲壮而凄凉地猝死在舞台之上。这里包含着兴许经不起事实推敲的情节营构,但正是这种炫张的情节体现了"戏"的成分。在此之前,田汉体戏剧不常有情节的集中、动作的聚焦,以及由此造成的戏剧结构的高潮,虽然贮满诗意但可能使人感到无戏可看。南国社演出《南归》时就是这样的情形:观众"弄得噤若寒蝉","走出剧场时便互相疑问着:'这是唱的什么戏呢?'"①《名优之死》则完全不同,它通过情节和人物动作的炫张成了真正有戏可看的作品,它走出了诗性而获得了典型的戏剧性。

南国戏剧运动在政治上以"我们的自己批判"收场,②在戏剧艺术上却以趋近戏剧情节的合理炫张走出了文学化传统,回归到戏剧艺术的本质规律,在现代戏剧经典化的运作中做出了自己的贡献。参照和借鉴传统戏剧,是此一时段现代戏剧经典化的基本规律,便是更广泛意义上的爱美剧运动,也同样须受到戏剧艺术本质规律的影响与制约,否则就难以真正展开。曾几何时,不甚讲究戏剧性、剧场性,而只片面强调戏剧的文学性和诗性的"爱美剧团在上海名义上有几十,实际在活动的不过两三个,能力好一点的也只能演两三回"而已,"风潮一过,热忱一冷,这戏剧运动也就烟消云散"了。③戏剧须以剧场魅力为价值旨归,以有戏可看的戏剧性为活动准则,这就是戏剧经典化规律的硬性要求。

汉语新剧从其诞生之初本着新文化的革命性焦虑,致力于思想和意义的炫张,使得戏剧性得不到应有的凸显,在其后来的发展中,尽管仍然缺乏相应的理论自觉,但戏剧批评家和剧作家们都在某种力量的推动下离开了思想意义的炫张而走向一定意义上的情节和人物的炫张,从而获得了作品的某种戏剧品性,使得这些剧作走出其他文学文体并进入剧场演出成为可能。这种力量来自于戏剧艺术内在的运行规律,是正常的戏剧活动,虽然可能一时偏离但终将必然围绕着的戏剧规律的支配作用。在这种体现戏剧本质的规律运行之中,现代戏剧必然走向成熟,走向戏剧性的经典。

三、走出经典:戏剧本质的反思与影响

以传统戏剧作参照,戏剧合理炫张的本质特性得到了初步悟解,体现于创作实践的便是取得了现代戏剧经典化的初步成果,并为曹禺等经典性剧作家的隆重登

---

① 陈白尘,《中国民众戏剧运动之前路》,《陈白尘论剧》,北京:中国戏剧出版社,1987年。
② 田汉:《我们的自己批判》,初刊于1930年的《南国月刊》第2卷第1期。
③ 顾仲彝:《中国新剧运动的命运》,《新月》月刊第4卷第1期。

场奠定了艺术基础,为现代戏剧的成熟创造了条件。然而,汉语新剧并未因此走上顺利的经典化之路,而是出现了令人遗憾的某种折返现象:戏剧家纷纷放弃了戏剧性的追求而转向现实服务。这样的折返现象当然与从左翼运动到抗战烈火的时代要求密切相关,但更内在的因素则是,曹禺等一批经典剧作家面对经典产生疑虑、反思导致戏剧本质体认的又一次挫折。

毫无疑问,包括《雷雨》在内的最为成功的现代戏剧作品,都在这种不为人们所自觉的戏剧本质规律的催生中产生,同时也典型地体现着戏剧本质规律。历尽70年的沧桑至今仍被视为最经典的汉语新剧——《雷雨》获得了巨大成功,①然而,它从来就不是剧作家竞相模仿的对象,甚至还成为曹禺自己反思创作教训的话题,因而它的成功十分有限且值得深思。《雷雨》代表着汉语新剧规律性运作的时代典范,同时也标示着中国现代剧作家对戏剧本质把握的非自觉性;这种非自觉性所带来的某种"理论自觉"恰恰偏离了戏剧的本质认知,导致汉语新剧创作依然在暌违戏剧艺术规律的情形下经受着长期的挫折。

《雷雨》的问世以及巨大的成功带有某种偶然成分。曹禺最初"写《雷雨》的时候",也"没有想到我的戏会有人排演,但是为着读者的方便,我用了很多的篇幅释述每个人物的性格"。② 因此,对于本雅明·贝尼特所说的剧本"与表演之间张力的存在",③他显然并未预期更未进行成功的设计。这部剧作能够在舞台上赢得巨大成功并且久演不衰,不仅非作者刻意为之,而且出于他的始料未及。这一方面说明曹禺并不是因应某种理论按图索骥的创作者,对于话剧这样一种无论从创作理念还是从演出形式都迥然不同于传统戏曲的文体样式,他能够根据阅读的经验和对于艺术的悟性摸索出一种成功的路径;另一方面也说明,他对于这种成功路径仍然不明就里,他从来就没有清晰地悟解出《雷雨》成功的关键乃在于它恰到好处地运用了情节特别是人物关系的合理炫张。

作品承继着田汉、欧阳予倩等早期戏剧家的文学经验,成功地避免了因意义炫张所必然遭遇的艺术歧路,其所展示的主题甚至没有越出 2000 多年前命运悲剧的

---

① 至少在《雷雨》发表半个多世纪以后,人们仍在谈论。《为什么〈雷雨〉长演不衰?》,见《中国青年报》1989 年 12 月 10 日。
② 曹禺,《〈雷雨〉序》,《雷雨》,北京:人民文学出版社,1994 年,第 185 页。
③ Benjamin Bennett, *Theater as Problem—Modern Drama and Its Place in Literature*, Cornell University Press, 1990, p. 73.

思维框架。它的情节和人物关系可谓十分离奇,一个家庭几乎在一天之内集中了人伦关系中几乎所有的荒诞与难堪,其中明显包含着若干炫张因素。过多的巧合可能难以招架人生真实性的拷问甚至现实可能性的质疑,然而这正是"戏",是经过合理地炫张处理的"戏剧性"。人们习惯于用"戏剧性"作为定语或状语指称那些过于巧合和偶然的事情,正好表明了"戏剧性"的要害在于不避虚构的集中与炫张。《雷雨》的成功就在于它以剧作家全部的创造性和想象力进行了故事情节的巧合性集中,人物关系的偶然性炫张,以此"剥去非本质的东西"而体现出"更多的纯粹戏剧性"①。这部剧作因而成为汉语新剧史上戏剧成分最浓,戏剧分量最具足的作品,剧作家一直以它为经典,研究者一直以它为标本,艺术家一直热衷于排演它,任何时代,它都占据着汉语剧场最醒目和最崇高的位置,人们在当时就因为"作者的心力大半用在情节上"而断言它是"一部具有伟大性质的长剧",②后来在中国现代文化发展的历史回瞻中,也发现《雷雨》的戏剧价值是"永远的"。③ 确实,汉语新剧史上还没有任何一部其他剧作享有如此崇高的和恒久的评价。

然而剧作家并不以《雷雨》为满足,他甚至一度厌恶这一作品,因为它"太像戏了":"写完《雷雨》,渐渐生出一种对于《雷雨》的厌倦。我讨厌它的结构,我觉出有些'太像戏'了。技巧上,我用的过分。"问题在于这并不是他的自谦,而是代表着他戏剧观念上的一种反省和领悟。促使其进行这种反省和领悟的是契诃夫,彼时他完全"沉醉于契诃夫深邃艰深的艺术里",在契诃夫的"伟大的戏里""没有一点张牙舞爪的穿插,走进走出,是活人,是有灵魂的活人,不见一段惊心动魄的场面。结构很平淡,剧情人物也没有什么起伏生展,却那样抓牢了我的魂魄,我几乎停住了气息,一直昏迷在那悲哀的氛围里"。④ 契诃夫是伟大的小说家,剧作家曹禺却十分迷恋他的戏剧,这显然是一种文学性的迷恋,这里的文学性恰恰是反戏剧性。他预言"契诃夫的戏剧,中国是演不出来的,就是演得出,也没有很多人看……"⑤因为中国的观众"他们要故事,要穿插,要紧张的场面"。⑥ 这些正是戏剧性的正常和自然

---

① 朱虹,《前言》,《荒诞派戏剧集》,上海:上海译文出版社,1989年,第31页。
② 李健吾,《〈雷雨〉》,《李健吾戏剧评论选》,北京:中国戏剧出版社,1982年,第6页。
③ 王蒙:《永远的〈雷雨〉》,《读书》1998年第5期。
④ 曹禺,《跋》,《日出》,北京:人民文学出版社,1994年,第196—197页。
⑤ 《曹禺谈〈北京人〉》,《曹禺论创作》,上海:上海文艺出版社,1986年。
⑥ 曹禺,《跋》,《日出》,北京:人民文学出版社,1994年,第197页。

的体现,也是《雷雨》艺术炫张发挥得比较充分比较成功的内容,但在反省中的曹禺看来,这一切都不值一提。这种张扬文学性而否定戏剧性的观念反省,对于他个人的戏剧追求来说,不啻为一场灾难。此后他在《日出》等剧作中都尽可能放弃《雷雨》式的"偶偶然"[1]的情节,也就是"太像戏"的成分,抑制情节和人物关系的炫张性表现,尽可能遵循文学性的思路营构戏剧作品。他的剧本写得越来越小说化,凡是可能疏离戏剧性的情节和场面他都特别用心。谁都注意到《日出》中第三幕"宝和下处"关于底层妓女的叙述对全剧主导剧情与人物关系的游离,但曹禺对这一幕却特别用心,"说老实话,《日出》里面的戏只有第三幕还略具形态。在那短短的三十五页里,我费的气力较多,时间较久……这里有说不尽的凄惨的故事,只恨没有一支 Balzac 的笔来记载下来"。[2] 这样的反省和表述不可谓不可贵,但他是文学性的观念自省,甚至是新闻性的呈现——他曾说小东西的戏最符合事实:"事实是有这样的(看看每天的报纸吧),并且很多。"[3]他意念中的作品范本是小说,是巴尔扎克式的文笔,甚至可能是新闻纸,而恰恰不是戏剧。此时,他的戏剧理念令人遗憾地回到了闻一多抨击的"文学化"的境地。

更关键的问题是,这不仅仅是曹禺一个人的反省与领悟。曹禺此番对于《雷雨》的反省与领悟,与《雷雨》几乎一样经典。戏剧家和文学史家从来都不惜重墨高估这种"太像戏"的反思的戏剧理论意义和文学史意义。伴随着曹禺进行这类以文学性取代戏剧性的观念反思,戏剧界及批评界几乎众口一词地表现出对于"太像戏"倾向的批判热忱和疏离欲望。他们认定《日出》比《雷雨》更进步,而且进步的关键就在于压抑了戏剧性应有的炫张:"如果说《日出》比《雷雨》能前进几步的话,那我可告诉大家,《日出》里偶然的地方比《雷雨》少得多了……偶然是社会上偶然会有的事,但偶然却很难有……戏剧中的故事专走向偶然的道路上去的在中国古代叫'传奇',不奇不传,越奇越传,于是,故事的戏剧性越多,离事实却更远了。"[4]殊不知正是一定程度上对于"偶偶然"因素的炫张,一定意义上的传奇成分,正是戏剧"像戏"或者有戏的体现,其实也就是戏剧性的体现。既是剧作家又是批评家的李健吾也确认:"故事不是一切,人生是。我们要的是真实,故事仅仅供给部分的真

---

[1] 语出黄芝冈:《从〈雷雨〉到〈日出〉》,《光明》第 2 卷第 5 期,1937 年 2 月。
[2] 曹禺,《跋》,《日出》,北京:人民文学出版社,1994 年,第 200 页。
[3] 《〈日出〉第三幕附记》,《日出》,北京:人民文学出版社,1994 年,第 187 页。
[4] 黄芝冈:《从〈雷雨〉到〈日出〉》,《光明》第 2 卷第 5 期,1937 年 2 月。

实,它不像人生那样流动,因而也就不能够像它那样有全部的真实。"①"真实论"无疑是避开"太像戏"的最有力也是最安全的选择,对戏剧创作越来越有兴趣的茅盾于是大力提倡"像真"艺术:"话剧应该是最现实的东西,舞台布景以及演员的动作台词,应该是现实生活的最忠实的反映。申言之,剧中人物所代表的各色人等,必须是街上陌头所有……"②当"像戏"的虚构和炫张部分被抛弃之后,"像真"成了戏剧的标准,于是,在那时,无论《屈原》如何出色,它的真实性就是成了问题,以致郭沫若此后的戏剧创作不得不过多地拘泥于真实,《孔雀胆》写成以后立即声言:"剧中所谈到的元明的事情多是事实。"③李健吾到20世纪40年代继续用"不像戏"的"真实论"评论《上海屋檐下》,并亟亟地思考着"怎样才可以把戏剧从夸张、虚妄与板滞之中救活过来"的问题,而且提出解决这个问题的路数乃在自然主义者左拉,在于"文学化",说是"我一步一步尾随小说,我把戏关在同一房间",甚至说要让戏剧中的人物"显出日常生活的庸俗"。④ 这种为了戏剧"不像戏"而不惜展示日常生活的庸俗的观念,使得这位戏剧家做出了这样的判断:夏衍的《一年间》是其中最有光辉的一个剧本",因为《一年间》是现实的,因而比《上海屋檐下》更有光辉。⑤ 这种非经典的错误判断充分体现出否定"太像戏"之后戏剧本质理念的迷误程度。

至于夏衍本人,其实对戏剧的合理炫张本质有着深刻的体认,曾提出"戏剧本来是人生的'剧'烈部分,因之采用波澜壮阔的事件和性格鲜明的人物,也许反可以说是戏剧的本分"的精彩观念。然而,这种不仅"太像戏"而且已经迫近戏剧本质的观念旋即为他自己所否定,因为它从戏剧出发而不是从文学出发更不是从真实出发,他将这样的戏剧本质观概括为"为戏剧而戏剧",并躬身自问:如果"'为戏剧而戏剧'地造成一个紧张刺激而又通俗有趣的剧本","这和具有对人民的同情、对真理的向往、为着真的是非爱憎而写作的历史悲剧,有什么一点共同的地方?"⑥事实上,经过一段时间的体悟,现代剧作家多已意识到合理炫张对于戏剧的意义,阿英

---

① 李健吾,《文明戏》,《李健吾戏剧评论选》,北京:中国戏剧出版社,1982年,第18页。
② 茅盾,《戏剧的民族形式问题》,《茅盾文艺杂论集》(下),上海:上海文艺出版社,1981年,第878页。
③ 郭沫若,《〈孔雀胆〉后记》,《郭沫若研究资料》(上),北京:中国社会科学出版社,1981年,第349页。
④ 李健吾,《〈上海屋檐下〉》,《李健吾戏剧评论选》,北京:中国戏剧出版社,1982年,第27页。
⑤ 李健吾,《〈上海屋檐下〉》,《李健吾戏剧评论选》,北京:中国戏剧出版社,1982年,第39页。
⑥ 夏衍,《历史剧所感》,《夏衍七十年文选》,上海:上海文艺出版社,1996年,第642—643页。

也曾不甘心将《李闯王》写成"像真""朴素的"的"传记剧",而希望写成具有"情节的穿插和表面的效果"的"传奇剧",①然而在众口检讨"太像戏"的理论气氛中,他还是选择了朴素的"像真"路数。

总之,在一派"像真"的理论气氛和时代潮流中,戏剧观念中"像戏"或有戏成分成了人人避犹不及的对象,所有的戏剧理论重新回复到"五四"时代批判旧戏的理论基础之上,人生和真实依然稳稳地占据了价值的核心位置。这在文学观念的建构方面可以解释为一种进步,一种必然,但文学性在许多情形下并不能等同于戏剧性,以文学观念作为戏剧观念的"代用品"无疑会对戏剧和戏剧性造成伤害。

历史的情形就是如此。从微观方面言之,曹禺在《雷雨》之后虽然陆续奉献出《日出》《原野》《北京人》等经典之作,但基本上呈现出逐步消解戏剧性的创作路向。其中《原野》似乎是个异数,此作多借鉴奥尼尔《琼斯王》构思法,通过人物的心理炫张造成足够的戏剧魅力,在话剧艺术史上堪称当之无愧的经典。其余作品至少与《雷雨》相比较,显得文学性有余而戏剧性不足,偶然、巧合成分以及虚构痕迹等体现戏剧性炫张的因素逐渐退隐,曹禺似乎成功地由"太像戏"的写作转向了"不像戏"的写作,此后的《蜕变》以及《明朗的天》等更是如此,以至于作者自己都觉得这样写下去完全没有了关于戏剧的希望:"从写完《蜕变》,我已经枯竭了。"②尽管作者可能对《日出》等剧作更为偏爱,但最受历史和剧坛欢迎的还是"永远的"《雷雨》。从宏观方面来说,20世纪20年代中后期的现代剧坛逐渐自发形成的尊重戏剧规律,回顾戏曲传统,强化戏剧性炫张的局面,经过曹禺关于"太像戏"的经典反思,似乎得到了明显的遏制,尽管30年代及其后仍有不少名剧崛现于剧坛,但大多呈现出以文学叙事代替戏剧表演的趋势。此后,即便历史和艺术都在不断认可和推崇《雷雨》的戏剧经典性,对于《雷雨》"太像戏"的反思和检讨却早已超越了曹禺个人的创作体验,而演化为汉语新剧创作和评论界的一种理论共识,成为现代戏剧观念的一种主导倾向,甚至成为汉语新剧的一种集体无意识,在这种集体无意识作用下,"太像戏"长期被视为戏剧创作的畏途,戏剧的文学化逐渐成了戏剧创作的主流,有剧无戏的现象越来越普遍,越来越正常。

---

① 阿英,《关于〈李闯王〉的写作技术》,《阿英文集》(下),北京:生活·读书·新知三联书店,1979年,第500页。
② 王蒙:《永远的〈雷雨〉》,《读书》1998年第5期。

一个非常有趣甚至令人震惊的现象是,由于20世纪20年代中后期以来逐渐成势的戏剧规律的惯性推动,除了热衷于宣传剧的部分左翼剧作家而外,不少戏剧家在30年代前后的创作一般较有炫张性的戏剧意识,写出来的剧本也常有明显的情节炫张性的戏剧意味,然而这样的戏味到40年代及其后就逐渐式微。这样的变化似乎正与"太像戏"的反思差不多同步。田汉的《回春之曲》发扬了《名优之死》的情节炫张手法,在罗曼蒂克的舞台气氛中演示了青年华侨高维汉由在炮火中失忆到在爱的呼唤中恢复的情节,由虚构而炫张所造成的戏剧性相当明显,然后到了《丽人行》,足以支撑这种戏剧性的炫张,包括巧合和偶然因素等,就被大为减削,尽管剧作内涵更厚实丰富了,但戏剧性因素却减弱了许多。夏衍的《上海屋檐下》在人物关系和人物命运上还有较强的戏剧炫张性,那么他后来的剧作包括《法西斯细菌》《芳草天涯》等,和于伶等人的剧作相似,明显都带有消减、磨蚀这种戏剧性炫张因素的印迹。郭沫若一开始的历史剧尚有相当浓厚的情节炫张成分,因而也有明显的戏剧性。名剧《屈原》其女主人公婵娟的虚构就是十分精彩的一笔,屈原遭贬之后作《雷电颂》的宣泄,也充满着人物心理炫张的意味,这些都成为该剧戏剧意味浓厚的基本要素。但总体而言这部剧作情节的炫张还相当粗糙,且常体现在细枝末节上,如南后郑秀陷害屈原的手段竟然是制造不轨动作,诸如此类,而全剧表现的主要戏剧冲突和人物命运却较为平朴,戏剧性并不浓烈。至于此后的历史剧作,则常常无戏剧性可言,给人一种有剧无戏之感。阿瑟·米勒就曾直接批评郭沫若后来的剧作《蔡文姬》演出效果不如人意:"我觉得这个话剧相当沉闷","我觉得这个故事在头一个小时之内说了四五倍。"[①]这实际上就是批评剧作故事的展开过于拘谨,缺乏炫张的气度。曹禺对此深有同感。阿英的南明史剧和阳翰笙的天国史剧等,尽管不乏佳作,但文学性的历史叙事都往往强过并足以掩盖戏剧性的炫张,难以再现《雷雨》式的舞台常青树似的作品。陈白尘、宋之的创作的一些略带荒诞意味的讽刺喜剧,明显带有情节和人物的炫张,但因这些作品具有强烈的时代性和即兴色彩,难以抵达经典戏剧的境界,而他们后来的创作,都令人遗憾地减弱了喜剧中本来最容易展示的情节炫张内容。

如果说具体作家的创作以及具体剧作作品呈现出以文学性冲淡戏剧性的现象

---

① [美]阿瑟·米勒,《在中国会晤曹禺》,《曹禺、王昭君及其他》,香港:良友图书公司,1980年,第67—68页。

并不值得大惊小怪,那么否定戏剧性而独尊文学性的观念形成某种思维定式,形成一种总体潮势,无疑会严重影响汉语新剧的经典性运作。的确,后来出现的影响较大的戏剧作品,如老舍的《茶馆》,其实都是文学价值高于戏剧价值,文学性压抑戏剧性的代表作,戏剧性的炫张仅仅在次要的表演形式(如串场的数来宝)上有所体现,至于情节设计和人物关系的设置,往往都拘泥于历史叙事及其真实性的要求,罕有符合戏剧本质的合理炫张成分。老舍对此也承认不讳:"有人认为此剧的故事性不强,并且建议:用康顺子的遭遇和康大力的参加革命为主去发展剧情,可能比我写的更像戏剧。我感谢这种建议可是不能采用,因为那么一来,我的葬送三个时代的目的就难达到了。"①老舍深深地理解戏剧,知道故事性强的虚构与合理炫张"更像戏剧",但他写这个戏就是不能"太像戏",他要戏剧承担"葬送三个时代"的文学任务甚至历史任务,戏剧自身的本质特性则宁愿置诸一旁。一出戏展演了三个历史时代,时间的拉伸构成的某种炫张成功地调动起了观众对人物命运的关切,但对整个作品戏剧性的强化并未起到实际的作用。

情节和人物关系的炫张,也就是偶然因素和虚构成分的利用,加上各种表演手段的炫张,当然不是戏剧的全部,然而是戏剧艺术本质特征的体现,是戏剧魅力的决定性因素。从戏剧创作的角度否定了"太像戏"的偶然、虚构等合理成分,并形成戏剧观念的共识,就会导致戏剧作品由"不太像戏"走向"不像戏",不足以体现戏剧性的戏剧就会在一般文学性的观念涂抹下走向非戏剧。在此过程中,现代戏剧评论起到了推波助澜的作用。毋庸讳言,现代戏剧兴起以后,戏剧评论无论出自戏剧家自身还是非戏剧家,都主要从一般的文学性角度展开戏剧批判和戏剧评论,"五四"时期陈独秀、傅斯年等人系统进行的旧剧批判是如此,参与反思《雷雨》否定"太像戏"倾向的黄芝冈、陈荒煤、周扬等人的评论也是这样。既然戏剧家都在为戏剧"太像戏"而作检讨,评论家当然更乐于从文学性而不是从戏剧性出发判断戏剧的价值,何况其中还裹挟着现代文学理论的惯性和时代写实的要求,这些都直接通向对于戏剧合理炫张的本质特性的消解。连李健吾这样杰出的戏剧家兼评论家都将人生的真实视作戏剧的"全部",并且在相对意义上否定故事的重要性,②那些为时代所驱使,同时对戏剧艺术相对隔膜的评论家怎么可能发表关注戏剧本质特性的

---

① 老舍,《答复有关〈茶馆〉的几个问题》,《老舍论剧》,北京:中国戏剧出版社,1981年,第202页。
② 李健吾,《文明戏》,《李健吾戏剧评论选》,北京:中国戏剧出版社,1982年,第18页。

理论观念?

　　戏剧创作及其作品的经典化当然不会恪守着理论的套路,更不会听从于评论的命令,但否定"太像戏"而要求戏剧一般性地服从于人生真实的思想观念,已经在戏剧界内外形成了强大的潮势,前摄的意义上应和着"五四"时代为人生的戏剧理念,后摄的意义上呼应了为现实社会政治服务的意识形态要求,因而具有无可置疑的权威性和时代性,其深入的影响和巨大的威慑力使得汉语新剧创作呈现出较为普遍的有剧无戏现象,戏剧作品的经典化运作往往难以自觉地、持久地进行,经得起阅读、经得起演出、经得起时间考验的戏剧经典便成为汉语新剧史上极为稀缺的艺术资源。戏剧需要有戏,而戏的成分应体现为情节与人物关系的合理炫张,这种合理炫张会在一定意义上鼓励对人生真实的疏离,吸纳并使用那些不宜用真实性衡量的因素,包括"哈姆雷特式的奇怪的行为"[1],包括梅特林克提出的"戏剧中要有'妖术'"[2]或者尼采提出的作为"一切戏剧艺术的前提"的"魔变"[3],包括巧合的偶然和明显的虚构,这些体现戏剧本质特性的因素方可能造成"戏剧戏剧化"的局面[4]。

---

[1] Petru Iamandi, Avoiding Topicallity in Drama Translation: A Translator's Compromise, Sabine Coelsch-Foisner, Holger Klein, eds. *Drama Translation and Theatre Practice*, Europaischer Verlag der Wissenschaften, Frankfurt am Main, 2004, p. 175.

[2] 外国文学研究资料编辑委员会编,《导论》,《外国现代剧作家论剧作》,北京:中国社会科学出版社,1982年,第9页。

[3] [德]尼采,《悲剧的诞生》,见周靖波主编:《西方剧论选》(下),北京:北京广播学院出版社,2003年,第391页。

[4] 外国文学研究资料编辑委员会编,《导论》,《外国现代剧作家论剧作》,北京:中国社会科学出版社,1982年,第9页。

外延论

第二十五章　汉语新诗发展格局中的香港新诗

香港新诗的发展成就卓荦,可以从许多方面展开历史的阐述和学术的论证。作为大中华文化圈的一个特定区域,香港具有连接海峡两岸,沟通东西方文化的特别优势和特定使命,因而在汉语新诗的历史发展中必然扮演极其重要的角色。也就是说,历史地学术地总结香港新诗的历史和现状,并不仅仅是为汉语新诗的这一地块勘立界碑,描画边沿,而需要在整个汉语新诗乃至汉语新文学的发展总势和全貌中确认香港的地位及其价值功能。

汉语新诗原称新诗,也叫白话诗,一般认为以胡适后来收入《尝试集》中的尝试体诗歌为开端,迄今已有近百年的历史。学术表述上常以"中国现当代诗歌"为学名。但考虑到"中国现当代诗歌"应该不能排除这一时期的旧体诗歌,觉得还是用回"新诗"概念更为妥当与明确;又因为"中国现当代诗歌"更不应排除同时期在中国范围内的其他民族语言的诗歌,故而须点明"汉语",运用"汉语新诗"的概念。

汉语新诗在近百年的发展中,圆满地解决了现代汉语与诗性表述之间的技术问题,准确地摸索出时代情绪和个人情感的诗性抒写途径,并且在与外国诗歌的不断交流中积累了丰富的审美经验。香港新诗以自己的优势条件和独创精神,在诗歌体制的建构、新诗现代品格的定型、新诗对当代市场社会适应能力的提高,以及表现出独特的南国风貌等方面,为整个汉语新诗的发展和成熟建立了殊勋,值得我们从历史的和学术的角度进行总结。

一、汉语新文学中新诗运作机制的完备

汉语新诗之所以能够从势力庞大、积累丰厚的传统诗歌中突围而出,在相对短暂的时期内得到长足的发展,是因为几代现代诗人在创作方面不断付出大胆的尝试和卓越的追求,也因为它在历史运作方面取得了一系列的成功。新诗运作的成

功,香港做出了巨大贡献,这是因为香港新诗界经过数十年的探索与实践,建立了迄今最为完备的新诗运作机制。

所谓新诗运作机制,是指帮助、激发、鼓励新诗创作及其影响扩大的一系列外在的条件设置和制度创新。从20世纪20年代到40年代,新诗运作机制还算相当传统,主要是新诗刊物的创办,新诗集的出版,新诗理论的探讨,新诗评论的推进,还有伴随这些内容的各种诗歌运动的掀起。进入到汉语新诗的香港时代,其运作机制面临着巨大飞跃,最突出的原因是,香港以其特别开放的科技、文化和社会环境,几乎取得了与西方社会同步现代化的时代机遇,在大中华文化圈中率先进入令人目眩的信息时代;信息时代媒体的高度发达推动了香港这个自由世界文学和诗歌社团的空前活跃,媒体的发达以及社团的活跃与不断升级,催生了各种诗歌导引和激励机制的形成,于是各种倡导机制、运行机制和奖励机制应运而生。这样的机制在促进新诗创作和评论方面又能起良好的作用。

早在20世纪20年代,当香港新诗处于刚刚起步的阶段,香港与新诗有关的媒体就开始走出了自己独特的路子,从而孕育着这个地区新诗媒体发展的无线前景。新文学和新文化的发祥地尚处在新旧文学争持不下、你死我活的意气状态,香港的文艺媒体却出现了"新旧混合"[①]的崭新局面,这预示着香港媒体环境的宽松与包容气度。稍后,以《诗页》《今日诗歌》为代表,香港的新诗刊物逐渐繁盛,仅在30年代就出现了十数种,且不包括更大量的综合性文艺刊物,如《红豆》与《南风》等,刊载新诗的篇幅占着较大比例。40、50年代,香港的新诗媒体依然繁荣发达,虽然像《诗朵》这样的纯粹性诗刊仍不多见,大部分刊物如《人人文学》《中国学生周报》《海澜》《文艺新潮》等都是包含诗歌的文艺性杂志,但新诗创作的发表和新诗运动的展开一直是它们最鲜亮的内容,其中《中国学生周报》的《诗之页》栏目坚持了20多年,直接培养了超过两代的汉语诗人。到70、80年代,新诗的专业性刊物此长彼歇,甚是活跃,其中不乏办刊历史超过20年,即便是异地出版也能顽强坚持的纯粹诗歌刊物,如《当代诗坛》等。与此同时,诸如《香港文学》在内的综合性文学刊物仍以诗歌创作和评论为主打内容。由于刊物登记、书籍出版机制的高度自由,香港成了华人世界诗歌媒体最密集最活跃的地区,这样的条件和机制也吸引了香港以外的新诗作品的成批涌入,如澳门新诗人就在相当长一段时间以香港发表为其主要

[①] 吴灞陵:《香港的文艺》,《墨花》1928年第5期。

途径,特定时期的内地诗人和台湾诗人也将在香港发表作为其第一选择甚至是唯一选择,这客观上凸显了香港在汉语新诗发展史上的举足轻重的地位。

香港新诗媒体的活跃与发达,同香港新诗社团的兴盛相辅相成,相得益彰。一般而言,媒体自由的地方同样存在着结社自由,社团活动的频繁很容易导致媒体的盛行。香港较早就是文社丛生、诗社林立的区域,诗歌社团的兴盛催生了诗歌刊物的发达。据研究,香港第一个新文学社团是"岛上社",与之相伴的《伴侣》培养了香港第一批新文艺作家和诗人。这个社团曾试图编辑一本名为《岛上草》的作品全集,又在《大同报》副刊出了"岛上"周刊。1929年还创刊了纯文学杂志《铁马》。文学社团的存在方式常常就是这样,通过出版各种刊物和丛刊显示自身的价值。1934年,纯粹的诗歌团体出现在香港,那是被称为"同社"的团体,后来又出现了"十月诗社",它们都以出版相应的诗歌刊物以显示自身的存在。从"七七"事变到太平洋战争后香港沦陷,许多内地作家和诗人纷纷南下,香港的文学和诗歌出版物空前繁荣,原发行于上海的《大公报》《立报》《申报》相继在港复刊,另有《星岛日报·星座》以及《时代文学》,还有新创刊的《国民日报》,这些报刊都成为香港抗战诗歌的重要园地。

20世纪50年代,香港出现了以大专学生为主的文社诗社,如阡陌、苑风、盟心、同学文集、撷星、鸿雁、学苗、凯旋、谷风、海外青年等,并进一步形成了文学结社的风气。他们的主要活动同样是出版自己的社刊。更大规模的文学社团运动出现在60年代,在人员构成上演化为以中学生为主,在数量上,保守估计也在200个左右,文社活动频繁,出版社刊更繁密。这种以文学和诗歌结社活动的风气此后一直盛行于香港,自发的文社诗社的发达,其结果便自然演化为文学和诗歌组织的社会化,这种社会化的文社、诗社健全了香港的诗歌体制。60年代中期,"香港文社联会"的出现,标志着香港文学和诗歌社会化体制的建立。此后,各种作家诗人联合会的体制逐步建立。在高度体制化的社会环境中建立作家、诗人的社会体制显得非常容易,可在自然组合状态之下,这种社会体制化的文学和诗歌组织殊为不易。

香港文学和诗歌的社会体制化带来了诗歌运作的一系列机制,如征集与奖励机制。1961年年初由阡陌文社开展的征文比赛,是香港文学界征文奖励活动的重要起点。稍后,《中国学生周报》《青年乐园》《星岛》《华侨》等杂志都曾举办过征文比赛。1972年,香港大学学生会为庆祝创校60周年,举办大型活动"文化节",设立了"青年文学奖",并坚持逐年举办,历40年,至今不辍。1979年,香港市政局创办了每两年一度的"中文文学创作奖",旨在"鼓励本地文学创作及提高市民对文学的兴趣"①。这是政府主办文学和诗歌奖的开始,也是香港文学与诗歌走向社会体制化的重要标志。

围绕着诗歌征集、诗歌评奖等活动,香港文坛还开启了各种诗歌讲座、诗歌培训机制,为本地诗歌的发展和创作的活跃注入了新的活力因素。这样的体制化意味着借重社会乃至政府的力量促进文学和诗歌发展的一种自觉性。至此,香港的文学与诗歌体制在一种自觉构建的状态下较别的区域更加完备,更加健康。

正是由于有了完备而且健康的文学与诗歌运行机制,香港便理所当然地充任了海峡两岸作家诗人的桥梁和纽带。20世纪80年代初,犁青定居香港,明确提出"为海峡两岸构搭诗桥"的意向②。有人因此将犁青称为沟通两岸的诗歌使者。同样能担得起如此美誉的还有傅天虹,他于80年代初移居香港,同样致力于两岸诗界的沟通。1990年创办的当代诗学会,更是成为海峡两岸乃至整个华人诗界的共有组织。在这方面犁青也很有建树,他于1987年12月成立了全球17个国家地区约200名作家、诗人参加的"文学世界作家诗人联谊会",此后又成立"国际诗人笔会",将联络的范围扩大到汉语诗歌以外的边沿。

并不是说这些跨地区甚至跨国的诗歌组织运作得毫无瑕疵,或者效用无穷,但香港却是整个华人世界最先最自觉也最有条件进行世界诗歌运作的地区,这不得不归功于香港特殊的国际地位,香港特有的自由开放的条件,更重要的是,香港日益发展成熟起来以至臻于完备的诗歌运作机制。这种诗歌运作机制不仅大大提高了香港的诗歌地位,更重要的是,为汉语新诗的融合、发展以及走向世界做出了关键性的贡献。

二、 现代主义汉语诗歌的复兴基地

香港社会和文化的开放性以及现代性,决定了它的诗歌能够迅速接受西方潮流,这就决定了香港诗歌在汉语新诗发展中的另一种特殊地位。在台湾和大陆都热衷于意识形态的表现,对西方现代诗潮保持警惕甚至敌意的时候,香港作为自由港和西方文化的东方集散地,则能够非常顺利地接受西方现代诗潮的影响,非常便

---

① 《香港文学展颜·序言》第8辑,香港:市政局公共图书馆,1992年,第1页。
② 犁青,《韧性亦任性的追求》,《山花初放》,福州:海峡文艺出版社,1996年,第126页。

当地发扬新文学和新诗发展中现代主义的传统因素,因此,尽管西方现代主义诗歌在20世纪20年代便已经登陆中国,但真正趋于定型,还是在50年代以后开放的香港。香港真正为汉语新诗厘定了基本诗型。

兴起于香港、台湾的现代主义汉语新诗,与20世纪30年代的现代派有着密切的联系。台湾的纪弦于1956年在台湾宣告倡导现代派的"现代诗",香港的马朗差不多同时出版了《文艺新潮》,发动香港的现代主义诗潮。而他们都是20世纪30年代及其后上海现代主义文学运动的参与者。他们在不同的空域倡导类似的现代主义诗歌,不约而同地唤起了20多年前曾风靡中国的现代主义诗风。这当然得益于西方思潮的直接刺激与启发。如果说台湾的现代诗歌运动还不断受到乡土派文艺以及来自于意识形态的干扰,那么,香港的现代诗运动则在兴起以后基本上占据着诗坛的主流位置,为汉语新诗的"现代化"做出了决定性的贡献。

香港的现代主义诗歌与台湾的现代派诗歌运动遥相呼应,互为支撑,共同在汉语这一相对于现代主义艺术而言属于较为陌生的语种中扩充了诗学的疆域。自20世纪50年代以后,香港诗坛风格多样,诗歌体制相当自由,而现代主义诗歌一直在这个区域占据前沿甚至主流的位置。马朗、贝娜苔、昆南、李维陵、卢因等一代现代派诗人为香港的现代主义诗歌奠定了基础,到60年代,刘以鬯更以现代主义诗学的倡导与诗歌创作开辟了新的天地。自50年代起,香港多家有影响的文学、诗歌刊物都加入了现代主义的介绍和倡导,《中国学生周报·诗之页》《文艺新潮》《诗朵》《新思潮》《香港时报·浅水湾》《好望角》等都曾刊载为现代主义诗歌张目的文章,以及大量现代主义诗歌的实践之作。不仅香港新锐诗人借助于这些平台发表自己的现代主义歌吟,台湾的现代主义诗歌实践者如痖弦、余光中、覃子豪、周梦蝶、白萩、洛夫、罗门、琼虹等也借助于香港的这些文学媒体进行现代主义诗歌的耕耘。台湾现代主义诗人的创作显然对香港现代主义诗潮有较大的鼓舞,以至于有人认为60年代香港诗坛曾刮起过"小小的'痖弦风'"[①],与此相联系,香港文坛毕竟长期吸引了如此众多的台湾现代主义诗人,应该是整个汉语诗坛最引人注目的现代主义创作基地。

香港现代主义诗歌之所以能够最有力地承担起赓续20世纪30年代现代派文

---

① 郑树森,《五六十年代的香港新诗》,见黄继持等著《追迹香港文学》,香港:牛津大学出版社,1998年,第47页。

学传统的历史重任,是因为香港的一些现代主义倡导者从现代派绘画等邻近艺术那里获得了深深的启发。本来,现代主义文学和诗歌与印象主义、象征主义绘画以及表现主义戏剧有着十分密切的联系,对现代派绘画艺术有着深切认知的艺术家往往非常容易理解现代主义美学原则和诗学原则。王无邪正是以这样的背景加入了香港现代主义诗歌的倡导,昆南的诗也是如此充满着色彩的炫动:"红色的,绿色的,黄色的/蓝色的,灰色的,白色的/奔来后又立即驰去/动的,静的,光的/暗的,凹的,凸的/奔来后又立即驰去……"(《布尔乔亚之歌》)那色彩的调动和感应完全出于现代画家的感兴。

从传统的诗歌艺术感兴中寻求时代的灵感,将现代主义诗歌艺术之花在与传统艺术的结合中绽放出来,这曾经是戴望舒、穆旦等杰出诗人在20世纪30、40年代的精彩开创。将这样的开创发扬光大,从而使现代主义汉语诗歌在香港体现出更加厚实更加成熟的形态,是香港现代主义诗人的一大贡献。诗人羁魂的《蓝色兽》诗辑中收录了带有古典倾向的现代诗。《沏》《劫》《觉》《后》等诗带有禅语的意味。其中的《沏》从广州生活中"饮茶"的场景联想到"博士是茶/生活是一盅两件"——"如此刘伶刘伶的陶令/莫赋闲情——/不准吐痰呃随地",在60年代即穿越古典的情绪体现出类似于后现代主义的诗性,用诗人自己的话说,达到了"很'超现实'的'现代'加很'诗词'的古典一同酝酿出来"[①]的境界。

香港现代主义诗歌从20世纪50年代开始就逐步走向正常路径。如果说台湾的现代主义诗歌运动还须面临着乡土文学的强劲制约,大陆的现代主义也曾在现实主义意识形态的数度包围中步履维艰,但香港文坛的相对自由决定了现代主义诗学道路的通畅和顺利。在大中华地区,只有香港的现代主义诗歌在一定时间段内能够走着与西方现代主义诗潮相协调的步伐,也只有在香港,几乎各个历史时期打头阵的都是现代主义诗歌。而且正是香港,凭借着都市化通俗化的诗歌发展惯性,较早走向了通往后现代主义的路径,比如犁青的图像诗尝试,其力度和影响都超过台湾类似的实验。这种后现代主义尝试可以追溯到60、70年代的刘以鬯的实验。现代主义是一种开放的文艺思潮,在开放的香港更有其发展的条件和空间。香港汉语新诗界非常出色地承担起了属于自己的责任和命运,他们以较为轻松的实验心态复兴了20、30年代在中国文坛已经初成气候的现代诗歌传统,并且与战后

---

① 羁魂,《自序》,《山仍匐匐》,香港:山边社,1990年,第2页。

西方世界急速发展的现代主义乃至后现代主义艺术相结合,在较为前沿的诗学世界发挥了汉语的魅力和作用,造就了汉语诗歌的另一种辉煌。

三、 都市诗歌与南国情愫

不同语言的诗歌抒发着不同民族的情愫,正像不同语言的小说记录着不同民族的经验。汉民族的时代情绪通过汉语诗歌得以承载,得以抒写,得以传诵,汉民族的现代情愫就需要汉语新诗完成这样的承载、抒写和传诵任务。当然,真正民族情绪的吟诵并非空洞的概念化的口号,须是具体的甚至是与个体体验相联系的情感内涵的抒发。香港新诗通过对香港这个特殊的区域诗兴情感的抒写,为汉语世界保存了卓然独异的都市诗歌和南国情愫。

香港历来是一个市场高度发达的现代都市,这里的文艺常常不可避免地带有某种市场化的痕迹。这样的区域文化特征决定了香港新诗自产生之日起便呈现出与其他区域完全不同的态势。当其他区域的汉语诗歌在小众层面进行实验和探索的时候,香港诗歌则较早走上了通俗化、市井化道路。20世纪20年代末,《伴侣》所具有的都市文学色彩,主要体现在通俗化的路径。这种通俗实际上是市井的通俗,而这市井体现的是浓郁的香港风味和南国风味。诗人们摹写着柏油路,徜徉于"Bar的门前"①,诗意地展示着热烈而开放的南国风情。

后来,随着市场对文学干预的深化,纯粹的诗艺发展受到一定的阻滞,但同样是市场化文化的催动和影响,电影音乐和粤语流行曲的流行又一次激发起汉语新诗的勃兴。特别是20世纪70年代,温拿乐队、许冠杰、黄霑等音乐人直接培育了香港粤语流行歌市场,这使得香港作为诗歌的都市更具有自身的特征。一般认为1974年香港"无线"电视剧主题曲《啼笑姻缘》的出现,标志着香港社会普遍接受粤语流行曲的开始。此曲面世并流行之后,粤语歌曲与诗歌取得了几乎同样尊贵的地位,"连大学校长宴会后小提琴演奏,也拉黎小田作曲的《人在旅途洒泪时》娱宾。'粤语流行曲'开始名副其实,真正流行起来"②,粤语真正在文艺的殿堂登堂入室,成为香港汉语诗歌走向世俗化和普及化的一个重要标志。

正是在通俗化的文化气氛中,香港诗坛出现了所谓"钟伟民现象",这一现象体

---

① 洛沙:《街头歌人》,香港《南华日报·劲草》1934年11月18日。
② 见黄霑博士论文:《粤语流行曲的发展与兴衰:香港流行音乐》。

现出通俗文化与诗歌之间博弈发展的某种趋势。

通俗化的文化运作使得诗歌放下了往日的矜持,开始以都市色彩浓烈的热忱拥抱世俗风景。于是王心果吟唱《股市》,说是"三千八百点非常可爱/四千大关更加美丽",然后联想到梦遗、亢奋、勃起等猥亵的意象,以市井恶俗颠覆了诗歌惯有的神圣,然而这正是走向后现代都市诗歌常有的态度。

汉语新诗在20世纪80年代以后或隐或显地呈现出通俗化、口语化的热潮,包括大陆一度相当走红的汪国真现象。这样的诗歌潮流清楚地表明,经过一个甲子的运作,汉语新诗已经达到了语言表述得心应手的境地。人们可以通过现代汉语,随心所欲而不必咬文嚼字地表达属于一个时代的诗性感悟。香港这方面的表现稍微滞后,但以蔡丽双的朗诵散文诗集《新季》和《海鸥》等为代表,同样呈现出汉语新诗在香港的这种都市气息。

香港的都市生活经验及其所激发的文学情调,为汉语新诗的美学世界增添了绚丽多姿的南国风情,使人们常常吟唱南国的芭蕉,还有殖民文化和市场文化交织在一起的特殊景致。早在抗战后期,对香港在现代都市发展中的快速变化,诗人们就表达了这样的感受:"没有一座山永久,/没有一块冷落了的土地永久,/没有一片房子永久,/标贴着'Toilet'的招子不过一小时,/永久的只有银行的地址!"这便是快速而畸形地发展着的香港都市的风景,它带着一定的诗意,带着一定的力度,也带着无奈的感叹和怅然。如果说这种快速变化的感叹很显然出自本土香港诗人的笔下,则外来诗人感叹的是南国风景中的孤寂与痛苦的体验。力匡的《重门》意识到"南方的冬天没有霜雪,/没有人在寒风里战栗哆嗦,/路边没有秃顶的梧桐,/也没有人在深夜叫卖糖葫芦和梨果",这是一派异地风景,于是,作为"这岛上的旅人","孤独寒冷得不到暖和"。这不是一般的去国怀乡之思,它包含着对于香港这个南国都市的情感理解,其中传达的都市文明气息具有强烈的区域色彩。

香港诗人对都市里的一切风景都乐意去歌吟,同时也进行诗性的反思。陈德锦的《观景电梯》对香港都市黄昏景象作了如此精细的诗的研磨:"如果世界在旋转中已走到黄昏/我们不过是落在它时间的磨坊中/慢慢被磨碎,被掉进黑夜的秕粒/而这一家,那一户,暖烘烘的灯火/终会变成四壁洞黑的暗室……"这是在观光电梯中审视的都市风景,这是在现代主义感兴中体味出来的香港意趣,有新意,有酸涩,有精彩,有痛楚。

蔡炎培被人们称为"写马经的诗人",而这正是香港新诗领域中的一道特别的风景。尽管他用马经的专业术语来评诗曾被人们诟病,但他的赌马诗确实是别具一格的都市诗歌风景。他关注赌马人一赌而博千金的美梦常常被"捉不住的马蹄"搅碎。

对于香港下层社会不幸的风景,诗人们也充满了披露的热忱。诗人阿蓝一直在沉重的生活负担下坚持写作,视野往往集中在下层社会的艰辛。他注意到"有些街角,却有很多人依然默默地生活,他们不了解什么是现代社会,日出日落在酷寒的冬天,日光照得很少。为了省点用细火数的灯泡,忍受阴阴沉沉的照明。混浊的空气,挤迫的住所,节衣缩食的生活下去……"在这样的强烈感受中他写出了诸如《卖报纸的老婆婆》之类的香港风景,这同样是香港都市诗歌的一抹新痕。

香港的山山水水都是中华大地上的风景,香港的诗人们用诗笔描摹香港的南国景象,其实就是在用汉语表达特异而亮丽的一段中华风景。南来北往的诗人在此驻足之时歌颂香港,久居香港的本土诗人以一种挥之不去的本土情结歌吟着香港的南国风情,抒写着香港发生的种种故事和都市化的社会行迹。这里有美丽,也有伤痛,有风情,也有苦情,有魅力,也有人生的行路难。香港的汉语新诗将所有这些都呈现在世人面前,实际上是面向世界完成了一个特定时段和特定区域的汉语情愫的诗性表达。

四、 走向世界的汉语新诗

汉语新文学和汉语新诗,作为概念,最主要的价值体现在一种世界性的观照。自从汉语文学在新文化语境中崛起以后,其世界性的观照便是它存在的依据、发展的动力和价值的支撑。只有在世界化的格局中,审视汉语新文学和汉语新诗才有了新的价值体系,才有了新的传统内涵。香港始终处在面向世界的开放状态,它能够而且应该承担起汉语文学和汉语诗歌走向世界文学的重大历史责任。

香港由于特定的政治、社会、文化背景,一向对世界文学的翻译介绍非常重视。从清末的《小说世界》到《新小说丛》,几乎所有的文艺期刊都有翻译西方文学作品或文学论文的传统。著名的《红豆》杂志更是将此地的翻译文学推到最高峰。翻译文学的传统打开了香港诗人的世界视野,他们的诗歌创作和批评因而较之其他华人区域更加体现出广阔的世界胸怀,这为汉语新诗的世界品质的获得和保持做出了贡献。

香港的诗歌经过几十年的发展,走出了一条由身边关怀向国际关怀的诗歌道路。即便是身边关怀的诗歌,也体现出世界新诗潮的影响。这是指在这个区域一直占主导地位的现代主义甚至后现代主义诗风的率先垂范。徐訏在香港所写的《时间的去处》《已逝的青春》等诗歌即几乎保持着与20世纪50年代世界现代诗潮同步的身边关怀:他观察到"浮肿的云""颤抖的风"以及"不眠的星星",慨叹"没有美,没有梦""没有那千古不变的爱情",当然也就没有了青春。只有都市的"红丝绿绡"在"伪装那已逝的青春"。这是一种充分内视的人生感兴,它与众多香港都市关怀的诗歌一起,构成了充满"现实主义"意味的香港新诗传统。与此同时,香港诗歌在世界关怀的意义上别开生面地建立了新的传统,那就是将世界纳入诗人的视觉和诗感,将诗的表现漫游在遥远而广漠的国际空域。

一开始,香港诗人的这种世界关怀的写作,是在以反战的情怀呼喊和平。20世纪90年代初,郑镜明的诗歌凸现了这一重要主题。他陆续发表了《白宫权力转移的那一刻》《美国首都贫富悬殊》《大选前的美国众生相》《与南斯拉夫士兵一起抽烟》等诗作,展现了诗人在人类主义情怀下对于世界和平的祈求和关注。尽管他的关怀仍然带着传统的人道主义气息:"几天后,也许你不知捍卫什么/追逐子弹,爱上了焦土和尸臭/偶尔蜷缩在潮湿的战壕里"(《与南斯拉夫士兵一起抽烟》),但这是一种博大的人道主义,它超越了己身关怀、身边关怀,将诗歌善良的触角伸向了无边的世界。

不可忽视的是,20世纪90年代中东战争和科索沃战争爆发之时,华人世界已经进入了前所未有的开放时代,日益强化的信息系统彻底拉近了中国与世界的距离。然而,至少对于中国大陆的诗人来说,20世纪50至60年代那种胸怀世界革命、支援亚非拉的政治性世界意识被挫之后,已经很少人想到世界战事可以成为诗的题材。除了时事评论家之外,包括诗人在内的几乎所有文人都对世界时事采取了审慎的回避或漠然对待的态度。台湾诗人似乎从来就没有燃起对于世界局势的政治热忱,这样的题材对他们而言也难以处理。只有香港诗人例外,他们将属于诗歌的人道主义情感,属于美学的和平意识,毫无保留地投射在万里之外的局势混乱地区,为那里的民众、士兵以及一切正义的对象由衷地歌哭。这样的世界意识的诗性表现,使得汉语新诗在当代世界的正义呼喊中免于缺席,使得汉语新诗在世界性的歌咏和抒写中发挥了自身的价值。如果说在政治领域各个民族都须争夺一定的话语权,则在诗学和文学领域,汉语也应该争得自己的话语权,尤其是在对人类社会发生重大影响的世界事件面前。香港诗人们正是在这样的背景下,以他们素来就较为鲜明强烈的世界意识较多地摄入世界时事题材,从世纪末的中东战争和科索沃局势中提取诗兴。

犁青是这方面的代表诗人。他曾借参加在以色列举行的第13届世界诗人大会之机,考察了以色列与叙利亚交界的山岭,写出了极富有语言冲击力甚至视觉冲击力的《石头——为以色列写真》等系列诗作。"在以色列的石头上",诗人看到鲜血和眼泪,被无辜杀害的有微笑着的天真无邪的少年,有揽抱着惊惶惶学生的老师,居然还有"看望着初生婴孩同时被砍杀的母女"……惨绝人寰的罪恶发生在文明的当今世界,鲜明而博大的爱心、善良而温厚的情愫,由此激发出愤怒的诗的火焰。诗人还通过直观的图像诗,将这种诗的火焰燃烧得惊天动地,汉语的诗歌表现力得到了进一步生发。

汉语新诗有愤怒的传统,有诅咒的力度。但曾几何时,在有的区域,讽刺诗被掩迹于通俗诗歌的另册,金刚怒目式的檄文诗更失去了存在的空间,新诗似乎只为温情而准备。面对地球上时常发生的触目惊心的罪恶和惨绝人寰的悲剧,汉语新诗应该从方方正正的字体中喷射出愤怒的火焰,应该从节奏感明显的音律中呐喊出正义的吼叫。香港新诗界无疑充任了汉语新诗在国际题材中宣示人类良心的杰出代表,为汉语新诗扮演时代的世界角色做出了不可替代的贡献。

正是这样一种世界性的情怀和胸襟,香港新诗界最为积极地加入了"汉语新文学"的讨论,以及"汉语新诗"概念的倡导。汉语新文学理所当然地包括中国现当代文学,而且将中国现当代文学当作其主体部分,但由于中国现当代文学习惯上并不将台港澳文学包含在内,这就造成了概念涵指的混乱;中国现当代文学更不可能将海外华文文学包含在内,而海外华文文学在精神传统上又与中国现当代文学有着割舍不断的联系,将海外华文文学以国族归属的理由摈除在中国现当代文学研究之外也是非常尴尬的。正因如此,"汉语新文学"的概念以语言(汉语)为依据进行文学概念的把握,就显示出某种理论优势。随着"汉语新文学"概念倡导的深入,"'汉语新诗'概念亦逐渐浮出学术的水面","在这水面上扑腾得最醒目也最热烈的无疑是诗人傅天虹教授"①。傅天虹虽然后来就职于香港以外的地区,但一直在香港的诗坛编辑刊物,出版图书,发表作品,是一位依然活跃的香港诗人。他发表

---

① 朱寿桐,《汉语新诗与汉语新文学的学术辩证——从诗人傅天虹的文学状态与学术追求谈起》,《"汉语新文学"倡言》,北京:中国社会科学出版社,2011年。

了一系列文章,对"汉语新诗"的倡导不遗余力,同样反映了香港诗界在概念把握上的开放意识和世界意识。以语言为依据确定文学的范畴,是世界文学秩序和国际学术秩序中非常明显的趋势,只有这样,世界文学才可能被整合成有序的文学板块,而不是僵硬的国族板块。英语文学所包含的内涵显然比英国文学鲜明具体,而其外延则大出许多,由此相类的还有德语文学、法语文学、俄语文学等。文学说到底是语言的艺术,世界文学的绚丽多姿是通过不同语言文学各具魅力的贡献编织而成的,"汉语新诗"的概念意义即在于将汉语新诗的魅力总体地呈现于世界文学之中。具有鲜明国际意识和世界意识的香港诗界积极推行"汉语新诗"概念,并取得令人瞩目的成就,乃具有一定的学术必然性。

第二十六章　汉语新文学视阈中的澳门文学

澳门文学无论从创作成就和学术影响方面来说,都不可能在中国文学的传统框架中占据重要地位或形成一定影响力,这是客观存在的事实。但在汉语新文学的视阈中,澳门文学会以其独特的生态魅力得以凸显。

一、从"澳门文学"概念说起

"澳门文学"概念必须与澳门学联系起来理解。澳门文学从来就是,也必然是澳门学的一个分垒,而且也不是可有可无的分垒。

在澳门从事文学写作、文学研究或文学批评的人,自然非常感激"澳门文学"概念被澳门内外所广泛接受。"澳门文学"概念甚至其包含的"形象"得到了世界华文文学研究界的普遍承认,确实扩大了澳门的文学影响,明确了澳门文学作为学术研究的基本对象和基本属性,一定意义上改变了汉语新文学(实际上是包括中国当代文学在内的当代世界华文文学)的既定框架,至少,原在中国地区约定俗成的"港台文学"或"台港文学"被正式界定并表述为"港澳台文学"或"台港澳文学"。与此同时,提出"澳门文学"概念的那篇发言也就成了澳门文学乃至文化历史发展环节的一个标志。

然而,"澳门文学"概念既可能意味着澳门文学"独立"乃至崭露头角的强烈信号,也可能意味着澳门文学界自我封闭、自我设限的理论借口:一切以澳门特色为寄托,以澳门接受为满足。如果是这样,澳门文学的显露未必就是一件好事。要保证"澳门文学"概念在正常模态中使用,需要我们从更加宏观也更加科学的澳门学的学术框架中审视澳门文学。

历史的勇气在于对有勇气的创见勇于承认。"澳门文学"及"澳门文学形象"概念及其所具有的文化史意义应该得到充分的评价。其实,毋庸讳言,在"澳门文学"

概念正式提出之前，"澳门文学"作为词语早就得到了甚至较为普遍的运用：既然澳门有文学现象，包括文学家的写作及与此相关的文学运作，在表述这些现象的时候，如果想到地域的框定，"澳门文学"作为词语几乎就会脱口而出。因此，与其说那篇著名发言的贡献是提出了"澳门文学"这一词语，不如说是确立并阐述了"澳门文学"的概念，以及与这个概念联系在一起的"澳门文学形象"这一关键性命题。显然，"澳门文学"作为一般词语和作为学术概念其间有很大的差别：概念的内涵一般总重于概念的外延，而一般词语则常常较多地注重外延的清晰度。"澳门文学"概念的提出者将"澳门文学形象"的考虑引入概念的论证，有效地充实了"澳门文学"概念的内涵。这样的内涵也应该是澳门学的当然内涵。

澳门学一般偏重于澳门历史、经济、社会以及相关典籍的研究，似乎与文学关系不大。其实不然。一种学问必然将其所覆盖的文化寓涵于其中，而文学是文化的集中表现，如果澳门学的当然内容必然包含澳门文化，那么作为澳门文化的集中体现的澳门文学也应是澳门学的当然内容。

作为"澳门文学"概念内涵之一的"澳门文学形象"，其实暗含着澳门文学的特色，同时也暗含着澳门文化的基本内涵，因而也应成为澳门学的当然内容。作为一种区域文学，澳门文学需要树立自己的形象，凸显自己的特色，以便在汉语新文学世界形成自己的影响。但值得深思的是，如果不立足于在汉语新文学世界中形成自己的影响，发挥自己的作用，而只是强调自身的区域性定位，在特色和形象中自给自足、我行我素地运行，则作为概念的"澳门文学"很可能成为作为实体的澳门文学的一种牵累。

理论的游戏同任何一种人生游戏一样，它之所以成立在于它拥有一种通常公平的潜在规则。在理论探讨方面，概念的产生及其影响的形成往往是相当成功的操作结果，不过同时会产生各种可能的纷争，甚至直接造成对于主体的牵累。这样的牵累在一定意义上说也是某种声名之累。在文学艺术及其学术领域常言说的"声名之累"，是指具有相当贡献和影响的创造主体，在被冠以一定的名衔和称誉之后，不是为这些声名所鼓舞和激励，反而是为之所束缚，所规约，从而削弱了、钝化了乃至消颓了创造的热忱甚至才能，终至归于庸常。"澳门文学"作为惯用词语其实只是框定了文学的地域范围，不妨也凸现出这一区域文学的某种相对稳定的特色，例如地方色彩之类。倘若作为一种凛然、严正的概念加以过于严肃的运用，甚至作为一种文化招摇的标签加以不无炫耀地对待，或者作为一种自甘边缘的借口以作不思进取地固守,最后可能导致严重的自我设限,导致澳门文学总体创作力的趋减。

这样的判断在理论层面展开,不免带着某种主观推衍的成分,但并非危言耸听,也不属于杞人忧天。"澳门文学"作为概念、标签在不当的理解中就有可能成为一种消极观念的借口,从而在上述逻辑关系中对澳门的文学构成理论的牵累和实际的负面影响。必须放在澳门学的整体思考和把握中,方能避免种种理论牵累。

在文学传播的传统意义上,澳门以高度自由的发表环境,强有力的政府或社团支持,以及文学写作者在自然人口中所占的相对高比例,营造了一派充满自然意味的文学生态,并造就了一方引人瞩目的文学热土。除了现代网络媒体构成的传播空间而外,没有其他任何一个地方的当代文学生态是这样的活跃而自由:手段高超的文学写作者与锋芒初试的文学自习者经常一起出现在各种媒体,堪称优秀的文学作品与相对粗糙的文学习作也有较多机会不期而遇。澳门显然不乏文学才士,但对于有志于从事文学写作的人士而言,澳门似乎有多种途径绕过本应具有的文学门槛。没有越过一定高度的门槛,文学的写作常常被理解得相当容易,也相当随便,这对文学的成就就不可能不产生负面影响。在缺少或事实上取消了发表门槛的文学环境之中,文学写作者如果能在较高的艺术定位甚至文化定位上采取一定水平的自我期许姿态和艺术自律的措施,文学创作也同样会出现既活跃又保持相对高水平的局面。但"澳门文学"的自我定位,或者"澳门文学"特定概念的心理暗示,非常有可能让许多初涉文学者轻易地放弃了这样的门槛意识:既然他们的文学写作不过是在澳门这个极其有限的文化世界中的一次非常率性的漫游,犹如茶余饭后到议事厅前地作一次惬意的散步,为什么自我设置那些门槛?再者,在澳门的文学世界里出类拔萃者固然不少,各种各样的随意之作也触目皆是,这就是澳门文学的基本生态和总体情状,任何艺术层次的文学作品都能够在这样的一派自然生态中融入进去,任何的精心构思、悉心打磨以及任何的苦心孤诣不仅得不到喝彩与赞赏,反而还显得那么背时与傻气。关心澳门和澳门文学的人每每为澳门写作中出现的精彩篇章而兴高采烈,但更有机会领略到的则是遥看草色近却无的感受,许多作品都浑然融入非常一般化的描写和议论之中,显不出什么特色与风致:叙事性的作品常常缺少精彩别致的情节,缺少呼之欲出的人物,抒情性的作品常常只是俗之又俗的情愫,加上人人能及的表达功夫,较多的则是议论性的随笔,理趣淡薄,力道钝滞,甚至语言也寡然乏味。没有必要也没有充足的理由指责这种非常一般化的文学写作,它们毕竟构成了澳门这片文学热土的基础,构成了澳门这片虽然不大但毕竟富有生机的文学沃壤上的基色。不过,有一点可以肯定:谁都不愿意以这样的基色和基质代表澳门的文学形象。

这就是说,当提到澳门文学形象的时候,我们的视阈很自然地越过了西江水,越过了伶仃洋,越过了南海白云,而进入广袤的国土和沸腾的世界。这才是"澳门文学"概念的真谛,是在澳门学的意义上阐发澳门文学的必由之选。从澳门学的角度来说,澳门文学的形象应该像澳门及其所拥有的世界文化遗产那样,以一种特别的风致、蕴涵和魅力出现在世人面前,虽然不是卓然傲立,但较理想的状态应是融入汉语新文学之林而并不逊色。这样的诱人情形在澳门文学的历史和现实中都有不俗的体现,不过仍需要澳门文学界付出更大的努力。

这努力的目标之一便是在观念上排除"澳门文学"概念的牵累,让文学写作者勇于走出澳门文学的继承框架,在向世人展示澳门文学形象的意义上营构并展示足以代表澳门的文学成就。在这里,文学写作者的视阈及其相应的心态极为关键。如果澳门文学概念仅仅是将人们的视线引进澳门,并局限于澳门,关起门来营造自身的特色,那么澳门文学形象的建立就会归于失败,由此造成的牵累可能是这样的尴尬与悖论:正是勉力打造和建构澳门文学形象的"澳门文学"概念,怂恿并鼓励了澳门文学"足不出户"的基色和基质。大部分写作者满足于在澳门写作和为澳门写作,写作心态呈现出的自呈其才,自赏其芳,以及在传统诗文世界中常见的相互酬唱。新文学兴起之初,陈独秀等先驱者竭力否定旧文学传统的便是这小范围相互酬唱的写作习惯和文学交往方式,当时蔑称这样的文学为"酬唱体"。正是强调澳门和"澳门文学"这种小范围、小世界以及小制作的心态,使得我们的当代文学创作重新捡回了"酬唱体"的文学心态,这不仅令人遗憾,而且颇觉悲凉。

"澳门文学"在澳门学总体上的学术定位有着不可否认的积极意义,澳门文学形象的提出更开启了让人们走出澳门放眼世界的思路与胸襟,但这一切都要在克服狭义的澳门文学视阈,进一步开阔我们的汉语新文学乃至世界文学视野的前提下才能得到有效的保障,否则,它可能就会成为澳门文学写作者自我设限的理论依赖,不思进取的理论借口,越来越普遍的"酬唱体"写作心态的遁逃渊薮。澳门文学形象的确立有赖于走出单独概念中的澳门文学,而呼唤着在澳门学的整体意义上把握它的文化属性。

二、引进汉语新文学视野

走出单独概念的"澳门文学",须在与澳门学相关的意义上进行把握,这样有助于拓宽澳门文学写作者的视阈,使之获得更为开阔的汉语文学视野,从而有可能使整个澳门的文学能自觉地奋攀汉语新文学的艺术制高点;同时,这样才更有利于高水平地建构澳门文学形象,建设澳门文学热土,为更加世界化的澳门学充实更新的内容。

"澳门文学"概念对于澳门文学实际最有可能的理论牵累,便是在文学的地域性特色和地域性水平上自我设限,误认为某种写作水平和写作方法、写作习惯在澳门过得去,就具有了文学的资格并等待外人的承认与研究。其实我们所有的文学写作,都是汉语新文学的总体框架中的一个环节,它一旦成为作品,付诸一定的媒体运作,就应该成为整个汉语新文学成就的一个方向,成为汉语新文学新的框架结构中的一个必然成分,因而也就应该对提升汉语新文学的水平,发挥汉语新文学在世界文学之林的影响负起必要的责任。这其中自然包含着将澳门文学形象推向汉语新文学界的应有之义,但处在汉语白话写作的现代文化之中,汉语新文学的视野对于包括澳门在内的任何华人地区的文学写作者而言都无法回避,更无法否认。人们可以忘却甚至否定传统文言写作的条规与章法,但无法逃脱用白话进行新文学写作或欣赏的宿命与习惯;人们可以超越诸如中国当代文学等政治、国别文学概念的纷扰,但无法脱离汉语文学这样的语言规约。在汉语文化圈和华人文学世界中,汉语新文学的写作与欣赏是一个无法绕开必须面对的命题,无论是在责任与使命的意义上,还是在发表与消费的层面上。澳门文学须在汉语新文学的广阔视阈中奠定澳门学的学理基础。

在面对汉语新文学这样一个宏大而具体命题的时候,澳门的文学写作才可能真正走出澳门相对狭隘的天地,在更远大的抱负和更高的立意上有所取法。汉语新文学的取法将有效地遏制文学认同和文学运作中的政治化、国族化等敏感意向,保证文学沿着内在发展规律的脉络向前推进,同时又有利于在民族文学和文化共同体的格局中提高文学的水平,提升文学的档次。如果澳门文学的取法目标仅仅局限于澳门本土及其自身的形象,就必然在较低的门槛和较平实的水平层次进行取用与审度,这样,较多的澳门写作者便自然放弃了文学经典化乃至文学精品化的讲求与追寻,最终会影响澳门文学形象的整体提升。

澳门文学诚然是以澳门这个特殊的区域空间极其丰富的文化内涵为其内质，这个概念的提出将有利于在学术意义上凸现这样的内质。但是，区域文化的特殊性只是一个区域文学写作资源的体现，远不能成为这个区域中的文学写作者在写作水平和文学贡献上自我设限的借口。文学创作具有普遍的法则，其中，体现在文学描写经验层次的地方色彩和文化厚重度往往能够决定文学的特色乃至某种特质，但绝不应该成为文学水平设定的基本依据。文学经验判断和欣赏的依据显然需要参照浓厚的地域性和文化含量，而在学术意义上以及文学史研究层面所做的文学水平的衡量与评定，则不可能囿于这样一种地域标准，因此，"澳门文学"不能成为衡量作品水平与档次的概念，水平与档次的审视应该越出地域范畴，在具有普遍意义的汉语新文学视野中进行。在注重培养文学人才的文化含量较低的地区对待文学创作可能采用因地制宜的标准，但作为文化和文学热土的澳门不应自属于这样的区域。

在汉语新文学的总体格局与框架中审视澳门文学，也并不意味着对澳门文学界提出了不切实际的臆想。澳门文学曾有的辉煌以及现有的成就都足以说明，澳门的文学写作者应该也能够以汉语新文学的整体建设为自己的责任，并且积极创造条件负起这样的责任。20世纪80年代到90年代之交澳门文学热土上兴起的现代诗歌热，其文学成就就足以烛照相对幽暗的汉语新文学的诗歌世界，彼时内地的朦胧诗潮正在遭遇"pass"声涛的涌起，台湾、香港的现代诗在"后摄"的包围中举步维艰，惟在澳门这片热土上，多元地生长着各色各样的诗歌之株，在远避了嘈杂的喧闹也避开了挑战的尴尬之外我行我素，互不相扰，那时候一批现代诗人的歌吟卓有成效地免除了汉语新诗世界的暂时寂寞。现今诗歌繁盛的景象呈现出明显的消颓，这也同样并不意味着澳门文学界就须在汉语新文学世界不断延伸的发展长途上望而却步。其实，澳门有一批作家在默默地坚守着自己崇高的文学志向，他们以不俗的成就努力跻身于汉语新文学的上乘之列，这方面的成就正在愈益明显地为澳门以外的汉语新文学界所关注和接受。

三、汉语新小说最初的澳门面影

澳门在汉语文学区域具有非常特殊的政治和文化地位。无论法理定位如何，历史事实便是这样：近500年来基本上为葡萄牙殖民者所管治。如此特殊的政治身份，加之空间相对狭小，长期以来分别从空域意义、知识层面和心理方面为中国文学家所疏离。近代以来,澳门更是以赌城闻名,这越发增加了它的神秘性。因此,在汉语新文学创作中,澳门即便是有一席之地,也是一个典型的"他者"形象,而且其中包含较多的想象。现谨以郁达夫的《过去》为例,分析汉语新文学家对于澳门作为"他者"的想象。

郁达夫以澳门为场景的小说名为《过去》,发表于1927年的《创造月刊》上。这是在中国现代小说史上具有重要地位的作品。

从汉语新文学史的宏观意义上说,当文坛处于"方向转换"的关键时刻,郁达夫所在的创造社已经在方向转换的过程中起着引领革命文学时潮的作用,自我书写基本上被摈弃,郁达夫的亲密朋友和同道郭沫若固然已经投身于革命,对于"朋友们恰居在囚牢里"深为不满。郁达夫对这样的革命形势较为疏离,尽管思想上不可能全无触动,因而他这时期的创作就特别引人注目。

那时候,伴随着北伐革命的号角,知识分子和文人中普遍唱响的是"到兵间去,到民间去,到革命的漩涡中去"的呼声,文学写作也是如此,出现了大量批判"个我",批判私情,而宣扬革命和时代的时作,包括郭沫若的《一只手》、巴金的《灭亡》等,也包括后来批判为"光赤色的陷阱"的作品。这样的作品由于缺乏丰富的生活,常常以假象代替生活,徒有高亢的热忱,实则空洞、乏味或虚假。这是"五四"新文学兴起以后第一个文学的空洞期。在这种情况下,特别是在创造社内部,类似于《过去》这样的私人情感的表述就显得弥足珍贵。这是一篇在当时的情形下十分勇毅的个人情绪写真的作品,既疏离了喧闹的时代,也远离了空洞和虚假,将"五四"时代对个人情感的尊重,与成熟的社会观察联系在一起,是在空洞时代结出的一朵灿烂的现实花朵。

从郁达夫个人创作的微观方面言之,这是他情绪更新、私情荡涤的转型之作。在此之前的创作,郁达夫总将自己置身于灵肉冲突的矛盾漩涡之中,然后肉的欲望占据上风,并引起灵界的巨大痛苦,最典型的作品便是《沉沦》《茫茫夜》。从《过去》开始,作者通过人物的表现,使灵的提升战胜了肉的欲望,并且得到情绪的解脱。因此,无论就汉语新文学史还是郁达夫个人的精神史而言,《过去》都是值得重视的小说。

这样一篇小说将情节的场景放在澳门,使得澳门第一次作为正面场景出现在中国现代叙事性的虚构作品之中,这是非常值得纪念的文坛佳话。某种意义上而言,这也是澳门给汉语新文学历史所做的一个值得珍视的贡献。

《过去》这篇小说描写了一位身患呼吸疾病的现代知识分子,寄居在南方几个城市,因为 C 省(当然是广东省)革命政变的动乱,以及 H 港(无疑是香港)生活费太昂贵,"便又坐了汽船,一直的到了这 M 港市",这 M 港便是澳门。

小说中的男人主人公"我"名叫李白时,在流离到 M 港时竟遇到"老三",老三是"我"在上海民德里租居时认识的四姊妹中的一位,故事中的四姐妹都美貌异常、活泼可爱。最初"我"爱上了四姐妹中的老二。但是,老二虽然喜欢和"我"嬉闹,最后却与一位来自北京的大学生订了婚,遭遇打击的"我"得到了老三的同情,为了安慰"我",两个人曾一同游玩苏州,虽然老三主动引诱"我",但由于"我"的心总在老二身上,并没有动心。现在阴差阳错的是,我和三姐"同为天涯沦落人",竟然在澳门街头重逢。小说描写了这样一个传奇的偶遇故事,读者或许希望看到一个中国传统通俗话本的大团圆结局,但这篇小说虽然让"我"与老三重逢,互诉衷肠,最终却仍然让两人分手,各奔东西。通过这个偶遇故事,小说显然是要展现乱世里个体飘忽不定的情感命运和身不由己的人生境遇。

小说这样描写澳门:

> 说起这 M 港,大约是大家所知道的,是中国人应许外国人来互市的最初的地方的一个,所以这港市的建筑,还带着些当时的时代性,很有一点中古的遗意。前面左右是碧油油的海湾,港市中,也有一座小山,三面滨海的通衢里,建筑着许多颜色沉郁的洋房。商务已经不如从前的盛了,然而富室和赌场很多,所以处处有庭园,处处有别墅。沿港的街上,有两列很大的榕树排列在那里,在榕树下的长椅上休息着的,无论中国人外国人,都带有些舒服的态度。正因为商务不盛的原因,这些南欧的流人,寄寓在此地的,也没有那一种殖民地的上人紧张横暴的样子。

上述文字表明,郁达夫确曾到过澳门,他对于澳门的空间描写十分具体、准确,更重要的是,对澳门风土人情特别是殖民者神情风格的把握十分贴切,与仅仅是想象中的殖民地澳门完全不是一回事。M 港被描绘成一个远离政治动荡和社会纷争的安静闲暇、有异国情调的城市。这里风景绝佳,有碧油油的海湾、中古时代的建筑、新式洋房和别墅。叙述者认为中国人、外国人在这里都过得很舒适,殖民统治者也没有一副高高在上、盛气凌人的神态,以至这样一个安静悠闲的城市,让"我"

产生了"以后不再迁徙了,以后就在此地住下去吧"的念头。

这里,我们看到了一个真实的澳门,一个在 80 多年前真实的澳门,一个在特别真实的作家真实描写中的澳门。

既然如此,为什么"我"没有选择就此留下呢? 这是因为,郁达夫终究离不开对澳门的想象:这不是一个真正的安闲之地,它不过是"寄寓之地"。

郁达夫以优美的文字和印象描写澳门,表述澳门,但并没有真正将澳门看作自己的归宿,因为,这个城市毕竟是"他者",只适合于"流寓"或者"寄寓",哪怕是美丽的"流寓",舒畅的"寄寓"。作家是否真是这样想的,或许需要研究,但他真是这样写的。这就意味着,这个小城对于他来说,只是适合于想象的对象。

在作家的想象中,澳门对于这里的几乎每一个人来说,它的意义仅仅就是"寄寓"。"我"来到此地原不过是为了疗养身体。M 港对于老三同样是一个"寄寓之地"。老三是被大姐、二姐当作"礼物",赠送给一个姓陆的华侨流落到了澳门,而姓陆的华侨很快就死去,她在这里立刻成了无家之人,每天仅靠打牌度日,消磨时光。同样,小说将南欧的人称为"流人",同样称他们是"寄寓在此地"。

总之,没有人将 M 港看作是安身立命的"我城"。这里的人神态安定,"带有些舒服的态度"就容易理解了,因为每个人在这里得过且过,醉生梦死,寻求短暂的安稳舒服而已。无论是南欧人,还是中国人,没人认真对待这个城市,将其当作自己的家园,M 港不过是人生旅程上的一个适合观光、旅游和养身的闲暇之地。既然人人都是这个城市的"过客",这里所发生的一切因而也都是短暂的,稍纵即逝的。"我"和老三在此相遇,"我"虽然因为这里的风景优美,产生了在此"住下去"的念头,但这也只是一闪而过的"念头",并不是内心的真正想法,我和老三也没有真正走到一起,成家立业。相反,经过几次约会后,反而让彼此都认清了现实,两人再次分手,我也在当天就坐船离开了 M 港。

颇有意味的是,这篇小说多次提到酒店和旅馆。酒店和旅馆是与家相对的城市空间,通常是为那些短暂居住的游客所用。通过我和老三在 M 港街头偶遇,并在旅馆幽会可以看出,这个城市的许多故事都是在街道、酒店和旅馆里完成,而不是在家中发生,正说明这个城市其实是一个不属于任何人的"寄寓之所"——一个大旅馆而已。

于是,"寄寓"之所,成为汉语新小说对于澳门的最初的想象。

第二十七章　汉语新文学与民族语文学

"汉语新文学"概念,将"中国现当代文学""台港澳文学"和"海外华文文学"一体化,并对这些文学现象建立了以语言作为文化思维和文学思维的关键性影响因素的学术认知系统。由于以语言为文学历史和文学板块的划分依据,汉语新文学概念有效地避开了许多政治区域、社会族群及其相应的传统等等敏感问题。而且,以简洁、明确的特性整合起来的汉语新文学概念可能最少歧义,它有助于汉语文学在当代情势下以整体的形态面对世界其他语种的文学,并与之展开平等对话。

不过这一概念的局限性也很多,其中最重要的是对于民族语文学缺少了包容性和涵盖力。不过,汉语新文学和汉语文学所因循的由语言定义文学的学术路数,同样对于多民族文学的研究提供一种思路,即可以围绕着与汉语文学相对应的民族语言文学展开话题。

一、 民族文学的论述层次

汉语新文学的学术构建,坦率地承认了这样一个基本事实:中国现当代文学的研究基本上没有能力涵盖民族语文学。民族语文学只有在少数民族研究者那里才获得某种学术观照的机会;其学科归属则属于所谓少数民族文学。其实中国现当代文学,或者所谓华文文学,都应该包含民族语文学,但无论在观念认知上还是在研究能力上,上述相关学科所进行的往往是汉语文学研究,而无力覆盖其他民族文学特别是其他民族语言文学。在这样的意义上,"汉语新文学"概念事实上并没有缩小现在已经定型的中国现当代文学或华文文学应有的学术范围。在这样的事实层面上,"汉语新文学"的概念对于提升民族语文学的文化地位更有帮助,它让民族语文学与汉语文学有了相互区别并且相得益彰的学术地位,而不像以前的学科和学术习惯上所理解的那样,将民族语文学大而化之但其实是妾身未明地包含在中国文学或华文文学之中,其实并未拥有实际的和相当的学术地位。

讨论汉语新文学以外的民族文学,会发现它实际上涉及多角度多层次的学术和文化认知。从民族语文学的角度可以将现已相对定型但内涵非常纷乱的民族文学厘定得更加清晰。

首先,非常容易进入这个学术话题的门径,很可能是民族历史、文化和生活的题材。也就是说,民族文学或者所谓少数民族文学比较容易在文学题材意义上展开研究和分析。然而这样简单的进入方式隐含着许多危机。固然,少数民族作家无论使用本民族语言还是用其他民族语言(通常是汉语)进行创作,都可能主要表现少数民族的题材,这样的写作计入民族文学自然毫无问题。但是,大量的民族历史、文化和生活题材的书写可能出于汉语文学家,而且汉语文学家的这种民族题材书写往往更有成就,更有影响,但是否可以纳入民族文学的学术和学科框架内,就成了一个需要探讨和甄别的问题。

关于民族历史题材的书写,例如关于成吉思汗和蒙古帝国的书写,关于清朝王族崛起的书写,文学成果相当丰富,其中汉语文学家的贡献特别辉煌,这样的文学作品的基本归属应该是汉语文学而不是民族文学。金庸的《天龙八部》广泛涉及满、蒙、西夏和南诏民族历史,并且叙述得非常精彩,人物刻画相当生动,但如果将这样的作品算作民族文学,显然有违于我们的文化印象和阅读印象。

而关于民族文化题材的写作,近些年的《狼图腾》以及前些年蒙古文化的书写,相当活跃的多是汉语文学家用汉语写作的,当然,像阿来的《尘埃落定》,是特定的少数民族作家对特定的少数民族文化的成功书写,然而所借助的文学语言仍然是汉语。少数民族文学家通过汉语表现少数民族文学文化的书写当然可以回溯到老舍的《正红旗下》等经典作品,还有沈从文大量而优秀的湘西作品。这些作品从作家的民族属性的角度可以纳入民族文学的研究范畴,然而它们又的确是汉语文学的精品,是汉语文学史中无法绕开的文学作品。当然可以将这样的作品纳入民族文学研究的范畴,不过这需要确认它们的双重身份,在汉语文学世界它们同样葆有稳固的地位。

也就是说,对于这类创作者是少数民族人士,而作品又是汉语文学之属,它们固然表现了民族文化的精神、面貌乃至特质,较为稳妥且令人容易接受的处理方法便是其分别在汉语文学世界和民族文学世界的双重身份。这时,这些作品作为民族文学的身份,与其说通过作品表现的民族文化去认定的,毋宁说是通过作者的民族身份去认定的。也许,通过作家的民族身份确认文学的民族文学属性,是一种较为方便和妥当的处理方法,但可能会面临许多复杂的情形而难以贯彻。譬如说面对源远流长的中国古代文化和古代文学,对于特定的创作者的民族身份的认定就是一个异常复杂的问题。有学者认为李白并非汉人,甚至元稹也并非汉族。即便对这些特定的作家进行有效的身份考证,谁能担保其他还有多少著名文学家其民族身份有待确证。文化的 DNA 有时候并不像生物学上的 DNA 那么管用,更何况我们可能无法获取古代文学家文化上的 DNA,于是最终无法认定他们的民族属性。如果习惯于从作家的民族种属划分民族文学,那么,考定和确认古代文学家的身份将成为古代民族文学研究的首要环节,而即便是当代民族文学的研究,也会越来越多地受此问题的困扰。

这种情形与所谓海外华文文学的作家认定相类似,它们都会为一般意义上的文学研究平添许多琐碎而并无多大意义的先期课题。海外华文文学当然不属于中国文学,原因是那些文学的作者已经旅居国外,甚至是外国公民。于是,明明是用我们习惯的汉语进行写作,明明表达的是中国人的情感和中华文化情怀,明明是与我们的当代文学一样地继承了中国现代文学的新传统,如鲁迅传统,郁达夫传统,曹禺和田汉的传统,废名、沈从文的传统,徐志摩、戴望舒和穆旦的传统,如此等等,但我们必须因为这些作家的国族身份而将它们摒置"海外",甚至有人认为,应该将这些文学算作外国文学中的少数族裔文学。姑且不论这样的学术处理如何有违于我们的文化伦理,即便让这些海外华文文学真的按照其作者的国族归属而划归各个熟悉的或陌生的国度,即便是那些熟悉的或陌生的国度忽然做好了莫名其妙的准备敞开胸怀接纳那个土地上的华文文学写作,将其引为自己国度的文学,可是我们还需要对这种属于"海外"哪一个"国度"的华文文学作繁难的甄别和论定。随着"地球村"效应的普遍化和日常化,一个作家居住地和写作的关系,文学写作与发表的关系,作品发表与接受的关系等等,都可能变得十分复杂,传统社会秩序中的那种作家居住地往往也就是他的写作地,发表地,很可能也是作品发生影响的所在,它们是那么高度地一致,因而也非常容易辨认和识记。例如著名汉语文学家白先勇,出生于大陆,曾在香港受教育,在台湾完成大学学业并开始文学事业,而大量的作品写作于赴美求学和工作期间,这些作品相当多的部分是在台湾发表并产生影响,后来又有作品在大陆发表并在大陆产生更为广泛地影响,作为一个美国公民,他晚年又常住台湾,经常在大陆参与文学和文化活动。他的文学活动和文学写作如果根据他的身份证和护照所属国,则完全应该被认定为美国华文文学,但这样的认定如何能为作家本人所接受？又如何能吻合于台湾和大陆读者的印象与记忆？

更复杂的情形还在于,在开放的社会里,不少人长期居住地未必是他的国籍所在地,其所拥有的身份证和护照未必就与其现实的国籍相一致,加上他可能对祖国和祖籍十分依恋,可能会像严歌苓、虹影那样,以外国公民的身份却选择中国作长期居住地,做自己作品的主要发表地。这时候,考察作家的身份并以此作为其文学所属的依据,不仅十分繁难而且也相当无聊。

民族文学研究没有必要重拾这样的繁难和无聊,没有必要在作家的民族身份的考订和确认方面付出太多的心力,并将其当作民族文学研究的必要前提。民族文学研究应该尽快地返回到民族语文学研究,民族语文学与汉语文学具有同等重要的学术地位。文学是语言的艺术,文学语言的民族属性完全可以而且应该成为文学种属的判别依据。

二、"民族语文学"概念的优势

正像以文学家身份属性来认定的国族文学不如以语言为划分依据的语言文学来得简洁、明确,因而可以确认"汉语文学"相对于"国族文学"概念的优势,在民族文学的概念把握上也是如此。民族文学如果以文学家的民族身份为依据进行界定和认定,那么将带来许多辨析不清的难题,只有从语言的角度,将民族文学置于民族语文学的概念之下,才能得到确定性和稳定性的学术把握。

民族语文学就是以一定的民族语言文字进行创作的文学及其所形成的各种文学现象。

固然,拥有自己语言文字并以此进行文学创作和文学运作的民族并不很普遍,也就是说,民族语文学可能只属于真正意义上的"少数"民族。但民族语文学在概念内涵上与民族文学不同,在外延上更不是民族文学的全部。民族语文学的概念与民族文学的概念部分重合,但完全不等同;民族语文学是民族文学中的核心部分,是民族文学最典型的文学形态和文学类型。

于是我们讨论中的民族文学可以体现于这样的一种概念结构图式中:

这种图式所概括的当然都是相当一般的情形。其中并不能排除一些变数与特例的可能。例如,有没有民族语文学来自非本民族文学家的创作？目前虽然尚未出现典型的示例,但可能性显然存在。王蒙在维吾尔地区生活了20多年,对维吾尔族兄弟有着非常深挚的情感,对维吾尔文化也有着深刻的体验和喜爱,他就有用维吾尔语进行文学创作的冲动和能力。另一种情形是,某些民族没有足够的语言文字资源承担起本民族文化的传载任务,往往会借助汉语等其他民族语言文字加以寄生性的传载。诸如《阿诗玛》《刘三姐》这样经典的民族文学作品其实就是这样的情形。

因此,"民族语文学"的概念不仅没有缩小民族文学的界限,反而将民族文学内部构成的复杂性以及民族文学的某种本质特性揭示得更加明确,强调得也特别充分。这对于我们更加全面、更富有层次感地把握民族文学概念具有某种方法论意义。同时,也给多层次、有差别地建构具有中国特色的民族文学研究理论框架带来学术启发意义。

中国是一个多民族的国家,各民族无论人口多少,在祖国的大家庭中都拥有同等的政治和文化地位。在这样的意义上,将汉族以外的民族概称为"少数民族"并不十分科学,也不很正式。一定民族人数的多少并不能作为这个民族的身份标志。基于这样的反省,从学术建构上来说,需要将"少数民族语言文学"统称为"民族语文学"。这一概念通过不言而喻的指称方式,将多民族文学语言放在同一学术平台上,有利于民族团结和社会和谐,有利于民族文学和文化的建设。

民族语文学在政治文化地位上与汉语文学取得了相对的平等,各民族语文学都是祖国文学大家庭中不可分割的一员,这对于建构中国文化和中国文学的理性秩序具有重要意义。

另一方面,"民族语文学"的概念及其与汉语文学关系的揭示,并不能起到汉语文学在祖国文学大家庭中的领导地位和核心地位。相反,可以从各民族语文学的关系研究中进一步确证这种领导与核心地位。

在多民族语言文学和平共存、平等共生的情形下,哪一种语言文学能够脱颖而出体现领导作用并发挥核心价值功能?显然这与非常态的政治状态和民族关系中的某种语言强权及其所规定的语言统治模式不可同日而语。在和平的文化环境下,一种民族语言文学之所以能够自处领导和核心地位,主要是因为这种民族语言文学能够以自身的表现力摄入其他民族的人生和文化内涵,并且能够具有巨大的包容性吸纳和融合其他民族语言文学的优良养分。汉语文学在中华民族文学发展史上就是如此,它能够以巨大的包容心接纳任何其他民族优良的语言文学和文化成果,并且视同己出,倍加珍视,如对《敕勒歌》给予的经典性的保护与传诵,对《木兰辞》所进行的毫无保留的研究与普及化的文本教育。如果说《敕勒歌》已经点出了是"敕勒族"的民歌,那么《木兰辞》并未明确标明是民族语文学的遗存。或许它可能就出自汉语,但所反映的民族风尚和文化取向一定指向北朝鲜卑族的社会与生活。那是一个尚武的时代,但女子在这尚武的风习中并未退场,伴随着特定时代穷兵黩武的社会风气,女子从军具有了某种礼俗的正当性;而且这不是一个娘子军的故事,她需要女扮男装混迹于男人世界。与《梁山伯祝英台故事》中的女扮男装不一样的是,后者文质彬彬,子曰诗云之间可以化解男扮女装对于惯常礼教的直接危害,或者可以通过一定的诗礼教育减弱甚至补救这样的危害。花木兰的故事显然是特定的"可汗"时代特定的民族特定生活的诗性记录,但汉语文学毫不犹豫地将其纳入自己的文化传统,并将其确定为自己的文学和文化经典。

作为多民族文学中的中流砥柱和重要文化资源,汉语文学还能够承担起表现多民族文化和社会生活的重任。各民族文学家如果觉得本民族语言文字不足以表现本民族文化和生活的某种复杂性,他首选的一定是汉语汉字。另一方面,汉语文学所代表的一定时代的文化,实际上也成了民族语文学的精神资源和文化皈依的目标,民族语文学中的许多因素都似乎需要经过汉语文学和汉语文化的确认甚至洗礼。从老舍到阿来的创作都明显地存在着这种在汉语文化中寻求确认的意识。这些都表明,汉语文学在民族语文学中不言而喻的领导地位和文化资源意义。对于不少民族语文学家而言,其精神资源一方面是民族文化的,另一方面则是汉语文化的。双重精神资源的作用会使得他们的文学具有比一般文学更具魅力,也更有活力。这至少是阿来赢得巨大成功的一个重要因素。

显然,"民族语文学"是一个更具科学性,也更具理论优势的一个概念,它既可以凸显民族文学应有的文化和语言特性，又可以避免"少数民族文学"命名的概念的陈旧性以及歧义性。民族语文学厘清了民族文学的最重要的本质特征，所谓少数民族的生活题材显然不是民族文学的最重要的判断依据，所谓少数民族文学家的创作，也常常不是民族文学特性的决定性因素，民族文学的最具有区别性和决定性的因素应该是民族语文学及其必然承载的民族文化。

民族语文学与汉语文学应拥有同样的政治地位、文化地位和学术地位，它们共同构成了中华文学、中国文学以及华文文学的丰富平台。为了突出其政治、文化和学术地位的重要性，应该不主张强调其"少数民族文学"身份，而表述为民族语文学，以与汉语文学相对应，相配合。当然，汉语文学在多民族语言文学中的领导地位和精神资源性意义应予承认。

三、 汉语文学与民族语文学

现在需要检讨汉语文学中的民族题材表现和民族文化写作现象，由此论证，汉语文学家的民族题材写作、民族语文学家的汉语写作与民族语文学之间的关系。

汉语的文学表现力足以渗透到民族文学题材和文化生活之中，这已经是被丰富的文学历史和文学现象所屡次证明了的。不用说老舍、沈从文、玛拉沁夫、李乔、阿来等杰出的民族文学家在使用汉语进行民族题材写作所取得辉煌成就，便是汉族文学家屡次以汉语摄入民族文化和生活题材，在现当代文学史上取得了辉煌的佳绩。在这个意义上不应被忘记的有闻捷的《复仇的火焰》，胡奇的《绿色的远方》，克扬、戈基的《连心锁》等，当然还有中华人民共和国成立后一批反映民族文学题材的电影作品。这些作品当年都在不同程度上激动了一代中国人的心，但现在已经面临着被总体遗忘的命运。一个饶有趣味的历史现象是，同样属于民族题材的汉语文学，出自民族文学家的汉语书写的成就显然远远高于汉族文学家的同类写作，其文学影响力也会远远长于后一种民族书写。同样是表现蒙古草原复杂的斗争故事，闻捷的叙事诗水平并不下于玛拉沁夫，但如果说玛拉沁夫的作品还牢牢地占据着共和国文学史上的重要一页，那么闻捷的作品却很少为人提起。

这其中的决定因素是什么？是作为民族文学最重要的民族文化记忆的刚性内涵。所谓民族文化记忆的刚性内涵，就是深深嵌入民族记忆深处的，与民族久远的传统和普遍的习俗密切相连，反映民族精神的基本品质和特性的那种文化内涵，它绝不是民族言语的点缀，更不是称呼、专有名词等的民族语借用，以及一些简单的民族生活气氛的铺垫与渲染。只有缺乏民族生活底气的作家才特别注重这些外在的语言点染,诸如老舍、沈从文、李乔这种对民族生活内涵和民族文化底蕴有自信的作家,倒反而会避开那种外在的语言点染,而专致于民族文化中特别痛切或特别深沉的刚性内涵的发掘与表现。沈从文的《七个野人与最后一个迎春节》就是这样的作品。

一个民族文学家即使他习惯于使用汉语表达和书写,但他只要对民族题材的生活背景和文化刚性有着深刻的体验和富有生命痛感的传达,他的作品就必然体现出民族文学应有的精神气度和作风气派。当然,如果一个文学家只是对某种民族文学题材保持强烈的兴趣,但他对这个民族的生活缺乏必要的体验,对这个民族文化的刚性内涵缺乏必要的了解,因而也缺少表现的能力,这样所体现出来的民族文学素质就不会很明显。在前述作品中,《连心锁》在这方面表现得最为肤浅甚至浅薄。该小说除了语言上点染一些非常简单非常外在更是非常生硬的朝鲜语而外,其他所有的文学表现几乎都与朝鲜生活和朝鲜文化无关。也许有人会为之辩护说,这个作品表现的是共产党领导的民族斗争,当然民族的独特经验和刚性文化自然会隐退。其实不然,闻捷的长诗和胡奇的小说都是表现这样的斗争,也同样表现共产党对民族斗争的领导,但它们的民族文化的刚性内涵就明显得多。关键还是作家的民族意识,民族文化刚性表现的能力和功夫。

一般而言,通过别的民族语言文字——哪怕是汉语,记载和表现一个特定民族的刚性文化记忆,都可能发生信息流失、力度弱化乃至优势受挫的情形。这其中关键的原因是,汉语厚重的文化根底和精神资源对于民族文学家及其一定民族题材的表现很容易构成思想的和文化的"前摄干扰",作家关于这种文化根底和精神资源的修养越深厚,认同越强烈,其"前摄干扰"的性能就越明显,表现民族文化刚性内涵的可能性就越降低。即使是在一个真正的民族语文学家那里,情形也会如此。例如蒙古语文学家尹湛纳希,以罕见的才情著有《一层楼》《泣红亭》等模仿《红楼梦》的作品。《红楼梦》所传载的汉语文学才子佳人传统及基本情调,那种汉族知识青年特有的柔弱与缠绵作风,那种以诗词歌赋、琴棋书画为内容的生活情趣,正是汉语文学类似传统的刚性表现。但这位蒙古族文学家深湛于此也深陷于此,将这些所有的传统、情调、作风和情趣全都移置蒙古青年身上,让他们远离草原的笙箫牧歌,金戈铁马和荆棘尘沙。蒙古贵族应有的文化气质与精神品质的刚性内涵在文学表现中得到全面柔化和弱化,民族文学应有的优势被轻易地放弃,而作为汉语文学的经典作品的模仿性创作,这些作品的艺术成就和文化地位都受到了重挫般的影响。

尹湛纳希的教训在纳兰性德那里同样有其针对性。这些蒙古语文学家一方面放弃了民族语言表达的天然的优越性,特别是在表现民族文化刚性内涵方面的优越性,一方面又甘心情愿在汉语文学精神和文化内涵的表现嗜好方面瞠乎其后,弃己之长而用己之短,这样的文学选择自然会得不偿失。

至少从民族文学建设的角度言之,民族文学家的突出优势应在于本民族语言的写作。从语言学的结构功能学派的相关研究成果中已经明确,语言对于文学早已不仅仅是工具的意义,语言可以参与到文学艺术创作的总体构思,可以从思维方法上唤起民族记忆中的情节走向和人物性格表现的途径,包括民族语言中的若干天然养分,还可以从民族文化建构的角度全部地、完整地呈现民族语言沉淀的刚性材料。也就是说,一个民族文学的刚性记忆往往与这个民族特有的语言密切联系在一起。

文学构思是一种特定的文化思维,从传统的理论视角分析,这属于一种"形象思维",也就是说,文学构思过程中带有许多文化记忆的成分,分别在构思中担任唤起、暗示等等参与作用。一种诗的境界的设定,一种形象的刻画与价值论定,一种表达的组织,一段对话的形成,一个动作的设计,乃至一定场景的布置,都与作家一定的生活记忆和文化记忆相关。而保存这种生活记忆,承载这种文化记忆的主要是与民族生活联系在一起的语言,最本色最生活化的语言;当然也必然有一些缺少语言在场性的情景、形象、场面等等,但这些直接形象即便保存在构思者的记忆中也难以作为思维因素直接进入作品构思,思维因素必须转化为语言的表述。所有的构思性思维都必须经过语言的处理,这种语言是与那种生活记忆联系的最为紧密的民族语言、生活语言。从这样的意义上说,一定民族离生活语言最近的民族语言才是该民族文化记忆最直接的也是最合适的叙述者,民族语文学从构思开始就已经在民族文化的刚性内涵的传达方面拥有了无限的优势。因此,民族文学最集中的体现和最典型的形态是民族语文学。

正是在这样的意义上,民族语文学的最生动和最有意趣的表达是与这个民族生活联系的最为紧密的民间故事,这些民间故事即便被翻译成汉语,也仍然保留着民族文化的刚性内涵和鲜明风格,《阿凡提的故事》便是如此。它经过了跨民族的语言翻译,但它通过原民族语言传达出来的民族思维的特性,民族语言的风格,民族生活的活性,被完整地保存在翻译文本之中,因为这些体现民族文化的刚性的内容,并不会随着语言的变更而变异。只有用民族语言构思、表达的民族文化形态才可能是民族文化的刚性内涵的呈现,而民族文化的刚性内涵一经民族语言凝铸,就可能沉淀为一种富有特色的坚固的文化存在,经得起任何别的语言的释译与传载。藏民族的英雄史诗《格萨尔王》便是如此,它经得起任何民族语言的翻译与阐释,就像它经得起时间的历练与磨蚀一样。

一个民族语文学家如果以汉语文学作为目标进行自己的文化跋涉,这样的毅力和精神值得敬佩。但他的优势往往不在汉语文化的重释以及汉语文学的仿拟,而是在于本民族文化的刚性内涵的表达。这样的优势不仅作者自己需要,也是民族文学建设的需要,更是祖国文学的整体需要。一个伟大的国家需要容纳多民族语言的文学形态,它的文化的丰富性和完整性构成不能缺少各个民族文学和文化的贡献,只有各个民族以自己文学和文化的刚性内涵显示出并贡献出自己的特质和力度,国家文化的"软实力"才真正强大。马克思等人提出的著名的论断"越是民族的越是世界的",可以借来做一个代入性的表述:"越是民族的越是国家的"文学。

四、民族语文学的可能性

民族语文学将民族文化的刚性内涵进行了诗性的凝铸,民族文化的刚性内涵通过民族语文学体现为特定的人生滋味和特殊的民族风貌,体现一定的民族与文化所特有的气质。民族文学所体现的民族文化的刚性内涵当然并不仅仅限于民族语的表现,《木兰辞》和《敕勒歌》长期在汉语文学的传述之中并成为汉语文化的经典,然而它们依然带有无法泯灭的民族生活的重彩,那就是因为其中传达着鲜卑和敕勒族历史文化生活的刚性内涵。由此可见,就民族文学而言,民族文化的刚性内涵的传载和表现是至关重要的,民族语的使用是为传载和表现民族文化的刚性内涵所做的准备。上述作品所传载和表现的民族文化的刚性内涵非常突出,以至任何其他语言文学都无法减弱乃至泯灭其特色风貌和特质精神,这时民族语言的使用并不显得十分关键。

但如果民族文学作品所传载和表现的民族文化的刚性内涵并不那么突出,在其他民族语言的传载和重现中存在着被磨蚀和弱化甚至被同化的危险,那么,民族语的传载和表现就显得尤为重要。总之,民族文学的精魂及其价值在于民族文化刚性内涵的传载与表现,民族语的考量只是为民族文化刚性内涵的表现提供思维和表现途径上的保证。正如杰出的民族语文学作品如《阿凡提的故事》《格萨尔王》所展示的那样,民族语文学以及自己所传载的民族故事和民族英雄人物,形成了自给自足的文化运作体系,它无须也不应该以向汉语文学做文化上的和精神风貌上的趋近为价值目标。如果不试图通过一定民族文化的刚性内涵显示自己的民族特色和文化特质,这样的民族文学就很难以自身的丰富与应有的精彩参与到多姿多彩的祖国文学之中。

民族语文学既是民族文学的典型形态,也是民族文学的理想类型。"理想类型"是马克斯·韦伯提出的一个命题,指在一定的意识范围内人们通常运用的最能代表正面价值概念表述的思想和观念形态。作为"理想类型"的概念也许是不严谨的,因为它能够将一切正面价值的内涵都吸纳和包容其中,类似于"五四"时代的"民主"与"科学"。民族语文学在民族文学的学术话语中也相当于一种理性类型,它可能不指向一种严格的学术定义,但体现着民族文学的理想形态。

"民族语文学"的概念可以在超越于民族意义的语言范畴内相对自由地使用,并可以弥补政治范畴的民族认定方面的某种滞后及其所带来的学术研究的缺陷。在任何多民族国家之内,民族的正式认定都是非常严肃的政治命题,所需经过的政治程序非常复杂。但随着社会开放度增加,民族迁徙和多民族聚集的现象越来越普遍,民族文化和文学在一定区域内呈现出的复杂多元现象要远远超过国家政体对于民族的认定。在这样的情形下,我们既不能要求政体对民族的认定这样一个重大和敏感的问题做出不切实际的因应调整,也不能漠视一定历史和时代条件下一定区域一定的民族文学和民族文化的事实存在,这种两难情境的克服可以倚重于民族语文学与文化概念的运用。民族身份的政治认定可以滞后于甚至脱钩于民族语的认定,而一定民族语所承载的民族语文学与民族语文化自然也可以先于民族的认定而进入实际的文化运作和学术研究范畴。

这样的情形或许可以从澳门土生葡人的文学与文化中获得更多更具体的启发。土生葡人原是指葡国人在亚洲地区土生土长的后裔,主要包括葡人与亚裔人士通婚后的混血后代。在澳门这个族群还创造出自己的混合语体——"澳门土生葡语",后被正式命名为"帕葡亚"(Patois)。这是一种以葡语为基础,较多使用汉语句式,广泛融合了粤语、葡语、非洲语言、马来语以及菲律宾西班牙语和香港英文等语言词汇演化而成的人造语言,并伴有其独特的文字。

这是一个具有传奇色彩的族群,其独特的语言文字显示着他们执著的文明自觉和文化自信。这应该是中华民族大家庭中的一员，虽然他们还不可能被确认为一个民族，但他们的语言文字所创作的文学作品应该算是有特色的民族语文学。这个族群的代表文学家是约瑟·桑特斯·飞利拉(Jose dos Santos Ferreira, 1919—1993)，笔名为阿德(Adé)，他用澳门土生葡语创作了大量的诗歌和话剧作品。有人宣称这是最后一位土生葡语文学家，显然并不是事实。在飞利拉之后，至少还有土生葡语小说家飞力奇，他创作了著名的《大辫子的诱惑》。现在还有积极创作土生戏剧的著名作家飞文基，他几乎每年都会有新作品推出。研究者将这个民族语文学结集为《澳门土生文学作品选》，①相关的研究正在继续。

在我们这个伟大的祖国，应该还有一些特定的族群，像土生葡人一样安宁、幸福地生活在某一个地方，具有一定的社会结构，具有一定的文化传统，他们同样充满着文明自觉和文化自信，也许在乐此不疲地用他们自己的语言文字书写着他们的欢乐与痛苦、信念与疑虑，这些都是我国民族语文学应该珍视的对象。

---

① 汪春、谭美玲，《澳门土生文学作品选》，澳门：澳门大学出版中心，2001年。

结语：21世纪文学的平庸化走势与汉语新文学的可能

21世纪展开在人们的面前已是那么清晰，但有关这个世纪文学走向的预言却依然是那么冒险，因为文学是人们的精神创造的产物乃至情感凝注的晶体，人的精神和情感可以在一定条件下瞬息万变，使得对它的任何预言都显得苍白无力。即便如此，从学理的层面对我们所面临的这个大的时代作大而化之的评估与分析，进而推论与这个时代密切相关的文学所可能具有的走势，应该说具有一定的理论意义或逻辑意义。只是，在新世纪文学走势的推断和分析中，须尊重文学自身的规律，尽可能从文学运作的本质方面寻找答案。这种本质性的思考与观察无疑也应围绕汉语新文学发展的可能性展开。

可以从许多方面，找出许多理由，认同21世纪文学走势平面化的说法，这样的说法宣告了我们面临的是一个失去了文学经典、消解了文学巨匠、无缘于文学辉煌的世纪。博尔赫斯断言："没有哪一代文学不挑选两三位先驱人物"。而现今的世纪里这样的挑选相当艰巨，因为从文学写作中很难再发现那种"受尊敬的""不合时代的"文学英雄。[①] 人们将这样的平面化和庸常化归结为传播媒介的畸形发达，传媒决定论是关于这个新世纪文学厄运的普遍认知。

人们联想到最多、最现实同时也似乎是最充分的理由，便是传播媒体的立体化发展使得过于依赖平面媒体的文学失去了它应有的光辉，文化生活的多方面诱惑使文学阅读这样的古老方式显得灰暗、陈旧、半死不活，古典式的优雅终究难以抵敌时尚式欣赏活动的精彩，文学的边缘化成为这个多媒体时代强加给每一个阅读

---

① [阿根廷]博尔赫斯，《博尔赫斯谈艺录》，王永午等译，杭州：浙江文艺出版社，2005年，第317—318页。

者的宿命。由于文学和艺术传播媒体的立体化、多元化,文学发表的方式和渠道迅速增多,而文学阅读却仍然停留在古老的状态,这就势必导致文学写作和文学发表的神秘性和神圣感被迅速打破,原本体制化的作家队伍将在不长的时间内土崩瓦解,市场化和娱乐性往往成为文学评判的主要价值杠杆。这样的情形在今天仍然可视为文学的尴尬,但一种不可抗拒的走势会将这种尴尬演变为非常自然的事实形态,在这种形态下的文学无疑会匆匆地告别经典和辉煌,甚至连招手作别的功夫都没有。另一方面,文学发表方式和途径的多元化拓展和立体化建构,鼓励着文学写作的随意性和平俗化,精英文学的主体结构将在这个世纪面临解体,文学在回到庸凡的艰难而欢快的旅程中甚至能从容地走出体制性和职能性的分工,它在失去了长期以来人为蒙上的神圣感和神秘性之后,也蜕脱了精彩艳绝的艺术华妆,在人人都觉得能够随意为之的价值定位中走出的步伐便稀松平常。于是,文学的神圣建构转化为真正是各具风采各显神通的众声喧哗,作家如果不被市场化承认也即不作明星化的运作便即刻被淹没在这种朗朗的喧哗之中。文学的成功从此与幸运的淘金者的得意几乎是同构关系。

显然,21世纪文学平面化、庸凡化、边缘化的如此走势,都与这个时代的媒体发展和高强度、多层面传播特性密切相关。然而,这样的观察和推断会不会导致一种可怕的媒体决定论?在媒体强势压迫着每一种行业乃至每一个个体生命的今天,媒体决定论正在以非常自然而又极其可怕的方式和速度展开对于人们思想观念和理论思维的野蛮占领,这种占领的结果使得人们的思维变得异乎寻常地懒惰:将一切事物一切现象的因果联系都在媒体的决定性方面找到借口和突破口。比方说类似于瘟疫和矿难之类,一种相当普遍的认知是:其实以前诸如此类的天灾人祸并不比今天少,只是因为现在的媒体过于发达,这样的信息得到有效的和高效的集结,因而显得极为可怕,言下之意是媒体的发达决定了这些坏消息的流行。这样的分析不是没有道理,但恐怕也很难排除含有一种粉饰谀今的心理从而夸大了传媒的效用。传媒可以广泛而快速地报道和言说天灾人祸,但绝不对天灾人祸的生成起丝毫决定作用。新世纪的文学走势与传媒的关系也应作如是观:传媒可以有效以及高效地参与到文学运作之中来,但它绝对不能决定文学的成就,绝对不能从根本上影响文学的素质与品质;文学在任何一个时代的辉煌与低迷,具体文学作品价值的经典与庸常,其实都与承载它们传播它们的媒体没有太多的直接关系。套用一种人们普遍熟悉的言论来说,如果21世纪文学在其走势和走向上真的要发生某种巨大变化,则传媒之类的外因只是变化的条件,其内因——文学素质和品质才是变化的根据。

历史的经验足可借鉴。20世纪的传播条件比之于19世纪可以说天翻地覆:但20世纪文学的总体状态与19世纪相比,除了流派的殊异迁延和风格影像的时代性变化而外,所有文学写作的变化其实都是由社会生活内容特别是社会人生的焦点的突变而引起的,其他方面的变化虽然有,但不可能如此地天差地别,而所有这些变化不仅并不与传媒的差异相同步,而且也未必有很直接的关联。从20世纪到21世纪文学的变易其实也是如此,传媒条件的大变虽然对于文学形态产生的影响不可忽视,但总体上不能改变文学的质地与品性,不能决定文学的内在价值及其时代性成就。

如果说21世纪文学趋于平庸、趋于凡俗,趋于对经典与辉煌的消解,这样的走势实属必然,但这必然性不应从传播媒介这样的外在条件方面去确认,更不应将这种外在条件推许为决定性因素。决定这个世纪文学的经典成就与辉煌业绩的因素主要在文学自身的创造性,以及激发并营构这种创造性的、与文学内容和品质直接关联的社会文化运作,这样的决定性因素在其他任何一个世纪的文学发展和运作规律中都同样存在并起关键性作用。20世纪初年,美国新人文主义倡导者白璧德便对当时正在崛起的科学化潮流心怀忧虑,因为科学技术的振兴将会使人文的讲求变得苍白无力进而偏居一隅,虽然到了21世纪,科学的昌盛并不妨碍人文的发展,但科学创新的巨大热忱在客观上无疑会从总体上抑制人们的文学和艺术创新的激情勃发,随着科学的迅猛发展,文学艺术创作呈现出苍白、弱势的走向已经是不争的事实,各种后现代文学只不过是用有限的聪明和可怜的机警在包装平庸的创造性和苍白的想象力,文学总体上的走势趋于平庸、凡俗,趋于对经典化的背离,这实际上是文学创造力大幅萎缩的结果,是文学历史演化的自身劫数的体现,与传媒作用的关系并不直接更不密切。

从社会文化运作方面看,21世纪文学的平庸化、凡俗化和非经典化与这个时代缺少文化意义上的造山运动有关。每一个时代之所以能够出现文学的天才甚至文学的高峰,固然是某些文学家自身的创造力正常或超常发挥所形成的奇迹,但同时也是那个时代各种社会文化力量形成的文化造山运动的必然结果。正像自然界的山峰一方面来自地心内部隆起的力道,例如地火的喷发形成火山的高耸,可另一方面更来自于不同地质板块的挤压、推涌而所形成的造山运动。过去的20世纪几乎所有的文学高峰都是社会政治、文化、艺术和文学的不同板块从不同的向度彼此挤压，彼此推涌的结果，这便是那个世纪此起彼伏层出不穷的文化造山运动。没有传统与现代的文化板块的挤压，没有政治与文化，政治与文学的推涌，鲁迅等文化巨匠就不可能勇立在20世纪的文学高峰睥睨于他们身后的一览无余或者一马平川。没有造山运动就没有巨大的高峰。21世纪社会生活的各个方面都在走向庸常、凡俗，一方面带来的是安宁甚至和谐，但同时远离了影响巨大的文化造山运动，文学因此就自然地走向平面化。高山仰止有可能成为上个世纪留下的一种文学梦幻的记忆。

不幸的是，21世纪文学的平庸化不仅仅是现象，是趋势，而且还是一种运作的套路。21世纪的序幕已经拉开，在这种文学序幕的展开中我们能够清晰地看出，文学运作的平庸化已经发展成文学文化运作的一种取向和趋向。

谁也无法否认，21世纪同样会出现经典文学并产生文学大家。这个世纪开始才10多年的时候，汉语新文学领域就产生了两位诺贝尔文学奖得主，而这是过去的近100年中汉语文学家津津乐道、念兹在兹的话题和目标。鲁迅对诺贝尔文学奖表述过明确的意见，在这些意见中，鲁迅照例低调地表示中国作家包括他自己在内还没有人有资格获此奖项，同时也表明鲁迅个人对此奖项的尊重和珍视。100年来，诺贝尔文学奖与汉语新文学之间构成了一种牵扯不断同时又若即若离的暧昧关系，引起过许多的研讨、猜测、疑虑甚至争讼。毫无疑问，这个奖项在相当一段时间内，激励着汉语新文学家在艰难的文学道路上一路开拓，披荆斩棘，奋勇向前。不过同时，也同时激励出另一种奇异而又有些悲壮的文学心志：一些作家将眼光从汉语挪移到外语方面，由急切地期盼着外语对汉语文学的精彩翻译，发展到以外语摄入甚至用外语表述为创作指向。一些批评家也很愿意附和这样的倾向，他们极愿意夸大外语翻译对于汉语文学传播和世界性影响发挥的作用。不少人持有这样的观察：某些作家的世界性影响的出色发挥和重要国际奖项的巨大成功，往往不是或者主要不是其创作的胜利，而是翻译的精彩甚至是再创造式的翻译重铸了如此辉煌的奇迹。这样的心态和相应的观察，反映出汉语新文学世界不甘平庸，锐意走出20世纪汉语文学"内循环"的局限的良好愿望，但无论从常识方面还是从理论层面都包含着认知的迷误和理解的偏颇。汉语新文学的所有成就，所有可能的辉煌，所有可能为世界所接受的巨大影响力量，都不可能离开汉语以及汉语本身的特定表现力和独到的美学魅力。离开了汉语自身的魅力开发和文化创造，我们的汉语新文学不可能赢得世界的尊重,更不用说被坦诚地接受。任何外语翻译比汉语原语精彩的传闻,如果不是翻译家精心编造的良好愿望,那就是一种无妄的谣言,一种外行的揣测和杜撰。从翻译来说,中文对外文的翻译或许可以达到出乎于原语的精彩,但外语对于汉语的翻译很难达到这样的境界。因为汉语是世界上这样一种特殊的语言,它在后发现代化的文化运作中,在主动、积极地接受外来语言所承载的文化时潮中,在否定传统的书面语,恢复和完善自身的白话和口语的过程中,积极准备了一套适合于外来语文学和文化翻译的现代书面语言,这种书面语与白话表达相联系,但又与白话表达的俗套拉开了明显的距离,以至于我们无论阅读文学的汉语翻译作品,还是理论的翻译著作,都会立刻进入翻译语言的语境之中,强烈地感受着这种语言语境,同时也欣赏和接受着这样的语言语境。翻译的文学和翻译的理论在现代汉语中自然形成了独特的语言风格和语言境界,在言语品格上往往高于我们日常使用甚至是书面使用的现代汉语。这种情形,在一直占据世界文化核心地位和主导优势的英语等外国语言那里是难以形成的,因为它们处在文化的中心地位,不需要为翻译汉语或别的语种付出如此巨大的艰辛努力。从这一意义上说,英语对于汉语的翻译在语言美感上就不可能超出一般的英语写作,那种所谓汉语作品经过英文翻译会精彩到、美到提升原语作品水平和魅力的说法不可能成立。我们必须打破这样的翻译神话,才能建构出汉语语言的自信,才能以一种健康的心态对待我们的汉语和汉语文学。

汉语文学特别是汉语新文学的语言之美及其可能性,即便是在汉语新文学世界也需要得到进一步论证,也盼望得到确凿的佐证。这可能还有一段漫长的路要走。但从简单的理论分析中应能体会到,汉语文学的世界性影响的发挥,汉语文学成就的世界性承认,只能依靠汉语自身价值的发挥,而不能依靠外语的救赎。如果说,在文学的民族性与世界性关系上,我们能够接受和理解这样的表述:越是民族的,就越是世界的;那么,在文学的语言魅力及其影响力的关系上,同样也应该接受和理解这样的表述。

于是,汉语新文学走出平庸化的希望正在于汉语及汉语文化建构自身,而不能指望外在于汉语的某种想当然的救赎力量。

附录：汉语新文学对话录

汉语新文学与中国文学的宏观认知
—— 关于文学史若干问题的对话

徐志啸，复旦大学中文系教授，比较文学、古代文学专业博士生导师。

朱寿桐，曾任南京大学中文系教授，暨南大学"珠江学者"特聘教授，现任澳门大学中文系特聘教授、系主任。

2013年10月，徐志啸教授应邀赴澳门大学中文系，为该系研究生作学术演讲，并与中文系主任朱寿桐教授就宏观认识中国文学所涉及的若干文学史问题，进行了学术对话。

徐志啸：很高兴应邀来到澳门大学，特别是能与你一同就宏观认识中国文学的话题，作比较深入的对话。我一直感到，对中国文学的宏观认识，特别是涉及到文学史的不少学界共同关心的话题，很值得作些探讨，这方面的问题比较多，包括古代和近代、现代和当代，有些问题，恐怕一时还难以达成共同一致的认识，但它们显然属于文学史发展的重要话题。

朱寿桐：欢迎你来到澳门大学，也很高兴能与你一同就我们共同关心的话题，作比较深入的对话探讨。我在这方面，虽不能说有研究，但也一直有自己的思考。这几年来，我的研究重点比较多地侧重于对宏观中国文学的重新认识，提出了一些还算有些影响的看法。

徐志啸：听说你针对中国文学、中国文学史，提出了要重新确立"汉语文学"的概念，具体来说，就是对历来学术界所约定俗成的所谓"中国现当代文学"的概念和提法，予以取代，代之以"汉语新文学"的概念，是吗？对此，我表示基本赞同。其实，我们长期以来一直使用的"中国文学""中国文学史""中国现代文学""中国当代文学"，从概念的确切内涵来说，严格地说，都欠准确，或不切合实际。从我们今天来说,中国这个概念,是包括港、澳、台和大陆在内的整个中国,这个中国,它的人员组成,应该是包含了汉族在内的56个民族,那么,由此而生的中国文学,它所包含的内涵,应该是56个民族的文学,由此而生的中国文学史,也应该是56个民族的文学史(虽然这56个民族中,有的民族几乎没有文学作品,有的民族甚至连自己民族的文字都没有,但我们的文学史,不能因此而只写一个民族的文学发展史),但现在实际上人们所谈、所写、所研究的,几乎都只有一个民族的文学——汉民族文学,一部中国文学史——单一的汉民族的文学发展史,很少或几乎不涉及汉民族以外的文学(近些年出版的个别文学史,注意到了这个问题,有的也写到了一些少数民族的文学)。不光如此,问题还牵涉到港、澳、台,牵涉到海外,一部严格意义上的中国文学史,特别是中国现代(当代)文学史,必须包括港、澳、台地区的文学,还应包括在海外(中国领土以外的国土上)生活的中国人,他们用汉语书写的文学作品(学术界现称其为海外华文文学),也即用华文书写的文学作品。这个问题,对于古代文学史或许问题还不大,因为民族的概念在漫长的古代社会中,虽然也有汉民族与周边少数民族的问题,但现在的古代文学史其实已经涵盖了这个问题,南北朝时期的北朝、元代、清代等,基本上涵盖了,或者说已经解决了这个问题(当然还有漏缺,还需补上),而现代、当代的中国文学史,就牵涉到了一系列的概念——"中文""中国文学""中华文学""海外华文文学""汉语""汉语文学"等等。

朱寿桐： 你说的问题,其实我已经考虑很久了,并已提出了一系列的看法和认识。我认为,汉语文学研究有着悠久的历史和辉煌的积累,其中新文学的研究经过近百年的建构、开拓已以其不断扩大的规模与日益充实的内蕴,成为了文学研究学术格局中颇为活跃、颇具潜力的学科,不过这一学科从概念而言,尚缺少有力的学术整合：明明都是以汉语各体新文学写作为内涵,却被习惯性地分为"中国现代文学""中国当代文学""中国现当代文学""台港澳文学""海外华文文学"等不同的领域,它们各自凸显的乃是时代属性或空域属性,用汉语创作的文学的整体则遭到了人为的切割,明显地显得纷乱、错杂。同时,单纯从中国现当代文学联合台港澳文学的政治区域性角度,考察汉语文学的世界性意义,显然也是不够的,因为越来越普遍、越来越深入发展的海外华文文学,同样是世界文学格局中不应忽视的内容,这样的内容无法纳入"中国"文学的自然版图中,但如果将它们排斥于中国文学的文化视野之外,则文化伦理之感会让我们既不忍心也深觉不妥。"汉语新文学"顺理成章地将海外华文文学的全部内容,囊括于自己的学术范畴之中,表现出了

"中国现当代文学"概念所无法具有的世界性胸怀和世界文学的优势。海外华文文学与中国现当代文学共同拥有伟大的新文化和新文学传统,共同拥有现代汉语审美思维和审美表达的既成习惯,它们应该是连成一体的文学现象,但"国族文学"的概念——即"中国现当代文学",则生生地将它们分割开来,故而我认为,只有从"汉语新文学"这一概念出发,才有可能将它们圆满地整合在一起。"汉语新文学"的视角是我们的文学研究直接面对世界文学格局的必然结果,"汉语新文学"的概念,是中国现当代文学的学术面对自身世界性延展的一种必然的学术表述,这种表述,清晰而又准确地确立了它的学术内涵与学术身份。无论是中国现代文学研究界,中国当代文学研究界,还是台港澳暨海外华文文学研究界,它们都是以汉语作为写作的文字载体且区别于传统文言作品的各体新文学作品为研究对象,不论其在时代属性上是属于现代文学还是当代文学,也不论其在空域属性上是属于中国本土写作还是海外离散写作,都可以且应该被整合为"汉语新文学",为促进这一学术领域和学科健全、科学、有序地发展,有必要做出相应的学术努力,尽可能科学、缜密地进行这样的学术概念和学科名称建构,以便在明确学科构成性的前提下对应有的学术内涵与规范进行富有范导性的探索。

徐志啸:我对"汉语新文学"这个概念是赞成的,它打破了传统界限,且又能朝横向的方向拓宽,涵盖整个的汉语文学——当然是指中国现当代文学和海外华文文学的时空范畴。你的意图是要将"华文文学""现代文学""当代文学"等概念统合起来,不过,这里有一个问题,即对这个"新"字如何理解和涵盖?对于中国国内来说,这个"新"字好理解,近代以迄"五四"前夕,相对于传统旧文学,"新"的成分有所萌芽了,而真正的开始"新",也即中国传统文学的真正转向和蜕变,应该是由胡适开其端,胡适所提倡的白话文学的文学革命,真正具有了文学的新面目、新内涵,但是海外对这个"新"的理解恐怕有问题,因为就"新"而言,不光指形式,还包含了内涵,而海外人士认识的"新",显然是从内容来说,不是仅从文字来看,那么海外文学存不存在"新"呢?如果存在,难道完全是指白话的形式?

朱寿桐:"汉语新文学"相对的是"汉语文学",就像"中国新文学"对应的是"中国文学"一样。汉语文学是著名文学史家程千帆先生提出来的。程先生与他的高足程章灿教授合作,曾写过一部《程氏汉语文学通史》,他之所以这样命名这部文学史是因为他意识到,自己从事一辈子的中国文学研究是有问题的,他在该书《绪论》中论证了"中国"这个概念,他说,在历史上相当一段时间里,"中国"不是一个国体的概念,而是一个方位词,当然有的时候是一个特定的方位词,指相对于蛮夷之地的"帝王所都"之地。从方位的概念看,将先秦两汉时期的文学称为中国文学是不恰当的。他的这一看法与鲁迅的《汉文学史纲要》可谓一脉相承。"新文学"在20世纪二三十年代是非常通行的一个概念,30年代编纂的《中国新文学大系》是对中国新文学历史的经典性概括,那时候"现代文学"概念非常不流行。周作人写了《中国新文学的源流》,朱自清有《中国新文学研究纲要》,包括胡适、鲁迅等,都习惯于使用"新文学"的名词概念,在那个年代,新文学是一个公认的概念,即一个以白话文为载体,融合了西方现代理念和中国传统理念所形成的概念,到了50年代,王瑶编撰《中国新文学史稿》的时候,还是用"新文学"的概念。"新文学"作为概念其明确性远远大于"现代文学",因为它清晰地标明了与传统文学的界限,不像"现代文学"那么模糊。"现代文学"是一个时代的概念,既包含"新文学",也应包含现代的传统样式的文学。

徐志啸:现在看来,鲁迅《汉文学史纲要》中的"汉文学"一词似乎容易引起歧义,会让外行人误解为是指汉民族文学,而汉民族文学其实难以包括历史上的少数民族文学,中国历史上包括少数民族的文学朝代其实不少,比较典型的如北朝文学、元朝文学、清朝文学等,而用汉语文学涵盖,一般不会引起歧义。我一直认为,将现代中国文学划分为现代文学和当代文学,是不太符合客观情理的,一是所谓的现代,只有30年时间,太短,而1949年以后的当代,却又似乎是无限期的,到21世纪的今天,乃至之后的更长时期,恐怕还是叫当代。在英语世界,Modern 代表的意思,是现代和当代打通的。况且,从文学本身来说,1949年前和1949年之后,确因政治和国情的变化,中国大陆的文学表现内容起了变化,但这种变化,相对于历史上的旧文学,它作为文学载体的本质没有变。这里又牵涉到一个问题,即我们历来所称的近代文学——介于古代和现代之间的文学阶段,对这个阶段,人们的认识似乎又有不同,有人说近代不存在,它应划归古代,有人认为近代必须重视,它是连接现代和古代的桥梁。

朱寿桐:如果单纯地看待近代文学、现代文学、当代文学,确实有些麻烦,因为我们从不同的视角看待它们,其结果是不一样的。从历史发展的进程来说,中国社会确实存在着近代、现代、当代的阶段划分,因为政治主导下的历史,确实有它各自的发展轨迹,从而导致产生了不同的历史阶段,这是不可否认也不可改变的。但是从文学发展的形态来看,否认或怀疑近代的存在,有其一定的道理,因为近代的文学在观念和表现形态上,和传统文学只是表现出部分的断裂或变化,大部分或者说基本上，它其实仍然还延续着旧文学的传统和模式，尤其是在内容与形式的主导方面，仍然是传统文学的内涵和表现模式，这从晚清的文学中可以充分看出（基本自1840年后到1919年前）。因此，如何看待近代、现代、当代三个概念，从文学方面和历史方面、文化方面着眼其结果是不一样的，从文学形态来说，近代应该归于古代，而从历史形态来说，近代似乎应该独立，但从文化形态方面来说，近代文学与现当代文学一体化似乎也可以说得过去。如果从语言形态来说，现代和当代分开就没有意义了，Modern和Contemporary难道真有那样明显的时间差异吗？它们的传统可都是新文化和新文学的新传统。

徐志啸：对，从文学来说，由文言到白话的变化才是真正的质变，白话文的变革意义，就是代表了"新"，新就新在这里，就像服装，长袍马褂就是旧的形态，西装才是代表了新形态。

朱寿桐：所以我认为，从政治历史角度看近代，近代一定存在，谁也抹杀不了；从文学语言形态看近代，则近代应该归为古代，近代虽然有了白话文，但那时候的白话文还是边缘的、隐秘的，没有在社会生活中形成主流形态。梁启超提倡了很多年新文学文体，但是都没有形成气候，只有到了陈独秀、胡适，众口一词，才非常明确也非常有自觉性地开始了新文学，从而真正形成了新文学的氛围。

徐志啸：谈汉语文学，必定要涉及港澳台地区的文学，因为他们使用的文学语言，都是汉语（少数例外），这在今天看来，是可以理解的，也是理所当然的，难以设想，一部中国文学史，特别是现代中国文学史，居然不包含港澳台地区——对这个问题，过去的现（当）代文学史都忽略或遗漏了。但是问题是，中国本土以外的地区如何办？从汉语文学这个角度，生活在中国本土以外的华人，也有用汉语进行创作的，他们的数量还不少，我觉得，用汉语新文学来涵盖，倒是可以解决这个问题。

朱寿桐：对，海外华文文学在我们的新文学研究中是无法忽视的，但具体的处理，又比较棘手。我们如果习惯于从"中国"以及"非中国"的国族、地块概念来界定文学板块，面临的问题会越来越多。随着国际化生活秩序的建立，随着所谓"地球村"现象的出现，正如德国著名汉学家在一次演讲中所说，我们如何界定一个作家的所属就成了很麻烦的问题：是看这个作家的祖籍，还是看他的出生地，是看他的护照所在国，还是看他的常住地？是看他作品的发表地，还是看他写作的所在地？的确，对于有些作家来说，可能这些地点及属国都不很统一，我们如何去界定他？唯一可靠的就是语言，对于我们的研究对象而言就是汉语。例如白先勇，将他放入中国文学史里面显然是不合适的,他是长期生活在海外的华人,但是如果把像白先勇这样杰出的文学家排除在我们的视野之外,也是不妥当的。我觉得甚至将他定位为中国台湾作家都有些不合适。有些文学史将港澳台文学和海外华文文学安排在中国现当代文学史著作的"附录"里,这种做法看上去聪明,但实际上不好,这似乎表现了只有大陆文学才配是正宗的文学,外乎于大陆的文学都只能属于"另册",这显然说不过去。港澳台和许多海外杰出的汉语文学家,对汉语文学做出的贡献十分巨大,他们完全应该在文学的正史中出现。

概括地说,我认为,中国现当代文学、台港澳文学以及海外华文文学,所继承和发扬的乃是同一脉新文学传统,它们在学术上乃至学科上被人为分割开来的现实局面非常不合理,应该通过"汉语新文学"概念的建构加以整合,达成文学整体的统一。所有用现代汉语写作的文学,无论在祖国内地还是在港澳台等其他地区,也无论是在中国还是别的国家,所构成的乃是整一的不可分割的"汉语新文学"。"汉语新文学"的概念和指称,既能显示出新文学传统的本质力量,又能克服由于国族分别或政治疏隔对文学加以人为分割的现实难题,"汉语新文学"作为学术概念有着相当充分的理论依据,其作为学科名称也体现着相当的学术趋势和实践价值。

徐志啸:由"汉语新文学",我想到了有关"二十世纪文学史"的问题,这个问题在当今学界也曾是个热门话题,特别一度在文学史著作出版方面,"二十世纪"似乎成了出版界追踪的热点。我个人认为,作为一个时间段的划分,世纪无疑是个值得重视或能引起注意的阶段,这在西方是非常通行的,一部欧洲文学史,基本上是以世纪来划分历史阶段的。但是中国的情况就不一样了,中国的古代历史或文学史,一般均以历史朝代来划分阶段,而并不以世纪来划分,这一方面,"世纪"这个概念本身属于舶来品,它被中国人所接受,完全是近代以后的事,另一方面,中国的历史和文学的发展进程确实受了历史朝代相当大的影响(当然不是绝对的),而与世纪几乎不发生多少瓜葛。这里还有一个更重要的因素,中国文学的发展演变(包括现当代文学),确确实实与世纪的起讫本身没有必然的联系,用"世纪"作为文学史研究的断代划分标准或参照对象,不能真正体现中国文学本身发展的轨迹、规律或特征,某种程度上可以说只是迎合了出版商的需要,或谓一定程度上满足了部分群体对世纪变更的新鲜感。我个人认为,出版这类文学史,首创者有其一定的历史意义,甚至具有历史的突破性,但绝对不能因此而一窝蜂,也许表面上会有一时的经济效益,但作为研究者,如热衷于这类切入点,从长远看,会失去实际的学术意义和价值。

朱寿桐："二十世纪文学史"是由钱理群、黄子平和陈平原三位首先提出来的，当时是一个非常富有影响力的概念或口号。这一概念的提出，包含着文学史突破的意图，意义也非常大，这当中虽然并不排斥对"二十世纪文学史"的人为炒作痕迹，而且后来很多人用"二十世纪"作为关键词来进行文学史的论述或书写，效果都不是十分理想，但是，他们三人的初衷非常值得肯定，其中隐含着对传统文学史观念的突破，代表了那时的学人们已经开始厌烦中国文学的近代、现代、当代划分的刻板与僵化，厌烦那种对文学史进行人为的、生硬的时代割裂的做法。当然，学界也有人对这种做法提出某些质疑：以某个年代作为历史划分的依据，这是否具有充足的理由？凭什么将19世纪最后一天的文学和20世纪最初一天的作品就这样人为地割裂开来？同理，凭什么肯定20世纪最后一天的文学现象同新世纪最初一天的文学现象就会发生质的差异？对于这样的质疑，我觉得大可不必。"二十世纪文学"的说法就是提出了一个概念，提出了一个文学史认知的方法，无论这种认知方法存在多少缺陷，但它是对那种一味跟从政治历史的节奏把握文学史分期的做法实施的一种批判，这就很值得尊重。何况，如果把握了"二十世纪文学"的真髓，比方说钱理群等人强调的改造国民性等，每个人都不会也不必计较这个文学史的起点是否真正立在20世纪的第一天。也许此前的相当一段时间就有了类似的文学现象，但这又有什么关系呢？它不在20世纪之内但部分地体现了20世纪文学的新质，就可以在文学史的认定上将其概述为20世纪文学的前奏。对于新世纪的某种文学现象也可以作如是观。关键在于对这个世纪文学的特质是否真正有一个准确地把握。即便是将整整一个世纪划为一个历史阶段，也并非不可理喻。它可能带着某种历史的武断，但勃兰兑斯说得好：有时候判定一个历史阶段就难免有些武断。这个丹麦伟大的文学批评家之所以这样说，是因为他也是将19世纪的欧洲文学当作一个整体进行研究论述的，他所撰著的《十九世纪文学主流》，是一部产生了世界性和世纪性影响的巨著，连鲁迅都十分佩服。他认为作为一个文学批评家，就是要有这样的"武断"，当面对历史划分有难度的时候，必须找一个突破口，他们甚至可以不祈求别人的认同。勃兰兑斯自然有他的道理，且其完全适用于欧洲文坛，而中国则并非如此，中国有中国的国情。所以，我认为，"二十世纪文学史"有其本身的贡献，但同时也不可避免地包含了一些明显的问题。

徐志啸：我赞同你的看法。钱理群、黄子平、陈平原三人的目的是在于打通，是为了淡化近代、现代、当代的刻板划分,其首创和历史性突破的意义值得充分肯定。但实事求是地说,按世纪划分文学史,本身并不显得科学,也不太符合文学本身发展的规律,这是毫无疑问的,我想,我们今天提出这个问题,一定会得到他们三人的理解和首肯。值得提出的是,有学者过分地强调了文学史要摆脱政治、历史、朝代等因素的影响,过分主张文学有其自身的发展规律,这看上去很科学、很客观,实际上恰恰不符合文学的本质特点,或者说还没有完全把握文学的实质。文学是人学,是抒发人的情感的产品,而人作为社会的动物,不是生活在真空中,而是生活在实际的社会生活中,他(她)不可能完全摆脱社会和人际的种种羁绊,社会和人际的种种变化,绝对会有形或无形地在他(她)的身上留下烙印或痕迹,而文学作品,往往就是这种烙印和痕迹的具体生动的形象反映或表现。人生道路的曲折轨迹和丰富复杂的生活内容,不可能以刻板的时间阶段来划分,如整数的年岁,如岁末或新年的开首,它的转折点和变化往往是以人生道路上所发生的事件为中心。因此,我们不应该一窝蜂地去搞"世纪文学史",这不符合文学的特质,更不符合它的发展规律。至于有的文学史纯粹是作家加作品分析,那它根本就谈不上是文学史,对文学史的基本含义还没搞清楚。什么叫"文学史"?有人认为作家加作品的罗列展示,就代表了文学史,这是对文学史的完全误解。文学史必须是用历史发展的眼光来看待文学,从中寻找出文学发展的特点和规律,让读者看到文学发展变化的轨迹,从中寻绎文学日后的进程。如果一部文学史仅仅是作家加作品分析,怎么衡量作者所选作家是不是合适、所选作品是否有代表性、评价是不是合理呢?又如何从宏观上认识和看待文学发展的特点与规律?

朱寿桐:我觉得这里有一个多元视角的问题。我同意你的说法,文学作品的分析,文学家的评估,需要在文学史甚至历史的发展连接处确定其价值与地位。事实上,我们现在的现当代文学研究都习惯于从文学史和历史的角度去进行,或者去要求,这也确实保证了某种学术的深度。但文学史视角的研究可以看作是各种文学研究方法之一种,而不是全部。我曾在《文艺争鸣》上发表过这样的意见,即应适当解构文学史的学术霸权,让那种不是文学史视角的研究也能够得到重视。我们上大学的时候,学校开设的课程叫"中国现代文学",而不是文学史,相关教材也不加"史"字,这时候就以作家加作品的分析为主。这当然也是一种教法。有些大学的课程安排将文学史与作品选分开,对文学作品的解读可以在审美和艺术欣赏的意义上进行,这也不失为一套教学和研究的路数。文学研究和文学教学确实可以多元化地展开,可以就作品进行解释学的细读,或进行审美阅读,也可以将文学作品和文学现象看成是文学史的一个组成部分,注重文学史的规律、文学史运作的历史迹象,以及这种种历史迹象给予历史的贡献,将所有的作家作品都视为文学史自觉地或不自觉的历史运作中的一个重要的或不怎么重要的环节。这样的研究法都可以成立,而且并行不悖,甚至不可以截然割裂。不过文学研究和文学分析,始终扣紧一段文学的历史以及社会的历史,这是相当可靠的做法。

徐志啸：正因为要紧扣一段历史,但这段历史应该是符合文学史发展内在规律的历史分段。所以我认为选择一个世纪作为界点,主要目的是想打破以 1949 年作为现代和当代文学的分界点,这个做法本身是有意义的,有相当的突破性,但是不够科学,不太符合文学本身的特点。

朱寿桐：如果一定要运作"世纪文学"的概念,则需要把握世纪文学的总体的本质性的特征,然后将哪怕属于其他世纪的文学现象,只要符合所论述的这个世纪的文学特质,就应该视为这个世纪文学的前缀或是后续,而不是简单地划"时"为牢,机械地理解世纪命题。世纪文学研究的价值发挥到极致的时候,就是能把整个世纪的特点、优势,与别的世纪不一样的文学特质牢牢把握住,将显示在历史长河中的富有时代或世纪特质的文学现象标注出来,特别是要把握一个世纪的主势,比如 20 世纪的民主、科学、革命等,这是这个世纪和其他世纪不一样的文学风貌。这个世纪前后如果有类似的文学现象,就应该视为 20 世纪文学的前奏与后续。这样的研究就可能得出这样的结论："二十世纪的有些文学作品,却可能并不典型地属于 20 世纪文学,而是属于别的世纪的文学";别的世纪的一些文学作品有可能倒是应该放在 20 世纪的文学史平台上来剖视。只有在这样的学术语境中,世纪文学起点与终点的强调才不是十分必要的。

徐志啸：我们的话题似乎要自然地联系到重写文学史的问题了。这个问题,曾经在文坛上热闹了很长一阵子。所谓重写文学史,我理解,应该是文学史要按照文学自身的发展历史来写,不应该留有政治的痕迹,要打破按政治历史束缚的时间划分。这完全对,但似乎也不能矫枉过正,不能完全抛开原来的社会历史、完全摆脱政治因素,须知,文学与政治其实是一对难解难分的矛盾统一体,两者既是矛盾对立的,却也是常常包裹在一块的,难以分割,很多文学家其实就是政治家,或者说,很多文学家摆脱不了政治的干系——特别在中国,文学家离不开政治。从这点上看,所谓重写文学史,不是完全抛开过去的政治历史,写一部纯文学的文学史(这样的文学史其实是不存在的),而是要有新的发现,新的观点,打破旧的格局。

朱寿桐:重写文学史和"二十世纪文学史"确实有联系,但是也有不同和变化。"二十世纪文学史"的提出,旨在打破文学史与政治史的联姻,是在20世纪80年代初中期意识形态改革冲击波下的难得的学术记忆。重写文学史则是在市场经济已发展的背景下提出的。在市场经济大潮中,文学必然边缘化,重写文学史是对市场挤逼人文这样的历史潮流的抗拒。但这样的倡导承载着太多的学术和精神诉求,将这些诉求都试图借助文学史的操作来完成,显然并不现实。是的,重写文学史运作承担的包袱太重,既要面临市场经济,又要把原来政治的包袱接过来,将意识形态化的文学后果和学术后果都担当起来,这样势必陷入难以应付的局面,或者是不了了之的格局。事实上,重写文学史的倡导基本上被自己的运作消解了,因为重写文学史的模糊地带太大,正像有人议论的,任何时代,任何研究者其实都在重写文学史,但是谁都不能达到重写的境界。真正的重写文学史,不应该是对几部具体作品进行重新解读,重新评价,或者对某些个作家的排位进行重新调整,或者是将一些原来不大重视的文学家和作品给予较多的重视。重写文学史的门槛不应该那么低,应该有一个全新的文学史视角,有一个非同一般的文学史观,从文学史的内涵到外延的整体格局把握,都应该有一个全新的认知。仅仅局限在对具体的作品作人文精神的挖掘,或淡化意识形态,是很难达到重写的目的和状态的。

徐志啸:接下来我们可以谈谈与上述话题相关的中国文学的古今演变和走向世界的问题。文学的古今演变确实要重视,这个话题其实与整个文学史的研究是相通的,而且两者之间有着内在的必然联系,只是提法不一或侧重点有所不一而已。从宏观角度看,其实文学史的研究就是对文学的古今演变在作系统的阐发,但文学史本身研究的,更偏重从整体上看,文学如何从古代走向现代。在现代文坛上,强调文学的古今演变,恐怕立足点是在于微观的角度,或至多是中观角度,注重对现代作家的作品如何继承或发展了古代文学中的若干因素——包括思想内容和艺术表现形式,似乎后者的比重更多些,看这些作品如何有意无意地吸收了古代的东西。但是我有个看法,如果过分地渲染这个话题,似乎容易和文学史的研究相混淆,其实研究文学史,从历史的宏观的角度看问题,实际就是在谈古今演变的问题,换个名词而已。

朱寿桐:当我们在说中国文学的古今演变时,其实就隐含着这样一个学术前提:即我们今天的文学本来就是从古代演变过来的。是的,谁也不会否认现代文学与古代文学有着割舍不断的文化联系,但如果一定要强调说,现代文学是从古代演变过来的,至少在历史逻辑上是有断点的。我们今天的新文学、新文化,至少在最初的倡导和运作阶段,强调的是古今断裂,是在彻底批判旧文学和旧文化的基础上,在不完全回避西化的时代语境中发展起来的,无论在文体形态、历史形态、价值形态方面,都首先体现着新文化和新文学的新的传统,而不是与古代文化和古典文学一脉相承的旧有传统。我曾写过《论中国现代文学的伟大传统》一文,10多年前的事情了,虽然对新文化和新文学的传统所进行的学术描述可能面临着更进一步的思考,但确认新文学具有自己的新传统,这恐怕是靠得住的。既然新文学有自己的新传统,它就不应该被理解为是从旧有的传统"演变"过来的。这也是我论述"汉语新文学"概念时坚持用"新文学"的理由。"新文学"与"旧文学"在品质上的相对性非常明显,而现代文学与古代文学则更多地包含着某种延续性。从事实层面来看,新文学、新文化确实是在否定旧文学、旧文化的逻辑起点上发展起来的。新文学的创作者和倡导者,比较强烈地倾向于疏离我们的传统文化。胡适、鲁迅这一辈人都非常急切地想摆脱自己的旧文学和旧文化素养,他们那时候对于旧文化和旧文学批判言论的偏激,正好表明了这样一种急切的心理。新文学的发展过程,可以被描述为一代又一代作家逐渐疏离旧文化和旧文学传统的过程。当然,彻底与传统文化和文学告别是不可能的,我们的新文学不可避免地包含着传统文学的因素,有时这些因素还发挥着特别巨大的作用,如戴望舒的诗歌中就包含着非常浓烈的晚唐意蕴。但总体而言,旧文学的因素在新文学发展过程中慢慢隐退。有人想恢复一些旧文学的东西,如贾平凹写《废都》,企图将明清时代的小说词调拿过来应用,但结果只能成为一种装饰,而且是很不自然的装饰,它不可能因此获得《金瓶梅》时代的文学品貌。所以我们与其说古今"演变",还不如说是"古今融合",即便是你不喜欢,古代文学的因素也在新文学中存在着。再从文学理论思潮的运作现象来看,传统文化与新文化古今交叉的现象几乎每个历史阶段都有。即便是在旧文化受到攻击的"五四"后期,新人文主义倡导者如吴宓、梅光迪,通过《学衡》杂志,倡导古代文化、服膺古代圣贤,甚至普遍坚持使用文言文,但他们的价值理念不可能真正回到孔孟那里,他们实际上崇尚白璧德的新人文主义,而这样的"主义"不仅属于新文化,甚至曾一度被我们的专家归入"现代主义"的批评流派。

徐志啸:这是穿着黄袍马褂,说着不中不洋的话,是一种不中不西的混搭。

朱寿桐:新人文主义强调的是民族的传统和文化,古今交叉的问题依然存在。

新文学家有意地借助传统的文体,这很难实现古今融合,融合是一个比较高的境界,眼下只能是古今交叉,我认为,所谓古今演变,其实是在谈今的过程中更偏于"古"的成分。

徐志啸:现代的作家作品中似乎都能看到一个传统的影子,如认为这就是古代到现代的一个演变,是否言过其实了?这其实谈不上是演变,演变是一个漫长的过程,而不是单纯的结果。

朱寿桐:只要使用汉语,只要生活在中华文化的环境之中,任何人要想割断与传统文化和文学的联系都只能是想拔起自己的头发要离开地球。但这不等于说我们的新文学写作一定继承古代文学和文化的传统。传统文学和文化素养的作用是一回事,而继承古代传统延续古代文学文脉是另一回事。新文学只能继承新文化的传统,只能延续"五四"文学的文脉,在这样的前提下,绝对不能排斥传统文学和文化因素的参与。比如现在许多人借助古代诗词的格律形式进行创作,但所写的往往是歌颂现行的富民政策,歌颂改革开放的大好形势,包括颂扬十八大等,用古典的形式抒发即时的感情,借古人的酒杯浇洒现实的块垒,这样的文学古风意味浓厚,但无法否认这是现代文化的新传统的文学呈现。

徐志啸:接下来再谈中国文学走向世界的问题。眼下这个话题最好的案例是莫言获得诺贝尔文学奖。莫言能获得诺贝尔文学奖,当然某种意义上标志了中国文学的走向世界,这是毫无争议的。但仔细思量一下,它其中涉及的走向世界的要素是什么?我想,其中最大的问题乃是翻译的问题,我们之所以到今天才有了第一个诺贝尔文学奖,不是我们的文学创作才能到今天才达到这个高度,而是外国人没有或很少通过翻译的渠道来认识我们所创作的作品,这恐怕是问题的关键所在。莫言的作品得到诺贝尔文学奖评委们的认可,其中以葛浩文为代表的翻译起了不可忽视的重要作用。由此,人们可能从中发现了一个很重要的问题,就是中国文学若要走向世界,就必须要通过翻译,于是,加大翻译,重视翻译,一时间成了特别受关注的事了,甚至要组织专门的翻译队伍,投入大量的资金,来进行这项意义重大的事情。但是实际上,人们是否认真地想过,我们中国人阅读和了解外国文学,是通过外国人自己的翻译来得到的吗?不,完全是通过我们中国人自己的翻译作品,来阅读和了解的,中国文学的走向世界,不能通过本国人从事翻译来实现,一个简单的例子,《红楼梦》的翻译,中国有很多翻译的版本,其中尤以杨宪益和戴乃迭夫妇的翻译最为权威,但据了解,他们的译本,在海外并不畅销,倒是只有外国人自己翻译的版本,在海外受到欢迎。这是个很值得重视的现象,不能我们人为有意地去组织一支庞大的队伍专门从事翻译,试图由此让中国文学早日走向世界,这样做的结果很可能得不偿失,我们今天读到的外国文学作品,很少是由为外国人翻译的,都是我们本国人自己翻译的,中国文学作品传播到外国,应该道理是一样的。

朱寿桐:你提出了一个很好也很深的问题。我之所以倡言汉语新文学,就是考虑到要在世界文学的格局中确立我们的文学地位。汉语文学是一个整体,汉语文学可以整合中国大陆文学、台港澳文学以及海外华文文学近百年的资源,从而在世界文学之林中凸显汉语文学的优势及特性,使得汉语文学与英语文学、德语文学、法语文学、俄语文学等并列于世界文学花团锦簇的平台上。从语种和语言的角度把握世界文学的区块已经成为一个学术潮流,语言已经被人们当作一种文化共同体的最显著的标志。你提到文学翻译的问题,其实也是文学语言的问题。文学是语言的艺术,而语言是文学的载体,它不光能概括出文学的作用,还能以自身的张力和表述力参与到文学的具体表现中。中国人对作品思维的认识和语言的表达方式,完全是中国化的,一个民族,它的文学思维最本质的体现,恐怕就在于语言。我不会说葛浩文对莫言的翻译如何高明,但是我想,一个西方人用西语进行的翻译比较容易为他所属的那个文化共同体的人所接受,就像是林纾的翻译虽然可能是大略的意译,但他确实很便于清末民初中国读书人接受。语言包含着思维、表达方式和文化的快感,我们用汉语表述的文章,传达了文化的快感,这不光是故事本身所能给予的。我们的文学要展示自己的优势实力,在世界文学中占据一席之地,必须通过语言的转换,来传递这种优势实力。因此,在中国文学走向世界的过程中,文学作品表达的能力和张力中,汉语自身内涵的表现力是很关键的,外国人之所以会重视中国文学(莫言获诺贝尔文学奖是个典型案例),不是说中国文学提供了干巴巴的中国经验和中国文化,而是需要汉语生命力在其中得到充分的展示和体现。这样,在世界文学的版图中,我们汉语文学才会有自己的优势、特色和发展前景,呈示出其他语种文学所无法替代的魅力和特色。(这样说并非贬低其他语种文学,而是说明,汉语文学应有其独特的思维文化和表现方式。)

徐志啸:怎么做到让外国人能主动地对中国文学有兴趣? 我想,关键是提高中国的整体国家实力,随着国力的强大,中国文化主体生命力的上升,全世界学习汉语的人自然会越来越多,我们的文化也自然会吸引更多的外国人感兴趣,不需要过分强制推行汉语学习,强制推行反而容易招致反感。

朱寿桐：是的，短效机制往往是强制推行，这让主动权握在别人手中。中国文学要走向世界，必须以自身的修炼、自身语言的优势、自己民族的经验、自身语言表达精彩度的提高，让全世界的读者认识，让他们看到，这是一块无法忽略也不能忽略的精彩的文化板块，让他们主动地重视，让他们当中讲究审美精神的一群觉得读不懂汉语文学是一种缺憾，从而显示出我们的汉语魅力，显示出中国文学蓬勃的生命力。

徐志啸：我们的对话进行得十分愉快，围绕宏观认识中国文学的话题谈了一系列的问题，很有启发，很有收获，感谢你的热情邀请，让我有这么好的机会，得以进行这样有效而有意义的面对面的直接交流。

朱寿桐：也谢谢你能来到澳门大学，愿我们今后能有更多的机会进行这样的学术交流。

汉语新文学视野中的台湾文学

对话人： 王光东　上海大学中文系教授
　　　　　朱寿桐　澳门大学中文系教授

王光东： 由于政治、地域等各方面的因素，在以往的研究中，我们很少把台湾新文学和大陆新文学放在一起讨论，在我看来，这是研究的一种缺陷。台湾新文学和大陆新文学同属于汉语新文学范畴中，如果不纳入到一个整体中去讨论，台湾文学的意义和价值无法阐述清楚。

朱寿桐： 的确，尽管大家从意识上都认同台湾文学是中国文学的一部分，但从学科建设和学理表述层面，却习惯性地将这两者割裂来看，我们需要解决如何将台湾文学乃至港澳台文学置于一个整体中讨论的问题。

王光东： 大陆、台港澳尽管在政治背景上有所差异，但从语言、思考方式和情感表达方式来看，都属于汉语表达范畴，所以今天我们用"汉语新文学"这个概念，以此来整合大陆、港澳台，甚至海外华人文学。

朱寿桐： "汉语新文学"这个概念的提出实际上解决两个问题：一是从学理上自然且合理地把台湾文学以及港澳文学纳入到中国现当代文学的版图中。二是从语言的角度将海外华人文学也纳入其中。当我们用"汉语新文学"这个概念来表述的时候，大家一下子就明白这其中不仅有大陆文学，还包括港澳台文学、海外华人文学，这是一个学术感觉和学术理性的自然呈现。

王光东： 这样的表述除了具备从语言层面出发的简单直接之外，还需要进一步从学理层面去论证台湾新文学作为汉语新文学一部分的意义和价值到底在哪里？当我们将台湾文学纳入到汉语新文学的框架中去讨论之后，我们面对的第一个问题就是，台湾新文学和大陆新文学到底有怎样的关系？在我看来，首先，台湾新文学与大陆新文学具有历史的同源性,他们面对的传统是同一的,都是中国文化传统。

朱寿桐:具体来看这里应该有两个传统:一个是古老的汉语文化传统,这个是不言自明的,台湾作为中国不可分割的一部分,在文化上一直是同源的。第二个传统是所谓新文学和新文化的传统,也就是以我们的传统文化作为对照面,以西方先进文学文化作为参照面,后来被表述为"五四"精神的传统。

王光东:在这个新传统中,台湾新文学和大陆新文学有非常深刻的内在联系。从某种意义上来看,台湾新文学是由于大陆新文学的产生而开始的。杨若萍在《台湾与大陆文学关系简史》一书中,在谈台湾文学的发展过程时说,1895—1920年这个时期是台湾知识分子为了对抗日本统治者的同化政策,乃积极设立私塾、书房以及传授汉文,且成立诗社,团结诗友以巩固中国文化的根基,使汉学不致在台湾灭绝;1920—1937年,旧的文学在台湾已与大陆一样渐趋式微,台湾新文学运动兴起,白话文学在台湾形成风潮,影响了各种体裁的文学创作,无论是小说、散文、新诗、戏剧等都开始使用白话……我们不难发现在台湾新文学产生时,所呈现出的特点及变化过程是和大陆新文学非常相似的。

朱寿桐:没错,1917—1919年间发生在中国大陆的新文化运动通过各种方式传到台湾,直接影响到台湾的有识之士,使台湾知识分子找到了一种相似的文化文学追求,发起了新文化和新文学的运动。

王光东:台湾新文学产生的一个标志性事件,是1920年旅日台籍人士在东京成立了"新民会"并发行了刊物《台湾青年》。这与在中国大陆,陈独秀创办《新青年》,开启了新文化运动的道路也非常相似,甚至两份杂志的办刊思路都基本一致。《台湾青年》在发刊词中写到"今日世界改造之秋,国民之荣辱,不在乎国力之强弱,而在乎文化程度之高低。……夫欲启发社会之文明,必先吸收高尚之文化,尤当顺应世界之潮流,然后可使民智日开,而进于文明之域",这其中涉及的关键问题就是"要推动台湾新文学产生,必然要和世界发生关系",这就是我要提到的第二点内在联系:无论台湾新文学还是大陆新文学,在其产生之初,都是通过世界文化在提升本民族的文化进步。

朱寿桐:考察那个时期的新文学新文化的倡导精神,有两个非常显著的内涵:一个是世界性的眼光与胸怀,另一个就是现代性意识的觉醒。我们后来研究新文化的时候比较注重解释分析现代性这一块,相对忽略了对世界性因素的考量。

王光东：关于这一点，我认为在当时那些新文学作家的意识中，世界性和现代性并没有呈现太大的区别。我们以后可以继续讨论这两者的差异，但今天还是先回到台湾新文学和大陆新文学之间关系这个问题。可以基本确定的是，不论台湾新文学还是大陆新文学，都是以西方文化作为启蒙，都是以民族复兴作为己任的。

朱寿桐：在这种新的文学文化传统中，两者所体现出的紧密的历史联系和共同的方向选择，都表明了台湾新文学和大陆新文学具有历史的同源性。

王光东：这种同源性还体现在另一个方面，他们都提倡白话文。当然对于白话文的提倡，两者是有差异的。台湾在那个时期面对了日本文化、中国古代传统、台湾本地语言以及日常白话语言，从这一点来看，台湾新文学面对的问题比大陆更复杂，大陆新文学运用白话文的目的主要为了启蒙大众，传播新思想的需要，这在胡适的《文学改良刍议》中表达得很明显。但在台湾，白话文运动还有另一个目的，它要针对日本的皇民化教育，保留民族语言。

朱寿桐：正如你所说的，台湾的白话文运动所承担的历史任务和大陆确有不同。胡适在白话文问题上的思考是比较全面而深刻的，除了让新的思想得到迅速传播以外，还希望通过白话文学建构新的文学的国语，我们看意大利语原本不是欧洲的重要语言，后来就是通过文学传播，成了欧洲非常有尊严的语言。胡适在推广白话文运动时也有这样的用意，古老的语言没有办法通用，新的语言一时也无法争得自己的地位，所以要通过白话文学建构文学的国语。但在当时，胡适的这一呼吁并没有得到很多人的响应。台湾新文化运动先驱者在当时的环境下，是没有条件也不允许提出这样的命题的。但从他们的实际操作中，在建构民族语言的威严，寻求民族语言的尊严方面起到的作用却是与胡适他们完全相通的。

王光东：当年倡导台湾白话文运动的黄朝琴在他的《我的回忆》中曾提到："希望台湾同胞相互间，均能使用中国文字，使白话文逐渐普及，这样不仅中华文化在台湾得以继续保存，而且因简单易学的白话文的推广而能发扬光大，借以加强民族意识。间接地，使日本对台湾的日文同化教育，无法发挥它预期的效果。"当时台湾白话文运动的倡导者虽然无法明确提出国语的概念，但通过白话文的推广和建立，包含了非常强烈的民族意识，和发扬中华文化的意愿。相同的意思，在台湾知识分子张我军这里表达得更明确："台湾的文学乃中国文学的一支流。本流发生了什么影响、变迁，则支流也自然而然地随之而影响、变迁。"他一直主张台湾的新文学改革方向要和大陆相同。这一个时期台湾新文学知识分子对于中国传统文化的认可非常高。由此可见，台湾的新文学和大陆新文学的同源性在当时学界都是有认可的。从这个意义上来说，我们今天研究台湾新文学和大陆新文学更不应该将两者人为区分。

朱寿桐：对，这样的分割不符合历史，不符合民族文化伦理，也不符合在整个汉语新文化新文学发展的实际。我曾经写过文章专门谈汉语新文学的文化伦理问题。许多漂流海外的华裔文学家，他们用汉语写作，希望在大陆和台湾得到承认，甚至也就在这些地方发表，他们的传统的承续与发扬也是中国的，但由于身份证和护照的不一样，我们则不得不把他们算在中国文学范畴之外，这在法理上是对的，但是在文化伦理上我们说得过去吗？因此，汉语新文学就没问题了，原来连海外华文文学都吸纳在内，更不用说港澳台文学了。

王光东：刚才我们从新文化传统发生的历史渊源、与世界文化的紧密联系、白话文的倡导以及对中国传统文化的认可等方面论证了台湾新文学和大陆新文学的同源性。如果具体到这一时期的文学创作来看，这种同源性也同样存在，非常典型的作家就是赖和。赖和在"五四"新文化开始的时候在福建当医生，回到台湾后开始进行文学创作，他基本的创作趋向和思路与鲁迅非常接近，被称为"台湾的鲁迅"。他的小说体现出几个特点：一是对传统文化的批判，二是对下层劳动人民的同情，还有就是对台湾社会经济制度非常清醒的认识，这和鲁迅非常接近。当然作为小说创作而言，两者的差异也很大，鲁迅的批判更多在精神层面展开，赖和在批判国民劣根性时更多是和台湾社会政治经济制度结合在一起讨论，这也和当时日本人在台湾的统治方式有关。比如赖和在《可怜她死了》中，主人公阿金因为穷，沦为商品两次被卖，最后被地痞流氓阿力哥抛弃，投河自尽。我们可以看出这个女孩的命运变化主要是由于经济问题和人的思想问题，但同样在鲁迅作品中，要被婆婆卖掉的祥林嫂的命运，却主要是由于封建父权的桎梏，而非经济原因。

朱寿桐：具体到某一对象来谈台湾新文学和大陆新文学的同源性时，我们还可以注意到台湾新文化运动始终关注的是北京上海新文学新文化的操作，始终靠紧着大陆的运动趋势。比如张我军就很关注对旧的复古派的文化思潮的批判，比如对辜鸿铭的批判，尽管这些对象和台湾并无直接关系，但台湾也同样掀起对它的批判。

除了台湾新文学和大陆新文学的历史同源性之外，要论证台湾新文学作为汉语言新文学一部分的必要性，我们还需要关注在面对世界新文学时，无论台湾还是大陆,在处理白话文学和世界文学的关系时,始终保持着同样的思维方式、同样的价值理念。

王光东:最核心的就是两者的文化价值中心点在何处?他们在处理和世界文化关系是站在怎样的文化立场?台湾和大陆的新文化作家在看待西方文化问题时,虽然有时候会比较激进,常用西方文化来批判传统文化,但真正在他们作品中体现出来的始终是中国文化的核心价值,是站在中国传统文化的立场。这个特点我们通过对具体作家作品的分析会看得更清楚,比如我有个硕士生研究张大春的作品,发现他虽然是一个受西方文化影响非常大的作家,在其小说中仍然借鉴了中国传统小说的一些特点,当西方现代主义的文学技巧进入了他的作品之后,他是站在中国传统文化的基点上对它们进行消化吸收的。

朱寿桐:当我们从汉语新文学的角度来把台湾文学和大陆文学统一起来说的时候,他们在文化上的同质性就更加容易凸显。我也举一个例子,吴浊流在《亚细亚孤儿》中,表达了台湾人非常深刻的一种情感经验,在整个亚细亚中,台湾就好像是一个被遗弃的对象,疏离祖国大陆,受日本的欺负,找不到自己的位置。他在小说中急切寻找的就是对汉语文化和汉语文学的归属感,带着这样一种文化焦虑,他在呼唤对于祖国,更准确地说是对于文化、对于民族语言的一种皈依。如果我们从汉语文化的角度出发,台湾这种非常独特的文化经验将带给汉语文学更多深刻的内涵体验。这种急切寻求汉语文化根底的情感在文化主体的中国大陆是不可能那么强烈的。再比如海外华人作家聂华苓有一句非常著名的表达说"我没有家了,汉语就是我的家",在20世纪60年代,她们和当年的吴浊流一样,回不到中国大陆,而将这种对于家的渴望寄托于汉语文化。

王光东:对。在这些作家那里,作为"地域"的家和作为文化的"家"是不同的,她们往往从语言进入到文化情感中,来寻找自己的心灵的故乡。

朱寿桐:由于种种政治历史原因,当一个民族的离散人群,离散的知识分子,在他们的祖国认同发生某种困难的时候,这种对民族语言的执着追求就成为他皈依的方式。所以从汉语文学角度出发,我们更能够发现这些作品给我们带来的一种别致经验和情感体验。

王光东:我认为这个问题需要从某些作品的具体分析中进一步来讨论。我们在这里先点到为止。前面谈了台湾新文化和大陆新文学之间的同源性和同质性问题,应该说已经相对充分地论证了两者从文化文学层面来看是一个不可分割的整体，所以我们对台湾文学的研究，必须要和大陆新文学作为一个相互联系和差异的整体来共同讨论，台湾文学的意义才会显现。

朱寿桐：我对这个"整体性"的理解是：当我们把台湾文学和大陆文学全部纳入汉语新文学系统中时，我们会发现台湾文学是汉语新文学非常重要的一部分。首先，在台湾和大陆分开后的一段时间中，仍然共同体验着中国当代文学的发展节奏，且基本是同步的。一开始台湾和大陆都对文学进行了高度意识形态化，台湾有"军中文艺"，大陆则是"革命文学"；到了20世纪60年代，台湾开始以一种开放性的姿态和世界发生关系。而这一时期，大陆的文学则处于停滞的状态。但如果我们将两者放在一个整体中，会发现汉语新文学是在进步的，尤其是当西方现代主义在台湾经过了和乡土文学的论争，而得到充分发展之后，由于台湾新文学的存在保证了汉语文学始终能够紧跟世界文学发展的步伐共同前进。

王光东：从内部来看，由于台湾新文学和世界文学的接轨，给汉语新文学提供了很多不同的经验，同时也在影响着中国大陆新时期文学的格局。我们发现尽管20世纪六七十年代中国大陆没有和世界接轨，但当80年代大陆文学开始发展时，台湾文学反过来为大陆文学提供了可借鉴的经验。比如当时的先锋文学、通俗文学在新时期的发展中都自觉或不自觉地借鉴了台湾文学的经验。

朱寿桐：你说得非常对，当中国内地改革开放时，我们惊喜地发现港台文学带来了很多现代主义的东西，内地很多剧团都开始排演现代主义的戏剧，用汉语呈现西方的荒诞戏剧。

王光东：更明显的例子是当时出现的琼瑶热和金庸热，还有席慕蓉热等，台湾文学在发展中所出现的一些文学因素深深地影响了中国大陆改革开放后的文学。

朱寿桐：台湾的琼瑶言情小说能够如此发达，一方面固然离不开商品运作的影响，还有一个很重要的原因是，台湾毕竟没有经历过"文化大革命"，对于旧文化的否定并没有那么深刻，所以在这片文化土壤上，旧文化的重要因素一直在延续。

王光东：尽管大陆在"五四"时期，反传统非常激烈，但其实文化传统也并没有断。正因此，当台湾文学进入后，它能够很快复苏大陆文学中的深层文化记忆。从世界层面来看，当中国大陆的文学处于某种隔绝状态时，汉语文学还是活着的，在世界文学发展的这个阶段，它并没有缺席。在汉语新文学的视野下，由于台湾文学、港澳文学、海外华人文学的存在，提高了汉语新文学对世界文学的参与度。从两者关系来看，台湾文学又对大陆新文学有着重要的影响。所以把台湾文学作为汉语新文学一部分来看的时候,台湾文学有很重要的价值意义。

朱寿桐：我想再补充一点,如果拉长历史的镜头,我们能发现汉语新文学在不同的时期有不同的中心地域,并且始终活跃在世界文学中。在新文学文化倡导时,北京和上海交替成为新文学文化运动的中心,后来是重庆和延安,之后很长一段时间里,这个中心在台湾,台湾成为汉语新文学和世界文学对话的桥头堡。

王光东：今天主要从新文化文学传统层面深入讨论了台湾新文学和大陆新文学的历史同源性,又从具体的文学创作出发,谈了两者在面对世界文学时,都以汉语新文化为价值中心的同质性,以及如何从整个汉语文学发展格局的外部和内部,来理解台湾文学的价值与意义。

翻译文学之于汉语新文学建构的意义

时　　间：2012年1月20日14:00
地　　点：上海大学乐乎楼
对话人：朱寿桐　澳门大学中文系教授
　　　　王光东　上海大学中文系教授

朱寿桐："汉语新文学"这个概念有效拓展了中国现当代文学研究的内涵,它不仅把港澳台文学、海外华人文学非常自然地纳入其中,同时也包括了用汉语翻译的外国文学作品,这是原来的"中国当代文学"的表述范畴所无能为力的。当我们以国家地域来定位文学作品时,通常只能把翻译文学算作外国文学。但事实上,当我们阅读了一代又一代著名翻译家所翻译的杰出外国文学作品时,这些作品本身已成为汉语文学非常重要的一部分,它对于国人的文学文化修养,对于民族的文化建设,对于汉语新文学的建构所起的作用,所具备的意义都是不可忽略的。

王光东：若是将翻译文学排除在汉语文学研究之外,我们将无法准确阐释汉语翻译出版的外国文学和中国文学之间究竟是什么关系,虽然我们也有比较文学等研究方向,但这样的研究始终将翻译文学和汉语文学看成是一对平行关系,并非相互包含。

朱寿桐：我在澳门工作时有一个体会,我们非常希望中文系学生能多读一些外国文学名著,希望能够在中文系课程体系中设立外国文学课程,可是推行起来却非常困难。因为在大多数人的观念中,如果你要学习英国文学,就不应该看翻译文本的,而是应该到外文系,听外文的课;如果你要学习日本文学,就去日文系,如果要学英美文学,就到英文系去听课,所以中文系是没有必要开设外国文学课程的。这让我非常怀念内地大学中文系的课程体制,里面外国文学和世界文学占据很重要的部分。如果我们能够把翻译文学纳入到汉语文学体系中,这个问题即便在台港澳也就自然迎刃而解。最重要的是,用汉语承载的外国文学名著,不仅仅在语言系统上转变成汉语,在文化面貌、语言品质上都变化成汉语的了,所以在中文系设外国文学课程非常重要。

王光东:如果从一个阅读者的角度来看,也同样重要。当人们读作家用汉语创作的作品和用汉语翻译的外国文学作品时,都同样能够引起精神和情感层面的感动与共鸣,这是因为无论是汉语文学创作还是汉语翻译作品,都成了读者生命感悟、情感体验的一种意义方式,比如20世纪50年代时我们之所以喜欢读苏联作品,是因为哪怕主人公不姓赵钱孙李,但作品背后的精神理想和当时中国的环境氛围非常契合的,我们读这些作品时,是把它们投射到一个共同的精神世界中去体会的,是站在一个共同的文学意义上去接受这些作品的。所以从文学阅读者的角度出发,翻译文学也不能独立于汉语新文学之外去讨论。

朱寿桐:我想再补充一点,从传播学的角度来看,据我一位朋友研究,传播的途径分本源传播和次源传播。前者是指用原来的语言文本来传播,是最可靠的;但如果太强调本源传播,就意味着你必须掌握外语才能接受他者文化,所以世界文化的交流传播大部分是依靠后者,通过不同语言进行翻译介绍,比如我们不懂阿拉伯语,但一千零一夜的故事却影响深远,所以翻译文学作为次源传播的一种类型对世界各民族影响都非常大,我们不应该也没必要从语言本源性的角度,将次源传播的可能性及其巨大社会文化功能抹杀了。

王光东:我们需要进一步讨论的是翻译文学对于汉语新文学的意义。首要问题就是在汉语新文学的产生发展过程中,翻译文学究竟起了什么作用?我的观点是翻译文学为汉语新文学的建构提供了非常重要的参照系。

"五四"新文学就是在翻译文学的直接参与下开始的。比如林纾的外国文学翻译作品,对于包括鲁迅在内的新文学第一代作家有着广泛直接且深入的影响。翻译文学对于中国新诗的参照意义就更加明显了,在1917—1920年以前,中国新诗还是主要和中国的民歌民谣、古典诗词相关,比如胡适的《尝试集》,康白情、俞平伯等人的白话诗,还受本土民歌体影响较大,但从郭沫若的《女神》开始,中国现代意义的诗歌真正建立,很明显受歌德、拜伦、泰戈尔的诗歌文体、表达方式影响非常大。从这个意义上来看,外国的翻译文本直接进入了新文学的建设过程中。

朱寿桐:如果从文学史的发展意义来看,翻译文学往往是新文学诞生的前提。

比如鲁迅的现代小说的开创性实践,据他自己承认,就是读了以及翻译了外国文学作品的结果。新时期朦胧诗的产生,就是源自于20世纪70年代初中期,很多青年诗人受外国文学启发,后来形成了"白洋淀诗群",这个诗群对朦胧诗的产生起了很重要的作用。再比如社会主义文学的兴起与苏联文学有非常重要的关系。

王光东:也就是说从文学史的角度来看,翻译文学与中国新文学发展是相互包含、相互联系的关系,不是平行关系。翻译文学和汉语创作共同构成了文学史的内容,两者同时为汉语新文学的发展成熟做出了巨大贡献。

朱寿桐:研究文学史的人都曾注意到,很多翻译不是按照原文一字一句翻译,而是把外国文学故事、情节作为引子,再用古文或者本土语言来进行重新创作,如林纾的翻译作品。这种翻译形态从语言到内容都进行了汉语处理,严格来说已经不能算作外国文学。

王光东:当用汉语对另一种民族语言进行翻译时,作者并非在从事简单的语言转换工作,而是在翻译的过程中把自己的语言修辞、情感表达糅合进去,这是一个翻译理论的问题,涉及直译和意译,是一种全新的创作,已经不是一个单纯的外国文本,而是一个汉语文本。

朱寿桐:尽管我们不懂翻译理论,但从各种作家争论中可以理解你刚才说的这层意思。郭沫若曾说"翻译是媒婆,创作是处女",鲁迅对这个言论非常不满,认为不该把翻译比作媒婆,因为那一代的新文学创始人都非常重视翻译,成熟的好的翻译作品本身呈现的就是语言所特有的文化精神诉求,不是简单的语言转化,所以新文学的倡导、发展都离不开翻译文学的前导,离不开翻译文学作为强大的参照文本。我觉得鲁迅的说法和感觉非常对头,翻译本身就同时扮演着产妇的角色。

王光东:我们所谈到的这个"参照文本"还有一层意思,就是当翻译文本作为新文学的参照而出现时,新文学所要创造的文本已经蕴含了翻译文学提供的文本。

朱寿桐:直接一点说就是新文学的文本体系来自于翻译文本。

王光东:我认为用"文本体系"可能有些大,在中国新文学的建设过程中,除了翻译文学,也有民间文学、传统文学的介入,尤其是民间文学,在1918年春天,北京大学刘半农发起歌谣征集活动,这个活动的开展对于新诗建设也起到非常重要的作用,所以我觉得用"示范因素"似乎更加恰当。

朱寿桐:我之所以用"文本体系"或许是基于一个更高的想法:中国新文学的起源因素的确有很多,但从文体来看,包括诗歌文体、戏剧文体、小说文体,还有短篇、中篇、长篇等，最终形成成熟的汉语新文学体制的，还是源于翻译文学起了主导作用。虽然民歌体影响了新诗的起源，但诗歌真正定型，也还是西方的翻译诗歌。小说也是同样，虽然中国古代也有旧体小说，但后来新小说的文体主要是翻译文学带来的文体。

王光东：从宽泛的意义上来看，中国现代文学的文体建立的确是在西方文学和翻译文学的影响下开始的。与此同时，如果放到汉语新文学这个"中国语境"中去讨论，我们也要充分考虑到文体内部的变化。在这个语境下，文体是会随着中国人的思想情感和表达方式的变化而发生细微变化的，比如我们所说的"散文"概念已经不能涵盖今天出现的很多文学作品，文体是在不断变化的。当然，不可否认的是在"五四"新文学初期，的确是由翻译文学和西方文学带来了文体的基本变化。

刚才谈了文体的变化，当翻译文学和西方文学在对中国现代文学文体建构起到基本作用之后，文体的变化又和中国人的思想情感和表达方式相关。当翻译文学进入了汉语新文学系统之后，我们不能再把它当作外国文学来看，而要看作汉语新文学的一种形态，这种形态和中国人的思想情感表达方式是相关的。这可以从以下几方面来阐述：首先，中国翻译家在选择翻译作品时，不是依照西方人的标准，而是按照中国人自己的标准，这个选择过程包含了中国人思维认知的一种方式，比如歌德的《少年维特之烦恼》这部作品，在"五四"时期影响非常大，这是由于作品所表达的"爱情至上"的主题和当时中国青年人追求自由和个性解放的诉求是相同的，翻译家自然也愿意选择这类作品来翻译。其次，翻译家借助于翻译，把他自己想说的话说出来了，一个翻译家在翻译作品中，首先考虑他是否认同这部作品所传达出的价值观，所以翻译文学也成了表达翻译家个人情感的一种方式。

朱寿桐：我把这个问题放到接受者的角度来探讨，也是成立的。翻译文学是符合用汉语阅读的人的思想和情感表达与接受需要的。举一个例子，同样是翻译，前有林纾，后有学衡派，他们都用文言文翻译了大量的作品，林纾产生的影响很大，学衡派产生的影响很小。但我们发现当林纾进入白话文时代后，他的翻译作品很少有人再看，而学衡派也正是在白话文已是大势所趋的情况下，仍旧用文言文翻译，所以无人问津。这就说明当我们在用本民族语言翻译外国作品时，我们是在寻求用我们大多数人所习惯的思维方式、情感方式、阅读理解方式去拥抱外国文学作品，使他们真正变成我们的。无论林纾的，还是学衡派，就算翻译的还是名著，但由于不符合中国人的表达习惯，它很可能不会流行。用白话文翻译的，因为符合我们的语言表达习惯,符合了中国人当时通行的情感表达方式而被接受。

王光东：汉语新文学在其发展过程中,如果有一些和民间文学传统文学不同的东西,往往都来自翻译文学。

朱寿桐：尤其是语言方式,它的影响甚至会超越我们的想象。比如鲁迅在《玩笑只当它玩笑》一文中曾经提到刘半农的说法:"子曰:'学而时习之,不亦说乎?'这太老式了,不好!'学而时习之,'子曰,'不亦说乎?'这好!'学而时习之,不亦悦乎?'子曰。这更好! 为什么好? 欧化了。但'子曰'终没有能欧化到'曰子'!"尽管鲁迅对时已作古的刘半农含有敬意,但他分明不喜欢这样调侃欧化,他说:"欧化文法的侵入中国白话中的大原因,并非因为好奇,乃是为了必要。"确是如此,正是这样的欧化,使我们的表达更丰富了,对汉语新文学的审美方式、语言表达方式带来了影响。这种影响在后来的汉语新文学发展过程中变得越来越明显,也越来越深远。

王光东：这是一个非常大的问题,只有把翻译文学真正纳入到汉语文学中讨论,才能解释西方文学和中国文学的种种关系,解释清楚为什么中国人的情感中有西方的因素。西方的文化、西方的情感是怎样在中国的这片土壤中融合在一起的。如果不这样做,我们永远无法弄清中国人的情感中为什么会保留西方因素,这个问题需要通过具体的作家作品的分析来进一步仔细讨论。

后　记

　　我所主编的《汉语新文学通史》（上下卷，广东人民出版社，2010年）出版近8年后，所著的《汉语新文学通论》又由三联书店出版，连同在此之间所主编的《汉语新文学倡言》（中国社会科学出版社，2011年），以及所著的英文书《汉语新文学：中国与世界》(*New Literature in Chinese*: *China and the World*, Cambridge Scholars Publishing ltd, 2016)的出版，表明这十几年来，我对汉语新文学一以贯之的思考、倡言和学术实践的坚持。《汉语新文学通论》无疑是这一系列思考与倡言的集成性的著述，它分别从概念内涵、理论范畴、学术传统、文化存在、文体呈现和概念外延等方面阐述了汉语新文学作为学术概念的可行性及学理优势，为学界进一步思考、讨论这一学术概念提供了更为详实的逻辑与材料基础。

　　我认为这本书最为薄弱的是"外延论"部分，因为我未能很耐心地勾勒"汉语新文学"概念的关键部分：那些俗称为海外华文文学的内涵。"汉语新文学"概念的最大优势和学术意义其实就是将海外华文文学的内容拓展进中国现当代文学研究者应予关注的那一层面，将中国现当代文学与所谓世界华文文学一体化。这样的学术努力对于中国现当代文学研究走向更加丰富的内涵和更加宽阔的视阈具有毋庸置疑的启发意义，同时更主要的是，对于身处海外的汉语新文学作家而言，具有一定的正本清源、返璞归真的文化意义。海外华文文学家当然不是一般意义上的"中国现当代文学"作家，因为习惯的居住地或者护照和身份证的关系，他们必须相对于"中国现当代文学"自划鸿沟，自处其外，尽管他们在文学传统和文学习惯方面与一般意义上的"中国现当代文学"联系至为紧密。的确，他们同处于一个汉语新文化的伟大传统，他们的创作共同呈现由汉语思维和汉语文化习惯决定的文学表现样貌和形态，这样形成的乃是一种文学文化整体，这个整体最为简便的表述便是汉语新文学。在汉语新文学的世界，文学家可以不分国内国外，不分台港澳或海外，当然也就意味着不分国籍与地区,只要使用汉语写作,其作品都可以在同一平台上被阅读和认知,可以在同一文学文化史框架中被界定和评论,这可应和了古人所谓"四海之内皆兄弟也"的理想理念,也在全球化的社会浪潮中达成了汉语一家、无分内外的温馨局面。虽然我在书中多次强调中国本土相对于海外写作的文化归宿效应,但在此效应作用下,海外汉语文学家显然非常乐意在汉语一家的意义上被重新确认。于是,当我带着这样的思路走向杰出的海外华文文学天地的时候,得到的响应往往非常热烈。2013年7月,我应泰国华文作家协会邀请,赴曼谷为该协会作了题为《文学的国在哪里?》的报告,系统地阐述了汉语新文学的概念,认为真正划分文学国度的依据是语言,只要用汉语写作,就跟"中国文学"同处于一个国度。报告引起了曾心等泰国汉语文学家的极大兴趣,他们认为这样的学术定位使得他们这些久居海外的文学家重新燃起了作品回家的希望。

带着这样的理念,我与较为熟识的杰出的海外汉语文学家有了更多的探讨话题。他们包括德高望重的白先勇先生和洛夫先生,影响卓著的卢新华先生以及严歌苓、虹影、张翎女士,还有专事评论的陈瑞琳女士。他们虽然都已经或者早就加入了外国籍,但他们中的绝大部分常年居住在中国大陆或主要活动于中国内地,他们的作品从创作地到发表地再到主要销售和阅读地区,也基本上是在中国大陆,有时候在中国台湾乃至香港。他们的文学如果硬是要从"中国当代文学"肢体中分离出去,纳入所谓海外华文文学的板块之中,汉语读书界连同他们自己相信都会有强烈的撕裂感和疼痛感。从学理逻辑上去分析,他们的创作也确实难于放置在"中国当代文学"范畴内,于是,汉语文学和汉语新文学的学术概念将会轻易地解决这一尴尬的难题。

汉语新文学的产生和发展差不多才一百年,与源远流长的汉语文学相比,其历史相当短暂,其成就也相当绵薄,不过其特征却相当明显。汉语新文学相对于汉语文学的特征当然首先是时代特征,那是以新文化、新道德、新价值理念为精神内核的文学美学特征,也就是我们的研究中围绕着现代性、现代化品质展开论述的那些内涵。更重要的是,汉语新文学显示着非常鲜明的空间特征:它从新文化运动的核心地带——北京、上海出发,经过岁月的洗刷,媒介的传播,人群的离散等文化运作和历史运作,分别在台湾、香港、澳门等中华其他区域生根发芽结果,并在东南亚、东亚、欧洲、美洲和澳洲等重要地区开枝散叶,烁烁其华的成就为汉语新文学赢得了巨大的地理空间、文化空间和精神空间,总体上构成了汉语新文学巨大的世界影响力。我们的学术应该充分珍视汉语新文学的这种空间特征,应该倾全力悉心研究这样的空间特征,而不是囿于传统思路,各自画地为牢,人为分割这样的空间。汉语新文学是从语言到文化对汉语文学时代性开拓与创造的一种整体把握的努力结果,它让我们有足够的学术意识建构起汉语文学的统一性思维,以此与其他语种的文学如英语文学、法语文学、德语文学、俄语文学等相参照、相比较,从而在世界文学的文化架构中确定其价值意义。

可惜的是,虽然提出了这样的理论问题,但还没有来得及在本书的"外延论"系统地、详实地论证这些文学现象以及由此引出的各种理论逻辑问题。或许,我和几个朋友联合著述的《国际汉语新文学概论》出版以后,多少能对这一学术缺憾有所补正。对了,《国际汉语新文学概论》将同样体现这些年来我对于汉语新文学一以贯之的思考、倡言与学术实践的坚持,同时也说明,我对于"汉语新文学"概念的学术论证还在路上,还在过程之中。

奉献给学界的就是这本过程之中的书,表述的是在学术路程中间的思考,而所面对的又是全新的学术话题,所提出的问题也体现了一定的前瞻意味,其中的粗陋之处自在所难免。但重要的是我们必须认真面对这样的话题和其中的许多问题,在学理上和历史透视的环节上做出我们的回应以及解答的努力。

汉语新文学话题是乐于参与的研究者的共同话题,其中涉及的学术乃至学科建设等问题,涉及的中外文学史关系等理论问题,涉及的汉语新文学内部结构和文化构成等问题,都值得我们进行深入探讨。为此,我在书中的个别章节引述了一些学者朋友的论点,在香港新诗研究方面借用了梁笑梅教授在与我合作的《香港新诗发展史》中的一些文学史材料。书末,附有我与徐志啸教授、王光东教授关于汉语新文学的学术对话。其实,就此话题展开对话的对象还有莫言、贾平凹、杨义、吴志良、陈瑞琳、傅天虹等杰出作家、著名诗人和学者,为免太多借光自照之嫌,未能尽录。

此书的出版得到澳门大学 MYRG 研究项目的资助,以及三联书店领导和编辑的支持,谨此鸣谢!

朱寿桐
2017 年 8 月 2 日,时客旅北京